HEYNE BÜCHER

Von Christine Monson sind als
Heyne-Taschenbücher erschienen:

Kreuzritter der Liebe · Band 04/2
Feuer im Sturm · Band 04/22

CHRISTINE MONSON

RANGUN

Roman

Deutsche Erstausgabe

WILHELM HEYNE VERLAG
MÜNCHEN

HEYNE ROMANE FÜR »SIE«
Nr. 04/29

Titel der Originalausgabe
RANGOON
Aus dem Amerikanischen übersetzt
von Hartmut Huff

Printed in Germany 1990
Umschlagzeichnung: Pino Daeni/Schlück
Umschlaggestaltung: Atelier Ingrid Schütz, München
Satz: IBV Satz- und Datentechnik GmbH, Berlin
Druck und Bindung: Presse-Druck, Augsburg

ISBN 3-453-04654-4

In Liebe für meine Bären
für Bonnie und Jaya

Und meinen Dank an
Connie Rinehold und C. E. Miller

Großen Dank schulde ich R. Talbot Kelly und E. D. Cuming, deren Berichte über ihre Reisen in Birma um die Jahrhundertwende mir einen Blick in die Vergangenheit dieses herrlichen Landes erlaubten.

KAPITEL 1

Geächtet in Boston

Ewige Seele des ungefesselten Geistes!
Am strahlendsten in Kerkern, Freiheit!

GEORGE GORDON, LORD BYRON

Das Funkeln im Blick der jungen Amerikanerin ließ Schlimmes ahnen, als sie die schläfrigen Kais von Rangun scharf musterte. Harry Armistead hatte dieses unerschrockene Glitzern in Marseille gesehen, wo sie den Kabinenjungen des Schiffes dazu überredet hatte, mit ihr zum Schlittschuhlaufen zu gehen, und in Kairo, wo sie die listige Wette ihres Fremdenführers angenommen hatte und die Große Pyramide in weniger als vier Minuten hochgestürmt war; und im Heiligen Land, wo sie respektlos verkündet hatte: »Mr. Twain hat recht. Ich glaube nicht, daß es Josua war, sondern eine Horde diebischer Pilger, die Jericho auf der Jagd nach Souvenirs eingeebnet haben.«

In Calais, wo sie und ihr Vater an Bord des britischen Dampfers *Robert Sydney* gekommen waren, hatte Armistead dem Paar nur wenig Beachtung geschenkt, als es zum Fuß der Gangway gelaufen kam. Während er an die Heckreling gelehnt stand, bemerkte er, daß die junge Frau ebenso groß wie ihr Begleiter war. Der Zahlmeister hatte eine gewölbte Hand vor seinen Mund gehoben, wobei seine Augen verärgert auf das schäbige Paar gerichtet waren, das dort, die Rükken dem beißenden Wind zugewandt, fror. »Sie müssen wohl Dr. John Herriott sein« – sein Blick fiel auf die Passagierliste, die auf seine Tafel geklemmt war – »und Tochter. Wir wollten schon ohne Sie den Anker lichten.«

»Ich gehe wohl recht in der Annahme, daß wir die letzten sind, die an Bord gehen, Sir«, erwiderte der ältere Mann liebenswürdig. »Schön, daß wir aus dieser Kälte wegkommen. Könnten Sie einen Mann schicken, der sich um unser Gepäck kümmert?«

Mit einem spöttischen Blick auf ihre alte Gladstone Reisetasche und zwei abgewetzte Handkoffer spuckte der Zahlmeister kurz in das schmutzige Wasser am Kai. »Ist das alles? Ist nich' genug, um einen Mann aus dem...«

Die junge Frau unterbrach ihn mit einer Stimme, die so klar und kalt wie eine Kirchenglocke aus Neu England war. »Dann werden Sie und mein Vater mit den dreien fertig. Ich werde mit dem Überseekoffer an Bord gehen.« Sie trat beiseite, ihren Blick auf ein häßliches Ungetüm gerichtet, das das Gepäck vervollständigte.

Der Zahlmeister schob leicht errötend seinen Priem in den anderen Mundwinkel. »Nicht doch, Ma'am. Ich kümmere mich darum.« Er winkte einen Matrosen auf den Kai.

Harry Armistead, belustigt über Miss Herriotts streitbares Verhalten, schlenderte die Gangway hinunter und lüftete vor den Amerikanern seinen Hut. »Ich bin Leutnant Harry Armistead von den Coldstream Guards Ihrer Majestät, kommandiert zu den Burma Seventeenth Lancers. Darf ich zu Diensten sein? Bei vergangenen Reisen habe ich zuweilen selbst mit meinem Gepäck Schwierigkeiten gehabt.«

Die scharfen Augen des Doktors musterten ihn unter silbergrauen Brauen. Angesichts Harrys warmem Lächeln und der Ehrlichkeit, die er ausstrahlte, wurde der müde, etwas skeptische Gesichtsausdruck Dr. Herriotts etwas weicher. »Danke, Leutnant. Ich fürchte, meine Tochter und ich waren heute morgen von den Sehenswürdigkeiten Calais zu gefesselt, um an Bord zu gehen, als Gepäckträger da waren.« Der Doktor sah aus wie ein Mann, der die Schwächen seiner Mitmenschen rasch zu erkennen schien. Mitte fünfzig, war er selbst für einen Bewohner der nördlichen Sphäre blaß, doch bis auf seinen angespannten Gesichtsausdruck ein stattlicher Mann.

Herriotts Tochter dagegen gab weniger her, abgesehen von den Augen, die sie von ihrem Vater geerbt hatte, glatter Haut und einem slawischen, ovalen Gesicht. Ihre Haut über den ausgeprägten Wangenknochen war vor Kälte gerötet. Ihre lange, schmale Nase war blau und an der Spitze feucht. Harry vermutete, daß ihr Haar, verborgen unter einem häßlichen Damenhütchen, braun war. Ihre Lippen waren fest aufeinander gepreßt, als ob sie daran gewöhnt sei, den Mund zu halten, sich aber nicht damit abgefunden habe. Sie war zu groß und ihre Gestalt unter ihrem Spenzer mit Kapuze mußte hager zu sein. Sein Blick wanderte kurz zu ihren unbehandschuhten, langfingrigen Händen, die so rauh und deren Nägel eingerissen waren, als ob sie Böden geschrubbt hätte. Sie trug nicht einmal eine Damentasche. Die zwanzig hat sie weit hinter sich, schätzte Harry, und wahrscheinlich wird sie keinen Mann bekommen, nicht einmal in Birma.

Seine Einschätzung bemerkend, musterten ihn kühle, graugrüne Augen. Kümmere dich um dich selbst, du aufgeblasener Kerl, schienen sie deutlich zu sagen. Sie steckte sehr unweiblich ihre Hände in die Taschen ihres Spenzers, nickte ihm kurz zu, als sie von ihrem Vater vorgestellt wurde, und schritt dann an Bord.

In den folgenden Tagen fuhr die *Robert Sydney*, ein Kreuzfahrtschiff, längs der Küste Frankreichs und hatte Aufenthalte in Gibraltar und Marseille, bevor sie das Heilige Land erreichte. Dann fuhr das Schiff nach Alexandria zurück, wo seine fünfundvierzig Passagiere auf die Eisenbahn umstiegen, die sie den Nil hinunter nach Kairo führte und von dort nach Suez, wo sie den Seeweg nach Indien fortsetzten. Während dieser Tage wurde Harry allmählich klar, daß er Miß Herriott sehr richtig, aber auch sehr falsch beurteilt hatte.

Das einzig fade an ihr war ihre Kleidung. Als sie ihr Hütchen zum ersten Abendessen mit den anderen Passagieren ablegte, erhellte ihr üppiges, glänzendes, goldbronzenes Haar den düsteren Mahagonisalon. Obwohl nicht ebenmäßig genug, um hübsch zu sein, hätte dieses blasse, ovale Gesicht mit seinem Hauch von Unbarmherzigkeit einer Prinzessin gehören können. Das Geplauder der Frauen langweilte sie. Die ärgerten sich umgekehrt über sie, denn Harry hatte sich auch dahingehend geirrt, daß sie ihre Zunge im Zaum hielte. Miß Herriott sagte mit Ausnahme von Freundlichkeiten zu jedem Thema genau das, was sie dachte. Ihre Figur war nicht so übel, wie er angenommen hatte, obwohl er wenig dazu sagen konnte, weil sie unter zwei übergroßen, krähenschwarzen Kleidern versteckt war, die sie mit monotoner Regelmäßigkeit alle drei Tage wechselte. Sollten sie je in Mode gewesen sein, was zweifelhaft war, waren sie nie dazu entworfen, der weiblichen Anatomie zu schmeicheln. Wo eine Turnüre hätte sein sollen, war nur ein schlaffes Stoffpolster – und sie hatte den Saum gekürzt, um den Fall anzupassen. Unter diesen ausgefransten Säumen schritten abgestoßene, rissige Schnürstiefel. Entweder trauerte Miß Herriott schon lange oder sie scherte sich keinen Deut um ihr Äußeres.

Und doch gab es Augenblicke, nachdem die *Robert Sydney* die Kälte Frankreichs verlassen hatte und sich der peinigenden Hitze des Heiligen Landes näherte, in denen er sie mit diesem außergewöhnlichen Glanz ihres Haares fast für attraktiv hielt. Die anderen Damen, die auf den Sonnendecks promenierten, klammerten sich an ihre Parasols wie Schildkröten an ihre Panzer. Miß Herriott war wie immer exzentrisch. Nicht nur, daß sie kein Parasol besaß, sie trug eine getönte Brille und warf ihr Hütchen bei Capri über Bord. »Es paßt besser in den Bauch eines Hais als auf den Kopf eines Menschen«, stellte sie auf Harrys verwunderten Blick kühl fest.

Er griente. »In der Tat, Miß Herriott, ein Hai wird diesen Haufen schwarzer Schmelzperlen sicher als Kaviar genießen.«

Ein Lächeln verzog ihre Lippen. »Verbrannte gebackene Bohnen aus Boston wäre vielleicht treffender.« Dieser Austausch taute die Kühle zwischen ihnen etwas und als Harry sich zu einer Kegelpartie einludt, machte sie keine Einwände. Danach war er sehr häufig in ihrer und ihres Vaters Gesellschaft und begann sie aufmerksamer anzusehen. Ohne ihr Hütchen bräunte sie schnell und ihr Haar wurde mehr golden denn bronzefarben. Ihr abgespanntes Aussehen, das sie noch unscheinbarer hatte wirken lassen als sie eigentlich war, schwand, ein gewisser Blick ihrer Augen hingegen, ein versteckter, zuweilen bitterer Spott nicht. Dennoch fand er, daß sie dann einen koboldhaften Charme ausstrahlte, vor allem dann, wenn sie vergaß, diesen Ausdruck zu verbergen.

Eines Tages warf sie dem dösenden Schiffskater spielerisch drei Fische aus einem Salzfaß neben der Kombüse zu. Seine schmuddelige Arroganz verflog, als er mit weit aufgerissenen Augen und gestreckten Krallen erwachte. Gelächter brandete unter Mannschaft und Passagieren auf, als der Kater in verdutzter Gier versuchte, mit seiner ganzen unverhofften Beute in die Kombüse zu gelangen. Während mehrere Damen sich nicht amüsiert zeigten, fand Miß Herriott in dem Kater einen so eifrigen Bewunderer, daß er beim Dinner oft zu ihren Füßen lag. Er beschenkte sie mit einer dicken, lebenden Ratte, als das Schiff in Alexandria einlief.

Manche Personen an Bord hielten sie tatsächlich für nicht gesellschaftsfähig, aber Miß Herriotts Vater unterstützte ihr ungehöriges Verhalten, indem er sie wie einen Sohn behandelte. Man vermutete, daß ihre empörenden Meinungen die seinen wiedergaben und sie ihre farbige Sprache von ihm gelernt hatte.

»Dennoch wage ich zu sagen, daß ihre Konversation recht vernünftig ist«, bemerkte ein Gentleman beim Kegeln auf dem Achterdeck zu seiner Frau.

»Wenn sie nur nicht von einer *Frau* käme!« sprudelte die Lady entrüstet.

Die Krone war, daß der Doktor seiner Tochter den unmöglichen Namen Lysistrata gegeben hatte. »Ich wurde 1852 geboren, zur Zeit der großen Debatte zwischen Daniel Webster und Henry Clay über die Rechte der Staaten«, erzählte sie Harry. »Als Papa mit seinen Freunden auf meine Geburt anstieß, sagte er, daß nur eine Frau wie Aristophanes' Lysistrata verhindern könne, daß in Amerika ein Krieg ausbräche. Unglücklicherweise war ich keine Hilfe.« Abgesehen von dieser Enthüllung verriet sie über ihre Vergangenheit nichts und machte deutlich, daß noch so freundlich gemeinte Nachfragen unerwünscht waren. Harry, der im Lauf der Jahre zahlreiche amerikanische Südstaatler kennengelernt hatte, konnte nur auf Grund ihres leichten Akzents annehmen, daß sie nicht ihr ganzes Leben in Boston verbracht hatte. Ihr kluger, energischer Vater, der die vielleicht zwangloseste Person war, die Harry je kennengelernt hatte, war – was persönliche Dinge betraf – ebenso wortkarg wie seine Tochter. Die meisten Passagiere, die nicht von Seekrankheit geplagt waren, verbrachten ihre Zeit damit, im Salon und auf Deckstühlen Briefe an Verwandte und Freunde zu schreiben. Die Herriotts griffen in der Öffentlichkeit nie zu einem Stift.

Jeden Morgen standen die Herriotts vor Sonnenaufgang auf. In der erträglichen Kühle der Dämmerung spazierten sie anderthalb Stunden lang im ständigen Kreis mehrere Meilen auf dem Deck. Sie begaben sich dann in den Speisesalon, wo sie ein gewaltiges Frühstück verschlangen und gingen danach zum Kegeln und Skeetschießen aufs Achterdeck. Danach verschwanden sie in ihrer Kabine und wurden erst wieder zur Vertilgung eines gewaltigen Lunches gesehen. Dann spielten sie mehrere Partien Schach im Hecksalon. Das dauerte bis vier Uhr nachmittags. Ein weiterer Spaziergang und ein Deckspiel beschäftigten sie bis zum Abendessen, dem wie den ersten beiden Mahlzeiten eifrige Hinwendung zuteil wurde. Da alle Mahlzeiten im Fahrpreis enthalten waren, schloß Harry, daß die Herriotts das Beste daraus machten.

Je weiter die *Robert Sydney* nach Osten kam, desto entspannter wirkte Lysistrata, wenngleich ihre Kleidung noch düsterer wirkte, da die anderen Frauen im Heiligen Land hellbunten Batist und Musselin trugen. In Alexandria, wo alle Passagiere die *Robert Sydney* verließen und einen vor Hitze kochenden Zug nach Suez bestiegen, packte sie ein kühlendes feuchtes Tuch in einen großen Fez, den sie in Jerusalem gekauft hatte. Der puderzuckerfeine Staub war in den Falten von Lysistratas schwarzen Kleidern noch deutlicher zu sehen. Sie knöpfte die Kleidung an der Kehle weit auf, aber die Hitze in ihrem Serge mußte unerträglich gewesen sein. Doch wenn sie periodisch den Zug verließen, um die monumentalen Reste Ägyptens zu betrachten, ritt sie auf ihrem von Flöhen zerbissenen Esel mit einer wachsenden Hochstimmung durch die alten Trümmer, die nichts mit der Ehrfurcht vor der Vergangenheit zu tun hatte. Vor allem von der Steinmasse Karnaks war sie wenig beeindruckt. »Diese Säulen sind so prahlerisch, daß sie zu platzen drohen. Binden Sie doch mal um eine der Säulen Ihren Kragen, Harry. Mal sehen, ob sie blau anläuft.«

Als sie in Suez an Bord der *HMS Mayfield* gingen, war Lysistrata in Hochstimmung. Von Aden bis Bombay und weiter bis Madras lief sie auf den Decks wie eine eingesperrte Löwin umher. Harry hatte den Eindruck, daß Lysistrata Herriott von Birma sehr viel erwartete. Als er schließlich neben ihr an der Bugreling der *Mayfield* stand, die die düstere Morgendämmerung und den schlammigen Rangun durchschnitten, konnten sie wenig Vielversprechendes entdecken. Der Fluß war so fett und ruhig wie ein schläfriges braunes Krokodil, das sich in den Schlamm gegraben hatte. Er war von Elefantengras und monotonem, verkümmertem Dschungel gesäumt, aus dem sich gelegentlich langsam ein Wasservogel erhob. Das Kreischen von Gabelweihen und Möwen durchbrach ab und zu die feuchte Stille. Dennoch war Lysistrata, die die Reling fest umklammerte, voller Erwartung.

Nachdem die *Mayfield* Elephant Point passiert hatte, hoben sich Tamarinden und Palmen aus dem Gestrüpp, die die palmwedelgedeckten Dörfer und bescheidenen Pagoden vor Rangun beschützten. Dann hob sich hinter Puzudong, wo die Dämmerung die Hügel erbleichen ließ, die prächtige Kuppel der großen Shwe Dagon Pagode, deren goldene Stufen im Sonnenaufgang flammten. »Sie scheint die Erde nicht zu berühren«, flüsterte Lysistrata.

Sie und Harry waren noch von der Shwe Dagon gefesselt, als sie die Hastings Sandbank umrundeten und ein schlanker, schnittiger Schoner an ihnen vorbei auslief. Mit strahlenden Augen beobachtete ihn Lysistrata aufmerksam. Für jemanden aus Boston gab es kein ungewöhnliches Schiff, aber dieses mit seinen schneeweißen Bordwänden war eine Abwechslung zu den Einbaumkatamaranen und den chinesischen Reisbooten, die auf der Flußmündung kreuzten. Wie ein Himalayafalke schien es der Freiheit zuzustreben. Der Name *Rani* blitzte am Heck des Schoners, schwand dann aber im zunehmenden Glitzern des Morgenlichtes auf dem Fluß.

Die *Mayfield* näherte sich der Stadt Rangun. Der Bug des

Schiffes ragte über treibenden, bizarren kleinen Galeonen auf, die von Birmanen gesteuert wurden. Unbeeindruckt von Wegerecht fordernden Dampfsirenen und gewichtigen Teakflößen, die der Hafeneinfahrt zustrebten, huschten Sampans mit hennaroten Segeln, Reisskiffa und spinngeriggte Katamarane durch das schäumende Wasser. Die *Mayfield* dampfte unter den Kanonen der Monkey Point Battery in den Hafen, verlangsamte dann die Fahrt und glitt durch Reihen hoch im Wasser liegender, frachtloser Schiffe der British East India Company, Bibby, und anderer internationaler Linien, die die meisten Liegeplätze füllten. Dahinter dehnte sich unter wolkenlosem Himmel die Stadt Rangun wie schmutzige Wäsche über die graubraunen und khakifarbenen Hügel unterhalb Shwe Dagons. Längs dem Hafen war ein Durcheinander von Reedereibüros, Krämern, Mühlen und Anlegeplätzen, an denen sich bis auf ein paar Stapel Teakholz keine Fracht befand. Im Schatten des Teakholzes dösten träge Kulis.

Die Dallah-Seite des Hafens war von einem Schleier aus Ruß und Sägemehl überzogen, der das Wasser trübte. Tamilische und singhalesische *Mahouts* saßen mit der Ruhe von Blutegeln auf den großen, grauen Nacken schlammbedeckter Elefanten, die durch den seichten Schaum wateten, um Teakstämme aus den im Wasser liegenden Flößen zu ziehen. Im Wasser spiegelten sich rostige Wellblechlagerhäuser, deren Dächer die frühe Sonne spiegelten und den fernen Monsunen zu telegrafieren schienen, sie sollten ihre leeren Hüllen mit Zuckerrohr, Reis und Früchten zum Verschiffen füllen.

»Nach einem kräftigen Regen geht es hier lebhafter zu«, tröstete Harry Lysistrata, sah dann aber, daß er sich darum nicht hätte zu kümmern brauchen: Sie nahm seine Anwesenheit kaum zur Kenntnis, da sie zuschaute, wie die Anker der *Mayfield* geworfen wurden. Die Decks bevölkerten sich, als Diener herumeilten, beladen mit dem Gepäck ihrer Herren. Das Zollboot kam längsseits. Der Hafenmeister, Zollinspektoren und der Gesundheitsbeamte stiegen an Bord, um vom Kapitän, dem Schiffsarzt und Dr. Herriott begrüßt zu werden. Letzteren hatte man um Hilfe für die Bescheinigung des

Gesundheitszustandes der Passagiere gebeten, vor allem hinsichtlich Gelbfieber.

Lysistrata lehnte sich an die Reling. »Sehen Sie nur, da kommt noch jemand, um uns zu begrüßen.« Zwei schlanke, palmwedelüberdachte Kanus, beide mit Ruderern in Bug und Heck, lösten sich von einer Mole. Die Heckruder blitzten und schnitten dann in die trübe Oberfläche des Flusses. Sie kamen näher, wobei ihre Mannschaften miteinander in scheußlichem Englisch um das Privileg wetteiferten, Melonen, Vogelkäfige, mit Raffiabast umwickelte Tonwaren, geschnitzte Bretter und anderes, einschließlich einem Affen auf der Schulter eines Mannes zu verkaufen. Von den Passagieren, die mit dem Zoll beschäftigt waren, wurden sie überwiegend ignoriert. Als Harry lachend ihre Waren ablehnte, grinsten sie, zuckten gelassen die Schultern und begannen dann, sich darauf vorzubereiten, zu ihrem Ausgangspunkt zurückzurudern. »Wartet!« rief Lysistrata. »Ihr könnt mich an Land bringen!«

Ein entsetztes Keuchen entfuhr einer New Yorker Matrone hinter ihnen, als Lysistrata zur Steuerbordseite gegenüber dem Zollboot schoß.

Harry eilte hinter ihr her. »Lysistrata!« Er ergriff ihren Arm. »Miß Herriott. Sie können mit diesen Männern unmöglich an Land fahren!« Voller Unbehagen warf er einen Blick zu dem Burschen, der bereits nach der Strickleiter griff, die sie über Bord senkte. Er war ein Ichino-birmanischer Karen, mit sonnengebleichter schwarzer Tunika und Kniehose bekleidet. Der andere Mann war ein Madrasse, eine kräftige, schweißglänzende Erscheinung, dessen eines Auge schurkisch blitzte. Bis auf Lendenschurz und Turban war er nackt.

Lysistrata streifte höflich aber entschieden Harrys Hand weg. »Warum nicht?«

Harry fragte sich, wieviel Englisch das Paar im Kanu verstehen mochte und sagte laut: »Die Hafenbehörden haben Sie noch nicht ausklariert.« Etwas leiser hielt er ihr vor: »Sie sehen unangenehm aus, Miß Herriott. Der im Bug hat einen halben Meter Stahl an der Hüfte.«

Lysistrata warf einen abschätzenden Blick auf die fragliche

Waffe, als sie auf die Reling kletterte. »Wenn sie Schwierigkeiten machen, werde ich in den Fluß springen. Ich schwimme ganz gut, und schließlich ist Hilfe ja nicht fern. Was den Zoll anbelangt, das dauert bis zum Jüngsten Tag, bis die fertig sind. Papa kümmert sich um unser Gepäck, und kann seinem hiesigen Kollegen meinen hervorragenden Gesundheitszustand bestätigen.«

Harry sah sich eilig nach dem alten Herriott um, damit der seiner halsstarrigen Tochter widerspräche. Als er sich wieder umwandte, war die junge Frau über Bord gegangen und duckte sich unter das gewölbte Dach des Kanus. »Ich werde Sie begleiten«, rief er hastig und kletterte, auf die wacklige Strickleiter fluchend, hinter ihr hinunter. Daß er ohne Einklarierung von Bord ging, würde für Ärger mit seinem Oberst sorgen. Dazu hatte er ein Fernglas und mehrere Jagdwaffen in seinem Gepäck, nach denen gefragt und die vielleicht von den Inspektoren konfisziert werden würden. Die britischen Behörden achteten sorgsam darauf, daß potentielle Militärausrüstung nicht in die Hände von möglichen Aufständischen und Banditen unter den Einheimischen gelangte.

Und Ärger konnte Harry nicht brauchen. Er bedachte Miß Herriott mit einigen bösen Gedanken, als er finster auf ihren schwarzgekleideten Rücken blickte, der vor ihm in dem wackeligen Kanu hockte, das durch wirbelnde Strudel glitt. Doch als sie dann ohne Zwischenfall am Kai ausstiegen, griff er rasch in seine Breeches, um Münzen zur Bezahlung der Ruderer herauszuholen, da er sicher war, daß Lysistrata kein Geld dabei hatte und er ihr die Verlegenheit einer Auseinandersetzung ersparen wollte. Lysistrata kam ihm zuvor, indem sie eine Kameebrosche von ihrem Oberteil löste und sie lächelnd dem Matrosen gab. »Danke. Ihr seid sehr kräftige Ruderer.« Hocherfreut über ihre Trophäe dankten sie hastig und eilten über den mutmaßlichen Wert des Schmuckstückes schnatternd davon, während Lysistrata wie ein verzaubertes Kind sich langsam zwischen den rostigen, sonnenverbrannten Schuppen und Lagerhäusern umsah. Harry rümpfte seine Nase über den scharfen Gestank von Schweiß und Kloake. Wenn das so wunderbar war, wie mochte ihr früheres Leben gewesen sein?

Er spielte mal wieder den schützenden Hirtenhund, dachte er ärgerlich. Wie seine Schwestern über seinen ergebenen Gesichtsausdruck lachen würden, den er jetzt sicher wieder hatte! Seit er laufen konnte, hatte er ein Herz für herumstreunende Tiere gehabt, gleich wie reizend oder reizlos sie waren. Die Stallungen von Weslingham, dem Landgut der Familie in Kent, hatten eine Menagerie seiner ›Sammelstücke‹ beherbergt, wie Jane, die Jüngste, sie genannt hatte. Doch als er älter wurde, war er dem weiblichen Geschlecht gegenüber skeptischer geworden. Obwohl in seine Schwestern vernarrt, durchschaute Harry ihre Ränke, die sie bei Männern versuchten, da sie diese bei ihm ausprobiert hatten.

Er war rotwangig, hatte sandfarbenes Haar und war zu einem stattlichen jungen Mann herangewachsen, der besonders sportlich war. Er war klug, umgänglich und reich genug, um einer der begehrtesten Junggesellen Englands zu sein. Seine Plüschbärenerscheinung und sein heiteres Gemüt täuschten über seinen Scharfsinn hinweg. Viele junge Damen hatten schmerzlich feststellen müssen, daß Harry weit schwerer zu binden war, als sie geglaubt hatten. Mit seiner militärischen Karriere bei den berühmten Coldstream Guards wäre wohl alles gutgegangen, hätte sich nicht eine dieser jungen Damen, die entschlossener und leichtsinniger als ihre Schwestern war, in seine Arme und sein Bett geworfen. Wäre er nicht durch Port angeheitert gewesen, hätte er sich das anders überlegt. Doch es war nun einmal so, daß seine Weigerung, die, längst verlorene, Jungfernschaft des Mädchens vor dem Altar zu kitten, zu einem Duell mit ihrem Bruder und dann eiligst nach Birma geführt hatte.

Harry hatte sein Exil zuerst bitter, dann gleichmütig hingenommen. Schließlich konnte man kaum behaupten, daß, einmal abgesehen von der prächtigen Gesellschaft Londons und der wundervollen Landschaft Englands zu den verschiedenen Jahreszeiten, seine militärischen Fähigkeiten durch das Schießen von Fasanen in den Cotswalds verbessert worden wären, und er sehnte sich nach dem Abenteuer, Soldat zu sein. Die Ländereien seiner Familie zu bewirtschaften, mochte ein ganz erfreuliches Leben sein, aber doch ein verdammt träges. Harry glaubte, genügend Mut für das Militär zu haben. Er war nie einem Hindernis ausgewichen, und obwohl ihn eine Kugel am Scheitel gestreift hatte, hatte er sich in dieser Ehrensache anständig verhalten. Birma, reich an Teak, Reis und Juwelen war die neue Grenze des Empires und das Tor zum begehrten Chinahandel. In Birma konnte ein Mann ein Vermögen machen und ein völlig neues Leben beginnen, und Harry brauchte ein neues Leben, da es für viele Jahre kein Zurück nach England gab.

Jetzt eilte er eifrig zu einer herangewunkenen Rikscha und Lysistrata Herriott spürte, daß Leutnant Armistead froh war, sie los zu sein. Er war nur so lange geblieben, um ihrem Vater und mehreren verärgerten Hafenbeamten die Umstände ihres überstürzten Aufbruchs zur Küste zu erklären. Dann hatte er sein Gepäck genommen, nach einem Transportmittel gerufen und ihr ein hastiges Lebewohl gesagt, wobei er ihr erst spät versicherte, daß sie sich in der kleinen europäischen Gemeinde Ranguns bald wiedersehen würden. Er hatte ihr noch einen kurzen Rat gegeben. »Ich habe gehört, daß die Kutscher kein Wort Englisch sprechen und die großen Hotels kaum finden. Am besten, Sie lassen den Kapitän einem der Burschen sagen, wohin er Sie bringen soll.« Obwohl ihr Stolz zuweilen leicht verletzt werden konnte, war sie kaum verwirrt, als er ging. Männer gaben sich gewöhnlich selten mit ihr ab, und obwohl Armistead das getan hatte – auf rein platonische Weise –, war sie darauf vorbereitet, in Birma ohne männliche Hilfe auszukommen – von ihrem Vater einmal abgesehen.

Wenn Lysistrata etwas gelernt hatte, seit ihre Familie kurz vor dem Krieg aus Charleston in Südcarolina nach Norden gezogen war, dann Selbstvertrauen. Sie war neun gewesen, als Fort Sumter unter Beschuß genommen wurde. Südstaatler hatten sie und ihre drei Brüder wie räudige Gassenhunde bedroht, weil ihr Vater ein Yankee war; und die Bostoner mochten sie ebensowenig, weil ihre Mutter eine Rebellin war. In den folgenden vier Jahren nahm der Krieg ihre älteren Brüder, Typhus den jüngsten, und das Leid ihre Mutter, keine drei Monate nach Lincolns Ermordung. Dies war der kälteste Winter, an den sie sich erinnerte, bis Frank Wyne aufgetaucht war. Nach Frank hatte sie entdeckt, wie kalt die Hölle sein konnte.

Nun, mein Mädchen, dachte sie, die Vergangenheit verdrängend, Birma ist heiß genug, um dich anständig zu rösten. Als sie sah, daß ihr Vater noch mit dem Gesundheitsbeamten sprach, ging sie zu dem Kapitän, der mit seinem Zahlmeister an der Gangway stand. »Captain, wo könnte die Loo Gow Straße sein?«

»Die liegt in einem Wohnbezirk der Einheimischen, nicht weit vom Hafen entfernt.«

»Wenn Sie so freundlich wären, das einem der Kutscher zu sagen –«, sie nickte zu dem Troß von Rikschas und schlichten, pferdegezogenen Kutschen, der sich wunderbarerweise angesammelt hatte, »mein Vater und ich möchten unser Gepäck gleich dorthin gebracht haben.«

Der Kapitän runzelte etwas die Stirn, da sich andere Passagiere, die keine einheimischen Diener als Dolmetscher hatten, hinter ihr versammelten, um ebenfalls Hilfe zu erbitten. »Aber, Miß Herriott, Europäer wohnen nicht...«

Dr. Herriott, der hinter Lysistrata getreten war, fiel ruhig ein: »Ich habe darum gebeten, statt in den Militärunterkünften nahe dem Queen Anne's Hospital untergebracht zu werden. Dr. Thomas Lighter, der Chefchirurg, hat sich um unsere Unterkunft gekümmert, die sicher geeignet sein wird.«

»Sicher, Sir«, erwiderte der Kapitän, »aber ich glaube, Sie werden sehr bald den Wohnsitz wechseln wollen. Die Einheimischenviertel der Stadt bieten wenig Annehmlichkeiten, und während der Regenzeit steht das Hafengebiet ständig unter Überflutungsgefahr. Im Augenblick jedoch sollte das genügen, bis Sie sich besser an die hiesige Lebensweise gewöhnt haben.« Er winkte einem der Fahrer zu. »He, du! *Gharry-wallah!*«

Kurz darauf liefen Lysistrata und Dr. Herriott hinter ihrem mit Gepäck beladenen *Tikka Gharry* her, die von einem Zwergpony gezogen wurde, dessen Schweif Staub aufwirbelte. Als sie sich durch die engen Hafenstraßen schoben, starrte sie fasziniert auf singhalesische Reisarbeiter, drahtige schittagonische Kulis von der Nordwestgrenze, Gehrock tragende madrassische Schreiber und verschleierte Kaschmini-Frauen, schwarzäugige Bürschchen aus Shanghai, Kanton und Kaulun. Fast nirgendwo sah sie Birmanen, die ihre Stadt den Ausländern überlassen zu haben schienen. Überall gab es Arbeiter aus Ostindien und China und Seefahrer von den fernsten Grenzen des Globus aller Farben und Rassen. Schwankende, ledergesichtige Amerikaner und Europäer musterten sie forsch, als sie sich an ihnen vorbeidrängte – bis ihr durchdringend blickender Vater sie an die Hand nahm und voranging. Den *Gharries* ausweichend stolperten sie fast gegen einen Ochsen. Unter verblichenen Ladenbaldachinen lagen Bettler an den Wänden, standen Karren mit fremdartigen Produkten und durchhängende Körbe voller Reis – dazu Buden mit importiertem Kitsch. Darunter hüpften Krähen hinter Abfällen her.

Als ihr Vater an der Ecke der Capricorn Straße nach der Richtung fragte, deutete ein ungeduldiger Sikh-Polizist mit seinem gerollten Bart auf den Verkehrsfluß, der sich auf einen Geschäftsbezirk zubewegte, in dem chinesischen Zeichen flatterten. Während sie sich in den Verkehr einfügten, um durch vom Handel abgeschiedene Straßen zu drängen, reckte Lysistrata unter breiten Verandadächern den Hals, um dem Blitzen der Webschiffchen und dem Drehen der Töpferscheiben zuzuschauen. Als sie verstaubte europäische Lebensmittel in einem indischen Schaufenster sah, scherzte sie mit ihrem Vater: »Sieh doch, Papa, Bonbons, die nur eine Mutter mögen würde!«

Je weiter sie sich den großen Boulevards näherten, desto mehr britische Kolonialbauten sahen sie, die zwischen Pagoden, indische und chinesische Tempel gezwängt waren. Kopfschüttelnd musterte Dr. Herriott die sonnenheißen, flachdächrigen Häuser, die zwischen diesem Architekturpotpourri verschachtelt standen. »Diese baufälligen Buden sind wahrscheinlich das ganze Jahr so heiß wie Backöfen.«

»*Jetzt* sehen sie schlimm aus, *jetzt* haben wir ja hier auch gerade Winter, aber glücklicherweise«, Lysistrata schaute zu einem Padouk zwischen den schattigen Bäumen auf, die die Hauptstraßen säumten, »werden wir wahrscheinlich keinen Hitzschlag bekommen.« Mit einem Grienen rückte sie den feuchten Lumpen in ihrem Fez zurecht. »Zumindest in den nächsten zehn Minuten nicht.«

Schließlich führte sie das *Gharry* an den Rand eines ruhigen Wohnbezirks, in dem Häuser mit Wänden aus Palmwedelmatten auf Pfählen standen. Leitern führten zu den Wohnräumen über Viehpferchen, in denen Hühner, Schweine, Rinder und gelegentlich ein nacktes Kind in der Hitze dösten. Da die Sonne hoch stand, waren nur wenige Menschen auf der sandigen, von Gestrüpp gesäumten Straße. Die Herriotts, denen der Schweiß von den Fingerspitzen lief, blickten neidisch auf den *Gharry*-Fahrer, der im schwankenden Schatten seines Kalikosonnenschirms hockte. Was, wenn ihre Unterkunft einer dieser schmutzigen Käfige wäre, überlegte Lysistrata, und ihre Stimmung sank. Während der letzten Jahre war sie gezwungen gewesen, mit vielen anderen unerfreulichen Situationen fertig zu werden.

Dann tauchte aus einem der Häuser ein Mann in weißer Jacke und knöchellangem Rock auf, der so leuchtend war, daß nicht einmal ihre getönte Brille sein kräftiges Muster aus Orange und Purpur dämpfen konnte. Sein Haar war zu einem Knoten aufgesteckt, und er trug einen rosafarbenen Flittchenfächer. Dies, so erkannte sie mit gewisser Scheu, mußte ein männlicher Vertreter der selten zu sehenden Birmanen sein. Eigenartigerweise wirkte seine Kleidung – noch weniger sein breitkieferiges mongolisches Gesicht und sein rascher, säbelbeiniger Schritt – nicht weibisch, obwohl sie den verdutzten Blick ihres Vaters bemerkte. Hinter dem Mann trottete eine Frau, die bis auf eine Orchidee, die sie in ihr Haar gesteckt hatte, tatsächlich gekleidet wie sein Zwilling war. Bis auf eine Kleinigkeit wäre sie nach westlichem Geschmack schön gewesen. »Mein Gott«, flüsterte Dr. Herriott, »hat die Frau ihr Gesicht in einen Eimer mit Tünche gesteckt?«

Die Herriotts sahen bald, daß obwohl einige Männer und

Kinder im Lendenschurz herumliefen, die meisten Männer wie die Frauen gekleidet waren. Zum Glück hatten jedoch nicht alle ihre Gesichter mit Farbe beschmiert. Lysistrata war fasziniert, da sie nach dem tristen Boston die Farbenfreude der Birmanen, ihre fröhlichen Blumen und Fächer wundervoll anziehend fand. Sie wagte ein vorsichtiges Lächeln, als eine rosagekleidete Frau mit einem gelben Regenschirm an ihnen vorbeiging. Zu ihrer freudigen Überraschung ließ die Frau eine Reihe betelverfärbter Zähne blitzen und hockte sich zu einem höflichen *Shikkoh* hin, wobei sie die Hände aneinandergepreßt vors Gesicht hielt. Lysistrata knickste; ihr Vater verbeugte sich und hob kurz den Hut. Ein kleiner Kopf lugte hinter dem Rock der Frau vor und ein dreijähriger Junge ließ ebenfalls seine Zähne blitzen. Als der Treck wieder zu dem geduldig wartenden Kutscher aufschloß, atmete Lysistrata erleichtert aus. Die Einheimischen waren freundlich.

Das Haus an der Loo Gow Straße erwies sich als weit besser und viel schlechter, als Lysistrata erwartet hatte. Der Bezirk war ein von wohlhabenden Chinesen bewohnter Stadtteil, der mit Tempeln, scharlachrot geschmückten Pfandhäusern und kunstvollen Häusern mit laternengeschmückten Dachgesimsen durchsetzt war. Als sie das blaßrosa gedeckte Dach ihres Wohnturmes über der hohen, palmengesäumten Wand aufragen sah, fragte sich Lysistrata, wie Dr. Lighter auf den Gedanken gekommen sein mochte, daß sie soviel Wohnraum benötigten. Dennoch war sie beeindruckt.

Dr. Herriott pochte an das prächtig geschnitzte Teaktor, und sie warteten. Das einzig vernehmbare Geräusch war das trockene Rascheln von Palmwedeln. Verblüfft starrten sie auf das üppige Relief von Pfauen, Teufeln und gnomenhaften *Nats*, die das Tor bedeckten. Farbige Glasaugen glotzten zurück. Schließlich beugte sich ihr Kutscher auf seinem Sitz vor, schlug mit seinem Bambusstock ein paarmal laut gegen das Tor und rief etwas auf Birmanisch. Wieder warteten sie. Lysistrata war danach, eine der Palmen zu erklimmen und die Mauerkrone zu stürmen, so sehr sehnte sie sich nach einem kühlen Bad. Schweiß klebte ihre Kleidung wie Papiermaché an ihren Leib. Sie wischte sich nasses Haar aus den Augen und blinzelte mit gewisser Ängstlichkeit in die Sonne. Wenn die Adresse nicht stimmte, würden sie zu Fuß zum Krankenhaus weitergehen müssen, da sie sich nur den Karren für das Gepäck hatten leisten können. Sie begann zu rechnen, wieviele weitere kostbare Münzen nötig seien, um die Fahrt zum Krankenhaus zu bezahlen und von dort nach – wer weiß wohin.

Sie hätte wissen müssen, daß dieses imposante Haus nie der Wohnsitz eines gewöhnlichen Arztes sein könnte. Zudem würde diese Hitze ihrem Vater nicht guttun. Er war nicht mehr der Jüngste. »Hier ist niemand, Papa.« Sie seufzte. »Wir hätten besser...«

»Warte.« Er hob eine Hand. »Ich glaube, ich höre jemand kommen.« Augenblicke später hörte auch sie langsame Schritte. Ein Guckloch öffnete sich, wurde dann wieder geschlossen. Ein schwerer Riegel glitt innen über das Tor. Dann schwang das Tor zurück und ein Haarknoten stieß in ihre Richtung.

»Willkommen, *Tuan* Doktor! Willkommen *Ma*... Herrot!« Der Haarknoten gehörte einem verhutzelten kleinen Mann, dessen breites Grinsen durch Betelnuß und mehrere Zahnlücken nur leicht gedämpft wurde. Seine weiße Jacke war makellos rein. Dies war, wie Lysistrata bald feststellen sollte, während der Mann sie über einen breiten Kiespfad führte, auch wirklich das einzige im Haus, was gut gereinigt war. Das Haus war so groß wie es wirkte, ein zweistöckiger Bungalow mit einer breiten, doppelstöckigen Veranda aus Teakbalken, die es umrahmte. Der Weg führte vielleicht fünfzehn Meter weit zu flachen Stufen, die vor der Haupttür an der Veranda endeten. Lange verglaste Fenster und girlandengeschmückte Jalousietüren mit verwahrlosten roten *Joss*-Papieren, die Glück bringen sollten, reihten sich über beide Etagen des Hauses. Das Haus war eine seltsame Mischung aus Ost und West und hätte komfortabel ausgesehen, wenn seine Tünche nicht genau wie die der umstehenden Gartenmauern durch Vogelkot grau geworden wäre. Der Garten war verwildert, und eine Fülle von Palmen, Padouk und Tamarinden drängte sich aus einem Durcheinander von Bougainvillea, Ranken und spanischem Bayonett. Der Boden, früher grasbewachsen, war jetzt bis auf Dickichte von Unkraut und jungen Kakteen kahl.

Zwei braune Gesichter tauchten undeutlich hinter einem staubigen Fenster auf, das die üppig geschnitzte Haupttür flankierte und verschwanden dann aus dem Blickfeld. Lysistrata hörte ein leises Kichern, als sie die Veranda überquerten. Als ihr Führer die Tür aufhielt, waren es in Wirklichkeit drei Gesichter, drei Frauen, die bis auf unterschiedliche vielfarbige Druckmuster in ihren langen Röcken identisch gekleidet waren. Die Älteste war vielleicht Anfang vierzig, hatte ein ebenmäßiges, schönes Gesicht und intelligente Augen. Sie hatte fast Lysistratas Größe, was für eine Birmanin extrem groß war. Die Mittlere war eine liebliche Sylphe mit langwimperigen Mandelaugen, die sie verschwenderisch benutzte, selbst bei Dr. Herriott, wie Lysistrata überrascht bemerkte, der ihr ein beunruhigend wohlwollendes Lächeln schenkte. Die Jüngste war etwa sechs. Trotz ihres engen Rocks machte sie einen hübschen englischen Knicks und zauberte ein perfektes Lächeln auf ihr zauberhaftes Gesicht, und ihre riesigen, fast haselnußbraunen Augen stellten die ihrer älteren Schwester noch in den Schatten. Sterne gelben Jasmins krönten ihren schmalen, kleinen Kopf.

Der alte Mann begann mit vielen Lächeln und Gesten zu den drei Frauen auf Birmanisch zu plappern. Die drei warteten geduldig, bis er aufgehört hatte. Dann sagte die Große mit einer anmutigen Handbewegung in gekünsteltem Englisch: »Mein Schwiegervater, U Pho, entbietet Ihnen Willkommen und möchte, daß wir uns vorstellen. Ich bin Ma Saw. Dies sind meine Töchter, Sein«, Augenlider schlugen, »und San-hla.« Die Kleine lächelte abwesend, ihre Augen auf Dr. Herriotts üppigen Schnurrbart und den Backenbart gerichtet. Der alte Mann unterbrach ihren forschenden Blick mit einem schnellen, heftigen Satz und Ma Saw begann wieder. »Mein Schwiegervater ist... Buttle von diesem Haus seit fünf Jahren«, die entsprechende Anzahl von Fingern hochhaltend, ignorierte sie, daß der alte Mann hartnäckig sieben Finger zeigte, »unter altem Master und ein viel guter Mann.

Ich bin Haushälterin, Sein ist Dienstmädchen und San-hla Hilfe in Küche und Garten. Sein spricht Englisch etwas, Französisch viel von Schwestern von Sankt Martin. Sie sehr klug, lernt schnell.« Anscheinend Lysistratas Gedanken hinsichtlich der Verfügbarkeit ihrer geschmeidigen Tochter für Dr. Herriotts lesend, fügte sie ruhig hinzu: »U Pho wohnt in Gartenhaus, Sein und San-hla wohnen mit mir in eigenem Haus an Green Orchid Straße.« Dann zwiespältig: »Sie brauchen nachts, geben Bescheid.«

»Wir werden Sie bestimmt nicht stören müssen«, erwiderte Lysistrata entschlossen, die Augen zusammengekniffen auf Sein gerichtet, deren Lippen sich weiterhin schmelzend wölbten. Lysistrata bemerkte, daß Ma Saws Blick fast unmerklich wie abschätzend von ihrem Vater zu ihr glitten.

Der Doktor warf seiner Tochter ein seltsames Lächeln zu, während er seinerseits die Vorstellung der Herriotts auf eine höfliche Weise beendete, die die Grobheit seiner Tochter milderte. »Dies scheint ein sehr schönes Haus zu sein«, bemerkte er freundlich, wobei seine geübte Nase einen starken Karbolgeruch wahrnahm. Selbst die Wände schienen mit dem Zeug gestrichen zu sein. Auch Lysistrata bemerkte das, ebenso, daß der lange Raum, in dem sie standen, wahrscheinlich das Empfangszimmer, unmöbliert war. Die Läden im Osten und Westen waren geschlossen, doch die nackten Teakböden waren unnatürlich durch Wasserflecken gebleicht, in denen sich das Sonnenlicht durch die wenigen geöffneten Fenster fing. Waren auch die Böden mit Karbol geschrubbt worden?

Ma Saw neigte ihren Kopf, als sie Dr. Herriott antwortete. »Ja, sehr schön. Gehören Kaufmann, Ho Lung Chi. Hat birmesische Mutter, chinesischen Vater. Er sterben Cholera.«

Das erklärte das Karbol.

»Sie möchten sehen Haus?« fragte Ma Saw.

»Ja, aber wir möchten zuerst baden«, erwiderte Lysistrata kurz, »und in einer Stunde essen.«

Ma Saw warf ihr einen flüchtigen Blick zu und sagte dann etwas zu ihrem Schwiegervater. Er nickte, grinste, verbeugte sich vor den Herriotts und schwankte dann über einen schattigen Korridor davon, der zur Rückseite des Hauses führte. Ma Saws Töchter warteten, ihre Blicke erwartungsvoll auf Lysistrata gerichtet, doch als diese zur Treppe schritt, zuckten sie die Schultern und drehten sich statt dessen wie zwei aufmerksame Kakadus um und beobachteten, wie Dr. Herriott nach draußen ging, um das Gepäck zu holen.

Um die Wahrheit zu sagen: Als Lysistrata gefolgt von Ma Saw die Treppe hochstieg, war sie sich unsicher, wie sie mit Bediensteten umzugehen habe. Sie lehnte Knechtschaft ab, verglich sie mit Sklaverei und hielt sie für völlig unsinnig, wenn man nicht faul war und exzessiv lebte. Jemanden zu beschäftigen, der ihr Haar bürstete und sie ankleidete, schien ihr absurd, aber sie wollte U Phos Familie ungern gleich um ihren gewohnten Lebensunterhalt bringen. Die verwahrlosten Straßen von Bombay und Madras hatten gezeigt, daß es in einem Land des Ostens schlimmer als in Amerika war, arm zu sein. Dennoch wußte sie nicht, wie diese Diener bezahlt werden sollten, da sie und ihr Vater kaum genug Geld hatten, um sich selbst zu ernähren, bis er seinen ersten Lohn erhielt.

Für den Augenblick hielt sie Entschlossenheit für den richtigen Weg. Die Dockarbeiter in indischen Häfen schienen reizbar zu sein und neigten dazu, über anstehende Aufgaben zuviel zu diskutieren. Die Beobachtung veranlaßte sie zu glauben, daß U Pho so sein könnte, aber Ma Saw wirkte intelligent und besonnen. Zweifellos wußte die Frau und ihre Familie viel besser als sie, was von ihnen erwartet wurde.

Als sie die erste Etage erreichten, verwarf Lysistrata diesen Gedanken. Wenngleich nicht schmutzig, wirkte der breite, leere Korridor vernachlässigt. Die Wände mußten frisch geweißt werden, und sie hörte zwischen den Balken über sich etwas huschen. Durch ein hohes Bogenfenster im Treppenhaus sah sie hinten einen Hof und einen Garten, der ebenso überwachsen war, wie das Grundstück vorn. Zwei Fensterscheiben waren zerbrochen; nichts deutete daraufhin, daß sie in letzter Zeit geputzt worden waren.

Ihr Schlafzimmer, riesig verglichen mit ihrem beengten Raum in Boston, war überraschend freundlich. Es nahm die halbe Rückseite des Hauses ein und bot durch Jalousietüren, die sich zur oberen Veranda öffneten, einen Blick auf den Garten. Angrenzende Dächer in Terracotta, rosa und malvenfarbig, zeigten sich hinter dem dichten Laub eines Banjan, der Abgeschiedenheit gewährte. Ein großes Himmelbett, dessen Beine in Wassertöpfen standen, um Ungeziefer abzuhalten, eine schwarz lackierte Wäschekommode und eine vergoldete Empire-Frisierkommode, deren Farbe abblätterte, sowie ein einheimischer Rohrstuhl vervollständigten die Einrichtung. Daß der Spitzenhimmel des Bettes verrottet und schimmelig, das moskitonetzumhängte Bett nicht bezogen und der Spiegel der Frisierkommode stellenweise blind war, störte Lysistrata wenig, da sie erleichtert war, überhaupt Mobiliar zu sehen. Eine Ecke war in einem hübschen blau-gelb-weißen Motiv mit Vögeln und Blumen gekachelt, aber völlig verschmutzt. Auf den Kacheln standen eine Kupferbadewanne, deren Grün verriet, daß sie dringend eine Politur benötigte, und ein blaues Toilettengefäß aus Steingut, das nur staubig war, wie sie zu ihrer Freude sah. Die Wände waren weißgetünchtes Moiré und Teak, wie der Rest des Hauses – was wahrscheinlich vorteilhaft war, dachte sie, da das Klima Tapeten rasch zerstören würde. Vorhänge gab es nicht.

»Ich bringe Bettzeug«, sagte Ma Saw zu ihr, »und auch Wäsche für Bad. Dr. Lighter schickt von Hospital nach Ihnen und Dr. John. Vielleicht Sie wollen schlafen bis Sonnenuntergang? Essen, wenn kühl?«

Das seltsame Möbelsortiment betrachtend, überlegte Lysistrata plötzlich, wieviele Möbelstücke Dr. Lighter zu liefern verpflichtet war. Wahrscheinlich glaubte er, daß sein neuer Chirurg seinen eigenen Hausrat mitbringen und sich ruhig in einem Quartier bei angesehenen Europäern einrichten sollte.

Als ob Ma Saw ihre Gedanken läse, sagte sie: »Ich schicken Nachricht Dr. Lighter, sagen, Sie sind hier. Er nicht beschäftigt, vielleicht er kommt sehen.«

Lysistrata wurde ärgerlich, erkannte dann aber, daß die Frau nicht eine Herablassung seitens Dr. Lighter angedeutet hatte, sondern daß seine Pflichten als Hospitalverwalter ihn stark beanspruchten. Dennoch wollte sie nicht, daß ihr Vater und sie wieder als Wohlfahrtsfälle behandelt wurden, da sie die selbstgefällige Duldung durch ihre Verwandten und Bekannten in Boston aus tiefstem Herzen leid war. Birma bedeutete ein neues Leben, das mit Energie und Intelligenz einigermaßen glücklich gestaltet werden konnte. Sie konnte Bad und Essen kaum erwarten. »Danke, Ma Saw. Ich werde das Bett machen, nachdem ich gebadet habe.« Ma Saws verblüfftes Gesicht ignorierend fuhr sie fort: »Da mein Vater und ich an Bord nicht gegessen haben und ich tagsüber nicht im Bett zu liegen pflege, würde ich den Imbiß gern so schnell wie möglich einnehmen.« Dann fügte sie etwas beunruhigt hinzu, da sie ausgehungert war: »Im Haus *ist* doch Essen?«

»O ja«, erwiderte Ma Saw. »Viel Frucht, *Ngapi*, viel Reis und Curry.« Daraufhin wartete sie, rechnete offensichtlich damit, den Auftrag zu bekommen, zum Markt zu gehen und für westlichen Geschmack einzukaufen. Doch der kam nicht.

Lysistrata seufzte innerlich. Sie und ihr Vater waren nicht nur außerstande, Diener zu bezahlen, sie konnten sie auch nicht beköstigen. Und sie hatte nicht die Absicht Geflügel und Fisch zu speisen, die sie sich nicht leisten konnte. »Curry Reis, *Ngapi* und Frucht klingt köstlich«, erwiderte sie und hoffte, daß *Ngapi* nicht irgendein feuchtkalter Tintenfisch war. Dann kam ihr ein anderer unerfreulicher Gedanke. »Wir werden doch nicht euer Abendessen zu uns nehmen?«

»Nein, gehört zum Haus.« In Ma Saws Erwiderung klang ein neuer Ton von Freundlichkeit mit, ebenso eine gewisse Belustigung.

Lysistrata ärgerte sich, weil sie ihre Besorgnis gezeigt hatte, denn die Frau hatte sie nur zu gut verstanden.

Ma Saw schien ihr Unbehagen zu spüren. »Ich sehe, daß alles vorbereitet ist.« Sie verschwand.

Lysistrata ging in dem Raum herum und genoß den herrlichen Ausblick. Nach einer Weile fiel ihr ein, daß U Pho mit dem Badewasser überaus lange brauchte. Er würde es doch bei dieser Temperatur nicht erhitzen? Wie als Antwort auf ihre Überlegung kam der alte Birmane mit einem Tonkrug, der vielleicht fünf Liter Wasser faßte. Er goß es mit Schwung in die Wanne. Einen Augenblick musterte er den Film von

Staub und verstreuten Insekten, die an die Oberfläche des drei Zentimeter tiefen Wassers stiegen, sagte etwas leutselig auf Birmanisch und zuckelte dann wieder hinaus.

Nachdem eine halbe Stunde vergangen war, begann Lysistrata zu kochen. Sie ging auf die Veranda hinaus und starrte auf die Zisterne hinab, an der U Pho verträumt einem Schmetterling zuschaute, der an Jasminsträuchern spielte. Eine riesige weiße Zigarre steckte in seinem Mund. »U Pho!« schrie sie. Er blickte verdutzt auf. »Mehr Wasser, bitte!« Ihre Stimme wurde etwas höher, als sie zwei Finger auf ihn richtete. »Bring diesmal zwei Krüge mit!« Er nickte friedlich und tauchte den Krug ein. Als er im Türeingang erschien, wiederum nur ein Gefäß tragend, hielt ihm Lysistrata ihre Finger unter die Nase. »Zwei, zwei! Bei dem Tempo bin ich ja grau, bis genügend Wasser da ist, um meine Knie zu bedecken.« Der Hinweis auf intime Körperteile bewirkte nach U Phos süßem, verständnislosem Lächeln zu urteilen, nichts. Er hielt ihr mit geneigtem Kopf den Topf hin. Müde nahm sie ihn und winkte ihn hinaus.

Da Lysistrata sich nicht sicher war, ob U Pho sie recht verstanden hatte, verschloß sie die Tür, bevor sie sich entkleidete. Der in dem staubigen Spiegel reflektierte geschmeidige Körper hätte Harry Armistead überrascht. Sie schöpfte mit einem Banjanblatt von der ungefegten Veranda das unerwünschte Getier von ihrem spärlichen Wasservorrat. Nachdem sie den Krug in die Wanne gestellt hatte, trat sie auf die Kacheln und bespritzte sich, spülte dann ihr Haar. Wenngleich es nicht das köstliche Durchtränken war, nachdem sie sich gesehnt hatte, so war es doch erfrischend.

Widerwillig betrachtete sie ihr schweißdurchtränktes Kleid; dann tauchte sie es mit einem gemurmelten Kraftausdruck in die Wanne. Nachdem sie die triefende Masse fast trocken gewrungen hatte, zog sie es an, strich die gröbsten Falten mit ihren Händen aus und fuhr mit den Fingern durch ihre Haarsträhnen, bevor sie sie wieder zu dem üblichen Knoten aufsteckte. Als sie das Zimmer verlassen wollte, fand sie ihren Handkoffer neben der Tür, den Überseekoffer auf dem Treppenabsatz.

Ihr Vater begrüßte sie unten. Er bemerkte ihren Blick auf die kleine Whiskeyflasche, die er an die Lippen gehoben hatte. »Runter damit, Mädchen. Ich muß meine Kehle befeuchten. Dieser Koffer sieht nicht nur wie ein totes Rhinozeros aus, er ist auch so schwer.«

Sie runzelte die Stirn. »Sicher hätte U Pho dir dabei helfen können.«

»Damit er mit Herzversagen tot umfällt?« Er nahm noch einen Schluck und schlug den Korken wieder in die Flasche.

»Du bist sicher der Meinung, daß dir das nicht passieren könnte?« Sie senkte ihre Stimme. »Papa, ich glaube nicht, daß U Pho von großem Nutzen sein wird. Wir können uns nicht leisten –«

Er winkte mit einem Finger. »Hier herein. Ich habe mich mal umgesehen.«

Sie folgte ihm in einen Nebenraum, der mit großen Teakpanelen gesäumt war, geschnitzt mit Szenen aus dem Leben Buddhas. Helle Lackfarben und Vergoldung ließen den Raum trotz seiner Düsternis fröhlich wirken. Sonnenstrahlen fielen zu beiden Seiten des Raumes durch Jalousien auf einen langen, schweren Tisch, der von geschnitzten Lotusblüten getragen wurde, in die sich Ranken wanden. Die Lotusblätter waren üppig mit Elfenbein eingelegt. Lysistratas Gesicht erhellte sich. »Wie wundervoll!« Staunend fuhr sie mit ihren Fingern über die kunstvolle Intarsie von Pflanzen und Tieren auf der Tischoberfläche. »Sogar die Vogelschnäbel und die Affenaugen sind vergoldet. Hier ist ein Elefant mit echten Elfenbeinstoßzähnen. Und ein vergoldeter Leopard.«

Ihr Vater lächelte merkwürdig. »Das ist keine Vergoldung.«

Ihre Finger verharrten abrupt. »Du meinst doch nicht...?«

Er nickte. »Auch an den Wänden. Wenn ich nur ein bißchen mit meinem Taschenmesser kratze, hätten wir für mehrere Jahre ausgesorgt.«

Sie wirbelte zu ihm herum. »Papa, du denkst doch nicht etwa daran...?«

Das merwürdige, schiefe Lächeln tauchte wieder auf. »Natürlich denke ich… aber wenn ich auch Arzt bin und vielleicht ein Bettler, so bin ich doch kein Dieb.«

Sie lächelte wie er, ging dann zu ihm und schlang ihre Arme um seinen Hals. »Und das wirst du auch nicht sein«, murmelte sie zärtlich, »doch sollte dieser Tag je kommen, werde ich die Beute tragen, Kumpel.«

Er hielt sie fest, tätschelte dann ihr Gesäß. »Du hast schon genug schlechte Angewohnheiten von mir übernommen, Miß.« Er schob sie sanft zu einem scharlachroten Lackstuhl, einem von fünfen, die wahrscheinlich von einem Set von acht oder zwölf übriggeblieben waren. »Das Essen dürfte in Kürze serviert werden. Ich sah, wie San-hla es im Garten pflückte.« Als er sah, daß Lysistrata etwas niedergeschlagen wurde, hob er eine Braue. »Komm, frisches Obst nach diesen Wochen auf See ist nicht so schlecht.«

Sie stützte ihr Kinn auf eine Hand. »Oh, ich beklage mich nicht, Papa. Wir können froh sein, daß das Haus hinten eine Speisekammer hat, aber ich bezweifle, daß es sechs Personen einen Monat lang ernähren kann. Und selbst wenn es das kann, würden unsere Verdauungsorgane rebellieren.«

Herriott warf ihr einen seltsamen Blick zu. »San-hla ist nur eine drittel Person, und die Verdauung ihrer Familie scheint nicht übermäßig zu leiden. Natürlich muß es ein üppiges Angebot von einfachen, billigen Nahrungsmitteln auf ihren Märkten geben. Wenn wir einheimische Kost essen, wird es uns ebenso gut wie den Einheimischen gehen, sobald wir uns erst einmal daran gewöhnt haben.«

Die erschwinglichen Hühnchen in Madras mußten in Kublai Khans Jugend geschlüpft sein, wollte sie protestieren. An denen waren nur glänzende Knopfaugen und Knochen. Aber sie schwieg. Dr. Herriott glaubte an die Vorsehung und daran, daß das Blatt beim Poker sich wendete. Manchmal war diese verbissene Zuversicht alles, was ihnen blieb, und sie war sich dessen bewußt. »Was ist mit U Pho?« fragte sie. »Meinst du, wir sollten ihn behalten?«

Was immer er geantwortet haben würde, blieb durch Ma Saws Auftauchen im Türeingang ungesagt. In jeder Hand hielt sie geschickt ein Banjanblatt, gefüllt mit geschältem Obst, Fisch und Reis. Hinter ihr folgte Sein mit einer gelben Porzellanteekanne und zwei ungleichen billigen Tonteeschalen. Während Ma Saw die behelfsmäßigen Teller auftrug und Sein Tee einschenkte, überlegte Lysistrata, ob ihr Auftauchen berechnet gewesen war, um eine Entscheidung wegen U Pho zu verhindern.

»Sie wollen sie bleibt, Sie brauchen mehr?« Ma Saw deutete auf ihre Tochter und Sein schaute Dr. Herriott ernst an.

Er nahm den Blick seiner Tochter wahr. »Das ist nicht nötig, danke, Ma Saw«, er zwirbelte seinen Schnurrbart, »obwohl Seins Schönheit eine Zierde jeden Raumes ist.«

Lysistrata merkte, daß letzteres amüsiert hinzugefügt war und betrachtete die Glasur der Teekanne.

Nachdem die Birmesen gegangen waren, sah Dr. Herriott den hingerissenen, konzentrierten Gesichtsausdruck seiner Tochter, während sie ihren Tee nippte. »Was überlegst du, Lysistrata?«

»Oh, ich denke nur daran, daß ich diese Art Porzellan im Athenäum von Boston gesehen habe. Der Führer sagte, es sei exklusiv für die Kaiser von China gefertigt.« Ihre Lippen verzogen sich. »Das ist eine herrlich elegante Armut, Papa.«

Er grinste. »Vielleicht sollten wir deine Tante Agatha zum Essen einladen.«

Lysistrata dachte an Agatha, diese hochnäsige Witwe von der Beacon Street, die am Kopfende ihres Tisches thronte, der mit soviel Calla-Lilien geschmückt war, daß es für Lincolns Begräbnis gereicht hätte. Gnädigerweise waren sie und ihr Vater nur gelegentlich zu Familienessen eingeladen worden, um den Schein zu waren. Sie stellte sich vor, wie Agatha gefräßig gesalzenen *Ngapi* Fisch mit ihren Fingern von einem Blatt kratzte. Während sie giggelte, sah sie den enttäuschten Blick ihres Vaters, weil Ma Saw wieder in der Tür auftauchte. Nach dem Krieg hatte sie nicht oft gelacht, und manchmal gab er sich viel Mühe, sie dazu zu bringen.

»Ja, Ma Saw?« fragte Herriott.

»Dr. Lighter sendet Nachricht.« Sie reichte ihm ein gefaltetes Papier. »Er bedauert, Sie nicht sehen können.«

Herriott überflog es. »Dr. Lighter sendet seine Grüße und bedauert, daß er das Krankenhaus nicht verlassen konnte, um uns zu begrüßen. Er wird das heute abend tun. Wir sind zum Essen eingeladen. Bei Sonnenuntergang wird uns ein Beförderungsmittel geschickt.« Er blickte auf. »Es scheint, als müßten wir heute abend ohne Tante Agatha auskommen.«

Dr. Lighters bescheidener Bungalow, der an den großen, dreistöckigen Komplex des Queen Anne's Hospitals angrenzte, war nur ein kurzes Stück von dem neuen Wohnsitz der Herriotts entfernt. Der Mann war ein kleiner, stämmiger Ire mit einem Gesicht, das ebenso rot wie sein zerzauster Haarschopf war. Er war scharfsinnig. Während seine angeborene Beredsamkeit mit dem säuerlichen Tischwein zunahm, schenkte er Lysistrata flüchtige Aufmerksamkeit und quetschte Dr. Herriott unverfroren nach seinen Erfahrungen aus. Das Mahl war eine dürftige, schlecht zubereitete Auswahl von andeutungsweise europäischen Gerichten, die, wie Lysistrata vermutete, für Gaumen gedacht waren, die der einheimischen Küche gegenüber vorsichtig waren. Das Tischtuch war fadenscheinig, die Räume so armselig eingerichtet, wie die ihren in Amerika gewesen waren. Die Herriotts wechselten resignierte Blicke wegen des alten Obstes, das als Dessert serviert wurde. Wenn der Krankenhausleiter so bescheiden lebte, konnte man nur annehmen, daß er entweder schlecht bezahlt wurde oder ein Geizhals war, was nichts Gutes verhieß.

Lysistrata fand, daß dies der geeignete Augenblick sei, dem Iren einen Vorschlag zu machen. Als er ihn hörte, reagierte Lighter so, als ob sie vorgeschlagen hätte, sie wollte nackt durch die Straßen reiten. »Sie? Krankenschwester? Wozu?« stieß er aus.

»Ich bin ein aktiver Mensch, Dr. Lighter, und an Krankenhausarbeit gewöhnt. Ich habe ein Empfehlungsschreiben des Boston General Hospital, wo ich die letzten drei Jahre als Krankenschwester gearbeitet habe.«

»Verzeihen Sie, Miß Herriott, ich bin sicher, daß Sie es gut meinen. Aber Medizin ist nun mal mehr, als Bettpfannen zu leeren«, erwiderte Lighter grob. »Ich habe genug Leute, die ein Katheter nicht von einer Spritze unterscheiden können.«

»Ich werde sicher nicht an die falsche Seite eines Patienten mit einem Katheter herantreten, Dr. Lighter. Ich habe meinen Schwesternkurs fast abgeschlossen...«

»Fast abgeschlossen.« Er warf ihr einen herablassenden Blick zu. »Ich will Ihnen ganz deutlich meine Meinung sagen. Ich sollte inzwischen reich genug sein, um mich zur Ruhe setzen zu können, wenn ich einen Hungerlohn von jeder gelangweilten evangelischen jungen Dame kassierte, die beeidet, ›fast‹ Krankenschwester zu sein. Florence Nightingale und ihre ganze Gesellschaft sollten das Ende eines Märtyrers nehmen: wie der Heilige Laurentius über kleiner Flamme geröstet, in unseren Gebeten bedacht, und dann sollte man nie wieder von ihnen hören. Die Anhänger dieser Dame haben sich wie Heuschrecken auf den Medizinerberuf gestürzt. Ich hoffe, nie eine davon in meinem Krankenhaus zu sehen.« Er hob eine Hand, um ihren Protest abzuwehren. »Zugegebenermaßen haben Sie durch Ihren Dienst in Boston beträchtlich mehr Erfahrung als die meisten, aber Rangun ist der Osten, Miß Herriott, und Sie werden bald feststellen, daß er sich vom Westen völlig unterscheidet.« Er neigte seinen Kopf. »Manche Westler versuchen diese Tatsache zu ignorieren. Manche erwägen, sie zu verändern. Nur sehr wenige haben bei ersterem Erfolg gehabt und bei letzterem nur rein oberflächlich.«

»Asiaten kämpfen mit den verheerendsten Seuchen der Menschheit, so wie wir Tee trinken. Cholera, Typhus, Lepra, Ruhr, Malaria, Elefantiasis und eine Unmenge von Dschungelkrankheiten, von denen Sie noch nie gehört haben oder die Sie sich wahrscheinlich nicht vorstellen können. Ho Lung Chi, der Kaufmann, der Ihr Haus besaß, starb mit zwei Dritteln seines Haushaltes in nur zwei Wochen an Cholera. Da er keine Erben hatte, vermachte er seinen Besitz dem Krankenhaus, ein seltener Akt von Dankbarkeit, der durch fast nutzlose Pflege erbärmlich schlecht belohnt wurde.« Er nahm tapfer einen Schluck von seinem schrecklichen Wein. »Fast das ganze Land leidet unter Unterernährung und mehr als ein

Drittel der Kinder erleben ihren ersten Geburtstag nicht. Ich will Sie nicht erschrecken, Miß Herriott, aber dieser Teil der Welt birgt Gefahren, die Sie besser erkennen sollten.«

»Ich habe mit den meisten der von Ihnen genannten Krankheiten tatsächlich nie zu tun gehabt, aber ich habe Typhus, Diphtherie und Scharlachfieberepidemien durchgemacht. Keine Krankheit ist schön, Dr. Lighter, und würde ich in Boston leben wollen, hätte ich dort bleiben sollen. Nun, Sir, wie Sie zugeben, brauchen Sie ausgebildetes Personal, und ich bin ausgebildeter als die meisten, sicher mehr, darauf wette ich, als die meisten Einheimischen.« Sie schwieg und stellte dann ruhig fest: »Ich brauche das Geld.«

Er betrachtete teilnahmslos ihren zerknautschten Serge. »Ich darf das so verstehen, daß Sie meinen, das Einkommen Ihres Vaters als Chirurg wird für Ihre Bedürfnisse nicht ausreichen.« Er runzelte die Stirn. »Ich hatte angenommen, als er zusagte...«

»Ich bin mit meinem Gehalt völlig zufrieden, Doktor«, fiel Herriott schnell ein. »Meine Tochter wollte damit nicht sagen, daß wir für Ihre Bemühungen undankbar sind.« Er lächelte schief. »Aber, sehen Sie, wir hatten nicht erwartet, Dienerschaft zu bekommen, und wir sind unvorbereitet...«

»Ah.« Lighters Gesicht erhellte sich. »Das ist kein Problem. Die kosten Sie nicht mehr als ein paar *Kyat*.«

Herriott schnitt ein Gesicht. »Unglücklicherweise sind das diesen Monat ein paar *Kyat* mehr, als wir uns leisten können.«

Lighter stellte nüchtern fest: »So knapp, ja?«

»Werden sie Schwierigkeiten haben, neue Arbeitgeber zu finden, wenn wir sie entlassen?« fragte Lysistrata. »Ich pflege meinen Haushalt immer allein zu führen und bin kein Personal gewöhnt.«

Lighter schüttelte den Kopf. »Sie werden feststellen, daß es in diesem Klima fast unmöglich ist, ein Haus ohne Hilfe anständig zu führen. Allein die Arbeit im Garten kann Sie völlig beanspruchen. Wegen der Größe von Chis Bungalow brauchen sie ihre gesamte Zeit zum Putzen. Die Fenster zum Beispiel…«

»Vielleicht könnten wir einige Räume einfach abschließen.«

Lighter schüttelte nachdrücklich den Kopf. »Schimmel, Ungeziefer und Holzfäule gefährden die Häuser hier. Da es Eigentum des Hospitals ist, muß das Haus erhalten werden.«

Lysistrata starrte ihn ausdruckslos an. Der alte Knicker hatte sich also mit einem Chirurgen ohne Extrakosten auch eine Haushälterin verschafft. Keine westliche Frau, die Selbstachtung hatte, würde zulassen, daß ihr Wohnsitz verkam, wie es eine Frau aus dem Osten vielleicht tat. Sie war kaum in der Position, zu widersprechen. Er erwartete zumindest nicht, daß sie die Arbeit alleine tat, aber sie war dennoch wütend.

Lighter schien ihre Gedanken zu lesen. »Natürlich werden Sie sich gelegentlich Unterhaltung wünschen. Die kleine europäische Gemeinde hier ist engverbunden. Man wird Sie einladen und erwartet, daß Sie sich revanchieren.« Er hielt inne und fügte lakonisch hinzu: »Besonders Frauen finden das Leben im Osten ohne solche Zerstreuung einsam.«

»Ich halte Krankenpflege«, rächte sich Lysistrata, »für sehr zerstreuend und für entschieden nützlicher.«

Lighters Mund verzog sich stur. »Ich bedaure. Das steht völlig außer Frage. Wenn Sie hier eine Weile gelebt haben, werden Sie mir für meine Ablehnung danken.« Er schob seinen Stuhl zurück und erhob sich. »Dr. Herriott, begleiten Sie mich auf einen Brandy und eine Zigarre ins Arbeitszimmer?« Er blickte Lysistrata kurz an. »Sie werden ein recht neues Exemplar des *Tatler* im Salon interessant finden, Miß Herriott. Mein Diener wird Ihnen Tee bringen.«

Derart rücksichtslos abgeschoben, durchbohrte Lysistrata Lighters Rücken mit Blicken, als er ihren Vater aus dem Zimmer geleitete. Sie erhob sich abrupt und ging zu dem Sideboard, wo sie wie erwartet fand, wonach sie suchte.

Etwas später kamen die beiden Ärzte in den Salon geschlendert, noch immer in ein Gespräch über die neuesten chirurgischen Techniken in Bosten vertieft. Lighters Kiefer verharrte mitten im Satz. Lysistrata hatte eine seiner dicksten Zigarren zwischen Zeige- und Mittelfinger geklemmt und blies einen Rauchring in die Luft. Ihre Nase war in einer Medizinzeitschrift vergraben, und ihre übergeschlagenen Füße ruhten auf einem dick gepolsterten Sessel. Sie blickte gleichgültig auf. »Eine mittelmäßige Havanna, Dr. Lighter, aber ich muß sagen, daß meine jungfräuliche Tante Agatha einen Sherry brennt, der kräftiger ist, als dieser Brandy.« Sie nahm einen Schluck aus dem Glas nahe ihrem Ellenbogen. »Papa, wir müssen noch einen guten Brennofen im Garten bauen.«

»Lysistrata«, seufzte Herriott, als der Wagen zurück zur Loo Gow Street rollte, »willst du, daß ich entlassen werde, bevor ich überhaupt angefangen habe?«

Sie lachte freudlos. »Lighter wird dich nicht entlassen, Papa. Er hat bereits unsere Passage bezahlt. Ich garantiere dir, daß er nicht einmal auch nur einen Extrapenny für eine Briefmarke ausgeben würde, um eine Anzeige wegen Ersatz aufzugeben. Um entlassen zu werden, müßtest du wahrscheinlich versehentlich die Eingeweide eines Patienten in seine Ohren stopfen, aber du bist ein zu guter Arzt. Du wirst ihm keinen Grund geben, dich los zu werden.«

»In Boston brauchten sie keinen Anlaß.«

»Du warst mit einer Rebellin verheiratet, und dein ältester Sohn war ein Rebell. Lighter ist Ire. Der kümmert sich nicht um amerikanische Streitigkeiten.« Sie drückte seine Hand. »Wenn er Vorurteile hat, dann hat er dich wahrscheinlich eingestellt, weil er glaubte, du seist ein Rebell.«

Er lachte schief. »Da magst du recht haben. Als wir im Arbeitszimmer waren, erklärte er sich einverstanden, mir auf mein erstes Monatsgehalt einen Vorschuß zu geben.«

Sie faßte ihn fester an. »Gott sei Dank... was ist mit Tellern? Hast du daran gedacht, zu fragen...?«

»Geschirr kommt zum Lunch. Es war ihm sehr peinlich, weil er das vergessen hatte.«

»Allerdings«, erwiderte Lysistrata trocken. »Stell dir vor, wenn ich die hiesigen Damen dazu einlade, Tee aus Kokosnußschalen zu nippen.«

Herriott lachte und tätschelte ihre blaßgrüne Wange. »Wie war die Zigarre?«

Sie lächelte freudlos. »Ich denke, ich hätte besser einen Regenschirm geraucht.«

KAPITEL 2

Ost begegnet West

Auf ihrer Stirne brennt ein Feuer,
nach vorne richtet sie den Blick
stellt sich dem künftigen Geschick,
fügt sich den Dingen, die ihr teuer

ALFRED, LORD TENNYSON

Wie Dr. Lighter vorhergesagt hatte, ließ die erste gesellschaftliche Verpflichtung der Herriotts nicht lange auf sich warten; Lysistrata, die mit der Organisation ihres Haushaltes beschäftigt war, bedauerte das nicht. Sie vermutete, daß die Einladung der Frau des britischen Kommissars sowohl aus Neugier als auch aus Höflichkeit erfolgte. Nach zwei Wochen in Rangun hatte sie bereits festgestellt, daß Lighter die Stellung einer Frau in der örtlichen europäischen Gemeinde genau geschildert hatte. Man lebte noch abgeschiedener als in Boston. Jedes neue Gesicht, sogar das ihre, mußte deshalb eine Abwechslung sein. Und wenn man auch nicht willkommen war, so war man doch zumindest ein neues Thema für Klatsch.

Sie merkte das sehr bald. So sorgte sie für Aufsehen auf einem Marktplatz nahe der Merchant Street, wohin sie Ma Saw begleitete, um Lebensmittel zu kaufen. Als Lighter von ihrer Absicht erfuhr, informierte er sie, daß europäische Frauen ihre Diener zum Einkaufen schickten, und selbst elegante Ladenbesitzer vom Fytche Square wurden oft in europäische Häuser zitiert, um Stoffe, Juwelen und Kunstgegenstände privatim zu zeigen. Sie spottete: »Wie sonderbar, daß sie die ›Verunreinigung‹ durch Einheimische meiden, aber Ruhr und Cholera zu ihren Dinnerpartys einladen.« Ihrem Vater gestand sie, daß sie weniger an Hygiene als an Ablenkung interessiert sei.

Am folgenden Tag wurde sie auf dem bunten, lauten Marktplatz nicht enttäuscht. Sie stieg zwischen von Ochsen gezogenen *Gharries*, die hoch mit Bananen, Ananas, Bael und Papaya beladen waren, aus der Rikscha und blieb fasziniert stehen. Wie lockender Weihrauch würzten unter hellen Sonnenschirmen Körbe mit Safran, Betelnuß und Gelbwurz die Luft. Ihrer Nase folgend wanderte sie verträumt durch den Bazar, wobei Ma Saw ihr in gebührendem Abstand folgte. Ach ja, dies war der Wohnsitz eines dienstbaren Geistes.

Schade nur, daß der Dschinn keine Wünsche verschenkte. Ihre wie immer dünne Damentasche mit ihrem winzigen Schatz an *Kyat* betastend, betrachtete sie gelassen ein flatterndes Märchenland von herrlicher birmanischer, siamesischer und indischer Seide. In Boston wäre das eine günstige Gelegenheit gewesen. Das blühende Geschäft an benachbarten Ständen, die einfache europäische Waren verkauften, war weniger verständlich. Sie wühlte in den Waren und zog ein Buch heraus. Deutsche Grammatik. Sie probierte eine Brille aus. Gewöhnliches Fensterglas.

Einige Läden weiter, als Lysistrata durch das Blitzen eines herrlichen Silberspiegels in einen Stand gelockt wurde, neigte Ma Saw ihren Kopf: »Wir Birmanen machen hübsche Sachen, ja?«

»Wie San-hla?« spottete Lysistrata gutmütig. »Ja.«

Lächelnd deutete Ma Saw mit einer Münze auf einen Korb voller verzierter Kämme. »Sie dagegen, ich für sie kaufe?«

Nachdem Ma Saw einen weißen Holzkamm ausgewählt hatte, lauschte Lysistrata aufmerksam ihrem energischen Feilschen mit der gutgekleideten, *Chanakka*-bemalten Inhaberin. Als Ma Saw ihren Kauf getätigt hatte, bot die bemalte Birmesin Lysistrata einen Elfenbeinkamm an. »Sie sagt, perfekt für Ihr Haar«, bemerkte Ma Saw.

Lysistrata schüttelte bedauernd den Kopf. »Er ist schön, aber ich fürchte... vielleicht ein anderes Mal.«

Die Inhaberin wechselte lächelnd ein paar Worte mit Ma Saw.

»Sie sagen, Sie jetzt nehmen, vielleicht ein anderes Mal bezahlen. Sie nie zuvor solches Haar gesehen. Nicht richtig es wie Hindu zu verstecken.«

Lysistrata war für einen Moment sprachlos, dann sagte sie

leise: »Sag ihr bitte, daß ich den Kamm nicht kaufen kann. Ich werde ihre Freundlichkeit immer zu schätzen wissen.«

Als die Birmanin Ma Saws Übersetzung hörte, legte sie den Kamm widerwillig in den Korb zurück und hielt dann einen kleinen Strauß Jasmin hin. »Sie sagt, dies kostet sie nichts. Außerdem sie reich. Sie achte Kusine des Königs.«

Mit einem scheuen Lächeln, das ihre Skepsis verbergen sollte, ließ Lysistrata sich die Blumen ins Haar stecken. Alle meinten, daß es ›viel besser‹ wirke.

Lysistrata und Ma Saw wanderten weiter, bis sie von den Bonbons und würzigen Kuchen einer singhalesischen Bäckerei angelockt wurden. Mehrere Kinder, die hinter hageren Hunden hertollten, hefteten sich hoffnungsvoll an Lysistratas Röcke. Obwohl sie sich keine Süßigkeiten leisten konnte, vermochte sie den sehnsüchtigen Blicken der Bengel nicht zu widerstehen. Mit entzückten Schreien nahmen die Kinder ihre genau geteilte Beute entgegen. Lysistrata leckte abwesend Zuckerstaub von ihren Fingern, während die Jungs davoneilten. »Kommen Sie«, Ma Saw zog sie in die Menge, »bald jedes Kind auf dem Markt, und wir essen heute abend Kaktus.«

An der nächsten Ecke führte sie Lysistrata in ein einheimisches Restaurant. Im Staub hockend aßen drei Birmanen zwanglos unter einem bauchigen orangenen Baldachin, wo Fisch in Sesamsamen und Limone über einem Holzkohlenfeuer brodelte.

»Viel besser als Kaktus«, sagte Ma Saw fröhlich. »Sie wollen, ich koche.« In der nächsten Bambushütte wurde einheimischer Shish Kebab mit Reis, gekocht in Bambusrohren, verzehrt. »Dies Ihr Vater vielleicht mögen.«

Mit wachsendem Appetit war Lysistrata bereit, auf der Stelle zu speisen. Dann sah sie, daß der alte Koch eine Mischung aus Blumen und roten Ameisen in eine Curryschale warf. Die Haushälterin einhakend, zog sie sich zurück.

Lysistrata fand, daß es an der Zeit sei, mit dem Einkauf zu beginnen und bewaffnete Ma Saw und sich in der Marktmitte mit neuen Einkaufskörben. Als sie ihr Wechselgeld zählte, drang durch das Gesumm und Geplapper der ruhige, beharrliche Schlag eines Gongs. Safrangelb gekleidete Theravadamönche zogen durch die Menge, um Speiseopfer zu sammeln. Ma Saw sah ihre Herrin fragend an. Lysistrata nickte ergeben. Mit einem ehrerbietigen *Shikkoh* verteilte Ma Saw Yams in die zinnoberroten Schalen der Mönche. Mit niedergeschlagenen Augen lächelten sie sanft und zogen weiter. »Sie ehren Priester, Missy?« fragte die Birmanin.

»Nur dürre, vorausgesetzt, sie ernähren sich nicht von Schwefel«, erwiderte Lysistrata trocken, während sie die Yams bezahlte. »Die in Boston sind stets pummelig und stellen sich die Friedenstaube als gebratene Ente vor.«

Ma Saw, obwohl zunächst von Lysistratas Mißachtung westlicher Gewohnheiten überrascht, paßte sich ihr bereitwillig an. Von milden Gaben abgesehen, hatte Lysistrata ihre Einkaufsliste sorgfältig aufgestellt und hatte nicht die Absicht, Ma Saw unnötige Dinge einkaufen zu lassen. So führte sie Ma Saw entschlossen von den fliegenumschwärmten Fleischständen fort, an denen sich die Menge von Buddhisten und Hindi danach drängte, das *fait accompli*, vor allem Schweinefleisch zu erwerben, wenngleich es ihnen verboten war, Leben zu zerstören. Doch als eine Horde Verkäufer mit attraktiveren Lebensmitteln lockte, sah Ma Saw amüsiert, wie Lysistrata kapitulierte. Begierig darauf, jede ihr unbekannte Frucht zu probieren, die sie beim Gang durch die Karren entdeckte, mußte sie ermahnt werden, immer nur eine zu essen. »Sehr reif.« Ma Saw entzog ihr behutsam eine Papaya. »Sie werden krank.« Sie schwenkte mütterlich einen Finger. »Später, Sie haben beim Essen.«

»Du hast recht«, seufzte Lysistrata. »Ich benehme mich, wie ein gieriges Kind.«

Ma Saw lächelte. »Nicht schlecht, neugierig auf Neues zu sein, aber vielleicht gut, erst mit Stock zu stoßen.«

Lysistrata wurde im Stockstoßen rasch erfahren. Sie hatte nie Angst vor Insekten gehabt, aber der Loo Gow Bungalow beherbergte eine Armee von vielbeinigen mikroskopisch kleinen bis babyfaustgroßen Schädlingen. Der Garten war ihre Brutstätte. Sobald ein Insekt laufen konnte, marschierte es unausweichlich ins Haus. Als Lysistrata U Pho, der sich wie befürchtet als nutzlos erwiesen hatte, vorschlug, sie auszurotten, waren er und seine buddhistische Familie bestürzt. Jedes Lebewesen hatte ein Recht auf seinen Platz unter der Sonne, erklärten sie. Und anderswo, dachte Lysistrata, als sie nervös zu den Dachgesimsen hochschaute und erwartete, daß einige der winzigen Pilger in ihr Haar fielen.

Bei einem Eindringling hörte es bei ihr auf. Als sie eines nachts in den Schlaf döste, wurde sie durch ein heftigeres Huschen als gewöhnlich aufgeschreckt. Unwillkürlich erschauernd fand sie, daß es sich wie ein Gleiten anhörte. Obwohl sie noch keine Giftschlange gesehen hatte, mußte es in Birma davon reichlich geben. Warum diese Schlangen ausgerechnet nicht in ihrem Garten sein sollten, war eine überflüssige Frage.

Sie entzündete vorsichtig eine Kerze und glitt aus dem Bett, die Zehen zusammengekrümmt bei dem Gedanken, den Boden und das, was möglicherweise dort geringelt lag, zu berühren.

Eine rasche, dunkle Bewegung in einer Ecke der Decke erregte ihre Aufmerksamkeit. Der dort gemalte Schatten hatte mindestens die Größe einer Schlange. Daraus ragten ein langer, zuckender Schwanz und ein stumpfer, schmaler Kopf. Mit vor Angst fast zugeschnürter Kehle wich sie zur Tür zurück. Als Beine aus der Kreatur sprossen, die diagonal über die Wand huschte, floh sie.

Sie eilte an der Tür ihres Vaters vorbei, da er noch im Krankenhaus war, und schreiend die Treppe hinunter. »U Pho, U Pho! Komm schnell!« Überflüssig zu sagen, daß er nicht schnell kam. Sie fand ihn nackt auf seiner Pritsche in dem kleinen Gartenhaus zusammengerollt. Etwas verspätet bemerkte sie, daß er vom Hals bis zum Knie üppig tätowiert war. »U Pho!«

Er zuckte etwas zusammen. Beteldunkle Augen blinzelten und blickten dann schläfrig über seine Schulter zu ihr auf.

»Eine riesige Echse. In meinem Schlafzimmer.« Ungeduldig machte sie eine schlängelnde Bewegung mit der Hand. Er starrte sie nur an. Sie hätte ihn erwürgen können. Birmanen, das hatte sie gelernt, hielten nichts von zuviel Anstrengung. Da Ma Saw Englisch sprach, sah U Pho keinen Grund, das auch zu lernen. Andererseits umfaßte Lysistratas bescheidenes birmanisches Vokabular noch kein Wort für Reptilien. Sie ergriff sein *Pasoh*, sein Lendentuch, warf es ihm zu und richtete den Daumen aufs Haus. »Komm! *Soviel* verstehst du ja wohl!« Ihr ärgerlicher Tonfall veranlaßte ihn, sich zu bewegen. Gelassen wickelte er sein *Pasoh* um und folge ihr.

Die Kerze vorgerichtet, deutete sie auf die Echse. U Pho musterte sie, lächelte, zuckte die Schultern und sah sie an wie ein Hund, dem man befohlen hatte, einen nicht existierenden Knochen zu apportieren. Er wunderte sich sichtlich, warum sie ihn gestört hatte.

Und ebenso eindeutig, dachte sie, muß er schwachsinnig und wertlos sein. Mit einem gemurmelten Fluch holte sie den 45.er Colt ihres Vaters. Das hätte sie gleich tun sollen, dachte sie wütend, wäre sie nicht so ein erschreckter Trottel gewesen. Sie kehrte ins Schlafzimmer zurück und richtete die Waffe auf die Echse, die jetzt fast von einem Balken verdeckt war. Im Kerzenlicht funkelten die Augen des Reptils, das ausdruckslos in die Mündung ihres Colts starrte. Zu ihrer Verwunderung zeigte U Pho erstmals an diesem Abend Tatkraft, indem er mit heftigem Ausruf die Waffe beiseite drückte. Auf ihren verblüfften Blick hin, begann er mit flehenden Augen zu gestikulieren und ein Schwall von Birmanisch ergoß sich aus seinem Mund. Sie verstand nur Buddha, Buddha, Buddha.

Mit wachsendem Ärger ignorierte Lysistrata ihn und trat ein paar Schritte zur Seite, um wieder auf ihre Beute zu zielen, die sich auf die andere Seite des Balkens begeben hatte. U Pho zerrte halb entschlossen, halb zögernd an ihrem Arm, unsicher, ob er ihr trotzen sollte, da sie einen Colt hatte. »Hör auf!« Lysistrata versuchte, ihn abzuschütteln. »Verdammt, U Pho!«

Der alte Mann merkte, daß sie nicht nachgab und klammerte sich wie ein Esel an sie. Mit einem leisen, verärgerten Knurren schob Lysistrata ihn mit aller Kraft von sich. Sie war kein Schwächling und der Mann kein Schwergewicht. Er rutschte aus, verlor das Gleichgewicht und stürzte rücklings. Lysistrata zielte ruhig und feuerte an die Decke, doch die Echse hatte sich während des Kampfes zurückgezogen. Mit einem lauten Bellen, das den Revolver übertönte, schoß sie über die Decke. Sie war so lang wie Lysistratas Unterarm und fast so dick wie ein Leguan. Mit einem letzten Schwanzzukken verschwand sie durch eine geborstene Jalousie der Verandatür. Lysistrata schaute fast dumm drein, während sie darauf wartete, daß ihr Herzschlag sich normalisierte.

Schließlich wandte sie sich U Pho zu, der sich wieder aufgerappelt hatte. Er zuckte leicht zusammen, als sie ihren Zorn und ihre Verärgerung an ihm ausließ. Doch sie begriff schnell, daß seine Reaktion keine Entschuldigung war. Sein Gesicht wurde kälter, als sie ihn maßregelte. Schließlich drehte er sich mit einem Blick, der an Verachtung grenzte, um und verließ den Raum. Ein paar Minuten später hörte sie, daß der Riegel des Tores bewegt wurde, dann das Quietschen der Türen, die schwingend schlugen.

Die würdevolle Kündigung ihres Schwiegervaters, die Ma Saw überbrachte, als sie und ihre Töchter am nächsten Morgen kamen, war nicht unerwartet und Lysistrata nicht unwillkommen. Dennoch fühlte sie sich unwohl, weil sie die Situation verpatzt hatte. Obwohl sie auch mit der Kündigung von U Phos Familie rechnete, erfolgte diese nicht. Ma Saws Verhalten war reserviert, aber nicht vorwurfsvoll. Es schien, als sei U Pho nicht nur durch Lysistratas Standpauke beleidigt, sondern weil sie sein *Pasoh* angefaßt hatte. In Birma war für eine Frau, die nicht die Gattin eines Mannes war, die Berührung seines *Pon*, seiner Manneskraft, tabu. Und nicht einmal seine Frau berührte seine Habe und sein Bett mit ihren unteren Kleidungsstücken. Sie durfte auch nicht seinen Kopf berühren.

Lysistrata, wenngleich verblüfft und amüsiert über diese seltsame Beziehung zwischen birmanischen Männern und Frauen, hatte durch die Auseinandersetzung mit U Pho genug gelernt, um sich nicht darüber lustig zu machen. »Wird dein Schwiegervater wegen seines Alters Schwierigkeiten haben, eine neue Stellung zu bekommen?« fragte sie ruhig.

Ma Saws Gesichtsausdruck wurde ob ihrer Besorgnis weich. »Er braucht nicht zu arbeiten. Sein, San-hla und ich verdienen genug, um seine Bedürfnisse zu stillen. Wenn er einen vollen Bauch hat, genug Geld für Toddy und einen kleinen *Gungah,* um mit seinen Freunden zu rauchen, ist er glücklich. Für ihn ist es an der Zeit, daß er im Schatten sitzt.«

Lysistrata bemerkte die plötzliche Verbesserung in Saws Englisch. In vierzehn Tagen konnte die Birmanin unmöglich ihr Vokabular so erweitert haben. Hatte Ma Saw es für klug gehalten, so zu tun, als sei sie mit der englischen Sprache und Gebräuchen nicht zu vertraut, damit sich ihre neuen Arbeitgeber nicht bedroht fühlten und sich freier bewegten?

Sie fragte laut: »Warum verteidigte er so entschlossen Ungeziefer? Bei allem Respekt, wird da Religion nicht zum Extrem ausgeübt?«

»Buddha zufolge ist *alles* Leben heilig, selbst das eines Moskito.« Ma Saw lächelte nicht. »U Pho hätte Sie wahrscheinlich nicht *ganz* so heftig daran zu hindern versucht, einen Moskito zu töten. Der *Tuk-too,* den Sie letzte Nacht sahen, ist ein Freund. Er lebt hier. Wäre er nicht da, würde das Haus von Insekten überrannt.«

»Er frißt sie«, zirpte San-hla, die ebenfalls eine unerwartete Beherrschung des Englischen demonstrierte. »Er ist der größte *Tuk-too* auf der Loo Gow Street.«

»Er hat auch eine Frau«, fügte Sein kichernd hinzu.

»Auch Kinder?« fragte Lysistrata argwöhnisch.

»Ich habe keine gesehen«, erwiderte Ma Saw. »Wenn er welche hat, schickt er sie fort. In einem Haus ist immer nur ein Paar *Tuk-Toos.*«

»Ah«, sagte Lysistrata vage. Hauskatzen. Sie hatte ein Paar schuppiger Hauskatzen.

Als Lysistrata ihr Haar für die Party des Kommissars an diesem Abend bürstete, war sie froh, daß sie sich keine Illusionen wegen ihres Aussehens machte. Illusionen brachten nichts als Enttäuschungen, vor allem, was Männer anbelangte. Außer Frank hatten nur wenige Männer sie als Frau behandelt, und dafür war sie sehr dankbar. Frank Wyatt. Ihr Cousin. Ihre Liebe. Ihr Lügner. Er hatte soviel genommen und nur Elend gegeben. Sie spürte noch den Schmerz in ihrer Brust, wenn sie sich daran erinnerte. Sie hatte den Schmerz zu einem Panzer gehämmert. Abgesehen von der zu erwartenden Schwäche, freute sie sich auf das Alter. Von einer alten Frau erwartete niemand etwas. Ihre Haut mochte makellos sein, aber kein Mann würde sie je liebkosen, und schließlich würde sie zu einem Teil ihrer Rüstung verrunzeln.

Ihr Haar war mehr als leidlich, ihre hübschen Augen scharf und wachsam. »Haar und Augen meiner Schwester Eden«, pflegte ihre Mutter zu sagen. Doch Lysistrata hielt die Erinnerung ihrer Mutter mehr für Zärtlichkeit denn für Sachlichkeit. Eden, die Schönheit von Savannah, war jung gestorben; und ihre Mutter auch.

Sie fühlte, daß ein tiefer, undefinierbarer Teil von ihr, wahrscheinlich ihre Fraulichkeit, durch Frank getötet worden war; sie wollte keine Wiederauferstehung. Und nach vergangenen Erfahrungen von Partys zu urteilen, würde sie heute nacht nicht in Gefahr sein, dachte sie grimmig, als sie das Haar teilte und dann zu einem festen Knoten in ihrem Nacken aufsteckte. Durch die Feuchtigkeit waren ihre sonst flachen Zöpfe widerspenstig, aber sie würden durch Schweiß an ihre Stirn geklebt sein, wenn sie zum Essen geführt wurde.

Sie zog das alte, graue Seidenkleid ihrer Mutter an und gab dann einen Tupfer Parfüm auf ihre Handgelenke, um den feinen Mottengeruch zu überdecken. Das Oberteil war zu eng, da ihre Mutter schlanker gewesen war, und für Lysistratas Geschmack zu knapp geschnitten, doch ihr schwarzer Merinoschal würde das Problem lösen. Der für Vorkriegskrinolinen geschnittene Rock war ähnlich einer Kaskade im Worth-Stil an der Rückseite gerafft und angesteckt. Sie hatte sich nicht daran gestört, wenn die Damen, denen sie bei den wenigen gesellschaftlichen Anlässen in Boston begegnete, auf schleifende Röcke hingewiesen und sie mit langweiligen Lektionen über Mode belästigt hatten, ihre Näherinnen angeboten hatten oder sogar, ihr Nähunterricht zu geben.

Um Schmuck kümmerte sie sich nicht. Nachdem sie die Brosche den Ruderern gegeben hatte, ein Abschiedsgeschenk von Tante Agatha, besaß sie keinen. Sie warf den Schal um ihre Schultern und ging dann zu ihrem Vater hinunter.

Dr. Lighter, ebenfalls einer der Gäste des Kommissars, nahm sie in seiner Kutsche mit. Das hielt Lysistrata für richtig, da sie es haßte, auch nur einen Teil ihres bescheidenen Einkommens für Annehmlichkeiten auszugeben.

»Sie haben hoffentlich nichts dagegen«, erzählte er ihnen, als Herriott Lysistrata in die Kutsche half, »daß ich kurz am Hafen halte. Ich erwarte heute eine Medikamentenlieferung.«

Der Botengang wurde schnell erledigt. Während die Kutsche wartete, erledigte Dr. Lighter die notwendigen Transaktionen in einem Reedereibüro am Ostende der Docks. Er kehrte von zwei bewaffneten chinesischen Kulis begleitet zurück, die vier Holzkisten trugen, auf die rote chinesische *Chop*-Zeichen gestempelt waren. Er ließ sie auf den Boden der Kutsche stellen, wodurch es sehr eng wurde, nachdem er Platz genommen hatte. Die beiden Kulis stiegen oben auf.

»Entschuldigen Sie die Verzögerung«, sagte er, als die Kutsche über den Kai rumpelte. Er schlug auf die obere Kiste und lächelte Herriott an. »Das ist das Opium, auf das wir gewartet haben, John.«

»Das ist aber viel«, stellte Lysistrata fest.

»Ja, Richard Harley weiß, wie man bekommt, was man braucht. Und es gibt kein schnelleres Schiff als seine *Rani*.«

»Die *Rani*?« wiederholte sie. »Wir sahen sie aus dem Hafen auslaufen, als wir mit der *Mayfield* einliefen.«

»Da war sie unterwegs nach Tennasserim und ins südchinesische Meer.«

Herriott runzelte die Stirn. »Ich erinnere mich vage an sie. Sie sah wie ein Vergnügungsschiff aus, sicherlich nicht für eine Reise in Piratengewässer geeignet.«

Lighter lachte. »Harley ist selbst so eine Art Pirat, und hinter den hübschen Stückpforten der *Rani* sind genug Kanonen und Revolvergeschütze.« Er nahm ein Zigarrenetui heraus und schaute dann Lysistrata halb spöttisch an. »Darf ich?«

»Natürlich, Doktor«, erwiderte sie kühl.

»Möchten Sie auch eine?«

Herriott gab ein ersticktes Grunzen von sich, als sie zurückgab: »Nicht vor dem Essen, Doktor. Ich finde, es verdirbt den Geschmack.«

Als er das Etui ihrem Vater anbot, fragte Herriott: »Wer ist dieser Harley? Ein Yankee-Händler?«

»Nein, er ist ein Hiesiger«, antwortete Lighter, während er seine Zigarre entzündete. »Ist dem Gesetz immer einen Schritt voraus.« Er hielt seine entzündete Zigarre an Herriotts. »Sein Vater war ein englischer Offizier im Punjab und seine Mutter eine Rajput-Prinzessin. Mischlinge sind in diesen Breiten häufig, aber Harley ist einer der wenigen, die clever genug sind, daraus ihren Vorteil zu ziehen. Hat einen Fuß in beiden Welten. Die Briten tolerieren Mischlinge normalerweise gesellschaftlich nicht, aber Harley ist sehr wertvoll für sie. Er hat Verbindungen im Chinahandel, die sie nicht einmal im nächsten Jahrzehnt herstellen könnten. Die Inder wollen nichts mit ihm zu tun haben, aber die Birmanen sind gewöhnlich tolerant.« Er klopfte seine Zigarrenasche auf die Straße. »Wahrscheinlich werden Sie ihn heute abend beim Boss-*Wallah* sehen.«

Lysistrata, die nur halb zuhörte, hoffte, daß der Boss-*Wallah Hilsa*-Fisch mit Curryreis servieren würde. Der von Ma Saw war superb.

Gaslicht aus den Fenstern des Regierungshauses ergoß sich über einen Rasen, der bereits durch einen tropischen Mond und juwelenfarbige Lampions, die reglos in der Nachtluft hingen, geweißt war. Der große, weiße Bungalow, dessen Pfefferkuchenholz mit indischen Affen- und Elefantenmotiven geschnitzt war, stand am Ende einer mit zerstampften Muschelschalen bestreuten Auffahrt, die von Palankeens, Kutschen und Rikschas gesäumt war, um die Fahrer verschiedener Nationalität in Gruppen standen. Östlich der Auffahrt zeigten und verdeckten dekorative Muster von Magnolien und Bougainvillea auf dem Rasen ungefähr sechzig Gäste. Fast alle waren Europäer, die Männer in schwarzen Cutaways und Uniformen, die Damen in üppige asiatische Seide gekleidet, nach dem Pariser Stil des letzten Jahres geschnitten. Viele Frauen trugen üppigen Schmuck, was man in Boston für vulgär gehalten hätte, wie Lysistrata dachte. Die wenigen einheimischen Gäste waren Chinesen in Seide und Brokat, Birmanen in gemusterten *Longyi*-Röcken und mehrere Inder, darunter ein dicker Inder mit einem juwelenbesetzten Turban und einem purpurnen, pfauenfederverzierten Umhang, dazu verschiedene Asiaten, durchweg Männer. Indische Diener in weißen Jacketts schlängelten sich mit Champagnerkelchen und Hors d'oeuvres durch die Menge. Die Herriotts probierten alles, was in Reichweite kam, als Lighter sie durch die Menge dirigierte.

Der Kommissar, Sir Anthony Bartly, und seine Frau, Lady Mary, hielten unter einem von Löwen verzierten, grüngoldenen Pavillon Hof, der gegenüber einem spiegelnden Teich an der Rückseite des Hauses lag. Wasserlilien und Ketten von Jasmin trieben auf dem Wasser, durchsetzt mit winzigen kerzentragenden Papierschiffchen. Sir Anthony war ein vornehmer, silberhaariger, ehemaliger Kalkutta-Nabob in den Fünfzigern. Er war den Herriotts gegenüber sehr korrekt, sein Verhalten unpersönlich höflich. Seine Frau war in den Vierzigern. Ihre Art, ihr gutes Aussehen und die eisigen blauen Augen ähnelten denen ihres Gatten sehr, daß sie seine Schwester hätte sein können. Ihr Blick wanderte rasch zu Herriott in seinem abgetragenen schwarzen Anzug, dann zu Lysistrata in ihrem plumpen Kleid. Lysistrata bemerkte, daß sich die elegante Art der Engländerin dabei nicht im mindesten änderte. »Ich bin so froh, daß Sie und Ihre Tochter sich heute abend zu uns gesellen konnten, Doktor. Wir sind eine kleine Gemeinde und freuen uns immer über Neuankömmlinge.« Sie wandte ihre Aufmerksamkeit wieder Lysistrata zu. »Spielen Sie Bridge, meine Liebe? Vielleicht können Sie am nächsten Donnerstag nachmittag die Vierte machen.«

»Ich habe dieses Spiel nie gelernt, Ma'am. Ich bin besser beim Poker.«

»Poker?« Lady Mary schwieg kurz. »Ich fürchte, ich...«

»Das ist ein amerikanisches Spiel, Mary«, murmelte eine auffallende Brünette, die hinter Lady Marys Stuhl stand. Sie war als Mrs. Evelyn Chilton vorgestellt worden. Ihr schönes Gesicht war bis auf ein neugieriges Lächeln, das wohl Lysistratas Antwort verursacht hatte, gelassen. Ihr Kleid war aus bordeauxroter Seide von Worth. Passendes Geschmeide aus Diamanten, Smaragden und Opalen mit einer taubengrauen, barocken Perle hing zwischen wundervollen Brüsten. Ihre Figur war prächtig, ihre veilchenblauen Augen von dichten schwarzen Wimpern gesäumt, die mit Mascara verstärkt waren, wie Lysistrata annahm.

»In der Tat?« erwiderte Lady Mary. »Exzellent. Sie müssen Ihr amerikanisches Spiel demonstrieren, Miß Herriott. Die Abwechslung wird willkommen sein. Also dann diesen Donnerstag um vier zum Tee?« Als sie einen erschreckten Ausdruck in Lysistratas Augen bemerkte, fügte sie schlau hinzu: »Lady Pan-byu vom Königlichen Hof in Mandalay wird aus ihrer Übersetzung ›Der *Glaspalast*‹ *Chroniken* vorlesen. Es ist ein feierliches Stück, das Abendländer nicht oft erleben, und Lady Pan-byu gilt als bemerkenswerte Gelehrte.«

Sie hatte Lysistratas schwache Stelle richtig erkannt.

»Ich werde sehr gerne kommen, Ma'am.« Lysistrata neigte leicht den Kopf vor den Bartlys, nahm dann den Arm ihres Vaters und ging zwischen den beiden Ärzten auf das Haus zu.

»Das ist für Ihren Geschmack ein schlampiger Vogel, Mary«, kommentierte Evelyn Chilton, deren Tonfall jetzt amüsiert klang, »und sie ist grämlich. Warum befassen Sie sich mit ihr?«

»Ich habe die Absicht, diese schäbigen Federn zu rupfen und zu sehen, wie sie wirklich ist.« Ein rätselhaftes Lächeln huschte über ihr aristokratisches Gesicht. »Außerdem habe ich nicht mehr gepokert, seit Tony und ich in den Rockys mit Lord Gore jagten.«

Zwei scharlachrot gekleidete Sikhs mit weißen Wickelgamaschen flankierten die massiven Teaktüren des Empfangzimmers, das im Licht sechs birmanischer Bergkristalllüster funkelte. Etwa achtzig weitere Gäste hielten sich in dem von lakkierten Coromandel-Paravents gesäumten Raum auf. Vor den Paravents standen Sofas, die mit kostbarem indischen Brokat und Leopardenfell gepolstert waren. Das Fell eines Bengaltigers streckte sich vor dem Porphyrkamin, der nie benutzt worden sein konnte. Die Köpfe eines Rhinozeros, verschiedener Hirsche und anderen Großwildes hingen zwischen Ölgemälden, die die Großtaten der britischen Armee bei der Unterwerfung Indiens zeigten. Darunter schwenkten Madrassen gewebte Pfauenfeder-*Punkahs* in dem vergeblichen Versuch, die Luft zu bewegen, die durch filigrane Elfenbeinfenster drang. Zwei weitere Sikhs bewachten die Tür des Speiseraumes, die von riesigen Elefantenstoßzähnen, auf Ebenholz und Gold montiert, gerahmt war. Die Briten lebten gut von dem Land.

Während Lighter die Herriotts in den Salon begleitete, gab er ständig Kommentare zu den Gästen ab. »Dieser Kaschmiri in seinem Pfauenfedermantel ist hier, um über den Chinahandel zu beraten, wette ich. Er heißt Gopal Prasad. Er ist ein schmieriger Typ, vor allem gegenüber Frauen.« Seit dem Zwischenfall mit der Zigarre sprach Lighter vor Lysistrata unverblümt. »Dieser backenbärtige Gentleman ist General Nigel Chilton. Seine Frau haben Sie bereits kennengelernt.«

Lysistrata war vom Alter des Mannes überrascht. Der wohlbeleibte, wichtigtuerisch dreinblickende kleine Mann mit Koteletten war mindestens dreißig Jahre älter als seine Frau. Evelyn Chilton mochte zu Possen neigen, aber romantisch war sie nicht.

»Ah, da ist der Bursche, den ich Ihnen schilderte, John«, bemerkte Lighter. »Richard Harley. Wenn Sie mich entschuldigen. Ich schulde ihm Dank für die letzte Opiumlieferung.« Er drängte sich durch die Menge davon. Der Mann lehnte lässig an einer Mahagonisäule, wo er sich mit einem, in grüne Seide gekleideten, Chinesen unterhielt.

Wenn General Chilton schon eine Überraschung war,

dann Richard Harley noch mehr. Lysistrata hatte einen mondgesichtigen, weichleibigen, mittelgroßen Inder mit der grauen Blässe und den seltsam gefärbten Augen eines asiatischen Mischlings erwartet. Man hätte Harley, der größer als Lord Anthony war, leicht für einen Europäer halten können. Seine Hautfarbe war zwar dunkel, aber seine Gesichtszüge scharf, und er trug seinen schwarzen Savile Row, als sei er darin geboren. Sie hätte ihn für einen Spanier oder Italiener gehalten. Dennoch war etwas undefinierbar anders an ihm. Kein Europäer hatte dieses leichte, subtile Lächeln, so flüssige Bewegungen. Selbst auf die voreingenommene Lysistrata wirkte er außergewöhnlich attraktiv.

Als Lighter zu ihm kam, schaute Richard Harley automatisch in die Richtung, aus der der Doktor gekommen war. Obsidianschwarze Augen schauten direkt in die ihren. Überrascht über seinen offen forschenden Blick, errötete sie heftig. Sie wandte ihr Gesicht ab und erkannte zu spät, daß ihre Reaktion ihren faux pas noch schlimmer machte. Tief Atem holend drehte sie sich wieder zu dem Mann um. Und sah, daß er amüsiert war. Ihre Verlegenheit wich Ärger. So offen verspottet zu werden war unerträglich, zumal sie nicht beabsichtigt hatte, unverschämt zu sein. Sie sah ihn durchdringend an. Es war so, als wolle man eine Katze dazu bringen, den Blick abzuwenden. Obwohl nur ein paar Sekunden vergingen, begann sie sich albern zu fühlen. Dann drehte er sich lässig um, als sei sie ein Vogel, der keine weitere Beachtung verdiene, und nahm seine Unterhaltung mit dem Chinesen und Dr. Lighter wieder auf.

Lysistrata war, als sei sie geohrfeigt worden. Für einen Moment wünschte sie sich, splitternackt zu sein, und daß eine dicke, barocke Perle zwischen ihren Brüsten baumelte. Dann hätte er sie nicht ignoriert, dieser Bastard!

Herriott, der ihr angespanntes, weißes Gesicht sah, legte eine Hand auf ihren Arm. »Was ist denn, Lysistrata?«

»Ich...« Sie verschluckte die Worte und legte ihre Hand kurz auf die seine. »Nicht. Nichts, Papa, ich...«

»Miß Herriott?« ertönte eine Männerstimme hinter ihr.

Mit angehaltenem Atem wirbelte sie herum. Dann atmete

sie erleichtert aus. »Leutnant Armistead. Wie schön, Sie wiederzusehen.«

Harry nickte Herriott zu. »Ich gestehe, ich erfuhr erst, daß Sie hier sind, Sir, als Lady Mary mich informierte, daß ich die Ehre habe, Miß Herriott zu Tisch zu führen.«

Während Lysistrata Lady Mary stumm dankte, bemerkte Herriott: »Sie scheint eine perfekte Gastgeberin zu sein. Sie hat wohl festgestellt, daß wir Mitreisende waren.«

Der arme Harry wünscht sich wahrscheinlich, tot zu sein, dachte Lysistrata, aber sie war froh, ihn zu sehen. Sie mochte Harry, aber sie war noch erleichterter darüber, einen Tischpartner zu haben, bei dem sie sich entspannen konnte. Ihre Fassung war seit geraumer Zeit nicht so erschüttert worden, wenn man den *Tuk-too* Zwischenfall nicht mitrechnete.

Unter wiegenden *Punkah*-Fächern schien das schwere englische Dinner, serviert auf Wedgwoodporzellan, ewig zu dauern. Lysistrata überlegte, ob die Gäste das Rind- und Hammelfleisch auch so genießerisch verzehren würden, wenn sie wüßten, wie fliegenumschwärmt es gewesen war. Richard Harley richtete seine Aufmerksamkeit auf seine hübsche, blonde Tischgefährtin und das Paar neben sich. Er blickte nicht einmal zu ihr. Obwohl froh darüber, daß er offensichtlich ihre Existenz vergessen hatte, war sie etwas verärgert. Harry jedoch glättete ihre gerupften Federn mit seinem üblichen, gutmütigen Charme. Er schien ihre Gesellschaft sogar zu genießen, und sie reagierte fast flirtend darauf.

Dennoch sah sich Lysistrata nach dem Essen allein gelassen, weil Harry sich entschuldigte und sich mit ihrem Vater und Dr. Lighters den Gentlemen anschloß, um Zigarren und Brandy zu sich zu nehmen. Sie lief auf dem Grundstück herum und kehrte dann zu der Veranda zurück, wo sie den Musikern zuschaute, die ihre Instrumente neben der Tanzfläche aufbauten. Als sie zu spielen begannen, zog sie sich in eine versteckte Nische zurück, damit ihr partnerloser Zustand weniger auffiel.

Sie tanzte gerne und tat es gelegentlich mit ihrem Vater, doch seit dem Krieg hatte sich die Gelegenheit nicht oft ergeben. Auf den ersten Strauß-Walzer folgte eine Polka. Auf der Fensterbank sitzend, klopften ihre Zehen den Takt zur Musik, während sie den Tänzern zuschaute.

Dann hörte sie ein gedämpftes, unregelmäßiges Klicken aus dem Raum hinter sich. Durch die Jalousien spähend, sah sie mehrere Männer Billard spielen. Neben zwei britischen Beamten war Sir Anthony und Chilton darunter. Über ihren Köpfen hing eine Wolke von Zigarrenrauch, in dem Insekten summten. Jemand, den sie nicht sehen konnte, sprach perfektes Englisch mit einem seltsam zischenden Akzent. »Ich versichere Ihnen, Gentlemen, daß die Straße nach Yünnan geöffnet wird, wenn Sie große Vorsicht walten lassen, aber die Verhandlungen sollten nicht übereilt werden. Chang Yin ist ein unzugänglicher Mann.«

Einer der britischen Beamten sprach. »Changs Macht könnte unser Vorteil sein. Wäre er weniger selbstsicher, würde er uns nie erlauben, seine Grenzen zu überschreiten.«

»Verzeihen Sie«, Gopal spreizte seine dicken Hände, »aber Wa Sing erwartet von uns, daß wir allein seinem Wort und seinem Einfluß vertrauen. Ich fürchte, daß mein Herr, der Maharadscha von Kaschmir, eine größere Sicherheit wünscht, wenn er einen Teil der Expedition nach Yünnan finanzieren soll. Sein versprochener Gewinnanteil ist sehr beträchtlich.«

»Aber die von ihm erbetene Investition ist auch . . . sehr beträchtlich. Unter solchen Umständen kann ich meine Zustimmung zu einer derart großen Summe nicht geben. Sicher verstehen Sie meine Positon.«

»Gewiß, ich bin sicher, jeder hat Mitgefühl für Ihre Schwierigkeiten, verehrter Gopal Prasad«, ertönte die flüsternde Stimme des Chinesen. »Unglücklicherweise kann ich für die Vorhersage meiner Landsleute nicht bürgen, wenn mit einem ausländischen Repräsentanten verhandelt wird.«

Lysistrata sah kurz seinen schwarzen Fächer hinter einer Zwergpalme wedeln, die ihr den Blick versperrte. Sir Anthony, der ruhig zugehört hatte, während er seinen Billardstoß vorbereitete, führte diesen aus und richtete sich auf. »Dennoch, Mr. Sing, hat Mr. Prasad in gewisser Weise recht.

Sie verlangen sehr viel Geld. Eine Reihe britischer Kaufleute werden ruiniert sein, wenn die Expedition scheitert.«

»Und sehr viele werden reich werden, wenn das nicht der Fall ist«, erwiderte der Chinese gelassen.

»Was meinen Sie, Harley?« fragte einer der Beamten. »Sie kennen das Land. Man sagt, Sie selbst hätten mit Chang gehandelt.« Er wandte sich an Harley, der auf einer Lehne eines massiven Teaksessels saß, sein Kinn auf Hände gestützt, die über die Spitze seines Billardstocks gefaltet waren.

Lysistrata lehnte sich mit größerem Interesse vor, da sie Harley, der stumm im Schatten saß, nicht bemerkt hatte.

Er antwortete einfach, ohne sich zu bewegen: »Es ist möglich.« Sein weiches Englisch war beschwichtigend.

Gopal Prasads Lippen verzogen sich zweifelnd. »Bei allem Respekt, ist das alles, was Sie zu sagen haben?«

Sir Anthony blickte den Inder kühl an. »Für Mr. Harley ist das ein großes Geschäft. Ich selbst habe versucht, mit kleinen Beamten der chinesischen Grenzprovinzen zu verhandeln. Nur ein Lügner oder ein Narr würde Garantien bieten. Wir können nicht einmal sicher sein, daß eine Expedition die Grenze von Yünnan erreicht. Schließlich kontrollieren wir die Shan Staaten nicht. Sie stehen immer noch unter dem Mandat von König Mindon.«

»Dieses Problem läßt sich leicht beseitigen«, sagte General Chilton barsch. »Wir brauchen diesen Korridor nur zu besetzen und basta. Mindon wird einfach den Kopf einziehen und mit seinen Priestern jammern.«

»Der Korridor ist vielleicht nicht so einfach zu nehmen, wie Sie glauben, General«, sagte Harley ruhig, »und Priester sind nicht unbedingt Feiglinge.«

»Er hat recht«, fiel Sir Anthony ein. »Überredung ist der bessere Weg. König Mindon hat sich in der Vergangenheit als gefällig erwiesen. Wir haben keinen Grund zu der Annahme, daß er es hierbei nicht ist. Selbst ein kleiner Krieg würde Zeit und viel Geld kosten, das wir nicht unbedingt ausgeben müssen.«

»Vielleicht könnten Sie helfen, König Mindon zu überreden, Mr. Harley«, fiel Prasad anzüglich lächelnd ein. »Ich hörte, Sie haben Freunde bei Hof.«

»Man kann nicht zuviele Freunde haben, wenn man sich nicht zu sehr auf sie verläßt«, war die Antwort. »Grüßen Sie ihren Freund. Mr. Endicott, den britischen Gesandten in Mandalay von mir. Vielleicht überreden Sie ihn dazu, die Expedition zu leiten.«

Prasads Augen verengten sich, obwohl sein Lächeln blieb. »Vielleicht. Mr. Endicott und ich sehen uns selten.« Er verbeugte sich vor Sir Anthony, dann vor den anderen Männern. »Wenn Sie mich entschuldigen, Gentlemen, ich ziehe mich zurück. Mein Herr, der Maharadscha, wird Ihren Vorschlag prüfen. Doch wie Mr. Sing und Mr. Harley«, seine Blicke wanderten zu ihnen, »fürchte ich, kann ich wenig versprechen.«

Nachdem Prasad gegangen war, sagte Chilton verdrossen zu Sir Anthony: »Tja, da gehen dreißig Prozent unseres Geldes.«

»Wir hängen finanziell nicht von Prasad ab, General«, erwiderte Sir Anthony. »Geld ist unser kleinstes Problem. Wir brauchen Informationen.« Er neigte Harley seinen Kopf zu. »Die werden *Sie* beschaffen, hoffe ich, Richard.«

»So gut ich kann, Sir.« Harley erhob sich von dem Sessel und begab sich zum Tisch. »Ich denke, Sie brauchen sich wegen Gopal Prasad keine Sorgen zu machen, General. Er ist nicht mangels Gier so fett geworden.« Er visierte seinen Stoß an, stieß und visierte wieder an. Er machte hintereinander mehrere Punkte, bis er sein Ziel um einen Bruchteil verfehlte.

»Ah, da haben Sie sich verrechnet!« Chilton bezog Position und spannte die Ellenbogen.

»Warum habe ich immer das Gefühl, daß Ihre Fehler Absicht sind, Richard?« murmelte Sir Anthony.

»Ich mache Fehler, Sir, wie jeder andere.«

»Tatsächlich? Ich frage mich...«

»Um Himmels willen«, protestierte Chilton, »würden Sie bitte schweigen? Ich versuche mich zu konzentrieren.«

Seinem heftigen Spiel nach zu urteilen, fand Lysistrata, daß dem General zusammenhängendes Denken, von Konzentration ganz zu schweigen, schwerfallen dürfte. Als das Spiel in die nächste Runde ging und Chiltons Verärgerung zunahm, schlug Sir Anthony vor, sich wieder zu den Damen zu gesellen.

»Wenn Sie nichts dagegen haben, Sir, würde ich gerne meinen Brandy austrinken«, sagte Harley. »Ich komme gleich nach.« Nach wenigen Augenblicken war er mit Wa Sing allein.

Der Fächer des Chinesen bewegte sich langsam. »Glauben Sie, die werden das wirklich versuchen?«

»Sie sind nicht anders als Prasad. Es sind einfache Leute, diese Briten.« Harley hob den Brandy an seine Lippen. »Niemand von Ihnen ist auf die Idee gekommen, daß Chang nicht durch Dummheit Kriegsherr von Yünnan geworden ist.«

Lysistrata fand Harleys Bemerkung seltsam hinsichtlich seiner Rolle bei den kommenden Verhandlungen. Während sie darüber noch nachdachte, unterhielten sich die beiden auf Chinesisch. Sie lauschte ein paar Minuten und wurde dann unruhig, weil sie nichts verstand. Sie erhob sich, um nach ihrem Vater zu schauen. Sie bewegte sich vorsichtig, doch ihr Kleid raschelte. Erschreckt sah sie, daß Harley zu ihrem Fenster schaute. Sie eilte rasch zu den Verandastufen.

Er erreichte sie kurz davor. Ihr Mut sank, da sie dem Fenster des Billardzimmers immer noch zu nah war, als daß er daran zweifeln könnte, daß sie gelauscht hatte.

»Guten Abend.« Die samtweiche Stimme beunruhigte sie wie eine Fingerspitze, die über ihr Rückgrat wanderte.

»Guten Abend«, erwiderte sie und fügte dann lahm hinzu: »Wir sind einander nicht vorgestellt worden.«

»Dann ist es ja gut, daß wir uns begegnen.« Seine Lippen wölbten sich leicht. »Ich überlegte gerade, wer Sie seien.«

Sie richtete sich etwas trotzig auf. »Mein Name ist Lysistrata Herriott. Mein Vater ist Chefchirurg im Queens Anne's Hospital.«

»Lighters neuer Assistent«, sinnierte er, »frisch aus Amerika. Ich kenne die Bräuche in Boston nicht, Miß Herriott, aber in Rangun hält man es nicht nur für unhöflich, sondern für sehr unklug, unaufgefordert einer Privatunterhaltung zu lauschen.«

»Die Konversation war nicht sehr faszinierend«, heuchelte sie wütend werdend, »da ich kein Chinesisch spreche.« Schließlich konnte er ja nicht wissen, wie lang sie am Fenster gewesen war. »Und was Torheit anbelangt«, fuhr sie fort, »halten Sie es nicht für unklug, mir unter der Nase des Kommissars zu drohen? Sie sehen, von Ihnen habe ich gehört!« Sie wollte an ihm vorbei eilen, blieb aber stehen, als er ihr den Weg versperrte.

»Dann haben Sie auch gehört, daß ich nicht die Angewohnheit habe, jungen Damen die Kehle durchzuschneiden, selbst wenn der Kommissar nicht in der Nähe ist.« Er lächelte. »Ich versichere Ihnen, Sie sind völlig sicher.«

In seine schwarzen, durchdringenden Augen schauend, war Lysistrata sich dessen nicht sicher. Mit seinen hohen Wangenknochen wirkte er mehr wie ein Raubtier, denn wie ein Schoßtier der Engländer. Ein leises Geräusch ließ sie vermuten, daß der Chinese hinter ihr stand. Sie wirbelte herum. Niemand war zu sehen.

»Miß Herriott«, wiederholte Harley ruhig, »Sie haben nichts zu befürchten. Darf ich Sie zu Ihrem Vater begleiten?« Als sie sich unsicher zu ihm umdrehte, fügte er hinzu: »Man wird Sie mit einem so berüchtigten Mann nicht sehen. Ich werde Sie bei den Akazien hinter dem Orchester allein lassen.«

Sie entspannte sich ein wenig, fühlte sich dann töricht. »Es tut mir *leid*, Mr. Harley. Ich hatte wirklich nicht die Absicht, zu horchen. Ich suchte nur einen bequemen Platz, um der Musik zu lauschen.« Auf sein spöttisches Lächeln hin wünschte sie sich, sie hätte ein geeigneteres Wort gewählt. Das Fenster des Billardzimmers war wohl kaum bequem zu nennen.

Er zuckte die Schultern. »Ihr Glück, daß Sie kein Chinesisch sprechen. Es wäre für Sie noch langweiliger gewesen. Wir Händler sind sehr trocken, wenn wir übers Geschäft sprechen.« Trocken siehst du nicht gerade aus, dachte Lysistrata. »Händler? Nennt man heutzutage Piraten so?« entgegnete sie böse.

Er lachte. »Jeder dritte Mann heute abend hier ist Pirat, wenn sie wählerisch sind.« Er reichte ihr seinen Arm. »Sind Sie wählerisch, Miß Herriott?«

Als sie seine Hand auf seinen Arm legte, war ihr antwortendes Grienen amüsiert. »Einer meiner Onkel war Pirat.«

Sie schlenderten an einer Hecke entlang, die zu der Akaziengruppe am Rand der Menge führte. »Und war Ihr Onkel der Quell des Vermögens Ihrer Familie?« lockte er.

Da sie glaubte, er würde über ihr schäbiges Kleid spotten, schoß sie zurück. »Offensichtlich nicht. Er wurde ohne einen Penny in Charleston gehängt.« Sie entzog sich ihm. »Sie brauchen mich nicht weiter zu begleiten. Ich finde schon den Weg.«

Als sie sich auf die Hecke zubewegte, sagte er schnell etwas auf chinesisch. Ihn ignorierend, begann sie fast zu rennen. Er folgte ihr und ergriff ihren Arm. »Auf dem Weg ist eine Russell-Viper, Miß Herriott.«

Sie erstarrte. »Wo?«

Er musterte den Boden. »Sie scheint fort zu sein.«

Sie atmete aus und hatte dann einen Verdacht. »Sie haben mich nur auf chinesisch gewarnt!«

Er verzog die Lippen. »Sie müssen mir verzeihen. Manchmal denke ich Chinesisch.«

»Sie haben mich geprüft!« zischte sie. »Man sollte Sie hängen!«

Er lachte. »Zweifellos!«

Ihre Augen verengten sich. »Ihr Privatgespräch muß sehr wichtig gewesen sein.«

»Nicht sehr«, erwiderte er ruhig. »Heimlichtuerei ist eine Gewohnheit im Osten.«

Sie stemmte ihre Hände in die Hüften. »Nun, ist Ihre Gewohnheit befriedigt?«

»Ich habe Sie nicht für eine Spionin gehalten, Miß Herriott. Eine gute hätte kein so rotes Gesicht bekommen.«

»Ich glaube, ich mag Sie nicht«, sagte sie kategorisch.

»Würden Sie mich mehr mögen, wenn ich Ihnen die Kehle durchschnitte?«

Ihr Sinn für Humor obsiegte. Sie hob eine Schulter. »Vielleicht.« Dann fügte sie hinzu: »Gewöhnlich treffe ich meine glücklichsten Entscheidungen beim Tanzen.«

Sein Lächeln wurde formell. »Ich bedaure. Meine Religion verbietet das Tanzen in der Öffentlichkeit, Miß Herriott.«

»Oh.« Die Verlegenheit, auf der Veranda erwischt worden zu sein, war nichts im Vergleich zu der, für eine Törin gehalten zu werden.

»Ich *bedaure*«, wiederholte er weich.

Ohne sich dessen bewußt zu sein, führte sie eine Hand an ihre flammende Wange und spürte deren Hitze. Rotes Gesicht, hatte er zu ihr gesagt. »Ich... ich muß wirklich meinen Vater suchen. Wollen Sie mich entschuldigen?« Ohne seine Antwort abzuwarten, floh sie.

Aus den Schatten der Bougainvillea hinter Harley trat eine schmächtige Gestalt. Eine Nadel, die an eine Hutnadel erinnerte, verschwand in Wa Sings smaragdgrünem Ärmel und dann bewegte sich sein Fächer wieder. Er beobachtete Lysistratas schwindende Gestalt. »Miß Herriott ist nicht der Spatz, der sie zu sein scheint. Sind Sie sicher, daß es klug ist, sie gehen zu lassen, mein Freund? Wäre sie im Teich ertrunken, hätte man den Unfall auf die Wirkung des Champagners zurückführen können. Niemand würde unter diesem prachtvollen Haar nach einem Nadelstich suchen.« Der Fächer bewegte sich, während Wa Sing Harley anschaute. »Man würde sie nicht sonderlich vermissen.«

»Was ihre Wichtigkeit anbelangt, haben Sie zweifellos recht. Ich denke, die stürmische Miß Herriott würde als Spion niemandem sehr nützen«, antwortete Harley weich. »Nur einen alten Mann würde ihr Verlust wahrscheinlich schmerzen.«

»Ein alter Mann kann schwerlich gegen ganz Birma aufgewogen werden.«

»Und wird es auch nicht, wenn es keinen erwiesenen Anlaß dafür gibt«, kam die ruhige Erwiderung. »Sollte ich mich in Miß Herriott irren, sorge ich rasch dafür, daß sie schweigt.«

Der Chinese verneigte sich wie ein Schilfrohr im Wind. »Ich verlasse mich auf Sie.« Sein träger Tonfall wurde leicht spöttisch. »Stimmt es, daß Sie mit einem Kuß töten können?«

Die schwarzen, undurchsichtigen Augen des Mischlings musterten ihn. »Sicher eine Übertreibung, meinen Sie nicht?« Harley verschwand in der Dunkelheit.

Lysistrata suchte fast eine Stunde, ohne ihren Vater zu finden. Lighter mußte ihn in einen Rauchsalon geschleppt haben, wo sie entweder über Chirurgie sprachen oder sich mit anderen Männern unterhielten. In ein Gespräch vertieft, verlor ihr Vater leicht jedes Zeitgefühl. Sie wollte nicht ins Haus zurückkehren, um nach ihm zu suchen, da sie fürchtete, Wa Sing zu begegnen. Sie hatte wie ihr Vater nicht viele Freunde in Boston gehabt. Ihn um die Gelegenheit zu bringen, neue zu finden, wäre egoistisch gewesen. Dennoch war sie den Tränen nahe. Bisher war der Abend eine Katastrophe gewesen.

Sie wandte sich an einen Kellner, nahm ein Glas Champagner und trank es verdrossen, während sie den Tänzern zuschaute. Sie fühlte sich zu einem düsteren, niederen Leben verurteilt, während andere sich im Licht liebten und tanzten. Nun, war sie nicht das, was sie sein wollte?

In diesem Moment neigte ein Kellner, der sich durch die Menge drängte, achtlos sein Tablett, und Champagner spritzte wie eine Fontäne auf Lysistratas Kleid. Für einen Moment starrte sie ungläubig auf den Fleck. Obwohl sie nicht stolz auf ihr Kleid war, war es das einzige, was sie noch von ihrer Mutter hatte. Nun war es ruiniert. Der nachlässige Kellner war in der Menge verschwunden.

Langsam und mechanisch zog sie sich auf einen der Heckenwege zurück, die zu dem verlassenen leuchtenden Teich führten. Als sie ihn erreichte, blickte sie auf die blassen, perfekten Wasserlilien, die auf seiner von Kerzen erleuchteten Oberfläche trieben, auf die gelben Jasmingirlanden, die sich mühelos in anmutigen Mustern drehten. Tränen begannen zu fließen: zuerst ein trockenes, gepreßtes Tröpfeln, dann ein heftiger, salziger Strom. Sie kniete und hob eine Hand. Sie schlug auf eine Lilie ein, als ob sie ein häßliches Gesicht sei, schlug immer wieder zu, bis sie zerfiel und dann Stück um

Stück ins schwarze Wasser sank. Mit bebender Brust starrte sie auf den leeren Fleck, an dem die Lilie gestanden hatte und spürte dann Bedauern. Wachsende Bitterkeit hatte dazu geführt, ein sinnloses Verlangen, zu fassen und zu zerstören, was sie beneidete.

Ihr Atem beruhigte sich langsam. Sie nahm ihren Schal ab und befeuchtete ihn, um den Fleck auf dem Rock so gut wie möglich zu beseitigen. Wahrscheinlich brauchte sie dieses Ding in dem feuchtem Klima ohnehin nicht und seine Häßlichkeit war jetzt unerträglich. Behutsam wusch sie ihr Gesicht, erhob sich, nachdem sie den Schal in den Teich getaucht hatte und blickte wieder zu der Stelle, an der die Lilie gestanden hatte. »Es tut mir leid«, wisperte sie.

Ziellos wanderte sie zu dem Heckenweg zurück, bemerkte aber nach einigen Kehren, daß es nicht der war, der zur Hauptgruppe der Gäste zurückführte. Bei dem Versuch, ihre eigenen Schritte zurückzuverfolgen, verlief sie sich. Unbemerkt war sie in ein kunstvolles Bougainvillea-Labyrinth geraten, das an den Teich angrenzte. An jeder Kehre war eine andere hohe Heckenwand. Nun ja, dachte sie resigniert, es war doch zumindest etwas, dieses Ding zu erforschen. Zweifellos würde sie auf ein Liebespaar stoßen, das ihr bereitwillig den Weg nach draußen weisen würde.

Eine Weile orientierte sie sich am Mond, doch da sie keine Navigatorin war, hatte sie wenig Glück. Die Musik führte sie tiefer in das Labyrinth. Schließlich begannen ihre Füße in ihren steifen Neu England-Schuhen zu schmerzen, und sie blieb an einer Steinbank stehen, um sie auszuziehen. Trotz der mißlichen Lage fühlte sie sich fröhlicher, als sie sie ablegte. Ihre nackten Zehen krümmend, warf sie den Kopf zurück. Sie mußte Sandalen haben, die sie im Haus anzog. Das Schuhwerk des Ostens schien wirklich gesünder zu sein, als das des Westens. Ihre Füße begannen im Takt von Straußens Kaiserwalzer zu schwingen. Pom, pom, pa pa pom...

Sie stand auf und begann sich zum Walzerrhythmus mit einer Anmut zu bewegen, die durch keinen Partner beeinträchtigt war. Das Polster in ihrem Kleid sackte zusammen, als sie barfuß herumwirbelte. Mit einem Lachen löste sie ihren Knoten und ließ ihr Haar frei fallen. Sie tanzte sorglos und trotzig tiefer und tiefer in das Labyrinth.

Sie wirbelte förmlich in ein Tänzerpaar. Harley hatte nicht gelogen, als er sagte, er tanze nicht in der Öffentlichkeit. Er tanzte heimlich. Und das mit gutem Grund – denn in seinen Armen war, so als sei sie daran gewohnt, Evelyn Chilton. Verblüfft blieb Lysistrata atemlos stehen, wobei ihr Haar über einem Auge hing. Sie machte kehrt, um davonzujagen, irgendwohin, weg von dem da...

Bevor sie zwei Schritte gemacht hatte, legte sich Harleys Hand hart um ihren Arm und wirbelte sie herum. »Wir sehen uns wieder, Miß Herriott.« Seine Stimme war ruhig und beherrscht, aber sie hatte jetzt mehr Angst vor ihm als auf der Veranda.

Evelyn Chilton schien überhaupt nicht aufgeregt. »Sie haben unser kleines Geheimnis entdeckt, Miß Herriott«, sagte sie mit amüsiertem Lachen. »Mein Mann ist kein Tänzer, wie Sie heute abend festgestellt haben werden. Mr. Harley war so freundlich, mich vor Vernachlässigung zu bewahren.«

Diese besonders kühne, unverschämte Lüge weckte Lysistratas Zorn. »Für eine vernachlässigte Frau scheinen Sie wenig Staub angesammelt zu haben, Mrs. Chilton«, schnappte sie.

Evelyn blickte verwirrt drein und lachte dann. »Meine Liebe, ein schöneres Kompliment ist mir selten gemacht worden.« Ihr Tonfall wurde verschwörerisch. »Mir ist klar, wie das auf Sie wirken muß, aber ich versichere Ihnen, es ist völlig unschuldig. Unter einem so herrlichen Mond ist eine Frau versucht, steifen Anstand für einen Moment zu vergessen.« Sie winkte fröhlich ob Lysistratas Zustand. »Ich darf doch auf ihre Verschwiegenheit hoffen?«

»Ihre Angelegenheiten gehen mich nichts an, Mrs. Chilton«, sagte Lysistrata kalt. »Ich will nichts damit zu tun haben.« Sie warf Harley einen schneidenden Blick zu. »Darf ich gehen oder muß ich schreien?«

»Richard«, fiel Evelyn weich ein. »Ich denke, Sie sollten Miß Herriott besser aus dem Labyrinth bringen. In ihrem nervösen Zustand nimmt sie vielleicht den falschen Weg.«

»Ich bin *nicht* nervös«, schoß Lysistrata zurück, »und ich bin durchaus imstande, den Weg allein zu finden.«

»Das wird etwas dauern«, sagte Harley, und dann ruhiger: »Sind Sie sicher, daß Sie länger als nötig suchen wollen?«

Ernüchtert verstand sie, was er meinte. Sie wußten, daß sie sich völlig verirrt hatte. »Also gut«, erwiderte sie kurz. Harley reichte ihr seinen Arm und sie funkelte ihn an, als wünsche sie sich, eine Axt zu haben. Mit leichtem Lächeln und gelangweilter Geste trat er zurück und wies ihr den Weg. Ihr wurde nur schwach bewußt, daß sie ihr einziges Paar Schuhe zurückließ, als sie vor ihm hermarschierte.

»Sie hatten einen ereignisreichen Abend, Miß Herriott«, stellte Harley fest, nachdem sie ein Stück gegangen waren.

»Sie meinen, ich *sei Ihnen gefolgt*?« fauchte sie. »Bilden Sie sich bloß nichts ein!«

»Welchen anderen Grund sollten Sie gehabt haben, Ihre Schuhe abzulegen?« entgegnete er. »Sie sind eben ein Bluthund, der barfuß herumläuft.«

»Oh, halten Sie den Mund, Sie schrecklicher Mann!«

Er drehte sich um. »Ich fürchte, man muß sich *Ihres* Schweigens versichern.«

Erschreckt wich sie zurück.

»Sie täten besser daran, nicht davonzulaufen«, riet er ihr milde. »Ich kenne das Labyrinth. Sie nicht. Und je länger Sie hier drin sind, desto schlimmer wird es für Sie sein.«

»Was meinen Sie damit?« fragte sie mit bebender Stimme. »Wenn Sie mich anfassen, schreie ich!«

»Das wäre unklug. Wenn Sie das tun oder auch nur flüstern, daß Sie Evelyn allein mit mir gesehen haben, wird sie einfach sagen, daß Sie diejenige in *flagrante delicto* waren.« Er musterte ihr kurzes Oberteil, ihr gelöstes Haar und ihre nackten Füße. »In Ihrem derzeitigen Zustand sind Sie nicht in der Position, das zu widerlegen.«

»Sie würden eine Frau beschützen, indem Sie eine andere kompromittieren – eine völlig Unschuldige?« Sie war bestürzt.

»Evelyn ist eine Generalsfrau«, erinnerte er sie ruhig.

»Und ich bin keine«, fauchte sie. »Im Notfall zu opfern.«

»Miß Herriott«, erwiderte er geduldig, »wie ich Ihnen zuvor schon sagte, dies ist nicht Boston. Es ist schon schlimm genug, wenn ein Europäer und eine Frau unter fragwürdigen Umständen in Verbindung gebracht werden, aber wenn ein Mann ein Farbiger ist...« Er zuckte die Schultern.

»Aber Ihr Vater war Engländer«, protestierte sie.

Nach langem Schweigen seufzte er. »Lysistrata Herriott, Ihre Naivität ist bestürzend.«

Sie reckte rebellisch ihren Kiefer vor. »Ich bin nicht naiv genug, um mich von einer Lügnerin und einem Wüstling einschüchtern zu lassen!«

Wieder herrschte langes Schweigen. »Ach, Lysistrata, Sie hätten nicht nach Rangun kommen sollen«, sagte er matt und bewegte sich dann auf sie zu. Sie wich zurück, fand aber wie ein in die Enge getriebener Vogel nicht die Stimme, um aufzuschreien. Er hatte recht. Wenn sie schrie, würde ihr niemand glauben. Die Ächtung, der Haß und die Verachtung würden genau wie in Boston wieder beginnen. Ihr Vater verlor vielleicht seine Stellung, und sie würden stranden. Selbst als Harleys Hände über ihre bloßen Schultern glitten, konnte sie sich nicht bewegen. Seine dunklen Augen schienen die ruhige Sicherheit einer Kobra zu haben, als er seine Arme um sie schlang. Sein Mund verschloß den ihren gewandt und ohne Eile. Sie zitterte, und ihre Hände machten eine flatternde vergebliche Bewegung der Abwehr hinter seinem Rücken. Dann schmolz der Mond. Die erstarrten Öden ihres Körpers wurden weich und heiß und schmolzen unter seinem Feuer. Seine Finger streiften über ihre Nackenbeuge, webten sich dann in ihr helles Haar. Dann kam sie wieder zu Bewußtsein, als sie ihre Lippen streiften. »So, nun sind Sie kompromittiert«, murmelte er heiser. »Wer von uns wird der Lügner sein, Lysistrata?«

»Ich hasse Sie«, flüsterte sie, und Tränen der Demütigung begannen über ihr Gesicht zu rinnen.

Seine Hände glitten von ihren Schultern und deuteten dann auf eine Abzweigung in der Hecke. »Das Parkett ist direkt dahinter. Vergessen Sie nicht, Ihr Haar aufzustecken.« Dann verschwand er im Labyrinth, und sie blieb mit zugeschnürter Kehle und geballten Händen zurück.

»War dieser Kuß unbedingt nötig?« spottete Evelyn.

Harley dachte an Lysistratas schlanke, nackte Schultern, an die üppige Fülle ihres Haares und ihre Weichheit in seinen Armen. Er erinnerte sich an die Hand, die an ihre Wange gefahren war, als er nicht mit ihr tanzen wollte ... an diesen unsicheren, heißen Mund unter dem seinen.

»Ja«, antwortete er einfach.

Sie sah ihn abschätzend an, streichelte dann seinen Ärmel. »Wird sie reden?«

»Nein. Sie hat wenig zu verlieren, aber das ist alles, was sie hat.«

»Ich glaube, du bedauerst sie«, schnurrte sie an seiner Kehle.

»Sollte ich das nicht? Sie hat dich als Feindin.«

Wie Harley versprochen hatte, öffnete sich das Labyrinth keine fünfzehn Meter von den Sitzen der Musiker entfernt. Verwirrt sah Lysistrata, daß der Tanz durch eine Zeremonie unterbrochen war. Sir Anthony, an seiner Seite Lady Mary, sprach zu den Gästen, die den Tanzboden umstanden. Nach einigen zögernden Schritten hinter der Bougainvillea stieß Lysistrata auf Harry Armistead. Er sah, wie aufgelöst sie war.

»Lysistrata, wo sind Sie gewesen? Ihr Vater sucht Sie seit einer halben Stunde. Er und Dr. Lighter suchen rings um den Teich.«

»Ich hatte mich im Labyrinth verirrt«, erwiderte sie unsicher. »Meine Füße schmerzen so ... ich habe meine Schuhe verloren.« Ihr Lachen klang eine Spur hysterisch. »Ich bin eine solche Närrin, Harry, das ahnen Sie gar nicht.«

»Oh, doch, Lysistrata«, erwiderte er ruhig. »Keine Sorge, ich werde nichts sagen. Aber Gott, warum Harley? Er ist ein Abtrünniger und dazu ein Halbblut.« Er schwieg. »Tut mir leid. Ich denke, das wußten Sie nicht.«

»Ich weiß genug.« Ihre Lippen zitterten. »Aber, Harry, es ist nicht ganz so, wie Sie denken...«

Er faßte ihre Schultern. »Hat er Sie angegriffen?«

»Nein«, flüsterte sie. Harleys Kuß war zwar eine Art Angriff gewesen, aber sie hatte nicht gekämpft. Sie hätte nicht einmal gekämpft, wenn er mehr als einen Kuß gewollt hätte. Und all das würde ihm nichts bedeutet haben. Nichts. »Nein, Harry, er hat keine Gewalt angewendet.«

»Schauen Sie«, sein Griff festigte sich, »Sie schulden mir keine Erklärung, aber für Ihren Vater sollten Sie eine haben. Wenn er Sie so sieht, wird er Harley herausfordern, und Harley hat einen häßlichen Ruf als Duellant.« Er warf einen Blick über die Schulter auf die Menge. »Wir haben Glück. Sir Anthony nimmt eine Auszeichnung vor... Bearer of the Silver Sword oder so für den ehrenwerten Wa Sing, aber ich bringe Sie lieber fort von hier, bevor uns jemand bemerkt. Kommen Sie. Niemand sieht, daß Sie barfuß sind, wenn Sie vorsichtig gehen. Streichen Sie Ihre Röcke etwas zurück.«

»Und was ist damit?« Ihre Hand streifte ihre bloßen Schultern.

»Sehr beeindruckend«, stellte er lächelnd fest.

»Oh, Harry...« Durch seine Sachlichkeit gefestigt, blickte sie ihn mit gespieltem Tadel an und fügte dann hinzu, als er sie von der Gesellschaft fortführte: »Wohin gehen wir?«

»Zu Lighters Kutsche. Dann werde ich ihn und Ihren Vater holen.«

Harry war überrascht und beeindruckt, als die beiden Kulis, die hinten und vorn auf Lighters Kutsche saßen, ihre Remington-Gewehre auf ihn richteten. Lysistrata erklärte ihnen, was nötig schien und Harry wurde mit dem Gewehr aufgefordert, ihr in die Kutsche zu helfen. »Nun, es scheint, als seien Sie hier sicher«, stellte er fröhlich fest, den Kopf durch das Kutschenfenster gesteckt.

»Welch ein Glück, daß sie Englisch verstehen«, erwiderte Lysistrata ironisch.

»Ist jetzt alles in Ordnung?« Er wurde ernst.

»Ja. Vielleicht kann ich eines Tages eine Erklärung für heute abend geben. Im Augenblick verstehe ich selbst noch nicht ganz, was passiert ist.« Sie berührte seine Hand. »Aber ich danke Ihnen, Harry. Sie sind ein wahrer Freund gewesen.«

»Danken Sie mir, indem Sie sich aus Schwierigkeiten heraushalten.« Er tippte auf ihre Nase.

KAPITEL 3

Ein Chamäleonspiel

...träumt von ihrer Schönheit mit zarter Furcht,
vom zierlich arabesken Spann ihrer Füße
zum Liebreiz, der funkelnd und hell, einem Pfauenschopf
gleich, ihr strahlendes Haupt ziert,
und sie weiß es nicht: Oh, wenn sie es wüßte,
um ihre Schönheit wüßte, sie wäre nur halb so schön

ALFRED, LORD TENNYSON

Lysistrata hätte viel darum gegeben, auf Lady Bartlys Tee in der kommenden Woche zu verzichten, da Evelyn Chilton sicher anwesend sein würde. Aber sie mußte sich der Frau stellen. Der Tag begann wie die anderen sonnig und Lysistrata legte ihren Serge mit besonderem Abscheu an, wohl wissend, daß Evelyn ihn nicht einmal als Leiche angezogen hätte.

Als sie in einem gemieteten *Gharry* durch das Viertel fuhr, gefiel ihr dessen Weitläufigkeit besser als erwartet. Das Gehetze der Stadt, der Geruch zu vieler Menschen waren verschwunden. Die zwischen Banyan- und Bambusdickichten geduckten europäischen Bungalows, die sich zur Prome Road erstreckten, waren einladend, ihre Teakbalken von Ranken und Palmen umrahmt. Auf breiten Veranden bereiteten barfüßige Diener den Tee vor und richteten gußeisernes Mobiliar. Unter schattigen Bäumen spielten Kinder derweil Krocket und Blindekuh. In einem sträucherumsäumten Gebäude stimmte ein alter, weißgekleideter Madresse eine Violine. Auf einem Rasen umstanden Rosen und Stiefmütterchen blühende Kakteen und Geranien. Auf einem anderen breiteten sich hellgelbe und orangene Ringelblumen. Zuhause ist, wo das Herz ist, dachte Lysistrata. Diese Menschen haben ihr Zuhause mitgebracht und es auf die Erde geschrieben. Aber ich frage mich, ob ihre Herzen sich woandershin sehnen.

Das meine nicht. Wie leicht es wäre, dieses Land zu lieben. Mit einem Gefühl von Frieden blickte sie die breite, sandige, palmengesäumte Straße hinab. In ihren tiefen Schatten trotteten indische und chinesische Arbeiter, winzige, sarigekleidete Inderinnen mit karmesinroten Blitzen von hennagefärbten Fingern und Zehen und hell gekleidete Birmanen mit kichernden Kindern. *Gharries*, mit Birmanen beladen, fuhren wie Schiffe vorbei. An den plumpen Ochsen in scharlachrotem Geschirr klingelten fröhlich Messingglöckchen. Wenn ich hierher nicht gehöre, dachte Lysistrata dabei, dann gehöre ich nirgendwohin.

Lysistrata hatte keine Komplexe, als der Fahrer zwischen den Einspännern und Landauern hielt, die an der Auffahrt des Regierungshauses parkten. Bei Tageslicht funkelten blühende Büsche auf hellgrünem Gras auf dem Anwesen, worin weiße Korbtische und Stühle standen. Doch es hatte seinen Mondlichtzauber verloren. Lysistrata hoffte, daß das Tageslicht auch einen Makel an Evelyn Chiltons Schönheit enthüllen würde. Aber Evelyn sah noch besser aus und drehte, in gelben Organza gekleidet, einen Spitzensonnenschirm über ihrem perfekten Ich. Lysistrata mit ihrem kecken, kleinen Fez, erwiderte das leicht spöttische Lächeln der Brünetten, als begrüße sie ihre beste Freundin.

In der letzten Woche hatte sie Zeit zum Nachdenken gehabt. Scheußlicher schwarzer Serge vermittelte Bescheidenheit. Auf dem Ball war sie aus dem Gleichgewicht gebracht worden, aber jetzt hatte sie Halt gefunden. Sollte Evelyn doch lächeln. Falls sie mehr versuchte, würde sie eine unschöne Überraschung erleben. Und Richard Harley ebenfalls.

Madame Pan-byus Rezitation der *Glaspalast Chroniken* war so, wie versprochen. Sie war eine schmächtige Frau, bis auf ein intensives Lächeln unscheinbar. Im Lauf ihrer Erzählung unter einem purpurn blühenden Padoukbaum, umgeben von Teetischen mit pastellfarben gekleideten Ladys, gestikulierten ihre Hände anmutige Symbolik, um ihrer Interpretation Farbe zu geben. Lysistrata, die Lady Pan-byus gertenschlanken Körper betrachtete, hielt sie für eine geübte Tänzerin.

Als Lady Pan-byu fertig war, wartete Lysistrata, bis die Gäste sich von ihr entfernt hatten. Viele Damen hatten sich gelangweilt, wollten sich aber nicht Lady Bartlys Mißfallen zuziehen, indem sie ihren Ehrengast kränkten. Lysistrata begrüßte die Adelige in einfachem, formellen Birmanisch, das Ma Saw sie für diese Gelegenheit auf ihre Bitte hin gelehrt hatte. Ma Saw tat das nur zu gern, da Lady Pan-byu in Birma sehr geachtet war, wie sie ihrer Mistreß erzählte. »Lady Pan-byu hatte viele Gedichte und Stücke zu Papier gebracht, die über Tausende von Jahren mündlich überliefert wurden. Jetzt können sie nicht mehr verändert werden oder verlorengehen.« Lady Pan-byu war überrascht und erfreut, in ihrer Muttersprache angeredet zu werden, da Abendländer sich selten die Mühe machten, sie zu erlernen. Ihre Antworten jedoch machten Lysistrata hilflos. »*Na mah lay boo*... ich verstehe nicht«, gestand sie, und fügte hinzu, daß sie nur wenig Birmanisch könne, aber mehr zu lernen hoffe.

Lady Mary lächelte beifällig. »Das werden Sie, meine Liebe. Wir werden gemeinsam üben. Mein Hindi ist recht gut, aber mein Birmanisch kläglich. Anthony und ich sind erst seit zwei Jahren hier, müssen Sie wissen.«

Evelyn warf Lysistrata einen scharfen Blick zu. »Sie haben ein mittelmäßiges Gehör, Miß Herriott.« Sie wandte sich an Lady Pan-byu und sagte etwas schnell und fließend auf Birmanisch. »Meinen Sie nicht, Lady Pan-byu?«

»Miß Herriott wird gut lernen«, erwiderte die birmanische Dame.

»Evelyn ist die Expertin hier, Miß Herriott«, sagte Lady Mary. »Sie und Nigel sind seit '64 in Rangun stationiert. Sie hat mich unterrichtet. Sie hätten doch nichts dagegen, sich auch um Miß Herriott zu kümmern, Evelyn?«

Kalte Amethystenaugen musterten Lysistrata. »Ich wäre erfreut. Es wird viele Dinge geben, die Sie über Birma lernen wollen, Miß Herriott.«

»Ich bin sicher, Sie wären die ideale Lehrerin. Mrs. Chilton, aber Ma Saw, meine Haushälterin unterrichtet mich bereits.« Lysistrata neigte den Kopf. »Sie müssen gestehen, daß ihr Ohr perfekt ist.«

»Für den Dienerjargon vielleicht, aber wie Sie sprechen, liegt natürlich bei Ihnen. Zudem sind gesprochenes und geschriebenes Birmanisch völlig unterschiedlich.«

»Da ich nicht oft die Ehre habe, birmanischem Adel zu begegnen«, Lysistrata verbeugte sich leicht vor Lady Pan-byu, »habe ich nicht die Absicht, so intim wie Sie mit einheimischen Sitten zu werden.«

Lady Mary, die bemerkte, daß Säbel gewetzt wurden, hakte sich in die Arme der beiden Frauen ein. »Warum streiten wir nicht ein wenig über birmanische Dialekte? Lady Pan-byu wird der Schiedsrichter sein.« Entschlossen steuerte sie die Gruppe auf das Haus zu. »Sind die Dialekte in einem Land mit so geringen Klassenunterschieden wirklich derart unterschiedlich, Lady Pan-byu...?«

»Wollen Sie noch ein paar Augenblicke bleiben, Miß Herriott?« flüsterte Lady Mary eine Stunde später verschwörerisch, als sie ihre Gäste verabschiedete.

Verblüfft erwiderte Lysistrata: »Ja, natürlich, wenn Sie wollen.«

Evelyn wollte als letzte gehen. Als sie sah, daß Lysistrata blieb, zögerte sie betont, bis deutlich wurde, daß Lady Mary nicht beabsichtigte, sie zum Bleiben aufzufordern. Schließlich eilte sie die Veranda hinab zu ihrem Landauer.

»So.« Lady Mary nahm Lysistratas Hände in die ihren. »Ich möchte Ihnen einen Vorschlag machen. Ich will Ihnen etwas zeigen.« Sie führte sie zu einem Schlafzimmer hoch, in dem sie einen großen Kleiderschrank öffnete. Darin hingen unter Gaze Kleider mit Mottenkugelbeuteln. »Die Taille meiner Tochter Louise hat sich nach ihrem ersten Kind gedehnt. Zuerst wollte sie es nicht zugeben, tut's aber jetzt, wo das zweite unterwegs ist.« Sie zog pfirsichfarbene Seide heraus und hielt es an Lysistrata. »Das dachte ich mir. Sie haben fast die Größe. Ein wenig groß, aber man kann die Säume auslassen.« Sie wühlte in den Kleidern. »Ich werde sie Ihnen geben«, sie warf einen betonten Blick über die Schulter, »aber nur wenn Sie richtig umsäumen lassen. Zum Verpfuschen sind sie zu teuer.«

»Lady Mary«, begann Lysistrata entschlossen. »Ich brauche keine...«

»Ruhig doch! Was tragen Sie unter diesem Staubfänger?«

Lysistrata zuckte zusammen. »Was meinen Sie?«

»Ich meine Ihre Füße, Miß.«

»Sandalen. Sie sind sehr bequem«, versicherte Lysistrata stur.

»Gewiß, aber sie passen zu dem *Longyi*-Rock einer Einheimischen, nicht zu diesem Leichentuch.«

»Lady Mary...«, begann Lysistrata ärgerlich.

»Wenn Sie weiter so schwere Kleidung in diesem Klima tragen, werden Sie sich alle Leiden unter der Sonne zuziehen. Und«, fügte die Engländerin grimmig hinzu, »Birma hat sie alle.«

»Dann werde ich nähen...«

»O nein, das wäre *wirklich* untragbar.«

Lysistrata erstarrte. »Meine Vermögenssituation mag offensichtlich sein, das bedeutet aber nicht, daß ich um Almosen bitte, besonders wenn sie mit Beleidigungen gegeben werden. Wenn meine Art mich zu kleiden ihrer Gesellschaft nicht paßt, muß ich eben darauf verzichten.«

Lady Mary klatschte in die Hände. »Bravo, mein Mädchen! Ich gestehe, daß ich mich geirrt habe. Mir war nicht klar, daß Sie so stolz auf Ihre eigene Gesellschaft sind. Ihr Auftreten läßt auf diese Eitelkeit nicht schließen.«

Lysistrata errötete, unfähig zu antworten.

»Sie haben eine großartige Figur, ein bemerkenswertes Gesicht und prächtiges Haar, aber Sie geben sich jede erdenkliche Mühe, das zu verstecken«, stellte Lady Mary kurz und bündig fest. »O ja, ich habe einen Blick für gutes Aussehen.« Ihre Stimme wurde bei Lysistratas verblüfftem Gesichtsausdruck weicher. »Armes Mädchen, Sie sehen Ihre Möglichkeiten ja nicht einmal. Wie soll das denn ein anderer können?« Sie ergriff Lysistratas Schultern. »Sie sollten wirklich versuchen, sich ein wenig zu mögen. Sie wären angenehm überrascht.«

»Warum geben Sie sich soviel Mühe mit mir?«

Die Engländerin lachte. »Vielleicht, weil ich von jemandem fasziniert bin, der mich beim Pokern schlagen könnte.«

»Aber Sie...«

»Evie hatte so getan, als hätte ich nie davon gehört.« Sie begann, seidenbezogene Schuhkartons zu durchsuchen. »Sie mag Sie nicht. Das ist ungewöhnlich für Evie. Sie befaßt sich selten damit, jemand nicht zu mögen.«

»Vor allem ein Nichts«, erwiderte Lysistrata trocken.

»Wissen Sie, warum sie Sie nicht mag?«

Lysistrata sagte nichts.

»Ich sag's Ihnen. Evie duldet keine Rivalinnen.«

Lysistrata war verblüfft. »Wie könnte ich eine Rivalin sein?«

»Jetzt natürlich nicht. Sie meint vielleicht sogar, Sie trügen diese Witwenkleidung, weil Sie um einen Mann trauern. Auf ihre Art beginnt sie möglicherweise, Sie zu bemitleiden.«

»Jetzt sind Sie sehr offen, Lady Mary«, erwiderte Lysistrata.

Lady Mary grinste boshaft. »Welches Kleid möchten Sie zuerst anprobieren, Lysistrata?«

»Das Pfirsischfarbene.«

»Miß Herriott.«

Lysistrata blickte von den Melonen auf, die sie gerade abwog, und blinzelte in die blendende Sonne. Evelyn Chilton stieß die Tür ihres grauen Landauers auf. »Begleiten Sie mich zu einer Fahrt? Ich hatte gehofft, wir würden uns wiedersehen.«

»Ich bin noch nicht mit dem Einkaufen fertig«, erwiderte Lysistrata gleichmütig und wandte sich wieder den Melonen zu.

Evelyn musterte Lysistratas blaues Baumwollkleid und blickte sich dann auf dem Marktplatz an der China Street um. »Ich nehme an, Sie kommen oft hierher.«

»Mein Haushalt ißt gerne regelmäßig.«

»Miß Herriott«, sagte Evelyn freundlich, »Sie haben vielleicht nicht bemerkt, daß weiße Frauen die Märkte in Birma nicht besuchen.«

Lysistrata legte eine Melone in ihren Einkaufskorb. »Dann bringt sie ihr Snobismus um ein großes Vergnügen.«

Evelyn lachte. »Da haben Sie wohl recht. Ich werde Sie begleiten. Durch die Hitze habe ich Appetit auf eine Mango bekommen.« Anmutig stieg sie aus dem Landauer.

Lysistrata betrachtete sie kühl. »Sie sollten wissen, Mrs. Chilton, daß Ihre Gesellschaft unwillkommen ist.«

»Aber wir sollten reden, meinen Sie nicht?«

Lysistrata ging zu einer Rafiabastmatte, auf der Yams gestapelt waren. »Worüber hätten wir zu reden?«

»Über unser gemeinsames Interesse an Richard Harley.«

Lysistrata lachte humorlos. »Ihren Hecken-Schwerenöter? Sie scherzen. Was kümmert Sie das eigentlich? Wenn Sie ihn liebten, würden Sie nicht weiter mit Nigel Chilton leben.«

Evelyn hob eine Augenbraue. »Sie *sind* direkt, selbst für eine Amerikanerin. In Ihrer Position könnten Sie sich zumindest bemühen, höflich zu sein.«

Lysistrata legte mehrere Yams in ihren Korb. »Und wie ist meine Position?«

»Schwach.« Evelyn öffnete ihr Parasol. »Dr. Lighter neigt dazu, spießig zu sein. Er hält Florence Nightingale für eine gewöhnliche Hure.« Das Parasol drehte sich leicht. »Und Lady Mary ist eigen mit dem Ruf ihrer Freunde, wenn sie ein schlechtes Licht auf sie werfen. Sie *ist* ein wenig eitel.«

»Dann hat sie in Ihnen eine gute Freundin«, erwiderte Lysistrata gelassen. »Sie sind in der Tat eitel, wenn Sie glauben, Sie und Richard Harley könnten mich weiterhin demütigen. Wir sind jetzt nicht unterm Mondlicht. Niemand hat mich das Labyrinth verlassen sehen, also steht jetzt mein Wort gegen das Ihre.« Sie sah sich einen Haufen gelben, grünen und roten Pfeffers unter einem türkisfarbenen Papierschirm an und machte dem Verkäufer einen fairen Preis, ohne auf sein Feilschen einzugehen. »Jeder weiß um Harleys fragwürdigen Ruf und ich bezweifle, daß der Ihre einer Prüfung standhalten würde. Er dürfte nicht Ihr erster Liebhaber in den vielen Jahren sein, die Sie in Birma sind. Mehr als eine Frau in Rangun dürfte auf Sie eifersüchtig sein. Sie gehen gerne auf jemand los, also wäre ich vorsichtig damit, über schlechten Ruf zu sprechen.«

Das Parasol drehte sich längst nicht mehr. »Meine liebe Miß Herriott«, keuchte Evelyn, »drohen Sie mir?«

»Ich empfehle Ihnen nur, Ihre Krallen einzuziehen.« Lysistrata ließ sie stehen.

Am späten Nachmittag putzte Lysistrata, die ein *Tamein* im Sarongstil um die Hüften trug, verbissen ein Eingangsfenster des Bungalows. Wenn nur Frauen im Haus waren, kleidete sie sich, wie es ihr gefiel, da sie birmanische Kleidung für das feuchte Klima geeignet hielt. Dennoch klebte die Baumwolle durch die Hitze wie eine zweite Haut an ihr und ihr aufgestecktes Haar an Stirn und Nacken. Sie tauchte die Bürste in das Seifenwasser und attackierte das Fenster wieder.

In diesem Moment hätte sie das Glas fröhlich mit Lighters Zunge putzen können. Ohne Diener ging es also nicht! Ma Saw war die einzige, die von Nutzen war. Sein, *la coquette*, die ihr Gesicht oft mit der schrecklichen weißen *Chanakka*-Paste beschmierte, schien immer »Besorgungen« zu machen, bei denen sie mit jungen Männern vor den Palmweinständen herumkicherte. San-hla war natürlich zu klein, obwohl sie versuchte, zu arbeiten.

Lysistrata dachte selten ohne zu lächeln an die kleine Birmanin. Der Charme des Kindes hatte sie auf Anhieb verzaubert. An den Abenden lehrte sie Lysistrata ihre einfachen Tänze und Lieder und wie man Kokosnüsse von den Palmen an U Phos ehemaliger Unterkunft schüttelte. Sie lehrte sie auch, Blumen ins Haar zu flechten und einen *Longyi*-Rock richtig zu wickeln. Missy durfte gewisse Grüntöne nicht tragen, aber Rosa paßte immer gut, besonders zu ihrem wundervollen Haar. Über Missys hartnäckige Weigerung, *Chanakka*-Paste auszuprobieren, war sie überrascht.

Ma Saw überwachte Lysistratas Unterrichtung, gab aber bis auf die Sprache selten Rat. Obwohl sie eine fleißige, stetige Arbeiterin war, mußten sich die beiden Frauen anstrengen, den Bungalow allein zu bewirtschaften. Dr. Herriott half zwar, wann immer er konnte, verbrachte seine Zeit aber zumeist im Hospital.

O ja, dachte Lysistrata hitzig, Dr. Lighter hat ein gutes Geschäft gemacht! Ärgerlich schüttete sie das restliche Wasser auf den Boden, der auch geputzt werden mußte, und gab dem Eimer einen Tritt. Sie rutschte auf dem schlüpfrigen Boden aus und landete auf ihrem Gesäß. Als sie wütend fluchte, öffnete sich die Eingangstür und ihr Vater blickte spöttisch auf den rollenden Eimer. Hinter ihm stand Richard Harley. Ihr Kiefer sank herunter und ihre Hände schossen zu ihrem knappen *Tamein*. Warum, schimpfte sie, mußte Harley sie immer so sehen, als sei sie gerade aus dem Bett gekommen oder wolle in seines gehen? Es war gut, daß ihr Vater nicht das amüsierte Interesse auf Harleys Gesicht sehen konnte, der ihre Beine musterte, bevor das *Tamein* wieder zurechtgerückt wurde. Doch es reichte nur bis zu den Knien. So würdevoll wie möglich erhob sie sich und reckte ihre nackten Schultern.

»Meine Tochter Lysistrata, Mr. Harley«, sagte Herriott trocken.

»Miß Herriott.«

So also spielte er, ja? dachte sie verächtlich. Du kennst mich nicht, ich kenne dich nicht. Evelyn mußte ihn geschickt haben, um eine Erpressung zu versuchen.

»Dr. Lighter hat mir die Aufgabe übertragen, Medizin in Singapur zu bestellen. Ich habe Mr. Harley zum Abendessen eingeladen, um mit ihm die Einzelheiten zu besprechen. Ich hoffe, wir können ihm etwas Besonderes anbieten.«

Tatsache ist, das können wir nicht, dachte sie. Tatsache ist, ich würde Mr. Harley gern eine Feige in einer Otter anbieten. »Ja, natürlich. Ich kümmere mich darum«, erwiderte sie süß.

Das Abendessen, wenngleich einfach, war gut zubereitet, da Lysistrata von Ma Saw etwas Kochen gelernt hatte. Dr. Herriott hatte Weine bei einem gerissenen Franzosen erstanden. Obwohl der Jahrgang nicht großartig war, war er besser als der Dr. Lighters. Im Kerzenlicht fiel nicht auf, daß Mobiliar und Kristall fehlten. Lysistrata war überhaupt nicht stolz, wenn sie an die geschmacklosen Speisen dachte, die sie den seltenen Gästen ihres Vaters in Boston angedreht hatte. Obwohl sie keine Zeit zum Umziehen hatte, glättete sie eilig ihr Haar. Ma Saw bestand darauf, winzige Orchideen in ihren Knoten zu flechten. »Nur Männer tragen keine Blumen, Mr. Harley wird es seltsam finden, Sie ohne sie zu sehen.«

Ich sehe heute abend recht hübsch aus, bestimmt nicht wie eine Frau, die ein Mann ungern küßt, dachte Lysistrata mit wachsender Zuversicht, als sie ihr Spiegelbild betrachtete.

Beim Essen musterte sie Harley über den Rand ihres Weinglases, während er und Herriott über die Fahrten der *Rani* sprachen. Anders als ihres Vaters offenes, ehrliches, gutmütig-derbes, amerikanisches Gesicht, waren die verschlagenen Gesichtszüge Harley die eines Borgia-Höflings, der in Hinterzimmern und Schlafräumen intrigierte. Während seine leichten Schlitzaugen und die volle, geschwungene Unterlippe sinnlich waren, hatte er die scharfen Wangenknochen und den eckigen Kiefer eines Rajput. Seine teefarbenen Iris wirkten unter den dicken Wimpern fast schwarz. Er war noch nicht Mitte zwanzig, wirkte aber älter.

Er mußte bemerkt haben, daß sie ihn musterte als seziere sie einen Käfer, wirkte aber nicht verlegen, sondern geduldig. Als er sie im Labyrinth geküßt hatte, hatte sie mit einer Leidenschaft reagiert, die Frank Wyatt nie erweckt hatte, die ihre Vorstellungskraft überschritt. Ohne es zu wollen, reagierte sie noch immer auf ihn: ein möglicher Verräter, ein skrupelloser Erpresser, ein Ehebrecher und Gott weiß, was noch. *Warum?* Nach der kurzen Erfahrung, die sie mit ihm gemacht hatte, schien er seinen unangenehmen Ruf wirklich zu verdienen.

»Wie finden Sie Rangun, Miß Herriott?«

»Voller Überraschungen, Mr. Harley.«

»Erfreuliche, hoffe ich.«

»Die meisten. Manche sind unangenehm wie Ungeziefer.« Sie beseitigte mit ihrer Serviette eine große Ameise, die auf den Zuckernapf zustrebte und ergriff dann ihr Weinglas.

»Ah ja«, stimmte er ernst zu. »Sie sind hartnäckig. Wirken am aufdringlichsten, wenn man zu Bett gehen will.«

Sie verschluckte sich. Dr. Herriott klopfte ihr zärtlich auf den Rücken. »Meine Tochter ist mit Wein nicht so vertraut wie ich, Mr. Harley.«

»Ein sehr angenehmer Jahrgang, Sir«, lobte Harley. »Sie können sich glücklich schätzen, daß Miß Herriott eine vernünftige junge Frau ist. Zu intelligent, um nicht zu bemerken... daß Rausch Gefahren birgt.«

»Und Freuden«, bemerkte der Doktor, der den grimmigen Blick nicht sah, den Lysistrata ihrem höflichen Peiniger zuwarf.

Sie wechselte rasch das Thema. »Papa, vielleicht möchte Mr. Harley Dessert.«

»Etwas Süßes?« Harley schaute sie an. »Danke, Miß Herriott, aber ich möchte nicht, daß Sie sich soviel Mühe machen.«

»Ma Saw hat Dessert zubereitet, Mr. Harley. Ich hab' mehr Mühe mit den Gartenaffen gehabt als ich ihnen Bananen zuwarf.« Obwohl Harleys folgende Konversation mit ihr höflich war, antwortete sie kurz und mit steinernem Gesichtsausdruck. Dr. Herriott, der diese gefährlichen Anzeichen schließlich bemerkte, versuchte Unerfreuliches abzuwenden. »Lysistrata, warum zeigst du und San-hla Mr. Harley nicht den Tanz, den du gestern gelernt hast?« Er wandte sich an Harley. »Das müssen Sie wirklich sehen. San-hla ist ein zauberhaftes Kind. Sie hat Lysistrata gelehrt...«

»Heute abend nicht, Papa«, fiel Lysistrata rasch ein. »Ich hatte einen langen Tag.« Sie blickte Harley an. »Mr. Harley wird das sicher verstehen. Ich denke, er ist durch seine vielfältigen Interessen Tag und Nacht beschäftigt.«

Harley lächelte nicht. »Das ist richtig, Miß Herriott. Ich muß mich ohnehin darum kümmern, daß mein Buchhalter eine Fracht überprüft. Doktor, ich hoffe, Sie beide werden mir verzeihen.«

»Natürlich.« Herriott blickte seine Tochter fragend an und sagte dann fröhlich: »Lysistrata und ich freuen uns darauf, Sie am Sonntag zu sehen.«

Lysistrata richtete sich auf. »Was ist am Sonntag?«

»Mr. Harley hat uns freundlicherweise zu einem *Pwe* eingeladen.« Entschlossen fügte ihr Vater hinzu: »Ich habe ihm gesagt, wir seien erfreut.«

Es gab Augenblicke, in denen nicht einmal Lysistrata ihrem Vater widersprach. »Ja, in der Tat«, sie funkelte Harley an, »wir sind erfreut.«

Harley neigte seinen Kopf und erhob sich. »Dann bis Sonntag, Doktor.«

Nachdem Harley gegangen war, winkte Herriott Lysistrata auf die Veranda. Er betrachtete die riesige weiße Scheibe des Tropenmondes, die von schlanken Palmen geteilt wurde. Kakteen und Bajonettpflanzen warfen fantastische Schatten. Als Herriott die seltsamen Düfte des feuchten Bodens und der fremden Pflanzen, die die Nacht erfüllten, tief einatmete, klang es wie ein Seufzen. »Eine wunderschöne Nacht, nicht wahr?«

»Wunderschön.« Sie hockte sich auf die Verandastufen.

»Mr. Harley scheint ein netter junger Mann zu sein, meinst du nicht?« Die Verandaschaukel, die U Pho gebaut hatte, begann zu schwingen, als Herriott seine Pfeife entzündete.

Sie zuckte die Schultern. »So la-la.«

Als das Streichholz erlosch, fluchte er. Dann riß er ein anderes an seinem Stiefel an. »Warum magst du keinen der unverheirateten Männer, die ich nach Hause bringe?«

»Das tue ich ja nicht. Aber ich mag für sie keine Vorstellung geben.«

»Und vor allem nicht für Harley.« Seine Stimme klang plötzlich ungewohnt scharf. »Du hast ihn gemustert, als sei er ein Torpedo, der noch nicht explodiert ist.«

»Warum sagst du das?«

Er zog lange an seiner Pfeife. »Du bist doch nicht bigott, Lysistrata?«

»Nein.« Sie rutschte unbehaglich auf der Steinstufe. »Nein, ich glaube nicht. Ich mag nur keinen Mann wie Harley in meinem Heim unterhalten.«

»Der Kommissar ist da weniger eigen. Und der Rest der Gesellschaft anscheinend auch. Tom sagt, Harley sei für den Betrieb des Hospitals sehr wertvoll.« Er hielt inne. »Denke bitte daran, Lysistrata, daß dein Heim auch meines ist.« Die Pfeife zwischen die Zähne geklemmt, verließ er sie.

Kurz darauf folgte sie ihm in sein behelfsmäßiges Arbeitszimmer, in dem er eselohrige Medizinzeitschriften durchblätterte. »Es tut mir leid, Papa«, entschuldigte sie sich. »Wenn Harley für Dr. Lighter wichtig ist, ist er das wohl auch für dich. Ich werde zu ihm höflich sein.«

»Das ist gut für dich«, erwiderte er trocken.

Getroffen protestierte sie: »Was verlangst du von mir? Ich kenne den Mann kaum!«

»Du weigerst dich, *überhaupt* einen Mann kennenzulernen. Du behandelst jeden, als sei er persönlich verantwortlich für –« Er überlegte, ob es sinnvoll sei, weiterzugehen und sagte dann: »Ich weiß nicht, was zwischen dir und Frank Wyatt in Boston gewesen ist, aber nach meiner Meinung war Frank keinen Heller wert.« Er wehrte ihren Einwand mit der Pfeife ab. »Hätte ich gewußt, daß du in Tante Agathas Fußstapfen treten würdest als er heiratete, hätte ich ihm einen Tritt gegeben!«

»Du hast recht, Papa«, sagte sie nur. »Frank war nichts Besonderes.«

Auf sein verblüfftes Gesicht hin, verzog sie ihre Lippen. »Hast du noch nicht gemerkt, daß ich meine Schuhe verloren habe?« Sie zeigte ihre Zehen, die in Sandalen steckten.

Er grinste breit. »Wäre ich nicht dein Vater, würde ich daran knabbern.«

Lysistrata lachte herzlich, als Hanumam, der Affenkönig, ein steinernes Postament erkletterte und eine perfekte Affengrimasse über seine flohkratzenden, herumtollenden Untergebenen schnitt. Um ihn wirbelten die Schauspieler herum und überschlugen sich. Über ihnen war ein Mahl aufgebaut, an dem sie und Hanumam gierig schlangen. Der Hintergrund waren einfache rote und gelbe Baumwolltücher, und die Musik wurde mit Trommeln, Gongs und Bambusklappern erzeugt.

»Das *Pwe* gefällt Ihnen also, Miß Herriott?« drang Harleys wohlklingende Stimme über ihre Schulter.

»Sehr!« erwiderte sie. »*Comédie Française*-Aufführungen müssen so ähnlich gewesen sein.«

»Oh, warum sagen Sie das?«

»Wegen des Ungestüms, der herrlichen Künstlichkeit. Der Westen hat Schauspieler seit Jahrhunderten nicht so eingesetzt. Es ist ein großer Verlust für jeden, der Schauspieler mag; sie sind so...« Sie zögerte.

»Fundamental?«

Sie musterte ihn wachsam. Er wirkte völlig ernst.

»Sie könnten recht haben.« Er blickte auf die herrlich kostümierten Schauspieler mit ihren bemalten Gesichtern und Masken. »*Pwes* ähneln Molières falschen Nasen und übertriebenem Schminken. Oder den europäischen Masken des Mittelalters.«

»Ich gestehe, ich weiß wenig über mittelalterliches Theater.«

Während Harley die Masken erklärte, saßen er und Lysistrata auf Klappstühlen direkt vor der *Pwe*-Arena. Der Sand der umliegenden Straßen war durch das plaudernde, zigarrenrauchende Publikum kaum zu sehen. Kein Maultier hätte sich hindurchdrängen können. Selbst die Dächer waren überfüllt. Ihr Vater war während des zweiten Aktes verschwunden, um in einem der Palmweinläden Schnaps zu holen. Jedermann plauderte ungezwungen, als ob nur Musik zu hören sei.

»Mit den Masken begann das Theater des Westens«, fuhr Harley fort, »aber der Osten ist einen anderen Weg gegangen. Hier finden Sie das Drama in seiner reinsten Form. Oft gibt es Aufführungen mit lebensgroßen Puppen.«

Sie lachte, weil sie sich in einem der fraulichsten Kleider der schwangeren Louisa sehr wohl fühlte. »Künstlichkeit in ihrer reinsten Form.«

»Künstlichkeit in Ost und West ist eine Form von Selbstschutz. Menschen, die so eng zusammenleben wie in Asien, entwickeln kunstvolle Methoden, um ihre Privatsphäre zu wahren.«

Sie wurde sofort vorsichtig. »Künstlichkeit ist auch eine Form von Heimlichkeit.«

»Wenn Sie meinen. Oft gibt es nichts zu verbergen. Es ist nur eine Lebensweise.«

»Ich verstehe, was Sie meinen«, stellte sie gleichmütig fest. »Perlen bestehen nur aus hübschen Schichten; darunter liegt nur ein wenig Schmutz.«

Seine Augen verengten sich leicht. »Perltauchen ist ein gefährlicher Beruf, vor allem für Amateure, die selten wissen, wonach sie suchen.«

»Perlen interessieren mich nicht sonderlich, Mr. Harley«, erwiderte sie. »Mir ihnen verbindet sich traditionell Pech.«

»Eine weise Entscheidung.« Er lächelte, als sei er innerlich amüsiert. Er schaute wieder zu den Schauspielern. »In diesem Fall hat Evelyn beschlossen, auf ihre Perle zu verzichten und wieder eine einfache Auster zu sein.«

Lysistrata starrte ihn einen Moment an. Als sie dann zu verstehen begann, warf sie den Kopf zurück und lachte. »Ich glaube es nicht! Warum sollte sie das?«

»Die Gemeinschaft zwischen Auster und Perle ist mehr parasitär als liebevoll.«

Sie sah ihn spöttisch an. »Als nächstes werden Sie mir erzählen, daß es nur ein Reizzustand ist.«

Ein Lächeln umspielte seinen Mund. »Man kann sich an die meisten Dinge gewöhnen.«

Lysistrata merkte, daß sie nicht wissen wollte, wie lange er und Evelyn gebraucht hatten, um sich aneinander zu gewöhnen. Sie hörte auf zu hänseln. »Mr. Harley, ich kann mir gut vorstellen, wer Dr. Lighter vorgeschlagen hat, meinem Vater die Verantwortung für die Bestellungen in Singapur zu übertragen. Wenn Sie sich bei meinem Vater lieb Kind machen wollen oder versuchen, ihn sich zu verpflichten, damit ich schweige, können Sie sich die Mühe sparen. Ich will nur die Ballnacht vergessen, und besonders Sie und Evelyn Chilton. Was Sie tun, ist Ihre Sache.« Ihr mißfiel, wie aufmerksam er sie ansah, aber sie wußte, daß er nicht mehr Grund hatte, ihr zu glauben, als sie ihm.

»Also gut«, sagte er schließlich.

Zu diesem Thema wurde nichts mehr gesagt. Schweigend schauten sie zu, wie Hanumam und die Schurken mit langen

Stöcken kämpften. Während Hanumams Siegestanz kam Dr. Herriott aus dem Palmweinladen. »Ich hab' dem lustigen Affentheater aus dem Fenster zugeschaut«, sagte er fröhlich und reichte ihnen gesalzene *Zithee*-Pflaumen.

Das nächste Stück war weniger lustig, eine Romanze zwischen einem Bürgerlichen und einer Prinzessin. Zwei Stunden vergingen, in denen die Protagonisten nur Liebesgedichte tauschten. Dann wurde Dr. Herriott unruhig und lehnte sich zu Harley hinüber. »Wie lange dauert das denn?«

»Es endet gegen Mitternacht.«

Herriott erschrak. »Das sind ja noch sieben Stunden!«

Harley lachte. »Im birmanischen Theater ist der Weg der Liebe nie geebnet.«

»Doch offensichtlich unausweichlich«, bemerkte Lysistrata.

Harley machte eine seiner fließenden Bewegungen. »Wir verpassen wenig, wenn wir ein Weilchen fortgehen. Wie Sie sehen, kommen und gehen viele Leute während der Vorstellung. Sie machen sogar Nickerchen. Bei *Pwes* wird viel getrunken und geplaudert. Das Ende beginnt erst gegen neun.«

»Ich würde gern etwas Palmwein probieren«, verkündete Lysistrata.

Herriott und Harley wechselten über ihren Kopf hinweg Blicke. Harley stand auf. »Ich werde Ihnen etwas bringen, Miß Herriott. Doktor, warum spazieren Sie beide nicht zum Dalhousie Park? Ich treffe Sie dort, und Miß Herriott kann ihren Saft probieren, während ich Ihnen alles zeige.«

Lysistrata sah ihn an. »Sie haben keine Angst, daß ich berauscht werde und Sie in Verlegenheit bringe, Mr. Harley?«

»Nicht durch Palmwein, Miß Herriott.«

»Ist er so mild?« fragte sie etwas enttäuscht.

Harley lächelte sie rätselhaft an.

Der Dalhousie Park war bei Dämmerung nicht nur wegen seiner üppigen Gärten, sondern auch wegen der vielfältigen Menschen herrlich. Neben Europäern waren dort Birmanen mit Horden ausgelassener Kinder, einheimische Kindermädchen, die bravere führten und Inderinnen, die ihren Männern folgten. Eine britische Armeekapelle spielte leise ›I Dream of Jeannie‹ in einem Pavillon. Aus dem Boat Club am anderen Ufer des Victoria Sees glitten Segelboote über das ferne goldene Spiegelbild der Shwe Dagon Pagode. Über allem trieben Papierdrachen, die in der stillen Dämmerung herumtanzten.

Die Herriotts schauten zu, wie ein alter birmanischer Herr seinem zweijährigen Enkel die Feinheiten des Drachenfliegens erklärte, als Harley zu ihnen kam. Wie ein unfugtreibender Pan reichte er Lysistrata einen billig wirkenden weißen Tonkrug. Nach einem Schluck von dem milchigweißen Wein drehte sie sich um und spuckte auf ein Blumenbeet. »Wie gräßlich! Das schmeckt ja wie Kreide! Wie kannst du das trinken, Papa?«

»Mein Geschmack ist eben anspruchsvoller. Schließlich«, Herriott zog spöttisch seinen Hut in die Stirn, »ist er in Bostons besten Etablissements kultiviert worden.«

»Meinen Sie«, er deutete auf die Drachen, »wir könnten das auch einmal probieren?«

Harley lachte. »Natürlich. Miß Herriott?«

»Nein, danke.« Sie hätte zu gerne einen Drachen fliegen lassen, wollte aber Harley keinen Grund zur Erheiterung geben.

Er ging zu einer Gruppe junger Birmanen und hielt nach ein paar Worten eine Rupie hoch. Die Kinder reichten ihm den schönsten Drachen und schossen mit ihrer Beute davon. Er übergab den Drachen Herriott, der seine Jacke ausgezogen und die Hemdsärmel aufgerollt hatte. Augenblicke später rannte der Doktor fröhlich durch den Park, verfolgt von seinem aufsteigenden Papier. Lysistrata schaute Harley grimmig an, entschlossen ihn zu treten, falls er ihren Vater albern fand. Er blickte mit einer Traurigkeit, fast einer Zärtlichkeit hinter dem Drachen her, der sie mehr als der Palmwein bestürzte. Obwohl dieser Eindruck schnell wie eine Illusion verflog, entwaffnete sie das mehr als sein unermüdlicher Charme. Nach dem Drachenfliegen erwies sich der Abend mit Harley als unerwartet angenehm. Als das *Pwe* zu Ende ging, hätte sie fast vergessen, wie unfreundlich er sein konnte.

Am nächsten Morgen wurde sie daran erinnert. Es pochte an der Tür. Auf der Schwelle stand ein Inder, genauer ein Pathan, von bedrohlicher Gestalt und mit noch bedrohlicherem Gesicht, umrahmt von einem gewaltigen Bart. »Ich bin Ali Masjid, Miß Herriott.« Er verneigte sich. »Ich bin Ihr Diener.«

Sie blinzelte. »Wie bitte?«

»Mr. Harley schickt mich«, sagte er kurz, als ob das alles erklärte.

Für Lysistrata erklärte das genug. Wenn Harley glaubte, einen Spion in ihren Haushalt schleusen zu können, hatte er sich geirrt. »Ich bedaure, Mr. Masjid, aber wir brauchen keinen weiteren Diener.« Vor allem keinen, der seine Anweisungen von einem anderen bekommt, dachte sie grimmig.

»Ihr Vater hat bereits eingewilligt«, sagte er ernst. »Hier sind meine Empfehlungsschreiben.«

Kochend las sie sie. Alle bestätigten, daß Ali Masjid hervorragend sei. Wahrscheinlich gefälscht. Sie gab ihm die Briefe zurück. Vor Masjids großen Füßen stand perfekt ausgerichtet ein Brüsseler Handkoffer. Der Pathan wollte bleiben. Aber nur für einen Tag, beschloß Lysistrata, und an diesem Tag würde er mehr arbeiten, als er an dreien verdiente. Sie krümmte den Finger. »Folgen Sie mir, Mr. Masjid.«

»Was hältst du von Masjid?« Sich bequem zurücklehnend, blickte Herriott beglückt auf seinen leeren Teller.

»Ich wollte mit dir über ihn sprechen, Papa.« Lysistrata stellte vorsichtig ihre Kaffeetasse ab.

»Ach ja?« Herriott klang überrascht. »Ist er nicht willig?«

»Das ist es nicht. Er arbeitet wie ein Elefant«, gab sie widerwillig zu, »aber, Papa, wir können ihn uns nicht leisten.«

»Doch, können wir.« Er lächelte wohlwollend. »Ich bekam heute eine Gehaltserhöhung.«

War Harley auch zu Lighters gegangen? Sie war wie benommen. »Aber wir haben keine Ersparnisse. Und Ma Saw und ich können...«

»Das ist ja der Punkt. Du schaffst das nicht. Ich habe dich nicht nach Birma gebracht, damit du schuftest, Lysistrata.« Er beugte sich vor. »Masjid ist daran gewöhnt, große Haushalte zu führen. Außerdem können wir uns nicht nur ihn, sondern auch einen Gärtner leisten.« Er bemerkte ihren Gesichtsausdruck. »Und dabei Geld sparen.«

Besiegt gab sie nach. Zumindest hatte sie die Befriedigung zu wissen, daß Harley einen viel zu hohen Betrag für einen nutzlosen Wachhund bezahlte. Den sie nicht zu fett lassen werden würde.

KAPITEL 4

Tuan Amor

Doch soll ich nehmen, was so blind,
sie umarmen, als sei sie mein Gut?
Gar sie zermalmen mit meinem Blut,
sie, die vor meinem Herzen steht?

ALFRED, LORD TENNYSON

Harry Armistead begegnete Richard Harley erst einen Monat nach dem Ball des Kommissars wieder. Er war gemeinsam mit mehreren Offizieren zur Vogeljagd auf einer Plantage nördlich von Rangun eingeladen. Harry hatte Claus Bettenheim, den Plantagenbesitzer, im Green Monkey Club kennengelernt. Bettenheim war ein schlichter, breitschultriger Deutscher Anfang vierzig. Er hatte die Laster der Stadt seit dem Tod seiner Frau systematisch wie Freiübungen genossen. Die meiste Zeit verbrachte er mit der Verwaltung seiner drei Plantagen. Hatte er keine Zeit, nach Rangun zu reisen, gab er wochenends Junggesellen-Partys. »Das Leben auf Plantagen ist einsam«, gestand er Harry. »Da kann man monatelang nur mit Farbigen reden.«

Harry mochte den Mann nicht besonders, aber die Einladung bot ihm Gelegenheit, neue Bekanntschaften zu machen. Da er Bettenheims Einstellung gegenüber Asiaten kannte, war er bei seinem Eintreffen am späten Freitagabend überrascht, Harley unter den Jägern zu sehen. Nach einem Frühstück vor der Dämmerung mit gekochten Eiern, Brot, kaltem Fleisch und schwarzem Tee zogen die Männer in die schlammigen Reisfelder, die das Haus umgaben. Zwei Dutzend Karen und indische *Shikkars* folgten, um die Beute zu tragen.

Aus Neugier tat Harry sich mit Harley und einem Kaufmann namens Arthur Wilton zusammen. Ein Karen folgte ihnen. Ursprünglich war ihnen auch ein Inder zugeteilt worden, doch als der Mann Harley sah, weigerte er sich, sie zu begleiten. Der Karen hockte sich geduldig hin und kaute Betel, während der Inder kopfschüttelnd in einen Wortschwall auf Hindi ausbrach und seine Arme durch die Luft schwenkte. Das Weiße seiner Augen zeigte Furcht, als Bettenheim ihn laut vor den anderen Jägern schalt, aber er blieb stur. Schließlich gab der Deutsche auf. »Tut mir leid«, er wandte sich an Harley, »aber Sie sehen ja, wie es ist.«

Harley zuckte die Schultern. »Das ist unwichtig. Ich ziehe einen guten Hund einem Tamilen vor.«

Der Tamile änderte plötzlich sein Verhalten, als ob er Harley angreifen wollte. Bettenheim schalt ihn. »Hör auf, du Mistkerl! An die Arbeit. Wir sprechen uns noch.« Während der Inder sich mürrisch verzog, sagte der Deutsche hilflos: »Ich weiß wirklich nicht, was in diese Narren gefahren ist. Sie machen mehr Ärger, als sie wert sind. Den werde ich eigenhändig verprügeln.«

»Lassen Sie nur«, sagte Harley. »Wenn man denen acht Rupien im Monat gibt, kann man sich's leisten, in anderen Dingen großzügig zu sein.«

Bettenheims Augen verengten sich für einen Moment schweinisch. Dann lächelte er. »Ja, Geduld wird oft belohnt, nicht wahr?«

Als die Sonne über die weiten, ebenen Reisfelder stieg, standen Harry und die drei Männer reglos da und lauschten den Vögeln, die langsam zu singen begannen. Frösche fielen mit ihren Baßstimmen ein, während sie durch die Wasserrinnen hüpften. Langsam schmolz die Nacht zu aprikosenfarbener Dämmerung, und dann zeichneten sich Tauben, Wiedehopfe und Gänse gegen den Himmel ab. Flügelschlagend stürzten sie sich auf Frösche, Echsen und Käfer, die jetzt unter den Reisreihen steckten. »Ist eine Schande, zu schießen, was?« murmelte Harry und hörte dann Harley leise lachen.

»Solch hörbare Klage nimmt uns die Last vielleicht ab.«

»Entschuldigung.«

»Nicht nötig. Es ist eine Schande zu schießen.«

»Oh, um Himmels willen«, knurrte Wilton und eröffnete das Feuer. Er schoß daneben.

Einen Herzschlag nach Wiltons Schuß donnerte Harleys Martini-Henry-Gewehr. Er schoß schnell und genau einen Vogel, ludt nach und traf den nächsten. Wieder ladend, nickte er dem Karen zu. Zu Harrys Überraschung sprang der Karen wie ein Apportierhund ins Wasser, um die Beute zu holen. Wilton leerte mit rotem Gesicht, seinen Kiefer an den Kolben gepreßt, seine Flinte und fluchte dann, weil der Karen nicht da war, um ihm das andere Gewehr zu reichen. Er ludt hastig nach, während Harry zwei Vögel schoß. Der Birmane steckte zwischen den Reisreihen watend die Beute ein.

Harley entzündete einen Cheroot, während er auf die Rückkehr des Mannes wartete. »Mir reicht's. Und Sie, Leutnant?«

Harry angelte nach seinen eigenen Zigarren. »Hmm. Ich wollte nur was zum Abendessen.«

Wilton sah sie angewidert an und schob sein Gewehr unter den Arm. »Warum sind Sie überhaupt hergekommen? Sie verderben einem Mann seine Chance, schießen dann eine Handvoll und verscheuchen den Rest.« Sein gerötetes Gesicht wurde höhnisch. »Wenn Sie einverstanden sind, werde ich den Farbigen nehmen und mir meinen Teil holen.«

»Nur zu«, sagte Harley milde. »Der Leutnant und ich können unsere Beute tragen.«

Ohne Bedauern sahen die beiden Männer den Kaufmann durch das Feld zu einem Bambusstand stapfen, gefolgt von dem Karen.

Die Sonne stand tief über dem Horizont. An den Feldrändern zog sich schattiger Dschungel wie ewige Dämmerung. Bis auf fernes Gewehrfeuer lag absolute Stille über dem Land. Gewaltige lavendelblaue und goldene Wolken hingen reglos darüber. Und Wilton marschierte wie eine Ameise über das Land.

Harry warf Harley, der Wilton noch beobachtete, einen Blick zu. Auf seinem Gesicht war Abneigung zu sehen.

»Jagen Sie oft mit Bettenheim?« fragte Harry.

»Nicht oft.«

Mit gespielter Unschuld paffte Harry nachdenklich an der Zigarre. »Scheint ein eher unerfreulicher Kerl zu sein. Diese

Sache da im Haus mit dem... Tamilen? Das sah geplant aus, genau wie seine Entschuldigungen.«

»Glauben Sie?« kam die Antwort gelassen.

Harry paffte. »Warum tut er das Ihrer Meinung nach?«

Harley zuckte die Schultern. »Vielleicht mag er mich nicht.«

»Aber Sie einzuladen...« Harry schüttelte wie betroffen den Kopf. »Warum hat der Tamile dieses Theater gemacht?«

»Weil von ihm nicht nur verlangt wurde, einem Mischling zu dienen, sondern auch einem Verunreinigten«, erklärte Harley geduldig, obwohl er genau wußte, daß er herausgefordert wurde. »Ich esse Schweinefleisch, wissen Sie.«

»Also sind Sie kein praktizierender Hindu.«

»Ich bin auch kein praktizierender Engländer.«

Harry lächelte süß. »Verzeihen Sie, ich wirke sehr aufdringlich, aber ich habe Sie schon einmal gesehen und bin neugierig.«

»Oh? Warum?«

Trotz Harleys zwanglosen Verhaltens hatte Harry das Gefühl, es mit einer attraktiven, aber vielleicht giftigen Schlange zu tun zu haben. Er packte sie am Schwanz. »Sie waren doch mit Lysistrata Herriott auf dem Ball der Bartlys?«

Harley lächelte, aber Harry hörte das Rascheln von Schuppen.

»Vielleicht, Leutnant, ist es Miß Herriott und nicht ich, der Ihr Interesse weckt.«

»Sie ist eine Freundin.« Harrys jungenhaftes Verhalten schwand. »Ich möchte nicht, daß sie verletzt wird und ihr Vater gezwungen ist, einen ungleichen Kampf zu führen.«

Harley zog an seinem Cheroot und schlenderte in Richtung Plantagenhaus. »Wie weit geht ihr Interesse für Miß Herriott?«

Harry, der den Beutesack über die Schulter geschlungen hatte, fiel neben ihm in denselben Schritt. »Wie gesagt, ich bin ihr Freund.« Dann fügte er etwas ärgerlich hinzu: »Ich habe sie aus dem Labyrinth zu ihrer Kutsche begleitet. Ich behaupte nicht, ein Heiliger zu sein, aber Sie waren nicht freundlich zu ihr, Sir.«

»Nein, Leutnant«, sagte Harley langsam, »das war ich nicht. Ich stehe in Ihrer Schuld, weil Sie Miß Herriott in Schutz nehmen und wegen Ihrer Diskretion.« Er musterte Harrys sonnenverbranntes Gesicht. »Hat Miß Herriott Ihnen die Art unserer Begegnung geschildert?«

»Sie war zu erregt«, erwiderte Harry grimmig, »und ich hielt es für unangemessen, sie zu fragen.«

»Soviel Zurückhaltung zeigen Sie bei mir heute nicht.«

»Sie scheinen nicht erregt zu sein«, gab Harry zurück.

Harley lächelte fein. »Ich versichere Ihnen, Leutnant, ich bin an Miß Herriott nicht uninteressiert. Ich hoffe, eines Tages wiedergutmachen zu können, daß Sie ihr helfen.«

»Das wird nicht nötig sein, Sir. Sie können mir danken, indem Sie ihr fernbleiben. Sie hat genug Schwierigkeiten in ihrem Leben, glaube ich.«

»Über die Art meiner Dankbarkeit entscheide ich, wenn Sie nichts dagegen haben, Leutnant«, erwiderte Harley kühl und fuhr dann freundlich fort: »Wenn Sie an Miß Herriott interessiert sind, sollten Sie sie das vielleicht wissen lassen.«

»Schlagen Sie mir vor, Amor zu spielen?« fragte Harry scharf.

Harley lachte, als sei der Gedanke faszinierend. »Ich meine nur, Sie täten gut daran, Miß Herriott wissen zu lassen, daß sie einen Freund hat, wenn Sie das sein wollen.«

»Vielleicht sollte ich das«, gab Harry zurück.

Harleys Blick glitt über die Felder, als hätte er das Interesse an dem Gespräch verloren. »Die Sonne steigt höher. Wir können's gerade noch vor den anderen zurück schaffen, um einen Punch zu nehmen.«

Harry blickte zu dem Bambusstand. »Seltsam, daß wir keinen Schuß von Wilton gehört haben. Ich dachte, er müßte inzwischen zwei oder drei Vögel entdeckt haben.«

»Er braucht sicher noch etwas Zeit«, sagte Harley kurz.

Harley hatte recht. Als er und Harry einen Milchpunsch leerten und zu einem zweiten, üppigen Frühstück Platz nahmen, kamen die anderen Jäger zurück. Wilton traf gegen Mittag ein. Munter trat er zu den anderen. »Tja, meinen Teil habe ich. Ich wette, daß ich den Tagesrekord aufgestellt habe.«

Bettenheim nahm seine Füße vom Tisch. »Sehen wir doch mal. Fünf Pfund meines besten Tabaks für den besten Schützen.«

Als die Beutesäcke geleert wurden, war der Anblick übelkeiterregend. Schlaffe Massen blutigen Gefieders lagen mit glasigen Augen da. Im Schnitt hatte jeder Jäger neun Vögel erlegt, Wilton aber fast zwanzig. Die anderen Männer trugen ihn jubelnd auf den Schultern in den Salon.

Angewidert betrachtete Harry Wiltons Beute. »Ich hätte nicht gedacht, daß er so gut schießt.«

»Tut er nicht.« Harley nahm einen Fächer von der Wand, vertrieb die Fliegen und strich dann die Federn an einem der Hälse zurück. Ein hauchdünnes Blutband sickerte darunter. »Er hat den *Shikkar* Seidenschlingen legen lassen. Die wirken wie eine Garotte.« Er stieß mit dem Stiefel gegen den Vogel. »Die Kugeln kamen später.«

Harry runzelte die Stirn. »Wenn Sie das wußten, warum haben Sie nichts gesagt?«

»Bettenheim weiß das. Seine Arbeiter würden an kleinem Wild nicht mal Kugeln vergeuden, wenn sie sie hätten.« Harley hängte den Fächer wieder auf. »Wenn er will, daß seine Gäste sich zum Narren machen, dann sorgt er dafür.«

»Ja«, sagte Harry langsam. »Ich glaube, ich verstehe jetzt.«

Harley konnte keinen einfacheren Weg wählen, sich Feinde zu machen, als Wilton bloßzustellen. Die Europäer würden einem Halbblut nicht dafür danken, daß er sie auf ihren Mangel an Scharfsinn aufmerksam machte. »Bettenheim macht Geschäfte mit Wilton, nehme ich an?«

Harley lächelte rätselhaft. »Warum fragen Sie *ihn* nicht?«

Es zeigte sich, daß Harry kaum mehr mit seinem Gastgeber und Richard Harley sprechen konnte, da Bettenheim und Kumpanen Harley um Informationen über den Yünnan-Plan bestürmten, was immer das sein mochte.

In gewisser Hinsicht entsprach Harley Harry Armisteads Bitte, Lysistrata Herriott zu meiden, obwohl er nicht die Absicht gehabt hatte, sie wiederzusehen. Er war damit zufrieden, daß sie weder eine Spionin war noch schwätzte. Sicher würde sie nicht so töricht sein, ihren Vater in ihr Abenteuer beim Kommissar zu verwickeln. Masjids Dienste würden helfen, ihren verletzten Stolz zu heilen und ihr die Freiheit geben, die örtliche Gesellschaft zu erforschen. Wie ein Mädchen, das in Frauenkleidern eine Erwachsene spielte, hatte sie bei dem *Pwe* sehr attraktiv ausgesehen. Ihre Fassade würde unter Lady Marys Leitung bald perfektioniert werden. In der engen Welt des Quartiers würden ihre scharfe Intelligenz und ihr Mangel an Liebe bald zu Berechnung werden und der Mittelmäßigkeit weichen. Mit Bedauern erkannte er, daß die ungebundene, liebenswerte Lysistrata in ihrem schlichten *Tamein* verschwunden sein würde. Er brauchte nicht erst Harry Armisteads Warnung, um zu wissen, daß er sie aus seinen Gedanken verdrängen mußte. Eine Beziehung zu ihr konnte ihr nur Unglück bringen und seine kostbare, hart erarbeitete Position bei den Briten schwächen. Sie war zu naiv, zu impulsiv für eine Affäre, und mehr als eine Bettgeschichte kam für ihn nicht in Frage. Doch in ihrer Nähe zu sein und nicht mit ihr zu schlafen...

Als die *Rani* nach Singapur ablegte, war er an Bord.

Harry seinerseits traf sich mit Lysistrata zunächst aus Verpflichtung, dann, weil er ihre Gesellschaft der anderer Damen vorzog, die er kannte, und er kannte bereits mehrere intim. Sie war nicht affektiert und nicht schüchtern, und sie konnte über alles reden. Und er mußte zugeben, daß sie zuweilen sehr schön wirkte. Im Zwielicht des Gartens, wenn die Schatten ihr Gesicht sprenkelten, in einem anmutigen *Longyi* mit Magnolienblüten in ihrem goldbronzenen Haar. Von der verspielten San-hla lernte sie, ihre natürliche Anmut zu zeigen, von Lady Mary, sich höflicher zu verhalten. Die allmähliche Veränderung nahm er nur langsam wahr.

Lysistratas Anpassung erfolgte noch langsamer, da sie die Richtung falsch deutete. Trotz der Freundschaft mit Harry, war sie einem Flirt abgeneigt, obwohl er sie gelegentlich zu verführen versuchte. Er war sich nicht ganz sicher, warum er das tat. Vielleicht entweder, weil er glaubte, die Übung täte ihr gut oder weil sein Selbstvertrauen durch ihre intensive Reaktion auf Harley verletzt wurde.

Dennoch machte er ihr den Hof, bis Spekulationen über eine Verlobung laut wurden. Lady Mary riet ihrem Schützling, ihm nicht das Exklusivrecht ihrer Gesellschaft zu gestatten. »Er ist ein wunderbarer Fang, meine Liebe«, bemerkte die Engländerin eines Nachmittags beim Kartenspiel, »aber er kann auf Jahre nicht nach England zurückkehren, und Sie werden vielleicht nicht in den Kolonien bleiben wollen. Sein Vater ist ein sturer alter Eber, der ihn enterben würde, bevor er eine mittellose Amerikanerin als nächste Lady Wilbur akzeptierte.« Die Engländerin mischte behende die Karten. »Zudem würden mehrere junge Männer nur zu gern Armisteads Platz einnehmen. Sie werden zu einer Schönheit.«

Lysistrata blickte auf das Kricketfeld, auf dem sich jetzt Kinder, Kindermädchen und Clubmitglieder tummelten. Mit einem kleinen Lächeln klopfte sie auf den gemischten Stoß. »Ich habe nicht die Absicht, Harry zu ›fangen‹ und weder die gesellschaftliche Position noch die Mitgift, um eine Schönheit zu sein und gegen den Hochadel anzureiten. Die meisten Männer sind praktisch, wenn's ums Heiraten geht.«

»Das sollen sie auch. Gentleman zu sein, ist nicht immer ein profitabler Beruf.« Lady Mary gab. »Sie müssen sich vielleicht mit weniger als einem Nabob begnügen, aber wenn Sie klug sind, werden sich viele Böcke in Rangun priveligiert fühlen, Sie zu unterstützen. Aber seien Sie vorsichtig bei Männern der East India Company. Die Hälfte von denen ist hier, um sich zu zerstreuen, oder weil sie Schulden haben. Einige sind von ebenso guter Herkunft wie Henry Armistead; sie haben einfach das Pech, unehelich geboren zu sein. Dynastien, wohlgemerkt«, sie stieß mit ihren Karten gegen die Lysistratas, »sind schon auf weniger begründet worden. Sie brauchen nur Vertrauen.«

Lysistrata sortierte ihr Blatt, legte dann zwei Karten ab. »Ehe scheint letztlich immer nur eine Rechnung zu sein. Kaufen und Verkaufen. Unterstützung, Rückzahlung.«

»Liebe und Treue gibt es noch immer, mein Mädchen. Ich habe einen Mann in England geliebt, aber ich bin Anthony treu.« Lady Mary verzog die Lippen. »Das Leben ist nur so dumpf, wie man es macht. Am Ende muß man mit dem spielen, was man auf die Hand bekommt. Wenn man hier Narr ist, spielt man, um zu gewinnen.« Sie zog das Herz-As aus dem Talon, plazierte es in ihren Handschuh und ließ es wieder verschwinden. »Und manchmal, um zu täuschen.«

Lysistrata befolgte Lady Marys Rat einzig, weil sie mit der Welt fertig werden und eine neue Rüstung gegen Schmerz entwickeln mußte, die undurchdringlicher als die alte war. Eine Rüstung ohne Ritzen, gehämmert wie Geschmeide, mit einem Glanz, der das Auge blendete.

Lysistrata ging zum nächsten Tanztee im Gymkhana Club. Bei der Gelegenheit mietete Harry eine *Tum-tum* Hundekutsche, in der sie bei Sonnenuntergang um den Switchback fuhren, auf dem wie üblich viele Kutschen standen. Wie junge Hunde versuchten sie, die lachenden Fahrer zu einem Rennen herauszufordern. Bei den Kutschenfahrern hatte sie kein Glück, doch dann forderte sie auf Birmanisch die grinsenden Birmanen in ihren *Gharries* heraus. Daraus entwikkelte sich schließlich ein linkisches, aber verbissenes Rennen zwischen den *Gharries* und dem *Tum-tum*, das mitten in einem Kricketspiel damit endete, daß ein *Gharry* sich überschlug. Der Fahrer, glücklicherweise unverletzt, wurde zum Sieger erklärt und erhielt von den Kricketspielern eine Flasche Scotch, der in der Runde ausgetrunken wurde. Harry und Lysistrata begaben sich in Begleitung mehrerer Kricketspieler zu den Tennisplätzen. Im unmöglich schwachen Licht bekam Lysistrata ihre erste Tennisstunde von sechs wetteifernden Lehrern, wobei sie mehr summende Insekten als Bälle traf. Als eine Regimentskapelle im Clubhaus eine kriegerische Polka anstimmte, bestanden Lysistratas Lehrer fröhlich darauf, daß sie einen ›Tennisplatzeid‹ zu leisten und jedem von ihnen einen Tanz zu gewähren habe.

Die Hälfte der Männer auf dem Ball waren Junggesellen, die dankbar für die Gesellschaft einer Europäerin waren. Sie brannten übereifrig darauf, einer hübschen vorgestellt zu werden. Obwohl Lysistrata sich fest an Harrys Arm klammerte, da sie an soviel Aufmerksamkeit nicht gewöhnt war, sah sie sich dieser großen Konkurrenz ausgesetzt, die mit ihr tanzen wollten. Während großäugige Echsen über die Wände huschten, lernte sie zu flirten. Ihre Unsicherheit wurde allgemein ignoriert. Man fand sie herrlich schüchtern und köstlich unschuldig. Die Männer umschwärmten sie wie die Motten das Licht und die Echsen die Motten. Im *Tum-tum* begleitete sie Harry ahnungsvoll heim.

Als er zwei Tage später vorbeischaute, um mit ihr Tee zu trinken und am Fytche Square einzukaufen, erzählte Sein ihm schelmisch, Missy sei mit einem Fischnetz losgegangen, um *Chinlon* zu spielen. Er fuhr zum Gymkhana Club, wo er Lysistrata in Gesellschaft eines Leutnants Smith-Deckers auf dem Tennisplatz fand. Wie er erwartet hatte, war sie es rasch leid geworden, gemessenen Schrittes über den Platz zu gehen und kraftlos nach dem Ball zu schlagen. Als Anfängerin verfehlte sie den Ball häufiger, aber nicht, weil sie sich nicht anstrengte. Rot und schwitzend hatte sie schließlich soviel Erfolg, daß der amüsierte Leutnant sich bei ihrem Schlag gelegentlich ducken mußte.

Als Harry auf sich aufmerksam machte, verzog sich ihr Mund zu einem enttäuschten O. Einen Strohhut aus dem Gesicht ziehend, rannte sie zu ihm und keuchte: »Harry, es tut mir leid! Ich war so ins Spiel vertieft, ich hab' vergessen, wie spät es ist... kennen Sie Leutnant Smith-Deckers?«

»Natürlich, vom Tanz von vorgestern.«

Die Leutnante musterten sich.

»Nett, Sie wiederzusehen, Armistead«, stellte Smith-Deckers ohne Begeisterung fest. »Ich nehme an, Sie sind heute nachmittag mit Miß Herriott verabredet. Verzeihen Sie die Verzögerung. War meine Schuld, glauben Sie mir.«

»Nicht doch.« Harry grinste boshaft. »Ich bin sicher, Lysistrata wird mir die Schuld geben.«

»Harry!« protestierte Lysistrata, nachdem sie den Leutnant allein gelassen hatte, der verstimmt Bälle gegen eine Wand schlug. »Wahrscheinlich denkt er, Sie werden mich beim Tee küssen!«

»Wollen Sie das nicht?« Harry heuchelte Enttäuschung.

Ihre Augen weiteten sich zur Erwiderung spöttelnd. Dann

drückte sie seinen Arm. »Statt dessen werde ich Ihnen die Zukunft vorhersagen. San-hla hat mich gelehrt, Teeblätter zu lesen.«

Er lachte, als er ihr in das *Tum-tum* half. »Von Ihnen hätte ich am wenigsten erwartet, daß Sie abergläubisch sind.«

»Das bin ich nicht. Ich mag Erklärungen für Dinge.« Sie band das Hutband wieder fest. »Andererseits werden Nomaden wie Papa und ich vielleicht abergläubisch. Vielleicht liegt es am Osten, wo man dem Dschungel nahe ist, wo Eden einst gewesen sein muß. Die Nähe zum Beginn des Lebens. Es ist leicht zu verstehen, warum die Einheimischen an Naturgeister glauben. Sie sind der Schöpfung so nahe wie Schmetterlinge.«

In der Sonne blinzelnd, lehnte er sich zurück. »Da wir von Schmetterlingen sprechen, Sie werden ein gesellschaftlicher wie es scheint.«

»Mißbilligen Sie das?«

»Gute Güte, ich bin nicht Ihre Gouvernante, obwohl ich zugeben muß, daß ich darauf brenne, Sie für mich zu haben.«

»Bin ich eine gute Gesellschaft, Harry?« fragte sie ernst.

»Die beste.«

Sie blickte kurz auf das glasige Laken des Sees mit dem zirpenden Schilf und den treibenden Booten. Dann küßte sie seine Wange. Bevor er reagieren konnte, sagte sie munter: »Wo trinken wir Tee?«

»Bei Stratton's.« Er grinste fröhlich, als er dem Pony die Zügel auf den Rücken schlug. »Die haben einen neuen Konditor, der Sie zum Tennisspielen zu fett machen wird.«

Stratton's befand sich neben dem Rasen des Fytche Square, unmittelbar bei der schönen Sulay Pagode. An den gelben Brokatwänden des Restaurants illuminierten Gaslaternen Aquarelle von Constable und Turner. Messinggeländer trennten die englischen Eichentische und Stühle voneinander, die mit zitronengelbem Brokat gepolstert waren.

Zur Teestunde war Stratton's gefüllt, und der chinesische Maître d' wollte Harrys Reservierung wegen seiner Verspätung schon streichen. Doch er führte sie rasch zu ihrem Tisch und beorderte einen Kellner herbei. Der Kuchen, den der chinesische Kellner ihnen auf spitzenbelegten Silbertabletts vorlegte, sah köstlich aus. Harry war gekränkt, als Lysistrata nur eine kleine Schokoladentorte wählte und ein mächtiges Stück Erdbeertorte mit Sahne ablehnte. Der Kellner legte die Törtchen auf Wedgwoodporzellan, schenkte Javatee aus einer schweren silbernen Teekanne ein und verschwand. Harry schüttelte traurig den Kopf. »Zwischen uns wird es nie mehr wie früher sein, Lysistrata.«

Sie kicherte. »Harry, wenn Sie so entschlossen sind, jemanden abzuschleppen, sollten Sie bei Masjids Schwester vorsprechen. Sie ist riesig!«

»Masjid, ja?« Jetzt schaufelte er ernst seinen Kuchen. »In letzter Zeit mal was von seinem einstigen Boss-*Wallah* gehört?«

Vorsichtig blickte sie von ihrem Teller auf. »Harley? Nein, sollte ich das? Ist er nicht in Singapur oder sonstwo?«

Er grinste schief. »Man kann sich drauf verlassen, daß eine Frau auf eine Frage mit drei weiteren antwortet. Sie sind so gesprächig wie Gatling Gewehre.«

Sie naschte an einem Schokoladensplitter. »Mit einem Gatling Gewehr auf ein Frettchen zu schießen, scheint teuer.«

Er zuckte zusammen. »Sie haben recht. Es geht mich nichts an.«

Lächelnd schenkte sie ihm eine weitere Tasse Tee ein. »Trinken Sie aus, Leutnant Frettchen. Ich möchte Zigeunerin spielen.«

Bevor Harry ihr die Tasse gab, beharrte er: »Diesmal keine Flunkereien, schöne Zigeunerin, oder ich werde Sie Betrügerin nennen.«

Lysistrata ignorierte ihn und musterte die Teeblätter. Nach langem Schweigen spottete er: »Nun, wartet in meiner Zukunft keine wunderschöne, rätselhafte Dame?«

»Mehrere.«

»Abenteuer?«

»Viel mehr, als Sie erwarten.«

»Hurra!« Er lehnte sich zurück. »Langes Leben?«

Sie blickte bestürzt auf. Dann rührte sie die Teeblätter mit einem Löffel besorgt blickend beiseite. »Das ist albern. Schicksale werden nicht in Teeblätter geschrieben.«

Er wurde neugierig. »Was haben Sie gesehen? Werde ich nicht alt und gebrechlich werden?«

»Es scheint nicht so«, sagte sie ohne es zu wollen, und dann entschlossen: »Es ist Quatsch, Harry.«

Er ergriff fest ihre Hand, als sie schnell aufstehen wollte. »Sie wären nicht so aufgeregt, wenn Sie nicht ein bißchen daran glaubten. Sie waren zu oft in den Bazaren. Hören all den Mumpitz von Ma Saw und San-hla. Es ist Zeit, daß Sie in Ihre Welt zurückkehren«, er schnitt ein Gesicht, »und Tennis mit plattfüßigen Leutnanten spielen.«

»Harry, Sie...«

»Sagen Sie Ihre eigene Zukunft voraus.«

»Was?«

»Es ist doch Unsinn, oder? Was macht es also?«

Sie versuchte, ihm ihre Hand zu entziehen. »San-hla sagt, ich dürfe nicht...«

»Ihr eigenes Schicksal lesen? Was macht das für einen Unterschied, wenn alles nur ein Spiel ist?«

Sie hob ihr Kinn. »Na gut. Warum nicht?« Sie hob die Teetasse, blickte hinein und beobachtete ruhig. »Ich werde einen dummen Gatten und sechs Kinder haben. Ich werde neunzig Jahre alt.« Sie stellte die Tasse zurück. »Zufrieden?«

Er musterte sie. »Wenn Sie es sind.« Er winkte dem Kellner.

»Sollen wir jetzt einkaufen gehen?«

Als Lysistrata die prächtige Jade, Juwelen und Kunstgegenstände in den vornehmen Geschäften des Fytche Square bewunderte, verweilte sie nicht lange dabei. Harry vermutete, daß sie ärgerlich war, weil er darauf beharrt hatte, daß sie ihre Zukunft las. Er war sich unsicher, in welcher Stimmung sie war. »Noch immer böse auf mich, Zigeunerin?« murmelte er, als sie einen Laden verließen.

Sie schaute verdutzt. »Weshalb sollte ich?«

»Sie scheinen sich nicht zu freuen. Ich wunderte mich nur.«

»Tut mir leid. Die Läden sind prächtig. Tja«, lockte sie, in dem Versuch, ihn zu beschwichtigen, »fast sehr englisch.«

Er lächelte leicht. »Aber nicht so faszinierend, wie die Bazare.«

Ein spöttisch-trauriges Lächeln traf ihn. »Harry, das hört sich an, als habe man Sie sitzenlassen.«

Er knurrte und fühlte sich genauso.

So war es auch tatsächlich. In den folgenden vierzehn Tagen war er, wollte er Lysistrata sehen, gezwungen, das über die Schultern anderer Gentlemen zu tun, die sie zum Rennen, zum Kricket, zum Rudern im Boat Club oder zum Essen im Pegu Club begleiteten. Um wenigstens eine Chance zu haben, zu der Gruppe gehören zu dürfen, begaben sich die Wagemutigsten auf ihrem Morgenritt zum chinesischen Viertel und hinterließen ihre Karten in der Dämmerung in der Wohnung der Herriotts. Lysistratas ›herrliche Schüchternheit‹ entwickelte sich bald zu einem quälend ausweichenden Verhalten. ›Verschlagen‹ wäre der richtige Ausdruck gewesen – nach Harrys verständlicherweise eifersüchtigen Meinung.

»Tja, die *Rani* ist aus Singapur zurück«, verkündete John Herriott eines Abends beim Essen.

Dr. Lighter nippte an seinem Brandy. »Zur Frühlingsregatta ist sie immer im Hafen. Harley verdient normalerweise recht hübsch damit.«

Herriott warf Lysistrata einen Blick zu. Das einzige Zeichen von Interesse war, daß sie leicht den Kopf hob.

Lighter nahm noch einen Schluck. »Dieser Brandy ist sehr gut, John... das Abendessen ebenso.« Er nickte Lysistrata hastig zu. »Aber der Brandy«, er nippte wieder und seufzte, »ist wirklich etwas Besonderes.«

»Natürlich«, murmelte Lysistrata. »Es ist Richard Harleys Brandy.«

Der Regattatag war prächtig. Ein kleines Floß, beladen mit Zuschauern, dümpelte im Hafen. Helle Parasols aus Ost und West blühten an Decks und Docks. Die Brandung war durch den Schiffsverkehr heftig, und die Hitze begann so schwer zu werden, daß die Zuschauer bald zu schwitzen begannen. Die Segler standen geduldig mit den Rennoffiziellen und ihren Gästen am Dock, während General Chilton die Regeln des Royal Burma Yacht Club mit den Details der jährlichen Korrekturen summte. Mit ruhelosen blauen Augen stand Lady Mary neben ihrem Mann und Evelyn Chilton. Als sie sah, wonach sie suchte, winkte sie grüßend.

Ein junger englischer Marineoffizier bahnte einen Weg durch die Menge auf dem Dock und trat dann beiseite, um Lysistrata Herriott durchzulassen. Evelyn Chiltons Lippen spannten sich. Lysistrata trug ein hellweißes Leinenkleid und einen Strohhut dazu. Das Kleid betonte ihre perfekte Figur; der Stohhut komplimentierte ihr makelloses Kinn.

Von seinem günstigen Platz unter den Teilnehmern erhaschte Richard Harley einen Blick von bronzenem Gold unter dem Hut und von einem schön geformten Bein, das ihn daran erinnerte, wie er Lysistrata Herriott halbbekleidet gesehen hatte, als sie über einem umgestürzten Eimer lag. Er erinnerte sich an straffe, nackte Schenkel und sturmgraugrüne Augen und den Drang, sie auf dem schlüpfrigen Boden zu nehmen. Die Augen waren genauso wie damals, nur daß sie seinem Blick überheblich begegneten, als sie sich auf dem Dock umschaute.

Lady Mary warf Evelyn einen amüsierten Blick zu, die, entschlossen, sich nicht aufzuregen, mit ihrer Begleitung zu einem anderen Teil des Docks wanderte. Mary winkte wieder. Ein gutaussehender Marinekapitän und ein Zivilist mittleren Alters eilten aus der Menge, die sich hinter Lysistrata schloß. Mit der Männerflotille im Schlepptau schritt Lysistrata zu Lady Mary. Ihr Parasol senkte sich, als sie sich vorbeugte, um dem Geflüster der Engländerin hinter dem weißen Seidenschild zu lauschen.

Schließlich beendete Chilton sein Gequassel. Die Gäste scharten sich um die Teilnehmer, um Wetten zu setzen und Glück zu wünschen. Lysistrata machte mit den Bartlys die Runde. Einer der Favoriten war Bettenheim, der, wie Harley bemerkte, unangemessen viel Zeit über ihre Hand gebeugt verbrachte. Ihre Begleiter hatten begonnen, den Deutschen drohend anzusehen, als sie weiter zu Harley ging.

»Mr. Harley.« Die von Bettenheim und zwanzig anderen geküßte Hand, streckte sich ihm demokratisch entgegen.

Er streifte sie mit seinen Lippen. »Miß Herriott.«

Anmutig deutete sie auf ihre Begleitung. »Darf ich Captain Highman, Leutnant William Manley und Mr. Benton Adams vorstellen? Meine Herren, Mr. Richard Harley.« Die Männer verbeugten sich. Lysistrata lächelte Highman an. »Captain, entschuldigen Sie mich bitte für einen Moment? Ich möchte mit Mr. Harley wetten, und ich denke, er wird über die Bedingungen streiten wollen.«

»Es gibt keinen Gentleman, der sich nicht von Ihnen überzeugen ließe, Miß Herriott«, plapperte Adams mit lustvollen Blicken.

»Nicht jeder ist so vernarrt in mich wie Sie, Mr. Adams.« Der Sonnenschirm verdeckte seinen feuchten Blick. »Seien Sie so nett und sichern Sie mir einen Platz auf dem Komiteeboot, ja? Es wird sehr voll sein, und ich hätte Sie alle gern beim Rennen an meiner Seite.« Sie eilten davon.

Sie wandte sich wieder an Harley, den Kopf ein wenig forschend geneigt, die Augen herausfordernd.

»Sie scheinen Ihren Erfolg zu genießen, Miß Herriott«, murmelte er, »obwohl es ein wenig widerlich ist.«

Sie lachte und fand, daß er in seinen weißen Dacca-Breeches und dem offenen Hemd wundervoll aussah. »Ja, ich frage mich manchmal, ob mein Sinn für Humor die Saison überdauert. Sie hatten hoffentlich eine erfolgreiche Reise.«

»Wie immer.«

»Dann haben Sie nichts dagegen einzuwenden, daß ich gegen Sie wette?«

»Überhaupt nicht«, erwiderte er. »Ich baue auf meinen Ruf.«

»Gut. Wenn ich gewinne, würde ich gern auf der *Rani* segeln. Ich sah sie beim Verlassen des Hafens, als wir nach Rangun kamen. Sie war von emotionaler Bedeutung.« Als sie ein argwöhnisches Flackern in seinen Augen sah, fügte sie hinzu: »Mein Vater würde mich natürlich begleiten.«

»Und wenn Sie verlieren?«

»Vielleicht eine private Tanzstunde?« Ihre grünen Augen wurden schmal.

»Nur ein Kind spielt mit dem Feuer.« Seine dunklen Augen waren lockend und warnend zugleich.

»Ich bin kein Kind, Mr. Harley«, erwiderte sie kühl.

»Vielleicht nicht.« Sein Gesichtsausdruck wurde distanziert. »Wir werden sehen.«

Adams schaute zum dritten Mal auf seine Uhr, während er unruhig an der Reling stand. »Finden Sie diesen ewigen Zickzack der Boote nicht langweilig, Miß Herriott? Wir warten seit einer Dreiviertelstunde, und sie sind nicht einmal in Startposition.«

Die Marineoffiziere warfen ihm böse Blicke zu. Lysistrata lachte. »Ich komme aus Boston, Sir. Nur wenige Dinge erfreuen mich so sehr, wie Rennjachten, die um einen Startvorteil wetteifern. Ich fürchte, Sie sind durch Dampf verdorben. Segeln erfordert viel Geduld.«

»Kann man wohl sagen«, murmelte der Kaufmann, der sich beim Rollen des Bootes heimlich an die Reling klammerte. Dann sauste der erste Startschuß in den Himmel, nach exakt drei Minuten vom zweiten gefolgt. Dreißig Jachten drehten sich in den Wind, als Segel sich spannten und Kiele die Hafenbrandung zur ersten Tonne an der Leeseite der Hafeneinfahrt durchschnitten. Zwei weitere Tonnen markierten den Dreieckskurs, der sechsmal zu laufen war.

In dem allgemeinen Tumult und dem Fernglasschwenken während des Rennens, blieb Adams stumm. Mit glasigen Augen und grünem Gesicht klammerte er sich an die Reling, als könne er so dem Teufel entrinnen. Lysistrata hatte gehofft, das unruhige Wasser würde ihn daran hindern, ihr zu folgen, aber schließlich hatte sie doch Mitleid mit ihm. »Lieber Mr. Adams, es muß Ihnen ekelhaft gehen. Lassen Sie sich von Leutnant Manley auf einen Deckstuhl helfen.«

Adams nickte mit zusammengepreßten Lippen. Mit einem Seufzen brachte Manley ihn zu einem der Segeltuchstühle und kam dann mit bedeutungsvollem Kopfschütteln zurück. Keine zwei Minuten später schoß Adams durch die Menge an der Heckreling und entleerte seinen Magen ins Meer. Er blieb für den Rest des Rennens fort.

Die *Rani* und Bettenheims *Marlene* führten den Pulk, wobei keiner bis zur Umrundung der letzten Tonne einen entscheidenden Vorteil hatte. Von dort war noch eine dreiviertel Meile zu segeln. Die *Rani* war eine halbe Länge voraus, abwindig von der *Marlene*. Da der Wind leicht kam, war Harley in guter Position, ohne Angst haben zu müssen, in den Windschatten des Deutschen zu geraten. Da beide Boote gut besetzt waren, konnte Bettenheim wenig tun, um aufzuholen. Als noch hundert Meter zu der imaginären Linie zwischen Glockentonne und Komiteeboot blieben, begann der Deutsche auf Kollisionskurs zu gehen. »*Marlene!*« brüllte Harley durch ein Megaphon. »Ausweichen!«

»Macht Platz!« brüllte Bettenheim zurück, seinen stämmigen Leib über seine Steuerbordseite gebeugt.

»Teufel auch! Gehen Sie auf Kurs und folgen Sie mir!« schnappte Harley.

»Neue Regeln«, brüllte Bettenheim gehässig. »Luvwärtiges Boot... Vorfahrt! Fallen Sie ab!« Die *Marlene* steuerte mit der Absicht zu Rammen auf die *Rani* zu.

Der Bugsprit der Deutschen tanzte über der Schanz ihrer Rivalin, als Harley schließlich auswich, da es sinnlos war, die *Rani* einer Beschädigung auszusetzen. Ein Protest würde seinen Sieg bestätigen. Dennoch stieg kalter Ärger in ihm auf, weil der Deutsche ihn weiterhin leewärts drängte, bis die *Marlene* am Komiteeboot war. Die *Rani* war auf Kollisionskurs und bleiche Gesichter starrten auf ihren bohrenden Bug. Harley tat das einzig mögliche: er steuerte außen an dem verankerten Komiteeboot vorbei und ließ die *Marlene* die Ziellinie allein überqueren. Bis er gewendet und die Linie korrekt überquert hatte, waren zwei andere Boote an ihm vorbei. Die *Rani* kam als vierte herein. Als er düster über das Heck blickte, sah er mit grimmiger Genugtuung, daß die Protestflagge auf dem Komiteeboot als Antwort auf seine eigene wehte.

Zwei Stunden später kochte Harley innerlich im Jachtclub, als der Rennleiter das Urteil bestätigte. »Tut mir leid, alter

Junge, aber die neuen Regeln sagen klar, daß das luvwärtige Boot Vorfahrt hat.« Der Steward wollte hinzufügen, daß es ziemlich jämmerlich von Bettenheim sei, sich auf diese Regel zu berufen, da er schon eindeutig geschlagen war, aber Rassendünkel und Respekt vor den Regeln ließen ihn schweigen.

Lysistrata vernahm das Rennergebnis mit einem seltsamen Gefühl der Niederlage. Sie hatte eine Wette gesetzt, die sie nicht verlieren konnte, und *hatte* doch verloren... etwas, das sie nicht benennen konnte. Eine offene Konfrontation mit Harley vielleicht. Oder vielleicht eine kindliche Illusion von perfekter Glückseligkeit, die die *Rani* vermittelte.

Ihren untersetzten Gatten im Schlepptau traf Evelyn Chilton in dieser Nacht zum Regatta Ball im Edward Hotel prächtig gekleidet ein, um den Kampf gegen die Gerüchte über eine Thronbewerberin aufzunehmen. In scharlachroten Satin gekleidet und ein Vermögen an Rubinen, Smaragden und Diamanten tragend, hatte sie das Ganze mit einer Diamanten und Perlen besetzten Krone auf ihrem pechschwarzen Haar gekrönt.

»Evie«, kicherte Lady Mary, als Evelyn an ihren Stuhl trat, »Sie rasseln mit den Säbeln. Wer ist die Unglückliche?«

»Ist das wichtig? Nach dem heutigen Abend wird sich niemand mehr ihrer erinnern.« Evelyns Amethystaugen waren giftig auf den von Marmorsäulen gerahmten Eingang des Ballsaales gerichtet.

»Armer kleiner Vogel«, murmelte Lady Mary. »Frisch aus dem Käfig ins Maul einer überfütterten Hauskatze.«

Evelyns Kopf ruckte herum. »Wie bitte?«

»Nichts, Evie«, erwiderte Lady Mary sanft. »Aber das Opfer ist eingetroffen.«

Das Opfer trug ein Doucet Satin de crème, das glänzende Haut zeigte und funkelndes Haar, von Perlen gedämpft. Sie trug keinen anderen Schmuck. Evelyn hatte die hörbare Bewunderung genossen. Das Vakuum von Stille, das Lysistrata empfing, als sie und ihr Vater das glänzende Parkett überquerten, erfüllten sie mit wilder Freude – bis sie begriff, daß die Menge nicht teilnahmslos, sondern hingerissen war. Sie hätte von Kopf bis Fuß mit Diamanten behängt sein können, aber weder ihr Aussehen noch ihr Schmuck waren für Rangun etwas Neues. Lysistrata hätte weniger attraktiv sein können und hätte doch Erfolg gehabt. Die Schlichtheit ihres Kleides unterstrich eine Schönheit, die der Atem von Träumen war. Sie war nicht nur ein Erfolg, sondern eine Sensation. Und Evelyn ahnte, daß sie als Kulisse benutzt worden war. Ihr Hang für prächtige Aufmachung war bekannt, und der Kontrast war umwerfend.

»Diese Perlen scheinen mir vertraut«, stellte sie kühl fest.

»Ja«, sinnierte Lady Mary, »in meinen Tagen in Kalkutta ruhten sie auf meinem Haar.« Sie tätschelte Evelyns Hand. »Aber die Zeit verlangt ihren Tribut von uns allen.«

Die Hand entglitt ihr. »Ich habe noch nicht aufgegeben, Mary«, keuchte Evelyn Chilton süß, »und Sie werden eher den Teufel küssen, als daß ich das tue.«

»Stolz geht... und so weiter, Evie. Bei Ihrer Landung werden Sie sich verletzen«, erwiderte Lady Mary ironisch. Dann wurde ihr Blick eisig. »Im Augenblick besinnen Sie sich am besten auf Ihre Manieren oder Sie werden sich sehr wundern.«

Lord Anthony persönlich bat Lysistrata um den ersten Tanz. Sie knickste höflich. »Wenn Sie erlauben, Sir, möchte ich den Ball mit meinem Vater eröffnen. Das ist ein besonderer Abend für mich.«

Bartly lächelte. »So soll es sein, meine Liebe. Sie sehen wundervoll aus.« Er verbeugte sich vor Herriott. »Ich beneide Sie, Doktor. Ich habe seit Jahren nicht das Privileg gehabt, mit meiner eigenen Tochter tanzen zu dürfen.«

Herriott lachte. »Dann, Sir, haben wir etwas gemeinsam.«

Harry Armistead schlenderte ziellos um den Ballsaal und warf einen Blick auf die wirbelnden Tänzer, dann auf die wenigen Frauen, die auf vergoldeten Stühlen an den Wänden sitzengeblieben waren. Wie immer schwenkten weißgekleidete Panjandrums riesige *Punkahs*, um die Illusion frischer

Luft zu erzeugen. Seine Ohren wurden von Musik bestürmt, als sei es eine einzige Note. Die gewaltige Hitze verriet, daß es eine der letzten Nächte vor den Monsuns war.

Harry mochte die Tropen nicht sehr. Die Fliegen und Moskitos bissen heftig, und wenn der Wind auf die See wehte, drang der Landgestank wie Hurenparfüm in seine Nase. Der Besuch der Bordelle garantierte Syphilis, aber die wenigen in Frage kommenden Frauen seines Standes... Sein Blick wich rasch dem einer Miß mit besonders scharf geschnittenem Gesicht aus und wanderte wieder zu dem makellosen Profil Lysistrata Herriotts. Die meisten Kolonien boten trübe Heiratsaussichten, und Australien ließ ihn kalt. Selbst in Amerika gab es feindselige Indianer. Den Blick noch auf Lysistrata gerichtet, seufzte er und dachte an eine Zigarre.

»Sie wirken elend, Leutnant«, stellte eine vertraute Stimme an seinem Ellenbogen fest. »Ich nehme an, die Tanzkarte der Lady ist überfüllt.«

Harry lächelte Richard Harley schief an. »Oh, Lysistrata ist freundlich. Sie hat mich für eine Polka und für die letzte Quadrille aufgeschrieben. Hätte sie das nicht, könnte ich ebensogut heimgehen. Seit sie die ›rani‹ von Rangun ist, kommt man nicht mehr an sie heran.«

»Nennt man sie so?«

Harry lachte leise. »Nein, ich nenne sie so. Um sie zu amüsieren. Sie glaubt, das alles sei Unsinn, aber ich denke, ihr gefällt es. Kann ihr keinen Vorwurf machen. Schließlich«, murmelte er fast wie zu sich selbst, »hat sie ein Recht darauf zu heiraten, so gut sie kann.«

»Und ernsthafte Bewerber?«

Harry machte ein langes Gesicht. »Adams schlägt das täglich beim Tee vor. Hillman erwähnte es einmal die Woche. Hinter ihnen bildet sich eine lange Reihe – vor allem zu einem Flirt natürlich.« Seine Augen verengten sich. »Ich weiß nicht, was Bettenheim vorhat. Er ist verdammt formell – Blumen, all die netten Worte – aber...« Harry steckte seine Hände in die Taschen. »Für mich ist er nicht der Typ, der einer vermögenslosen Frau ernsthaft den Hof macht... sage ich!« Er wandte sich an Harley. »Was meinen Sie mit ›Bewerber‹? Sie wissen, ich bin nicht hinter ihr her.«

»Nur eine unbedachte Wortwahl, Leutnant«, erwiderte Harley sanft. Er betrachtete die Damen auf den vergoldeten Stühlen. »Warum sollten Sie sie wollen? Rangun hat so viele interessante Damen, die darauf aus sind, Ihre Lebensgefährtin zu werden.« Sein Lächeln wurde ein bißchen wölfisch. »Und nur Schoßhunde bemühen sich um ihre Aufmerksamkeit.«

Harry fixierte ihn eifersüchtig. »Schießen Sie mit Pfeil und Bogen woanders hin, Amor. Sie zielen auf den Falschen.« Er neigte den Kopf. »Sie zeigen bemerkenswertes Interesse an der Dame. Passen Sie auf, daß Sie nicht einer Ihrer eigenen Pfeile erwischt.«

»Besonders wenn seine Spitze vergiftet ist«, murmelte Harley.

Harry schaute Harley mißtrauisch an, erinnerte sich dann an den Zwischenfall mit dem Tamilen, der den Hunger mancher Männer zeigte, einen anderen – auf vielerlei Art Überlegenen – zu demütigen. »Ja«, sagte er langsam, »ich denke...« Er brach ab, als die betreffende Dame und ihr Tanzpartner zu ihnen kamen.

»Meine Herren, darf ich Ihnen Mr. John Forbes vorstellen. Mr. Forbes, das sind Leutnant Harry Armistead und Mr. Richard Harley. Leutnant Armistead ist wie Sie begeisterter Kricketspieler, Mr. Forbes. Vielleicht machen Sie beide sich bekannt, während ich mit Mr. Harley die Bedingungen für eine Wette aushandle.« Als Forbes und Harry keine Anstalten machten, sich zu entfernen, schenkte sie ihnen ein strahlendes Lächeln, hakte Harley ein und führte ihn auf die Terrasse, während die Menge im Ballsaal interessiert zuschaute.

»Miß Herriott«, sagte Harley kurz, als sie im Mondlicht spazierten. »Ich verzweifle an Ihrer Diskretion.«

Sie blickte von den schimmernden Lichtern der Stadt auf die Balustrade und verzog dann boshaft die Lippen. »Sie können also wütend sein. Ich fragte mich schon, ob Sie ganz menschlich sind.«

»Haben Sie mich deshalb allein zu diesem Tête-à-tête herausgeführt, um zu sehen, ob ich menschlich bin?« Seine Stimme wurde heiser und ein wenig drohend. »Ich dachte, Sie wüßten das besser.«

Um ihr Unbehagen zu kaschieren, sagte Lysistrata: »Wir sind selten allein.« Ihr Straußenfederfächer deutete auf mehrere Paare, die um Palmen spazierten. »Und was den Kuß anbelangt, zu dem Sie mich im Labyrinth zwangen, warum so tun, als bedeute er Ihnen etwas?« Sie hätte zu gern hinzugefügt: »Oder mir?« Doch sie war sich sicher, daß er es besser wußte. Gerade jetzt, nach Monaten der Trennung, war seine Nähe besonders beunruhigend. Sie musterte ihn und konnte den Blick nicht von diesen dunklen Augen abwenden, dem verlockenden Mund, der ihren genommen hatte, als hätte er seit Jahrhunderten auf sie gewartet. Aber er hatte nicht gewartet, erinnerte sie sich. Er hatte sie nicht einmal begehrt. Sie zwang sich zu einem Schulterzucken. »Wenn Sie wollen, können wir gern sittsam vor den Punschgläsern streiten. Ich dachte nur, dies sei der beste Ort, um unsere Wette zu erledigen. Im Ballsaal könnten wir ständig unterbrochen werden.«

»Ist das nicht eine sehr offenkundige Art, mich daran zu erinnern, daß Sie jetzt nicht mehr um Tänze bitten?« sagte er brutal.

Sie bewegte sich nicht und sprach nicht. Schließlich hörte er ihre leise, erstickte Stimme. »Sie haben recht. Ich will meinen Stolz zurück. Ich will ihn mehr als alle Tänze auf dieser Welt. Sie haben darauf herumgetreten, damit Sie und Evelyn Chilton einen Augenblick...« Sie wandte sich starr ab. »Sie haben Ihre Wette bezahlt.« Dann flüsterte sie, als sie zur erleuchteten Tür des Ballsaales ging: »Die *Rani* ist ohnehin nicht mehr für mich, was sie einmal war.«

Harley wollte sie gehen lassen. Ihr Schmerz jetzt war nichts verglichen mit dem, den sie hätte, wenn er es nicht täte. Dann berührte er ihre Schultern, ohne zu wissen warum, fast einem Impuls folgend – obwohl er sich diesen Luxus selten erlaubte und nie in einer solchen Situation. »Lysistrata, ich stehe zu meinen Wetten, und ich gebe mich nicht billigen Vergnügungen hin. Ich war zuvor übermäßig grob. Ich entschuldige mich.« Dann fügte er weich hinzu: »Genügt Ihnen das?«

Sie stand stumm da, drehte sich dann langsam und wehmütig um. »Ich denke, ich werde es immer bedauern, daß wir nicht miteinander getanzt haben.«

»Warum sollte das wichtig sein, wo so viele Männer um diese Gelegenheit ringen?«

»Vielleicht, weil sie mich an Boston erinnern... und Sie sich naturgemäß nicht«, erwiderte sie einfach.

»Das ist als Grund zu wenig, nicht wahr?«

»Ja«, murmelte sie und kehrte in den Ballsaal zurück.

Als Dr. Herriott Ma Saw am Abend nach dem Ball seinen Hut gab, blickte er schräg auf das von Visitenkarten überquellende Tablett. »Ich sehe, meine Tochter war beschäftigt.«

Sie kicherte. »Missy ließ die Gentlemen ihre Übersetzungen birmanischer Spiele rezitieren und dann Tanzstunde bei San-hla nehmen, was, wie sie sagt, ihnen hilft, sich nicht wie Spazierstöcke zu bewegen. Sie steckte sogar eine Orchidee hinter Mr. Bettenheims Ohr.«

Herriott seufzte. »Wie hat er's aufgenommen?«

»Wie ein Spazierstock.« Sie hängte den Hut auf. »Missy machte ihm Augen, bis er rot wurde. Er war sich nicht sicher, ob sie flirtete oder ihn zum Narren hielt. Missy wird in dieser Hinsicht sehr klug.«

»Ich weiß nicht«, erwiderte Missys Vater skeptisch.

Die Tage mit Kaufleuten, steifen Bürokraten und Seeleuten begannen Lysistrata zu langweilen. Abgesehen davon, daß sie Zerstreuung von der Monotonie suchte, hatte sie gehofft, daß ein paar davon Gefallen an birmanischer Kunst fänden. Weniger fröhlich, als ihr Vater vermutete, zerstreute sie sich damit zu beobachten, wie töricht sie die Gunst einer Frau zu gewinnen versuchten, die sie zuvor ignoriert hatten.

Harry weigerte sich, daran teilzuhaben. »Ich bin Engländer und keine schiefe Weide.« Lysistrata war nicht überrascht. Er kannte ihre ironische Neigung zu gut, um den Narren zu spielen.

»Warum zeigen Sie denn nicht die Tür?« murmelte er, als sie zwei grinsenden Australiern zuschauten, die wie boxende Gibbonaffen um San-hla herumhüpften. »Als Schiedsrichterin sind Sie nicht sehr gut.«

Sie sah ihn an. »Kritisieren Sie mich, Harry?«

»Das tue ich.«

Er hörte sie erleichtert seufzen. »Wie erfrischend. Ich wußte, daß ich Sie aus irgendeinem Grunde mag.« Sie nahm seinen Arm. »Leider muß ich einen von ihnen heiraten.«

»Einen von denen?«

»Jeden Tag laufen neue Schiffe ein.«

Am nächsten Tag war Lysistrata für Besucher nicht zu sprechen. Die Gentleman wurden auf unsinnige Verfolgungsjagden geschickt. Miß Herriott war einkaufen gegangen. Sie besichtigte Shwe Dagon. Sie beobachtete Krokodile. Männer, denen Miß Herriotts Gewohnheiten neu waren, akzeptierten San-hlas wildeste Erfindung willig. Lysistrata entging einer Entdeckung nur knapp, als australische Marineleutnante mit einer Kutsche zum Hafen rasten. Ihre verehrte Dame hatte angeblich einen Dampfer flußaufwärts genommen, um Tiger zu betrachten. In der Annahme, daß sie ein mit Körben beladenes Dienstmädchen sei, schenkten sie ihr keinen zweiten Blick. Sie lüftete ruhig ihren Strohhut und fächelte hinter ihnen den Straßenstaub fort.

Sie wähnte sich verfrüht in Sicherheit. Einige Schritte weiter mußte sie einem Wasserschwall ausweichen, der sich aus einem Türeingang ergoß. Ein triefender Birmane schoß lachend und protestierend auf die Veranda, gefolgt von einer alten Frau, die ihn schadenfroh wieder begoß, als er die Leiter hinabrutschte. Lysistrata kicherte fröhlich und tanzte zwischen entsetzten Schweinen, die unter dem Haus der alten Frau quietschten.

Darauf erpicht, den Ausgang des lustigen Streits zu sehen, rannte Lysistrata hinter den beiden her. Auf der Merchant Street trug die ganze Nachbarschaft eine Wasserschlacht aus. Erwachsene und Kinder begossen sich, rutschten aus und wälzten sich im Schmutz. Nicht einmal für Hunde gab es ein

Entkommen. Fauchende Katzen hatten auf den Dächern Zuflucht gesucht. Schlammbespritzt und atemlos erreichte sie kurz darauf die Schwelle zu ihrer Küche. Kaum hatte sie ihren provisorischen Regenschirm gesenkt, wurde die Tür aufgerissen und Wasser in ihr Gesicht geschüttet. Ma Saw und San-hla kreischten vor Lachen, als sie herausplatzte: »Was ist denn los, um Himmels willen? Haben alle den Verstand verloren?«

»Wenn die Regenzeit beginnt, haben wir *Thingyan*, unser Wasserfest, um das Neue Jahr zu feiern«, erklärte Ma Saw mit breitem Grienen. »Der Regen ist Buddhas Segen und verheißt Glück.«

Eine weitere Kaskade ergoß sich über Lysistratas Kopf.

»Buddhas Segen für Sie, Missy!« krähte San-hla.

Lysistrata prügelte die Schuldigen mit ihrem demolierten Hut und schloß sie dann in ihre feuchten Arme. Sie war um die halbe Welt gereist, um solch herrliche Anerkennung zu finden. Zum Teufel mit Boston.

Am nächsten Morgen brachte ein Chinese eine Nachricht. Die *Rani* würde am Freitag eine Tagesfahrt in den Golf von Martaban machen. Dr. Herriott und seine Tochter waren dazu eingeladen.

Nach einer kurzen Begrüßung am Dock sprachen Harley und Lysistrata wenig miteinander, als die *Rani* auf den Rangun River auslief. Beiden war klar, daß der kurze Törn ein formelles Lebewohl war, ein schickliches Ende für einen unmöglichen Anfang. Die Monotonie des Flusses und das Dröhnen des Hilfsmotors der *Rani* war hypnotisiernd, und selbst Dr. Herriott saß stumm da, während er auf den vorbeigleitenden Dschungel schaute. Harley reichte den Herriotts Korkwesten, als der Hilfsmotor abgestellt und die Segel gesetzt wurden.

Der Tag war prächtig, die Brise frisch und der Seegang mäßig. Doch auf einem Schiff wie der *Rani* schienen die letzteren beiden den Herriotts, die bis auf Zuschauen und ihre Reise nach Rangun kaum Segelerfahrung hatten, erheblich übertrieben. Der Bug senkte und hob sich durch die Wellenkronen, während die *Rani* scharf krängte und die Schanz fast überspült wurde. Lysistrata, die sich an das Kajütdach klammerte, hatte bald ihre romantischen Gefühle für die *Rani* verloren. Ihr Vater versuchte sich zunächst tapfer nützlich zu machen, bezog dann aber eine ähnliche Position wie seine Tochter. Sie waren nichts weiter als Ballast. Harleys Mannschaft war so an sein Kommando gewöhnt, daß ein Geist das Schiff zu steuern schien. Schließlich hatte sie kein Gefühl mehr in den Händen, nur noch im Magen. Kläglich bedauerte sie ihr Verhalten gegenüber Adams bei der Regatta.

»Miß Herriott.« Eine feste Hand ergriff ihren Arm. »Fühlen Sie sich nicht wohl?«

Sie nickte jämmerlich.

Dr. Herriotts kranke Stimme war über einen Gischtschwall zu hören. »Sie sieht schrecklich aus. Vielleicht sollte sie unter Deck gehen...«

»Hier geht's ihr besser«, erwiderte Harley. »Die Bewegung wird stärker empfunden, wenn man den Horizont nicht sieht.«

Minuten später hielt Harley ihren Kopf über die Reling. Sie war noch nie so glücklich gewesen, Schmutz zu sehen, als an Backbord Land in Sicht kam.

Doch als das Beiboot zu Wasser gelassen wurde, weigerte sich Dr. Herriott, sie und Harley an die Küste zu begleiten. »Wenn Sie glauben, ich würde in diese hüpfende Eierschale steigen, Sir, irren Sie sich. Was auch komme, ich gehe nach unten und trinke Whiskey.«

»Dann bleibe ich bei dir, Papa«, sagte Lysistrata sofort.

»Sei nicht albern. Du brauchst einen Spaziergang auf festem Boden und eine Anstandsdame ist nicht erforderlich.« Er begab sich zur Kajüte. »Also los. Ich muß aus dieser schrecklichen Sonne.«

Seine Treulosigkeit verärgerte Lysistrata und Harley. Beide wollten aus unterschiedlichen Gründen mit dem anderen nicht allein sein. Nachdem das Dingi aber den schmalen Strand erreicht hatte, schickte Harley die madegassischen Ruderer zur *Rani* zurück. Auf Lysistratas verblüfftes Gesicht hin, sagte er ironisch: »Kein Mann mag Anstandsdamen, vor allem überflüssige. Wenn ich Sie belästigte, würde er mich nicht zurückhalten. Täte ich's nicht, würde ihm das keiner glauben. Er holte uns in ein paar Stunden ab.«

Lysistrata war nicht völlig beruhigt und schaute dem Dingi nach, das zu der ankernden *Rani* zurückfuhr. Hinter sich hörte sie leises Lachen. »Warum machen Sie sich Sorgen, wenn ihr Vater sich keine macht?«

Sie drehte sich mit amüsiertem Blick um. »Er kennt Sie nicht so gut wie ich, aber ich möchte nicht unterstellen, daß er mir etwas Übung verschaffen will.«

»Übung?«

»Im Umgang mit einem einzelnen Mann. Er meint, daß ich ein falsches Gefühl von Vertrauen bekomme, wenn ich mit Männern in der Öffentlichkeit gleich reihenweise fertig werde.«

»Ich verstehe.« Seine weißen Zähne leuchteten. »Ist Ihr Vater immer so sensibel?«

»O nein. Einmal verlor er die Beherrschung und erschoß einen verheirateten Mann, der mit Mama flirtete.« Sie scharrte in dem feinweißen Sand. »Er ist Experte mit Pistole und Säbel, wissen Sie. Er hat Antietam überlebt.«

»Und Sie.«

Sie lachte. »Keine Ahnung. Nach dem heutigen Tag kann jeder seinen eigenen Weg gehen.«

»Dann wollen wir uns den Tag nicht mit Andeutungen darauf verderben, wessen Blut den Sand durchtränken wird, wenn er sich nicht benimmt.« Und das war für Lysistrata vielleicht eine größere Versuchung als sie ahnte, erkannte Harley. Er hatte schon lange bemerkt, daß er die Vorliebe mancher Männer des Ostens für blonde Frauen teilte, und Lysistratas Haar glänzte fast weiß in der Sonne. Das am Halse offene gelbe Kleid bauschte sich im Wind um ihren schlanken, hochbrüstigen Körper, und er wußte besser als sie, wie leicht er diesen Körper dazu verführen konnte, sich ihm zu ergeben. Aber weder er noch Lysistrata durften daran denken. Er streifte seine Stiefel ab und streckte eine Hand aus. »Lassen Sie uns laufen.«

»Das ist keusch genug.« Sie zog ihre Sandalen aus und nahm mit gewisser Vorsicht seine Hand.

Sie ist wie ein Schmetterling, dachte er, als sie barfuß durch die Flut liefen, zu zerbrechlich, um mehr als einen flüchtigen Kontakt zu wagen. »Was macht Ihre Seekrankheit?« fragte er.

»Verschwindet. Vor allem, wenn ich nicht aufs Wasser schaue.« Verdutzt runzelte sie die Stirn. »Seltsam. Auf der ganzen Reise von Boston war ich nicht die Spur seekrank.«

»Das weiß man nie. Manche Lebensmittel scheinen damit etwas zu tun zu haben, aber Admiral Horatio Nelson war an jedem Tag seiner Marinelaufbahn seekrank.«

»Ich denke, das macht Ihnen Freude.« Sie bemühte sich um eine volltönende Stimme. »Ein Brite, in dessen Reich die Sonne nicht untergeht, krank auf seinem drohenden Schiff.«

»Warum sagen Sie das?« Sein Griff festigte sich, und sie zuckte zusammen, bedauerte die Entgleisung. Sie hätte seine Bemerkung zu dem Chinesen Wa Sing nicht hören dürfen.

»Hat man Ihre Nation nicht zur Kolonie degradiert?« entgegnete sie. Wenn sie ihn genügend provozierte, würde sie vielleicht erfahren, was hinter seiner eisernen Zurückhaltung steckte. »Sind es nicht Diebe?« drängte sie ihn.

»Sie haben sich nicht gescheut, sich mit der Beute ihrer Feldzüge beim Regattaball zu schmücken«, stellte er trocken fest. »Die Perlen in Ihrem Haar gehörten einmal dem Staate Jansi. Er wurde mangels eines direkten männlichen Erben ›vereinnahmt‹. Wenn Sie sich beim nächsten Mal Lady Marys Schmuck ausleihen, sollten Sie vielleicht Ihre Ansichten äußern. Ihre Reaktion dürfte explosiv sein.«

Hübsch pariert, folgerte sie. Harley war an listigere Gegner als sie gewöhnt.

»Sie wirken nachdenklich«, bemerkte er ironisch. »Oder sind Sie bloß beleidigt?«

»Vielleicht überlege ich mir Bemerkungen für Lady Mary«, erwiderte sie, »oder formuliere meine Entschuldigungen an Indien. Sie sind Inder? Vielleicht sollte ich sie an Sie richten.«

»Ich bin Rajput. Sardinen in einer Dose mögen für den, der sie öffnet, gleich aussehen, aber für Sardinen sind die Unterschiede deutlicher. Dieser Hang zur Pedanterie führt manchmal zu Blutvergießen, doch dadurch wird eine Überfüllung verhindert.«

»Zum Wohle des Öffners oder der Geöffneten?«

Er blieb stehen und musterte sie nachdenklich. »Es ist möglich, daß ich Ihre Naivität überschätzt habe, Miß Herriott.«

»Ist das ein Kompliment oder ein Vorspiel für etwas anderes?« lockte sie.

»Möglicherweise beides. Ich weiß es noch nicht – sollen wir essen? Ich bin hungrig.« Ohne auf eine Antwort zu warten, zog er sie in einen Palmenhain strandaufwärts, wo sich wenige schrumpelige Obstbäume auf dem trockenen Boden gehalten hatten. Er pflückte Granatäpfel und Mangos und bestieg dann affengleich eine gebeugte Palme, um Kokosnüsse herunterzuschütteln. Während sie die Beute einsammelte, grub er dicke, handgroße Wurzeln am Fuß der Palme aus.

Sie nahm eine. »Sind das die hiesigen Trüffel?«

»Pfeilwurz. Reine Stärke, gegen Übelkeit.« Er warf Kokosnüsse und Früchte in ihren Schoß. »Essen Sie das auch.«

»Ich hab' doch keinen Elefantenmagen«, beklagte sie sich halbherzig und schaute dann auf eine unbekannte grüne Schote. »Soweit ich weiß, könnte das ein bequemer Weg sein, eine Plage auszurotten.«

Seine Zähne funkelten unfreundlich. »Wollte ich das tun, ließe ich Sie Ihre Früchte selbst pflücken.« Er nickte zu dem Palmendickicht. »Mehrere dieser hübschen Pflanzen sind giftig.«

Nachdenklich begann sie eine Mango zu schälen. »Aber Sie glauben, ich sei lästig, oder?«

»Ja.« Geübt öffnete er eine Kokosnuß und goß die Milch in die größere Hälfte.

»Weil Sie Farbigenblut in den Adern haben, wie man das so brutal ausdrückt.« Mit ausdruckslosem Gesicht kaute sie an der Mango. »Sie meiden weiße Frauen, weil sie fürs Geschäft schlecht sind.«

»Ich meide *alleinstehende* Frauen, aber ansonsten haben Sie sehr recht.« Die Lippen freudlos gewölbt, warf er ihr ein

Stück Kokosnuß zu. »Vordertüren sind für mich vielleicht nicht immer geöffnet. Hintertüren und Schlafzimmer sind weniger bewacht.«

»Warum nur verheiratete Frauen?«

»Sie haben ebensoviel zu verlieren wie ich.« Er biß in einen Granatapfel. »Das garantiert Diskretion.«

»Die mir fehlt«, erwiderte sie. »Andererseits möchte ich keinen kaltblütigen Liebhaber haben.«

»Nein?« Sein Blick streifte sie. »Erzählen Sie mir, welche kalten Gedanken ich jetzt denke, Lysistrata.«

Sie erstarrte, war unsicher, vorsichtig.

»Sie brauchen keine Angst zu haben. Dr. Herriott hat mir für heute Ihre Ehre anvertraut, aber morgen... Sie müssen entscheiden, was Sie von mir wollen und was Sie bereit sind, dafür zu zahlen.« Er hob ihr Kinn. »Mit einem Kind kann ich nichts anfangen, Lysistrata, und ich will Sie nicht als solches behandeln. Ihretwegen werde ich nicht auf andere Frauen verzichten. Was immer wir voneinander nehmen, muß eines Tages aufgegeben werden. Dann müssen wir getrennte Wege gehen. Bis dahin wird man uns nicht zusammen sehen, und wir werden uns nur zu meinen Bedingungen treffen.«

Ihre Augen funkelten ärgerlich. »Ich glaube, dieses übertriebene Bedürfnis für Geheimnistuerei erlaubt Ihnen, Ihre Liebhaberinnen zu manipulieren. Es ist angenehm, nicht wahr?«

Er seufzte. »Wie kann jemand so blind sein, der Ihren Bürgerkrieg miterlebt hat? Fast ein Jahrzehnt ist seit der Befreiung Ihrer Sklaven vergangen. Haben Sie die in Ihrer Regierung gesehen, abgesehen von ein paar bemitleidenswerten Marionetten? Haben Sie sie an Ihren Universitäten, in Ihren Kirchen, Ihren Ehebetten gesehen?«

»Das ist nicht das gleiche. Sie waren nie ein Sklave. Ihr Vater war ein hoher Offizier, Ihre Mutter von königlichem Blut. Dr. Lighter sagt, Sie haben eine englische Militärschule in Bombay besucht. Sie werden von der britischen Gesellschaft akzeptiert und nach Ihrer Sorge zu urteilen, daß ich bei Lord Anthonys etwas mitgehört haben könnte, zieht man Sie auch zu Rate.« Graugrüne Augen funkelten. »Sie geben selbst zu, daß sie Ihnen ihre Betten nicht verwehren. Sie haben also wenig Grund zur Klage.« Sie begann den Pfeilwurz zu essen.

»Das trifft zu, und es stimmt auch, was meine Nützlichkeit für die Engländer betrifft«, er lächelte leicht, »in ihrem Rat und ihren Betten. Das ist auch eine Art Sklaverei.«

Lysistratas Appetit verging durch den geschmacklosen Pfeilwurz. Ihr Blick wurde nachdenklich. »Dann *trennen* uns Welten, denn ich muß heiraten. Ich bin Papa wegen seines Wohles und seiner Selbstachtung verpflichtet. Ich war viele Jahre egoistisch, zu feige, mich mir selbst zu stellen und noch weniger der Welt. Ich will mich nicht wieder verstecken.«

»Das sollten Sie auch nicht«, sagte er weich und seine Finger streiften ihr Haar. »Wir werden hier Lebewohl sagen, doch zuerst...« Er löste ihre Elfenbeinkämme, bis sich ein Strom bleicher Seide über ihre Schultern ergoß. Er sah sie einen langen Augenblick an, erhob sich dann und nahm ihre Hand. »Kommen Sie, zumindest haben wir einen Ballsaal für uns allein.«

Für einen Mann, der nicht tanzte, tanzte Harley so gewandt wie ein Falke flog, dachte Lysistrata, als er sie auf dem festen Sand herumschwenkte. Die Brandung, die über ihre nackten Füße rauschte, ließ sie wie Kinder lachen. Sie lehrte ihn *Camptown Ladys,* und er drehte sich wie ein Derwisch unter der Sonne. Mit ausgelassenem Grinsen steuerte er sie in die Brecher, bis sich ihr nasser Rock um ihre Beine schlang. Proteste schreiend schlug sie gegen seine Brust, nur um in den Brechern ihr Gleichgewicht zu verlieren. Als er sie hochhob, hakte sie ein Bein hinter seine Knie, stieß wieder gegen seine Brust und fiel auf ihn, als er stürzte. Er zog sie ans Ufer, wo sie sich lachend fallenließen.

Sich auf die Seite rollend blickte Lysistrata auf ihren Spielgefährten hinab. Sein schwarzes Haar klebte an seinem Kopf, und in seinen tiefschwarzen Augen spiegelte sich das Feuer der Sonne. Sie sah, daß das Lachen aus seinen Augen schwand. Die nackte Lust des Begehrens, Gefahr war jetzt darin. Schaum glitzerte auf der glatten, olivbraunen Haut, halbnackt unter dem offenen Hemd, seine Brust hob und senkte sich schnell, und seine Brustwarzen wurden durch den feuchten Stoff betont.

Ihre Augen weiteten sich plötzlich, als sie sich den Zustand ihrer eigenen Kleidung vergegenwärtigte. Als sie sich mit den Händen bedecken wollte, faßte er sie und sie erstarrte, als er sie an sich zog. »Ah, der Hänfling, der im Käfig geboren wurde«, flüsterte er, »der die Sommerwälder nie kannte...«

Seine Lippen, erst kaltfeucht, wurden warm und suchend. Lysistrata empfand einen Augenblick lang Furcht, dann ein drängendes Sehnen, als er zärtlich ihren Mund erforschte. Die Schatten eines Falken schienen durch ihren Kopf zu schießen, doch sie spürte, daß er ihr nichts antun wollte, sie nur zu einem hohen, ruhigen Ort führen wollte, den sie lange schon gesucht hatte. Alles war eins: Der Falke, die *Rani*, Harley, der ihr ohne Worte sagte, daß sie einst frei fliegen würde, daß ihr Selbstverständnis als Frau mehr als fade Pflicht sein solle, daß sie einen Augenblick der Freiheit haben solle. Richard Harley besaß den Schlüssel zu ihrem ruhelosen, sehnenden Geist. Warum, wußte sie nicht, nur, daß wenn er sie geliebt hätte, sie nie in einen Käfig zurückkehren könnte.

Irgendwie waren ihre Hände nicht mehr zwischen ihnen, sondern in seinem sandigen Haar verfangen, und ihre Brust preßte sich weich gegen seine harte Brust. Seine Lippen streiften ihre Kehle, hinab über den feuchten Stoff, der sich über die Hügel ihrer Brustwarzen spannte. Fordernd bedeckte sein Körper sie auf dem feuchten Sand, und die zunehmende Hitze seines Mundes ließ ihren Willen schwinden. Der verführerische Mund begann die feuchte, transparente Haut ihres Gaumens zu erforschen, quälte sie süß, bis der Schmerz in ihrer Brust, das Brennen zwischen ihren Schenkeln sich an ihn pressen ließ. Als er Atem holte, spürte sie die Härte in seinem Schritt, und sie spürte, daß sein Verlangen so groß wie das ihre war. Plötzlich wollte sie nichts Trennendes mehr zwischen ihnen, weder die nasse Kleidung, noch Mißtrauen, nicht einmal Fleisch. Sollten hier alle Grenzen enden. Laß ihn...

Undeutlich spürte sie ein Rucken an ihrem Haar, hörte

seine harte, angespannte Stimme. »Verdammt, Sie bringen einen Mönch dazu, seine Gelübde zu vergessen...« Abrupt entzog er sich ihr und erhob sich. »Es ist Zeit zu gehen, Lysistrata. Die Sonne steht tief.«

Verdutzt, als ob ihr Wasser ins Gesicht gespritzt worden sei, richtete sie sich auf, dachte, das Dingi müßte von der *Rani* bereits ausgesetzt sein, weil die Tropensonne schnell unterging. Dann sah sie, daß die Sonne noch zwei Stunden scheinen würde. Und sie verstand. Harley betrachtete ihren Käfig als Büchse der Pandora.

»Es kann nicht sein, Hänfling«, murmelte er. »Es tut mir leid. Ich wollte dich nicht berühren. Es ist einer meiner Fehler, Dinge zu stehlen... Augenblicke, Küsse«, er lächelte unaufrichtig, »von Zeit zu Zeit sogar ganze Frauen.«

Sie schaute mit trauriger Ironie zu ihm auf. »Aber Sie geben sie natürlich immer zurück.«

Seine Augen wurden rätselhaft, seine Stimme zärtlich. »Natürlich.« Er hob sie sanft hoch. »Außerdem bin ich nicht der einzige Pirat in diesen Gewässern. Am Tage treiben sie sich nicht in Rangun herum, aber die Nacht gehört ihnen.«

Sie fühlte sich den Tränen nahe und lachte hilflos. »Wenn Sie so verschlagen wären wie manche behaupten, hätte *diese* Nacht die Ihre sein können. Sie sind weniger scheinheilig als ich.«

»Eine Scheinheilige hätte geleugnet, was sie fühlte.« Er nahm ihren Kopf in die Hände, und für einen Moment dachte sie, er würde sie nicht loslassen. Dann sackten seine Hände herab, als hingen Gewichte daran. »Mit der Zeit wirst du diese Kunst lernen, aber ich werde nicht derjenige sein, der sie dich lehrt. Lebewohl, Lysistrata Herriott.«

KAPITEL 5

Die Regierung Nats

Kobold tanzt und huscht an der Schwelle –
wirbelnder Wahnsinn, Kobold der Hölle

GEORGE MEREDITH

Am nächsten Morgen begann der Westmonsun Birma zu überfluten. Lysistrata erwachte durch den trommelnden Regen, der in die Dachrinnen strömte, bevor er sich in silbergrünen Wänden auf den ausgedörrten Garten ergoß. Sie seufzte. Sie würde mit dem Einkaufen warten müssen, bis der Regen nachließ. Aber an Einkaufen dachte sie am wenigsten. Fast die ganze Nacht hatte sie über Richard Harley nachgedacht und war zu einem Schluß gekommen. Hätte er sie nicht ein wenig gemocht, hätte er nicht Lebewohl gesagt. Und wenn er versuchte, sie zu verführen, wie ihr weiblicher Instinkt es voraussagte, dann würde er zurückkehren. Jahre später sollte sie sich daran erinnern, daß sie bei ihrem ersten Monsun zwei grundlegende Fehler machte, bevor sie aus dem Bett stieg. Der eine war zu glauben, daß der Regen aufhören würde, der andere, daß Harley sie wiedersehen wolle.

Es regnete, als ob Noah aufgefordert worden sei, die Arche neu zu bauen. Der Garten war bis zu den Bodenbrettern des Hauses überflutet. Ein Plankenweg mußte von der Veranda zum Tor gelegt werden. Der Grund für den überdachten Durchgang vom Haus zu Küche und Stall wurde jetzt offensichtlich. Wollte man essen, durfte man den Koch nicht ertränken. Und man nahm wegen der zahllosen Pfützen auf dem Boden kein Blatt vor den Mund. Schließlich war das ausgedörrte Dach so gequollen, daß das Tröpfeln nachließ. Bettzeug und Kleidung waren ständig naß. Insekten und Echsen drangen hordenweise ins Haus und hielten sich auf jeder Oberfläche, vor allem auf Nahrungsmitteln, auf.

Draußen saßen stumm die verdrossenen Vögel. Verdreckter Abfall schwappte in den Hafen, Fußgänger wateten hüfthoch auf den tieferliegenden Straßen, und Kricketfeld und Paradefeld des Gymkhana Club verwandelten sich in Seen. Nur Schweine und Frösche vergnügten sich im Schlamm, aber Lysistratas Verehrer kämpften sich unbeugsam in Regenzeug durch den Unrat und nannten ihn unbedeutend. Sie war nicht so herzlos, Ma Saw die Ritter wieder in den strömenden Regen hinausschicken zu lassen. Richard Harley war nicht darunter.

In den kommenden nassen Wochen wurde das Herriott-Haus für Lysistrata zum Gefängnis. Masjid und die Birmanen waren an scheinbar endlose Monsune gewöhnt, aber Lysistrata hatte sich zu sehr an ihre neue Freiheit gewöhnt. Und die Erkenntnis, daß Harley wirklich nicht die Absicht hatte, sie wiederzusehen, schmerzte weit mehr, als sie zugeben wollte. Er schien Emotionen so genau wie ein Kontenbuch zu berechnen. Doch wenn sie sich auch nicht der Hoffnung hingab, daß Liebe zwischen ihnen war, war da noch Verlangen, und das spürte auch er. Ihre Rüstung, undurchdringlich für die attraktivsten Männer Ranguns, war bei Harley wie Papier verbrannt. Wie eine Motte hatte sie sich an ihn geworfen, als besäße er ein rätselhaftes Licht, ohne das sie nicht leben wollte... oder mit dem sie leben mußte, glaubte man seinen Warnungen über eurasische Beziehungen. Er *konnte* lügen, wie sie von Masjid erfuhr, dessen unschuldige Antworten auf Fragen über die Hindureligion ergaben, daß Männern der Tanz in der Öffentlichkeit oder anderweitig keineswegs verboten war. Dieses ›anderweitig‹ mit Evelyn schmerzte noch mehr, weil sie instinktiv wußte, daß er sich mit der Frau noch traf. Sie wurde wieder ganz von Harry Armisteads Gesellschaft abhängig.

Einen Monat nach Beginn der Regenzeit wurde die Langeweile auf schreckliche Art jäh gebrochen. Adams kam zum Tee hereingestürmt, ohne sein triefendes Regenzeug abzulegen. »Cholera ist in der Stadt!« platzte er heraus und stammelte dann, als er Bettenheims Gesicht sah: »Ins Quartier dringt sie vielleicht nicht... aber sie breitet sich im Hafengebiet aus. Lysistrata – Miß Herriott, darf ich Ihnen und Ihrem Vater den Schutz meines Heimes anbieten? Es liegt hoch in den Hügeln und alle sagen, es sei das sicherste...«

Bettenheim fiel ihm ins Wort. »Das ist Quatsch. Wo haben Sie eigentlich von der Cholera gehört?«

»In den Docks«, antwortete Adams nervös. »Warum sind die Hügel nicht sicher?«

Bettenheim ignorierte ihn. »Wenn Sie mich entschuldigen, Miß Herriott, ich muß zu meiner Plantage. Cholera kommt jedes Jahr mit der Regenzeit. Gewöhnlich ist das nichts Ernstes, aber manchmal wird sie epidemisch. Jedenfalls wird es den Farbigen eine willkommene Ausrede für Dieberei.« Dann sagte er: »Ich rate Ihnen zu bleiben, bis ich Ihnen Lebensmittel und was Sie sonst brauchen, schicken kann.«

»Sehr freundlich, Mr. Bettenheim«, sagte Lysistrata, »und von Ihnen auch, Mr. Adams, aber ich kann keinen Ihrer Vorschläge befolgen. Im Krankenhaus werden Schwestern gebraucht.« Sie läutete nach Masjid.

Bettenheim faßte ihr Handgelenk. »Sie gehen nirgendwohin. Am sichersten sind Sie hier, wenn«, er warf Adams einen drohenden Blick zu, »dieser Idiot es nicht von draußen reingebracht hat.«

Adams blickte auf sein Regenzeug herab, als sei es plötzlich von tödlichen Organismen belebt. Sein Kopf ruckte hoch, sein Hut schwankte in seiner Hand. »Verzeihen Sie, Miß Herriott, aber ich muß nach Hause!« Er floh.

»Lassen Sie Miß Herriott bitte los, Mr. Bettenheim«, sagte Harry ruhig. Er war aus der Ecke gekommen, in der er stumm Bettenheims Heldengeschichten gelauscht hatte.

Bettenheim drehte sich um, ballte die Fäuste und sah dann Masjids massige Gestalt im Türeingang. »Wollte Sie nicht beleidigen, Miß Herriott«, sagte er glatt. »Ich fürchte, ich war zu besorgt um Sie, um vernünftig zu denken.«

»Ich bin nicht gekränkt, Mr. Bettenheim«, erwiderte sie. »Masjid wird Sie zu Ihrer Kutsche bringen.«

»Wollen Sie wirklich ins Hospital gehen?« fragte Harry, als Bettenheim gegangen war.

»Harry, nun fangen *Sie* doch nicht auch damit an.«

»Wie ich gehört habe, ist Cholera eine häßliche Sache. Im Hospital fordern Sie das geradezu heraus.«

»Wohin wollen Sie gehen?« wich sie aus.

»In meinen Club, denke ich. Ist so gut wie alles andere... *außer* dem Krankenhaus.«

»Mein Vater ist dort, Harry«, erinnerte sie ihn.

»Und er wäre glücklicher, wenn Sie hier wären.«

»Zweifellos«, erwiderte sie ruhig, »aber dann würde er mich nicht mehr so lieben und ich mich auch nicht.«

»Pfleger, wo bleibt die neue Pfanne, verdammt?« schnappte Lighter über seine Schulter. »Die hier ist voll.« Eine saubere Pfanne tauchte an seinem Ellenbogen auf. Er ergriff sie und beugte sich wieder über den würgenden Patienten. »Wo zum Teufel steckt eigentlich Herriott? Das füllt sich ja hier so schnell wie die verdammten Pfannen.«

»Ich glaube, noch im Operationssaal, Doktor«, antwortete eine ruhige Stimme.

Er wirbelte herum. »Lysistrata! Was zum...«

»Teufel tu' ich hier«, schloß sie gelassen, »vor allem, weil Sie mir nachdrücklich verboten haben, einen Fuß in Queen Anne's geheiligte Hallen zu setzen?« Sie blickte sich in der schäbigen Umgebung mit hochgezogenen Augenbrauen um und nahm ihm dann den Schieber ab. »Ich nehme den. Sie haben wichtigere Dinge zu tun«, sie hob nochmals ironisch die Brauen, »oder?«

Er funkelte sie an und erklärte dann: »Wenn Sie mir das erste Mal auf die Schuhe kotzen, verschwinden Sie, Sie dreiste Hexe.«

Die Cholera oder *Kala,* wie die Einheimischen es nannten, war schrecklich, und Lighters einziger Befehl war nicht so leicht zu befolgen, wie er klang. Die Betten waren voll, die Schieber mit Erbrochenem und Fäkalien gefüllt, bis die Patienten ausgetrocknet waren und in der Hälfte der Fälle entweder an Herz- oder Nierenversagen litten oder starben. Es war ein einfacher Vernichtungsprozeß. Flüssigkeitsersatz war die einzige Behandlung, aber Versuche, genügend Wasser in einen würgenden, sich windenden Patienten zu bekommen, waren selten erfolgreich. Die Sache wurde noch schlimmer, weil ein tödlicher chinesischer Choleravirus neben der schwächeren Cholera auftrat, die üblicherweise den asiatischen Subkontinent heimsuchte. Die Wochen zogen sich hin, aber die Epidemie schien kein Ende zu finden. Menschen brachen auf den Straßen zusammen, blieben aber dort liegen, weil niemand sie berühren wollte, bis ein Verwandter, Freund oder die britischen *Gurkha*-Soldaten sie entfernten. Überall war der Lärm der Birmanen zu hören, die durch die Straßen wanderten und auf ihre hohen Veranden kletterten, um mit Bambusstöcken auf Töpfe zu schlagen. Sie spielten Trompete, Gong, Klappern und Trommeln, während sie schrieen, um die *Nat sohs,* die bösen Geister, zu vertreiben.

Lysistrata magerte ab, bis ihre Wangenknochen herausragten und die Kleider schlaff um sie hingen, aber sie arbeitete ohne zu klagen weiter; und ihr einziger Lohn war Lighters mürrische Anerkennung. Ihre ruhige Zuversicht beruhigte die Patienten, und ihr Vater bemerkte mit Erleichterung, daß sie zufrieden schien. Wenn sie schon reizbar gewesen war, bevor sie sich in eine Schönheit verwandelt hatte, so noch mehr nach den Wochen, in denen sie mit überschwenglichen Verehrern eingepfercht war. Sie schien jetzt etwas innerlich überwunden zu haben.

Als Ergebnis der Epidemie fand Richard Harley den Garten Monkey Club verlassen. Sir Anthony Bartly wollte sich mit ihm im Clubzimmer treffen, aber er sah nur zwei Männer an Tischen sitzen, die so taten, als ob der Tod nicht durch die Straße liefe. Genauer gesagt saß einer zeitungslesend da, das Gesicht auf die Straße gerichtet. Der andere lag zusammengesackt auf einem schneeweißen Tischtuch, als ob ihm sein Frühstück nicht bekommen wäre. Harley wollte den Maître d'Hotel des Clubs heranwinken, als er den Bewußtlosen als Harry Armistead erkannte. Er ging rasch zum Tisch und hob Harrys Kopf. Eine schleimige Lache umgab den Kristallfuß einer Vase mit Rosen. Ohne auf den Kommissar zu warten, hob Harley den jungen Engländer auf seine Schulter und begab sich zur Tür.

»Lysistrata.«

Auf die müde, vertraute Stimme hin wirbelte Lysistrata herum und sah Harley mit dem schlaffen Armistead in dem steinernen Gewölbegang zwischen den Betten. »Harry! O Gott, nicht Harry!«

Harley spürte einen unerwarteten Stich von Eifersucht. Er war auch wegen seiner regennassen Kleidung gereizt. »Wo kann ich ihn hinlegen?« fragte er kurz.

»Da drüben.« Sie führte ihn rasch zu einem Bett in einer Ecke. Der Raum war von einer Wolke des Schweigens erfüllt, nur unterbrochen von dem erstickten Jammern kauernder Gestalten neben den Betten sterbender Angehöriger. Da und dort rasselten die eisernen Bettgestelle, wenn die ausgemergelten Kranken sich bewegten. Lysistrata wurde sachlich. »Wären Sie zwanzig Minuten vorher gekommen, hätten wir auf dem Boden Platz machen müssen.« Sie zog die Decken herunter und Harley ließ seine Last auf das Bett fallen.

Während sie den Engländer auszogen, schaute Harley skeptisch, als sie Harrys Unterwäsche abstreifte. »Gibt es dafür keine Pfleger?« Er schlug die Decken hoch, als sie Harrys nasse Kleidung auf den Boden warf.

»Pfleger? Sie meinen Männer?« Ihre Augen leuchteten amüsiert. »Wer hat je von einem tugendhaften Piraten gehört?«

Er lachte leise und rieb sich abwesend die Stirn. Da kein *Tikka-gharry* ein Choleraopfer transportieren wollte, hatte er Harry fast sechs Blocks weit geschleppt. Harry war zwar nicht groß, aber sehr schwer. »Gut gesagt, Miß Herriott. Ich freue mich, daß der Leutnant in guten Händen ist.«

»Wie taktvoll, daß Sie nicht ›geübt‹ sagen. Ich hätte Sie mit einer Bettpfanne geschlagen.«

Er riß einen Arm hoch, als wolle er sie abwehren. »Das wird nicht nötig sein. Ich gehe freiwillig.«

Lysistrata reichte, erstaunt über die nervöse Geste, einem vorbeikommenden Pfleger Harrys Kleidung und wandte sich wieder an Harley. »Danke, daß Sie Harry gebracht haben. Die meisten Männer hätten die *Gurkhas* gerufen.«

Harry zuckte die Schultern. »Ich schuldete ihm einen Gefallen. Leben Sie wohl, Miß Herriott.«

Lysistrata schaute zu, wie er zur Tür ging. Dieses Mal würde sie sich nicht der Illusion hingeben, daß sie ihn wiedersähe. Seltsam waren nur die Kleinigkeiten, die man bemerkte, wenn die Seele litt. Trotz seines kräftigen Schrittes schien es, als liefe er über unebenen Boden. Im Geiste sah sie dann die fehlenden Stiche in der Stickerei, die sie aus der Hand ihrer toten Mutter genommen hatte, die laufende Nase ihres Bruders Teddy, nachdem sein Atem zum Stillstand gekommen war. Mit brennenden Augen wandte sie sich ab, um Harrys rotes Gesicht mit einem Schwamm abzutupfen. Bis sie sich an Harleys eigenartige Hautfarbe erinnerte. Der Schwamm wurde langsamer. Sicher war er nur erhitzt. Er hatte schließlich Harry getragen... Moment. Harleys Gang. Er verriet Krankheit. Einen Augenblick später folgte sie ihm. Im nächsten Raum bat sie einen Pfleger, sich um Harry zu kümmern, eilte dann auf den dunklen Korridor hinaus und sah Harleys dunklen Kopf auf einer Treppe verschwinden. Als sie vom Treppenabsatz sah, wie unbeholfen er die letzten Stufen nahm, rief sie: »Mr. Harley, warten Sie!«

Kurzsichtig blinzelnd schaute er hoch und sackte dann gegen das Treppengeländer. »Was denn, Miß Herriott! Ist der gute Harry schon im Himmel?«

Ihre Röcke raffend, eilte sie hinunter und legte eine Hand auf seine Stirn. Er zuckte zurück. »Tun Sie das nicht. Das ist hier so öffentlich wie der China Street Markt.«

Ihr Herz war voller Furcht, und sie ignorierte ihn. »Sie brennen ja. Nicht nur Harry hat Cholera.«

»Ich hab' keine Cholera, zum Teufel. Diese Epidemien kommen jedes Jahr und mich hat's noch nie erwischt.«

»Vor der Fahrt mit der *Rani* war ich noch nie seekrank«, erinnerte sie ihn. »Kommen Sie nach oben. Dr. Lighter wird Sie untersuchen.« Lysistrata versuchte, von Harleys Zustand abzulenken. »Kommen Sie, ich werde Sie neben Harry auf dem Boden verankern und Sie in Fruchtsaft treiben lassen.« Bei seinem gleichgültigen Augenausdruck verlor sie die Geduld. »Fassen Sie doch selbst an Ihre Stirn, wenn Sie mir nicht glauben. Ihre Haut ist wie Lehm, und Sie schwanken.«

Er salutierte locker. »Dann werde ich wie ein guter Leichter direkt nach Hause segeln.«

»Sie werden nur zu Lighter gehen«, sagte Lysistrata entschlossen, »und dann in ein Hospitalbett.«

»Lysistrata«, erwiderte er müde und kaum vernehmbar, »Sie haben sicher gemerkt, daß dies ein Hospital für Europäer ist.«

»Und?«

»Und«, fuhr er fort, »deshalb könnte Lighter sich nicht einmal mit mir befassen, wenn er's wollte.«

»Das ist lächerlich! Wir sind keine Barbaren«, erwiderte sie ärgerlich.

»Ist egal. Dies ist ein Hospital mit Regeln, die nur für Barbaren gelten, und weil keiner von uns Barbar ist...« Er schlich aus der Tür in den Regen hinaus.

Sie rannte ihm nach auf den Hof. Durch die nassen Röcke des fast kniehohen Wassers behindert, fiel sie fast gegen ihn. Sie packte seine Jacke und redete verzweifelt auf ihn ein: »Sie können nicht in ein einheimisches Hospital gehen. Die sind ja nicht einmal sauber.«

Er schwankte, schaute in den Regen. »Ich bin noch ziemlich beieinander, Lysistrata. Ich werde heimgehen. Die Diener kümmern sich um mich.«

»Wie wollen Sie denn dahin kommen? Nirgendwo ist ein *Gharry wallah* zu sehen.« Sie stieß ihn aus dem Regen in eine Nische und hielt ihn an der Wand fest. »Wo ist *Ihr* Wagen?«

»Ich habe ihn zu meinem Büro geschickt.« Er schüttelte seinen Kopf, als wolle er seine Benommenheit abschütteln. »Hatte ein Treffen mit Bartly im Club, wo ich Harry fand. Ist um die Ecke. Sollte ihm sagen...« Er wollte wieder in den Regen gehen.

Sie hielt ihn fest. »Ich werde dafür sorgen, daß Sir Anthony benachrichtigt wird. Können Sie sich auf einem Pferd halten?«

Er lächelte freudlos. »Mehr oder weniger.«

»Warten Sie hier.« Sie schob ihn tiefer in die Nische.

Kurz darauf kam Lysistrata im gelben Regenmantel mit einem hageren Gaul zurück. Ein zweiter Regenmantel hing über dem Sattel. »Das ist meine Marian. Sie gibt nicht viel her, aber sie wird vor Ihnen nicht scheuen.« Sie half ihm in den Regenmantel, dann in den Sattel. »Wo wohnen Sie?« Sie nahm die Zügel, um das Pferd vom Krankenhaushof zu führen.

»Sie bringen mich nicht dorthin«, sagte er unerbittlich. Als sie wieder mit ihm diskutieren wollte, entriß er ihr plötzlich mit überraschender Kraft die Zügel. Als er Sorge und Furcht auf ihrem Gesicht sah, fügte er sanft hinzu: »Danke für das Pferd.«

Sie versuchte zu schimpfen. »Dann gehen Sie doch, wohin Sie wollen! Ich will diesen Gaul wiederhaben! Die ist freundlicher als Sie.«

»Das freut mich.« Seine Hand zuckte unter dem Regenmantel, und er trieb Marian auf das Tor zu. Pferd und Mann verschwanden langsam in einem grauen Regenvorhang.

Lighter wartete ungehalten auf Lysistrata. »Wo haben Sie gesteckt, zum Teufel?« bellte er. »Zwei neue Patienten sind gekommen und niemand kümmert sich um sie! Die *Gurkhas* haben *den* hier in seinem Unrat auf den Boden fallen lassen!«

»Ich habe mich um einen anderen Patienten gekümmert«, erwiderte sie kühl. »Um einen, den aufzunehmen dieser heilige britische Schrein des Heilens zu scheinheilig ist. Mr. Richard Harley.«

Sein Ärger verschwand sofort. Er richtete einen Finger auf sie. »Kommen Sie mit.«

Sie richtete einen Finger auf den Mann am Boden. »Und er?«

»Pfleger!« trompetete er. Ein kleiner, nervöser Inder erschien. »Kümmere dich um den *Wallah!*«

In seinem schmutzigen Büro fragte Lysistrata: »Harley sagt, Sie würden ihn nicht aufnehmen. Stimmt das?«

»Hören Sie auf zu kreischen! Ja, es stimmt.« Mit unfrohem, ärgerlichem Blick setzte er sich wie eine Kartoffel in einem

Sack auf seinen Schreibtisch. »Mir gefällt das ebensowenig wie Ihnen, aber ich kann nichts dagegen tun. Ich habe in diesem Hause etwas zu sagen, aber nicht *das* Sagen.«

»Richard Harley ist halb Engländer! Das ist eine Epidemie!«

»Er könnte so englisch wie Queen Victoria sein, aber wenn Vicky eine weit entfernte indische Großtante hätte, säße sie draußen im Regen mit Mumps, Masern oder Pest.«

»Das ist abscheulich! Ich dachte, zumindest der Westflügel sei für die Einheimischen reserviert.«

»Wo haben Sie das denn gehört?« gab er zurück.

Sie beugte sich vor. »Aber dieses Haus ist *lächerlich* groß. Es könnte fast das ganze Quartier aufnehmen. Was ist im Westflügel? Patienten können es nicht sein!«

»Holz«, sagte er verdrossen. »Holz und Reis und Seide. Überschuß der Erträge der Angehörigen des Hospitalaufsichtsrates, von denen die meisten Kaufleute sind.«

»Wie Bettenheim?«

»Wie Bettenheim.«

Sie sank auf einen Stuhl und funkelte die Wand an, als ob die der deutsche Unternehmer sei.

»Wo ist Harley jetzt?« forschte Lighter.

»Zu Hause, wenn er nicht von meinem Pferd gefallen ist.«

Er runzelte die Stirn. »Das ist nicht gut. Seine Diener werden ihn nicht anfassen. Ist eine verdammte Schande. Er ist ein guter Mann.«

»Was ist so gut an ihm?« fragte sie mit beißender Ironie. »Er ist doch ein Farbiger, oder?«

»Er kann Medikamente beschaffen, wo und wann es niemand anders kann, und er verkauft sie an das Queen Anne's zu einem Bruchteil dessen, was sie auf dem freien Markt bringen würden.« Seine Augen glitzerten boshaft. »Ich denke, er gibt sie den Einheimischen für noch weniger. Diejenigen, die sie wiederverkaufen wollen, verschwinden.«

Seine Finger schnippten. »Puff.« Er lächelte böse. »Er ist kein *ganz* guter Mann.«

»Aber nützlich«, preßte sie heraus.

»Das beschreibt ihn treffend.«

»Ich habe ihn immer für einen Bastard gehalten.«

»Ich weiß.«

»Ich werde heute nicht zweimal Dienst machen«, sagte sie kühl, als er Papier und Bleistift nahm und zu schreiben begann. »Ich gehe heim.«

Sein Grinsen war wissend. »Sie entscheiden, wohin Sie gehen.«

»Bastard.«

Er warf den Kopf zurück und lachte. Dann schob er ihr Harleys Adresse zu.

Der muslimische Diener, der die Tür von Harleys Stadthaus öffnete, bekam große Augen, bevor er sich eilig verneigte. »Wie kann ich Ihnen helfen, Miß?«

»Ich will Mr. Harley helfen. Ich bin Krankenschwester.«

Sein Blick fiel auf die Straße hinter ihr, die wie die Loo Gow Street in einem wohlhabenden chinesischen Viertel lag. Erleichtert, niemanden zu sehen, der wegen einer unbegleiteten Amerikanerin an der Tür seines Herrn neugierig sein könnte, stammelte er: »Wen soll ich...?«

Sie fiel ihm ins Wort. »Unwichtig. Mr. Harley kennt mich.« Entschlossen schob sie sich an ihm vorbei ins Foyer, das bis auf seine Kerze düster war. Vergoldete Hepplewhite-Mahagoniestühle standen an den Wänden, Tische und Kommode waren von Adam. Birmanische Landschaften hingen an den cremefarbenen Wänden, und durch die offene Bibliothektür sah sie das große Porträt eines stattlichen, schnurrbärtigen britischen Oberst, wahrscheinlich Harleys Vater William. Die einzigen Hinweise auf Harleys östliche Herkunft waren eine goldene Rama-Statue auf der Kommode sowie Ch'ing-pai und Kuan Porzellan aus der Sung-Dynastie in der Bibliothek. Trotz des exzellenten Mobiliars wirkten die Räume karg. »Wo ist er?«

»Das Zimmer des Sahib ist oben«, erwiderte der Diener zögernd, kam anscheinend plötzlich zu einem Entschluß, drückte ihr die Kerze in die Hand und zog sich in die Küche zurück.

Lysistrata stieg die Treppe hoch. Ein Hindu hockte neben

der Schlafzimmertür. Er starrte sie an, erhob sich langsam und legte eine Hand auf den Griff seines breiten Schwertes. Seine Augen waren kalt und ausdruckslos, und über sein Gesicht zog sich vom Haaransatz bis zum Kiefer eine Säbelnarbe. Lysistrata versuchte ihre Furcht zu unterdrücken. »Ich bin Krankenschwester... ich will zu Mr. Harley.«

Seine Augen verengten sich, dann streifte er ihren Regenhut ab. Furchtsam wich sie an die Wand zurück. Er musterte ihr Gesicht und Haar, öffnete dann die Tür und winkte sie hinein. Sie betrat den Raum und sah voller Erstaunen Sein im Lotussitz auf dem Boden neben Harleys Bett sitzen. Neben ihr hockte ein runzeliger *Sayah*, mit Turban und *Pasoh*-Lendenschurz bekleidet. Zwischen ihnen lagen auf einem Tuch seine Mittel ausgebreitet: Alles von Rhinozeroshorn und Kräutermischungen bis hin zu Fetischen. Seins Augen weiteten sich angewidert, dann eifersüchtig: »Was tun Sie hier?« fragte sie ärgerlich.

»Das könnte ich dich auch fragen«, konterte Lysistrata.

Der narbige Hindu hinter ihr sagte schnell etwas auf birmanisch zu dem Mädchen. Sie sah ihn mürrisch an und nickte dann. Er verbeugte sich vor Lysistrata und verließ den Raum.

»Nun«, Lysistrata verschränkte die Arme, »was *tust* du hier?«

»Ich kümmere mich um *Tuan* Harley«, erwiderte das Mädchen stolz, wobei sie bedeutungsvoll die Brauen hob. Sie wartete mit der Geduld eines Besitzers, als Lysistrata, die ihren Zorn und ihre Angst zu verbergen versuchte, sich rasch zu der unruhigen, bewußtlosen Gestalt auf dem schmalen, seidengedeckten Regency-Bett begab. Harley atmete, obwohl seine Hautfarbe erschreckend bleich war. Unbewußt glättete sie das Kissen, erfaßte es, damit ihre Hände nicht mehr zitterten. Sie freute sich, daß er noch lebte und war zugleich eifersüchtig auf Sein. Harley schien ein hartes, spartanisches Bett zu bevorzugen. Es sah nicht aus, als lägen oft Frauen darin.

»Was genau tust du für ihn?«

»Ich bade ihn.« Sein lächelte sie wissend an. »Ich wechsle

Bettzeug und Schüsseln. Ich warte. Nichts zu tun, außer zuzusehen, wie alter U Ba Zauber macht.« Sie winkte verächtlich auf die Tür. »Bis auf den Diener und Scarface Naswral sind alle davongelaufen. Er bleibt nur, weil er unberührbar ist. Kann nirgendwohin.«

Lysistratas Lippen spannten sich, als sie Harleys Puls fühlte. Er war schwach. Das zweite Stadium der Cholera hatte bereits begonnen, aber sie wußte nicht, ob dies die tödliche chinesische Variante war. Der alte *Sayah* begann zu murmeln, als sie ihren Regenmantel ablegte. »Darf ich fragen, wie du Mr. Harley kennengelernt hast?«

»Er eines Tages Lunch mit Ihrem Vater.« Das Mädchen ließ sich von Lysistratas kalter Ruhe nicht täuschen. »Sie ausgegangen.« Sie sah zu, wie Lysistrata die weißklare Flüssigkeit in der Schüssel am Bett untersuchte, dann Harleys Augenlider hob. »Warum gehen Sie nicht heim? Ich weiß, was zu tun ist.«

»Was hast du ihm gegeben?«

»Was meinen Sie?« entgegnete Sein jämmerlich.

»Seine Pupillen sind durch Drogen erweitert.« Lysistrata starrte auf sie hinab. »Also?«

»Ich gebe Opium«, sagte das Mädchen trotzig. »Halte ihn ruhig, damit er nicht so krank, helfe, wenn Schütteln kommt.« Sie beugte sich streitsüchtig vor. »Was tun Sie?«

Nicht viel, dachte Lysistrata grimmig. Du hast dich um alles gekümmert, du und dieser rappeldürre Quacksalber, aber ich werde ihn nicht mit Opium umbringen. »Was du nicht getan hast«, gab sie laut zurück. »Unter Drogen kann er erstikken, wenn er brechen muß.« Sie nahm den leeren Wasserbehälter, der neben dem Nachttisch stand. »Wir geben ihm erst einmal Wasser, soviel wir in ihn hineinbekommen... bis es vorbei ist.« Sie drückte Sein das Gefäß in die Hand. »Füll es und schlaf dann ein paar Stunden. Ich werde dich rufen. Heute nacht und morgen früh wird es am schlimmsten sein.«

Sein sprang auf und wollte widersprechen. Lysistrata verhinderte das. »Sei nicht dumm. Du brauchst mich so sehr, wie ich dich. Morgen muß ich wieder ins Hospital, und du wirst ihn dann beaufsichtigen. Du mußt etwas ruhen.« Sie neigte den Kopf zur Tür. »Harleys Wachhund sieht nicht so aus, als entleere er Bettpfannen, und dieser alte Mann weiß nicht mal, was das ist.«

»Gefällt mir nicht«, erwiderte Sein ärgerlich. »Sie gehen!«

Lysistrata richtete sich auf. »Mir ist egal, was dir gefällt. Tu, was ich sage – oder verschwinde. Naswral wird dafür sorgen. Er weiß, auf welcher Seite sein Brot gebuttert ist.«

Mit einem Blick, als wollte sie Lysistrata den Schieber vor den Mund kleben, ging Sein Wasser holen.

Lysistrata starrte auf Harley hinab. »Lebe«, flüsterte sie. Dann heftig: »Verdammt, lebe. Lebe, um mich zu lieben oder mich wieder unglücklich zu machen. Aber wenn du so gehst, werde ich dich bis in die Hölle hassen.« Sie berührte das reglose Gesicht, das ihr nichts sagte, seine Geheimnisse vielleicht für immer behalten würde. »Nicht einmal jetzt Kompromisse, Mr. Harley?« Sie lächelte. »Aber warum jetzt feilschen? Bin ich nicht das Mädchen, das lieber heiraten als brennen will? Aber ich heirate nicht, und ich kann das Feuer nicht eindämmen.«

Lysistrata hörte Sein unten an der Treppe mit jemandem reden. Die fremde Stimme war die einer Frau. »Ah, mein Herz«, sie berührte Harleys Wange mit zarter Ironie, »man müßte dir auf einem Besen folgen.« Sie begab sich an dem neugierigen Naswral vorbei zur Treppe. An ihrem Fuß stand Evelyn Chilton, in einen Abendmantel gehüllt. Sie blickte auf und sah Lysistrata. Sie sagte zu Sein so schnell etwas auf birmanisch, daß Lysistrata es nicht verstehen konnte.

Sein funkelte Evelyn noch heftiger an als Lysistrata. »*Kala*-Hexen«, schnappte sie und ging dann weiter, um Wasser zu holen.

»Wollen Sie bei Harley bleiben?« fragte Lysistrata ruhig, während sie überlegte, ob Evelyn die Tränenspuren auf ihrem Gesicht sehen könne. Evelyn war willkommen, wenn sie helfen wollte. Andernfalls konnte sie wieder ... ihren Besen nehmen.

Für einen Moment wirkte Evelyn verdutzt, dann unbehaglich. »Nein, ich ... mein Mann erwartet mich. Ich wollte nur nachsehen ...«

»Er ist noch nicht tot. Befriedigt das Ihre Neugier?«

Evelyns Augen verengten sich. »Ich bin nicht neugierig. Ich bin *besorgt*. Mr. Harley und ich sind alte Freunde.«

»Er könnte jetzt einen Freund brauchen.« Lysistrata kam langsam die Treppe herunter. »Warum entschuldigen Sie sich nicht bei Ihrem Mann? Ich bin sicher, Sie sind früher auch ›verhindert‹ gewesen. Er scheint *äußerst* verständnisvoll zu sein.«

»Wir besuchen heute abend mit den Bartlys das Theater«, erwiderte Evelyn kurz. »Ich habe Kopfschmerzen vorgegeben, aber wenn ich nicht bald in unsere Loge zurückkehre, werden die Bartlys mehr wissen als mein Mann.«

»Wenn Sie Harleys Freund wären, wäre das doch egal, oder?« Lysistrata sah Evelyn an. »Ich denke, Sie wissen, daß Lady Mary wahrscheinlich bereits im Bilde ist. Es ist also die Cholera, ja? Eine häßliche Krankheit, selbst wenn man sich nicht ansteckt. Man wechselt ständig die Laken, bis einem das Kreuz bricht, aber man leidet nur, wenn der Patient sie nicht mehr durchnäßt. Wenn man sich sorgt. Und das tun Sie nicht.«

»Sie arrogante Idiotin«, fauchte Evelyn. »Warten Sie nur ab, bis jemand herausfindet, daß Sie hier sind, Sein kann einen *sehr* großen Mund haben.«

»Nicht, wenn der Lebensunterhalt ihrer Familie davon abhängt, daß er geschlossen bleibt. Und sollte es jemand von Ihnen erfahren, wird er hören, wie Sie das rausbekommen haben.« Lysistrata lächelte süß.

Evelyns Gesicht wurde steinern. »Das werden Sie noch bedauern.« Sie schlang das Cape eng um sich und ging.

Die Nacht wurde lang für Sein und Lysistrata, die nur auf Harleys halbwache Augenblicke warten konnten, um ihm Wasser zu geben. Und, wie Sein gesagt hatte, um dem alten *Sayah* murmeln zu hören. Harley lag die meiste Zeit schlaff da, einen blauen Schatten um Augen und Lippen, und seine Haut wurde zunehmend kälter, bis er trotz der Decken, die sie auf ihn legten, zitterte. Schließlich gab er keine Flüssigkeit mehr von sich und sein Puls schwand.

Nur das schwache Heben und Senken seiner Brust verriet Leben.

Lysistrata war, als ersticke sie mit Harley. Entsetzen erfaßte sie, bis sie merkte, daß sie über den summenden *Sayah* gebeugt war. Sie wollte schreien, saß aber wie erstarrt.

»Sein Schmetterlingsgeist wird bald fortfliegen«, sagte Sein mit klagender Stimme voraus.

»Das werden wir bald wissen«, antwortete Lysistrata kurz, die an Harry im Queen Anne's zu denken versuchte. Harrys Krise mußte kurz vor der Harleys begonnen haben. Vielleicht war er schon tot.

»Vielleicht *Tuan* nicht stark genug, gegen *Nats* zu kämpfen, weil ich im Opium gegeben«, fuhr Sein kläglich fort.

Lysistrata sah das Mädchen an. Die Hibiskusblüte in ihrem Haar war verwelkt und sie mit ihr. »Vielleicht hat das Opium ihm genug Ruhe gegeben, um gegen sie zu kämpfen.« Sie berührte leicht Seins Hand. »Wenn er stirbt, bedeutet das nicht, daß du ihn getötet hast. Er ist sehr klug; die *Nats* werden ihn nicht leicht besiegen.«

Eine Spur von Dankbarkeit stieg in Seins Augen, dann das alte Mißtrauen. »Er gesund, Sie machen ihn mich nicht behalten?«

Lysistrata murmelte nach kurzem Schweigen: »Ob du bei Mr. Harley bleibst oder gehst, ist deine Entscheidung und die deiner Mutter.«

Kurz nach dem Morgengrauen sah Lysistrata, daß Harleys Bettzeug feucht und seine Farbe intensiver war. Er bewegte sich leicht, als sie seine Stirn und seinen Puls fühlte. »Was fühlen Sie?« fragte Sein ängstlich.

Wie das Unbeschreibliche beschreiben? Das Rütteln eines schwebenden Falken, sein Aufstreben zum Himmel? »Seinen Herzschlag«, sagte Lysistrata. »Er wird leben.«

Sein fiel zu Boden, krallte sich in das Bett und seufzte dann laut: »Er nicht sterben, ihr dummen *Nats!* Er zu klug für euch!«

Harley schlug bei dem plötzlichen Geräusch die Augen auf. Allmählich erkannten sie Lysistratas Gesicht und verengten sich dann in einer Wut, die sie nie für möglich gehalten hatte. »Du Närrin!« flüsterte er heiser. »Raus hier, *verdammt!*«

Lysistratas Freude explodierte wie unter dem Schuß eines Jägers. Die Wucht schien ihren Schädel zu sprengen. Betäubt vor Schmerz stand sie kurz da und floh dann. Hinter ihr füllten sich Seins Mandelaugen mit Mitleid und Triumph.

Lysistrata rannte nicht weit. Sie war zu müde. Als sie die Hauptstraße zum Quartier erreicht hatte, wankte sie nur noch. Er hat recht, dachte sie, ich bin eine Närrin. Aber besser das, als ihn tot zu sehen. Sie sackte gegen eine Wand. Vielleicht bin ich noch immer eine Närrin. Was macht's schon, bei ihm zu bleiben.

Als Lysistrata schließlich Queen Anne's erreichte, ging sie direkt zu Harrys Pritsche. Er hatte die Krise überstanden und befand sich in besserem Zustand als Harley. Müde zauste sie sein Haar. »Wie geht's Queen Vicky's Jungen?«

»Ausgewrungen«, murmelte er mit einem schwachen Grinsen. »Denke, ich werde eine Woche lang auf der Nase liegen.«

»Noch viel länger, wenn Sie nicht ruhig liegenbleiben. Ihr Herz ist stark beansprucht worden.« Sie schwieg und fügte dann hinzu: »Tut mir leid, daß ich nicht hier war, Harry.«

»Sie hätten wohl nicht viel tun können.« Er drehte den Kopf leicht auf dem Kissen. »Lighter sagt, Harley hätte mich hergebracht.«

»Ja. Er ist auch krank.«

Er musterte ihr Gesicht. »Waren Sie dort?«

Sie lächelte. »Eine seiner Geliebten hatte ihm Opium gegeben. Ist ein Wunder, daß er noch lebt.«

Er nahm ihre Hand. »Tut mir leid, Lysistrata.«

Sie schüttelte den Kopf. »Er warnte mich. Er warnte mich vor vielen Dingen, aber ich wollte nicht hören.« Sie drückte seine Hand fester und lächelte ihn an. »Sie sollten besser ausruhen. Ich sehe nach Ihnen, bevor ich gehe.«

Lighter schrieb an seinem Schreibtisch, als Lysistrata eintrat. Er blickte auf. »Nun, wie geht's ihm?«

»Er wird gesund werden.« Sie erzählte von dem Opium.

»Guter Gott, in der eigenen Falle gefangen zu werden!« Er beugte sich vor und öffnete seinen Humidor. »Lysistrata, mein Mädchen, nehmen Sie eine Zigarre.«

»Nein, danke«, erwiderte sie ohne Groll. »Was ich wirklich möchte ist, daß Sie Ihr Amt niederlegen.«

Der Blitz zerschlug nicht die Decke, als sie ihm erzählte, warum, und ihm weitere Vorschläge machte, aber natürlich legte er sein Amt nicht nieder. Zweiundvierzig Stunden später jedoch brachten zwölf Kulis auf Kosten der verschiedenen Besitzer mehrere Tonnen Holz, Reis und Seide zu den jeweiligen Lagerhäusern, wo sie wie Riesenschweine in Schlamm und Regen abgesetzt wurden.

Eines Morgens, sechs Tage später, ließ der Monsun mehrere Stunden nach. Als die Sonne fast durch die dunklen Wolken brach, klopfte Masjid an die Schlafzimmertür seiner Mistreß. Lysistrata, erschöpft durch das Erlebnis mit Harley, wochenlange Überarbeitung und heftigen Streit mit der Krankenhausverwaltung über Rassenpolitik, schlief tief. Benommen kam sie zur Tür. »Was ist?«

»Ein Mann war hier, um ein Pferd zurückzubringen.«

Sie war sofort alarmiert. »Nimm das Pferd und danke dem Herrn, aber sag ihm, ich sei nicht daheim.«

Es herrschte Stille. »Er ist fort, aber vielleicht sollten Sie das Tier sehen, *Mem*.«

Sie warf einen Morgenmantel über und riß die Tür auf. »Stimmt etwas mit Marian nicht?«

»Nicht doch«, erwiderte er schnell. »Das heißt . . . vielleicht sollte ich sagen, daß das Pferd nicht Marian ist.«

Sie stürmte die Treppe hinunter. »Dieser verdammte Bastard! Ich will meine Marian!« Noch schreiend, riß sie die Eingangstür auf. Nur um ein erschrecktes Wiehern zu hören, als ein Traum von Pferd scheute. Der arabische Hengst, der unruhig auf dem Hof tänzelte, war so weiß, daß die Sonne auf seinem feuchten Fell in allen Regenbogenfarben schimmerte. Mit dunklen, intelligenten Augen warf er seinen schmalen Kopf in einem Fluß von Seide hoch, und sein Schweif streifte über den Kiesboden. Als sie sich ihm vorsichtig näherte, wich er leicht zurück, und seine Nüstern blähten sich. »Oh, du Schöner. Du bist zu prächtig, um wirklich zu sein!« stöhnte sie und wagte kaum, ihn zu berühren, aus Furcht, er könnte verschwinden. Die dunklen Augen beobachteten sie, beobachteten ihre streichelnden Finger, aber der Hengst bewegte sich nicht. Dann senkte er seinen Kopf wie ein Einhorn, um an ihrem Haar zu schnuppern.

»Ist er nicht prachtvoll, *Mem?*« hörte sie Masjids bewundernde Stimme hinter sich. »Der ist das Gewicht seines ersten Fohlens in Perlen wert.«

Für Lysistrata endete mit dem Wert des Hengstes ein Traum. Widerwillig löste sie seine Hand von ihm. »Schick ihn zurück, Masjid. Ein solches Geschenk kann ich nicht annehmen.«

Der Pathan runzelte die Stirn. »Es ist richtig, *Mem,* Geschenke von diesen Männern abzulehnen, die herkamen, um Sie zu umwerben, denn Sie wollten, daß Sie ihre Geschenke sehen und nicht sie selbst. Aber es ist falsch, das Geschenk eines Mannes abzulehnen, der Ihnen sein Leben verdankt, da er es nicht leicht gibt. Besser, ihn sterben zu lassen, als seine Ehre zu zertreten.«

Lysistrata stand einen Moment reglos da und sagte: »Ich werde den Hengst *Fleche du Soleil* nennen, Pfeil der Sonne.«

Obwohl Soleil eines Königs würdig gewesen wäre, meinte Lysistrata, daß er niemandem hätte geschenkt werden können, der machtloser war als sie. Die verdrossenen Herrscher waren unerbittlich: Queen Anne's Türen blieben den Einheimischen verschlossen. Dieselben Regenten redeten zuerst auf Dr. Herriott ein und wollten ihn dann zwingen, ihre Proteste zum Schweigen zu bringen. Seine Weigerung hatte Beschwerden über seine Arbeit zur Folge.

»Lysistrata«, verkündete er nach einem besonders unerfreulichen Tag, »ich werde mein Amt niederlegen.«

Kläglich schaute sie in sein müdes Gesicht. »Nein, Papa. Ich bin jetzt still. Schließlich hört ja doch niemand zu.« Sie legte ihren Kopf in seinen Schoß. »Ich werde aufhören. Dies ist nicht dein Kampf.«

»Jeder Mann muß gegen Scheinheiligkeit kämpfen, Süße. Diesen Kampf einem Mädchen allein zu überlassen ist eine Schande.« Er streichelte ihr Haar. »Und man hört dir zu. Taube Schweine quieken nicht.«

Sie verzog die Lippen. »Wenn man ihnen in den Schwanz kneift schon.«

Er zwirbelte eine Haarsträhne zwischen seinen Fingern. »Zwei können fester kneifen als einer. Aber wir müssen schnell über den Zaun klettern. Schweine beißen gemein.«

»Man spürt sogar ihr Zwicken«, stellte sie kläglich fest. »Ich werde nun wohl doch keinen wohlhabenden jungen Mann heiraten. Meine Ausstellungsstücke fangen an zu kreischen.«

»Hättest du dich an einen dieser Angeber verkauft...« Er schüttelte ungeduldig den Kopf. »Nicht mit meinem Segen. Du hättest zweifellos gelassen versucht, den Mann glücklich zu machen, aber ich kenne keine Frau, die schlechter für eine Zweckehe geeignet wäre. Ich wäre mit dem ersten Boot davongefahren, bevor...«

Sie berührte seine Lippen. »Ich liebe dich, Papa.«

Er lachte. »Natürlich. Du hast mehr Kopf als Empfindungen.«

Am nächsten Tag sprangen die Herriotts über den Zaun. Obwohl der Ort, an dem sie landeten, schlimmer roch als Queen Anne's, war er in Hinblick auf menschlichen Anstand ein Rosenbett. Das Royal Burmese Hospital, das sie nur zu gern in seine Dienste nahm, war eine Mischung aus Kloster und Krankenhaus. Mystizismus, Unsinn und Wunschdenken spielten eine ebenso große Rolle wie praktische Medizin – diese war zumeist alt und für westliche Praktiker etwas bizarr. Die Sterblichkeitsquote war wegen Unwissenheit, schlechter Sanitäranlagen und der generellen Unterernährung der Bevölkerung hoch. Dazu mieden die Einheimischen trotz der niedrigen Gebühren das Hospital, außer wenn sie todkrank waren.

Doch nach nur einer Woche waren die Herriotts mit ihrem medizinischen Wissen nicht mehr so zufrieden. Dr. Herriott, der während des Krieges brutale Feldoperationen ohne Betäubung auszuführen hatte, war verblüfft, als er einem Patienten bei vollem Bewußtsein einen Nierenstein entfernte und ihn dabei lächeln sah. Nur eine Reihe von Nadeln in seiner Haut unterbanden den Schmerz. Oft erwiesen sich Medikamente, die er und Lysistrata für lebensgefährlich oder allenfalls für einen Hexenkessel geeignet hielten, als wirksam.

Welche Tugenden und Fehler das Hospital auch haben mochte, niemand wurde abgewiesen, der um Hilfe bat. Trotz der mühsamen Arbeit für wenig Geld blieben die Herriotts im Royal's. Marian, die Harley später zurückgeschickt hatte, und die neue Kutsche mußten verkauft, der Gärtner entlassen werden. Zum Glück blieb Masjid, andernfalls wäre Lysistrata unter der Hausarbeit neben ihrer täglichen Arbeit im Hospital zusammengebrochen. Sie hatte recht mit der Vermutung, daß Masjid sein Einkommen von Harley bezog, irrte aber in der Annahme, daß Masjid seine Informationen nicht weitergeben würde.

Sobald Harry dazu imstande war, besuchte er Harley, der noch gesundete. Harry saß mit Harley in einer verglasten Laube an der Rückseite des Stadthauses. »Ich wollte Ihnen danken«, sagte Harry ernst. »Sie haben mir das Leben gerettet.«

»Macht nichts«, kam die Antwort. »Wäre ich Ihnen nicht etwas schuldig gewesen, hätte ich Sie auf dem Tisch liegen lassen. Sie sahen unter den Rosen ganz dekorativ aus.«

»Denke ich mir«, grinste Harry. »Jedenfalls stehe ich in Ihrer Schuld. Ich fürchte, ich kann Sie nicht so fürstlich belohnen, wie Sie Lysistrata...« Er sah, daß Harley die Augen scharf zusammenkniff. »Sie brauchte mir nichts zu sagen. Nicht einmal Bettenheim überhäuft *so* freigebig mit Geschenken.« Er lächelte schief. »Sie hat von ihm natürlich alle abgelehnt, aber diese Möglichkeit wird sie wahrscheinlich nicht wieder haben. Er tobt.«

»Ach was?« Die dunklen Augen flackerten interessiert. »Hat sie ihm die Tür gewiesen?«

Harry lachte. »Schlimmer noch. Haben Sie's nicht gehört?« Er erzählte die Geschichte vom Queen Anne's Lager. »Unser

Schmetterling hat Lighter dazu überredet, die ganzen Waren, die der Vorstand kostenlos dort aufbewahrte, ihnen vor die Türen zu kippen. Lighter sagte, wenn einer der Aufsichtsratsangehörigen mit Cholera käme, würde er Plätze gegen Reissäcke tauschen. Dann schickte er ein Rundschreiben an die Kirchenvertreter mit der Petition, den Flügel für Einheimische zu öffnen und der Bitte um eine Liste cholerakranker Gemeindemitglieder.« Er seufzte. »Nur Pater Cassetti von Saint Mary's und Rabbi Solomon gaben ihm, worum er bat.«

Harley lächelte leicht. »Pater Cassetti ist für seine Gemeindemitglieder nicht verantwortlich, und Juden sympathisieren mit Unterdrückten. Sie waren selbst oft genug ganz unten.« Sein Kopf sank auf die Kissen zurück. »Das alles muß der Gemeinde wie eine Dosis Stinkasant durch die Kehle runtergegangen sein.«

»Lysistrata und ihr Vater sind dem Verlangen nach Amtsniederlegung zuvorgekommen, indem sie ins Royal Burmese Hospital eingetreten sind, das Mindon gegründet hat. Den Herren von Queen Anne's ist das natürlich recht, aber Lighter droht, das gleiche zu tun, wenn die Krankenhauspolitik nicht geändert wird. Das ist weniger schön. Lighter ist nicht so leicht zu ersetzen, und die Herren schnaufen wie die Nilpferde...« Er hielt inne. »Sie wirken nicht gerade erfreut.«

»Wir zivilisierten Piraten bevorzugen es, ein ruhiges Leben zu führen«, sagte Harley trocken.

Harry hob eine Augenbraue, während er sich zurücklehnte. »Ach ja, Ihr Name wurde auch ein oder zweimal *erwähnt*.«

Harley starrte nachdenklich in den Raum. »Lysistrata, Lysistrata, was fang' ich mit dir nur an?«

Harley hatte einen zweiten Besucher an diesem Tag: Sir Arthur Bartly. Der Besuch war angekündigt, aber Harley war sich nicht sicher, wie er im Hinblick auf Lysistratas jüngstes Verlangen nach sozialen Reformen verlaufen würde. Sie hatte in ein Hornissennest gestoßen. Als Sir Arthur mit einer etwas steifen Entschuldigung für Harleys Aufnahme oder genauer Nichtaufnahme im Queen Anne's begann, entspannte sich Harley. Gewandt beruhigte er Sir Anthony. Der nahm mit sichtlicher Erleichterung ein Glas Arrak. »Ich gestehe, daß ich nicht nur um Sie als Freund besorgt war, Richard. Ich fürchtete, dieser Zwischenfall könnte die Expedition gefährden. Das ist unverblümt gesagt, ich weiß, aber Sie sind von unschätzbarem Wert bei diesem Wagnis. Es wird für Britannien und die Förderer, die es ermöglichen, ein bemerkenswerter Gewinn sein.«

»Ich sorge mich mehr um Profite als um verletzten Stolz, Sir Anthony«, erwiderte Harley. »Den Ruhm Britanniens überlasse ich Ihnen und Ihren Partnern.«

Sir Anthony lachte. »Ich würde Ihnen wohl weniger trauen, wenn Sie eine andere Meinung verträten.« Während er einen dicken Brief aus einer Ledermappe zog, wurde seine Stimme ernst. »Dies ist der Vorschlag, den wir Chang Yin machen wollen. Ich brauche Sie nicht daran zu erinnern, wieviel Leben und Vermögen von Ihnen und Mr. Sings Fähigkeiten abhängen, daß dies nur unter seine Augen gelangt.« Er lehnte sich zurück. »Wie lange, glauben Sie, werden die Verhandlungen dauern?«

»Schwer zu sagen. Bestenfalls Monate. Vielleicht Jahre.«

Der Engländer seufzte. »Ich bedaure, Prasad wiederholen zu müssen, aber Richard, Sie sind wahnsinnig vage.«

»Das ist sicher nicht schlimmer, als unkorrekt zu sein.«

Sir Anthony grunzte philosophisch. »Ich werde die Einstellung der Asiaten wohl nie verstehen.«

Wenn ihr ein paar tausend Jahre länger zivilisiert seid, versteht ihr es besser, dachte Harley, denn was ich von euch fordere ist Zeit. Laut sagte er: »Die Straße zum christlichen Himmel ist kurz verglichen mit der des Buddhisten. Deshalb muß ein Buddhist sich weniger beeilen, um zu erreichen, was er will.«

»Sicher ein Vorteil, aber einer, der wenig Fortschritt schafft.«

»Das hängt davon ab, wessen Fortschritt es ist«, entgegnete Harley. »Dazu kann achtloser Fortschritt schlimmer als keiner sein.«

Sir Anthony hob eine Augenbraue. »Da spricht aber nicht Ihr Vater.«

»Mein Vater war leidenschaftlich progressiv. Ich bin eher konservativ.« Harley grinste. »Sie werden bemerken, daß ich bei diesem Wagnis meinen Hals nicht riskiere.«

»Quatsch!« schalt Sir Anthony. »Ich bedauere den Mann, der *Ihren* Mut öffentlich bezweifelt.«

»Der Naga, der den meines Vaters zuletzt bezweifelte, sammelt noch immer Köpfe im oberen Arkansas. Es macht sich nicht bezahlt, zu großes Vertrauen zu haben.«

»Ja«, Sir Anthony befingerte abwesend seine Nase, »das ist ein Pech.« Dann sagte er: »Richard, das geht mich natürlich nichts an, aber... stehen Sie und Lysistrata Herriott in irgendeiner Weise in Verbindung? Ich meine, sie hat Ihretwegen eine ganze Menge Schwierigkeiten bekommen.«

»Sie meinen, sie hat meinetwegen eine Menge Schwierigkeiten *verursacht*, aus einer idealistischen Laune heraus, wie ich denke. Wahrscheinlich kennen Sie und Lady Mary sie besser als ich, aber sie wirkt impulsiv und leicht gelangweilt. Jetzt hat sie eine neue Zerstreuung. Wahrscheinlich hätte sie sich auch auf einen kranken Kuli gestürzt. Am Ende der Regenzeit wird sie nicht mehr an eine Krankenhausreform denken und Sie bitten, die Dalhousie Gardens neu zu bepflanzen.«

Der Engländer wirkte erleichtert. »Nun, ich bin froh, daß sie nicht Ihre spezielle Freundin ist. Ich fürchte, ihre Langeweile kann sie in Schwierigkeiten bringen.« Er erhob sich und legte den Brief auf den Tisch. »Ich hoffe, Sie kümmern sich so bald wie möglich darum.«

»Natürlich, Sir Anthony. Bevor Sie den Regierungssitz erreichen, ist er unterwegs.«

Sir Anthony schüttelte ihm die Hand. »Danke, Richard, im Namen Englands als auch in meinem.«

»Ich bin Ihnen gern zu Diensten, Sir.«

Nachdem Sir Anthony gegangen war, öffnete Harley den Brief und las ihn zweimal. Er ließ den Umschlag in einen Aschenbecher fallen, steckte sich eine Zigarre an, hielt sie an den Umschlag und fütterte die Glut Blatt für Blatt mit den Seiten des Briefes.

KAPITEL 6

Die Reformerin

Licht bracht's in meine Verzweiflung, war's
ein Traum auch nur,
als ich wähnte, ein Krieg entflamme, das Recht
zu verteidigen,
und eiserne Tyrannei würd' sich beugen, gar weichen,
Mannhaftigkeit in altem Glanze erstrahlen,
nicht Mammon der Gott Britannias sein

ALFRED, LORD TENNYSON

»Hat Lysistrata Shwe Dagon gesehen?« fragte Harley Harry, als sie in der letzten Oktoberwoche durch die Cantonment Gardens ritten. Die Monsune waren nach China und zum Pazifik gezogen und hatten die Cholera mitgenommen. Sie ließen Birma mit prallen Knospen und trillernden Vögeln zurück.

»Nun, da sie mit Bazaren beschäftigt ist und kein großes Interesse an Religionen hat, wird sie das wohl nicht gesehen haben. Sie hatte wenig Zeit«, sagte Harry. »Sie hilft ihrem Vater im Royal.« Er brachte sein Pferd in leichten Trab. »Meinen Sie, ich sollte sie dorthin führen?«

»Warum nicht?«

»Nun ja, Shwe Dagon ist von außen beeindruckend, aber drinnen...« Er verzog das Gesicht. »Soviel menschlicher Abfall, daß sich einem der Magen umdreht, vor allem einer Frau. Auch wenn sie Krankenschwester ist.«

»Darum geht es, Harry«, meinte Harley.

»Sie meinen«, Harry drehte sich im Sattel um, »Sie halten nicht viel von ihren Reformen, was? Das überrascht mich etwas.«

»Was ich davon halte, ist unwichtig.« Harleys Stimme wurde härter. »Wenn sie so weitermacht, wird sie Ärger bekommen. Einige der Leute, die sie verärgert, können gefährlich sein.« Seine dunklen Augen musterten Harry. »Ich bin einer davon.«

Harrys Augen verengten sich. »Ist das eine Drohung?«
»Nennen Sie's, wie Sie wollen. Sie muß aufhören, Harry.«

Shwe Dagons glitzernde, vergoldete Kuppel ragte in einer Masse weißer, grün und scharlachrot abgesetzter Türme gegen den kobaltblauen Himmel. An ihrem Fuß kauerten gigantische Löwen, grün, scharlachrot und golden lackiert. Schwarze Knollenaugen funkelten über Kiefern, die stumm die Stadt und eine schwatzende Menge menschlicher Affen mit Sonnenschirmen, Kerzen und Blumen anbrüllten. Glücksbriefe lagen auf ihren erstarrten Klauen. Verkäufer von Andenken, Süßigkeiten, Blumen und Gebetsfahnen hasteten zwischen den Pilgern, die zwischen den Reihen der Buden längs dem Aufgang zum Tempeleingang spazierten. Lysistrata beroch den Weihrauch, den Harry gekauft hatte, und rümpfte die Nase. »Er muß wohl stark sein, damit er zu Buddha dringt, aber wir sollten rasch verschwinden, wenn wir ihn angezündet haben.«

»Im Tempel werden Sie sich schnell daran gewöhnen. Sie werden sich über jeden Duft freuen.« Harry bezahlte den Verkäufer und wich dann mit Lysistrata einem Mann aus, der an Bambusstangen rhythmisch gegeneinanderschlagende Käfige mit kreischenden Sittichen und Kakadus trug.

»Warten Sie, Harry.« Sie zog an seinem Arm. »Sehen Sie nur den Grünen! Er hat Koteletten wie mein Onkel Claudius.« Sie pfiff dem Vogel, der seinen gelben Kopf neigte und zurückpfiff. »Kaufen wir ihn, Harry. Ich wollte schon immer ein Haustier haben.«

Harry musterte ihr Gesicht. Sie war zum erstenmal seit Wochen aus, und sie hatte es nötig. Durch Überarbeitung wirkte sie blaß und ausgemergelt. Sie trug den gleichen glatten, dunklen *Longyi* Rock wie die Birmanen im Royal Hospital. Als er spöttisch gefragt hatte, ob sie zum Ausflug nicht ein passendes europäisches Kleid anlegen wollte, hatte sie gelacht. »Lieber Harry, das brauche ich nicht. Bis auf Sie haben mich meine Ritter verlassen. Sie kümmern sich um Damen, die weniger Wirbel machen. Außerdem habe ich keine Kleider. Lady Mary weigerte sich, für meine gesellschaftliche

Stellung zu bürgen, wenn ich so weitermache. Ich habe ihr die Kleider ihrer Tochter zurückgegeben. Seitdem hat sie nicht mehr mit mir gesprochen.«

»Lysistrata, für ein Haustier haben Sie keine Zeit«, sagte Harry ruhig. »Das wäre doch unfair, oder?«

Sie machte erst ein langes Gesicht, sagte dann aber langsam: »Ich denke, Sie haben recht.« Sie schnalzte dem Vogel zu: »Lebewohl, Claudius.« Der Vogel tanzte im Käfig. Das letzte, was sie von ihm sahen war, daß er wie toll hin und her schwang.

Nachdem sie ihr Blattgoldopfer an die Tempelkuppel geklebt hatten, führte Harry Lysistrata hinein, wo das Gold endete und die Bettler warteten. Gräßliche und mitleiderregende menschliche Gebrechen waren an Böden und an Wänden zu sehen, und die Kreaturen bewegten sich wie Ungeziefer. Jedes Alter, jedes Geschlecht war vertreten. Doch bei vielen war es unmöglich, das Alter oder auch nur Menschlichkeit zu erkennen. Leprakranke faulten im düsteren Kerzenlicht. Elefantiasis schwoll massig über schmalen Treppen. An die Wände gemalte Gliedmaßen von Gottheiten vermittelten die Illusion von Gliedmaßen an lebenden Stummeln, die sich vor ihnen befanden. Der Gestank war unerträglich. Mit einer Hand Nase und Mund bedeckend, taumelte Lysistrata unwillkürlich gegen ihn, um instinktiv ins Sonnenlicht zurückzukehren. Er wollte sie vorbeilassen, aber sie blieb reglos stehen. Trat dann vorwärts. Und drang weiter in das Innere des Ortes vor. Zwischen den Bettlern schwebten Pilger wie auf himmlischen Wolken, so entfernt waren sie durch Gesundheit und Glückseligkeit von den erbärmlichen Bewohnern dieser Unterwelt von Krankheit und Unterernährung. In der Mitte ragte ein riesiger, ewig träumender Buddha auf, der in einem von Tausenden von Kerzen erzeugten Lichterschein schwebte.

Lysistrata steckte eine Kerze zu den anderen und kniete. Als sie sich schließlich erhob, sah Harry, daß ihr Gesicht im Kerzenschein tränenfeucht war. Sie blickte in die Schatten, wo die Elenden krochen und sich bewegten. »Es sind so viele.«

»Es ist, als hätte sie ihr Leben zu einer Fackel gerollt und sie entzündet. Sie ist wie eine Heilige«, knurrte Harry Harley am Tag nach dem Pagodenbesuch zu. »Ich kann ihren Anblick kaum ertragen. Sie ist zu klug, zu intensiv, zu selbstzerstörerisch.« Er nahm seinen Drink und setzte sich. »Jetzt geht sie auf die Straße. Bleibt abzuwarten, ob sie das in den Himmel oder in die Hölle führt.«

Lysistrata wäre über Harrys dramatische Ausführungen vielleicht amüsiert gewesen, hätte sie nach dem Elend im Shwe Dagon noch eine Spur von Humor gehabt. Sie war nicht selbstzerstörerisch, nur gedankenverloren. Wenn die Einheimischen nicht ins Hospital kommen wollten, mußte sie zu ihnen gehen. Da die Ärzte beschäftigt waren, die Priester dem abgeneigt waren und das Pflegepersonal ohne zusätzliches Entgelt nicht bereit war, mehr Arbeit zu leisten, ruhte diese Verantwortung auf ihr. Und damit auch die Schwierigkeiten.

In einer Stadt, in der es an medizinischer Versorgung mangelte, mußte sie nach Patienten suchen. Die Inder waren von einer schamlosen, unverschleierten Frau abgestoßen, die in ihre Privatsphäre eindrang. Ein paar Wochen lang ersannen sie jede nur denkbare Entschuldigung, um zu verhindern, daß sie ihre Häuser betrat. Nur ihre Tätigkeit öffnete ihr manchmal Türen. Als festgestellt wurde, daß sie bei den Engländern in Ungnade gefallen war, blieben die Türen ganz verschlossen. Die Pathan waren durchweg feindselig. Die Chinesen stellten kühl fest, sie hätten ihre eigenen Ärzte. Nur die Birmanen hießen sie und den buddhistischen Gehilfen willkommen, der sie auf Dr. Herriotts Bitte manchmal in die übelsten Stadtteile begleitete.

Unglücklicherweise befolgten die Birmanen nur selten ihre ärztlichen Ratschläge; und wenn sie Medizin ausgab, achtete sie darauf, daß genug Alkohol darin enthalten war, um zum Einnehmen zu ermutigen, aber zu wenig, um den Patienten zu berauschen, wenn er sie auf einmal trank. Allmählich erzielte sie kleine Fortschritte. Mochten die erwachsenen Birmanen ihre Leiden gleichgültig hinnehmen, um ihre Kinder sorgten sie sich mehr. Manchmal konnte sie mit dem Eifer der Mütter rechnen, wenn auch nicht auf ihr Verständnis. Umgekehrt konnten die Eltern darauf bauen, daß sie anders als die *Sayahs* kostenlos arbeitete. Mit wachsender Patientenzahl stand der Gehilfe, der darauf hinwies, daß er in erster Linie Priester sei, weniger zur Verfügung. Immer häufiger ging sie allein, wenn sie zu einem Notfall gerufen wurde, ohne Dr. Herriott zu beunruhigen. Sie vermutete, daß Masjid ihr unauffällig folgte.

Lysistrata wälzte sich unruhig im Bett. Sie hörte das leise Rascheln wieder. Sie öffnete die Augen und schloß sie. Ticktock, der *Tuk-too* mußte auf seiner nächtlichen Jagd sein. Oder Wili der Mungo, Masjids lebendiger neuer Beitrag zum Haushalt. Sie drehte sich um und preßte das Gesicht in die Kissen.

Claudius hüpfte unbehaglich auf seine Schaukel. Er spürte ein Zittern, kaum mehr als ein Vibrieren seiner Sinne. Es kam rhythmisch mit zunehmender Stärke wieder. Nervös begab sich der Vogel auf die eine Seite des Hängekäfigs, dann auf die andere.

Lysistrata seufzte. Es war lieb von Harry gewesen, Claudius zu kaufen. Warum er das getan hatte, war klar, aber sie hatte lachend zugestimmt, daß der Vogel für niemand von Nutzen sei. Im Augenblick jedoch brauchte sie Schlaf und Claudius offensichtlich nicht. Sie legte sich ein Kissen über den Kopf.

Auf ein Geräusch des Bettes hin hörte das Vibrieren sofort auf. Als es still wurde, begann es wieder. Der Vogel zwitscherte erschreckt, als sich ein Schatten wie eine dunkle Blume, wie ein Kelch aus der Dunkelheit aufrichtete. Das Mondlicht zeigte Augenschlitze wie die des Todes. Claudius schrie mehrmals erschreckt auf, beruhigte sich dann, da er durch das Schwanken der Kreatur verwirrt war. Er neigte den Kopf, hielt den Blick auf das schmale Auge des Mörders gerichtet. Der Vogel blinzelte. Der Kelch schwoll an und schlug zu. Hing stumm und schwankte geduldig... bis Klauen und Fänge zugleich in seinen Schwanz schlugen. Mit einem bösartigen Zischen ruckte es krampfartig hoch und fuhr dann herunter, um gegen den Angreifer zu kämpfen. Die Stange, die den Käfig hielt, und die Kobra fielen krachend zu Boden.

Lysistrata fuhr erschreckt hoch. »Wer ist da?!« Für einen Moment herrschte Schweigen, dann ein grauenhaftes Duett von Zischen und Knurren. Aus Angst, Wili habe sich auf Claudius gestürzt, zündete sie die Lampe an. Dann sank sie mit ersticktem Schrei zurück. Eine Kobra hatte sich, den Rachen weit aufgerissen, um Wili geschlungen. Die Köpfe beider Tiere waren blutverschmiert. Lysistrata sprang mit einem Schrei aus dem Bett. »Masjid! Masjid! Hilfe!« Durch ihre Stimme wurde die Kobra abgelenkt. Wili nutzte seine Chance. Seine scharfen Zähne zerrissen den Hals der Kobra. Er schüttelte den Kadaver noch immer, als Masjid in den Raum stürmte. Der Pathan erstarrte, die Pistole in der Hand, als der Mungo sein Opfer ins Maul nahm. »Kannst du das nicht beenden?« fragte Lysistrata, der übel war.

»Ich müßte den Mungo töten, *Mem*«, erwiderte Masjid ruhig.

»Nein ... er hat mir vielleicht das Leben gerettet.« Ihre Lippen zitterten, als ihr Blick auf einen Haufen heller Federn fiel. »Die Kobra kroch zuerst zu Claudius. Sie muß durch die zerbrochene Jalousie im Verandaladen gekommen sein.«

»Die habe ich aber repariert, *Mem*.«

»Dann bleibt nur die Tür. Ist das nicht ungewöhnlich?«

»Sehr.«

Sie schwieg einen Moment. »Masjid, hast du deshalb Wili hergebracht, nachdem ich die Petitionen verteilt habe?«

Er zuckte die Achseln. »Nager sind in Birma verbreitet; Kobras auch.«

»Ich verstehe.« Sie schaute zu, wie Wili, die Ohren flach an den Kopf gelegt, seine Beute aus dem Raum zerrte. Lysistrata ging zu dem umgekippten Käfig, um den winzigen Leichnam herauszuziehen. Sein Flaum füllte kaum ihre Hand. »O Masjid«, flüsterte sie, »er war so arglos. Er konnte nicht einmal davonfliegen.«

»Kobras haben seltsame Kräfte, *Mem*. Der Vogel wäre vielleicht nicht einmal weggeflogen, wenn er es gekonnt hätte.«

Er schwieg kurz. »Wir müssen aufpassen. Beim nächsten Mal müssen wir gegen eine größere Gefahr kämpfen.«

»Du glaubst, es gibt ein nächstes Mal?«

»Ganz bestimmt, *Mem*. Petitionen sind nicht so harmlos wie Sittiche.«

Lysistrata suchte ungeduldig ihren Weg über schmale Planken zwischen vertäuten Sampans und Reisbooten. Kurz vor Sonnenuntergang war sie nicht allzu erpicht darauf, in einem schwankenden Boot bei Laternenlicht einen Kaiserschnitt zu machen. Als sie ihr Ziel erreichte, stellte sie fest, daß die Patientin ihr erstes Kind ebenfalls durch einen ungeschickten Kaiserschnitt bekommen hatte. Nachdem sie die Frau gereinigt und chloroformiert hatte, machte sie einen schnellen Schnitt. Minuten später kam zur Freude seines Vaters, eines Fischers, ein kräftiger, rotgesichtiger Junge zur Welt.

Sie verließ die Fischerdschunke nach Sonnenuntergang, und die Lichter Ranguns drangen durch den Flußnebel. Boote scheuerten knarrend aneinander, und nur wenige Lichter schienen trüb durch die Öffnungen am Heck. Die Wasserbewohner gingen üblicherweise kurz nach Sonnenuntergang zu Bett. Lysistrata, die vorsichtig auf einer Planke balancierte, keuchte erstickt, als diese sich plötzlich unter einem schweren Gewicht bog. Eine Gestalt mit Palmenhut fragte guttural: »Du Krankenschwester?«

»Ja.« Sie versuchte, nicht erschreckt zu klingen.

Mit Masjid konnte sie heute abend nicht rechnen. Er lag mit akutem Magengeschwür zu Bett – das zweifellos von seiner Überwachung herrührte.

»Mein Sohn, Fuß verletzt. Du kommen sehen.« Es war mehr ein Befehl als eine Bitte, aber Lysistrata hatte ihr Urteil über die Birmanen revidiert. Wenngleich sie nur selten ärztliche Ratschläge befolgten, nahmen sie Hilfe freudig an, luden stets zum Essen ein und verkündeten offen, daß sie ein wenig verrückt, aber eine sehr nette Dame sei.

»Ja, natürlich. Wo ist er?« Sein Zeigefinger richtete sich auf eine Dschunke, die am Ende des Kais festgemacht war. Sie seufzte. Es war ein langer Weg, aber die Verletzung des Jungen konnte sich leicht entzünden, besonders so nahe am Wasser.

Der Mann ging mit der Sicherheit einer Fledermaus über den Steg. Sie folgte ihm so schnell sie konnte. Auf dem Kai wartete er ungeduldig bis sie festen Boden unter den Füßen hatte und lief dann so schnell auf die Dschunke zu, daß sie ihren Rock raffen und hinter ihm herrennen mußte.

Der Birmane trat mit einem angedeuteten Lächeln beiseite, um sie in die Kabine seiner baufälligen Dschunke treten zu lassen. Bis auf eine Palmwedelmatratze und schmutziges Geschirr war sie leer. Ihr Mund wurde trocken. Sie wirbelte herum, hatte ihre schwere Instrumententasche gegen seinen Kopf gerichtet. Mit hämischem Grinsen blockte er sie ab, entriß sie ihr und warf sie auf einen Haufen faulendes Gemüse. Sie wich zurück und suchte unter seinen Eßutensilien nach etwas, das sie als Waffe benutzen könnte. Doch bevor sie überhaupt etwas erkennen konnte, stürzte er sich auf sie. Sie roch stinkenden Atem, als er an ihrem Kleid zerrte und hörte dann einen scharfen Schlag. Die Augen des Birmanen verdrehten sich, als sein Kopf ruckartig nach hinten kippte. Blut schoß aus den Öffnungen seines Schädels. Er war tot, bevor er aufs Deck schlug. Entsetzen stieg in ihr auf. Dann sah sie Harleys ärgerliches, angespanntes Gesicht da, wo das des Verbrechers gewesen war.

»Schreien Sie nicht, verdammt! Sie haben schon genug Ärger gemacht!« Er zerrte sie vom Boot, dann über mehrere Kais bis zum Liegeplatz der *Rani.* Er stieß sie an Bord, dann in die Kabine. »Was machen Sie eigentlich nachts allein am Hafen, verflucht?«

»Ich habe ein Baby...«

»Auf Lop Ears Dschunke!« Seine Lippen waren vor Wut weiß.

»Was geht Sie das an?« schrie sie fast hysterisch. »Woher wußten Sie eigentlich, daß ich dort war?« Sie setzte sich abrupt auf die Pritsche, als ihre Beine zu zittern begannen. »Sie haben ihn getötet... wie?«

»Unwichtig«, schnappte er. »Hätte Kanaka nicht gesehen, wie Sie an Bord von Lop Ears Rattenfalle gingen, lägen Sie jetzt wahrscheinlich unter dem Freund des Hafens«, er warf einen sardonischen Blick auf ihr zerrissenes Kleid, »und hätten wenig freundliche Erinnerungen an Birma.« Er begann ruhelos in der kleinen Kabine auf und ab zu gehen und drehte sich ihr dann wieder mit starrem Gesicht zu. »Lop Ear schnitzt ausgezeichnet Teak… und andere Dinge. Ihre eigene Mutter würde Sie nicht wiedererkennen.« Er packte ihre Schultern. »Verstehen Sie, was ich sage? Verschwinden Sie von der Straße! Gehen Sie nach Hause und kümmern Sie sich um Ihre Angelegenheiten! Rangun ist voller Leute wie Lop Ear, und die haben nicht alle geschlitzte Nasen und kauen Betel. Ich könnte Ihnen Dinge über Bettenheim erzählen…« Er brach ab, ließ sie los und nahm eine Brandyflasche. »Jede Woche verschwinden hübsche Frauen in Rangun, entweder durch Leute wie Lop Ear oder durch Sklavenhändler… O ja, das gibt es.« Er schenkte zwei Gläser ein, reichte ihr eines, lehnte sich an seinen Schreibtisch und nahm einen tiefen Schluck aus seinem Glas. »In jüngster Zeit hat das zugenommen. Einige einflußreiche Männer Ranguns stecken in dem Geschäft, Männer, denen Sie Unbehagen bereiten. Ihr messianischer Eifer«, die Formulierung war ein Hohn, »Ihre abendlichen Hausbesuche bereiten ihnen Probleme.«

Lysistrata rührte den Brandy nicht an. Sie wußte, daß ihre fast unnatürliche Gelassenheit auf den Schock zurückzuführen war, aber ihr Verstand war völlig klar, erfüllt von Traurigkeit und der Erkenntnis des Unausweichlichen. »Harley«, sagte sie ruhig, »Sie sagten einmal, daß niemand, der den Krieg zwischen den Staaten miterlebt hat, so naiv sein könne wie ich, und vielleicht haben Sie recht. Wir haben nie über das gesprochen, was ich glaube. Mein ältester Bruder starb für seine Überzeugung, daß ein Mensch nicht einen anderen besitzen dürfe. Der mittlere, Jason, starb, weil er es für falsch hielt, daß ein Mensch einem anderen seine Denkweise diktieren dürfe. Meine Mutter und mein jüngster Bruder starben, weil dieser Konflikt sie durch Sorge und Unterernährung brach. Mein Vater mußte deshalb seine Stellung aufgeben und ich verlor… vielleicht verlor ich meine Fraulichkeit.

Alle in der Familie waren gegen die Sklaverei. Und wir, die

wir überlebten, freuten uns, als sie frei waren. Dann vergaßen wir sie. Nach dem Krieg glaubten wir, daß die Befreiten die gleiche Chance wie andere hätten, ein glückliches und wohlhabendes Leben zu führen. Aber so war es nicht.« Sie betastete abwesend das Glas. »Es ist leicht, einen Menschen zu vergessen, der hinter einer Mauer eingesperrt ist. Als ich nach Rangun kam, haben Sie mich über diese Mauer schauen lassen. Nur durch Mauern kann man sich sicher und überlegen fühlen. Man kann auf die Errungenschaften eines anderen Menschen bauen, ohne sehen zu müssen, wie sich der Schutt seines Lebens stapelt oder ohne seinen eigenen Tod zu sehen, wenn man nie nach unten schaut.« Sie lächelte schwach. »Ich rede zu viel. Ich glaube, ich zittere noch immer.« Ihre Blicke begegneten sich, und sie war überrascht, ein Flackern nackten Schmerzes in dem seinen zu sehen, aber auch etwas weniger Deutliches – eine Traurigkeit, ein Verlangen.

»Sie werden doch nicht heimgehen, Lysistrata«, murmelte er.

Sie lächelte leicht. »Ich bin müde und fürchte mich. Wenn es ein Daheim gäbe, ich gäbe alles dafür, dorthin zu kommen.«

Er stellte den Brandy ab, nahm mit einer fließenden Bewegung ihren Kopf in seine Hände und küßte sie mit einer innigen Süße, die sie an seiner Brust wie ein müdes Kind schmelzen ließ. Er hielt sie lange und streichelte ihr Haar. Als seine Finger ihre Nackenbeuge streiften, sank ihr Kopf gegen seine Arme; er fand ihren Mund wieder. »Eva, Eva«, flüsterte er, »du weißt zuviel, und dieser Weg führt fort von Eden. Du willst nicht dorthin, wo ich bin.«

Seine Lippen streiften ihre Kehle, als er sie auf die Kissen preßte. Sie lag weich da, reglos unter seinen Händen, als er ihr Kleid löste, und ihr Herzschlag beschleunigte sich, als sie seinen Atem wahrnahm. Ihre Finger fanden sein Haar, als seine Lippen den Spalt zwischen ihren Brüsten streiften und dann an ihnen hochglitten. Ihre Lenden wurden feuchtwarm, ihre Gliedmaßen schwer. Dies war Kapitulation, dieses Warten, dieses Bedürfnis, ausgefüllt zu werden, von diesem seltsamen Mann geliebt zu werden, der in ihre Seele zu blicken schien, als sei es seine eigene. Als sie den festen, schnellen Schlag seines Herzens hörte, berührte sie seine Wange. »Bring mich dorthin, wo du bist. Ich wurde nicht für Eden geschaffen.«

Er zögerte, als sei er durch einen inneren Kampf geblendet. Sein Mund schwebte über dem ihren, senkte sich dann. Und in seinem Kuß erkannte Lysistrata den Fall. In seiner Berührung war die Schönheit Adams, die Verlockung der Schlange. Als ob sie aus seinem Fleisch geformt sei, forderte er sie, und sein Leib drang mit süßer Leichtigkeit in den ihren. In seiner Kraft war das Erröten der ersten Morgendämmerung der Erde, in ihr die schimmernde Blume ihres Lebens. Und wo Eden lag, blieb ein einziger verlorener Stern, der die Nacht kurz funkelnd erleuchtete, und nach dem Vergehen seines gleißenden, singenden Lichtes blieben stumme Funken.

Harley fürchtete die unirdische Stille, ihre sich zusammenballende, lauernde Kälte. Er lag in der Wärme von Lysistratas stillem Frieden eingebettet, während er spürte, wie das Gefühl von Kälte ihn überkam. Er war verrückt gewesen, nicht vor vergänglicher Lust, sondern durch dieses langsame, brennende Bedürfnis, das ihn auslöschen konnte. Und sie. Dieses Zusammensein konnte nur Vernichtung zur Folge haben. Dieses Ende, das bereits seinen Lauf gefunden hatte.

Er blickte in die funkelnde Klarheit ihrer Augen, die wie durch ein Wunder erregt strahlten. Sie strahlte eine seltene, kindliche Herrlichkeit aus, die ihn demütigte. Doch wenn er sie liebte, wenn diese Pracht nicht befleckt wurde, würde sie zerstört werden und mit ihr vielleich eine Nation.

Seine Finger betasteten ihre Gesichtszüge, als ob er sie nie wiedersehen würde, und er vergrub sein Gesicht an ihrem Hals. Wie konnte er sie allein in die Leere stoßen, die er wie ein ruheloser Geist durchstreifte? War es besser für sie, verdammt statt tot zu sein?

Die unausweichliche Antwort kroch durch seinen Verstand. Er mußte sich ihr wie so vielen anderen entziehen. Er mußte für sie die schwärzeste Verdammnis sein. Sie mußte ihn und alle seiner Art fliehen, all jene, die nicht aus ihrer kleinen Welt kamen. Wenn sie floh, würde sie vielleicht leben. Voller Haß. Er preßte sich in dem vergeblichen Bemühen, sie zu beschützen an sie, beugte seine Schultern unter der stechenden Kälte.

»Was ist?« flüsterte sie, während der Glanz aus ihren Augen schwand. »Was ist?«

Seine Stimme kam hart und erstickt, als spräche ein anderer Mann, einer, den er in diesem Moment zerstören wollte: Der kalte, berechnende Mörder, der Niemand. »Nichts. Für einen Amateur bist du recht vielversprechend.« Seine Augen waren hart, gleichmütig, unergründlich – ein Schild. »Du wirst genug Gelegenheiten haben, dein Können zu verbessern.« Mit scheinbarer Achtlosigkeit zupfte er an ihrem *Longy*, das unter ihrem nackten Körper lag. »Jeder Mann in Rangun muß wissen, daß du unter dieser heiligen Uniform nichts trägst.«

»Hör auf.« Ihre Lippen bewegten sich steif. »Sag nicht...«

Seine Hand bewegte sich zu ihrer Brust, umschloß sie hart, ohne Zärtlichkeit. »Du solltest bei der Wahl deines nächsten farbigen Liebhabers vorsichtiger sein, Lysistrata. Die Männer des Ostens sind an so erregte Frauen nicht gewöhnt. Wir betrachten sie als Huren.«

Als sie sich von ihm zu befreien versuchte, lächelt er verkrampft. »Glaubtest du, wir würden ein Bett in alle Ewigkeit teilen?«

»Bitte«, flüsterte sie, »tu das nicht. Tu mir das nicht an.«

»Keine Angst. Schließlich bist du ja keine dieser anderen gelangweilten weißen Frauen, sondern das Gespött von Rangun, vor allem unter der einheimischen Bevölkerung. Ich amüsiere mich noch immer.« Er lachte kurz, als sich Scham und Enttäuschung auf ihrem Gesicht zeigten. »Ist der Geschmack der Frucht vom Baum der Erkenntnis jetzt bitter geworden? Soll ich dich trösten?« Wie um ihre Demütigung zu besiegeln, streiften seine Lippen ihre nackte Schulter an der Stelle, wo Lop Ear ihr das Kleid zerrissen hatte. Haß auf ihn erfüllte stärker als die gerade erstickte

Liebe ihre Augen. Als er von ihr ließ, drehte sie sich wie eine Katze und zerfurchte mit langen Nägeln sein Gesicht.

Er berührte seine Wange und musterte dann gleichgültig seine blutigen Finger. »Impulsiv«, murmelte er. »Direkt in den Rachen der Hölle.«

Ihre tränenglänzenden grünen Augen verengten sich. »Ich möchte dich direkt in die Hölle schicken!« Sie ergriff ihren *Longyi* und erhob sich von der Pritsche.

Er schaute zu, als sie sich anzog und zur Tür ging. »Falls du vorhast, den Behörden eine Geschichte von verletzter Tugend zu erzählen, dürftest du Schwierigkeiten haben zu erklären, was du hier überhaupt getan hast. Sicher werden sie dir glauben. Schließlich bist du bei ihnen ja sehr beliebt. Selbst die birmanischen Beamten bewundern dich, weil du ihretwegen soviel Ärger bei den Briten verursachst. Dr. Herriott wird die Schilderung mehr als jeder andere genießen.«

Sie drehte sich mit vor Haß starrem Gesicht um. »Ich hätte dich an Cholera sterben lassen sollen.« Die Tür schlug hinter ihr zu.

In Harleys Augen trat ein düsterer Schatten schrecklichen Alleinseins. Er hatte seine Absicht erreicht. Schließlich rief er Kanaka zu sich. »Such die Frau, die gerade gegangen ist. Mach schnell. Wir segeln heute nacht nach Sumatra.« Kanaka verschwand. Als seine Schritte auf der Planke verhallten, lehnte Harley sich auf die Pritsche zurück, führte die Brandyflasche an seine Lippen und trank.

Lysistrata war voller Schmerz und Wut und dachte kaum über den Weg nach, als sie durch die Hafengassen zum Royal Hospital eilte. Sie wollte nur soweit wie möglich von der *Rani* und dem Monster entfernt sein, das sie zu lieben begonnen hatte. Liebe! Liebe hatte die kalten Augen einer Kobra. Die log und sie verspottete und zerstörte. Wie ein törichter Vogel war sie von Harley fasziniert gewesen, als sei er ein Stück Schnur. Jetzt hatte er sich um ihren Hals geschlungen. Kaltblütig hatte er sie auf schlimmstmögliche Weise erniedrigt. Das Wunder, das sie bei ihrer Liebe empfunden hatte, war eine Täuschung gewesen. Er hatte Großartigkeit in Sünde verwandelt, niedrig und gemein und elend. Sie fühlte sich besudelt und beschmutzt.

Alles hatte sich verändert. Vor Lop Ear und Harley hatten die Menschen, denen sie half, mit Wärme und Zuneigung reagiert. Sie hatte sich beschützt gefühlt, als ob selbst der Gemeinste von ihnen wissen müsse, daß sie ihr Leben nur erleichtern wollte. Jetzt höhnte und drohte jeder Schatten. Wo war die geschäftige Water Street mit ihren Läden? Wie in dem Labyrinth, das Harley verborgen hatte, führte eine Gasse nur in die nächste. Vielleicht dämpfte der Schmutz die verfolgenden Schritte, denn sie hörte sie zu spät. Als sie zu rennen begann und um eine Ecke bog, legte sich eine Hand über ihren Mund, eine andere umklammerte ihre Arme. Sie trat panisch auf den Angreifer ein, aber die weichen Sandalen bewirkten nichts. Sie sah kurz ein chinesisches Gesicht, bevor ein Chloroformbausch auf ihre Nase gedrückt wurde. Ich hätte das nicht sagen sollen, dachte sie in Panik, als sie benommen wurde. Ihr bewußtloser Leib wurde geschickt in einen scharlachroten und schwarzen Sarg gelegt, wie man ihn für Einäscherungen benutzte.

KAPITEL 7

Zerstörung

Ein Tiger spielte hier und rollte hin und her
die Köpfe und Kronen von Königen

ALFRED, LORD TENNYSON

»Ich weiß nicht, was ich tun soll, Harry.« Herriott fuhr sich mit seinen Fingern besorgt durchs Haar, während er in seinem Arbeitszimmr auf und ab ging. »Ich war überall, habe mit jedem gesprochen. Die birmanischen Beamten sind ebenso mitleidsvoll wie die Briten und ebenso nutzlos.« Er ließ sich in einen Sessel fallen. »Ich schwöre, sie alle sind froh, daß sie weg ist und nicht mehr für weitere Kontroversen sorgen kann. Mindon, seine albernen Kompromisse und seine Zusammenarbeit! Damit wird er noch seinen Thron unter Victorias...« Er faßte sich. »Tut mir leid, Harry, aber ich bin verzweifelt. Sie ist alles, was ich habe.«

»Ich weiß sehr gut, was Sie fühlen, Sir«, erwiderte Harry ruhig. »Ich habe mit meinem Kommandanten wegen einer Suche gesprochen, aber er beharrt darauf, daß der Fall eine Zivilangelegenheit ist. Wenn wir nur eine Spur hätten... Es wäre schön, sagen zu können, daß Lysistrata keine Feinde hätte, doch nicht mal die *Mayfield* könnte all die Leute befördern, die sie gegen sich aufgebracht hat. Ich fürchte, mehrere von denen wären dazu imstande, sie aus dem Weg zu räumen.«

»Ich bin froh, daß Sie nicht ›töten‹ gesagt haben, Harry«, murmelte Herriott trocken. »Es ist so erträglicher.«

»Entschuldigung, Sir.«

Ma Saw tauchte im Türeingang auf. »Verzeihen Sie, Doktor, aber darf ich hereinkommen?«

»Natürlich, Ma Saw«, sagte Herriott matt.

»Ich habe Ihr Gespräch mitgehört«, sagte sie zögernd. »Ich weiß, daß Sie wegen Missy besorgt sind, deshalb habe ich nichts gesagt, aber... meine Sein, ich glaube, sie ist auch verschwunden.«

Herriott hob den Kopf. »Was sagst du? Seit wann?«

»Vor über einem Monat ging sie zum Haus von *Tuan* Harley.« Sie hielt inne und fuhr fort: »Ich weiß, daß sie bei ihm war, als er krank war... auch vorher schon, aber sie kam immer zwischendurch heim. Sie ist töricht, aber nicht so sehr. Seit zwei Wochen hat sie niemand gesehen.«

»Harley, ja«, sagte Herriott nachdenklich. »Vielleicht hat er sie mit nach Sumatra genommen. Die *Rani* ist vor zwei Wochen ausgelaufen.«

»Und Lysistrata ist auch um diese Zeit verschwunden«, überlegte Harry. »Vielleicht hat Ma Saw da etwas. Harley erzählte mir, daß ihm Lysistratas soziale Hetzerei nicht gefiele. Er drohte sogar, etwas dagegen zu unternehmen... aber *Entführung?*« Er schüttelte den Kopf. »Das glaube ich nicht.«

»In den Schänken und am Hafen kursieren Gerüchte, daß er Drogenhändler ist und im Sklavenhandel arbeitet«, warf Ma Saw ein. »Vielleicht hat er Sein und Missy als Sklaven verkauft.«

»Quatsch!« erwiderte Harry. »Das wäre für einen so vorsichtigen Mann wie Harley zu riskant. Zudem lebt er fast wie ein Puritaner...«

»In Rangun«, sagte Herriott langsam. »Vielleicht ist er anderswo weniger sonderbar. Wir sollten besser mit Bartly sprechen.«

Die Chiltons aßen mit den Bartlys zu Abend, als Harry und Dr. Herriott eintrafen. Sir Anthony empfing sie mürrisch im Speisezimmer, als er hörte, daß sie möglicherweise einen Hinweis auf Lysistratas Verbleib hatten. Nachdem sie jedoch berichtet hatten, während der Butler ihnen Kaffee brachte, höhnte er: »Richard Harley! Gütiger Gott, da könnte ich ebensogut meine Mutter verdächtigen! Halten Sie ihn für einen Idioten?«

»Ich weiß nicht, Tony«, sagte General Chilton. »Ich hab' diesem Mischling nie getraut. Die haben alle keine Moral.«

Sir Anthony warf ihm einen ungeduldigen Blick zu. »Unsinn, Nigel. Er war immer zuverlässig. Das ist reine Spekulation.«

»Vielleicht nicht, Tony.« Evelyn legte mit nachdenklichem

Stirnrunzeln eine Hand auf seinen Arm. »Mein Dienstmädchen, Anne, ist nach ihrem freien Tag nicht zurückgekehrt – das ist zwei Tage her. Sie war auch sehr zuverlässig.«

»Vielleicht hat sie einen unzuverlässigen Liebhaber«, warf Lady Mary mit einem schrägen Blick auf Evelyn ein.

»Vielleicht«, erwiderte Evelyn kühl, »aber ich sah ein- oder zweimal, wie Harley sie ansah. Du nicht auch, Nigel?«

»Gute Güte, was soll er sonst tun? Sie ist ein kleines Flittchen«, kicherte Chilton, wobei seine Augen zornig glänzten.

»Es ist seltsam, daß all diese jungen Damen Richard Harley kannten«, grübelte Harry.

»Nun, wir werden eine Woche warten, um den Damen die Chance zu geben, zurückzukommen, bevor wir Entscheidungen treffen«, stellte Sir Anthony entschlossen fest. »Im Augenblick möchte ich keine Spekulationen mehr hören.«

In dieser Nacht bürstete Lady Mary gedankenvoll ihr Haar, während ihr Mann eine drei Monate alte *Times* las. »Tony, meinst du nicht, daß Richard Harley etwas mit dem Verschwinden zu tun haben könnte?«

»Habe ich meine Meinung beim Essen nicht deutlich dargelegt?« erwiderte er verärgert.

»Ich denke, es *wäre* sehr nachteilig für das Yünnan-Projekt, sollte Harley darin verwickelt sein...«

Bartly warf die Zeitung hin. »Glaubst du, ich würde wissentlich die Justiz behindern, um keine unerfreulichen Informationen zu bekommen?«

»Wenn man Harley nicht vertrauen kann, könnte die Expedition eine Katastrophe werden.«

»Dessen bin ich mir bewußt.«

»Sein Freund, Wa Sing, ist doch im Sklavenhandel tätig?«

»Ich wage zu sagen, daß die Hälfte der Kaufleute in Kowloon ihre Hände darin haben.«

Sie drehte sich auf ihrem Stuhl herum. »Tony, ich würde dem, was Evelyn dazu zu sagen hat, nicht allzuviel Glauben schenken. Schließlich wetzt sie aus privaten Gründen ihre Messer. Aber meinst du nicht, du solltest ganz diskret

Nachforschungen über Harleys Affären einleiten? Bei dieser Expedition steht für uns viel Geld auf dem Spiel und auch dein Ruf.«

Er seufzte. »Gut. Du hast wie immer recht.«

Drei Tage später stand eine diskrete Untersuchung nicht mehr zur Debatte. Auf dem Weg zur Arbeit hatte ein madrassischer Schreiber, der auf dem Weg zur Arbeit an der *Star of Calcutta* vorbeikam, einem von Harleys Schiffen, den blutbefleckten Unterrock einer Frau aus einer Luke baumeln sehen. Wahrscheinlich hätte er seine Entdeckung nicht gemeldet, als er voller Furcht davonrannte, wäre er dabei nicht mit einem Hafenbeamten zusammengestoßen. Sein weißes Gesicht und seine Entschuldigungen weckten das Mißtrauen des Beamten. Um nicht ins Zollbüro gebracht zu werden, erzählte der Schreiber von dem Unterrock.

Der Beamte, der Schreiber und ein Hafenpolizist begaben sich zu der *Star* und verlangten Zugang. Der Kapitän war verblüfft, willigte aber ein. Der betreffende Teil des Schiffes, sagte er, sei vor einer Woche mit Reis beladen worden und seitdem war niemand dorthin gegangen. Was nicht heißen sollte, daß die Mannschaft keine Frauen gefangenhielt, scherzte er.

Portman, der Zollbeamte, ging als erster in den Laderaum. Ihm folgte der Schreiber. Portman suchte zwischen den Reissäcken und erstarrte dann. Der Madrasse spähte über seine Schulter und zerrte am Rock des Polizisten. Der Polizist stieß ihn beiseite und erblaßte selbst. Zwischen den Säcken lagen die Körper dreier Frauen: eine Birmanin und zwei Europäerinnen. Eine war nackt und tot. Die beiden anderen waren dürftig bekleidet und lebten, waren aber bewußtlos. Allen dreien war die Zunge abgeschnitten worden. Die Kehle der toten Frau war durchschnitten. Überall war geronnenes Blut. Alle waren gefesselt gewesen, doch die überlebende Europäerin hatte sich befreien können. Als Portman sich über sie beugte, richtete sie sich auf und stürzte sich wie ein in die Enge getriebener Wolf auf ihn. Schaum und Blut spritzten aus ihrem Mund, als sie obszön grunzte, um ihre Wut herauszuheulen. Sie übermannten sie. »Sie ist verrückt«, murmelte Portman, der sein Gesicht hielt. »Völlig verrückt.«

Die wahnsinnige Frau wurde als Anne O'Shaunessy identifiziert, Evelyn Chiltons Dienstmädchen. Die andere Europäerin war eine portugiesische Prostituierte. Die Birmanin war unbekannt. Unmittelbar nach der Identifizierung wurden drei Polizeibeamte zu Harleys Haus geschickt. Im Schlafzimmer, das seit geraumer Zeit verschlossen war, fand man Sein. Sie war nackt an das Bett gefesselt, wo sie vergewaltigt worden war. In ihrem Mund steckte eine Handvoll saurer Tamarinden. Eine Kugel war ihr durchs Ohr geschossen worden. Der Leichnam war aufgedunsen, der Gestank entsetzlich. Der Gestank, der Harleys Namen umgab, war weit schlimmer.

Harley kehrte in der folgenden Nacht zurück. Als die *Rani* in den Hafen einlief, erstarrte der Steuermann und drehte sich zu Harley um, der eine Eintragung in die Seekarte machte. »Sieht nach Ärger aus, Sir. Ein Feuer im Lagerhaus an der Ostseite des Hafens. Könnte Ihres sein.«

Harley blickte auf. »Ruder hart Steuerbord. Sehen wir mal nach.« Er hatte die Worte kaum ausgesprochen, als der Suchstrahl einer Gaslaterne die Bordwand der *Rani* streifte und dann das Cockpit erfaßte.

»Sie da, *Rani!* Hier ist die Hafenbehörde. Stellen Sie die Maschine ab und drehen Sie bei«, dröhnte ein Megaphon hohl über das Wasser.

»Was ist los?« brüllte Harley, der zu der Winchester '73 zurückwich, die er, in Öltuch eingewickelt, im Cockpit hatte.

»Sie stehen unter Arrest, Mr. Harley. Wir kommen an Bord.«

»Wie lautet die Anklage?«

»Die Behörden möchten Ihnen einige Fragen hinsichtlich Ihrer Verbindung zu Miß Lysistrata Herriott und einigen anderen Frauen stellen.«

»Oh, gut«, erwiderte Harley ruhig. Er zerschoß den Scheinwerfer des Patrouillenschiffes und dann das Licht in seinem Kompaßhaus. Während der überraschte Patrouillenschiffskapitän brüllte: »Verdammt, er hat eines dieser neuen amerikanischen Repetiergewehre!« beugte sich Harley über den Arm seines Steuermannes und fuhr mit der *Rani* eine Halse.

Als Antwort schoß die Patrouille vor seinen Bug.

»Volle Fahrt voraus!« schnappte Harley seinem Steuermann auf chinesisch zu. »In einer Minute haben wir eine Granate am Heck!«

Die *Rani* glitt wie ein Geist durch den Nebel, während die Granaten zu beiden Bordseiten den Fluß aufwühlten. Ein Strahl glitt über den Nachthimmel. Kaum hatte das Wasser ihn verschluckt, befahl Harley: »Hart Backbord!«

Einen Moment später explodierte das Wasser, wo die *Rani* zuvor gewesen war. Die nächsten zehn Minuten waren wie ein russisches Roulette: Scheinwerfer machten die Position der *Rani* aus und folgten ihr, und jeder Kapitän versuchte den anderen zu übertrumpfen. Harley war Realist. Die Patrouillen würden in stromabwärts verfolgen, so daß die Möglichkeit bestand, von einer Granate getroffen zu werden. In der Dunkelheit würde sie den Scheinwerfern vielleicht entkommen oder etwas rammen, aber darauf ließ er es nicht ankommen. Er befahl, weitere Segel zu setzen und hörte kurz darauf von stromaufwärts mehrfaches dumpfes Hämmern und dann das kurze, scharfe Klacken einer beschädigten Maschine. Darauf Stille, gefolgt von Flüchen. Die *Rani* verschwand in der Dunkelheit.

»Diese verdammte Hexe!« Harleys Lippen waren weiß vor Wut. Er hatte sich auf Hsta Island im Labyrinth des Deltas der Irrawaddy versteckt, während er auf die Rückkehr eines Mannschaftsangehörigen wartete, den er nach Rangun geschickt hatte. Der Mann überbrachte alle Einzelheiten über seine angeblichen Verbrechen und auch die Nachricht, daß alles verloren sei, was er sich in seinem Leben aufgebaut hatte. Die Lagerhäuser waren ausgeräumt und niedergebrannt worden. Seine Schiffe, seine Akten und seine Bankkonten beschlagnahmt, das Haus und die Reedereibüros konfiziert. Millionen Pfund Sterling hätten ebensogut verbrannt werden können. Offensichtlich hatte ein Konkurrent die Gelegenheit genutzt, ihn zu ruinieren. Diese Gelegenheit hatte ihm Lysistrata Herriott gegeben. Da die Expedition auf dem Spiel stand, würde Sir Anthony nie ohne ernsten Grund eine Untersuchung eingeleitet haben, und den mußte Lysistrata ihm gegeben haben. Nicht einmal die Hölle konnte so wütend sein, wie eine verschmähte Frau. Er lächelte grimmig. Dieses Mal hatte sie ihren Mund einmal zu oft aufgemacht. Und irgend jemand, wahrscheinlich derselbe Irgend jemand, der ihm einen Strich durch die Rechnung gemacht hatte, hatte eine goldene Gelegenheit gesehen, diesen Mund zu schließen und ihm das anzuhängen. Sie war vielleicht tot, aber das bezweifelte er. Die Morde deuteten auf Sklavenhandel hin, und eine blonde Frau war zu kostbar, um vergeudet zu werden. Er lehnte sich an die Reling der *Rani* und musterte mit stählernem Blick die Zirruswolken am östlichen Horizont. Er wußte, wo er Miß Herriott finden würde. Sie schuldete ihm sehr viel – und das würde er aus ihrem hübschen Leib nehmen.

Mit bloßem Fuß trat Lysistrata angewidert gegen die zerfetzten Lumpen, die von den Überresten ihres *Longyi* baumelten. Das Loch in Bangkok, in das die Sklavenhändler sie wochenlang eingesperrt hatten, war noch schmutziger als das dumpfe Loch auf dem Schiff, in dem sie mehrere Tage und Nächte verbracht hatte. Zumindest war die Luft atembar, obwohl der Gestank ungewaschener Leiber und des Mülls auf dem strohbedeckten Boden entsetzlich war. Außer ihr hatte man vierzehn Frauen des asiatischen Subkontinents in die Zelle gezwängt. Eine Auswahl von Frauen für jeden Geschmack waren für die monatliche Auktion eingepfercht. Ihre Zähne knirschten. Jeder Mann, der dumm genug war, sie zu kaufen, würde das bedauern! Lieber würde sie sterben, als sich wieder erniedrigen zu lassen. Wenn ein Haufen geiler Wüstlinge glaubte, sie im Zaum halten zu können, würde sie eine Vorstellung liefern, die sie nie vergäßen!

An diesem Nachmittag trieben zwei Wachen die Frauen in ein Badezimmer. Lysistrata wollte rebellieren, als ihnen befohlen wurde, sich auszuziehen, zog es dann aber vor, ihrem

Schicksal gewaschen entgegenzusehen. Sie streifte ihre Lumpen ab und begab sich in das gefüllte Becken, seifte sich rasch ab und verließ es wieder. Die Wachen starrten sie an, als sie herauskam. Sie grinsten über ihren eisigen Blick. Einer deutete auf einen Kleiderhaufen, neben dem sich einige andere Frauen bereits anzogen. Goldene Armreifen, Ohrringe und Haarschmuck lagen zwischen Seide verstreut, und die Frauen stürzten sich wie Affen darauf. Eine Siamesin mit schönen Gesichtszügen sah Lysistratas verächtlichen Blick und sagte sarkastisch: »Willst du guten Besitzer oder Schwein?«

»Alle Männer, die Frauen kaufen, sind Schweine. Man muß keine Seide tragen, um einem Schwein zu gefallen.« Auf birmanisch sagte sie zu einer der Wachen: »Habt ihr etwas in Schwarz?«

Er begriff nicht, was sie wollte, verstand aber das Wort *schwarz*. Er blickte fragend den anderen Wächter an, der die Schultern zuckte. Der erste kam mit einem schwarzen Seidentuch zurück. Sie wickelte es im Saristil um sich und ging an den verbliebenen Reifen vorbei, ohne sich umzusehen.

Habib, der fette Händler, warf einen Blick auf Lysistrata und setzte sie ans Ende, auf den besten Platz seines Angebots. Er schickte Handlanger, die als Kunden gekleidet waren, aus dem zugehängten Vorraum, um unter den Kunden für seine Waren zu werben. Schließlich machte sich einer der Handlanger an einen schwarzäugigen, weiß gekleideten Araber heran, der zwischen mehreren Chinesen hinten im Raum saß. »Ich höre, daß Habib heute abend eine Rarität unter seinen Schönheiten hat«, murmelte der Handlanger. »Eine Goldene mit der Haut von Bergschnee und Augen wie Jade. Ihr Haar funkelt wie Tempelfeuer.« Er verzichtete darauf, die Unschuld der Goldenen zu preisen. In ihrem schwarzen Gewand würde kein männliches Wesen, das älter als zehn Jahre war, sie für eine Jungfrau halten. »Es heißt, sie kenne so viele Wege, einen Mann zu erfreuen, wie es...«

»Sterne gibt«, vollendete der Araber trocken den Satz. »Zweifellos ist sie ebenso kalt. Schwafle mit dem Kaschmiri da drüben, der ist fremd in Bangkok.«

Der Handlanger verzog sich so wenig eingeschüchtert wie eine Kakerlake. Er und seine Kumpanen erfüllten ihren Zweck. Wohl wissend, daß sie sich die Goldene nicht leisten konnten, doch durch ihre Beschreibung erregt, boten die bescheideneren Käufer für die anderen Frauen über ihr übliches Limit hinaus. Die Reichen, die Spezialitäten- und internationalen Händler, boten für die Besten auf der Liste, hielten ihre großen Münzen aber für das *Pièce de résistance* zurück.

Schließlich waren nur Lysistrata und die hübsche Siamesin übriggeblieben. Die Siamesin, die sich ihres eigenen Wertes bewußt war, höhnte: »Du und dein Schwarz! Du wirst eine bessere Hure als wir alle!«

Ohne Boshaftigkeit schlug Lysistrata dem Mädchen ins Gesicht. Wie erwartet stieß die Siamesin einen Wutschrei aus, der hinter den Vorhängen hallte. Das Mädchen stürzte sich spuckend und kratzend auf Lysistrata. »Hexe! Hure!« kreischte sie. »Ich kratze dir die Augen aus!« Lysistrata trat ihr in den Bauch, wodurch sie durch den Raum geschleudert wurde. Sie flog zwischen Diener, die mit Tabletts voller Früchte, Süßigkeiten und Wein die versammelten Männer erfrischten. Die Wachen stürzten sich auf die Siamesin, die jetzt beschmiert und mordlustig war.

Habib bedeutete Lysistrata mit einer kurzen Geste, den Block zu besteigen. »Wenn du ihren Preis nicht mit einbringst«, zischte er, »werde ich ihn aus dir rausprügeln!«

»Nur, wenn du mich noch besitzt.« Mit einem Hüftschwung, der Kleopatra entmutigt hätte, schlenderte Lysistrata vor die Menge.

Die schwarzen Augen des Arabers verengten sich. Er musterte die ›Goldene‹. Bronzegoldenes Haar fiel über ihr außergewöhnliches Gesicht. Sie stand starr auf dem Podest, als sei sie die personifizierte Begierde. Die schwarze Seide umhüllte das Elfenbein eines Körpers, dessen sinnliche Üppigkeit auf seine Lenden wirkte. Die hohen, reifen Brüste und die güldene Haut zwischen ihren Schenkeln forderten ihn heraus. Und doch war sie eine verlockende Lüge. Sardonisch sah er das eisige Glitzern ihrer Augen.

Als das Bieten begann, stand Lysistrata reglos da, als ob

das alles sie nichts anginge. Schließlich meinte ein dicker Inder, daß die Versammelten die Ware vielleicht näher zu betrachten wünschten. Der Inder war Gopal Prasad. Der Araber fiel ihm ins Wort. »Dreihundert goldene *Dinare*, wenn das Mädchen nicht entkleidet wird. Ich lege keinen Wert darauf, ›untersuchte‹ Ware zu bekommen.«

Gopal Prasad lächelte ironisch. »Unglücklicherweise ist der Rest von uns nicht bereit, beschädigte Ware zu kaufen.«

»Ich kann mir den Luxus einer Überraschung leisten«, erwiderte der Araber gelassen. »Ehrlich gesagt, sie sieht recht unversehrt aus.«

Prasad schaute dem Araber in die Augen. Dann verengten sich seine eigenen. »Vielleicht hattet Ihr den unfairen Vorteil, das Mädchen schon einmal gesehen zu haben.«

Der Araber zuckte die Schultern. »Vielleicht. Sansibar ist voller Blondinen, aber würde ich mich ihrer erinnern, würde ich nicht bieten. Frauen, die zu oft gehandelt werden, müssen regelmäßig geprügelt werden.«

Die Blicke der Frau wurden merklich kühler. Sie sagte: »Warum fragen Sie nicht die Ware, ob sie untersucht werden will?« Sie hob ihre Arme einladend Prasad entgegen. »Vielleicht du, mein Eifriger?«

Prasad begab sich direkt auf das Podium und die Lippen des Arabers wurden schmal. Wenn sie diese Kröte haben will, bekomme ich Rache, ohne einen Finger krumm machen zu müssen... oder etwas anderes.

Prasad leckte seine Lippen und griff an ihrer Schulter nach dem Sari. »Du hast mich noch nicht gefragt, ob ich etwas dagegen habe.« Lysistrata rammte ihm heftig das Knie in den Schritt. »Das habe ich sehr wohl, verdammt.«

Die Menge erhob sich schreiend, als Prasad zusammenbrach, noch immer den Sari haltend. Er zerriß, als sie daran zerrte und entblößte eine Brust und ihre Seite. Der Araber schoß auf den Block, als sie den Sari wieder an sich nahm und mit ihrer freien Hand eine international bekannte Geste machte, wobei ihre Augen boshaft funkelten. Resignierend schlug er sie mit einer Rechten zu Boden und warf ihren schlaffen Körper über eine Schulter. »Ich ziehe mein Angebot zurück«, erzählte er Habib. »Die Hälfte oder nichts.«

Habib warf einen mörderischen Blick auf Lysistratas leblose Gestalt. »Abgemacht. Schaff die Hure hier raus, bevor ich's mir anders überlege.«

Der Araber warf ihm einen kleinen Beutel mit Münzen zu. »Darf ich fragen, woher du sie hast?« Er lächelte, als Habib leer blickte. »Ich überlegte nur. Zwei davon könnten bemerkenswert sein, oder?« Er verschwand schnell mti einem *Salaam*, bevor der stöhnende Prasad sich aufrichtete.

Lysistrata erwachte mit unbeschreiblichen Kopfschmerzen und einem vom Kinn bis zum Ohr blauen Kiefer. Sie lag da und wollte sich nicht bewegen, wollte nicht wissen, in welchem Bett sie gelandet war. Es fühlte sich tatsächlich wie ein Bett an, eines das schwach den unangenehm vertrauten Geruch von Sandelholz hatte. Sie öffnete ihre Augen, musterte die Kapitänskabine und schloß sie wieder. Während sie beschloß, Feuer im Schiff zu legen und seinen Besitzer auf den Meeresboden zu schicken, öffnete sich die Kabinentür und der große Araber, der sie niedergeschlagen hatte, kam herein. »Diese Schramme ist sehr unattraktiv«, stellte er verständnisvoll fest.

»Ein Mann, der einen Vorhang vorm Mund trägt, ist besonders merkwürdig«, konterte sie beißend. »Sie werden mir verzeihen, daß ich Sie ignoriere.«

Er löste gelassen seinen *Haik*.

Sie musterte sein dunkles Gesicht argwöhnisch. »Ich hatte mir gedacht, daß du das bist. Damit kommst du nie durch.«

»Vielleicht nicht, aber du wirst Rangun nie wiedersehen«, erwiderte Harley weich. »Darauf kannst du dich verlassen.«

»Verflucht!« Sie richtete sich zu schnell auf und ihr Kopf schmerzte heftig. »Du hättest mich auf Dauer los werden können, indem du mich in Bangkok gelassen hättest.«

»Glaubtest du, ich sei fertig mit dir?« Er lächelte unfreundlich. »Du *hast* mehr Ärger bereitet, als du überhaupt wert bist. Du warst schwer aufzuspüren und viel zu teuer, aber das wirst du wiedergutmachen. Schließlich«, sein Blick glitt über ihren Körper, »hast du Zeit genug, die Hure zu spielen.«

»Laß dich von diesem Putz nur nicht beeindrucken«, sagte sie. »Das ist Trauerkleidung. Ich bring' dich um, wenn du wieder versuchst, mich zu vergewaltigen!«

»Da mußt du dir einen anderen suchen. Ich habe nicht die Absicht, dich zu heiraten.« Er wandte sich zum Gehen.

Sie spürte Panik. Sie hätte Prasad besser als Harley ertragen können und ihr kindliches Verlangen nach ihm. Obwohl Prasad abstoßend gewesen wäre, wären sein Mißbrauch und ihr Haß unpersönlich gewesen. Aber Harley...

»Warte.« Mit bittender Stimme kniete sie sich auf das Bett. »Sei zumindest so anständig und laß Papa wissen, daß ich lebe. Er hat dir nichts getan.«

»Aber du *bist* tot, Lysistrata. Als du Rangun verließest, bist du in meine Welt eingedrungen und gestorben. Glaub mir, mit der Zeit wird es besser sein, wenn das auch jeder glaubt, der dich liebt.«

Die Endgültigkeit seiner Worte drang wie ein Stein in ihr Herz. Es genügte ihm nicht, sie einmal gedemütigt zu haben; er wollte sie zerreißen... aber *wofür?* Hatte hinter seinem Verlangen stets Haß gesteckt? Haß, den er jetzt auch sie gelehrt hatte?

Nachdem er gegangen war, und die Tür verschlossen hatte, saß sie wie erstarrt da und schaute aus der Luke auf die graue See.

Das Essen kam, aber er nicht. Die Sterne gingen auf, und sie betrachtete sie, wußte, daß in ihr etwas für immer sterben würde, wenn er kam. Schließlich legte sie einen *Longyi* an, den sie in seinem Schrank fand, und warf die schwarze Seide aus dem Bullauge.

Der Morgen kam, und er war nicht gekommen, und so blieb es auch in den folgenden Nächten und Tagen, in denen die *Rani* westwärts durch die Straße von Malakka in die Andamanensee segelte. Sie hielt sich von den Küsten von Tenasserim und Birma fern und passierte bei Baragua Point schließlich die Mangrovensümpfe. Die *Rani* lief nachts in den Irrawaddy ein. Von drei mit Remingtons bewaffneten Karen bewacht wechselte Harley mit der Mannschaft und seiner Gefangenen in einem sumpfigen Nebenarm auf die Dampfjacht *Lady of Shalott.* Als Lysistrata an Bord gebracht wurde, sah sie im Mondlicht, wie Matrosen eilig Eimer nach unten brachten. Über den Rumpf der *Rani,* die unter Mangroven versteckt war, wurde ein Fischernetz geworfen.

Eine Stunde später dampfte die *Lady of Shalott* auf den Irrawaddy zu. Zum Frühstück lief sie in den Kyunpyatthat mit seinem morgendlichen Schlepper- und Frachterverkehr ein.

Lysistrata mußte sich das Bild aus Harleys Kabine ansehen, die gegen Mittag trotz der Decksventilatoren heiß wie ein Backofen wurde. Die Bullaugen waren verriegelt, um zu verhindern, daß sie den auslaufenden Frachtschiffen Signale gab.

An diesem Abend brachte der Koch, Lysistratas einziger Besucher während der Reise, wie üblich Abendessen, diesmal aber mit der willkommenen Abwechslung von *Hilsa*-Fisch und frischem Gemüse. Wenn mit dem Essen nur soviel grüner Tee gebracht worden wäre, daß es für ein Bad gereicht hätte!

Ihre Hoffnung erfüllte sich, als die *Lady of Shalott* am späten Nachmittag des nächsten Tages in sicherer Entfernung von Prome und der britischen Garnison in einem Dorf Holz bunkerte. Das Dorf erstreckte sich an einem Ufer und war zur Flußseite durch Dornengestrüpp und Winden abgeschirmt. Über den Strohdächern ragten Tamarinden und Mangos zwischen Palmen. Lysistrata wurde in dem Augenblick an Deck gebracht, als ein Mann, der bis auf einen Turban und ein weites indisches Gewand Harley ähnelte, ans Ufer sprang. Ihr wurde klar, daß Harley zum Einheimischen geworden war, als ein Dorfbewohner sich mit großer Ehrerbietung dem Inder näherte und *shikkohte.* Während Harley sich verneigte und freundlich zu plaudern begann, wurde Lysistrata von einem bewaffneten, unfreundlichen und schwarz gekleideten Kachin Birmanen ans Ufer gestoßen.

Was immer Harley vorhaben mochte, Lysistrata war entschlossen, daß er es bedauern würde. Auf der Reise flußaufwärts hatte sie keine Zeit gehabt, härter zu werden. Wenn sie sich zu beugen hatte, würde sie sich beugen, gerade soweit, um ihm in die Zähne zu schlagen, sobald sie Gelegenheit dazu bekam.

Harley wandte sich kurz zu ihr um und sagte auf Englisch: »Dies ist U Too, der Dorfvorsteher. Du wirst vor ihm *Shikkohen.*«

»Und wenn ich das nicht tue?« sagte sie gleichgültig. Harley wirkte in dem indischen Hemd, das bis zur Taille offen war, und der Hose, die von seiner Hüfte zu rutschen schien, nur halb angezogen.

Mit einer Ruhe, die sie verrückt machte, glitt sein Blick über ihren schweißglänzenden Körper. »Der Kachin wird dir versehentlich mit seiner Pistole in den Fuß schießen.«

Sie *shikkohte*, Harley präsentierte sie lässig wie einen dressierten Pudel und U Too strahlte. Als sie hörte, wie er Harley wegen ihres Haares ein Kompliment machte, richtete sie sich auf und dankte ihm höflich auf Birmanisch.

Als Dank dafür blickte er sie mit großen Augen an. »Es ist sehr schön, einer wohlerzogenen Engländerin zu begegnen«, sagte er, als sei er schon vielen unfreundlichen begegnet. »Sicher leben Sie schon seit hundert Jahren in Birma.«

Da letzteres nicht unbedingt eine Frage war, kam Harley einer Antwort zuvor, indem er einen Matrosen heranwinkte, der einen mit Schnaps, Zigarren und Süßigkeiten gefüllten Korb trug. »Für dich und deine Familie, U Too.«

»Ah«, rief U Too fröhlich aus, »das ist sehr freundlich von dir, *Tuan* Ram Kachwaha. Du und Miß Herriott sollen zum Abendessen meine Gäste sein, um diese wundervollen Dinge zu genießen. Wir haben heute morgen viele Garnelen gefangen und meine Frau wird *Ngapi* machen. Kommt ihr?«

Mit einem Lächeln klopfte Harley ihm auf die Schulter. »Wir sind geehrt, U Too.«

Als sie sich zu U Toos Haus begaben, murmelte Lysistrata auf Englisch ironisch. »Du stellst dich also mit einem Alibi vor, *Tuan* Ram Kachwaha, aber bist du für einen Kidnapper nicht ein wenig zu selbstsicher, daß du ihm meinen Namen nennst? In einigen dieser Dörfer muß es Polizei und Telegrafen geben.«

»Hinter Prome bin ich vielleicht mehr Ram Kachwaha als Richard Harley, Lysistrata. Und diese Menschen belügen die Polizei und die Briten selbstverständlich. Sie lassen sich durch milde Gaben kaum beeindrucken.«

»Du hast gerade U Too bestochen«, stellte sie trocken fest. »Er sieht wie ein *Baboo* aus, der gerade eine Gehaltserhöhung bekommen hat.«

»Ich habe einem alten Freund ein Geschenk gemacht«, erfolgte die kurze Antwort. »Einem alten Freund, der wohl weiß, daß Rupien für einen toten Mann wertlos sind.«

Tuan Ram machte sich jetzt nicht die Mühe, Skrupellosigkeit durch Charme zu verbergen, überlegte Lysistrata. Im Gewand der Einheimischen sieht er ebenso pathanisch aus wie Masjid, nur daß Masjid zivilisierter ist.

Hinter den Häuser sah sie kleine Mädchen und einige Jungen, die *Chinlon* spielten. Als sie deren Gelächter hörte, erinnerte sie sich an Harleys Verspieltheit am Strand von Martaban. Er mußte auch einmal ein solches Kind gewesen sein. Vielleicht hatte er es für richtig gehalten, vor ihr unbekümmert und ungefährlich zu wirken.

Harley deutete ihr Interesse an dem *Chinlon* und dem offenen Tor dahinter falsch und gab ihr leise den Rat: »Ich würde hier lieber nicht an Flucht denken. Hinter der Umzäunung streifen Tiger und Rhinozerosse herum. Und Taranteln und Kobras.«

»Hast du nicht den Schwarzen Mann vergessen?« gab sie zurück, als ein bunter Holzkreisel unter einem Busch verschwand und sein nackter Besitzer ihm hinterhereilte.

Harley antwortete nicht, sondern zauste das Haar des Jungen. »Moung Phat wird ein großer Junge, U Too.« Er blickte zu den Häusern, die nicht nur Einblick auf das Abendessen der Bewohner boten, sondern oft auch in ihre Schlafräume. Düfte von gebratenem Kürbis und Bananen wehten herüber. »Dir und deinen Leuten scheint es gut zu gehen.«

»Ja, sehr gut. Das Feuer im letzten Jahr hat nur drei Häuser zerstört.« U Too zeigte auf die verkohlten Pfeiler am Ende des Dorfes und deutete dann auf die Wasserbehälter, die an den Dächern angebracht waren. Hinter den Türen waren Feuerhaken befestigt, um brennendes Stroh herunterzureißen und Schaufeln, um Feuer auszuschlagen. »Die Feuergeräte, die du uns gezeigt hast, sind sehr gut.« Seine schwarzen Zähne funkelten schelmisch. »Das Haus meines Onkels brannte nur, weil er dachte, es sein ein schönes Bild.«

Harley lachte, während Lysistrata innerlich seufzte. U Too blieb vor dem größten Haus stehen und bedeutete seinen Gästen, die Leiter hochzusteigen. In dem *Longyi* fühlte sich Lysistrata beim Klettern unbeholfen. Noch schwieriger war es, den klaffenden Löchern im Bambusboden auszuweichen. Die verschlissenen Matten schienen geeigneter für Siebe als für Wände zu sein, doch als sie die Brise vom Fluß an ihrem schwitzenden Hals spürte, genoß sie alles. Bis auf einen Hocker war die Einrichtung genauso wie in Ma Saws Haus in Rangun.

U Toos Frau, Ma Lay, schien hocherfreut über die unerwarteten Gäste zu sein. Als Lysistrata eingeladen wurde, vorm Abendessen zu baden, willigte sie nur zu gern ein. Die Frauen begaben sich zu dem Flüßchen und ließen U Too und Harley zigarrenrauchend zurück. Ma Lay sagte taktvollerweise nichts über den mürrischen Kachin der ihnen folgte und sich am Ufer hinhockte. Umgekehrt gab Lysistrata keinen Kommentar zu den Männern des Dorfes ab, die im Schatten lagen, während ihre Frauen Holz für die Dampfmaschine auf die Jacht schleppten.

Als Ma Lay voll bekleidet ins Wasser watete, trug sie ein Bündel und einen kleinen Korb mit sich, die sie auf dem Hecksitz eines Fischerkanus abstellte. Lysistrata zögerte am Ufer, da sie nicht wußte, was sie anziehen sollte, wenn sie auf birmanische Art badete. Ma Lay schien das Problem vorhergesehen zu haben und deutete auf das Bündel im Boot. »Wenn du deine Kleider waschen willst, da ist ein frischer *Tamein*.«

Lysistrata, deren Birmanisch durch die Arbeit im einheimischen Hospital sehr fließend geworden war, lächelte aufrichtig. »Ma Lay, ich denke, wir können Freundinnen werden.«

Ma Lays Lachen hallte über das glasgrüne Wasser, als sie

bis zum Hals untertauchte. »Du solltest besser *Tuan* Rams Freundin werden. Er hat sehr großen *Pon.*«

Lysistrata watete in den kühlen Strom. »Du magst mich für ketzerisch halten, Ma Lay. Ich glaube nicht, daß irgendein Mann das gottgegebene *Pon* hat, mir zu befehlen.«

Ma Lay neigte den Kopf. »Vielleicht verstehst du *Pon* nicht. Was du meinst ist *Awza.* Unsere Könige schicken uns oft Männer mit *Awza.* Diese Männer blasen sich auf und sagen uns, was wir tun sollen. Wir stimmen höflich zu, wenn sie nicht zu dumm sind, und machen, was wir wollen. Männer mit *Pon* wie U Too und *Tuan* Ram müssen keine Befehle geben. Sie drohen und bitten nicht, aber manchmal sind wir bereit, für sie zu sterben.«

Also hat Harley gelernt, mit jedem Menschen fertig zu werden. Nachdenklich schwamm Lysistrata in die Strommitte. »Wie erlangen der *Tuan* und dein Mann dieses *Pon?* Ich dachte, jeder Mann sei damit geboren.«

Ma Lay holte sie ein. »Jeder Mann wird mit *Pon* geboren, hat aber nicht unbedingt soviel, daß er etwas Besonderes ist. *Tuan* Ram bringt uns Medizin. Als der Mönch starb, der unsere Kinder unterrichtete, fand er einen anderen Lehrer für uns. Und unsere Nachbarn müssen nur neben U Too wohnen, um zu wissen, daß er der richtige Dorfvorsteher ist.« Sie lächelte verschmitzt, als einige Dorfbewohnerinnen kamen, um ihr abendliches Bad zu nehmen. »Er hätte auch großen *Pon* bei Frauen, wenn er seine Potenz nicht erschöpfte.« Sie schnalzte mit der Zunge. »*Tuan* Ram ist schwer zu erschöpfen.«

Was weißt denn du davon? dachte Lysistrata, überlegte dann aber, ob die birmanischen Damen, die da in den Fluß tauchten, Harleys Männlichkeit je getestet hatten. In diesem Moment schlenderte Harley mit U Too und zwei anderen Männern ins Blickfeld. Sie begrüßten die Frauen, und Harley verteilte Zigarren. Scherzend und lachend hockten er und die anderen Männer sich mit Reisweinschalen unter Mangobäumen hin und steckten sich Stumpen an.

Lysistratas Augen funkelten. Sie wandte dem Ufer den Rücken zu und tauchte in der Absicht, stromaufwärts zu schwimmen. Ohne Vorwarnung schoß ein riesiger Schatten in den schlammigen Tiefen auf und rammte ihr in die Seite, bevor sie reagieren konnte. Weniger verletzt denn voller Panik tauchte sie auf und schrie. Harley war fast schon am Ufer, als die anderen Männer aufsprangen und wie die kreischenden Frauen ans Ufer eilten. Ma Lay beendete das Drama mit lautem Lachen. »Missy ist einer Schildkröte begegnet!«

Lysistrata, die das riesige Geschöpf zu spät erkannt hatte und aufgrund seines schnellen Verschwindens begriff, daß es ebenso überrascht und erschreckt war wie sie, räumte verlegen ein, daß sie nicht in Gefahr sei. Während alle johlten und Harley zu den Männern zurückschlenderte, schwangen sich nackte Kinder an Ranken ins Wasser, um die Schildkröte zu verfolgen.

Ma Lay, die Lysistratas Verlegenheit sah, meinte, sie seien lang genug geschwommen. Vielleicht wollte Missy ihr Haar waschen. Wieder am Kanu holte sie Kämme aus dem Korb. Ma Lay bewunderte Lysistratas üppiges goldenes Haar, während sie ihr beim Kämmen half. Die Männer pafften ihre Zigarren, Harley schweigend in ihrer Mitte, und kommentierten staunend Missys ›Sonnenlicht‹-Haar, während sie es zu einem Knoten aufsteckte. Als Lysistrata ein trockenes grün und lilafarbenes *Tamein* anlegte, starrten die Männer wieder bewundernd auf ihre elfenbeinerne Haut. Obwohl sie Harleys Blick so spürte, als berührten seine Hände ihren Körper, war er ebenso still wie das gepanzerte Monstrum, das stromaufwärts schwamm.

An diesem Abend wurden die Hors d'œuvres von eingelegtem Ingwer und Teeblättern mit Sesam auf U Toos Veranda serviert. Ma Lay entzündete Kerosinlampen, während U Too und Harley plauderten. Nach dem *Ngapi,* Mango-Reis und gerösteten Bananen, spielten Harley und U Too Schach. Lysistrata, Ma Lay und ihre Tochter spielten mit dem Baby, das sie mit einer Rassel über die Veranda lockten. Das Baby fiel auf den Bauch und quietschte vor Vergnügen, als Lysistrata ihm die Rassel gab. Es zeigte ihr mit breitem Grinsen seine vier Zähne, da es wie alle birmanischen Babys daran gewöhnt war, bewundert zu werden. »Moong Oo, du bist ein sehr guter Junge«, sagte sie und Moong Oo gurrte Zustimmung.

»Ha!« Er jammerte verblüfft, als es auf dem massiven Schachbrett plötzlich knallte. Sein Vater hatte Harley Schach geboten. Ohne sich um das Jammern des Babys zu kümmern und unbeeindruckt von der Gefahr, in der sich sein König befand, zog Harley seinen Läufer und lächelte U Too stumm an. Voller Verärgerung heulend, warf U Too die Figuren vom Brett. Das Jammern des Babys steigerte sich um eine Oktave und Lysistrata japste, aber Ma Lay nahm das Baby nur und warf einen Blick auf das Schwert an der Wand. »Keine Angst, Missy. U Too wird nicht zu seinem *Dah* greifen. Alle Schachpartien enden so.«

Darum ist das Brett so dick, dachte Lysistrata amüsiert.

Schließlich begannen die Enge der Hütte, der Duft des gewürzten Essens und der Zigarrenrauch sie zu stören. Sie ging auf die Veranda hinaus. Der verlassene Fluß zog sich wie eine breite, silberne Schlange unter dem Mondlicht dahin. Eine Eule heulte in den nahen Tamarinden. Sie ignorierte den Kachin, der an der Tür hockte, stieg die Leiter hinab und begab sich zum Ufer. Der Kachin folgte ihr. Als sie des Mangos und des Mondlichts müde war, die eigentlich romantisch wirken sollten, erforschte sie den Bereich um die verlassene *Chinlon* Lichtung näher. Hinter ihr stakste der Kachin. Die Winden sahen unter dem Mond wie gefallener Schnee aus. Dann blühte eine ferne Blume auf und Harley spazierte aus den Tamarindenschatten. Sie seufzte. »Würdest du das bitte ausmachen? Ich hatte heute genug Zigarrenrauch.«

»Aber offensichtlich nicht genug Übung.« Er roch an der Zigarre. »Ist ein langer Weg nach Prome, selbst wenn du an der Barrikade vorbeikämst.« Er nickte Richtung Tor. »Das Tor ist nach Sonnenuntergang bewacht.«

»Willst du mich nicht wieder vor all den langbeinigen Dschungelbestien warnen, die nachts hier herumlaufen?« forschte sie müde. »Eine hübsche Gutenachtgeschichte wäre nett.«

Er zuckte lässig die Schultern. »U Toos Haus bietet nicht viel Abgeschiedenheit, aber die Jachtkabine steht immer zur

Verfügung.« Er hätte ebensogut mit einer Prostituierten reden können.

Sie war zum zweitenmal an diesem Tage erbost und wollte zuchlagen. Er ergriff ihr Handgelenk. »Heute nacht wirst du in U Toos Frauenquartier schlafen. Bleib dort, wenn du nicht den langbeinigen Bestien begegnen willst.«

Mit einem erstickten Wutgeschrei eilte sie davon.

Als sie in der Dunkelheit verschwand, lehnte Harley sich an eine Tamarinde und entzündete eine neue Zigarre. Warum schlief er nicht mit ihr? Ihr verdammter Stolz hatte ihn Millionen gekostet. Warum brach er ihn nicht, als Wiedergutmachung für seine Verluste und seinen beschmutzten Namen? Seine Lippen wölbten sich voller Selbstverachtung, weil ein Teil von ihm ihre Berührung nicht ertragen konnte, nach dem, was sie ihm angetan hatte – und wenn er sie berührte, würde er sich vielleicht nicht aus ihrem Netz befreien können, das sie von Lady Mary zu weben gelernt hatte, von diesen Tricks, die sie bei jedem Mann anwandte. Die sie rein instinktiv kannte. Ihr Haß war groß genug, um diese Tricks anzuwenden. Bei der Erinnerung an Benton Adam's lustvollen Blick drehte sich ihm der Magen um. Vielleicht mußte er nur sich selbst Vorwürfe machen, wenn sie zu einer rachsüchtigen Megäre geworden war, aber er wäre ein Narr, sich auf Spielchen einzulassen, solange er nicht sicher war, daß er gewinnen würde. Sie fühlte sich jämmerlich genug, weil er sie einfach behielt. Früher oder später würde er sie zu seinen Bedingungen haben. Um Zeit totzuschlagen. Nur das. Im Moment war die Vorfreude darauf Rache genug.

Auf den blassen Bogen des großen Mondes schauend dachte er an Lysistratas kühle, weiße Haut, als sie im Zwielicht ihren *Tamein* zwischen den dunklen Frauen am Fluß anlegte. An den schlanken Fluß ihres Halses und ihr feuchtes, glänzendes Haar. Daran, wie der *Tamein* an ihrem feuchten, reifen Körper klebte. Die Üppigkeit ihres Mundes im Mondlicht. Das wütende Sprühen ihrer Augen. Und dann wanderten seine Gedanken weiter als er wollte. Er stellte sich ihre lustvolle Nacktheit unter dem Stückchen Tuch vor, das er so leicht wegziehen konnte. Ihr Mund unter dem seinen. Auf ihm. Mit einem leisen Knurren warf er die Zigarre zu Boden und zertrat sie mit seinem Absatz.

Beim Frühstück mit U Toos Familie in der Morgendämmerung sprachen Harley und Lysistrata nur höflich miteinander. Als sie sich zum Aufbruch vorbereiteten, erhielt Lysistrata als Abschiedsgeschenk den grün-lilafarbenen *Tamein*. Auf dem Gang zum Schiff sah Lysistrata, wie ein Dorfbewohner eine Palme schlug. U Too bemerkte ihren neugierigen Blick und erklärte: »Er schlägt die Palme, damit sie mehr Saft für Wein gibt.«

»Sie?«

»O ja. Das ist eine Frau. Der da ist ein Mann.« Er deutete auf eine stramme Palme am Ufer. »Eine Frau bringt mehr als ein Mann, wenn sie richtig geschlagen wird.«

»Ach ja«, kam die wenig begeisterte Erwiderung.

Ma Lay, die die Feindseligkeit zwischen Harley und Lysistrata besser spürte, merkte an: »Man muß sich aber vorsehen. Eine Frau, die mißbräuchlich geschlagen wird, ist eine Enttäuschung. Stimmt das nicht, *Tuan?*«

»Er sollte es wissen«, bestätigte Lysistrata barsch.

Nach dem Abschied wurde Lysistrata wieder in die drückend heiße Kabine gebracht. Sie durfte an Deck, als die *Lady* König Mindons Territorium erreicht hatte. Da sie Harley nicht an Deck sah, überlegte sie, ob er ein Nickerchen nach einer Nacht machte, die so schlaflos wie die ihre gewesen war. Das nördliche Birma war eine völlig andere Welt. Der Oberlauf des Flusses lag träge unter der Sonne, und die Bäume zeigten eine gelbbraune Spur von Herbst. Scharlachrote Baumwollbäume flammten zwischen ziegelroten *Dhak,* deren silberne Stämme von Bambus umgeben waren. Ferner Rauch trieb wie ein einlullendes, würziges Opiat über das Wasser. Sie schlief bald ein.

Sie erwachte durch den verlockenden Duft von gebratenem Huhn und Tamarindenreis. Harleys gelangweilter Blick war weniger einladend. Er saß ihr auf dem Deck gegenüber an einem Camptisch, der zwischen ihnen aufgestellt war. Die

Sonne versank in einem herrlichen malven- und aprikosenfarbenen Himmel, der wie Wasser wirkte. Aus diesem Trugbild hoben sich die tausendjährigen, halb eingefallenen Tempelanlagen von Pagan. Die *Lady of Shalott* war vor den hohen Uferbänken festgemacht worden, wo Gänse futtersuchend um die schneeweißen Bordwände trieben. Kraniche und Ibisse hatten sich ans Ufer zurückgezogen. Gelegentlich erhaschte ein Vogel einen Frosch oder schwang sich in die Luft, um aus dem Fluß springende Fische zu erbeuten.

Der javanische Koch im weißen Rock schenkte französischen Wein aus einem schweren silbernen Kühler ein, der neben der Jacht ins Wasser gesenkt worden war. Elritzen sprangen dagegen, als er hochgezogen wurde. Tropfend brachte man ihn auf den Tisch. Harley und Lysistrata speisten schweigend. Harley sah in seinem Abendanzug im englischen Stil stattlich aus, Lysistrata trug ihren anmutigen *Tamein*. Mit Erleichterung stellte sie fest, daß er sich nicht ihretwegen umgezogen hatte. Die romantische Umgebung war kein Vorspiel für eine Verführung. Sie fühlte sich wie die Teilnehmerin an einer Zeremonie, deren Bedeutung sie nicht kannte, gerade so, als befände sie sich in Begleitung eines kultivierten Hunnen, der ihr die Hand küssen würde, bevor er ihr die Kehle durchschnitt. Nach dem Abendessen erhob sich Harley von seinem Stuhl, steckte die Hände in die Taschen und fragte abwesend: »Möchtest du Pagan sehen?«

In Gedanken verloren blickte sie auf die fernen Kuppeln. »Warum nicht? Ein Spaziergang täte mir gut.«

Während sie sich Sandalen und einen Schal holte, ließ Harley das Dingi zu Wasser. Der unvermeidliche Kachin saß im Bug. Als Harley ihr gelassen in das Boot half, konnte sie sich nicht verkneifen zu sagen: »Mußt du unbedingt eine bewaffnete Anstandsdame mitnehmen?«

Er setzte sie in den Bug und ergriff die Ruder. »Vielleicht bin ich nur zu faul, ein Gewehr zu tragen.«

Ihre Augen verengten sich. »Du würdest mich wirklich erschießen lassen?«

Er dachte daran, wie nahe sie bei Mandalay waren. »Ja.«

Ihr grimmiges Schweigen ignorierend, als sie an Land gingen, führte er sie das Ufer hoch. Dort spazierten sie über einen Sandweg zwischen verstreuten Pagoden, die von Dornensträuchern und rotblühenden Kakteen umgeben waren. Hinter einem Tamarinden- und Palmenhain ragte der riesige Tempel von Sala-muni auf. Vielleicht eine halbe Meile hinter Sala-muni hoben sich die Myriaden anmutiger, weißer Türme von Ananda und die goldgekrönte *Ti*.

Harley erzählte ihr wie ein gelangweilter, aber höflicher Gastgeber, daß viele der kleineren Tempel von Anawrahta erbaut worden waren, einem Kriegerkönig, der mit Scharfsinn und Kriegselefanten im 9. Jahrhundert ganz Birma beherrscht hatte. Im zehnten Jahrhundert war Ananda im indischen Stil erbaut worden, nach Ananda Sala-muni, doch nur, um von Kublai Khan zerstört zu werden. »Der Khan besetzte den oberen Teil Birmas für ein paar Jahre, verzichtete dann aber darauf. Europäische Händler begannen auf Birma Einfluß zu nehmen, und eine Weile beherrschte ein portugiesischer Abenteurer namens Nicote den unteren Teil. Im achtzehnten Jahrhundert machten die Chinesen Birma zu einem Schlachtfeld, wobei es um ihren Ming-Kaiser ging, der im Exil war.«

Die Sonne war untergegangen. Sie blieben stehen, während der Kachin eine Laterne anzündete, und begaben sich dann zu den künstlichen Terrassen von Ananda. »Nach der Einverleibung Indiens«, fuhr Harley fort, »mißfielen den Briten die Kabbeleien mit Birma an der Ostgrenze, und sie mißtrauten der Stabilität eines Landes, in dem Monarchen regelmäßig in Blutbädern gewechselt wurden, die auch leicht Ausländer treffen konnte. Also schickten sie mit der Sachlichkeit von Bankiers ein Expeditionsheer und sicherten innerhalb eines Jahres ihren Einflußbereich in Birma. 1853 war halb Birma Provinz von Britisch Indien. Mindon verlegte seine Hauptstadt nach Mandalay.«

Während Harley all dies mit der Leidenschaftslosigkeit eines Fremdenführers erzählte, fragte Lysistrata sich, welches Interesse er an der Entkolonisierung Birmas haben mochte. Wäre der winchestertragende Kachin nicht gewesen, hätten sie Flitterwöchner sein können, die im romantischen Mondlicht zwischen den Tempeln spazierten.

Obwohl Ananda Altersspuren zeigte, hatte die Zeit seine blauweiße Schönheit nicht getrübt. Die Turmreihen fügten sich zu einem Kelch, gekrönt von einem goldenen *Ti,* der in der tintenblauen Nacht nach großen, diamantenen, tropischen Sternen griff. Das Bauwerk schien über der Erde zu schweben. Ringsum herrschte Stille, gerade so, als ob die Zeit zu sein aufgehört hätte, bis auf ein gelegentliches Rascheln von Palmenblättern und dem fernen Seufzen des Flusses. Man spürte nur den Atem des Windes. Ein träumendes Zeitalter.

Lysistrata, die im Mondlicht wie eine blasse Gupta-Gestalt aussah, spürte Harleys Blick auf sich. Ihm schien es selbstverständlich, daß sie ihm folgte, und so wandte er sich ab und schlenderte auf die Terrasse zu. »Hast du dieses Relief bemerkt?« fragte er. »Es ist außergewöhnlich.«

Außergewöhnlich, in der Tat. Lysistratas Augen weiteten sich, als sie die fast lebensgroßen Steingestalten am Sockel des Monumentes sah. Von Huri-ähnlichen Engeln und Tänzern durchsetzt, waren äußerst irdische Männer und Frauen auf unglaublich einfallsreiche Weise sexuell vereint. Schokkiert und fasziniert zugleich sah Lysistrata Biegung auf Biegung, Brüste auf Gesäß, Lächeln auf Lächeln. Harley blieb bei einer lieblichen, lasziven Gestalt stehen, und sie zuckte leicht zusammen, als er sich umdrehte.

»Diese kleine Tänzerin ist mein Liebling. Ist sie nicht wundervoll?« Er berührte die Wange der kleinen Figur mit zarter Hand. Sein Lächeln war weich wie das eines Knaben, und sie erinnerte sich daran, wie er in Dalhousie Gardens den Kindern und ihren Drachen zugeschaut hatte.

»Ja«, stimmte Lysistrata mit großer Ernsthaftigkeit zu, »das ist sie.« Diese Tänzerin bedeutete Leben für ihn, weniger mit Geilheit als von Poesie erfüllt. Und was bin ich für ihn? überlegte sie traurig. Fleisch ohne Poesie.

»Manche Dinge muß man einfach berühren.« Harley streichelte den Hals der Tänzerin, ihre Schultern. »Sie fühlte sich immer warm an... auch lange nach Sonnenuntergang.«

»Wann hast du sie entdeckt?«

»Bei meiner ersten Fahrt flußaufwärts. Ich war zehn.« Sein

Mund verzog sich wunderlich. »Sie hatte die richtige Größe für eine Schwester.«

Schwester? dachte Lysistrata, die voller Unbehagen verfolgte, wie seine Hand sinnlich über eine volle Brust glitt.

Er lachte leise. »Vater verstand das falsch. Er gab mir ein *Nautch*-Mädchen.«

»Mit *zehn?*«

Er zuckte die Schultern, wobei seine Hand jetzt auf einer steinernen Hüfte ruhte. »Im Osten kommen die Kinder früh in die Pubertät.«

»Aber... du hast doch nicht...?«

»Warum nicht?« fragte er einfach.

Soviel zu dem unschuldigen Jungen in ihm. Sie wandte sich abrupt ab.

Harley faßte ihren Arm. Für einen erstarrten, verwirrten Moment stand sie da, seine Finger warm auf ihrer Haut, seine Augen ohne Unschuld. In diesem Moment fühlte sie sich nackt, nur vom Wind und dem Sternenlicht in der heißen, schwarzen Nacht dieser Augen bekleidet. Dann senkte sich sein Blick, und er ließ den Arm fallen. Schweiß perlte kühl unter ihren Armen und Brüsten.

»Komm, du hast das Innere noch nicht gesehen.« Er schien ihr rasches Einatmen nicht zu bemerken und führte sie in den Tempel. Darin ragte, von der Laterne des Kachin beleuchtet, ein Buddha in den Schatten auf, dessen vergoldete, glänzende Masse schläfrige, brütende Macht vermittelte.

Noch immer die seltsame Kühle spürend, rieb Lysistrata ihre Arme. »Der Schwarze Mann?« murmelte sie Harley zu.

Er hatte eine dünne Zigarre aus einem Silberetui genommen und entzündete sie an der Laterne. »Erschreckt er dich?« Die Zigarre glühte auf, als er den Rauch einsog. »In den anderen Kammern stehen drei weitere.«

Die etwas spöttische Herausforderung in seiner Stimme beruhigte sie. »Warum sollte ich Angst haben?« Sie musterte das glatte, massive Gesicht der Statue. »Er ist nur ein großer Holzblock.«

»Ah, aber wenn Buddha laufen würde...« Sein Lächeln war sphinxhaft.

Sie lachte leise. »Ich kann ihn fast über die Ebene schreiten sehen. Wie schrecklich er sein würde mit seinem Schritten, die wie tausend Donner hallten.«

Harley atmete Rauch aus. »Du scheinst enttäuscht, weil er sich nicht bewegt.«

»Ich glaube, ja. Dieser Ort, heidnisch... das Mondlicht bringt einen dazu, so etwas zu erwarten.« Alles. Mondblasse Brüste, die gelangweilt gestreichelt wurden, ein Hauch von Sünde mit dem Versprechen von Köstlichkeit und Zerstörung...

Unwillkürlich blickte sie auf.

Harleys Blick folgte dem ihren, der auf die schwerlidrigen Augen des Buddha gerichtet war. »Dieser alte Bursche saß schon vor Wilhelm dem Eroberer hier. Nicht einmal Dschingis Khan konnte ihn bewegen.«

Lysistrata schaute Harley an. Der Kontrast seines Abendanzugs zu den verblichenen Malereien des Gewölbes war außergewöhnlich, doch sie sah plötzlich, daß sein Gesicht unbestimmbar war, heidnisch. Trotz seiner Jugend spürte man die Jahrhunderte hinter ihm. Für sie würde er nie wieder Richard Harley sein. »Ich frage mich, was für ein Mann Buddha zum Laufen bringen könnte«, überlegte sie. »Ein Mann, der nicht wie der Khan oder der Eroberer ist. Kein Mann wie du.«

»Dann mußt du auf einen zweiten Christus warten«, erwiderte er zustimmend. »Unglücklicherweise wird die Welt ihn zu zerstören versuchen, wenn sie nicht tödlich verwundet oder tot ist. Und vielleicht er... es.« Er lächelte rätselhaft. »Vielleicht wird mehr als ein Christus kommen. Ihr Amerikaner seid in Teamarbeit vernarrt.«

Während sie ins Mondlicht zurückgingen, blickte sie auf die Ebene mit ihren stummen Ruinen. »Ich glaube, es werden ruhige Männer sein, die Buddha bewegen. Genauso, wie dieser wartende, geduldige Ort.«

»Du magst recht haben.« Sein Murmeln war wegen der Zigarre zwischen seinen Zähnen fast unverständlich. »Pagan ist vielleicht nicht so tot, wie es aussieht.«

»Du glaubst also, Birma wird die Briten überdauern?«

»Seine Kultur vielleicht nicht. Seine Männer werden sich

wie Weiden biegen, bis ihre Wurzeln schwach werden, aber seine Frauen...« Die Zigarre beschrieb einen schwungvollen Bogen, »sie mögen bezwungen werden, aber sie werden hierbleiben, bis die Reisfelder zu Staub verdorrt sind.«

Ach ja, die Frauen, sinnierte sie. Die Frauen, die du so gut verstehst. »Und welche Rolle spielst du bei all dem?« fragte sie.

Er beobachtete, wie eine Eule eine Maus in einem Kaktus beäugte. »Nur eine kleine. Nur ein Eingang.« Die Eule schoß herab. »Nur ein Ausgang.«

Ihr Blick folgte der Eule, die mit ihrer Beute in einen Tamarindenhain flog. »Eulen sehen doch sehr englisch aus, oder?«

»Vor allem, wenn sie Liebe machen.«

Sie mußte einfach lachen.

In dieser Nacht kam Harley aus seiner Kabine aufs Achterdeck, als sie schon lange schlief. Er war in indisches Weiß gekleidet und reichte dem verblüfften javanischen Koch, der am Heck angelte, seinen schwarzen Anzug. »Ein Geschenk. Das Hühnchen heute abend war perfekt.«

Er begab sich zum Bug. Der Fluß leuchtete silbern im Mondlicht und spiegelte fliehende Schatten: steinerne Frauen, die eine Frau aus warmem Fleisch und mit kalten Augen umtanzten. Ein Buddha, der die Sonne verdunkelte. Eulen: Abertausende davon. Sein eigenes Gesicht verschwamm in der Dunkelheit.

Harleys Gespräch mit König Mindon in Mandalay würde sinnlos sein, wie er wußte, und gefährlich dazu. Die Schwierigkeit war die Integrität des Königs, die jeden schmerzte, der mit ihm befreundet war. Richard Harley hatte das Pech, ihn wie einen Vater zu lieben, da er alles war, was William Harley, Lord Lyle, nicht war. William war eitel gewesen, selbstsüchtig, skrupellos und manchmal besonnen. Mindon, der Mönch gewesen war, bevor er den Thron bestiegen hatte, war bescheiden, selbstlos, sanft und fast an Trägheit grenzend besonnen. Obwohl die Briten ihren Brückenkopf Rangun 1826 so erweitert hatten, daß sie die Kontrolle über halb Birma besaßen, war Mindon der Überzeugung, man könne sie dazu überreden, im Süden zu bleiben. Als König hatte er mit William Harley mehrere Dinge gemeinsam. Hatte er erst einmal eine Entscheidung getroffen, beharrte er unbeugsam darauf. Unglücklicherweise führte seine Kombination von Glauben an die guten Absichten der Briten und persönliche Ehre dazu, jeden Widerstand gegen das britische Vordringen zu lähmen. Das schloß auch die Weigerung ein, mit jemandem zu sprechen, von dem er wußte, daß er antibritisch war. Harley mußte seinen Hals riskieren, nur um seine Ehrerbietung zu erweisen.

Harley bat über Prinz Rathathara, einen persönlichen Freund, um eine Audienz beim König.

»Ich werde versuchen, morgen bei seiner Majestät eine Audienz zu arrangieren, aber ich halte es für klug, wenn du deine Schwierigkeiten in Rangun nicht erwähnst«, riet Rathathara. »Seine Majestät könnte sich verpflichtet fühlen, mit Konsul Endicott darüber zu sprechen.«

»Ich werde den Glaspalast wahrscheinlich nicht verlassen, ohne darüber zu sprechen«, erwiderte Harley. »Endicott ist telegrafisch über alles informiert, was in Rangun vorgeht.« Er betastete abwesend den Schnurrbart, den er sich seit Bangkok wachsen ließ. Sein Gesicht war schmutzig. Er war wie ein indischer Bauer gekleidet und trug einen Turban.

Der Prinz schenkte seinem Freund Tee ein. »Im Augenblick geht es darum, in den Palast zu gelangen. Herauszukommen ist etwas anderes.«

Harley ging allein durch die mit Glas und Silber eingelegten Türen von Mindons königlichem Vorzimmer. Wie fast der ganze Palast war das Gemach ein glitzerndes Juwel von vergoldetem Teak, Glas und Spiegelmosaiken, die in üppigen Farben das Wesen seines Bewohners in einem unruhigen Kaleidoskop widerspiegelten. Trotz des prächtigen Brokatrocks seiner Rajput-Vorfahren, seiner weißen Jodhpurs und dem mit Diamanten und Smaragden besetzten Turban, paßte Harley zu der juwelengeschmückten Menge vor dem königlichen Audienzzimmer. Die einzig auffälligen Anwesenden waren Angehörige des britischen Konsulats in ihren grauen Fräcken. Ironischerweise wirkten sie wie Tauben, obwohl sie zu den räuberischsten Jägern in dieser Ansammlung gehörten. Die britischen Soldaten in scharlachroten Uniformröcken waren weniger diskret.

Harley, der lässig einen Fächer als Schild vor bekannten Gesichtern benutzte, stand Konsul Endicott gegenüber auf der anderen Seite des Raumes. Doch unausweichlich stieß der Zeremonienmeister mit seinem Malakkastock auf und rief den Namen von Ram Kachwaha Harley, Prinz von Rajputana.

Konsul Endicotts Kopf ruckte wie von einer Schnur gezogen herum. Seine Augen verengten sich, als Ram Kachwaha Harley an ihm vorbeiging, und er murmelte einem Attaché etwas zu, der sofort den Raum verließ.

Beim Betreten des königlichen Gemaches fiel Ram Kachwaha auf Hände und Knie, als sein Name dem König wiederholt wurde. »Erhebe dich, mein Freund«, forderte Mindon ihn mit der hohen, leicht singenden Stimme eines Priesters auf. »Mir ist bewußt, daß westliche Verhaltensweise für dich zuweilen angenehmer ist.« Er deutete auf ein scharlachrotes Kissen vor dem *pyathat*-gekrönten Thron. Der völlig mit Spiegelmosaiken ausgestattete Raum zeigte in Bruchstücken die Abbilder der beiden Männer; den kühnen, stattlichen jungen Rajputprinzen und den kahlgeschorenen alten Mann in seinem schlichten, weißen Gewand. Als Ram Kachwaha ihm ernst dankte und sich im Lotussitz niederließ, strahlten die Augen des alten Mannes liebevoll. »Viel zu lange hatten wir die Freude deiner Anwesenheit im Glaspalast nicht, mein Sohn. Dürfen wir hoffen, daß du zu unseren Geburtstagsfeierlichkeiten gekommen bist?«

»Eure Majestät ist gnädig, aber ich bedaure, daß ich meinen Aufenthalt in Mandalay kurz machen muß. Doch ich wollte nicht gehen, ohne meine Wünsche für Euer langes Leben und eine erfolgreiche Regierung zu überbringen.« Der junge Mann hielt kurz inne. »Zudem suche ich Euren Rat hinsichtlich einer wichtigen Privatangelegenheit.«

»Du willst heiraten?« Mindons Augen zwinkerten.

Ram lachte. »So wichtig ist es nicht, Eure Majestät. Vielleicht, wenn Ihr so freundlich seid, eine Frau für mich auszuwählen, sollte ich alt genug sein, Eure Weisheit würdigen zu können.«

Der König kicherte. »Dazu mußt du nicht alt sein, mein Sohn, nur apathisch.« Er winkte die Wachen hinaus. »Nun, was ist das für eine Privatangelegenheit?«

Ram, der wohl wußte, daß er wenig Zeit hatte, wählte seine Worte sorgfältig und beschrieb die von Bartly vorgeschlagene Expedition.

»Ich habe nichts dagegen, wenn die Briten einen Handelsweg durch die Shan eröffnen wollen, solange sie das friedlich tun«, sagte der König milde. »War das etwas anderes?«

»Sire, wenn die Briten eine solche Route eröffnen, werden sie sie sichern wollen und somit eine Entschuldigung dafür haben, die Shan des unteren Birma zu annektieren. Sie werden offiziell ihren Zweifel ausdrücken, daß Eure königlichen Truppen die Strecke beschützen können. Sie schicken bereits Provokateure in die Shans, um zur Rebellion gegen Eure Autorität aufzurufen. Wird eine Expedition nach China geschickt, was unausweichlich der Fall sein wird, und diese vernichtet, was unausweichlich ist, werden sie ihre Hoffnung auf den Handel mit China durch Birma und ihre Pläne für die Shan vielleicht vorübergehend aufgeben. Derzeit ist das eine wertvolle Ablenkung. Solange nur die Hoffnung und nicht die Tatsache des Handelstores existiert, werden die Briten ungern Menschen und Material opfern, um die Shan zu bekommen, die mehr Ärger als Profit bringen. Ohne diese Ablenkung werden sie ihre Aufmerksamkeit den Reichen Nordbirmas zuwenden und können das auch.«

»Was schlägst du vor, Ram?« fragte der König.

»Ich habe dafür gesorgt, daß die Pläne für die derzeitige Expedition verzögert werden, Sire, und schließlich zunichte werden. Unglücklicherweise könnte die Expedition jetzt viel schneller als ich hoffte annuliert werden, und ich bin vielleicht nicht in der Lage, den Verlauf einer anderen direkt zu beeinflussen. Ich bitte Euch nur darum, den Briten die Passage durch die Shans nicht offen zu verwehren. Solltet Ihr aber willens sein, sie dazu zu ermutigen, ihr Augenmerk auf China gerichtet zu halten und sie zu weiteren Expeditionen ermutigen, würdet Ihr viel dazu beitragen, die Unabhängigkeit Eures Reiches zu verlängern.«

Der alte Mann musterte ihn. »Du glaubst also, Wir seien unfähig, Unsere Gebiete zu beschützen?«

»Sire«, sagte Ram geduldig, »kein Mann kann britischer Artillerie mit birmanischen Kanonen Widerstand leisten. Es ist nur eine Frage der Zeit.«

»Wir sind Uns Unserer militärischen Möglichkeiten bewußt«, sagte der alte Mann kurz angebunden.« »Ich sollte dich tadeln, weil du das Eingreifen Unseres Herrn Buddha außer acht gelassen hast«, fügte er sanfter hinzu, »aber du bist kein Buddhist, und *diese* Unterlassung sei dir verziehen. Wir können dir nicht verzeihen, die Briten in eine tödliche Falle führen zu wollen. Wenn die Briten Expeditionen nach China wagen, ist das ihr Pech. Wir jedoch werden sie nicht darin bestärken.«

»Sire, wenn ...« Ram wurde durch das Wiederauftauchen des Zeremonienmeisters unterbrochen.

»Sire.« Der Mann fiel nervös auf alle Viere und meldete hastig: »Der britische Konsul Endicott ersucht um die Gefälligkeit Eurer Majestät, ihm sofort Audienz zu gewähren. Er wünscht Beweise vorzutragen, daß Prinz Kachwaha für abscheuliche Verbrechen in Rangun verantwortlich ist.« Der Zeremonienmeister nickte hastig in Rams Richtung. »Ich erbitte demütig Eure Vergebung, Eure Hoheit. Ich zitiere nur Mr. Endicott.«

Der König richtete sein Augenmerk auf den polierten kahlen Kopf des Zeremonienmeisters. »Hat er die Art der Vergehen spezifiziert?«

»Das hat er nicht, Eure Majestät.«

Mindon rief die Wachen heran. »Laßt ihn herein.«

Endicott schritt herein, einen Berater an seiner Seite. Nach einem kalten Blick auf Ram verbeugte er sich vor dem königlichen Mönch. »Sire, ich bestehe auf der sofortigen Verhaftung dieses Mannes. Er ...«

»Zuerst«, unterbrach ihn der König mit entschlossener Geste, »müssen Wir darum bitten, daß Euer Attaché in Unserer Gegenwart sein Schwert abnimmt.«

»Eure Majestät, dieser Mann ist gefährlich!«

Wieder die Geste, diesmal heftiger. »Entweder das Schwert oder Ihr müßt gehen.«

Mit schlecht verhohlener Verärgerung winkte Endicott dem Attaché, seinen Säbel dem Zeremonienmeister zu übergeben.

»Nun denn«, sagte Mindon milde.

Endicott schilderte mit schneidender Stimme die Beschuldigungen wegen Mord und Schmuggel, Drogen- und Sklavenhandel, deren seine Regierung Harley bezichtigte.

»Diese Beschuldigungen sind sehr ernst, Mr. Endicott«, sagte der König düster. »Was hast du dazu zu sagen, Prinz Kachwaha?«

»Ich bin unschuldig des Mordes und Sklavenhandels, Eure Majestät«, erwiderte Ram ruhig. »Die Anklage wegen Schmuggel ist überflüssig, da ich nie etwas illegal in Euer oder aus Eurem Reich gebracht habe. Wie Mr. Endicott zweifellos weiß, ist Drogenhandel nicht illegal.«

»Eure Majestät, man kann kein Wort von dem glauben, was dieser Schurke sagt«, protestierte Endicott. »Seine bloße Anwesenheit hier ist eine Unverschämtheit.«

»Ich habe bisher nicht gewußt, daß Seine Hoheit unwahrhaftig ist«, erwiderte der König, »und ich kenne ihn seit seiner Kindheit. Ich glaube nicht, daß er des Mordes fähig ist. Und die anderen Anklagen sind unrichtig, wie er sagt.«

Endicott wurde rot. »Eure Majestät, ich verlange, daß dieser Mann in mein Gewahrsam übergeben wird, um ihn nach Rangun vor Gericht zu bringen!«

Ram schaute äußerlich ruhig, innerlich wie ein Bogen gespannt zu.

»Mr. Endicott, ich muß Sie um Geduld bitten. Der Prinz ist Mein Gast. Er wird so frei von hier fortgehen, wie er hereingekommen ist.« Mindon lächelte Ram an. »Wollt Ihr uns zu den Feiern am heutigen Nachmittag auf Unsere Barke gesellen, Eure Hoheit?«

»Ich bin geehrt, Sire.«

»Gut. Prinz Rathathara wird euch in Unser Quartier begleiten.« Er lächelte den wütenden Konsul an. »Wir hoffen, Ihre

Barke heute nachmittag zu sehen, Mr. Endicott. Ohne sie wäre unsere Feier unvollständig.«

Auf diese höfliche aber deutliche Entlassung hin, machte Endicott formvollendet seine Verbeugung und verließ mit seinem Attaché rückwärts den Raum.

»Danke, Sire«, sagte Ram ruhig.

»Selbst wenn du ein Verbrecher bist, Ram«, sagte der König mit rätselhaftem Lächeln, »so bist du zumindest höflich. Unser Repräsentant der britischen Krone hat Uns nicht einmal einen glücklichen Geburtstag gewünscht.«

Die königliche Barke zerteilte die Chrysanthemengirlanden, die auf der riesigen künstlichen Lagune des Palastes trieben. Dahinter fuhren kleinere Barken, hinter denen die schlichte britische Barke auftauchte. Jubelnde Bürger säumten die Gräben. Die Barken umrundeten die goldgedeckten Pagoden des Glaspalastes, bis sie der britischen Barke den Blick auf die königliche Barke versperrten. Der König machte eine kleine Geste zu seinem Steuermann und murmelte dann Ram zu, der unter dem königlichen Baldachin saß: »Hier wirst du Uns verlassen. Komm bald wieder nach Mandalay, denn deine Anwesenheit«, er lächelte leicht, »wenn auch nicht deine Meinungen, sind immer willkommen.«

»Mein Leben gehört Euch, Sire.« Ram küßte die Estrade zu Mindons Füßen.

»Dann achte gut darauf, mein Sohn, denn Unser geplagtes Reich wird dich vielleicht eines Tages brauchen.«

Als die Barke dicht ans Ufer steuerte, sprang Ram an Land. In wenigen Augenblicken war er in der Menge verschwunden.

An diesem Tag und vielen folgenden bewachten *Gurkhas* vergebens die Straßen und kämmten Mandalays Ufer nach einem Boot ab, das oberhalb von Amarapura verankert war.

KAPITEL 8

Die Lady und die Tigerin

Ein Land der Ströme! Zart, wie Schleier schwebend,
wie sinkend Rauch, feinster Bastist, so nahmen manche ihren Lauf.
Und andere, ein Schlummertuch aus Schäumen webend,
sie brachen tosend das zitternd Spiel von Licht und Schatten auf

ALFRED, LORD TENNYSON

Fünfzehn Minuten, nachdem Ram in Amarapura die *Lady* erreicht hatte, lichtete die Jacht den Anker. Viele Kilometer stromaufwärts ging er mit Lysistrata und zwei Kundschaftern von Bord, um über Land nach Osten in die Shan-Berge zu gelangen. Nachdem sie in einem nahen Dorf zwei Elefanten erstanden hatten, zeigte Ram Lysistrata, wie man aufsteigen mußte. Als der Elefant ihr den ledrigen Rüssel als Tritt reichte, musterte sie unbehaglich seine schlauen kleinen Augen, setzte vorsichtig einen Fuß auf die zugewiesene Stelle und hielt sich am dicken Teil fest. Mit überraschender Geschwindigkeit hob sich der Rüssel. Sie machte einen mächtigen Satz, um über die Stirn des Elefanten hinter seine Ohren zu klettern. Da er ein geduldiges Geschöpf war, konnte sie sich überall festhalten. Heftig atmend schaute sie auf mehrere feixende Kinder herab, die sich in erstaunlicher Entfernung unter ihr befanden. Ram griente ebenfalls. Er bedeutete ihr, auf den Rücken des Elefanten zu rutschen und stieg dann auf. Nachdem die Kundschafter auf ihrem Elefanten saßen, rückte die kleine Expedition in Richtung der Shan ab. Da Lysistrata sich nicht an Ram festhalten wollte, balancierte sie wie eine nervöse Libelle.

Sie hatten noch keinen Kilometer in der wabernden Hitze zurückgelegt, da wünschte sich Lysistrata, des Balancierens müde, sie hätte Breeches, um rittlings wie die Männer sitzen zu können. Ram in weit geschnittener indischer Kleidung und weichen Stiefeln schien es bequem zu haben. Der Schnurrbart und der Turban hatten sein Aussehen völlig verändert. Bis auf das kalte, ironische Lächeln schien von Richard Harley nichts übriggeblieben zu sein. Als er aus Mandalay zurückgekehrt war, hatte sie eine gewisse Erleichterung empfunden. Seine Mannschaft hätte sie vielleicht getötet, um sich selbst zu schützen, wenn er gefangenengenommen worden wäre. Die Kundschafter, Kanaka und Friedlander, sahen aus, als könnten sie ihre eigene Großmutter umbringen. Das Paar war grundverschieden: der erstere groß, braun und träge, letzterer klein, rot und flink wie ein Wiesel.

Am Mittag erreichten sie ein Hochplateau, auf dem Hirsche davonschossen und aus den Riesenfarnen Sittiche aufstoben. Nach einem kalten Imbiß in einer moosbewachsenen Grotte bei einem Wasserfall begannen sie den Abstieg in den Dschungel.

In den Schatten und wegen der untergehenden Sonne sank die Temperatur so stark, wie Lysistrata es in Birma noch nicht erlebt hatte. Nach Sonnenuntergang fror sie. Sie hockte sich hin, einen Schal um die Schulter geschlungen, weil ihr Gesäß zum Sitzen zu sehr schmerzte und schaute Friedlander beim Feuermachen zu. Kanaka schlug einen fußdicken Bambus ab, halbierte ein Stück zwischen zwei Verdickungen und bat sie dann höflich, den so entstandenen Behälter im Grottenfluß zu füllen. Obwohl sie das erst ablehnen wollte, da Ram mit seinem Gewehr im Dschungel verschwunden war, wollte sie den riesigen Polynesier nicht verärgern. Er kochte das Wasser auf dem Feuer und warf ein paar Handvoll Reis aus dem bescheidenen Gepäck hinein, das er und Friedlander auf ihrem Elefanten trugen. Die Elefanten versorgten sich im Dschungel selbst. Den Schal enger ziehend, hoffte sie, daß Decken im Gepäck waren.

Kurz darauf kehrte Ram mit mehreren Eichhörnchen zurück. Wenig später mischte sich der Duft von knusprig braunem Fleisch mit pikantem Curry.

Während des Essens vergaß Lysistrata fast die Kälte, spürte sie aber bald wieder, als das Feuer herunterbrannte. Ram bemerkte, daß sie zitterte, griff in ein Bündel und legte eine rohwollene Kachinjacke über ihre Schulter. Den Männern warf er Westen zu. Sie hüllte sich dankbar in die dicke, graue Wolle und zog ihre bloßen Zehen unter den *Longyi*. Schläfrig beobachtete sie, wie Friedlander Holz aufs Feuer legte und Kanaka die erste Wache übernahm. Ram sammelte Blätter als Unterlage, bedeutete ihr, einen Haufen zu nehmen und warf ihr eine Decke zu, die genau wie die Jacke gewebt war. Sie schlief ein, während sie noch überlegte, ob sie von einem schlafwandelnden Elefanten zerquetscht werden würde.

Am Morgen erwachte sie durch die unheimlichen Schreie der Gibbons. Die Lichtung war von dichtem Nebel erfüllt und, die Bäume waren geisterhafte Schatten in der betäubenden Kälte. Jeder Muskel schmerzte, als sie sich aufrichtete. Zwei Wollhaufen schnarchten auf der anderen Seite der Lichtung und Ram, der wohl die letzte Wache hatte, legte wieder Holz aufs Feuer. Er blickte auf, als sie zitterte. »Wenn dich die Natur ruft, solltest du jetzt antworten.«

Sie zog die Decken fester um sich und begab sich zum Fluß. Nachdem sie sich erleichtert hatte, tauchte sie eine Hand in das kalte Wasser und wusch ihr Gesicht. Ram tauchte plötzlich lautlos hinter ihr auf. Auf ihren erschreckten Schrei reichte er ihr einen Blechnapf mit heißer Eichhörnchenbrühe. »Frühstück«, sagte er kurz. »Der Reis kocht gleich.«

»Du brauchst nicht hinter mir herzuschleichen«, sagte sie ärgerlich. »Ich werde nicht nach Mandalay zurückrennen.«

»Raubtiere trinken in der Morgendämmerung. Es ist unklug, Toilette zu machen.« Mit geschultertem Gewehr ging er stromaufwärts.

Sie eilte zum Lager zurück. Als sie um eine Biegung des Pfades kam, schrie sie erschreckt auf und ließ fast die Decke fallen. Aus der Nähe war das Hinterteil eines Elefanten ein schrecklicher Anblick. Schrill trompetend und schwanzschlagend, drehte der Elefant sich jäh um. Ihr Elefant. Lysistrata erstarrte. Die Augen der Kreatur waren jetzt wütend. Die großen Ohren schlugen, breiteten sich dann aus. Starr vor Furcht hielt sie die Decke wie einen Schild hoch.

Sie machte zögernd einen Schritt rückwärts, verging aber fast vor Furcht als der Elefant warnend trompetete.

»Beweg dich nicht, verdammt!« flüsterte Sam eindringlich hinter ihr.

Ein Knall schien die Blätter erzittern zu lassen. Die Decke fiel zu Boden, als der Elefant angriff. Betäubt vom Krachen von Rams Gewehr preßte Lysistrata die Augen zu, wurde dann von den Füßen gerissen und vom Weg ins Dickicht gestoßen. Einen Sekundenbruchteil später landete Ram wuchtig auf ihr und trieb ihr die Luft aus den Lungen. Der Boden erzitterte, als der Elefant an ihnen vorbeitrampelte. Sie lag starr unter Ram und hörte, wie sein Atem pfeifend entwich. Er bewegte sich nicht.

»Ist er weg?« flüsterte sie.

Er nickte an ihrem Hals.

»Dann geh runter.«

Er hob seinen Kopf. Seine Lippen verzogen sich. »Ah, jetzt, wo er weg ist, willst du mich nicht mehr.«

»Würdest du bitte... ich kann nicht atmen!«

Langsam verlagerte er sein Gewicht auf die Arme. »Nehm' ich dir wirklich den Atem?«

Sie stieß ihn schwach an. »Sei nicht so neunmalklug.«

Er spürte sie zittern. Ihre Furcht befriedigte ihn nicht. Er hatte das geglaubt, obwohl er wußte, daß sie jetzt mehr Angst vor der Männlichkeit hatte, die fest an ihren Bauch gepreßt war als vor dem Elefanten.

Sie funkelte ihn an. »Um Himmels willen, *beweg dich!* Er könnte zurückkommen.«

»Unwahrscheinlich«, erwiderte er trocken. Er kniete sich hin und starrte ins Unterholz.

Sie richtete sich auf und hüllte sich ängstlich in die Decke.

Er musterte sie. »Was hast du dir eigentlich dabei gedacht? Wolltest du einen Bullen reizen?«

»Du meinst die Decke? Ich... habe meine Gestalt verändert.«

»Du hast was?«

»Ich dachte, wenn der Elefant nicht weiß, was ich bin, könnte er Angst bekommen.«

Er betrachtete sie rätselhaft. »Da ein männliches Wesen jeder Spezies deine wirkliche Gestalt als Einladung betrachten dürfte, ist es unwahrscheinlich, daß er sie sofort vergißt.« Er neigte den Kopf. »Außerdem war er eine sie.«

Nach drei Stunden anstrengender Suche hatten sie den Ausreißer wieder eingefangen. Da Ram nicht wußte, wie er auf Lysistrata reagieren würde, wechselte er die Tiere mit den Kundschaftern. »Rauf«, befahl er ihr kurz. Sie sah den Elefanten an, dann die müden, schwitzenden Gesichter der Männer. Sie stieg auf.

Zwei Tage später tauschten sie die Elefanten gegen struppige Ponys, und Lysistrata lernte völlig neue Muskeln kennen. Während sie tiefer in die Shan-Berge zogen, ritt Friedlander als Kundschafter voraus, während Kanaka hinten sicherte. Oben, hinter Hsipaw, waren die Bäume fast schon kahl und das Unterholz unter den Hufen der Ponys trocken wie Zunder. Sie sprangen und stolperten auf Wegen, die über unmögliche Stellen führten. Lysistrata setzte sich schließlich dem Beispiel der Männer folgend schräg aufs Pferd, um ihre Beine am Berghang nicht aufzureißen. Sie klammerte sich an den Sattel und starrte zwischen ihren Zehen auf die Baumspitzen hinab, die kilometerweit unter ihr ragten und spürte, wie ihr Herz jedesmal zum Halse schlug, wenn die rutschenden Hufe des Ponys einen Kieselschauer in die Leere schleuderten. Friedlander tröstete sie: »Das dauert nur noch bis heute abend. Wir werden die Ponys in einem Minencamp am Nan-tu Fluß tauschen.«

»Gegen was?« erwiderte sie grimmig. »Gegen Bergziegen?«

Er grinste. »Leider nicht. Ab Sonnenaufgang laufen wir.«

»Oh, welche Freude.«

Trotz ihres Tonfalls war sie erregt. Ein Minencamp bedeutete Zivilisation und eine Chance zu fliehen.

Aber Flucht war nicht so einfach, denn als sie am späten Nachmittag das Camp erreichten, wurde sie mit Friedlander zurückgelassen, während Ram und Kanaka die Ponys eintauschten. Friedlander deutete ihre Unruhe falsch. »Bei mir sind Sie sicher, Lady«, versicherte er ihr. »Ich hätte die Ponys ja weggebracht, aber Boß weiß, daß ich dann ein paar Drinks nehme und mich prügle.«

Sie seufzte. »Das mit den Drinks ist zu schade. Ich könnte auch einen gebrauchen. War ein anstrengender Ritt.« Als er entsetzt dreinschaute, lachte sie. »Oh, mein Vater läßt mich dann und wann mal trinken. Er glaubt an die Heilkraft von Alkohol.«

»Ach was? Klingt vernünftig.« Er schaute nachdenklich drein. »Ich sag' Ihnen was. Ich hab' eine Flasche Whiskey dabei. Der Boß wird nichts dagegen haben, wenn wir ein Schlückchen nehmen. Wir betrinken uns ja nicht.«

Überflüssig zu sagen, daß es mehr als ein Schlückchen wurde. Bei Sonnenuntergang waren beide betrunken. Als der Mond aufging hätte Friedlander einen Sauerteigfladen nicht mehr von einer Wassermelone unterscheiden können. Lysistrata ging es nicht viel besser. Sie hatte kaum Gelegenheit, ihren Schnapsanteil heimlich wegzuschütten, bevor die scharfen Augen des Kundschafters glasig wurden. Schließlich tätschelte sie zärtlich sein Gesicht und begab sich flußaufwärt.

In einiger Entfernung vom Lager blieb sie am Ufer stehen, um ihren Kopf ins Wasser zu stecken. Nach dem kalten Schock zog sie ihn schnell heraus. Kaffee. Sie wollte *heißen* Kaffee. Dann fiel ihr ein, daß sie ihren Blechbecher im Lager zurückgelassen hatte. Ein ganzer Dschungel voller Kaffee, aber kein Tropfen zu trinken. Sie wurde heiter. Im Minencamp würde Kaffee sein... und Ram. In Gedanken versunken wanderte sie auf die Kerosinlampe zu, die wellblechgedeckte Schuppen oberhalb des Flusses beleuchteten. Ram würde wütend sein, wenn er sie betrunken sah. Also würde sie dafür sorgen, daß er sie nicht sah. Sie lächelte friedvoll. Die größte Hütte mit den meisten Lichtern würde dem Boß-*Wallah* hier gehören. Sicher war er Engländer.

Das war er. Sein rötliches, verblüfftes Yorkshire-Gesicht verriet ihr das. Er war auch der *einzige* Engländer. Die birmanischen, indischen und chinesischen Minenarbeiter, die sie durch einen gelben Rauchnebel anstarrten, sagten ihr das.

Sie stand in der offenen Tür der Baracke. Sie sah viele Narben und kalte, wachsame, zusammengekniffenen Augen. Sie blickten nicht freundlich. Überhaupt nicht freundlich schaute Ram drein, der mit dem Engländer neben einem Spielrad stand. Seine Wangenknochen waren wie Elfenbeinwürfel und seine Augen schwarz wie die Hölle. Sie hob trotzig den Kopf und spazierte zwischen den Spielern auf den verdutzten englischen Ingenieur zu. »Habe ich die Ehre, mit dem Minenleiter zu sprechen, Sir?« fragte sie würdevoll.

»Aber ja, Madam. Ich bin Charles Lowton.«

Sie schenkte Ram einen kühlen Blick, der grimmig erwidert wurde und wandte sich wieder an Lowton. »Ich bin Miß Lysistrata Herriott. Ich bin mit Gewalt von diesem Gentleman, der ein verkommener Gentleman ist, aus der Mitte meiner Familie und Freunde gerissen worden. Ich stelle mich unter Ihren Schutz, Sir«, sie machte eine lässige Geste, »und bitte Sie dringend, diesen Halunken sofort zu erschießen.« Sie beugte sich verschwörerisch vor. »Jeder Mann, der Frauen klaut, wird beim Kartenspiel betrügen.«

»Mr. Gordon«, setzte der faszinierte Mann an, »darf ich fragen, was...«

»Meine Kusine Molly«, sagte Ram leichthin. »›Verkommen‹ ist ein amerikanischer Ausdruck. ›Stockbetrunken‹ ein internationaler.«

»Ich bin nicht *stock*betrunken«, konterte Lysistrata. »Ich bin sogar sehr wach. Und Molly, deine Kusine, kann sich zum Teufel scheren.« Sie schaute Lowton an. »Er heißt nicht Gorden. *Sieht* er so aus, als hätte er eine Kusine Molly?«

»Ich... wirklich... ich...«

Ram lächelte über Lowtons Verlegenheit. »Gute alte Moll. Sie langt immer kräftig zu.« Er roch. »Whiskey. Du hast gesumpft.«

Sie höhnte: »Dein *Valet* hatte zufällig was dabei. Er ist viel netter, als du verdienst.«

Rams Zähne funkelten. »Du verdienst eine anständige Tracht Prügel.«

»Mein Hinterteil ist dank dir und deiner verrückten Elefanten und Zwergponys wund genug. Ich werde nicht nach

China laufen!« Sie schwenkte den Finger unter seiner Nase. »Hier steige ich aus!«

»*Hier* sagst du jetzt gute Nacht Molly-Mädchen.« Er hievte sie auf seine Schulter, und sie landete einen Rundschlag auf seinem Rücken. Er schwankte leicht und grinste Lowton dann breit an. »Sind Verwandte nicht wundervoll? Wirklich wundervoll.« Er begab sich zur Tür.

Mit fliegendem Haar brüllte Lysistrata: »Laß mich runter! Laß mich wenigstens ein bißchen Old Maid mit den Burschen spielen. Ich knöpf' denen jeden Cent ab, den sie haben...«

Vor der Baracke stieß Ram mit verhaltenem Fluch sie Kanaka zu, der in den Schatten wartete. Fünf Minuten später warf Kanaka sie in den Fluß, wo ihr Temperament und ihr Vokabular sich langsam normalisierten.

Als die Sonne sich am nächsten Morgen als heiße, rote Kugel über dem Dschungel hob, fühlte sich Lysistratas Schädel an, als ob diese Sonne darinsteckte. Sie ignorierte die Männer einfach. Friedlander ignorierte sie. Sie konzentrierte sich auf ihre Fingerspitzen, die sie von ihren geschwollenen, blasenbesetzten Füßen und ihrem hämmernden Kopf ablenkten. Mittags schmerzten ihre Fingerspitzen. Sie sackte zu Boden und hoffte, daß Kanaka sie wieder in den Fluß werfen würde.

»Lagert hier«, befahl Ram kurz. Während die Kundschafter ihre Bündel ablegten, blickte er mitleidlos auf sie hinab. »Wie geht's deinem Kopf, Molly-Mädchen?«

»Ist dir doch egal, also frag mich nicht.«

»Aber mich interessiert's. Nach dem Essen laufen wir noch fünfzehn Kilometer. Ob wir dich über die Strecke an den Absätzen schleifen müssen, ist eine Frage der Logistik. Gehört zu meinem Job.«

»Du genießt das«, beschuldigte sie ihn.

»Niemand genießt es, vierzig Kilometer in zwölf Stunden laufen zu müssen, vor allem im Gebirge bei fast vierzig Grad Hitze.«

»*Warum* treibst du dann alle so?«

»Weil die hübsche Alice letzte Nacht ins Wunderland marschiert ist. In ein Wunderland voller Krimineller aus sechs Ländern. Die meisten dieser Halunken würden dir für einen

Kyat die Kehle durchschneiden. Der einzige Grund, warum sie sich zurückgehalten haben ist, daß sie ihr Nest nicht beschmutzen wollen. Sie müßten sich ein anderes suchen, wenn sie Ärger bekommen.«

»Aber Lowton...?«

»Oh, der ist recht ehrlich.« Er lächelte knapp. »Und er ist nicht so dumm, wie er aussieht.«

Ihre Augen strahlten. »Du meinst, er könnte...?«

Er schüttelte den Kopf. »In sechs Monaten bekommt der keine zweimal eine Zeitung, und die Gesellschaft liefert nur Informationen, die den Profit betreffen.«

»Aber...«

»Bis der etwas vermutet, *falls* er etwas vermutet«, stellte Ram gelassen fest, »bist du außer Reichweite.«

Obwohl sie die nächsten beiden Tage hoffnungsvoll über die Schulter zurückblickte, mußte sie schließlich eingestehen, daß er recht hatte. Sie verstand jetzt auch, warum er die Ponys zurückgelassen hatte. Sie begegneten Leuten, die selbst Bergziegen schief angesehen hätten.

Die Berghänge wurden steiler, bis der mühsame Weg schließlich in Dickicht und blankem Fels verschwand. Vor den Hängebrücken, die Berghänge miteinander verbanden, graute ihr. Obwohl erschöpft, schlief sie wegen der zunehmenden Kälte schlecht, ganz zu schweigen von den Kakerlaken und Spinnen, die durch ihr Bettzeug krochen. Die Männer lächelten nur über ihre schrillen Schreie, als sie sich einmal unbeabsichtigt auf einem Ameisenhügel ausstreckte.

Sie waren weniger amüsiert, als sie sich entschieden weigerte, eine Schlucht zu überqueren, wobei sie mit Armen und Beinen an einem Seil hing und nur eine Schlinge um ihren Körper legen konnte. »Ich bin doch kein Affe!« protestierte sie. »Und nicht mal ein Affe könnte das Ding in einem Rock überqueren!«

»Das ist richtig«, überlegte Ram. »Dann wirst du den Rock wohl ausziehen müssen, falls du dich nicht an mich hängen willst.«

Sie stellte sich vor, wie sie sich an ihn klammerte und daß seine Kraft allein sie beide über die Schlucht befördern sollte.

Beides war nicht sehr verlockend. Sie streckte eine Hand aus. »Gib mir deinen Turban.«

Er hob eine Augenbraue. »Wozu?«

»Was glaubst du wohl?« schnappte sie. »*Longyis* werden nicht mit Höschen geliefert!«

Kochend ertrug sie das Grinsen der drei Männer, als Ram lässig den Turban aufwickelte und ihr ihn reichte. Sie ergriff ihn und verschwand im Gebüsch. Als sie wiederkam, nur mit kurzem Hemd und Lendentuch bekleidet, schwand das Grinsen. Die überlangen Beine, deretwegen Lysistrata in ihrer Kindheit verspottet worden war, waren kein Anlaß zum Lachen mehr. Sie waren einfach herrlich. Als Rams Gesicht sich verhärtete und die Kundschafter wie entzückte Eulen zu starren begannen, konzentrierte sie sich auf die Brücke, um ihr Unbehagen zu kaschieren. Sollten sie sich entschließen, sie zu vergewaltigen, konnte sie vergebens schreien soviel sie wollte. »Ich hoffe, du hast nichts dagegen, wenn ich zuerst gehe«, schlug sie vor. »Ich ziehe die Brücke der Gafferei vor.«

Ram lächelte sardonisch. »Nur zu. Ich lege keinen Wert darauf. Das Seil könnte brüchig sein.«

Sie erbleichte und wandte sich dann dem Seil zu. Zwanzig Meter tief gähnte der felsige Abgrund. Schweiß brach aus, als sie die Hand nach der Schlinge ausstreckte. Plötzlich trat ein Fuß heftig auf den Hanf. Erschreckt zuckte sie zurück.

»Nur zur Kontrolle.« Über ihr war Rams ausdrucksloses Gesicht zu sehen. »Geh mit den Füßen voran.«

Mit Herzklopfen tat sie wie befohlen und schlang die Beine um das Seil. Es hing beunruhigend durch. Mit zusammengebissenen Zähnen und geschlossenen Augen zog sie sich Zentimeter um Zentimeter weiter. Als sie schließlich glaubte, ihre Arme würden brechen, öffnete sie die Augen. Der Erdboden war nur um Armeslänge von ihr entfernt. Sie ließ sich herab und setzte sich dankbar auf einen Fels. Ram kam als nächster, die Winchester über die Schulter geschlungen. Zustimmend nickend setzte er sich neben sie. »Nicht schlecht. Die Übung wirst du noch brauchen.«

Sie warf ihr Haar zurück. »Das ist nichts Besonderes, was?«

Mit ironischem Blick glitt sein Finger langsam durch den Schweiß auf ihrem Gesicht. »Nicht sehr.«

Es war das erste Mal, daß er sie seit Pagan berührte, und sie fühlte sich genauso hilflos wie dort. Sie zuckte zurück. »Nimm deine dreckigen Hände von mir, wenn du nicht zwischen den Felsen landen willst!«

Seine Augen wurden eisig. »Vielleicht ziehst du Friedlander oder Kanaka vor. Das läßt sich einrichten.«

»Jeder andere außer dir.« Sie hielt seinem Blick stand.

Er lächelte leicht. »Ein lockerer Mund und ein fester *Yin* sind eine gefährliche Kombination, Lysistrata.« Er hob den Kopf. »Kanaka, die Lady möchte dir einen Vorschlag machen.«

Sie wirbelte herum und sah den großen Polynesier näher kommen. »Ich springe, verflucht!« zischte sie Ram an und wich an den Abgrund zurück.

Er machte keine Anstalten, sie aufzuhalten. »Das liegt bei dir. Solange dir klar ist, welche Wahl du hast...« Er winkte Kanaka zu. »Komm. Dieser Vorsprung ist überfüllt.« Er ignorierte sie und ließ sie stehen.

Zwischen Erleichterung und Wut schwankend, schaute sie ihm nach, bis Friedlander auf den Fels sprang. Mit einem geilen Blick reichte er ihr den *Longyi* und bedeutete ihr, weiterzugehen. Trotzig zog sie ihn an, bevor sie einen Schritt machte. Warum sollte er den Rest des Tages ihr Gesäß sehen?

In dieser Nacht lag Lysistrata schlaflos da. Rams durchdringende, dunkle Augen verrieten, daß er weniger geduldig war, als es den Anschein hatte. Sie beobachtete, wie er wachte, die Winchester auf seinen Knien. Er saß stumm und reglos da und starrte in die Dunkelheit des Dschungels, als ob sich dort etwas Geheimnisvolles bewegte, das nur er sehen könne. Dann schaute er zu ihr hinüber, und sie hatte das Gefühl von kalter Hitze, als ob er einen Eiszapfen über ihren Körper gezogen hätte. Er hatte noch Macht über sie, und sie haßte ihn dafür, empfand aber bittere Befriedigung darüber, daß er sie begehrte und haßte ihn dafür noch mehr. Sie kehrte ihm den Rücken zu und kauerte sich zusammen.

Die Hänge wurden am nächsten Tag steiler, der Weg noch

zerklüfteter. Schließlich gab Lysistrata alle Hoffnung auf, daß Retter in die Shans folgen würden. Sie hätte genausogut auf der Rückseite des Mondes sein können. Immer häufiger tauchten Bastbrücken auf, als die kleine Gruppe tiefer ins Gebirge vordrang, und es fiel ihr schwer, ihren Widerwillen, sie zu überqueren, zu verbergen. Schließlich erreichten sie einen Fußsteg, der einen zwanzig Meter tiefer fließenden Fluß überquerte. »Ich darf wohl wieder das Versuchskaninchen spielen«, sagte sie mit gezwungener Sorglosigkeit.

»Du bist die Leichteste«, erwiderte Ram. »Wenn jemand hinüberkommt, dann du.«

Sie war verblüfft. »Läßt du mich deshalb zuerst gehen, weil es am sichersten ist?«

»Nein«, erwiderte er spöttisch, »sondern weil du die Entbehrlichste bist.«

Sie wandte sich rasch ab, um den plötzlichen schmerzlichen Stich zu verbergen und sagte mit geheuchelter Fröhlichkeit: »Na, dann gehe ich mal. Vielleicht kann ich die Seile durchbeißen, bevor du dran bist.«

Als sie die winzige Plattform über die wackelige Bambusleiter erreicht hatte, schwand ihr Mut, und sie war starr vor Furcht. Ram erklomm die Leiter. »Du *hast* Angst«, sagte er ruhig.

Sie schüttelte den Kopf und biß sich auf die Lippe.

»Kein Grund, sich dafür zu schämen. Ich habe bei vielen Menschen Höhenangst erlebt, die diese Strecke benutzen. Bleib ganz ruhig. Ich mache das.«

»Warum bist du plötzlich so nett zu mir?« fragte sie.

Seine Lippen verzogen sich zu einem Lächeln. »Du gehst einem zwar auf die Nerven, Miß Herriott, aber du bist nicht wehleidig.«

»Dann sollte ich damit wohl jetzt auch nicht anfangen«, sagte sie nervös lachend. »Einer Hure spricht man wohl kaum Tugenden zu. Außerdem kommen sicher noch weitere Brücken?«

»Dies ist die letzte.«

»Dann gehe ich lieber rüber.« Sie lächelte. »Ich hoffe, es ist nicht eine zuviel.«

Doch so war es. Bevor sie ein Viertel der Strecke über die glatten, verwitterten Planken zurückgelegt hatte, löste sich das Seil plötzlich. Lysistrata hielt sich fest, als die Brücke kippte und dann einstürzte. Nach den ersten Schrecksekunden empfand sie nur Erstaunen, weil der Sturz so lange währte. Die Verwirrung endete mit ungeheurer Wucht, als ihr Körper in den steinharten Fluß schlug. Die Luft wurde aus ihren Lungen gepreßt. Sie spürte nur kurz, wie Wasser in ihre Nase und den Mund drang, bevor sie das Bewußtsein verließ. Als nächstes spürte sie einen schmerzhaften Druck an den Rippen. Benommen nach ihrer Brust tastend, spürte sie einen Arm unter ihren Brüsten.

»Beweg dich nicht«, murmelte Ram ihr ins Ohr, dessen Stimme in der Strömung angestrengt klang. Felsen längs der Klamm hinderten ihn daran, mit den Füßen Halt zu finden. Die Strömung wirbelte sie herum, bis Lysistrata die Orientierung verlor. In einer Biegung zerrte Ram sie schließlich keuchend und würgend aus dem Wasser. Erschöpft blieben sie am sandigen Ufer liegen.

Schließlich drehte Ram sich um und starrte in die weißglühende Sonne, die durch große rote Baumwollbäume, die das Ufer überragten, gefiltert wurde. Riesige Farne bedeckten die im Schatten liegenden Uferfelsen. Die beiden Menschen konnten nur ihren Atem und das Gekreisch der Makis flußabwärts hören.

Sie brachte ein Wort heraus. »Danke.«

»Nicht nötig. Obwohl ich eine *fette* Hure im Fluß gelassen hätte.«

Aus irgendeinem Grund begann sie zu lachen und lachte immer weiter, bis sie weinte.

Als sie schließlich erstickt stöhnte, richtete sich Ram abrupt auf. »Bist du verletzt?«

»Nein, nein«, murmelte sie. »Ich glaub's jedenfalls nicht. Ich habe nur nicht genug Puste, um hysterisch zu bleiben.«

»Dreh dich um«, befahl er und kniete sich über sie.

Ohne nachzudenken gehorchte sie, hob dann aber abwehrend ihren Arm, als seine Hände zu ihrer Körpermitte glitten.

»Entspann dich. Ich bin zu müde, um dich zu vergewaltigen«, sagte er mit einer Spur von Ungeduld. Er drückte fest auf ihren Unterleib, dann auf den Brustkorb. »Atme tief ein.«

Sie gehorchte und schaute wachsam zu. Kurz unterhalb ihrer Brüste beendete er seine Inspektion, und sie atmete erleichtert aus, nur um aufzustöhnen, als er die Schulter an der Stelle berührte, wo das Hemd zerrissen war.

»Verletzt?« Er sank auf die Fersen. »Ich bin nicht überrascht. Diese Schramme wird einen Weile brennen.«

»Du hast selbst ein paar Beulen«, stellte sie sachlich fest, als sie sich aufrichtete, um ihre Schulter zu untersuchen. »Deine linke Wange sieht aus, als hättest du einen Schlag von Jim Corbett bekommen – er ist ein amerikanischer Boxer«, fügte sie hinzu, als er sie fragend anschaute. »Und wie kommen wir jetzt darüber?«

»Weiter stromaufwärts ist eine Furt... viel weiter, als ich zu laufen beabsichtigte.«

Sie musterte sein ernstes Gesicht. »Probleme?«

»Vielleicht. Aber freu dich nicht zu früh. Die Probleme werden dir nichts nützen.«

Sie dachte darüber nach, als Friedlander in den Baumwollbäumen über ihnen auftauchte. »Wußte, daß ich euch hier finden würde. Kanaka ist vorgegangen, um das Lager an der Gabelung aufzuschlagen. Kommt ihr?«

»Sofort. Wir sind ein bißchen aus der Puste.«

Mit wissendem Grinsen warf Friedlander Ram die Winchester zu. »Sicher. Wir sehen uns im Lager.« Er verschwand.

Lysistrata beobachtete mit Unbehagen, wie Ram Hemd und Stiefel abstreifte. Unter seiner dunkelbraunen Haut wölbten sich kräftige Muskeln. Er sah ihren Blick. »Ich brauche ein Bad«, erklärte er geduldig. »Du auch. Wir werden mehrere Tage lang nicht ungestört sein.«

»Das bezeichne ich nicht als ungestört«, sagte sie kalt, »und ich werde nicht mit dir baden.«

»Doch, das wirst du.« Er nahm seinen Turban ab. »Du beginnst zu stinken, und wenn die Knoten und der Dreck nicht aus deinem Haar kommen, werde ich es abschneiden müssen. Die Absicht habe ich aber nicht.«

»Vielleicht können wir uns abwechseln«, schlug sie rasch

vor. Da ihre Kleidung bereits naß war, konnte sie sich unter Wasser an- und ausziehen.

»Ach, das hieße, ich müßte dich mit der Waffe am Ufer zurücklassen.« Er stand auf und begann seine Hose zu öffnen. Ihre Augen abwendend, hörte sie ihn leise lachen. »Du hast mich schon so gesehen, Lysistrata, besonders als ich Cholera hatte.«

»Ich habe mich nicht um anatomische Details gekümmert«, parierte sie. Sie wollte sich nicht an ihre Angst um ihn während seiner Krankheit erinnern, an die Verrücktheit in seinen Armen, und fügte sarkastisch hinzu: »Besonders während der Cholera. Ich war zu sehr damit beschäftigt, deine Windeln zu wechseln.«

Er lachte, und nasse Kleidung fiel auf den Fels. »Man könnte meinen, du würdest jetzt Windeln tragen.«

Ohne darauf zu antworten, schlug sie ihre Arme um die Knie.

»Wenn du nicht ins Wasser gehst, muß ich dich reinjagen.«

Abrupt stand sie auf und ging ins Wasser. »So, zufrieden?« knirschte sie. Sie zog sich im halshohen Wasser aus. Als Antwort darauf hörte sie ein Platschen. Herumwirbelnd sah sie sich ihm gegenüber. Sein schwarzes Haar troff, und er grinste selbstzufrieden. Wütend schlug sie ihm ihre Kleider auf den Kopf, aber er entriß sie ihr mit einem kräftigen Ruck.

»Immer impulsiv, Lysistrata«, sagte er. »Hast du je über die Konsequenzen deines Tuns nachgedacht?«

»Tue ich's nicht, ist es ein menschlicher Fehler«, gab sie zurück. »Du bist so berechnend, du bist unmenschlich. Du bist eiskalt!«

Er lächelte. »Ach ja?« Seine Augen glitzerten amüsiert, als sein sehniger Leib in den ruhigen Teich tauchte. Sie suchte in den wolkigen Tiefen nach ihm und wich von der Stelle zurück, an der er gewesen war, seufzte dann erleichtert auf, als er ein paar Dutzend Meter entfernt wieder auftauchte. Behende wie ein Delphin spielte er im Wasser, während sie begann, ihr Haar zu waschen. Sie brauchte einige Zeit, um die Knoten herauszubekommen. Aus den Augenwinkeln sah sie etwas auf den Uferfelsen braun blitzen. Verstohlen spähte sie durch ihr herabhängendes Haar auf seine harte, schlanke Flanke und das wohlproportionierte Gesäß. Sie senkte rasch den Blick, als er sich im Yogasitz niederließ und wartete, daß sie mit dem Baden fertig wurde. Schließlich bat sie um ihre Kleidung. Lässig warf er sie neben seine eigene auf das Ufer. »Du bist durch und durch ein Bastard«, sagte sie.

»Hätte ich sie lieber in den Fluß werfen sollen?« Er neigte den Kopf. »Sie wären natürlich weg. Ich glaube, mein Turban würde dich nicht ganz bedecken.«

Warte nur, dachte sie, dir werd' ich's zeigen. Sie schwamm ans Ufer und stieg direkt vor seiner Nase aus dem Wasser. Sie schaute ihm in die Augen und genoß den plötzlichen Hunger in seinem Blick. Sie schlug ihr nasses Haar nach hinten, hob die Arme und preßte das Wasser heraus. Sein Blick fiel auf die Wölbung ihrer Brüste, dann auf ihren Bauch und tiefer hinab, wo das Wasser sich mit dem Gold zwischen ihren Schenkeln mischte. Da sie es für unklug hielt, länger in Reichweite zu bleiben, begab sie sich so langsam wie möglich auf den Kleiderhaufen zu und schoß dann auf die Winchester los.

So schnell sie auch war, er war schneller. Die Winchester streifte ihre linke Brustwarze und wurde dann auf ihren Bauch gerichtet: »Glaube mir, Lysistrata«, sagte er ruhig, »das letzte, was ich jetzt gern täte, wäre, dich zu erschießen. Also zieh dich ganz ruhig an.«

Direkt unter seiner Hand am Abzug sah sie seine Männlichkeit, die ebenso bereit schwebte wie die Winchester. Zurückweichend trat sie ärgerlich seine Kleidung in den Fluß. »Hol dir deinen verdammten Turban!«

Zu ihrer Überraschung hängte er nur die Winchester über die Schulter und lachte.

Im Lager verursachte Rams Anblick in Lendenschurz und Stiefeln faszinierte Blicke, aber keine Bemerkungen. Friedlander und Kanaka waren nicht so besonnen wie die verdrossene Frau, die ihn begleitete. Als jedoch die Dämmerung fiel und keiner von ihnen, nicht einmal der sonst gesprächige Friedlander, Anstalten machte zu sprechen, wandelte sich Lysistratas Stimmung in Neugier. Im Feuerschein spähten

Friedlanders Wieselaugen in das Gebüsch, reagierten auf jedes Rascheln, jedes Knacken von Bambus. Kanaka bewegte sich oft und unbehaglich. Ram wirkte wie gewöhnlich ruhig, und sein Körper schien um die Winchester gewickelt zu sein. Friedlander brach das Schweigen. »Glaubst du, er ist hier draußen?«

»Er ist Lysistrata und mir vom Fluß her gefolgt«, erwiderte Ram.

»Wer?« fragte sie, weil sie sich an Rams wachsames Schweigen auf dem Weg zum Lager erinnerte. »Von wem redet ihr?«

»Tiger, Missy«, knurrte Kanaka.

Sie wünschte, sie hätte nicht gefragt. »Die haben doch Angst vor Feuer, oder?«

»Manchmal nicht genug«, sagte Friedlander grimmig.

»Aber warum folgt er uns dann nur? Warum greift er nicht an?«

»Ich hab' ihm vor drei Jahren eine Kugel verpaßt«, sagte Ram. »Die hat er nicht vergessen.«

»Ich wußte nicht, daß Tiger so berechnend sein können.«

»Können sie«, erwiderte Ram, »besonders, wenn sie hassen.« Er erhob sich und nahm die Winchester in die Armbeuge. »Halt das Feuer hoch, Friedlander. Ich bin gleich wieder zurück.«

Lysistrata war entsetzt. »Du jagst ihn doch nicht nachts!«

»Wenn ich's nicht tue, verfolgt er uns weiter. Das ist viel gefährlicher.« Er lächelte in ihr weißes Gesicht. »Keine Sorge. Er wird mir folgen. Schlaf etwas.«

Nachdem er in der Dunkelheit verschwunden war, war ihr kalt. Sie hockte da und kaute gedankenverloren an einem Daumennagel, während sie an Ram dachte, der fast nackt und verletzbar durch den Bambus pirschte, dachte an die tödlich gelben Augen des Tigers, der ihm unbarmherzig folgte. Sie konnte den Tod fast riechen. Ram hätte nicht allein gehen sollen.

Warum ihn nicht für diesen Fehler bezahlen lassen, ihn für all das bezahlen lassen, was er ihr angetan hatte? Nur, daß er selten Fehler machte. Er hatte seine Kundschafter, seinen

Schutz, bei ihr gelassen. *Warum,* wenn nur Haß zwischen ihnen war? Sie ballte die Hand. Da war mehr, konnte immer mehr sein... bis er tot war. Bis sie tot und vergessen war.

»Ködert man einen Tiger gewöhnlich nicht?« überlegte sie laut.

»Ja, wenn man einen Köder hat«, sagte Friedlander mürrisch, »und wir haben keinen.«

Als er aufblickte, war sie fort.

Da Lysistrata sich nicht statt der Katze eine Kugel einfangen wollte, machte sie sich absichtlich bemerkbar. Aber sie wartete damit, bis sie weit genug vom Lager entfernt war. Friedlander und Kanaka würden ihr kaum folgen. Sie mochten nicht klug sein, aber dumm waren sie nicht. Sie war dumm, machte eine Dummheit nach der anderen. Sie war von Ram wie der Tiger angezogen. Eine Mischung aus Furcht, Haß und Faszination. Oder war die Katze eine Tigerin? Sie konnte ja nicht sicher sein, daß es kein Weibchen war, oder? Würde eine Tigerin ihre Jungen, ihren Gefährten, aus Rache verlassen?

Der nächtliche Dschungel war voller Stimmen. Der Wind, das Seufzen des Bambus, Schuppen, die sich auf Rinden bewegten, ein Rascheln in den Blättern. Ein trockener, winziger Schrei. Das Sternenlicht war schwach. Ein kurzer Blick auf elfenbeinfarbene Lilien, auf eine Liane. Über den tintenblauen Himmel huschte der Schatten eines Maki.

Sie spürte die Augen mehr, als daß sie sie sah, düster und schwefelgelb. Sie erstarrte, und ihr Herzschlag erfüllte die Stille. Die grünen, geweiteten Augen senkten sich, die Pupillen schrumpften. Sie hielt den Atem an.

Die Stille sammelte sich und löste sich in einem seufzenden Rauschen, dann einem Heulen von Wut und Schmerz, als ein Gewehr zweimal dröhnte. Ein schweres Gewicht ließ den Boden erzittern. Lysistrata schwankte und spürte die Kälte wieder. Fingerspitzen berührten ihre Wangen sanft, dann ihre Lippen, und die Dunkelheit verschluckte sie.

Winselnd schlug Lysistrata um sich. Für einen Moment schien sie wieder das Bewußtsein zu verlieren, dann öffneten sich ihre Augen. Sie sah eine dunkle Gestalt über sich gebeugt und zuckte entsetzt zusammen. Ram drückte sie zart zu Boden. »Warum?« murmelte er. »Wolltest du sterben?«

»Ich verdanke dir mein Leben«, keuchte sie benommen. »Ich wollte nicht in deiner Schuld stehen.« Ein anderer Grund war in der Tiefe ihrer Seele verborgen, aber sie wehrte sich dagegen, ihn in ihren Verstand dringen zu lassen.

Ram bemerkte die Unsicherheit ihrer Stimme. Asiaten drückten das anders aus, aber wie jemand, der aus Gründen der Ehre Selbstmord begehen will, hatte sie kurz die Ewigkeit berührt. Sie hatte einen weiteren unumkehrbaren Schritt von ihrer Welt in die seine getan. Er konnte sie nicht nur Einsamkeit und seltsame Echos finden lassen.

»Heute nacht sind wir quitt.« Seine Finger streiften zart ihre Wangen. Er bewegte sich sicher, wußte, daß sie sich nicht wehren würde, da sie gerade dem Tod entronnen war.

Wie im Traum hörte Lysistrata seinen Lendenschurz zu Boden gleiten, spürte kalte Luft auf ihrer Haut, als er ihre Kleider öffnete. Sie kämpfte gegen den Traum an, aber er schloß sich um sie. Die rauhe Wolle seiner Jacke teilte sich, als seine Wärme sie bedeckte. Als ob er Leben in ihren unsicheren Geist hauchen wollte, schloß sich sein Mund über ihrem. Muskeln bewegten sich über ihrer bloßen Haut, lullten sie ein und dämpften ihren letzten Widerstand. Der Phantommund fand ihre Brüste, ihren Nabel, ihre Vulva, bis sie sich ihm öffnete, danach verlangte, daß er in ihr war. Sie lagen wie erhabene Bestien da, und sein rasender Puls war in ihr wie der Herzschlag der Nacht. Kein Schrei hallte, keine Spur war auf der Erde zu finden, als zwei glatte Körper sich wölbten, zitterten und dann erschlafften.

Sie spürte kaum, als er sie zurück ins Lager trug und die Decke über sie legte.

Ram betrachtete sie, bis sie fest schlief. Er war ruhig. Heute nacht, in diesem mondlosen Dschungel, waren er und Lysistrata über das Fleischliche hinaus aneinander gebunden worden. Sie würden sich wieder paaren, wenngleich nicht so bald – denn Lysistrata war noch mißtrauisch, feindselig. Die heutige Nacht war unwirklich für sie gewesen. Der Instinkt hatte sich durchgesetzt, doch nur wenig mehr als ihr Körper hatte sich ihm ergeben. Nein, selbst wenn ihn nach der wilden Süße dieses Körpers hungerte, würde er sich nicht so schnell mit ihr paaren – und nicht aus Rache, wie er geplant hatte. Er würde die kurze Zeit, die er mit ihr verbrachte, nicht mit Haß vergeuden. Aber vielleicht würde er sie auch nicht in Liebe verbringen, obwohl er ihr das Versprechen geben würde, daß sie miteinander Liebe finden würden. Während er sein Ende schon lange vorhergesehen hatte, war Lysistrata noch unvollkommen. Wenn er ihr nicht schon zuviel angetan hatte, wenn er sie ganz verlassen konnte, würde sein Ende weniger als früher bedeuten, bevor sie es mit bitterem Bedauern erfüllt hatte. Ihr Karma war durch den Tod des Tigers besiegelt. Ihr Abschied war es ebenfalls. Mit kläglichem Lächeln musterte er ihr müdes Gesicht. Heute nacht war sie erschöpft, aber bei Morgendämmerung würde sie wieder kämpfen. Karma oder nicht, eine Tigerin konnte man nicht bändigen.

Am Morgen war Lysistrata, so wie Ram es vorhergesehen hatte, wachsamer ihm gegenüber als zuvor. Als sie am Feuer kauerte, legte er seine Jacke über sie. Sie zuckte zusammen und blickte auf. Die Nacht klang in ihren Augen noch nach: Sie zeigten Furcht vor Licht, vor ihm, vor ihrem Band. Sie erhob sich und schüttelte die Jacke ab. »So kalt ist mir nicht.« Er konnte fast ihre Gedanken lesen.

Unter Rams fast schläfrigen Blicken spürte Lysistrata ihr Rückgrat prickeln. War ihr Liebemachen eine Halluzination gewesen oder eine Wirklichkeit, die sie fürchtete? Sein Duft war wie ein Brandmal in ihr, und doch konnte sie nicht, wollte sie nicht... nur daß die ernste Geduld dieser schwarzen Augen sie mehr als alles andere beunruhigten.

Nach dem Frühstück bestand Friedlander darauf, das Tigerfell zu holen. Ram zuckte die Schultern. »Warum nicht? Es liegt nahe dem Weg.«

Als sie jedoch den Kadaver erreichten, drehte er sich um und trat schnell vor Lysistrata, um ihr den Blick zu versperren. »Was ist?« fragte sie bestürzt.

»Verdammt«, drang Friedlanders Stimme zu ihr, »diese Affen waren dran! So eine Vergeudung.«

Lysistrata eilte an Ram vorbei, und dann war ihr, als habe ihr jemand vor die Brust geschlagen. Die Tigerin war schön gewesen. Das verrieten ihre Überreste. Jetzt war sie eine zerfetzte Masse, und Gibbonaffen mit blutverschmierten Gesichtern kreischten gestikulierend in den Baumwipfeln. Tränen stiegen ihr in die Augen, als sie auf Ram einschlug. »Verdammter Kerl!« Er packte ihre Fäuste, und sie sackte gegen ihn.

»Ist sie verrückt?« fragte Friedlander.

»Vielleicht hatten sie und die Tigerin etwas gemeinsam«, murmelte Ram.

Der Abstieg an diesem Tag war erschöpfend, und Lysistrata wankte vor Müdigkeit, als sie ein Dorf erreichten. Es war das erste, seit sie das Minencamp verlassen hatten, und hob sich wie Reihen strohgedeckter Vogelkäfige auf Stelzen über einen teilweise verbrannten Dornenwall. Das Dorf war völlig still. Nicht einmal Schweine quietschten, um die vier Menschen zu begrüßen. Friedlander duckte sich mit schußbereitem Gewehr und huschte in den Dschungel. Als er zurückkam, war sein Gesicht ernst. »Nur ein alter Mann ist im Dorf. Die anderen sind im Dschungel verschwunden.«

»Glaubst du, Boh Chaik?« fragte Kanaka.

»Ja, denke ich«, erwiderte Friedlander.

»Wir sollten mit dem alten Mann reden«, sagte Ram. »Wo ist er?«

»Er hat schon zuviel geredet. Er wird uns jetzt nichts sagen«, sagte Friedlander, der mit Ram und Kanaka losmarschierte. Lysistrata folgte ihnen. Ihre Nerven waren bis zum Zerreißen gespannt, und sie sehnte sich danach, frei von Ram zu sein.

Der Mann war tot, und diesmal war Ram nicht schnell genug, um zu verhindern, daß Lysistrata sehen konnte, wie er gestorben war. Sein von einem *Dah* zerhackter Leichnam lag vor der Hütte des Dorfvorstehers. Sein Kopf war auf ein Geländer gespießt worden. Würgend sackte Lysistrata in die

Knie. Während sie sich übergab, sprachen die Männer ganz sachlich. Sie wischte sich den Mund ab und funkelte Ram dann an: »Wo, zum *Teufel*, bringst du mich hin? Was sind das für Wilde, die alte Leute in Stücken hacken?«

»Sprich leise«, befahl er kurz. »Boh Chaik ist einer dieser Wilden, die keine lauten Geräusche mögen. Du hast ja gesehen, wie er darauf reagiert. Er und seine Banditen haben das Dorf kurz vor Mittag überfallen, als die Frauen das Essen für die Feldarbeiter vorbereiteten und alle Lebensmittel bereitstanden.«

»Glaubst du, daß sie wiederkommen?« fragte sie gespannt.

»Regelmäßig, aber heute nicht. Sie haben, was sie wollten. Boh Chaik ist nicht nur gemein, sondern auch träge; darum ist er ja Bandit. Wahrscheinlich drehen seine Männer den Hühnern in Choukchoungyee, dem nächsten Dorf, zum Abendessen den Hals um.« Er erhob sich. »Gehen wir.«

»Wohl doch nicht nach Choukchoungyee?«

»Boh Chaik weiß nicht, daß wir hier sind, aber wir wissen wenigstens, wo er ist«, erklärte Ram geduldig. »Wir werden nie eine bessere Gelegenheit bekommen.«

»Wenn dir dein Leben nichts wert ist! Er hat sicher mehr als zwei Männer bei sich!«

»Wahrscheinlich ein Dutzend.« Er grinste verschmitzt. »Aber sie haben keine Gewehre.«

Kurz vor Sonnenuntergang erreichten sie Choukchoungyee. Es war kleiner als das erste Dorf, und in der zerstörten Umzäunung brannten Kochfeuer. Sieben Männer in schmutziger Kleidung lümmelten sich unter den Veranden und auf Matten und klaubten mit schmierigen Fingern Reis und *Ngapi* aus Holzschalen. Ein Bandit wankte trunken unter dem Gejohle seiner Kumpane aus einer Tür und fiel fast die Leiter hinunter, als er am Geländer abrutschte.

»Wo mag Boh sein?« flüsterte Friedlander Ram zu.

»Wahrscheinlich in der großen Hütte. Geht in Position.« Ram winkte Friedlander und Kanaka zu den Bambuszäunen nahe der betreffenden Hütte. »Kümmert euch um alle, die hinten herauskommen.« Sie verschwanden im Dickicht. Ram zog sein Messer aus der Scheide und reichte es über die

Schulter Lysistrata. »Für alle Fälle«, murmelte er. »Aber vergeude es nicht an einem Banditen.«

Sie dachte an den verstümmelten Mann und schluckte schwer.

Ein Betrunkener nahm eine mit Schnaps gefüllte Kokosnuß von einem anderen Banditen, der am Feuer hockte, und setzte sie an. Als sie über das Gesicht des Banditen geneigt war, zielte Ram. Einen Augenblick später zerplatzte die Kokosnuß und vermischte sich mit dem Mund, den die Kugel durchschlagen hatte. Die anderen sprangen auf und waren sofort in einem mörderischen Gewehrfeuerdreieck gefangen. Zwei Banditen schossen aus Hütten heraus, erstarrten und stürzten zu Boden. Dann donnerte aus der großen Hütte ein Gewehr. »Sagtest du nicht, sie hätten keine Gewehre?« protestierte Lysistrata.

»Der Boh scheint Anschluß an die Welt gefunden zu haben.«

Kanaka und Friedlander beschossen die Hütte, und das Gewehrfeuer hörte auf. Es wurde unheimlich still.

Die beiden Männer bewegten sich vorsichtig aus ihrem Versteck und krochen unter die Hütten, die Blicke auf Lükken in den Böden gerichtet. Entsetzt quietschten und gackerten Schweine und Hühner, drängten und flatterten gegen die Umzäunung. Friedlander nickte Kanaka zu. Der große Mann warf eine Fackel aus einem Feuer in die Hütte. Das Trappeln nackter Füße war zu hören. Dann stürzte ein Mann schreiend aus der Tür. Friedlander schoß ihm in den Rücken. Kanaka hatte weniger Glück. Ein Bandit stach seinen *Dah* zwischen Bodenbrettern hindurch nach unten, verfehlte den Hals des Polynesiers, traf ihm aber in die Schulter. Mit einem Schmerzensschrei feuerte Kanaka zweimal nach oben. Ein kurzer Schrei wurde laut, und er grinste Friedlander an.

Ram ließ Lysistrata zurück und huschte wie eine Schlange unter die große Hütte. Er hörte ein Zischen über sich und bückte sich gerade noch rechtzeitig, um der Klinge eines *Dah* auszuweichen. Er feuerte, und ein dumpfer Aufprall war zu hören. Er bedeutete Friedlander, seine Position zu übernehmen, winkte Kanaka an die Rückseite der Hütte und stieg dann die Leiter hoch. Der Tuchfetzen, den er um den Gewehrkolben gebunden hatte, wurde von einer Kugel durchschlagen, als er seine Waffe über die Veranda hielt. Friedlander feuerte nach oben, und ein Körper stürzte durch die Palmwedelwand. Als Ram den Fetzen wieder schwenkte, geschah nichts. Er spähte vorsichtig durch die Tür und kroch dann hinein.

In der Hütte regte sich nichts. Schmeißfliegen umsummten bereits die Leichen auf dem Boden. Ein Enfield-Gewehr lag neben der Lücke in der Hüttenwand, die der andere Bandit gerissen hatte. Auf ein leises Geräusch hin wirbelte Ram mit erhobener Waffe herum. Lysistrata stand im Türeingang und hielt das Messer umklammert. »Was tust du hier, verdammt?« sagte er barsch. »Ich sagte dir, du solltest dort bleiben.«

»Mir schien es ein wenig jämmerlich, mich selbst erdolchen zu müssen, nur weil du beschäftigt bist. Außerdem wollte ich Bohs neues Gewehr sehen«, erwiderte sie. »Ist das...?«

Er verfiel ins Birmanische und schnitt ihr das Wort ab. »Er ist uns entwischt. Boh Chaik ist nicht hier.« Seine Augen richteten sich bedeutungsvoll zum Dach.

»Oh? Zu schade«, fuhr sie gleichmütig fort. »Dann wird er wohl hier weiter rauben.«

Er winkte sie zu der schattigen Wand, wo sie weniger deutlich zu sehen war. »Ja. Schade. Dachte, wir hätten den schleimigen Bastard. Wir müssen jede Hütte durchsuchen, um sicherzugehen.« Er gab ihr schnell sein Gewehr, zog dann ein dünnes Rohr aus dem Lendentuch und bedeutete ihr, weiter zu reden.

Lysistrata plauderte kaltblütig los, während er rasch aus dem Fenster glitt. Sein Kopf und seine Schultern waren nicht mehr zu sehen. Während sie sprach, das Gewehr auf den Boden gerichtet, spähte Ram durch einen Spalt in der Palmwedelwand und schob dann das Rohr durch einen darunterliegenden Ritz. Er pustete. In der Hütte schlug sich der Mann, der über der Leiter schwebte, auf seinen Hals, als sei er gestochen worden. Dann drehte er sich halb in die Richtung, aus der das gekommen war. Sein Gewehr fuhr herum.

Mit einem erstickten Schrei wankte Lysistrata zurück, als ein Körper durch die Dachluke fiel und vor ihren Füßen liegenblieb. Ein winziger, gelbgefiederter Pfeil ragte aus seinem Nacken. Seine Zunge begann bereits zu schwellen. Ram schwang sich durch das Fenster. »Der Boh?« fragte sie angewidert.

»Persönlich.«

Die Winchester über eine Schulter geschlungen, richtete sie das Gewehr des Banditen, das sie ergriffen hatte, auf Rams Körpermitte. »Und hier ist seine neue Geliebte. Willst du mal sehen, wie gut sie ist?«

Er spielte mit dem Rohr an seinen Lippen, als sei es eine Zigarre. »Ich bevorzuge dieses kleine Ding. In nächster Nähe ist es genauer als ein Gewehr. Das Gift an den Pfeilen verursacht starke Ödeme.« Sein Blick wanderte interessenlos über Boh Chaiks Leiche. »Der wird sich bald auflösen.«

Mit schwachem Lächeln reichte sie ihm sein Messer und das Gewehr. »Ich glaube nicht, daß du mit Spielzeug handelst.«

Er warf ihr das Rohr zu. »Bitte sehr. Es ist nicht geladen.«

Kanakas Körper füllte den Türeingang. »Ein paar Dorfbewohner sind zurückgekommen. Sie hörten die Schüsse und wollen wissen, wer gesiegt hat.« Er blickte auf die Leiche, dann auf die Gewehre.

Friedlander, der hinter dem Polynesier stand, zeigte ebenfalls Interesse an dem Arsenal. »Das *waren* Enfields. Boh Chaik muß sie von den verdammten …«

»Flußhändlern haben«, fiel Ram ein. »Wir sollten vorsichtig sein.«

Lysistrata musterte sie nachdenklich, als sie die Gewehre einsammelten. Etwas stimmte da nicht. Enfields waren englisch. Was, wenn die ›Flußhändler‹ auch englisch waren? Ram würde nicht wollen, daß sie erfuhr, daß Hilfe in der Nähe war. Andererseits war Hilfe von Leuten sehr fragwürdig, die einem Schlächter wie Boh Chaik Waffen lieferte.

Sie kümmerte sich um Kanakas Schulter, während Friedlander den Dorfbewohnern sagte, daß Boh Chaik und seine Männer tot seien. Jubel wurde laut, und zwanzig Minuten später waren die Hütten wieder voller Leben.

In dieser Nacht wurde gefeiert, und was von den Vorräten des Dorfes übriggeblieben war, wurde den Rettern angeboten, als sei es allen egal, ob es anschließend je wieder etwas zu essen gäbe. Lysistrata stopfte sich voll, während endlos lange Lieder gesungen wurden, die die Dorfgeschichte erzählten, die Kriege Anawrazhas, die Jugend Buddhas und die Ereignisse des Tages – die sehr verherrlichend und völlig ungenau waren. Obwohl die Frauen nach den Männern aßen, mischten sie sich unter sie, vor allem, nachdem sie mehrere Stunden lang Schnaps getrunken hatten. Schließlich sackte Lysistrata, die auf einer Matte saß, zusammen und schlief mit glückseligem Lächeln ein.

Als sie erwachte, fühlte sich ihr Kopf an, als sei er mit einem *Dah* geteilt worden. Der Boden war mit Menschen übersät, die genauso in den Schlaf gefallen waren wie sie. Ram war nicht unter ihnen. Sie begab sich zwischen den Schläfern hindurch zur Tür. Kanaka und Friedlander saßen unter einer Tamarinde und reinigten die Enfields. Als sie auf sie zuging, nickte Friedlander zu einer kleinen Pagode am Rande der Lichtung. »Ram ist dort«, verkündete er, als ob der Aufenthaltsort seines Herrn alles sei, woran eine Frau denken könne. Sie begab sich zu der Pagode.

Er saß an der Hintertür, und seine Daumen und Mittelfinger ruhten auf seinen Schenkeln. Obwohl er sie eintreten gehört haben mußte, blieb er so stumm und reglos wie ein Götzenbild.

»Wir sind ja heute sehr gesprächig«, bemerkte sie sarkastisch. Und bekam keine Antwort. An die Wand gelehnt betrachtete sie die schlichten, verblichenen Fresken der Vedas. Minuten vergingen. Sie hatte nie über sein Beten nachgedacht, vor allem vor einem Götzenbild, das man in Boston als primitiv und heidnisch betrachtet hätte. Sie fühlte sich unbeholfen und gelangweilt und war über ihren Kopfschmerz verdrossen. »Ich nehme an, du dankst Buddha dafür, daß Boh Chaik dich gestern nicht durchsiebt hat.«

»Nein«, sagte er kurz. »Ich meditiere.«

»Wie ein Mönch?«

»Wenn ich über Gott nachdächte.«

»Worüber *denkst* du nach? Über Flußhändler?«

»Unter anderem.« Er sah sie an. »Meditation beruhigt den Geist. Du solltest es auch einmal versuchen.«

»Ich bin mehr von der Art beeindruckt, wie dein Pfeil Bohs Geist beruhigte. Ich frage mich, was er jetzt wohl Buddha sagen wird.«

»Setz dich«, sagte er ruhig.

»Habe ich den Großen Helden des Pusterohres wütend gemacht?« Sie ließ sich lässig vor ihm auf den Boden sinken.

»Warum solltest du?« sagte er ruhig und legte seine Fingerspitzen an ihre Schläfen. Ihre grünen Augen wurden wachsam, und sie wollte protestieren. »Schweig«, murmelte er, »und lausche.« Sie runzelte fragend die Stirn. »Lausche der Stille, Lysistrata, und denke an nichts... *Nada.* Laß es in dir hallen... *Nada*...« Seine Fingerspitzen begannen sich kreisförmig auf ihren Schläfen zu bewegen. Nach einer Weile strichen seine Daumen über ihre Nasenflügel, bewegten sich dann fest nach oben über das Stirnbein. Seine Hände waren beruhigend, und sie schloß dankbar die Augen. Er fuhr mit dieser sanften Massage fort, bis sie schläfrig wurde. Ihr Kopf fiel leicht gegen seine Hand, und ihr Haar fiel wie Seide auf sein Handgelenk. Ihr Atem wurde ruhig und gleichmäßig. Als seine Hand verharrte, öffnete sie ihre Augen und sah sein Gesicht sehr nahe vor sich. Sie fühlte nichts, keine Furcht, keine Sorge, kein Sehnen. Sie waren eins, trieben wieder im Fluß, nur ohne zu kämpfen, ohne fleischliche Grenzen. Sie wollte so auf ewig weitertreiben, ins *Nada.*

Friedlander brachte sie in die Wirklichkeit zurück. »Fertig zum Aufbruch?« fragte er fröhlich. »Direkt hinter den Hügel ist Zuhause.«

KAPITEL 9

Khandahoor

Und denken wollt' sie, doch wohin
ihr Blick auch eilte,
Verwirrung körperlose Hand bracht' sie
ins Wanken,
schrieb ›Mene, mene‹ und zerteilte
das Königreich ihrer Gedanken

ALFRED, LORD TENNYSON

Friedlanders ›Hügel‹ war der steilste Berg, den sie bisher überquert hatten, mit einer weitläufigen weißen Festung auf einem Plateau, das an einen riesigen See im darunterliegenden Tal grenzte. Die mit Zinnen versehenen indischen Türme, die sich über den Nebel hoben, der aus dem See aufstieg, wirkten fremd in Birma. Bis auf einige Reisfelder waren das Tal und die umgebenden Berge von dichtem Dschungel bedeckt. Eine goldene Zwiebelkuppel, von schlanken Minaretten umstanden, ragte über ein geometrisches Muster von blaugrün reflektierenden Teichen und Miniaturseen in Gärten, die sich zwischen den Gebäuden ausbreiteten.

»Beeindruckend«, stellte Lysistrata mit widerwilliger Bewunderung fest, »vor allem, weil es mitten im Nichts liegt. Ist das dein Werk?«

»Das meines Vaters«, erwiderte Ram kurz.

»Er muß in indische Architektur vernarrt gewesen sein.«

»Er baute Khandahoor für meine Mutter.« Seine oberflächliche Stimme hielt sie von weiteren Fragen ab.

Papa muß wirklich reich gewesen sein, wenn er einen solchen Palast bauen konnte, überlegte sie. Viele Herzogssitze dürften weniger prächtig sein.

Aus der Nähe war Khandahoor noch beeindruckender, wenngleich weniger einladend. Eine riesige Zugbrücke senkte sich über einen Graben, in dem es von Krokodilen wimmelte. Gespitzte Teakstämme reckten sich am Fuße der

Mauer wie Haizähne hoch. Die Wachen auf den Mauern waren keine Inder, wie Lysistrata erwartet hatte, sondern Kachin und Chinesen mit schulterbreiten, gürteltierähnlichen Rüstungen. Khandahoor, das wurde ihr klar, war ohne Rams Erlaubnis ebenso schwer zu verlassen wie zu betreten.

Das Innere war prunkvoll mit reichlichem Schnitzwerk über den Fenstern. Weiße Wände und Teiche mit Springbrunnen waren mit blauen, schwarzen und goldenen Mosaiken gemustert. In einigen befanden sich künstliche Inseln. Schlanke Säulen stützten Balkone in einem Gewirr von Hofgärten, in denen Mimosen, Limonenbäume, Bougainvillea und Jasmin die Luft mit Duft erfüllten. Es war ein Paradies, wenngleich etwas verlassen, wenn man nicht an die Krokodile ringsum dachte. Lysistrata kam zu dem Schluß, daß die Rani von Khandahoor eine wirkliche Dame gewesen sein mußte.

Ram führte sie ins Hauptgebäude, nachdem er Kanaka und Friedlander entlassen hatte. Bei ihrem Gang über kühle, geflieste Korridore und durch üppig mit Orientteppichen ausgelegte und mit wundervollen indischen Möbeln eingerichtete Räume mußte sie daran denken, wie schäbig sie beide aussahen, so schweißbedeckt und von Insektenstichen blutverklebt in ihrer zerlumpten Kleidung. Der Eindruck verstärkte sich, als sie ein langes Gemach betraten, vor dem sich ein Säulenhof mit einem Teich befand. Eine Inderin mittleren Alters in purpurnem und silbernem Sari erwartete sie. Pechschwarze Augen in einem hageren, hakennasigen Gesicht musterten sie kühl. Sie verbeugte sich. »Willkommen, mein Prinz.«

»Lysistrata, dies ist Kalisha. Sie wird dich ins *Zenana* führen.«

Kalishas Blick fiel auf Lysistratas helles Haar, dann sagte sie etwas verächtlich auf Hindi zu Ram. Obwohl er gelassen antwortete, erstarrte sie und schien dann leicht zurückzuweichen, als fürchte sie sich vor ihm. Sie gab Lysistrata abrupt einen Wink und verließ mit kräftigem Schritt den Raum. Lysistrata, die nach einem Bad und einem richtigen Bett gierte, folgte ihr nach einem schnellen Blick auf Ram, um sich zu vergewissern, daß er nicht die Absicht hatte, sich ihr anzuschließen.

Das *Zenana* lag im Ostflügel. Beim Anblick der beiden fetten Wächter, die mit Krummschwertern vor der Tür standen, wäre Lysistrata fast in Gelächter ausgebrochen. Über die prächtigen Frauenräume, die das gemeinsame Bad des *Zenana* umgaben, war sie kaum weniger amüsiert. Die offenen Räume waren zwar verlassen, aber sie fragte sich, wie viele neugierige Augenpaare durch Gucklöcher in den angrenzenden Schlafzimmern spähen mochten. Nachdem sie sich ausgezogen hatte, stieg sie über die goldenen Stufen in den sechseckigen Pool. Während Lysistrata bis zum Kinn in das parfümierte Wasser sank, klatschte Kalisha in die Hände, worauf ein junges birmanisches Mädchen mit Seifen, Salben und weichen Handtüchern kam. Nach dem Bad massierte die Birmanin sie mit Ölen und trug dann heilende Aloensalbe auf Kratzer und Insektenstiche. Kalisha starrte Lysistrata so durchdringend an, daß sie die Frau glatt für Medusa hielt.

Nachdem die Birmanin gegangen war, führte Kalisha Lysistrata in ein kleines Zimmer, das hübsch mit Teppichen und Gazevorhängen dekoriert war und von einem riesigen Bett fast völlig gefüllt wurde. Der Raum war eigentlich fensterlos, da die geschnitzte Balkontür sich nicht öffnen ließ. Man hatte jedoch einen schönen Ausblick auf den Garten. Im Augenblick aber wollte Lysistrata nichts davon sehen, sondern nur schlafen. Kalisha ignorierend, warf sie sich, noch in ihr Handtuch gewickelt, aufs Bett. Sie war fast eingeschlafen, bevor Kalisha den Raum verlassen hatte.

Am nächsten Morgen wurde sie durch das Klopfen der kleinen Birmanin, Too, an die Tür geweckt. »Frühstück warten am Chrysanthementeich auf Sie, meine Lady.« Sie senkte die Wimpern. »Mein Prinz erwartet Sie auch.«

Lysistrata streckte sich träge. Soll er doch warten.

Als sie schließlich den Pavillon am Pool erreichte, der an den *Zenana*-Flügel angrenzte, saß Ram in einem Rohrsessel da, seine Füße übereinandergeschlagen auf ein Geländer gelegt. Er war gebadet und glatt rasiert, aber trotz der Prächtigkeit seines Anwesens nur in saubere Baumwolle gekleidet. Er musterte ihren grüngoldenen Sari. »Ist dieser Grünton für den Morgen nicht ein wenig zu grell?«

»Ich wollte dir keine Freude damit machen«, erwiderte sie kurz – weil sie ihn etwas beeindruckt haben wollte.

»Du wirst feststellen, daß es in Khandahoor wenig anderes zu tun gibt, als mir Freude zu machen«, erwiderte er mild. Er winkte sie auf den gegenüberliegenden Sessel. Davor stand ein prächtig bemalter, leerer Teller, flankiert von goldenem Besteck.

Statt zu gehorchen, lehnte sie sich an eine Säule. »Und wenn ich das langweilig finde? Was, wenn ich dir sage, du sollst dich zum Teufel scheren?«

»Bist du je auf die Idee gekommen, daß du an Langeweile sterben könntest, Lysistrata? Was hast du denn bisher anderes in deinem Leben getan, als dich zu amüsieren? Du bist vielleicht die gelangweilteste Frau, der ich je begegnet bin.«

»Was weißt du über mein Leben…?«

»Mehr, als du denkst.«

»Oh, du meinst sicher Masjids Berichte! Dann bist du der Gelangweilte, wenn du ihm Monat für Monat zugehört hast, wenn er über den Haushalt zweier armer Bostoner Kirchenmäuse erzählte.«

»Du hat dich in Boston unwohl gefühlt und, wie ich glaube, die Religion nicht gemocht.« Er überlegte. »Das Mißfallen eines puritanischen Gottes wie das der Gemeinde zu ertragen, muß deine Geduld strapaziert haben.«

»*Du* strapazierst meine Geduld«, schnappte sie. »Ich habe gestern abend nichts gegessen. Wo ist das Frühstück?«

»Ich fürchte, das habe ich gegessen«, gestand er mit jungenhaftem Lächeln. »Läßt man mich warten, wenn ich hungrig bin, esse ich alles, was mir unter die Augen kommt. Eine schlechte Angewohnheit, ich weiß.«

»Du hast viele schlechte Angewohnheiten«, sagte sie. »So etwa Promiskuität, Ehebruch und Entführung – alles zweifellos, weil so viele Leute in dich vernarrt sind. Sie müssen dich vergöttern. Besonders Kalisha. Ich finde ihre Gesellschaft wenig aufregend.« Sie ließ sich in den leeren Sessel fallen. »Bekomme ich etwas zu essen oder nicht?«

»Natürlich. Das Mittagessen wird um zwei serviert.«

Sie sah ihn böse an. »Bis dahin sind es noch Stunden.«

»Geduld ist eine schwierige Kunst, Lysistrata, eine der vielen, die du hier vielleicht lernst.«

»Sicher um vor dir zu scharwenzeln.« Sie platzte lachend heraus: »Eunuchen! Mein Gott, die sind überholt.«

»Die Eunuchen hat meine Mutter erworben«, erwiderte er gelassen. »Sie war in vielerlei Hinsicht eine traditionsbewußte Frau.«

»Sie hat sie für dich gekauft? Wie mütterlich von deiner Mutter.«

»Sie hat sie für meinen Vater gekauft«, seine dunklen Augen blickten auf die Gärten, »in ihren letzten gemeinsamen Jahren. Die Schwerter sollen für die Abgeschiedenheit des *Zenana* sorgen. Die Frauen können gehen, wohin sie wollen.«

»Und warum tun sie's nicht?«

»Weil sie nie zurückkehren können.«

»Soll das heißen, daß sie nach deiner Pfeife tanzen, weil sie sich so sehr über deine Beachtung freuen?«

»In gewisser Hinsicht. Zweifellos halten sie mehr von den Annehmlichkeiten, die ich ihnen biete, als von meiner Beachtung.«

Seine Interessenlosigkeit daran, was seine Konkubinen von ihm dachten, machte sie plötzlich traurig. Khandahoor mochte wundervoll sein, aber es war unwirklich. Genau wie er, da sein Charme eine seltsame Distanz zwischen ihnen schuf.

»Was überlegst du?« fragte er leise.

»Ich glaube endlich zu wissen, warum du mich hergebracht hast.«

Er musterte ihr ernstes Gesicht. »Dann weißt du vielleicht mehr als ich.«

»Ich war einmal von dir angezogen, weil du eben nicht Boston warst. Du hast mich hergebracht, weil ich nicht Khandahoor bin.«

Sie schwiegen beide einen Moment. »Weißt du, das war unklug«, sagte sie, »denn entweder wirst du dich ändern, oder ich werde mich ändern. Einer von uns muß den anderen zerstören.« Dann zuckte sie die Schultern. »Vielleicht wird die Gleichgültigkeit unsere Erlösung sein.«

»Entweder ist man gleichgültig dem gegenüber, was man nicht kennt oder zu gut kennt.« Sein Blick ruhte auf ihrem Gesicht. »Du bist ein Geschöpf von unendlicher, zuweilen gefährlicher Vielseitigkeit, Lysistrata.«

»Das kann man von dir auch sagen.«

»Dann ist uns der Luxus von Gleichgültigkeit wohl nicht gestattet.«

Die Monotonie im *Zenana* war in den folgenden Tagen geradezu verdummend. Die drei hübschen Bewohnerinnen, Kim Lee, eine Chinesin, Too und eine malegassische Schwarze namens Rasoherina vertrieben sich die Zeit mit Kämmen, Nägellackieren und Schminken. Wenn Lysistrata nicht schwimmen, essen oder die Wand anstarren wollte, blieb ihr nichts anderes übrig, als ein mobiles Kunstwerk zu werden. All dies nur, um einem rätselhaften Tyrannen zu gefallen, der sich dieses Kunstwerk buchstäblich nehmen oder es in Ruhe lassen konnte. Also schwamm sie. Und schwamm. Und schwamm. Ihr Haar wurde zu geschmolzenem Gold, ihre Haut so dunkelbraun wie das Fell einer Tigerin. Ihr Körper wurde schlank und muskulös, bis sie geschmeidig wie eine Katze war. Und ebenso unruhig.

»Eingesperrt zu sein, paßt zu dir.«

Lysistrata, die am Pool döste, schreckte auf und sah Ram vor sich stehen. Bis auf ein gelegentliches Essen mit ihr kam er selten in das *Zenana.* Bei diesen Gelegenheiten überlegte sie unter seinem trägen Blick immer voller Unbehagen, ob er sie vielleicht als Dessert genießen wolle. Dieser Blick war jetzt auch wieder da. Sie versuchte, ihre Anspannung zu verbergen. »Warum sagst du das?« entgegnete sie.

Er musterte ihre lange, nackte Gestalt und grinste. »Keine Ringe unter den Augen. In Rangun hattest du sie oft.«

»Tja, mein Hirn wird langsam zu Mangobrei. Gibt es hier keine Bücher?«

»Vater hat im Pfauenpalast eine Bibliothek eingerichtet. Möchtest du etwas daraus?«

»Du meinst, du würdest mich wieder einlassen, wenn ich das *Zenana* verlasse?« spottete sie.

»Du hattest immer die Freiheit, die Festung zu betreten und sie zu verlassen.«

Mit einem ärgerlichen Ausruf erhob sie sich, um einen azurblauen Sari anzulegen. »Du hast vergessen, das zu erwähnen. Warum habe ich dieses Privileg vor den anderen Frauen?«

»Sie teilen zuweilen mein Bett.«

Sie wurde rot. »Für ihre Degradierung bezahlen sie einen hohen Preis. Wie ich mich erinnere, kannst du in dieser Hinsicht sehr grob sein.«

Er spielte mit der Sarinadel, die auf einem Tisch lag. »Kannst du mich mit jemand vergleichen?« Sein Tonfall machte sie argwöhnisch.

»Wußtest du das nicht?« erwiderte sie munter. »In einer Höhle am Grunde dieses Teiches lebt ein Wassermann. Was ihm an Ausstattung fehlt, macht er durch Verfügbarkeit wett.« Sie streckte die Hand nach der Schließe aus.

Er ignorierte sie lachend und begann die Schließe selbst anzulegen. »Ist das ein Vorwurf?«

»Fühlte ich mich vernachlässigt, würde ich mich bei einem deiner Söldner beklagen«, schnurrte sie.

»Wieso nicht bei allen?«

Durch die indirekte Drohung erschreckt, wich sie ihm aus. »Kalisha wird dir schon sagen, wenn ich umherstreune. Sie haßt mich.«

»Kalisha liebte einst meine Mutter. Jetzt mag sie niemanden.«

»Hätte deine Mutter mich auch gehaßt?«

»Sie hätte dich vergiftet.«

Die Bibliothek war großartig. Tausende von Büchern aus allen Teilen der Welt waren darin. Sie enthielt auch das einzige westliche Kunstwerk in Khandahoor. »Es gehörte meinem Vater«, erklärte Ram, als sie einen Heiligen Sebastian von Donatello betrachtete. Der nackte römische Heilige war ein von vielen Pfeilen durchbohrter, schöner, gepeinigter junger

Mann, in Bronze gegossen. Ram hätte dafür Modell gestanden haben können. Er lächelte über ihren entzückten Gesichtsausdruck. »Dieses Thema ist typisch für eure christliche Renaissancekunst, weil sie dem Künstler gestattete, den nackten Körper darzustellen, ohne daß die Kirche das rügte.«

Sie hob eine Augenbraue. »Ich nehme an, daß es Muslims verboten ist, überhaupt den menschlichen Körper darzustellen.«

»Buddhisten und Hindi sind weniger zurückhaltend. Du wirst viele Beispiele religiöser Kunst in diesen Büchern dort finden.« Er deutete auf den betreffenden Bereich.

Sie begab sich zu den Regalen und nahm ein Buch über das Leben Vishnus heraus. Es war mit erotischen Zeichnungen gefüllt. »Indien scheint eine sehr vitale Religion zu genießen.«

»Hindi zelebrieren den Körper, bevor sie ihn verlassen. Sie glauben, daß der Liebesakt der prächtigste irdische Ausdruck des Geistes ist.«

»*Sie* glauben das? Bist du Buddhist oder Hindu? Christ scheinst du nicht zu sein.«

»Religion überlasse ich den Mönchen«, sagte er kurz.

In Büchern blätternd, ging sie an den Regalen entlang. Schließlich wählte sie Victor Hugos *Les Miserables* und *Indiana* von George Sand aus.

»Warum diese beiden?«

Sie lachte. »Weil mir ein geistlicher Bekannter einmal sagte, sie würden aus Boston verbannt werden.«

Er schloß einen Mahagonischreibtisch auf und reichte ihr dann ein kleines Lederbuch. »Lies das auch. Du wirst es interessant finden, vor allem in Hinblick auf Moralfragen.«

Sie strich über das abgewetzte Leder. »Es hat keinen Titel. Was ist das?«

»Vaters Tagebuch.«

Lysistrata las das Tagebuch die ganze Nacht. Es war die Rechenschaft eines rücksichtslosen, raubgierigen Subalternoffiziers, der über die Leichen der Männer, die er in die Vernichtung geführt und während der Sepoy Rebellion in Indien getötet hatte, nach ganz oben gekommen war. Er hatte dazu beigetragen, Indien und Birma Britannien zu unterwerfen, bevor es ihm mißlang, nach China einzudringen. Er war durch die Vorstellung bestärkt worden, daß sein Schicksal und das Britanniens eines und glorreich seien. Khandahoor, von Sepoy-Gefangenen der 58er Rebellion erbaut, war mit Beutestücken eingerichtet, die man aus den Palästen unterlegener indischer Mogule geraubt hatte. Darunter war Anira gewesen, Rams Mutter, von der er mit einer Leidenschaft und Bewunderung sprach, die über Liebe zum Fetischismus hinausging.

Aber er hatte vor Aniras Nase einen Harem gehabt, überlegte Lysistrata. Was mag im Kopf einer Frau vorgehen, die imstande wäre, die Geliebte ihres Sohnes zu ermorden, ihren Gatten aber dazu ermutigt, ihr untreu zu sein?

Lysistrata schlief mit Gedanken an Anira ein. Ein leises Geräusch, kaum mehr als ein Windhauch, weckte sie plötzlich. Sie erinnerte sich an die Kobra in ihrem Schlafzimmer in Rangun und blieb mit geschlossenen Augen reglos liegen. Nach mehreren Augenblicken spürte sie eine geräuschlose Bewegung. Wer immer im Raum war, zog sich zur Tür zurück. Im Mondlicht sah sie durch halbgeschlossene Augen eine verschleierte Gestalt. Obwohl sie das Gesicht nicht sehen konnte, vermutete sie, daß es Kalisha war. Keine der *Zenana*-Frauen trug einen Schleier. Sie wußte nicht, warum sie sich dessen sicher war, daß die Besucherin Böses wollte. Vielleicht war es die Starrheit ihres Kopfes. Sie wartete und versuchte normal zu atmen. Die Gestalt blieb stehen, schien größer zu werden. Wie eine Kobra dachte Lysistrata, bevor sie zuschlägt. Sie bereitete sich auf den Angriff vor. Lysistrata schoß hoch. In der Dunkelheit war nichts.

In der Morgendämmerung verließ Lysistrata das *Zenana*. Einer der Eunuchen schlief. Der andere machte keine Anstalten, sie aufzuhalten. Sie betrat den Pfauenpalast. Dort stieß sie auf Kalisha.

»Was tust du hier?« fragte die Frau barsch.

»Ich suche Ram«, log Lysistrata. »Er ist doch hier?«

Kalisha verzog die Lippen. »Er wird dich zu sich rufen, wenn er dich sehen will. Nutze seine Geduld nicht aus.«

»Du wagst es, für ihn zu sprechen. Er muß wirklich sehr geduldig sein.«

»Du zerrst an seiner Leine, aber er bückt sich nicht einmal, um dich zu streicheln.« Kalisha lächelte boshaft. »Ja, er ist geduldig. Er hat andere Metzen, die vor ihm buckeln. Warum sollte er sich über eine Weiße ärgern, die eine Xanthippe ist?«

»Mir scheint, ich kann zwischen Xanthippen wählen«, war Rams ruhige Stimme hinter ihnen vernehmbar. »Zu dieser frühen Stunde toleriere ich nur eine. Kalisha, laß Frühstück für Lysistrata und mich zum Chrysanthementeich bringen.«

»Nun, was hältst du von Vater?« fragte Ram.

Sie erzählte es ihm.

»Interessant. Viele deiner Landsleute in Rangun würden ihn für einen Helden halten.«

»Da ich deinem Vater *ex libris* begegnet bin, bin ich auf deine Mutter neugierig. Was für eine Frau war sie?«

»Vater fiel es schwerer, sie zu gewinnen, als die meisten anderen Dinge.«

»Das erklärt vieles. Ich möchte sagen, er hat mehr gestohlen als gewonnen.«

Er lächelte schief. »Er brauchte sie nicht zu stehlen. Sie begehrte ihn mehr als er sie.«

Sie runzelte die Stirn. »Dann war mehr Lust als Liebe zwischen ihnen?«

»Warum sagst du das?«

»Die Art, wie dein Vater geschrieben hat...« Sie blickte auf. »Ram, warum hast du mir das Tagebuch gegeben?«

»Das sagte ich doch. Ich wollte wissen, was du darüber denkst.«

»Ich glaube, du wolltest wissen, was meiner Meinung nach mit Birma geschieht... und mit dir.«

»Mir geschieht nichts, für eine Weile jedenfalls.« Er deutete auf die bewachten Türme.

»Eines Tages werden die Briten auch vor den Toren Khandahoors stehen. Der arme alte Mann in Mandalay wird sie nicht aufhalten.«

»Er kann sie nicht aufhalten, nicht mit Kanonen, die für Ludwig den Vierzehnten geeignet gewesen wären. Er kann nur glauben, sie seien zivilisiert.« Seine Lippen verzogen sich erstmals ärgerlich. »Die Briten sind stark, aber Khandahoor werden sie nie nehmen. Ich will verdammt sein, wenn ich es einer Bande von Box-*Wallahs* übergebe.«

Sie war über seine offene Verachtung verblüfft. »Bin ich einer von ihnen? Von den Box-*Wallahs?*« fragte sie ruhig.

Er schaute sie seltsam an. »Box-*Wallahs* sind bourgeoise Händler wie Bettenheim. Nur nehmen die meisten am Ende ihre Beute und ziehen heim. Die Bettenheims bleiben und erzeugen weitere Bettenheims. Gewöhnlich sind sie gezwungen, mit einer Frau zu beginnen, die wenig Chancen hat, einen Mann zu bekommen. Bettenheim hatte mehr Glück als die meisten, als er dich fand.«

»Und er war entschlossener«, sagte sie nachdenklich. »Er gehörte nicht zu den Männern, die ungeduldig beim Nachmittagstee warten. Ich hatte ihn ernster als die anderen genommen.«

»Hättest du ihn geheiratet?« fragte er plötzlich.

Sie hob eine Augenbraue. »Ich bin überrascht, daß Majid das nicht erzählt hat. Ja, ich hatte das erwogen. Es wäre praktisch gewesen. Vater und ich wären für den Rest unseres Lebens abgesichert gewesen. Wenn man nie Sicherheit gekannt hat, kann das sehr viel bedeuten. Unklugerweise kam Bettenheim zweiundzwanzigmal zum Tee. Beim dreiundzwanzigsten Mal hatte ich soviel Chauvinismus anhören müssen, daß es für ein ganzes Leben reichte. Er machte eine Szene.« Sie lachte schief. »Du hattest recht. Vielleicht bin ich zu leicht gelangweilt. Und wäre ich weniger impulsiv, könnte ich Herrin über mehrere Plantagen sein, statt keine Mistreß über deine königliche... *Nadakeit* zu sein.«

»Ja, er hätte seine Dynastie mit dir züchten können.« Seine Stimme klang seltsam gespannt. »Ich frage mich, ob seine Plantagen das wert gewesen wären.«

Sie verengte die Augen und spottete: »Vielleicht. Mag sein,

daß ich ihn sogar als Liebhaber genossen hätte. Er hat einen kräftigen Körper und wirkt brutal. Im schlechtesten Fall könnte er nicht rücksichtsloser als du sein, Ram. Vielleicht sollte ich ihn heiraten, wenn ich nach Rangun zurückkehre.«

»Er würde dich jetzt nicht mehr um deine Hand bitten«, sagte Ram kurz. »Er würde dich einfach ins Bett nehmen.«

»Dann muß ich die *Nayaka* Erotika aus deiner Bibliothek studieren«, sie schenkte ihm ein listiges Lächeln, »damit er mich darin behalten will.«

Er lächelte wie sie. »Glaubst du wirklich, du könntest fliegen lernen, indem du Bilder betrachtest, kleiner Vogel?«

Lysistrata nahm jetzt im *Zenana* nur noch Mahlzeiten ein und verbrachte die Nächte dort. Jeden Morgen durchstreifte sie nach dem Frühstück die große Festung. Eines Morgens stieß sie auf eine seltsame Gruppe auf dem Feld bei den Wachbaracken. In chinesische schwarze Röcke und Hosen gekleidet, standen Ram und mehrere Wachen reglos wie Balletttänzer da. Sie war gespannt, was sie tun würden. Sie wirkten wie gelähmt. Sie probierte die Stellung selber aus, aber nach Minuten schmerzten ihre Muskeln.

Fast zwei Stunden vergingen. Schließlich erwachten die Männer mit einer schlangengleichen Bewegung zum Leben, gefolgt von einem seltsam schönen, perfekt synchronisierten Tanz, der eine *Kung Fu Kata* war, wie sie erfuhr, eine tödliche Konzentration auf einen unsichtbaren Gegner. Kein Wunder, daß Ram gut tanzte. Seinen anmutigen Körper beherrschte er vollendet. Im Übungskampf war er schnell wie eine Otter und auch so gefährlich. In den folgenden Wochen entdeckte sie, daß er mit bloßen Händen und Füßen Steine zerschmettern konnte.

Ram und seine Söldner verfügten über viele unerfreuliche Fähigkeiten. Von einem galoppierenden Pferd gebeugt, konnte er auf hundert Meter einen Pfeil ins Schwarze schießen. Mit der Winchester schoß er ebenso präzise. Mit Seil und Haken konnte er in Sekunden eine steile Wand erklimmen, und mit dem Wurf eines kleinen Metallsternes mähte er Blüten. Sie bezweifelte nicht, daß er wußte, daß sie ihm beim

Üben zuschaute, beobachtete ihn aber voreingenommen wie ein Beutetier weiter.

Wenn sie nicht beim *Kung Fu* zuschaute, stöberte sie in der Bibliothek. Nachdem sie sich Bände ausgesucht hatte, begab sie sich zum Phoenixpalast, einem kleinen Bungalow nahe einem hyazinthenbedeckten See mit einer Insel darin. Eines nachmittags ging sie mit einem Armvoll Hinduliteratur dorthin.

Aus reiner Neugier über Rams Hindu-Namensvetter blätterte sie im *Ramayana*. Ein Teil des Epos befaßte sich mit dem Exil des heldenhaften Prinzen Rama und seinen Bemühungen, sein Königreich und seine geliebte Gemahlin Sita vom Dämonenkönig Ravana zurückzugewinnen. Rama schien seiner Frau getreuer zu sein, als Ram es je sein würde, dachte sie trocken, als sie das Buch beiseite legte.

Das *Abisarika Nayaka* war ein Gedicht über die Affäre einer verheirateten Frau. Das Verlangen der Heldin war so heftig, daß sie sich buchstäblich die Kleider vom Leibe riß und über Schlangen schritt, um zu ihrem Geliebten zu gelangen. Ihre Vereinigung war so wild wie der Schrei der Pfauen und die vorangegangenen Stürme. Melodramatisch, urteilte Lysistrata. Das *Nayaka* gesellte sich zu dem *Ramayana*.

Das *Kama Sutra* war ein zuweilen klinisches, zuweilen lächerliches Handbuch zum Liebemachen. Perfekt geeignet für skrupellose Wüstlinge, dachte sie, obwohl viele Positionen faszinierend, wenngleich auch verblüffend waren. Sie hatte den Liebesakt immer für eine eher direkte, wenngleich oft heimliche Prozedur gehalten. Die Zeichnungen zeigten geschickt den Schwung und die Elastizität des Fleisches, die Mattigkeit und Intensität der Liebenden. Sie begann sich sehr unruhig zu fühlen.

Die Sonne auf dem Wasser blendete ihre Augen. Vielleicht sollte sie heute ein Nachmittagsschläfchen machen, andernfalls würde sie den Rest des Tages Kopfschmerzen haben.

Das *Zenana* war verlassen. Seine Bewohnerinnen dösten am frühen Nachmittag in ihren Quartieren – das dachte Lysistrata zumindest, bis sie ihren Raum betrat und vom angrenzenden Balkon leise Stimmen und Gelächter hörte. Die

Stimme eines Mannes war darunter. Neugierig spähte Lysistrata verstohlen durch die Trennwand. Ram und die Chinesin Kim lagen nackt auf einer gepolsterten Matte, ihre Körper miteinander verschlungen. Sie unterhielten sich auf chinesisch, und Ram lachte, als Kim ihm etwas ins Ohr flüsterte. Er streckte sich und schüttelte den Kopf. Mit unverschämt zwinkernden Augen glitt Kim an seinem Körper herab, bis ihr langes Haar seine Lenden bedeckte. Ihr Kopf senkte sich und schwebte darüber, bis Lysistrata plötzlich erkannte, was Kim tat. Sie preßte die Finger fest gegen den Paravent, sah, daß Ram seine Augen schloß und daß seine harten Bauchmuskeln sich vor Lust zitternd spannten. Seine Hände glitten leicht über Kims Haar, umfaßten dann ihren Kopf. Sein schlanker Leib spannte sich rhythmisch wie in stummer Qual, entspannte sich und reagierte noch intensiver. Lysistrata bemerkte nicht, daß er ihr seinen Kopf zugewandt hatte. Seine halb geschlossenen Augen waren auf die Trennwand gerichtet. Sie erstarrte. Seine Lippen öffneten sich zu einem Stöhnen, als seine Hände die Schultern der Konkubine umfaßten. Als er seine Augen wieder öffnete, war Lysistrata vom Balkon verschwunden. Erschüttert und vor Scham brennend, floh sie das *Zenana*.

Ram fand Lysistrata in der Bibliothek lesend. Obwohl sie seinen Gruß kurz erwiderte, konnte sie es kaum ertragen, ihn anzublicken. Er war völlig bekleidet, aber sie mußte ständig an seine Männlichkeit unter seiner engen Hose denken. Stellte sich seinen *Lingham* umhüllt vom warmen Mund einer Frau vor.

»Wie geht's mit dem *Nayaka* voran?« fragte er ruhig. Sie zuckte zusammen. Er wußte es.

»Ich komme nicht dazu«, brachte sie heraus. »George Sands *Indiana* ist viel interessanter. Findest du nicht?«

Er lächelte seltsam. »Wie findest du Sands Einstellung zur Liebe?«

»Oh... er scheint... zuweilen... unvoreingenommen zu sein.«

»Unvoreingenommen.« Das Lächeln wurde noch seltsamer. »Ja, das beschreibt Sand ganz gut.«

Da die Gefahr vorüber schien, beschloß Lysistrata, das Thema zu wechseln. Sie erhob sich und trat auf die Terrasse. »Hast du etwas dagegen, wenn ich aus dem *Zenana* ausziehe?«

Er neigte den Kopf. »Wohin möchtest du ziehen?«

»In den Phoenix-Bungalow. Ich bin nicht daran gewöhnt, mit jemand anderem als meinem Vater zusammenzuleben. Ich bin lieber allein.«

»Natürlich. Kalisha wird alles vorbereiten lassen.«

Sie war überrascht, wie leicht es war. Fast zu leicht. Er wollte sie sicher aus dem Weg haben, damit er das *Zenana* besuchen konnte, ohne einer naiven, trotzigen Nörglerin zu begegnen. Vielleicht wollte er ihr auch nicht mehr nachstellen. Warum auch, da erfahrene Schöne bereit waren, all seine sexuellen Wünsche zu erfüllen. »Danke«, murmelte sie, »aber ich würde gern heute abend dorthingehen und es morgen selbst reinigen. Dann ist es vielleicht mehr mein Heim.«

»Vergiß nicht, George Sand mitzunehmen«, sagte er weich.

Obwohl die erste Nacht im Phoenix-Bungalow lang war, wußte Lysistrata, daß sie im *Zenana* länger gewesen wäre. Jetzt hätte sie nach jedem Knarren und Seufzen dort gelauscht. Natürlich mußte Ram das *Zenana* entweder besucht haben, nachdem sie nachts eingeschlafen war, oder die Frauen waren zu ihm gegangen. Vielleicht alle drei gleichzeitig. Sie mußte stets daran denken und drehte sich unruhig auf dem großen Bett. Schließlich schlief sie ein und träumte, was viel schlimmer war, denn Rama erschien ihr als vielarmiger Gott, der verführerisch vor ihr in einer Dschungelpagode tanzte. Nackte Göttinnen umarmten ihn, küßten und streichelten einen steinernen Phallus. Dann lag sie in seinen Armen, die sie zu Boden zogen. Sie spürte, wie Blut aus ihren Lenden schoß, und schreckte entsetzt auf. Aufrecht sitzend bedeckte sie ihr Gesicht. Die Leinenlaken unter ihren Schenkeln waren feucht – aber nicht von Blut –, und sie kauerte sich vor Scham zusammen. Minuten später erstarrte sie, als sie hörte, wie eine Tür leise geöffnet wurde.

Eine große, schlanke Gestalt war im Mondlicht zu sehen. »Ram?« krächzte sie.

»Ich hörte dich schreien«, sagte er ruhig. »Keine Angst, du bist sicher. Hier kommt nie jemand her.«

»Außer dir«, brachte sie kläglich heraus.

»Mein Quartier ist auf der anderen Seite des Sees.«

Ihre Kehle wurde noch trockener. »Ich dachte, du...«

»Ich habe nie im Pfauenpalast gewohnt. Wie du bevorzuge ich Einsamkeit.« Er lehnte sich an den Türrahmen. »Oder hast du das *Zenana* aus Furcht verlassen?«

Sie riß sich zusammen. »Wenn du mich vergewaltigen wolltest, hättest du das schon längst versucht.«

»Vielleicht habe ich mich noch nicht entschlossen.« Sein Kopf ruhte am Türrahmen. »Oder vielleicht bin ich zu träge. Gewöhnlich muß ich niemanden vergewaltigen.«

»Na, wenn du glaubst, ich würde mich je für deine Trägheit auf den Rücken legen«, entgegnete sie, »kannst du warten, bis du einen grauen Bart hast.«

»Sollten die Briten nach Khandahoor kommen, werde ich kaum so alt werden. Wenn du also nicht zu mir kommen willst, muß ich zu dir kommen.« Sie erstarrte, als er sich auf ihr Bett zubewegte. Blaues Mondlicht fiel auf seinen feuchten, nackten Körper. Mit einem kurzen Ruck zog er die weiße Wolldecke vom Bett und ließ sie zu Boden fallen. Er starrte ihren Körper lange an. »Du wurdest nicht erschaffen, um allein zu liegen. Wenn du bereit bist, werde ich dich das lehren.«

»Männer sind so unerträglich eitel«, zischte sie. »Sie glauben, eine Frau könne ohne sie nicht existieren, und daß sie weder Verstand, geschweige denn eigenen Willen hat. Ich brauche keinen Mann, und vor allem brauche ich dich nicht!« Sie zog das Messer, das er ihr gegeben hatte, unter dem Kissen vor. »Und jetzt verschwinde!«

»Ich gehe jetzt«, sagte er ruhig, »aber du wirst bald verstehen, daß manche Dinge durch Gedanken nicht erfüllt werden können und manche stärker als der Wille sein können. Der Verstand kann zu Fallen und Versuchungen führen. Oft an etwas zu denken, was man am meisten fürchtet, bedeutet, sich ihm zu ergeben.« Er warf die Decke aufs Bett. »Du kannst dich noch ein wenig länger verstecken, aber verlaß dich nicht zu sehr auf meine Geduld. Wenn ich eine Weile der ›Zivilisation‹ fern bin, neige ich dazu, wieder die Wege meiner Vorfahren zu gehen.«

Momente später war nur Mondlicht da, wo er gestanden hatte, und Lysistrata hätte alles für einen Traum gehalten, wäre nicht der kalte glitzernde Stahl in ihrer Hand gewesen.

In den nächsten Tagen machte Lysistrata es sich im Phoenix-Bungalow bequem. Die Möbel, um die sie bat, wurden gebracht, darunter auch eine hellgelbe Hängematte für die Veranda, die bis zum Steingarten am Rande des Sees reichte. Moskitonetze schwebten wie ein Zelt über dem Bett, weiße Baumwollvorhänge hingen lose über den Bogenfenstern. Weiße Polster und violette und braune Seidenkissen bildeten einen Diwan. Nachts beleuchteten Messinglampen weich die weißen Wände, und am Tag wurden die Gärten und der See in einem Spiegel neben dem Bett reflektiert. Sie bedauerte fast, daß sie Rams Angebot abgelehnt hatte, die liebliche, lebensgroß geschnitzte chinesische Göttin Kuan Yin an die Tür zu stellen. Vielleicht vergoldete sie nur einen neuen Käfig, aber sie wollte ganz klar machen, wessen Käfig das war.

Jetzt blieb ihr nichts zu tun, als weitere Bücher aus der Bibliothek zu holen, um Ram nicht begegnen zu müssen. Sie hatte jede Einladung zum Abendessen abgelehnt und beschlossen, das auch weiterhin zu tun. Alle Mahlzeiten wurden von einem Diener in den Phoenix-Bungalow gebracht.

Sie legte sich in die Hängematte und nahm Sands *Indiana* mit. Nach kaum einer Stunde begriff sie, daß *Indiana* der Protest einer Frau gegen gesellschaftliche Konventionen war, die sie an ein Eheleben ketteten, mit dem sie sich nicht abfinden konnte. Kein Wunder, daß Frank Wyatt das Buch verurteilt hatte. Es war ein Plädoyer für die Behandlung von Frauen... geschrieben von einer Frau. Das Exemplar hatte Rams Mutter gehört, deren gekritzelte Anmerkungen Mitgefühl für die Autorin erkennen ließen, die gezwungen gewesen war, das Buch unter einem Männernamen zu veröffentlichen. Ram *hatte* also gesehen, daß sie ihn beobachtete, während er Kim liebte. Er wußte die ganze Zeit, während sie in der Bibliothek albern über Sand plapperte, daß sie gelogen hatte. Kein Wunder, daß ihre Kapitulation für ihn nur eine Frage der Zeit war. Sie klappte das Buch zu. Ihm beim Geschlechtsverkehr zuzuschauen, bedeutete doch nicht, daß sie ihn begehrte... oder doch?

Ein anderer Widerspruch quälte sie. Hatte Anira, die *Indiana* so aufmerksam gelesen hatte, ihrem Mann aus reinem Pflichtgefühl Haremswächter gekauft? Oder war es nur ein Scherz? Spiegelte die fehlende Männlichkeit der Eunuchen nur den Wunsch wider, William Harley wegen seiner Untreue zu entmannen? Außer Ram und Kalisha konnten nur wenig Menschen in Khandahoor viel über eine Frau wissen, die in der Abgeschiedenheit des *Purdah* lebte. Eigenartigerweise war der einzige Inder außer Kalisha ein alter Gärtner, den sie oft gegrüßt hatte, wenn sie ihm begegnete. Ram schien kaum Verbindungen zur Rasse seiner Mutter zu haben.

»Sei gegrüßt, Pandit Singh.« Lysistrata beugte sich zu dem alten Gärtner und reichte ihm eine Ringelblume, als er nach einem Korb mit Pflanzen griff. »Deine Chrysanthemen und Ringelblumen auf meiner Terrasse sind wunderschön. Danke, daß du dich so sehr darum kümmerst.«

Er nickte hocherfreut. »Wenn sie den Monsun überleben, werden sie das ganze Jahr blühen. Chrysanthemen und Ringelblumen sind von Buddha geheiligt. Sie bringen Glück.«

»Welches war Rani Aniras Lieblingsblume?«

»Sie liebte Blumen nicht sehr.«

»Aber diese wunderschönen Gärten wurden doch für sie angelegt? Ich wußte nicht, daß ihr Gatte einen solch exquisiten Geschmack hatte.«

»Lord Harley kümmerte sich nur um die Architektur. Die Gärten habe ich entworfen.«

»Du!« Sie war verblüfft. »Pandit Singh, du bist ein Genie!«

Er lachte humorlos. »Ein Mann kann sehr klug sein, wenn sein Leben davon abhängt.«

Sie runzelte die Stirn. »Ich verstehe nicht.«

Seine Augen fixierten sie wie die eines Mungo. »Ich bin der

letzte der Gefangenen, die Khandahoor erbaut haben. Die anderen sind im Burggraben.«

Mechanisch griff sie nach einem anderen Setzling und sah in Gedanken die schreienden Männer vor sich, die von Krokodilen gefressen wurden. »Ich verstehe...« Sie blickte ihn scharf an. »Und ich verstehe nicht. Die Architektur ist so großartig wie die Gärten. Warum sollte Harley...?«

»Die Rani konnte Gärten verändern. Stein konnte sie nicht so leicht ändern, obwohl sie das schließlich doch getan hätte, wenn sie noch lebte. Sie war selten mit etwas zufrieden. Alles mußte perfekt sein und am Ende einfach anders.«

Lysistrata murmelte: »Lord Harley muß ein Monster gewesen sein.«

Der alte Mann zuckte die Schultern. »Wäre es weniger beschwerlich gewesen, hätte Lord Harley uns zurück nach Madras zur Hinrichtung geschickt. Er wollte uns erschießen lassen, aber die Rani überredete ihn dazu, den Burggraben zu benutzen. Sie schaute lächelnd von den Zinnen aus zu. Es war das letzte Mal, daß sie das *Purdah* verließ.«

Lysistrata war übel. Sie wollte kein Wort mehr hören. Aber doch mußte sie. »Pandit Singh, könntest du morgen nachmittag am Phoenixsee Fuchsien pflanzen?«

Er schaute wegen des plötzlichen Themawechsels verwirrt drein, dann verengten sich seine Augen verstehend. »Wie es Ihnen beliebt, Missy.«

Diese Nacht und den nächsten Morgen verbrachte sie damit, Aniras Anmerkungen zu *Indiana* zu lesen. Je mehr sie las, desto schwerer war es, die empfindsame, leidenschaftliche Anira, die Gerechtigkeit verlangte, mit der Rani in Einklang zu bringen, die Massenmord genoß.

Als Pandit Singh mit den Pflanzen kam, war er weniger geschwätzig als am Tag zuvor. »Vielleicht war es falsch von mir, schlecht über die Rani zu sprechen«, begann er nervös.

»Warum? Hast du gelogen?«

»Nein, nein, aber...«

»Ich werde Prinz Ram nichts erzählen. Ich bin hier genauso gefangen wie du.«

Er blinzelte, wurde dann mißtrauisch. »Falls Sie einen Fluchtweg suchen, ich weiß keinen. Sonst hätte ich ihn längst benutzt. Außerdem, Missy, ist draußen nur endloser Dschungel, kriegerische Shan ... und Schlimmeres.«

»Ich weiß.« Sie lächelte kläglich. »Ich erforsche nur meinen Käfig, Pandit Singh. Ich habe auch über die Rani gelesen. Sie fasziniert mich.«

»Sie können von Glück sagen, daß sie tot ist. Es hieß, sie sei die Tochter Nagas, der Kobragöttin. Sie haßt ihr eigenes Volk, aber sie haßte die *Feringhi* mehr«, mit einem seltsam bösen Lächeln stellte er die Pflanzen ab, »vor allem *Feringhi*-Frauen.«

»Sie heiratete einen *Feringhi*« entgegnete Lysistrata.

Er spuckte auf die sonnigen Felsen. »Der Sahib hat sie nie geheiratet.« Er lächelte wieder. »Er baute Khandahoor für sie, aber er heiratete sie nicht. Sie war eine Prinzessin, machte sich aber zur Hure eines *Feringhi,* so daß sie nicht einmal in die Gesellschaft der Unberührbaren paßte. Die *Feringhi* wollten sie auch nicht haben. Darum verlangte sie, über Khandahoor zu herrschen.«

Lysistrata starrte auf die goldenen Blumen. Pandit Singhs Geschichte erklärte Aniras Enttäuschung teilweise, aber nicht ganz. »Du sagtest gestern, daß die Rani bei der Hinrichtung der Sepoy den *Purdah* zum letzten Mal verließ. Hatte sie sich zuvor so frei wie westliche Frauen bewegt?«

»Sie war schamlos«, sagte er bitter. »Sie trug nicht einmal einen Schleier. Sie war sehr schön und wußte, daß die Gefangenen nach ihr gierten, obwohl sie sie verachteten. Das amüsierte sie.« Er erstarrte und blickte furchtsam über Lysistratas Schulter.

Sie drehte sich um und sah Ram auf einem schneeweißen Araberhengst. Er führte eine passende Stute am Zügel. Sein Gesicht war kalt. »Du hast im Pfauenpalast Arbeit, Singh«, sagte er barsch. »Künftig wirst du mich fragen, bevor du am Phoenix etwas veränderst.«

Mit hastiger Verbeugung floh der alte Mann.

Ram hielt Lysistrata die Zügel der Stute hin. »Das ist Soleils Schwester, Parvati. Komm.« Es war ein Befehl, keine Einladung. Als sie aufgesessen war, sagte er scharf: »Ermutige den alten Mann nicht. Bei der Rebellion von achtundfünfzig hat er weiße Frauen wie dich zerstückelt.«

»Aber das war vor Jahren, und er ist ja fast senil«, protestierte sie. »Er fürchtet dich. Sicher ist er jetzt harmlos.«

»Senile vergessen manchmal ihre Furcht, wenn sie an die Vergangenheit denken. Wenn Singh findet, daß du Teil seiner Vergangenheit bist, versucht er vielleicht, dich dorthin zu schicken.«

Er gab seinem Pferd die Sporen, und sie folgte ihm. Zu ihrer Überraschung hielt er an der Zugbrücke und befahl, sie herunterzulassen. Mit klappernden Hufen verließen die Reiter die Festung.

Ram ritt über einen schmalen Pfad durch den dichten Dschungel, bis sie an den Rand des Plateaus kamen, von dem man den See überblickte. Hinter der Küstenlinie krochen winzige Boote wie Wasserspinnen über die Oberfläche. »Dort leben die Dorfbewohner.« Er deutete auf Stelzenhütten im See. »Manche gehen nie ans Land. Sie sind Fischer, aber sie bauen auch Gemüse direkt auf dem Wasser an.« Er zeigte auf riesige schlammgefüllte Palmwedelmatten, in denen Gemüse wuchs.

»Die Seebewohner liefern uns einen Teil der Lebensmittel. Andere bauen wir im Dschungel auf einer Reisplantage zu beiden Seiten von Khandahoor an. Die Arbeiter leben in der Nähe in Hütten.«

»Es sieht so friedlich aus. Plündern die Shan nie?«

»Das taten sie ständig, bevor Khandahoors Mauern errichtet wurden. Darum wurden der Graben und die Palisaden zuerst errichtet.« Er blickte über die Baumwipfel. »Vater und ich haben diesen Graben mit den Sepoy gegraben. In manchen Nächten schien der Dschungel von Shan erfüllt zu sein. Damals hatten wir nur wenige Söldner und nicht viele Gewehre. Wir trugen bei der Arbeit Pistolen.« Er grinste schwach. »Wenn ich einnickte, wußte ich nie, ob ich den *Dah* eines Shan oder den *Kris* eines Inders in den Rippen haben würde.«

»Du bist also nicht in Khandahoor aufgewachsen«, sagte

sie nachdenklich. »Du mußt fünfzehn gewesen sein, als mit dem Bau begonnen wurde.«

»Vierzehn. Ich habe fast meine ganze Jugend in Indien verbracht und hier nicht einmal ein Jahr.«

»Dann muß doch eher Indien als Birma dein Zuhause sein.«

»Du hast viele Jahre in Boston gelebt. Fühlst du dich der Stadt besonders verbunden?«

Sie lächelte ironisch. »Wo ist dann das Zuhause?«

»Wie du einmal sagtest«, erwiderte er, »ich bin ein Prinz des *Nada*.«

Oder vielleicht Hades, dachte sie, der nach seiner Persephone sucht.

KAPITEL 10

Die Jagd

Und dort soll'n für dich sein
all jene lieblich Wonnen,
die dunkler Gedanke erringen kann

JOHN KEATS

Die Hitze der Trockenheit nahm zu und damit auch Lysistratas Anspannung. Der Bungalow wurde nachts beobachtet, aber nicht von Ram, denn als sie einmal mißtrauisch rief, raschelten die Bougainvillea nahe dem See, als sei jemand rasch davongelaufen. Kalisha blieb im *Purdah*, und Ram hätte sich nicht versteckt. Möglicherweise war seine Warnung wegen Pandit Singh berechtigt gewesen. Obwohl der alte Mann ihr jetzt auswich, grinste er sie manchmal anzüglich an. Er mußte sie für so schamlos wie die tote Rani halten. Ram ließ sie ebenfalls allein, da er zu merken schien, daß sie sich ihm verschloß. Doch wie er vorausgesagt hatte, dachte sie nachts oft an ihn. Gedanken an Hindu-Erotika faszinierten und verhöhnten sie. In manchen Nächten war ihr Körper wie ein reifender Granatapfel, bei der die Beengtheit des Fleisches unerträglich schien.

Nach einer solchen ruhelosen Nacht wanderte sie im Nebel nackt zum Seeufer. Sie schwamm durch den Nebel und die Hyazinthen. Sie flocht Blumen in ihr Haar und streifte sie über ihre Gliedmaßen, bis ihr Körper Teil des Wassers und des grünen Lebens zu sein schien. Sie drehte sich auf den Rücken und betastete sich im sanften Strom treibend: ihre Brüste, ihre Vulva, so wie Ram es in der Nacht des Tigers getan hatte. Ihre heftigen Gefühle dabei erschreckten sie.

Sie ging aus dem Wasser, warf sich auf den hellen Sandstrand, schloß die Augen und ließ sich von der Sonne trocknen. Doch als ob der letzte Rest ihres Willens im See verhext worden sei, suchten, streiften und forschten ihre Fingerspitzen, fanden seidige Feuchtigkeit, eine köstliche Reife. Feuchtklebende Sandkörnchen streiften ihre Haut, als ihre Hand ihre Brüste streichelte und dann hob und sie sich ihrem Verlangen hingab. Sich Ram anbot, dessen feuchtwimprige dunkle Augen in die ihren brannten, als sie sie träge öffnete. Erschreckt fuhr sie auf. Er war nackt, tropfte noch vom Schwimmen. Adam mochte einst so Eva angesehen haben, die verbotene Frucht noch auf den Lippen, mit flammenden Lenden und die ewige Verdammnis völlig vergessend. Als sie aufsprang und davonrannte, hallte triumphierendes Lachen über das Wasser.

Mit einem leichten Regen kam kurzes Zwielicht. Lysistrata schaute auf den verschwommenen Vorhang, als sie auf die Veranda trat. Sie lauschte dem Vogelgezwitscher und dem Palaver der Affen. Lauschte. Denn heute nacht würde Ram sie nehmen. Er würde nicht mehr spielen. Raffiniert hatte er jedesmal die Zügel gelockert, wenn sie daran zog, um ihr eine Illusion von Freiheit zu geben, hatte aber die ganze Zeit mit ihr gespielt. Verlockt. Gehöhnt. Was für ein verschlagener Verführer er doch war! Und wie rücksichtslos er sie demütigen konnte. Diese schreckliche Nacht auf der *Rani* hatte Spuren hinterlassen, die sie nicht vergessen konnte. Heute nacht würde der Strick festgezogen werden, und sie konnte den Gedanken an seine Herrschaft nicht ertragen. Sie war gefangen... wenn sie ihn nicht tötete. Dann würde sie wahrscheinlich von seinen Söldnern niedergemetzelt werden. Als sie das erkannte, empfand sie eine gewisse Resignation, eine benommene Ruhe.

Das Vogelgezwitscher erstarb mit dem Regen, und Lysistrata legte die Messerscheide um. Ihre Wolljacke, das dunkle *Pasoh* und die Lederstiefel würden im Licht der schmalen Mondsichel nicht zu sehen sein. Sie schlich durch die tropfenden Bäume am See. Hinter dem Palmenhain auf der anderen Seite war undeutlich eine weißlackierte Blende zu erkennen, die im Regen glänzte. Sie schlich auf das kleine Gebäude zu. Die Fensterblende war nach außen gestellt, damit die regenkühle Brise hereinkam. Der Raum dahinter war dunkel. Sie schlich um die Veranda. Das Haus war leer. Er mußte bereits zum Phoenix-Bungalow gegangen sein.

Statt zu riskieren, Ram zu begegnen, zog sie sich aus und stieg in den See. Ein schwindendes Muster von Regentropfen prasselte auf das nachtkühle Wasser, als sie durch blasse Hyazinthenblüten auf die Insel zuschwamm. Bis auf die steilen Ufer war die Insel dicht mit Palmen und Mangroven, wucherndem Bambus und Magnolien bewachsen. Der Boden war durch Schlamm und faulende Blätter glitschig.

Fröstelnd spähte Lysistrata durch den Bambus auf den Phoenix-Bungalow. Die vorstehende Veranda tauchte das Haus in Schatten, da sie kein Licht angelassen hatte. Als der Mond hinter einer Wolke verschwand, drang das Knarren der schwingenden Eingangstür über das Wasser. Mit klopfendem Herzen zog sie sich in das Dickicht zurück, um Zuflucht zu suchen. Minuten später hörte sie das Platschen von Wasser kurz vor der Insel, als sie auf eine Mangrove stieg, die über den einzigen Pfad der Insel hing. Sie duckte sich, bereit, sich fallenzulassen, wenn Ram die Insel durchquerte.

Neblige, feuchte Hitze hob sich, als der Regen aufgehört hatte, und sie zitterte mehr vor Aufregung als vor Kälte. Ihr feuchtes Haar fiel schwer auf ihren Rücken, und ihre Schenkel schmerzten unter der Anstrengung, das Gleichgewicht zu halten. Da die Vögel und Zikaden noch immer schwiegen, hatte Ram die Insel noch nicht verlassen. Er suchte nach ihr. Das Messer zwischen die Zähne geklemmt, ließ sie sich vom Baum fallen und duckte sich.

Der Mond war wieder da. Um seine Spur im Schlamm zu finden, begab sie sich zu der Stelle, an der sie ihn ans Ufer kommen gehört hatte. Ihre Fußabdrücke vermischen sich mit seinen. Sie folgten der Insel ein kurzes Stück, bogen dann landeinwärts ab. Dann führten sie zu einem Bambusdickicht, das er nicht lautlos durchquert haben konnte. Sie duckte sich, und ihr Magen verkrampfte sich, als sie ein Rascheln im Bambus hörte. Es kam wieder, lauter. Sie bewegte sich auf den Bambus zu, um nicht im Mondlicht überrascht zu werden, hörte dann das Husten eines Tigers. Ein plötzlicher Sprung aus dem Bambus. In Panik schrie sie fast auf, sah dann aber, daß es nur ein Kaninchen war, das da zu den Palmen schoß.

Die Erleichterung wich augenblicklich einer entsetzlichen Erkenntnis. Das Kaninchen war durch das erschreckt worden, was sie für einen Tiger gehalten hatte. Aber in Khandahoor gab es keine Tiger. Nur einen Mann, der aus dem Bambus, wo sie gelauert hatte, hinter sie gelangt sein mußte. Fast krank vor Furcht wich sie vom Bambus in den dichteren Teil des Waldes zurück. Schwarze Mangroven hoben sich knorrig über den dampfenden Boden. Sie versuchte, seine Spur wieder aufzunehmen, machte ein paar Schritte und duckte sich gespannt. Sie erstarrte, als sie das Husten des Tigers vor sich hörte. Ihre feuchte Hand umfaßte das Heft des Messers fester. Mit wachsender Panik wich sie zurück, schreckte zusammen, als ihre Hüfte eine Mangrove streifte. Herumwirbelnd schaute sie Ram ins Angesicht, der ebenso nackt war wie sie. Lässig an einem Baum lehnend murmelte er: »Jetzt weißt du, was es bedeutet, alleine zu liegen.«

Sein Bauch wich der Klinge knapp aus, die in die Mangrove drang. Verzweifelt zerrte sie an dem festsitzenden Messer. Seine Hand umklammerte ihr Handgelenk. Sie versuchte sich kratzend und schlagend zu befreien, rutschte aber auf dem feuchten Laub aus und ging zu Boden. Bevor sie sich beiseite rollen konnte, war Ram über ihr. Sein schlanker Körper preßte sie in das schlammige Laub. Er stieß ein Knie zwischen ihre Schenkel und hielt dabei ihre Handgelenke fest. In stummem Entsetzen versuchte sie, ihn abzuschütteln. Er wartete mit der Geduld eines Jägers, bis ihre Gegenwehr nachließ. Dann begann er schweigend von ihr Besitz zu ergreifen.

Als seine Lippen unter ihr Ohr glitten, drehte Lysistrata ihren Kopf beiseite, wodurch unbeabsichtigt ihre Kehle entblößt wurde, und sie spannte sich an, als seine Zähne sanft in das gewölbte Fleisch drangen. Sein Mund streifte ihre Brüste, bewegte sich zu ihren Achselhöhlen, um sie mit seiner Zunge zu erforschen, glitt dann zu den Brustwarzen, die seine Schultern berührten. Erschauernd haßte sie ihn, haßte die Gewandtheit, die sie verrückt zu machen begann, haßte das glatte, harte Gefühl seines regennassen Körpers, der auf den ihren glitt. Sein Geschlecht drohte hart an ihrem Bauch. Seine Zähne sanken in ihre Brustwarzen, und sie stöhnte, und ihre Schenkel wurden schwach, als er sie auseinanderzwang. Sein Mund bewegte sich über ihre geöffneten Lippen, bewegte sich mit forschender, lockender Zunge auf sie. Betäubte sie. Dann spürte sie, wie sein Bauch sich anspannte, als er sich anhob. Spürte das drängende, endgültige Stoßen seines Fleisches in sich, seine schreckliche Fülle. Er begann sich zu bewegen, gespannt wie ein Tier, hart wie ein Tier. Sein Mund nahm sie, und seine Männlichkeit stieß sie nieder, hinein in den warmen Schlamm, der an ihrem Körper saugte, bis sie sich seiner Hitze öffnete, diesem glühendheißen, suchenden Speer, der sie verbrannte, bis sie aufschrie und sein Leben sich für immer in ihr verlor.

Nach einer Weile führte er sie zum See. Das Schwimmen zu seinem Bungalow bot keine Fluchtmöglichkeit, außer sie wollte ertrinken. Er trug sie aufs Bett, wo er ihr keine Zeit gab, wieder zu Verstand zu kommen. Er hypnotisierte sie mit seinem Körper, murmelte erotische Beschwörungen gegen ihr Fleisch, bis es sich ganz seinem Willen ergab. Als das Sonnenlicht über die Kissen tanzte, lag sie ermattet durch Sex und Schlaf da, und sein Körper umschloß sie halb. Ihre Wimpern streiften sein feuchtes, gelocktes Haar, ihre Augen öffneten sich, nahmen verschwommen das Sonnenlicht wahr, weiteten sich dann im Bewußtsein tiefster Ergebung. Abrupt versuchte sie, sich ihm zu entziehen, doch seine Hand legte sich um ihre Schulter, sein Arm schwer über ihre Brüste. »Vernachlässige ich dich, *Cara?*« murmelte er schläfrig.

Sein leichter Spott machte sie wütend. »Laß mich los«, preßte sie durch zusammengebissene Zähne. »Ich kann deinen blasierten Anblick nicht ertragen.«

Mit friedlichem Lächeln blickte er auf seine Männlichkeit herab. »Entschuldige. Er sieht doch eher erfreut aus, oder?«

Als sie vergeblich versuchte, ihn mit dem Knie zu stoßen, rollte er sich träge auf sie, klemmte ihr Bein ein und liebkoste ihren Hals. »Du bist im Vergewaltigen sehr erfahren«, zischte sie. »Es muß die einzige Alternative dazu sein, dir eine Bettgefährtin zu kaufen.«

»Aber ich mußte dich nur ein bißchen vergewaltigen«, spottete er, »und natürlich bezahle ich, wenn du das vorziehst.«

»Ich ziehe es vor, alleingelassen zu werden!« kreischte sie fast.

Er lachte. »Nach der letzten Nacht glaubst nicht einmal du diese Lüge. Warum gibst du nicht zu, daß du genießt, was ich tue?«

»Geh zur Hölle«, murmelte sie widerspenstig.

»Gib's zu, Lysistrata.« Seine Zunge glitt über ihr Ohrläppchen, dann zu ihrer Nackenbeuge, als sie den Kopf beiseite drehte. Ihre Hüften mit gestrecktem Bein festhaltend, begann er ihre Brüste zu liebkosen, bis sie sich wand, und ihre Augen verloren etwas von ihrer Auflehnung, als er die sensitiven Höhen reizte. Sie keuchte, als sein Daumennagel über ihren Bauch glitt und kurz vor ihrem Spalt verhielt. Er preßte sie fest auf die Seite. Sein Schenkel hielt ihre Hüfte fest, und er schob behutsam einen Finger in sie, lockte und quälte sie, bis sie den Atem anhielt. Feuchte Wärme drang zwischen ihren Schenkeln hervor, und ihr Körper bewegte sich instinktiv, um ihm bei seinem Forschen zu helfen. Doch als sein Finger sich zurückzog, um tiefer hineinzustoßen, erstarrte sie: »Nein, tu es nicht!« Aber sein Finger war bereits in ihr, glitt behutsam immer tiefer, preßte sich noch fester in sie, während sein Geschlecht ihre schwellende Vulva reizte. In einer Explosion von Lust klammerte sie sich mit gedämpftem Schrei an das Bett. Bevor sie sich entspannen konnte, drang er mit einem kräftigen, tiefen Stoß in sie, bei dem sie sich krampfartig zusammenzog. Wechselnde Stöße ließen sie immer wieder erschauern, bis er schließlich, als er ihren Höhepunkt kommen spürte, mit solcher Heftigkeit in sie drang, daß sie in die Kissen schrie. Benommen spürte sie, wie sein Griff sich an ihrer Schulter festigte, und hörte ein ersticktes Geräusch aus seiner Kehle.

Er drehte sie zu sich und küßte ihre Lippen, die

Schweißtropfen von ihrer Stirn streichelnd, flüsterte dann: »Erzähl mir die Lüge noch einmal, Lysistrata.«

Ich kann nicht. Ich kann mich ihm nicht ergeben, wiederholte ihr Verstand benommen. Tue ich das, wird er mich benutzen, und mich verlassen, wenn er fertig ist, damit ich in seinem *Zenana* verrotte. Ihre Hände umklammerten das Kissen, und sie zwang sich zu einem kalten Murmeln. »Nein, ich sage die Wahrheit. Glaubst du, du seist der erste Mann, der mich gehabt hat? Hast du nicht gemerkt, wie leicht es auf der *Rani* war? Oder dachtest du, deine neue ›Jungfrau‹ sei so gierig nach dir gewesen, daß sich ihre Jungfernschaft auf so wunderbare Weise teilte wie das Meer vor Moses?«

Verwirrung trat in seine Augen, dann Ärger. Und rascher, heftiger Schmerz, den sie nicht erwartet hatte, nicht glauben wollte. Als ob er mit einem Skorpion zusammengelegen hätte, sprang Ram aus dem Bett und verließ den Bungalow. Momente später schoß sein Körper in den See.

Bei Abendanbruch erfuhr sie, daß er Khandahoor verlassen hatte. Um Shan zu jagen, und seine Augen waren die eines Toten, erzählte Pandit Singh ihr hämisch. Kanaka und Friedlander waren ihm gefolgt. Sie würden tagelang fort sein, vielleicht für Wochen. Vielleicht für immer.

Scham erfüllte ihre Seele, und sie war nicht froh.

Die Tage zogen sich langsam wie Tausendfüßler in der Berghitze dahin. Der Mond wurde voll, nahm ab und verschwand ganz. Lysistrata haßte die mondlosen Nächte, die Einsamkeit, die schwarze, lauernde Stille. Sie spürte Blicke wie von dreckigen Schweinen durch einen Zaun, aber sie näherten sich nur den Bougainvillea. Jeder konnte das sein: einer der Söldner, Pandit Singh oder sogar Kalisha. Sie wagte nicht einmal, ihr Messer zu nehmen und es festzustellen, weil Ram ihr ihre Grenzen gewiesen hatte.

Sie lenkte sich ab, indem sie sich mit der Geschichte Birmas und Indiens befaßte. Sie erfuhr, daß die Rajput die wildesten Krieger Nordindiens gewesen waren. Nach dem Scheitern der Sepoy-Rebellion gegen die Briten waren vor allem Rajput-Herrscher entweder abgesetzt oder getötet, ihr Vermögen konfisziert worden – darunter wahrscheinlich auch das Vermögen von Rams Mutter. Anira hatte mehr als einen Grund, gegen ihren britischen Liebhaber Groll zu hegen, einem Plünderer dieses Bezirks.

Da Ram fort war, fühlte sie sich eigenartigerweise so frei, die herrlichen Saris und den Schmuck zu tragen, die ihr beim Betreten des *Zenana* bewilligt worden waren. Jeden Nachmittag kleidete sie sich, als erwarte sie einen Liebhaber, nicht weil es so war, sondern weil sie sich mit ihrer Weiblichkeit abgefunden hatte. Ram war skrupellos, aber er hatte bewiesen, daß sie eine Frau *war*, warm, elastisch und selbst für einen Mann mit seiner Erfahrung begehrenswert. Und er hatte sie nicht nur besitzen, sondern ihr auch Lust geben wollen.

Frank Wyatt hatte ihr nachgestellt, aber so heimlich und mit einem solchen Gefühl von Sündhaftigkeit, daß sie fast ebenso beschämt war wie er. Er war als entfernter Verwandter und Freund in das Haus der Herriotts gekommen, und selbst nachdem er begonnen hatte, ihr heimlich den Hof zu machen, gab er gegenüber Dr. Herriott und allen anderen nur platonisches Interesse vor. Das hätte Warnung genug sein müssen, begriff sie später bitter, aber er hatte erklärt, er sei zu scheu, um seine Gefühle vor aller Welt darzulegen. Sie hatte ihm geglaubt, weil er scheu *war* und poetisch und sensibel. Danach war er für sie feige, rührselig und eigensüchtig.

Ihre Kapitulation war verständlich gewesen. Sie war für sein offensichtliches Mitgefühl, seine Romantik empfänglich gewesen. Und er war ebenso arm, einsam und frustriert wie sie. Mit seinem Aussehen schien er der Prinz jedes Jungmädchentraumes zu sein. Er bettelte um Liebe, und Liebe war so leicht zu geben. Sie stimmte einer heimlichen Verlobung zu, da Frank noch nicht genug Geld als Lehrer verdiente, um eine Frau zu nehmen. Dennoch verweigerte sie sich ihm monatelang.

Dann, eines Nachts als Dr. Herriott fort war, kam Frank mit einer Pistole ins Haus und drohte, Selbstmord zu begehen, falls er ihr so unwichtig sei. Erschreckt gab sie ihm nach. Dann stellte sie fest, nachdem sie auf eine kratzende Couch gestoßen worden war, daß sein Taktgefühl keineswegs die körperliche Liebe einschloß. Er riß ihr Mieder auf und begrabschte sie mit der fieberhaften Eile eines Wahnsinnigen. Dann nahm er sich nur die Zeit, seine Hose aufzuknöpfen und ihren Rock hochzustreifen, und rammte sich in ihren unvorbereiteten Körper, um seine Lust in wenigen schmerzhaften Sekunden zu befriedigen. Er knöpfte sich die Hose zu, entschuldigte sich wirr und rannte aus der Tür.

Als er wenige Stunden später bettelnd zurückkam und um Quartier bat, war sie von seiner Hartnäckigkeit angewidert und weigerte sich. Er beschimpfte sie als Hure, die ungeeignet sei, Frau und Mutter zu sein. Innerhalb eines Monats heiratete er eine einfache, aber wohlhabende Jungfrau aus Salem, mit der er auch ›heimlich verlobt‹ war.

Obwohl sie nicht schwanger wurde, waren ihr Verstand und ihr Herz vergiftet. Seitdem hatte sie nur einen Mann gehabt. Ram. Der nie um etwas bat. Er hatte es genommen. Mit all der Geduld, Gewandtheit und schamlosen Manneskraft, an der es Frank mangelte. Die verführerische Gefahr lag darin, um die bloße Lust lieblosen Geschlechtsverkehrs zu bitten. Ram konnte diese Möglichkeit nur allzu leicht ausnutzen, wenn er je zurückkam. Falls er sie noch wollte.

Als wieder Vollmond war und der Prinz von Khandahoor noch immer fort war, empfand Lysistrata wachsende, ungewohnte Ängstlichkeit. Was, wenn Ram nie zurückkehrte und sie den Rest ihres Lebens in diesem Dschungelgefängnis verbringen müßte? Was, wenn er tot war? Der Gedanke beunruhigte sie seit Wochen. Er jagte vielleicht die Männer, die vor seiner Tür Waffen verteilten. Die feudalen Shan *Sawbas* hatten sicher etwas dagegen, daß ihr Gewehrnachschub abgeschnitten wurde, zumal von einem Mann, den sie haßten, weil er in ihrem angestammten Gebiet ein eigenes Königreich errichtete. Und wie Pandit Singh gesagt hatte, waren sie schreckliche Feinde, die nie ganz von der birmanischen Monarchie oder sonst jemand beherrscht wurden. Warum sollte Ram gerade jetzt die Waffenlieferungen unterbinden, nachdem er monatelang in Khandahoor geblieben war? Mit ihr.

Schließlich hatte sie mehr Angst um ihn als vor ihm.

In der Hängematte liegend starrte Lysistrata an die Verandadecke. Ram mußte gewartet haben, bis Friedlander und Kanaka gekundschaftet hatten. Er würde ganz sichergehen, bevor er handelte. Bis auf seine gekränkte Eitelkeit konnte es ihm nicht viel bedeuten, daß eine Frau keine Jungfrau mehr war. Er hatte gesagt, daß er verheiratete Frauen bevorzugte.

Schnell nahende Hufschläge rissen sie aus ihrem Grübeln. Beim Anblick Rams, der auf den Bungalow zuritt, rannte sie ihm mit ungeheurer Erleichterung entgegen. Er stieg ab. Sein Körper und sein Lendentuch waren mit Schweiß und Schmutz bedeckt. Mit dem schmierigen Turban, der Messerscheide über seiner blutverschmierten Schulter und dem Gewehr im Sattelholster ähnelte er einem Shan-Banditen. Selbst sein Gang war anders. Er schritt angespannt, als liefe er auf eine Käfigtür zu. Nur die Augen waren die Rams, und als sie in sie blickte, wußte sie, warum er gegangen war. Um sie nicht zu töten.

Im Gehen nahm er sie in seine Arme und begab sich zum Bungalow. Drinnen legte er sie aufs Bett und riß sein Lendentuch ab. Dann kniete er sich auf sie und riß den kupferfarbenen Sari von ihrem Körper. Etwas in Hindi fluchend, als sie keinen Widerstand leistete, schob er sich grob in sie, ohne auf ihren erstickten Schrei zu achten. Blut rann von seiner Schulter an seinem Arm herunter, als seine Finger sich in ihr Fleisch gruben, und dann tilgte seine Lust den Schmerz, und er nahm sie mit sich bis an den Rand des *Nada*. Nur der verrückte Ausdruck in seinen Augen blieb. Ihre Augen füllten sich mit Tränen, als sie seinen Kopf in ihre Hände nahm. »Laß mich… dich nicht so verletzen«, flüsterte sie. »Ich könnte glauben, daß dir an mir liegt.« Seine Augen verdunkelten sich, als sei er ein verwundetes Tier, das einen tödlichen Schlag erwarte, der Qual und Sterblichkeit beenden würde. Mit einem erstickten Geräusch vergrub er sein Gesicht an ihrem Hals. Sein langer Körper zitterte und wurde dann schlaff.

Nach einiger Zeit berührte sie seine Schulter behutsam. »Komm. Dieser Schmutz wird deine Wunde infizieren.« Widerstandslos ließ er sich von ihr zum See führen, stand dann hüfttief im seichten Wasser mit müde geneigtem Kopf, während sie ihn badete. Doch als sie seine Hand nehmen und in den Bungalow zurückkehren wollte, um seine Wunde zu reinigen, machte er kehrt und tauchte in das dunklere, tiefere Wasser. Augenblicke später durchteilte sein Kopf Meter vom Ufer entfernt die Oberfläche, und Nebel umhüllte ihn. Dann war er fort, und sie war allein.

Tage vergingen, ohne daß er zurückkehrte. Unschlüssig, in welcher Stimmung er war, suchte sie nicht nach ihm, bis ihre Angst unerträglich wurde. Eines Morgens schwamm sie im Frühnebel zum anderen Ufer. Rams Bungalow war verlassen, und so kehrte sie zum See zurück. Kaum hatte sie ein paar Schritte ins Wasser gemacht, tauchte Ram geräuschlos auf. Sie sahen sich einen langen Augenblick an, und dann sagte sie ruhig: »Ich habe auf dich gewartet.«

Ein Funkeln von Traurigkeit schien in seine Augen zu treten. »Lysistrata, ich werde dich nie lieben.«

Sie erbleichte, wandte sich dann stumm dem tieferen Wasser zu. Sanft ihre Schultern fassend, murmelte er in ihr helles Haar: »Nimm von mir, was du willst. Ich werde dein Meerprinz sein, der für immer an eine Höhle in diesem See gefesselt ist. Eines Tages wirst du dich an unsere gemeinsame Zeit nur als an einen Traum erinnern.« Er dreht sie zu sich. »Verlange nicht mehr, Lysistrata, denn ich kann nicht geben.«

»Dann laß mich gehen, Ram. Ich will die wirkliche Welt, nicht einen Traum dessen, was sein könnte.«

»Du kannst gehen, wenn ich tot bin«, sagte er ruhig.

»Was habe ich getan, daß du mich so haßt?« flüsterte sie.

»Ich hasse dich nicht.«

»Diese Nacht an Bord der *Rani,* als du... War das kein Haß?«

»Wenn es Haß war, hast du ihn mir nicht heimgezahlt?«

Sie schüttelte verblüfft den Kopf. »Ich verstehe nicht.«

Er schilderte ihr kurz, wozu Bartlys Ermittlungen geführt hatten, zu der falschen Mordanklage und seinem Ruin.

»Aber... was hat das mit mir zu tun?« Dann weiteten sich ihre Augen in dämmernder Erkenntnis. »Du glaubst, ich habe Lord Bartly auf dich gehetzt?«

»Hast du das nicht?« erwiderte er kurz. »Hätte ich nicht getan, was ich tat, wärst du bald einem anderen Lop Ear begegnet, und dein Samaritertum wäre weniger schön zu Ende gegangen. Hätte ich das nicht getan, hättest du uns beide ruiniert.«

»Deshalb also hast du…« keuchte sie. »Du wolltest mich so erschrecken, daß ich in meine Welt zurückkehre.«

»Was zählt das jetzt? Du hattest Grund, mich zu hassen, aber du mußt zugeben, daß ein unangemessener Preis für deinen Stolz gezahlt wurde.«

Sie lachte freudlos. »Ich war kaum Minuten von der *Rani* fort, als ich entführt wurde. Ich dachte, du seist es.«

Nach kurzem Schweigen sagte er langsam: »Dann habe ich dir großes Unrecht getan, als ich dich aus Rache in Tennasserim kaufte.«

»Schickst du mich *jetzt* nach Rangun zurück?«

Er lachte leise. »Ich habe dich nicht nur aus Rache gekauft. Aber«, er hob ihr Kinn, »ich habe dich auch nicht hergebracht, nur um meine Lust zu stillen, denn obwohl ich sie jedesmal bezwinge, scheint sie wie eine Hydra wiedergeboren zu werden. Vielleicht wirst du eines Tages den Grund verstehen und nicht zu schlecht von deinem Meerprinzen denken.« Er streichelte ihr Haar. »Bleib ein wenig bei ihm und laß dir von ihm an Glück geben, was er geben kann… denn er wird immer da sein, wenn du rufst, und er will dich erfreuen.«

Zärtlich führte er ihre Hand zu seiner Leiste. Als sie sie zurückziehen wollte, küßte er sie mit warmen Lippen wissend, bis ihre Finger ihn scheu erforschten. Er bog sie auf das Wasser und schwamm mit ihr dann, ihre Hände auf seinen Schultern, zum veilchengesäumten Ufer der Insel. Dort zog er sie mit sich und streichelte sie wie eine Katze, die sich sonnte. Während sie sich unter seiner matten Hand streckte, begann er ihre Innenschenkel zu liebkosen, bis sie sich für ihn teilten. Er nahm sie mit seinem Mund, lockend, quälend, forschend – bis sie sich mit leisem Schrei gegen ihn preßte.

Sie ins Wasser ziehend, hob er sie hoch, senkte sie dann auf sich, auf seine Geschlecht herab, bis sie sich um ihn wand. Dann nahm er sie voller Verlangen, und es war kein

Traum. Lange noch, nachdem sie beide erschöpft waren, hielt er sie wie ein liebliches Blumenblatt um sich, das seine verborgene Mitte umgab.

Während der langen, warmen Wochen und Nächte dieses frühen Frühlings erforschten Ram und Lysistrata alle Arten der Liebe mit einer gefühlvollen Intensität, die ihre Spuren an ihnen mit der zarten Unauslöschlichkeit einer Tätowierung hinterließ. Dennoch blieb Ram fast so geheimnisvoll wie immer. Nach manchen Liebesnächten blieb er ihr für Tage fern. Sie lernte, seine Stimmungen mit einer Geduld zu akzeptieren, die Dr. Herriott bei ihr nicht für möglich gehalten hätte. Sie wußte, daß die Zeit kommen würde, in der Ram sie unerträglich verletzen würde. Dieses Wissen machte sie noch schöner und schuf eine Traurigkeit unter ihrem zerbrechlichen Panzer, die nur schmolz, wenn er sie liebte. Dann war sie an Leib und Seele nackt vor ihm und konnte sich nicht verstecken. Es schien unwichtig, da Ram – der so empfänglich für alles andere war – dafür blind war.

Als bereite er sie auf die Zeit ihrer Trennung vor, lehrte er sie etwas von den Sprachen, die er kannte, und perfektionierte ihr Birmanisch. Er lehrte sie meditieren, ihren Körper zu verlassen, Khandahoor zu verlassen, war aber immer irgendwie Teil des Ortes, zu dem sie ging. Und manchmal, wenn ihre Körper sich vereinten, fühlte sie, daß ihre Seele in ihm verloren war.

Die Zeit verging in einem ruhigen Fluß, der nur ein einziges Mal gestört wurde. Eines Nachts ruhte Rams Kopf auf ihrer Brust, und er malte mit seinem Zeigefinger Muster auf ihrem Bauch.

»Woran denkst du?« fragte sie leise.

»Ich überlege, welchen Mann du als nächsten haben wirst.«

Seine unerwartete Grausamkeit ließ sie vor Schmerz erstarren, dann entspannte sie sich. »Ist das wichtig? Schließlich liebst du mich nicht.«

Seine Finger malten weiter Muster. »Aber ich bin eitel und neugierig. Wer war der erste Mann? Bettenheim ... Harry?«

Dann merkte sie, daß er verschlungene Initialen malte: C. B., H. A. Sie zuckte zusammen. »Wie viele Geliebte hast du seit dem *Nautch*-Mädchen gehabt?«

»Ich habe nie gezählt«, erwiderte er gelassen, »du?«

»Huren zählen selten. Manche können gar nicht zählen – sie wissen nur, daß sie benutzt und verachtet und gedemütigt werden. Aber *nie* geliebt.« Sie dehnte die Worte. »Nur zu, warum legst du nicht ein Kissen über meinen Kopf und nimmst mich? Oder bin ich zu schmutzig? Vielleicht haben all diese *anderen* Männer mich mit einer Krankheit angesteckt!« Zitternd kauerte sie sich zusammen. Als er ihre Schulter berührte, machte sie sich noch kleiner. »Keine Angst. Ich bin noch nicht lange in dem Beruf.« Dann erzählte sie ihm von Frank, und als sie fertig war, öffnete sie, ihre Augen vor Tränen blind, ihre Beine. »Da, siehst du? Benutze mich wie du willst. Es ist völlig egal.«

Ram zog sie fest an sich. »Wo ist er jetzt, dieser Frank? Sicher in Boston?« Bei der Kälte seiner Stimme spürte er sie zittern und zog ihren Kopf an seinen Hals. »Der Narr kann von Glück reden, daß er in einer anderen Hemisphäre ist. Doch ich habe mehr Glück, denn wäre er mehr als Kot unter deinen Füßen, wärst du vielleicht nie nach Birma gekommen.« Er streichelte ihr Haar. »Ist er dir noch wichtig?«

»Wichtig?« Ihre Stimme klang an seiner Schulter erstickt. »Ich habe an ihn nicht mehr gedacht seit...«

»Seit ich da fortfuhr, wo er aufhörte.« Sie lagen schweigend.

»Ich kann nicht mehr gegen dich kämpfen, Ram«, flüsterte sie schließlich benommen. »Und ich kann dich nicht hindern zu tun, was immer du willst. Ich kann dich nicht hindern, mich zu verletzen. Warum haben Männer soviel Freude am Zerstören? Stärkt es deine Männlichkeit, wenn du eine Frau benutzt, statt dich um sie zu kümmern?«

»Kennst du das altfranzösische Wort für ›Lilie‹, Lysistrata? Es heißt *lys*, was Reinheit symbolisiert. Dein Name klingt wie das Zupfen von Lautensaiten oder fallendem Wasser. Man muß ihn nur langsam aussprechen, jede Note klar, getrennt und schön. Lys: die Lilie der reinen Leidenschaft. *Ist:* Stolz.

Strata: die Treue. Doch diese bemerkenswerte Symphonie, die ein Meisterwerk sein könnte, ist verstimmt, jede Note streitet mit der anderen. Der Impuls, die wahre Lieblichkeit aus deiner Musik zu ziehen, ist unwiderstehlich, aber während ich höre, daß sich ihr Versprechen erfüllt, halte ich dies für meine Komposition. Daß sie es nie gewesen ist und nie sein kann, verlockt mich, zu zerstören, was ich nicht behalten kann, so daß zumindest die Erinnerung mein ist.« Er küßte ihr Haar. »Verstehst du, was ich zu sagen versuche, Lysistratat?«

»Woher weißt du, daß die Musik, die du dir vorstellst, das ist, was sie sein sollte?« erwiderte sie leise. »Am Ende kann nur ich über die Komposition entscheiden.«

»Das ist wahr, aber bedenke, daß Musik auch von dem gestaltet wird, der sie hört.« Er hob ihr Kinn. »Ich bin überheblich. Dank autokratischer Vorfahren bin ich daran gewöhnt, zu machen, was ich will. Wirst du mir verzeihen?«

»Du hast mich gelehrt, daß mein Körper zu benutzen ist. Das verzeihe ich dir«, sagte sie ernst. »Aber du hast auch meinen Verstand vergewaltigt. Was immer deine Absichten sind, ich bin mir nicht sicher, ob ich das verzeihe.« Sie richtete sich auf. »Ich möchte heute nacht allein sein. Würdest du bitte gehen?«

»Nein.« Er zog sie zurück.

»Warum nicht?« protestierte sie schwach, als sein Mund über ihr schwebte. »Ich dachte du würdest...«

»Verstehen? Das tue ich. Darum bleibe ich ja.«

Doch nicht einmal Rams verführerische Überzeugungskraft konnte sie davon abbringen, sich zu fragen, was er tun würde, wenn seine Pläne wirklich vereitelt wurden. Er erkannte nur seine eigene Autorität an. Er gab zu, die Rücksichtslosigkeit seiner Eltern geerbt zu haben, aber wie sehr?

KAPITEL 11

Die Wahnsinnige

Doch in den Winkeln ihres Hauses lauerten
undeutliche Schatten ...
weißäugige Phantome, die blutige Tränen weinten,
und schreckliche Nachtmare,
und hohle Schatten umhüllten Herzen voller Glut

ALFRED, LORD TENNYSON

»Pandit Singh, wo war Prinz Ram an dem Tag, als die Sepoy getötet wurden?« Fast sicher, daß er den Bungalow nachts beobachtete, hatte sich Lysistrata dem alten Gärtner nicht nähern wollen, fühlte sich sicherer, wenn er selbstsicher grinste.

»Warum fragen Sie ihn nicht? Oder haben Sie keine Zeit für Kissengespräche?«

»Soviel Zeit, wie du für deine nächtlichen Gänge in meinem Garten«, erwiderte sie kühl. »Vielleicht sollte ich die beim Kissengespräch erwähnen. Seine Hoheit wird dein Interesse an meinen nächtlichen Gewohnheiten sicher reichlich belohnen.«

Der alte Mann wurde weiß. »Sie irren sich! Das ist eine Lüge...« Den Kopf einziehend beschäftigte er sich mit seinen Pflanzen.

Sie hätte vielleicht nachgegeben, wenn in seinen Augen nicht deutlich Schuld gestanden hätte. »Ich bin nicht in der Stimmung, über Semantik Haarspalterei zu betreiben. Wo war er?«

»Auf dem Wall«, antwortete der Alte rauh, »neben seiner Hexenmutter.« Seine verschlagenen, feuchten Augen verengten sich zu einem Grinsen. »Er genoß die Schreie der Sepoy. Hören Sie? Er schaute zu, wie sie in Stücke gerissen wurden! Und einige waren seine Freunde, obwohl er Schmutz unter ihren Schuhen gewesen war!«

»Ich glaube dir nicht!« rief sie. »Du bist ein gemeiner, verlogener, alter Teufel!«

»Sehen Sie hier jetzt andere Inder außer diesem teuflischen alten Weib Kalisha und mir?« entgegnete er. »Er hätte von Rangun weitere herbringen können. Wir sind viel tüchtiger als die faulen birmanischen Schweine! Er haßt uns ebensosehr, wie seine Mutter es tat!«

Sie konterte: »Warum nicht? War er während der Rebellion nicht in Indien? Habt ihr nicht außer Weißen Mischlinge erschlagen?«

Er grunzte. »Die Rani brachte ihn nach Hindukusch. Hätte sie das nicht getan, wäre seine ungläubige Haut an ihrem Stadttor ausgepeischt worden.«

»Dann bist du nicht weniger scheußlich als Ram!«

»Und mildert das seine Schuld?« Sein Lachen folgte ihr, als sie abrupt kehrtmachte und floh.

Doch die Freude des alten Mannes war kurz. Zwei Tage später fand ihn Lysistrata tot im Steingarten nahe dem Bungalow. Sie konnte nur vermuten, daß er während seines nächtlichen Herumschnüffelns überrascht worden war, da er mehrere Stiche im Rücken hatte. Er lag auf der Seite. Als sie ihn umdrehte, übergab sie sich fast. Gesicht und Leistengegend waren wie von einem Wahnsinnigen verstümmelt.

Ihr Verstand verzagte. Ram? Er würde heute morgen von einem Routinebesuch der Plantagen zurückkommen. War er schon nachts gekommen und zufällig auf den Gärtner gestoßen? Sie erinnerte sich an das furchtsame Gesicht des Alten, als Ram ihn gewarnt hatte, sich nicht ohne seine Erlaubnis dem Bungalow zu nähern. Trotz seines kühlen Äußeren war Ram eifersüchtig. Hatte er Pandit Singh beim Spionieren überrascht, konnte seine erste Reaktion schrecklich sein. Der alte Mann konnte sich nicht verteidigt haben. Allein eine der Wunden an seinem Rücken wäre sofort tödlich gewesen, und unter seinem Sash steckte noch immer sein Messer. Sie konnte sich vorstellen, daß Ram den Mann getötet hatte, ihn aber nicht so verstümmelt hätte. Und sollte einer der Söldner Pandit Singh überrascht haben, hätte er ihn entweder zu Ram gebracht oder ihm die Kehle durchgeschnitten. Die Wunden an den Geschlechtsteilen und der Versuch, sein Gesicht oder seine Augen zu zerstören – eines war herausgerissen worden –, deuteten auf jemand, der den alten Mann für seinen Voyeurismus bestrafen wollte. Nur Ram konnte daran liegen.

Sie ging langsam zu seinem Bungalow. Sie fand ihn im Garten meditierend. Obwohl er ihre Anwesenheit bemerkte, sprach er nicht. Sie musterte sein Profil. Das gespaltene Kinn mochte er von seinem räuberischen Vater haben, doch die Raubtiernase stammte von den Rajput-Despoten. Ein solcher Mann mußte einen anderen nicht in den Rücken stechen, zumal keinem alten. Aber den Bandit Bo Chaik hatte er auch nicht gewarnt, bevor er ihn gnadenlos tötete. Eine sich sonnende Kobra wirkte ungefährlich, solange sie nicht zuschlug.

Wie wenig sie von Ram wußte. Persönlichen Fragen wich er nie aus, beantwortete aber viele nicht. Hatte er gelogen? Ein Puzzlestein führte zum nächsten, wie die Kehren des Labyrinths, in dem er sie zum ersten Mal geküßt hatte. War all das einfach nur Lust, oder trachtete jeder aus einem perversen Sehnen heraus nach der unausweichlichen Zerstörung des anderen?

Ram drehte ihr seinen dunklen Kopf zu. Er wartete darauf, daß sie sprach, schien zu wissen, daß sie besorgt war, da sie nie unaufgefordert zu ihm kam. »Pandit Singh ist tot«, sagte sie einfach.

Sein Gesicht war ausdruckslos. »Er war alt.«

»Er starb nicht an Altersschwäche, Ram.« Sie schilderte, wie sie den Gärtner gefunden hatte.

Er runzelte dabei die Stirn, zeigte aber keine Verwirrung. »Keine Sorge. Ich lasse ihn wegschaffen.«

»Mehr hast du nicht dazu zu sagen?«

In seinen Augen war eine Spur von Ungeduld. »Erwartest du, daß ich ihn bedaure? Er war ein Mörder.«

»Aber wer immer ihn getötet hat, läuft in diesem Augenblick in Khandahoor herum. Wer, glaubst du, ist es?«

»Fürchtest du, im Bett erstochen zu werden?«

»Habe ich Grund, mich zu fürchten?«

»Vielleicht, aber ich sorge dafür, daß es nicht geschieht.«

»Danke. Ich hoffe, es wird trotz deiner Omnipotenz nicht zu anstrengend für dich sein.« Sie verließ ihn.

Als in dieser Nacht der Vollmond aufging, stand Lysistrata im Garten. Sie hatte Pandit Singh nicht gemocht, ihn verachtet, doch in ihm war Poesie gewesen, und sie betrauerte deren Verlust. Konnte sie einen Mörder lieben? War es möglich, einen Mann nur zum Teil zu lieben und den Rest zu hassen?

Ein leises Geräusch hinter ihr ließ sie zusammenschrecken. Sich herumdrehend erkannte sie Ram.

»Ich wollte dich nicht erschrecken«, murmelte er.

Unwillkürlich rieb sie die Gänsehaut an ihren Armen. »Du bist dann leise, wenn du es sein willst, nicht wahr? Nicht einmal Tiger merken immer, daß du ihnen folgst.«

»Täten sie das, wäre ich der Gejagte. Ich ziehe den anderen Weg vor.«

»Ja, ich erinnere mich.«

Er kam zu ihr. »Du warst vor einem Moment erschreckt. Du bist es noch immer. Du zitterst.«

»Ram, Pandit Singhs Körper«, sie brachte es kaum heraus, »war verstümmelt.«

»Und vielleicht ist der Schlächter jetzt gekommen«, er hob ihr Kinn, »um in dein Bett zu kommen.«

Sie schloß ihre Augen und fragte sich, ob er ein Messer hatte. »Ram... nicht.«

»Nein«, flüsterte er. »Nein, glaube mir. Nicht so.« Er streichelte ihren Hals. »Wie du wohl einen Mörder lieben würdest?«

»Ram, quäle mich nicht!« Sie versuchte sich ihm zu entziehen.

Er hielt sie fest. »Warum sollte ich? Mir gefällt nicht, was du denkst. Wollen wir sehen, wie hart der Schwanz eines Mörders ist? Sehen wir, ob eine Frau für einen Mörder weicher wird?«

Er nahm sie hoch, trug sie in den Bungalow und warf sie aufs Bett. Er legte langsam seine Kleidung ab und befahl ihr: »Zieh dich aus.«

»Nein.« Sie schüttelte benommen den Kopf. »Bitte.«

»Das ist ein hübscher Sari. Ich möchte ihn nicht zerstören.« Sie wich vor ihm zurück. »Ram, ich will dir glauben.«

»Dann wirst du mich lieben. Den Sari, Lysistrata.«

Verzweifelt warf sie ein Kissen gegen ihn und stürzte zur Tür. Der Sari zerriß. Dann schlang Ram seinen Arm um ihre Taille. Sie versuchte, sich ihm zu entziehen, keuchte dann, als seine freie Hand sich über ihrer Brust schloß und sein Daumen heftig auf die Brustwarze drückte. Ihre Fingernägel gruben sich in seine Haut, aber er liebkoste sie weiter, bis sie winselte und Lust empfand. Ihr Kopf fiel gegen seine Schulter, ihre Hände bedeckten die seinen, preßten sie und führten sie dann. Sie hörte ein leises Lachen, spürte seine Hand in seinem Haar und wurde zu ihm herumgedreht. Sein Mund bedeckte den ihren brutal und plünderte sie mit wilder Sicherheit. Sie kämpfte voller Verlangen gegen ihn, verschloß die Arme um seinen Hals, lockte ihn. Mit ersticktem Stöhnen stieß er sie aufs Bett und preßte sich auf sie. Seine Finger forderten Zugang, bis er warmen Honig fand und damit den engeren Eingang bestürmte.

Er drehte sie um und glitt zwischen ihre Schenkel, spürte, wie sie erstarrte, als er langsam in sie drang. Schluchzend schlug sie auf das Bett, doch ihre Schreie wurden atemloser, als er rhythmisch tiefer eindrang. Sie krümmte sich und nahm ihn, bis seine Haut vor Schweiß glänzte. Er fühlte, wie sie erschauerte, sich dann gegen ihn preßte, sich mit ihm paarte. Bis er sie wie wahnsinnig anflehte.

Als Lysistrata Rams stoßweisen Atem hörte, hatte sie das Gefühl eines Pyrhussieges. Er hatte sie erobert und sich doch zugleich selbst besiegt. In völliger Ergebung wußte sie für jetzt und immer, daß ihr gleich war, wie er zu ihr kam, solange er kam. Und er würde kommen, wie ein Jagdhund einer Hündin folgen würde, von der er nie genug bekommen konnte. Wie Frank hatte er begonnen, sie wie eine verachtenswerte Nutte zu behandeln. Vielleicht hatten sie beide recht. Ram lag neben ihr. Als er ihren Mund berührte, war eine feine Blutspur an seinen Fingern. »In Rangun nimmt man derzeit zehn Kyat«, murmelte sie. »Leg's auf die Kommode.«

»Tut mir leid«, sagte er weich. »Ich habe kein Geld dabei. Ich werde wohl abwaschen müssen.«

Sich auf die Seite drehend, begann sie müde: »Ram, ich ...« Dann keuchte sie vor Entsetzen, als ein wahnsinniges Gesicht über seiner Schulter auftauchte. Durch ihren Blick gewarnt, rollte er sich über sie und zog sie mit sich vom Bett. Als er über ihr kauerte, sah er das Messer im Mondlicht blitzen. Ein Gecko am Spiegel zerplatzte scharlachrot. Die verrückte Kreatur rührte neugierig in dem Blut und beschmierte mit mädchenhaftem Kichern ihr Gesicht. In einer Mischung aus Hindi und Englisch plappernd eilte sie in den Garten hinaus, doch erst, als Lysistrata einen Schatten von Ram in diesem blutigen, obszön verzerrten Gesicht gesehen hatte. »Anira!« flüsterte sie entsetzt.

Rams Fingerdruck veranlaßte sie zu schweigen. Er glitt zur Tür und spähte in den Garten. Sein Lendentuch umlegend murmelte er: »Verriegle das Fenster und die Tür hinter mir. Ich komme zurück, so schnell ich kann.« Dann war er fort.

Ram sah Anira wie einen wilden Gibbon, der eine Wäscheleine gestohlen hat, durch den Garten rennen. In weißem, fliegendem Gewand, von schwarzem Haar wie ein Dämon umflattert, schnatterte sie voller Furcht und Wut, als sie auf die Festungsmauer zustürmte. Er sprintete hinter ihr her, aber sie erreichte die Mauer vor ihm. Geschickt schwang sie sich auf einen Baum, erkletterte rasch die Äste, die die Mauer berührten, und schwang sich auf die Brüstung. Mit panischen Schreien legten die Wachen ihre Armbrüste an. Ram schrie lauter als sie: »Nicht schießen!«

Herumhüpfend schnatterte und kreischte Anira. Als sie sah, daß die Umstehenden sich fürchteten, kicherte sie und sprang mit vorgerecktem Messer auf die Wachen zu. Ihre Hand streifte eine Pfeilspitze. Sie schrie auf, wich zurück und betrachtete ihre Hand. Ram schwang sich auf den Baum und war zwischen ihnen, während Anira die Wachen beschimpfte. Anira, die ihn in den Schatten nicht erkannte, beruhigte sich etwas, weil die Wachen nicht angriffen, und beschäftigte sich mit dem Blut an ihrer Hand und ihrem Gewand. Sich streichelnd hockte sie sich auf die Brüstung. Sie begann mit Messer und Fingern ihr Haar zu kämmen.

Ram trat leise vorwärts. »Meine königliche Dame«, summte er, »darf ich euer Haar kämmen? Ebenholzfarbene Seide Indiens, schwarze Tränen seines Weinens, der Sorge bleibendes Seufzen...« Sie musterte ihn wachsam. Dann wurde sie von seiner leisen Stimme abgelenkt und neigte den Kopf, während er näherrückte. »Haar der Nacht«, flüsterte er, »sternengekrönt für euer Diadem. Für euch, einen Zauber von Träumen.«

Schwarze, glitzernde Augen schauten zu, wie er langsam seine Hand ausstreckte. »Gebt mir den Kamm, meine Dame, und der Nil und der Ganges und die Stöme Babylons werden durch euer Herz fließen, um seinen Kummer zu stillen...«

Vielleicht war seine Stimme zu sehr die eines Liebhabers, vielleicht zauberte das Mondlicht zu viele Erinnerungen in sein Gesicht. Das Messer klirrte zu seinen Füßen. Einen Sekundenbruchteil später waren nur das Messer und schwarze Leere an Aniras Platz, und die Stille wurde von einem Platschen unterbrochen, dann einem Reißen von Weiß im Wasser drunten, dem zappelnden Schäumen der Ungetüme.

Ram kehrte mit starrem Gesicht in den Phoenix-Bungalow zurück. Er setzte sich schwer auf das Bett, schenkte Wein aus einer Karaffe ein, begann zu schlucken und setzte dann das Glas ab. Er lehnte seinen Kopf an die Wand.

»Was ist geschehen?« fragte Lysistrata leise. »Hast du sie gefunden?«

»Ich habe sie gefunden.« Benommen erzählte er, wie Anira gestorben war. »Sie muß geglaubt haben, ich sei Vater oder einer der toten Sepoy.«

»Ram, nein... oh, Ram, es tut mir so leid.«

»Die Toten haben ihre Rache schließlich doch noch bekommen.« Er verzog den Mund. »Die Gerechtigkeit dessen hätte sie gutgeheißen, nur daß sie keinen Funken Verstand mehr hatte.«

»Wie lange war sie schon so wie... heute nacht?«

»Ich erinnere mich kaum daran, daß sie anders war«, sagte er bitter, »wenn man pedantisch ist. Im Lauf der Jahre wurde sie immer gewalttätiger. Du weißt wohl, daß Vater sie nie geheiratet hat. Ich mußte sie nach seinem Tod vor acht Jahren einsperren, als sie ein Mädchen mit einer Halskette erdrosselte. Nur weil sie glaubte, das Mädchen habe mit mir geflirtet.« Er starrte in den Wein. »Damals verwechselte sie mich oft mit meinem Vater.«

»Sie muß ihn schrecklich geliebt haben.«

»Schrecklich. Das trifft es gut. Sie war in der Liebe ebenso leidenschaftlich und schrecklich wie im Haß und sah am Ende nicht mehr den Unterschied.«

»Du sagst, sie war eingesperrt. Wo?«

»Sie war in ihrer Suite im Westflügel des Pfauenpalastes eingeschlossen. Das ist einer der Gründe, warum ich dort nie wohnte. Im *Zenana* hättest du es nicht hören können, aber sie heulte nachts manchmal.« Es klang entrückt, abwesend. »Es war ein Gefängnis, das sie selbst gewählt hatte. Ich bezweifle, daß sie es verlassen hätte, selbst wenn sie es gekonnt hätte. Sie hatte sich freiwillig ins *Purdah* zurückgezogen. Kalisha war seit mehreren Jahren ihre einzige Verbindung zur Außenwelt.«

»Aber wie ist sie nach so langer Zeit herausgekommen?«

»Ich ging heute in ihr Quartier, nachdem ich Pandit Singhs Leichnam untersucht hatte. Sie war dort, mit genug Opium betäubt, um sie für mehrere Stunden ruhig zu halten. Sie muß nach dem Herumstreifen in der vergangenen Nacht dorthin zurückgekehrt sein.« Er fuhr gedankenvoll fort: »›Herumstreifen‹ ist vielleicht das falsche Wort. Sie muß direkt hierhergekommen sein, sonst hätte sie jemand gesehen. Sie suchte dich. Ich nehme an, Kalisha hat sie damit aufgestachelt, daß ich sie wegen einer Yankee-Geliebten vernachlässige.«

»Aber warum sollte sie Pandit Singh angreifen? Warum ihn verstümmeln?«

»Wahrscheinlich hielt sie Singh für mich«, sagte er emotionslos, was Lysistrata beängstigend und traurig fand.

»Dir fällt es scheint's leicht, das zu akzeptieren«, sagte sie ruhig, »aber für mich ist es schwer. Ich habe ihre Anmerkungen in *Indiana* gelesen. Sie schien eine völlig andere Person zu sein als die, die du beschrieben hast. Dein Vater hat doch Khandahoor als Huldigung für sie erbaut? Das muß ihren Stolz doch etwas besänftigt haben?«

»Du vergißt, daß meine Mutter eine Rajput-Prinzessin und eine Despotin war. Khandahoor mag bemerkenswert sein, aber sie betrachtete es als ihr gebührend, so wie sie glaubte, über Leben und Tod ihrer Untertanen bestimmen zu können. Als Frau war sie dabei oft feinsinniger als männliche Herrscher.« Er stockte und fuhr dann leise fort: »Wären die Briten und mit ihnen Vater nicht nach Indien gekommen, wäre sie vielleicht eine große und sehr aufgeklärte Herrscherin gewesen. Da sie stärker und intelligenter als ihre beiden Brüder war, hätten die entweder sie ermordet oder sie diese. Als mein Vater auf der Szene erschien, planten sie ihre Verheiratung mit einem sterbenden Wrack. *Suttee* hätte ihr Problem binnen eines Jahres gelöst.«

»Wie lernten sie und dein Vater sich kennen?«

»Er war diplomatischer Kurier bei Hof nach Ernennung des neuen britischen Gouverneurs über den Distrikt. Als er Mutter gesehen hatte, sorgte er dafür, daß eins zum anderen führte. Sie waren beide erfinderisch. Niemand verdächtigte ihn, nicht einmal, nachdem sie und Kalisha aus dem Palast verschwunden waren.

Bis sie drei Jahre später mit mir und einer Vergewaltigungsgeschichte in Jaipur auftauchte. Sie hatten die Wahl zwischen ihr und seinem Amt...« Ram zuckte die Schultern. »Wenige glaubten ihr. Normalerweise wären wir erwürgt worden, aber Onkel Sanga hatte Onkel Gulab schon ermorden lassen. Sie versprach Sanga, seine Macht zu festigen. Da sie wußte, daß er sie töten würde, wenn er dieses Ziel erreicht hatte, sorgte sie für Streitereien, die ihn verunsicherten. Sie hätte so ewig weitermachen können, aber es war unwahrscheinlich. Er war alles andere als dumm. Sie wagte nicht, ihn zu töten. Er war ihr einziger Schutz vor Ermordung und Schmach, denn nach ihrer Liaison mit Vater hätte sie nicht herrschen dürfen.

Nach dem Scheitern der Sepoy-Rebellion waren wir relativ sicher, da die Briten jeden Vorwand einschließlich Mord nutzten, um Ländereien zu konfisizieren. Wäre Sanga eines natürlichen Todes gestorben, hätten sie Jaipur in Besitz genommen, da sie verfügt hatten, daß Königreiche nur an direkte männliche Nachkommen vererbt werden durften und Sangas einziger Sohn an Typhus gestorben war.

Vater hatte jahrelang sie zu überreden versucht, zu ihm zurückzukehren, aber erst nachdem Sanga durch einen Schlaganfall teilweise gelähmt war, traf sie das Abkommen mit Khandahoor.

Mit der Fertigstellung des Baus endete auch die Beziehung. Ich habe nie genau erfahren warum, da ich auf Vaters Wunsch die Schule in Bombay besuchte. Mutter war einverstanden, da ich als Hindu keine Zukunft hatte. Sie wußte auch, daß ich Khandahoor nie würde halten können, wenn ich nicht bei den Briten einen Platz finden würde, die inzwischen Unterbirma erobert hatten. Ich vermute, sie erwartete, daß Vater Khandahoor zu seiner ersten Residenz machen würde. Als er das nicht tat, wurde sie ihm gegenüber abweisend. Nachdem seine britische Frau wenige Monate später auf mysteriöse Weise in Mandalay starb, kehrte Vater nie nach Khandahoor zurück. Er wurde bei einem Hinterhalt der Naga in Arakan getötet. Es ist möglich, daß Mutter für beide Tode gesorgt hat, da sie Kontakte zu Nagahändlern hatte.« Er starrte ins Leere. »Vielleicht hat sie seine Ermordung in einem Anfall von Wahnsinn beschlossen, da sie immer häufiger Wutausbrüche hatte, an die sie sich später nicht erinnern konnte. Jedenfalls trauerte sie. Schließlich wurde sie so, wie du sie heute gesehen hast.«

Als er den Kopf hob, merkte er, wie gespannt Lysistratas Gesicht war. »Keine Sorge«, sagte er kalt, »ihr Wahnsinn war nicht vererblich. Wenn du einen Bastard bekommst, wird er wahrscheinlich gesund sein.« Er hob sich vom Bett und ließ sie allein...

Um nachzudenken. Sie hatte noch gar nicht überlegt, was es bedeuten könnte, Rams Kind zu haben, und hatte noch weniger an seinen Geisteszustand gedacht, als er wütend geworden war. Für sie bedeutete ein Kind Liebe und Schutz, ob Bastard oder nicht, und ihr Vater würde es nicht anders sehen. Die Birmanen waren nicht so wählerisch bei der Herkunft. Zum Teufel mit den Briten.

Und zum Teufel mit Ram, wenn ihn die Art, wie sein Vater seine Mutter behandelt hatte, nichts gelehrt hatte. Denn sie hatte in Anira nicht nur Rams Schatten gesehen, sondern auch ihren eigenen. Ram hatte sie zu seiner Hure gemacht, wie sein Vater es mit Anira gemacht hatte, mit ebenso rücksichtsloser Berechnung wie Verlangen. Selbst ein Königreich wie Khandahoor blieb nur William Harleys Bezahlung für die Benutzung von Aniras Körper. Ram hatte sie genommen und nichts bezahlt. Anira mußte noch verärgerter und gefangener als sie gewesen sein, als William Harley in ihr Leben trat. Nicht nur, daß er erregend und männlich war, er bedeutete Flucht aus dem *Purdah* und vor einer ungewollten Ehe. Wie desillusioniert sie gewesen sein mußte, als ihr alle Hoffnung auf Heirat genommen wurde und sie sich wieder verstecken mußte, damit ihr egoistischer Liebhaber sein eigenes Leben weiterleben konnte, ohne in Verlegenheit zu kommen, weil er mit einer ›Minderwertigen‹ liiert war. Hatte William Anira Liebe verweigert und nur sein Bett mit ihr geteilt, so wie Ram es mit ihr tat? Lysistrata starrte nachdenklich in die Schatten. Bis auf diese erste Nacht kam Ram in *ihr* Bett. Sein eigenes blieb so abgeschieden wie das eines Mönchs. Und dabei nahm er ihr Herz, ihren Stolz, ihre Freiheit und versuchte ihr Denken zu beeinflussen. Hatte William Harley versucht, Anira so zu verändern, daß sie seinem britischen Geschmack entsprach? Kein Wunder, daß sie ihn hassen gelernt hatte, sogar seine Liebe zu ihm. Anira, nicht Kalisha, hatte sich im *Zenana* in ihren Raum geschlichen. Ein Jahrzehnt nach Williams Tod hatte Anira nach seiner neuen, blonden Geliebten gesucht. Kein Wunder, daß sie verrückt geworden war...

Ram hatte recht. Aniras Krankheit war nicht erblich. Die Anlage war anerzogen worden. Wahrscheinlich war Ram grausam geworden wegen seiner Verärgerung über ihre Weigerung, sich umformen zu lassen, war sich dessen bewußt, wie er sie am heftigsten verletzen konnte. Wenn sie nachgab, würde er sich entweder irgendwann langweilen, oder sie würde vor Selbstverachtung welken. Vielleicht wurde sie verrückt und so mordlustig wie Anira.

Sie kauerte sich auf das Bett. Ob Ram vielleicht versuchte, sie aus Rache gegen die Europäer in den Wahnsinn zu treiben, weil sie ihn und seine Mutter gemieden hatten? Der Parallelen zwischen ihr und Anira gab es zu viele, als daß es Zufall sein konnte, besonders nachdem Ram sie entführt hatte. Hatte er sich anfangs von ihr angezogen gefühlt, weil sie bestimmte Wesenszüge mit Anira teilte? Versuchte er jetzt, das ›Weiße‹ in ihr zu zerstören? Oder was ihm ›schwarz‹ erschien: ihre Impulsivität, ihr Temperament und ihre Feindseligkeit gegenüber ihrer eigenen Welt? Wahrscheinlich würde sie es nie erfahren. Entweder mußte sie Khandahoor verlassen oder zulassen, daß Ram ihr Herz und ihren Verstand in Stücke riß. Und es gab nur einen Weg hinaus. Durch Kalisha, die sie so sehr haßte, daß sie ihren Tod wollte. Wo Anira versagt hatte, würde der Dschungel wahrscheinlich Erfolg haben.

»Ha!« Kalisha lachte kurz. Ihr bleiches Gesicht war mit Trauerschleiern verhüllt, als sie steif im Lieblingssessel der toten Rani saß. »Du bist nicht ganz so dumm wie ich dachte. Ich fragte mich, wie lange du brauchen würdest, um die Wahrheit zu entdecken. Oder ist er deiner schon müde?«

»Vielleicht bin *ich* gelangweilt, Kalisha. Ich bin nicht daran gewöhnt, im *Purdah* zu leben.« Lysistrata schlenderte durch die prächtigen Räume der einstigen Rani. Die kostbaren Teppiche rochen leicht nach Exkrementen. Die vergoldeten Wände und herrlichen Gobelins waren zerfetzt und zerkratzt, als ob eine Affenhorde darin gefangen gewesen sei. Kein Spiegel war unversehrt geblieben. Scheinbar achtlos zuckte Lysistrata die Schultern. »Die Wahrheit über Ram scheint sehr vielfältig zu sein. Wie ist *deine* Version?«

Die Frau lachte bösartig. »Also weißt du nichts, denn wenn du wüßtest, wärest du nicht so vergnügt. Meine Herrin ist deinetwegen tot. Soll ich dich glücklich vom Dschungel nehmen lassen, oder zerstören lassen von dem Wissen, daß dein Mischlingsliebhaber dich und alle deiner Art so haßt, wie er seinen Vater haßte? Anira und ich haben dafür gesorgt. Und was wir ihn nicht lehrten, tat die englische Schule mit Verunglimpfungen und Grausamkeit. Er litt, als die Engländer seine Mutter in Bombay nach seiner Geburt leiden ließen. Keine Frau wird ihn je vergessen lassen können, daß er ein *Ferenghi* Bastard ist. Er hat dich genommen, wie sein Vater Anira nahm, um ihre Ehre zu rächen und die Ehre, die er nie gekannt hat. Dir fliehen helfen? Warum nicht? Du bist jetzt weniger als Abfall.«

Als brenne sie darauf, Lysistratas Geruch loszuwerden, färbte Kalisha ihren Körper mit Kaffee und brachte sie zu einer Gruppe von Küchendienern, die in einer knappen Stunde in ihr nahes Dorf aufbrechen wollten. Lysistrata kam zu ihnen, und sie warfen verstohlene Blicke auf ihre einheimische Kleidung und das Haar, das unter einem Schal versteckt war, auf ihre grünen Augen, die in ihrem gefärbten Gesicht erschreckend hell waren, sogar unter dem Reisstrohhut. Aus Angst vor Kalisha wandten sie ihre Blicke ab, als diese sie aufforderte, sich um Lysistrata zu drängen, und dann auf das Tor der Festung deutete. Gebückt, um ihre Größe zu verbergen, schwang Lysistrata einen Korb auf eine Schulter. Sie schlurfte inmitten der Diener voran und zog den Kopf ein, als sie sich dem Tor mit den Kriegern näherten. Ihr Herz begann in den Ohren zu dröhnen, als der Chinese an der Zugbrücke sich hinhockte, um sie anzusehen. Gott, überlegte sie, zählte er sie? Er stand auf und nickte einer anderen Wache zu, die Brücke zu senken. Kaum war die knarrend zum Stillstand gekommen, wollten die nervösen Diener über sie rennen. Aus Angst, sie würden Verdacht wecken, ging Lysistrata langsam und zwang sie, sich zu beherrschen. Zudem waren sie für gewöhnlich fröhliche Einheimische zu stumm. Sie murmelte auf Birmanisch einen Witz und lachte dann. Zum Glück war eine der Frauen klug genug, den Hinweis zu verstehen. Sie kicherte laut und stieß ihren Nachbarn an, damit er einfiel, reichte dann Betel herum und begann eine Unterhaltung, die besser war als nichts.

Der Oberwächter, der auf sie herabgestarrt hatte, schrie

plötzlich etwas. Lysistrata verschluckte sich fast an der Betelnuß, die sie in den Mund gesteckt hatte. Ein Mann knuffte sie. »Er sagt, Beeilung, ihr Schildkrötenmist!« Daraufhin grinsten alle und zogen sie mit sich, bis sie außer Sicht der Armbrustschützen waren.

Als sie den Dschungelpfad zu ihrem Dorf erreicht hatten, war die Gruppe wieder ernüchtert. Sie warnten, daß es Wahnsinn sei, wenn Lysistrata allein in die Wildnis der Shan ginge, aber keiner war so verwegen, ihr zu raten, nach Khandahoor zurückzukehren. Nachdem sie sich bei ihnen bedankt hatte, begab sie sich in den Dschungel. Sie nahm nur das Messer mit und ein Bündel mit Nahrungsmitteln, das Kalisha ihr ironischerweise gegeben hatte. Die Frau wollte ihren Tod, nicht mühelose Wiedergutmachung. Schmerzlich überlegte sie, ob Ram nach ihr suchen würde. Wenn er es tat, würde das nur aus Besitzgier sein oder, wenn Kalisha recht hatte, aus dem Drang, sie weiter zu quälen. Sie hob den Kopf. Sie würde verdammt schwer zu finden sein.

KAPITEL 12

Der lange Lauf

Ich bin der Schatten halb krank

ALFRED, LORD TENNYSON

Kanaka hockte sich wütend auf einen Felsen über dem Fluß und wischte sich den Schweiß von der Stirn. »Wenn sie so weit gekommen ist, *Tuan*, hat sie den Fluß weiter unten überquert. Sie muß nur den Berg hinabsteigen und dem Fluß folgen, um zu den Furten zu gelangen. Ganz einfach.«

»Und sehr berechenbar.«

»Warum haben wir sie dann nicht gefunden?«

»Sie ist zwischendurch über die Felsen gelaufen, wo ihre Spuren unmöglich zu verfolgen sind.« Ram lehnte sich müde an einen Baum. »Es war auch klug von ihr, alle Brücken hinter sich zu zerstören.«

Kanake betrachtete Rams Gesicht, das so angespannt war, wie der große Mann es nie zuvor gesehen hatte. Frauen. Warum schienen immer die ihre Haken am tiefsten in einen Mann zu versenken, die den meisten Ärger machten? Diese verdammte Lysistrata Herriott. Der alte Ram Kachwaha hätte mit einem Schulterzucken auf sie verzichtet. Aber dieser neue Ram? Die Haken in ihm waren blutig. Kanaka kratzte sein Hinterteil. »Fast zwei Wochen schon. Sie muß schlafen, verliert Zeit.«

»Darum habe ich Friedlander vorausgeschickt. Von jetzt an gehen wir in Schichten vor, abwechselnd ein Mann voraus, zwei folgen ihm vier Stunden später.«

Kanaka grinste zustimmend. »Sie wird einen Fehler machen.«

Ram antwortete nicht. Im Dschungel waren Fehler tödlich.

Lysistrata bewegte sich unbehaglich in einer Astgabel. In mondloser Nacht fühlte sie sich vor Verfolgern relativ sicher, aber sie konnte nicht ruhig schlafen, aus Furcht, aus ihrem luftigen Bett zu fallen – und auf dem Boden hatte sie Angst vor Tieren. Die letzten beiden Tage war ihr abwechselnd kalt und heiß gewesen, und manchmal zitterte sie heftig. Eine Nacht am Fluß zu verbringen, war töricht gewesen. Im Nebel hatte sie gefröstelt. Und die Moskitos waren eine Plage, da sie den kommenden Monsun zu spüren schienen. Sie summten und bissen gnadenlos.

Wenn sie nur ein paar Stunden schlafen könnte. Gestern war Friedlander fast über ihr Versteck gestolpert. Ram ging gut vor. Er ließ ihr jetzt keine Zeit zum Schlingenstellen oder mehr als eine Handvoll vorm Einschlafen zu essen. In ein oder zwei Tagen würde der Mond wieder scheinen. Dann verfolgten sie sie sogar nachts.

Ihr Kopf sackte gegen den Baum, fuhr dann hoch, als ein Wassertropfen auf ihre Wange schlug. Ein weiterer dicker Tropfen fiel, dann weitere, bis sich der Himmel ganz öffnete. Am Morgen hatte der Regen noch nicht aufgehört. Der Monsun hatte begonnen, und der Fluß würde das Tiefland überschwemmen. Bis auf die Haut durchnäßt zitterte sie vor Kälte, und ihre Zähne klapperten. Sie sah, daß es noch stärker regnen würde. Regen würde Ram nicht aufhalten. Er würde ihn ausnutzen. Noch immer zitternd, stieg sie unbeholfen zu Boden, nur um auf dem glatten Boden auszurutschen und sich einen Knöchel zu verstauchen. Fluchend umwickelte sie ihren Knöchel mit einem Fetzen des zerrissenen Longyi. Mit einem Ast als Krücke humpelte sie parallel zum Fluß. Sie hatte Glück, daß sie sich zwei Stunden später nahe einer Anhöhe befand, als die Flutwelle kam. Sie kämpfte zwanzig Minuten gegen das hüfthohe Wasser an – nur um oben einer noch tödlicheren Gefahr zu begegnen.

Auf einem mit Ästen übersäten Schlammrutsch hockend, ahmte Friedlander einen Vogelruf nach, als er die Beute entdeckt hatte. Kurz darauf war Ram neben ihm. »Sie ist da vorn.« Friedlander reichte ihm das Fernglas. »Die Spuren kommen aus der Senke. Sie zieht wohl einen Fuß nach.«

Ram betrachtete die Fährte. »Geh um den Hügel herum und schneide ihr den Weg zum Fluß ab.«

Lysistrata begab sich zu einem Feigenbaum, als sie den Vogelruf hörte. Sie hatte zuviel über den Dschungel gelernt, um zu glauben, daß Vögel bei Regen riefen. Unglücklicherweise hatte der Baum einen anderen, verärgerten Bewohner. Als sie kraftlos in die unteren Äste stieg, spürte sie einen schmerzhaften Schlag in ihrem Handgelenk. Erschreckt blickte sie in die Fänge einer gelbgeringelten Schlange, die sich zum zweiten Schlag krümmte. Mit ersticktem Schrei fiel sie rücklings auf den schlammigen Boden. Für einen Moment lag sie vor Entsetzen gelähmt da. Bis auf wenige Ausnahmen waren die Schlangen Indochinas giftig.

Ihre Panik unterdrückend kroch sie ins Unterholz. Nachdem sie die Bißwunde mit dem Messer geöffnet hatte, damit sie blutete, lag sie reglos auf der Seite, um ihren Herzschlag zu verlangsamen. Die meisten Bisse waren schnell tödlich, manche schrecklich. Sie saugte am Handgelenk. Dann hörte sie ein feines Schmatzgeräusch im Schlamm. Sie umfaßte das Messer fester. Als sich eine Hand schwer auf ihre Schulter legte, wollte sie in ihr Herz stechen. Die Hand versetzte ihr einen betäubenden Schlag. Sie blickte in Rams ungläubiges, wildes Gesicht.

Sein Blick wanderte zu den aufgeschlitzten Bißspuren. Er riß rasch einen weiteren Fetzen aus ihrem *Longyi* und band ihren Oberarm ab. »Was war es?« schnappte er, während er sich bückte, um heftig an der Wunde zu saugen.

»Ein hübsches ... Band. Nur, daß es Zähne hatte.«

Ihr seltsamer Humor brachte ihr einen düsteren Blick ein.

»Wie sah es aus, du blasiertes Weib?«

»Ein bißchen so ... wie du jetzt um die Augen – du tust mir weh!«

»Am liebsten würde ich dir den Hals umdrehen!« Er spuckte aus und bemerkte Friedlander. »Schau nach einer Schlange!«

Ein paar Minuten später fiel ein von einem *Dah* geköpftes Reptil aus dem Feigenbaum. »Giftig«, kommentierte der heruntersteigende Kundschafter kurz.

Mit schwachem Lächeln schloß Lysistrata die Augen, und Ram saugte grimmig weiter. Friedlander musterte ihre Hautfarbe, bückte sich und befühlte ihre Stirn. »Die hat mehr Probleme als nur den Schlangenbiß, Boß.«

»Wenn sie daran stirbt, brauchen wir uns darüber wohl keine Gedanken machen«, knurrte Ram.

»Ich denke nicht.«

Nach einiger Zeit zog Friedlander eines ihrer Augenlider zurück. »Sie ist ohnmächtig, aber nicht tot.«

Ram hob sie auf. »Verschwinden wir aus dem Schlammloch und schlagen ein Lager auf.«

Auf dem langen, beschwerlichen Rückmarsch nach Khandahoor erlangte Lysistrata kein einziges Mal ihr Bewußtsein wieder. Von Malariafieber und dem Schmerz aus der weiter schwellenden Hand geschüttelt, warf sie sich im Delirium auf einer provisorischen Bahre herum.

Selbst als sie wieder im Phoenix-Bungalow war, war sie durch die Strapazen zu geschwächt, um zu genesen. Nur für kurze Augenblicke erlangte sie das Bewußtsein wieder und nahm Rams angespanntes Gesicht und seinen Ärger wahr, wenn sie die Schleimsuppe, die er ihr reichte, von ihren Lippen rinnen ließ. »Hinter deinem kühlen Äußeren ... verbirgt sich doch Gemüt, was?« murmelte sie einmal. »Du bist wie ein verzogenes Kind, das um ... eine Puppe jammert, um die es sich vorher nicht gekümmert hat.«

»Vielleicht muß ich der Puppe den Arm abnehmen«, sagte er kurz. »Du bist nicht stark genug, um das zu überleben. Wenn du nicht ißt, werde ich dir eine Röhre in den Hals stekken.«

»Besorg dir einfach eine neue Puppe«, sagte sie benommen. »Diesmal eine britische ... wie du's immer wolltest. Warum entführst du nicht Evelyn? Ich wette, sie hat Platz ... für viele Nadeln. Du kannst sie rausziehen, dann wieder reinstecken ... bis sie keine Haut mehr hat. Wie ich. Ich bestehe nur noch aus Löchern ... du kannst sogar hindurchsehen. Ins *Nada*.«

»Genießt du es, dich selbst zu bemitleiden?« fragte er kurz. »Das hast du immer. So hast du das Gefühl, daß du an keinem der unerfreulichen Dinge, die dir widerfahren, schuld bist. Ich hab' dich in Rangun davor gewarnt, Probleme zu verursachen. Ich habe dir gesagt, du solltest mir fernbleiben. Warum hast du das nicht getan, verdammt?«

Von Drogen benommen lachte sich schwach. »Du irrst dich. Ich bedaure von all dem nichts, nicht einmal dich... besonders... dich nicht. In Boston durfte ich nicht leben, also hab' ich's mir in Rangun genommen. Jetzt kann ich mit meinem Leben tun... was ich will.«

Er hielt mit der Röhre Wort. Etwas später spürte sie, daß er sie schnitt, und hörte einen fernen, vom Opium benommenen Schrei, der von größerem Schmerz überlagerte wurde, da die Wunde wiederholt freigelegt und mit einem heißen Brei bedeckt wurde. Langsam begann sie zu genesen.

»Du solltest dich rasieren«, verspottete sie Ram eines Nachts matt, als sie sein hageres Gesicht wieder deutlich sehen konnte. »Du siehst um Jahre älter aus.« Als er am nächsten Morgen in den Bungalow kam, war sie überrascht, daß er ihren Vorschlag befolgt hatte. Mit seinem glatten Gesicht kehrte seine kühle Höflichkeit zurück. Sie schüttelte den Kopf. »Ich glaube noch immer, du könntest Nägel spucken.«

Seine Augen wurden dunkel. »Selbst nach diesen gemeinsamen Monaten glaubst du, ich sei kein normaler Mann?«

In ihrem Lächeln war ein Hauch von Wehmut. »Wie soll ich das wissen? Vielleicht bist du der Meerprinz, der im See haust. Ich frage mich, ob irgend jemand weiß, wer du bist. Du bist so verschlossen, daß du ebensogut in einem Teich leben könntest. Du gibst nur Überlegungen, Entstellungen preis. Du rührst niemanden.« Als er nicht antwortete, fügte sie hinzu: »Manchmal ist es schlimmer zu leben als zu sterben. Khandahoor ist jetzt nur ein Grabmal. Tu, was du willst, aber ich werde mich dem nicht beugen. Ich werde mich nicht von dir formen lassen. Ich werde immer wieder fliehen... und selbst wenn ich über die Krokodile laufen müßte. Wenn du willst, sperr mich ein, aber so wirst du mich nicht am Leben erhalten.«

»Noch ein Geist, der in Khandahoor umgeht«, murmelte er. Mit einer für ihn untypischen Unruhe begann er, im Raum umherzugehen. »Würde es helfen, wenn ich sage, daß du mir mehr als Khandahoor bedeutest... mehr als mein Leben?«

»Ich glaube, dieser Ort bedeutet dir sehr wenig und das Leben manchmal noch weniger. Ich bin also nicht in guter Gesellschaft.«

»Ich habe nie gemerkt, wie sehr du das hier haßt«, sagte er langsam. »Ich dachte für eine Weile zumindest, daß es dir nichts ausmachte.«

Ihre Lippen verzogen sich traurig. »Mit dir kann ich nie glücklich sein. Du hast immer mehr von mir genommen, was du nie wiedergibst und ich nicht wiederbekommen kann. In den letzten Tagen war es jedesmal eine Erniedrigung, wenn du mit mir ins Bett gegangen warst.«

Er blieb am Fenster stehen und starrte in den regennassen Garten. »Dann mußt du natürlich nach Rangun zurückkehren.«

Lysistrata glaubte, nicht recht gehört zu haben. »So einfach ist das also. Kann ich dann gehen?«

»Einfach? Ja. Du hast Malaria. Du kannst hier nicht bleiben. Du solltest den Osten überhaupt verlassen.«

»So weit!« Sie empfand einen seltsamen Verlust, als ob die Abreise bereits vollzogen sei. Der damit verbundene Schmerz würde, das wußte sie, ihr bis zum Tode folgen. Überall würden Erinnerungen sein. Im Duft fremder Blumen, einem silbernen Regenschauer, im schweigenden Mond. In jedem verlorenen und einsamen Gesicht, das sie sah. In ihrem eigenen Gesicht. Wie weit mußte man gehen, um den Mächten zu entfliehen, die die Entfremdung dieses Mannes bestimmten? Um ihrem eigenen Herz zu entfliehen, das von einer Liebe erfüllt war, die nie hätte sein dürfen?

»Ich werde mit Kanaka und Friedlander morgen die Route nach Lashio erkunden. Dort ist ein schottischer Missionar. Er wird dafür sorgen, daß du Rangun sicher erreichst.«

Sie war beunruhigt. »Und sobald er mit Lord Bartly Verbindung aufnimmt, wird die Armee nach Khandahoor marschieren.«

»Überschätze deine Wichtigkeit nicht. Eine Strafexpedition hierherzuschicken, würde kostspielig, unprofitabel und... verhängnisvoll sein.«

»Aber nicht, wenn du ihnen andere Gründe gibst, dich zu vernichten. Haben die Briten nicht Unruhestifter geschickt, um die Rebellion unter den Shan-Stämmen voranzutreiben, und sie mit Waffen versorgt?«

Für einen kurzen Moment schaute er verblüfft. Dann verengten sich seine Augen. »Wie kommst du darauf?«

»Weil ›Flußhändler‹ keine neuen, britischen Armeewaffen verkaufen können, wenn sie keinen Zugriff dazu haben. Die Briten wollen nicht, daß jemand, vor allem kein Abtrünniger, ihnen das Tor zum Chinahandel verschließt.« Sie richtete sich in den Kissen etwas auf. »Darum kümmerte man sich nicht um deine Anwesenheit, als du herkamst. Aber wenn du Shan und britische Unruhestifter töten würdest, um die Rebellion zu verhindern, würdest du ihre Absichten durchkreuzen.« Sie blickte ihn offen an. »Ich gehe nicht nach Lashio. Ich gehe nach Mandalay zum König und werde ihm erzählen, daß du mich edelmütig aus der Sklaverei gerettet hast. Wenn ich das laut genug in aller Öffentlichkeit verkünde, können die Briten dir nichts antun.«

Er lächelte kläglich. »Die vergangenen Monate scheinen dich nichts gelehrt zu haben. Du bist nach Bangkok gekommen, weil du laut warst. Beim nächsten Mal wird man dafür sorgen, daß du schweigst. Außerdem wird man dir nicht glauben.«

»Warum nicht?«

»Ein Blick auf dich wird ihnen verraten, daß ich dich nicht die ganze Zeit behalten habe, um mein Lendentuch zu stopfen.«

»Dieser Blick wird ihnen auch verraten, daß ich zum Reisen zu krank bin. Und du mußt mich nicht in Bangkok gefunden haben. Du könntest mich von Changs Leuten gekauft haben, sagen wir vor zwei Monaten, während der Verhandlungen über Bartlys Yünnan-Expedition. Sie glauben vielleicht, daß du noch auf ihrer Seite bist. Es läge in ihrem Interesse, dich wieder im Schoß der Familie begrüßen zu können und dafür zu sorgen, daß die Verhandlungen mit Chang nicht gefährdet werden. Ich würde allen einen Gefallen tun, wenn ich heimlich nach Amerika zurückkehrte.« Sie blickte ihn an. »Das könnte gehen.«

Sein Lächeln wurde grimmig. »Du warst also in jener Nacht eine ganze Weile auf der Veranda, ja? Deine Idee ist nicht schlecht, bis auf zwei Dinge. Sir Anthony versuchte, die Expedition vor drei Monaten durchzuführen. Charles Endicott, ihr Führer, wurde in einem Hinterhalt, wenige Kilometer hinter der chinesischen Grenze, getötet. Und du vergißt, daß Prasad auf der Auktion war. Er erkannte mich und wird dich bestimmt nicht vergessen.«

»Wenn er Bangkok weniger freiwillig als zuvor besucht und aufs Schafott wandert, ist unwichtig, woran er sich erinnert«, erwiderte sie. »Und was die Expedition anbelangt, hätte sie Erfolg haben können, wenn Lord Bartly nicht so darauf gebrannt hätte, dich in Rangun zu ruinieren. Und sie kann noch immer erfolgreich sein ... wenn er Schadenersatz leistet.«

»Du bist Mutter ähnlicher als ich dachte«, sagte er ironisch.

»Weil ich ein bißchen skrupellos bin?« Sie lachte leise. »Was mein Meerprinz auch sein mag, er ist besser als dieser Gauner Prasad. Prasad würde alles sagen, um Rache für sein verlorenes Expeditionsgeld zu nehmen. Aber ich glaube, er war erleichtert darüber, daß er mich verlor.«

»Er kennt dich nicht so wie ich, aber er ist leicht einzuschüchtern.«

»Ich dachte, wir würden uns nicht mehr beleidigen«, sagte sie ruhig.

»Es ist keine Beleidung, wenn ich sage, daß ich dich nicht gern gehen lasse.« Er sah sie mit dunklen Augen an. »Denke daran. Wenn der Regen aufhört, wirst du nach Lashio gehen.«

»Aber...«

»Mein Spiel mit den Briten ist fast beendet, Lysistrata. Was immer du auch tust, kann das Ende nur trüben. Ich bedaure nicht so viel, wie du vielleicht denkst, denn ich habe das Spiel länger gespielt, als mir lieb war, und es war kein Spiel, das ich gewinnen konnte. Dein Meerprinz erscheint dir nur in der

Verkleidung eines jungen Mannes. In Wirklichkeit ist er ein dunkles, runzliges, altes Ding, vor dem du zurückweichen würdest.« Und er verschwand so im Schleier des Monsun, wie er sie einst auf dem Pferd im Regen in Rangun verlassen hatte.

Nach einem Monat ließ der Regen nach, und Ram brach mit Kanaka und Friedlander auf, um den Weg nach Lashio zu erkunden. Nach seiner Abreise wurde Traurigkeit Lysistratas ständige Begleiterin. Bis Kalisha sie besuchte. »Nun, er ist fort«, höhnte die Frau, die spöttisch auf die Medizin schaute, die neben dem Bett stand. »Willst du versuchen, wieder zu fliehen?«

»Das ist nicht nötig«, erwiderte Lysistrata gleichmütig. »Er schickt mich heim.«

Kalishas Gesicht verzog sich vor Wut. »Dieser schwächliche Narr! Hätte er sich nicht mit den Shan eingelassen, müßten wir nicht täglich die britische Armee erwarten! Und jetzt ein *Feringhi*-Weib zu verhätscheln, das ihm seine Männlichkeit ins Gesicht schleudert!«

»Vielleicht ist er so vernarrt in mich, daß er nicht immer so denkt, wie es dir gefällt, Kalisha.«

»Bilde dir nichts ein. Er ist immer schwach gewesen.« Kalisha wanderte durch den Raum. »Schon als er klein war, verachtete Anira ihn deswegen. Sie konnte ihn schlagen und verfluchen, aber er hatte keinen Stolz. Er konnte sie in Momenten der Schwächen immer dazu bringen zu bereuen. Sie versuchte ihn zu lehren, nichts zu lieben, nicht einmal sie, da er sich als *Ferenghi*-Bastard auf niemand verlassen konnte. Um ihn auf die Probe zu stellen, befahl sie ihm, seinen Hund zu erschießen, mußte den Köter dann aber selbst umbringen.«

Kalisha ließ sich wie eine dunkle Wolke auf dem Diwan neben dem Bett nieder. Ihre langnägeligen Finger spielten mit zwei winzigen Goldfiguren von Rama und dem Dämonenkönig Ravana, die auf dem niedrigen Tisch vor ihr standen. »Später bettelte er darum, die *Feringhi*-Schule verlassen zu dürfen, und blieb nur, weil sie es wollte. *Dann*«, ihre Augen glitzerten angewidert, während ihre Krallen über Ramas Gesicht streiften, »als sein Vater diese dreckigen Sepoy hinrichtete, die ihm die Kehle durchgeschnitten hätten, wurde ihm befohlen, dabei zuzuschauen. Ich sah *Tränen* in seinen Augen!« Sie setzte die Figuren wieder auf den Tisch. »Er brach am nächsten Tag nach Rangun auf und kehrte danach nur zweimal nach Khandahoor zurück. Es war gut so, denn seine Mutter konnte seinen Anblick nicht länger ertragen.« Sie schnitt eine Grimasse. »William Harley mag ein *Ferenghi* gewesen sein, aber er war zumindest stark. Ram, pah!« Sie spuckte aus. »Er hat Wasser statt Blut!«

Oh, Ram. Vergib mir, dachte Lysistrata mit wachsender Qual bei Kalishas Worten und der schrecklichen Erkenntnis. Selbst ich habe mich von dir abgewendet. Komm heim. Komm nur wieder heim zu mir, und ich werde dich nie wieder abweisen. Ich werde dir Sonnenlicht bringen, das die Sterne verbrennt. Ich werde dich so lieben, wie du es dir nicht vorstellen kannst. Ich werde dich befreien.

Laut sagte sie zärtlich: »Ram ist weit mehr ein Kämpfer, als du ahnst, Kalisha, denn wäre er das nicht, wäre sein Mut schon längst gebrochen, oder er wäre ein Monster. Anira wurde von Haß auf sich selbst und alle ringsum verzehrt. Nur weil sie Kali, dem Zerstörer, folgte, statt Kali, dem Lebensspender. Ich glaube, du hast viel Schuld daran. Ich frage mich, wie oft in diesen Jahren dein Haß den ihren geprägt hat, durch den du dazu beitrugst, daß sie verrückt wurde. Welch ein Triumphgefühl muß es für dich gewesen sein, sie dafür zu bestrafen, daß sie vom Wege ihrer Vorfahren abwich, von *deinem* Weg. Du hast alles geopfert, um ihr nahe zu sein, aber deine Klage um sie ist Heuchelei. Du trägst die Maske eines Geiers, Kalisha, Geliebte des Kali, und du schwebst noch immer über ihrem Sohn. War es Anira, die Harley tötete, frage ich mich, oder warst du es? Mußtest du *ihren* Hund erschießen, Kalisha, weil sie es trotz all deiner Bemühungen nicht tun wollte?«

Kalishas Zähne glitzerten wie die einer Wölfin, als sie sich mit wegwerfender Geste erhob. »Ich war viel klüger als Anira, trotz ihrer Intelligenz. Ich brachte sie dazu, niemandem außer mir zu trauen. Ich hätte sie dazu überredet, ihren anverlobten Mann in Ladakh zu töten, und wir hätten an Stelle des senilen Alten geherrscht, aber sie lief wie eine dumme, brünstige Hündin hinter William Harley her.« Kalishas pechschwarze Augen funkelten. »Anira brachte mich um das, wofür ich Jahre gearbeitet hatte. Ihretwegen heiratete ich nicht und hatte keine Kinder. Aber sie dachte überhaupt nicht an mich. Nur an William Harley. Als ich sah, daß er schwach wurde und sie heiraten wollte, erzählte ich ihm, daß sie andere Liebhaber hätte, und so machte er statt dessen der käsegesichtigen reichen *Sahiba* einen Antrag. Warum sollte Anira haben, was ich nicht hatte, und die Hure eines Hundes sein?«

Kalisha starrte auf den fernen Pfauenpalast. »Sie eilte zurück nach Indien und krümmte sich unter dem Daumen ihres Bruders. Als die Rebellion ausbrach, hatte sie Angst, daß Ram und sie ermordet werden würden. Mit seinem *Ferenghi*-Gesicht war er nichts als eine Erinnerung an ihre Schande und Harley, aber sie hatte mehr Angst um ihn als um sich selbst. So schickte sie ihn nach Norden.« Sie zuckte die Schultern. »Sanga hätte nach der Rebellion nicht gewagt, sie zu töten, aber sie fürchtete einen neuen Aufstand der Sepoy. Als er krank wurde, wurde mir klar, daß wir entweder verschwinden müßten oder nach seinem Tode *Zenana*-Kulis werden würden. So ließ ich ihr Briefe von Harley, der mit seiner Frau unglücklich war, zukommen. Sie wäre umsonst zurückgekommen, aber ich überredete sie, Khandahoor zu verlangen. Ihr vorzuschlagen, daß sie die Sepoy-Arbeiter loswerden müsse, war noch einfacher, da sie ihnen mißtraute.«

Mit einem Lächeln eisiger Zuversicht schlenderte sie auf das Bett zu. »Dann ließ ich Harleys Frau töten, so daß er glaubte, Anira sei dafür verantwortlich. Nicht einmal er konnte es ertragen, mit einer Mörderin im Bett zu liegen. Er ging, und um dafür zu sorgen, daß er seine Meinung nie ändern und Khandahoor zurückverlangen würde, sorgte ich dafür, daß die Naga ihm in Arakan einen Hinterhalt legten.«

Ihr Lächeln wrude so drohend wie das einer Kobra, als sie auf Lysistrata hinabblickte. »Unglücklicherweise ist eine

Wahnsinnige eine unzuverlässige Waffe, also muß ich noch mit Ram fertig werden. Aber auch das wird mir gelingen. Ich werde Khandahoor beherrschen, so wie ich es die vergangenen Jahre getan habe. Ich hätte Ladakh haben sollen, aber dies ist besser, da ich es nicht teilen muß.«

»Bist du nicht ein bißchen voreilig?« erwiderte Lysistrata kühl. »Und hast du nicht die Briten vergessen? Ram weiß, daß du Anira freigelassen hast, und er ist sicher, daß du mir geholfen hast. Er ist kaum stolz auf dich und wird dich günstigstenfalls nach Indien zurückschicken.«

»Ram und seine britischen Brüder werden wenig über das zu sagen haben, was ich in Zukunft tue«, kam die herablassende Antwort.

Lysistratas Augen verengten sich. »Was hast du vor?«

»Du wirst es noch rechtzeitig erfahren.« Die Frau wandte sich zum Gehen. »Geduld. Du kannst nur warten. Und fragen.«

»Ich frage mich in der Tat, ob jemand, der so geschickt wie du im Verrat ist, sich nicht am Ende übernimmt.«

Kalisha lachte über ihre Schulter. »Tröste dich mit dieser kleinen Hoffnung. Auch William Harley war immer Optimist.«

KAPITEL 13

Die Feuersbrunst

... tödlich grinsende Mäuler der Festung,
flammt die blutrote Blüte

ALFRED, LORD TENNYSON

Lysistrata, die zu schwach war, das Bett zu verlassen, blieb brütend zurück. Sie konnte niemandem einen Vorwurf machen, nur sich selbst, ihrem Mißtrauen, weil sie Ram verlassen hatte. Er hatte es gesagt. Selbstmitleid war ihre Rüstung gewesen, diese papierne Verteidigung, die er immer so leicht hatte beiseite streifen können. In diesen Monaten in Khandahoor hatte er versucht, sie stärker zu machen als eine Schöpfung aus Papier und Klebstoff. Sie hatte ihre Wunden über die Jahre provisorisch verbunden, sie aber nie heilen lassen – was Geduld erforderte und mehr Schmerz, als sie ertragen wollte. Er hatte sie dazu gebracht, sich dem Leben und der Zukunft zu stellen, sich ihm zu stellen... und einer Zukunft ohne ihn. Er hatte in ihr nicht nur das trockene, spröde Knistern von Papier gehört, sondern auch die Musik, die darauf geschrieben war. Hatte sie dazu gebracht, sie ebenfalls zu hören: eine Lieblichkeit, die sie sich nicht vorzustellen wagte und von der sie wußte, daß sie außerhalb seiner Arme nie existieren würde. Einen großen Teil dieser Musik schien er improvisiert zu haben, hatte sie so leicht durch die Variationen geführt, daß sie nicht gemerkt hatte, wie sie sich in die Symphonie verwandelte, die er versprach und die sie jetzt hörte... allein. Wenn Kalisha ihren Willen durchsetzte, vielleicht endgültig und für immer allein.

Was Kalisha plante, würde geschehen, bevor Ram nach Khandahoor zurückkehrte, denn sie hätte nie soviel enthüllt, wäre sie nicht sicher, daß ihre kranke Gegenspielerin keine Chance hatte, ihn zu warnen, Lysistrata dachte über die Chinesen und die Kachin nach, die die Mauern bewachten. Hatte Kalisha sie bestochen? Sie hätte dazu Gelegenheit, aber ihr Risiko war groß. Zudem mußte Ram sich der Zuverlässigkeit seiner Söldner sicher gewesen sein, wenn er ihnen die Kontrolle über die Festung so lange überließ. Wahrscheinlich hatte Kalisha ihm einen Hinterhalt gestellt. Wie Kalisha spöttisch bemerkt hatte, konnte Lysistrata nur in qualvoller Ungewißheit warten.

Quang Ho unterdrückte ein Gähnen. Würde er seine Langeweile über die Bewachung sichtbar ausdrücken, würde der Kapitän der Wache, Chou Shih, ihm Bambussplitter unter die Zehennägel treiben, damit er wachsam wurde. Die Aufgabe war nicht schlecht. Drei Vierstundenwachen pro Tag, abwechselnd mit Ausbildung, gute Bezahlung und ständiger Wechsel stimmten ihn ganz zufrieden, doch zuweilen sehnte er sich nach den Tagen mit seinem früheren Kriegsherrn zurück, nach dem befriedigenden Geräusch seines Schwertes, das in einen Gegner drang. Er spitzte fast eifrig die Ohren, als eine Stimme aus der Dunkelheit über den Graben rief: »He, mach auf! Wir bringen zwei Karren mit Lebensmitteln, die ihr in Bhamo bestellt habt.«

»Selber he! Ich bin für die Zugbrücke verantwortlich, nicht für die Küche! Und ihr kommt zur falschen Zeit. Ihr müßt warten, bis es hell ist.« Er grinste. »Andernfalls fallt ihr in unseren Graben. Er ist voller Krokodile.«

»Laß sie ein, Quang«, sagte eine schroffe, vertraute Stimme hinter ihm, »wenn du nicht nur Reis zum Frühstück willst. Wir haben nichts anderes mehr.« Kalisha rief über die Brüstung: »Ihr habt euch Zeit gelassen! Ich sollte euren Preis halbieren!«

»Tut das nicht, schöne Dame! Wir waren Tag und Nacht unterwegs. Wir mußten einen Ochsen nach einem Schlangenbiß erschießen!«

»Keine Entschuldigungen!« Sie nickte zum Drehrad der Zugbrücke. »Beeil dich, Quang. Ich gehe ihnen entgegen.«

Er winkte eine Wache heran. »Wo Sam, geh mit ihr und überprüfe die Karren.«

Während Quang und eine andere Wache das Rad drehten, senkte sich die schwere Brücke knarrend herab. Nach wenigen Augenblicken hörte man einen schwerbeladenen Karren über die Brücke rumpeln. Offensichtlich darauf wartend, daß er nicht in den Graben stürzte, setzte sich der zweite Karren erst in Bewegung, als der erste das sich hebende Fallgitter fast erreicht hatte. Während der erste direkt unter das Fallgitter fuhr und überraschend stehenblieb, hielt der zweite am anderen Ende der Zugbrücke. »He, los schon«, brüllte Quang. »Wie lange braucht ihr denn? Wo Sam, sieh nach, was für Probleme die Narren haben!«

Wo Sam trottete zu dem Karren unter dem Fallgitter. Die Ochsen lagen auf den Knien. Rings um sie breiteten sich Blutpfützen. Da er keinen Kutscher sah, stieg er mit gezogenem Schwert vorsichtig auf den Wagen. Er sah die Fracht und fluchte. »Der Wagen ist voller Steine!« schrie er. »Zieht die Brücke...« Ein scharlachrotes Loch in seinem Genick schnitt ihm das Wort ab. Kalisha tauchte in die Schatten der massiven Mauer, wobei sie eine Pistole in ihrem Sari verschwinden ließ. Die Wachen richteten ihre Armbrüste nach unten, während Quang und sein Helfer an dem Rad und dem Hebel des Fallgitters zerrten. Die Zugbrücke bewegte sich unter dem steinbeladenen Karren nicht. Das Fallgitter rasselte auf den anderen Karren, blieb aber offen wie ein zahnbewehrter, nutzloser Mund. Quang schlug Alarm und rief nach Verstärkung, als eine bunte Horde aus dem Dschungel drang und über die Zugbrücke stürmte. Verstärkung kam nicht. Auf den Pritschen unten im Wachlokal lagen alle tot, vergiftet durch das Abendessen, das Kalisha ihnen geschickt hatte. Die zwölf Männer auf den Zinnen waren hoffnungslos unterlegen und starben rasch in einem nur Minuten währenden Handgemenge. Khandahoor fiel.

Bis auf einen Mann, der kein Fleisch aß und somit nicht vergiftet war. Als die Sonne sich über den nebelverhangenen Dschungel hob, erwachte Lysistrata durch einen feinen Geruch aus dem Burggraben. Obwohl sie Appetit hatte, verlor sie das Interesse am Frühstück durch den ungewohnten Geruch. Mit ungutem Gefühl schaute sie aus der Tür. Kapitän Chou Shih hockte auf der Veranda. Seine Anwesenheit war überraschend, da er nie in ihren Garten, geschweige denn zum Bungalow gekommen war. Da er keine Anstalten machte einzutreten, sah sie ihn neugierig an. Sie zu bewachen war unsinnig. Entweder war er in Rams Auftrag hier oder um sie zu ermorden. »Chou Shih«, rief sie leise, »warum bist du hier?«

Er hob den Kopf etwas, drehte sich aber nicht um. »Dank Lady Kalisha ist Khandahoor in die Hände von Piraten aus Sittang gefallen, Mylady. Sie plündern jetzt, aber bald werden sie hierherkommen. Mein Gebieter Ram befahl mir, über Euch zu wachen.« Er schwieg kurz. »Wenn Ihr wollt, werde ich Euch ohne große Schmerzen töten. Finden sie Euch lebend, werden sie nicht freundlich sein.«

»Ich habe ein Messer, Chou Shih«, erwiderte sie ruhig. »Sicher wird einer von ihnen für meine Gefälligkeiten mit seiner Haut zahlen. Würdest du dich selbst eher töten statt zu kämpfen?«

Er kicherte. »Ich verstehe jetzt, warum mein Gebieter Euch bevorzugt. Ich bin geehrt, eine so feurige Tigerin hinter mir zu haben.«

»Und ich, einen so ritterlichen Beschützer zu haben. Wir werden gemeinsam gut jagen.«

»Und schnell.« Er erhob sich. »Sechs von ihnen kommen.«

Lysistrata empfand mehr Erleichterung als Furcht. Sittang-Piraten waren Todfeinde der Shan, und der Sittang-Fluß war weit von Lashio entfernt, was bedeutete, daß Ram wahrscheinlich nicht in einen Hinterhalt geraten war... es sei denn, Kalisha hatte die Shan belogen, was die Erbeutung Khandahoors betraf, und sie hinter ihm hergeschickt. Da sie das nicht wußte und jetzt über Rams Schicksal nichts erfahren würde, nährte sie die Hoffnung, daß er in Sicherheit sei, wie einen Talismann.

Chou Shih bezog mit erhobenem Schwert hinter der Tür Position. Er ließ den ersten Mann hinein und durchschlug den zweiten rasch. Der erste wirbelte herum, wurde aber von einem Schlag in die Kehle getroffen. Der nächste Pirat in der Tür schlug auf Chou Sihs Rücken, wurde aber durchbohrt.

Lysistrata umklammerte ihr Messer fester. Bei diesem Tempo würde Chou sie alle töten!

Ein Pistolenschuß beendete diesen Gedanken. Chou Shihs Hand krallte verkrampft nach dem roten Fleck, der sich auf seinem Rücken ausbreitete, als er auf ein Knie sank. Ein *Dah* zersplitterte sein Genick. Er brach in einer Blutlache zusammen. Der Kachin, der mit dem *Dah* zugeschlagen hatte, wandte sich der erblaßten Lysistrata zu und stieß dann seinen nächsten Kumpan, einen muskulösen Karen an, wobei er eine Grimasse schnitt. »Das also hat uns dieses Geierweib versprochen! Wir hätten mit den anderen in den *Zenena* gehen sollen.«

»Dürr und krank! Wir sollten dem alten Weibsbild die Kehle durchschneiden.«

Der dritte Pirat, ein dünner, schnurrbärtiger Bastard wurde ungeduldig. »Tötet sie, und dann laßt uns zu den Frauen gehen, solange noch Saft in ihnen ist.«

Als der Muskulöse bereitwillig eine Pistole hob, verkrampfte sich Lysistrata. Doch als er abdrücken wollte, stieß der Kachin die Waffe beiseite. »Moung Tet soll sie sich zuerst ansehen. Kachwaha hat sie nicht umsonst bewachen lassen.« Er winkte dem Muskulösen zu, der grunzte und näherte sich dem Bett. Unter dem Laken hielt Lysistrata das Messer bereit. Als er sich über sie beugte, um sie hochzuheben, grub sie die Klinge in seinen Bauch und rammte sie bis zum Zwerchfell hoch. Er umklammerte seinen Bauch und fiel schreiend zu Boden. Sie griff nach der Pistole, doch durch sein Gewicht und ihre Schwäche streiften ihre Finger nur den Lauf, bevor der Kachin sie wegnahm. Er zerrte den sterbenden Banditen mit dem blutdurchtränkten Laken auf den Boden. »Dummer Affe. Dein Verstand war immer im Bauch.« Unpersönlich richtete er die Waffe auf Lysistrata. »Gib mir das Messer, oder ich werde dir in die Hand schießen. Mach dir keine Sorgen wegen Vergewaltigung. Du siehst, wie es ist.«

»Warum tötest du mich nicht einfach?« sagte Lysistrata, die versuchte, nicht auf den blutenden Körper zu schauen.

»Lösegeld. Wenn Kachwaha nicht bezahlt, wird dein Wunsch erfüllt.« Er schaute ihr in die Augen. »Wende das Messer gegen dich, und wir werden dich mit der Wache in den Graben werfen. Woher soll Kachwaha wissen, daß du nicht lebst, wenn wir Lösegeld verlangen?«

Die Chance war klein, aber besser als keine. Lysistrata reichte ihm das Messer. Der Kachin, dessen Name San war, und sein dürrer Begleiter bauten aus Bambus und einem Laken eine Trage und brachten sie zu Moung Tet.

Tet stand mit mehreren seiner Männer bis zum Hals im *Zenana*-Pool. Sie alle waren in den Weinkellern gewesen, aber Tets wache kleine Augen musterten Lysistrata scharf, während er Sans kurzem Bericht über ihren Zustand und die Beseitigung seines Kumpanen lauschte. »Bring ihr ein paar Kissen, Moung San.« Als sie gebracht worden waren und Lysistrata saß, grinste er sie an. »Wie ist dein Birmanisch?«

»Besser als deins.«

Er lachte. »Ja, ja. Prinz Kachwaha hat sich persönlich darum gekümmert, wie ich hörte. Er hat sich unnötige Mühe gemacht. Du bist nicht diese Art Mädchen, die er will. Nicht einmal meine Männer wollen dich.«

»Zum Glück«, erwiderte sie trocken, als höre sie die Geräusche hinter den verschlossenen Türen der Konkubinen nicht.

»Freu dich nicht zu früh. Hier sind nicht genug Frauen, um uns glücklich zu machen.« Er klopfte an seine Brust. »Ich habe alle drei bereits gehabt. Die Kleine wird wahrscheinlich sterben«, fügte er hinzu. »Ah, du bedauerst also die anderen Frauen deines Herren. Du mußt dir deines Platzes bei ihm sehr sicher sein.«

»Sie ist nur Abfall«, fauchte eine vertraute Stimme. »Tötet sie! Ich befehle es!« Die Gestalt, die in das *Zenana* glitt, trug die schönsten Kleider der einstigen Rani. Das schimmernde Gold und die Rubine wirkten selbst an Kalisha beeindrukkend. Sie stampfte auf. »Boh Myin hatte versprochen, in Khandahoor nichts anzurühren. Ihr wurdet reichlich bezahlt, und ich dulde keine Diebe in meiner Armee.«

Tet lächelte träge. »Wir vergnügen uns nur. Schließlich haben wir heute morgen etwas gearbeitet.«

»Pah! Ihr habt nur die reife Frucht genommen, die ich für

euch gepflückt habe.« Sie musterte sie angewidert. »Die Frauen sind mir egal, aber du sorgst dafür, daß deine Männer den letzten *Mohur* zurückgeben, Moung Tet.«

Er lächelte unverändert. »Ich nehme Befehle nur von Boh Myin entgegen, alte Frau. Beklage dich bei ihm.«

Sie wurde weiß vor Wut. »Boh Myin ist auf dem Sittang. Du wirst tun, was ich sage!«

»Hüte deine vorlaute Zunge«, riet er ihr gleichmütig, »wenn du sie behalten willst.«

Lysistrata konnte sich nicht beherrschen. »Und dafür ein ganzes Leben, Kalisha? Dachtest du, sie würden dir auch nur eine Rupie lassen?«

Kalisha warf ihr einen langen, gehässigen Blick zu. »Ich habe an *alles* gedacht. Was mein ist, *wird* mein sein.« Und fort war sie.

Tet richtete seine Aufmerksamkeit wieder Lysistrata zu. »Sie will deinen Tod, also mußt du für Kachwaha sehr wertvoll sein.« Abwesend bohrte er in seinem Ohr. »Der Verstand einer Frau ist leicht zu lesen.«

»Prinz Kachwaha ist nicht dumm. Es wäre klug, deine Beute zu nehmen und zu gehen.«

»Leider ist er jetzt auf der falschen Seite seiner Mauern. Ohne einen Freund hierdrin kann er nur sein eigenes Fenster anbellen.« Er kicherte. »Willst du ihm helfen? Wirst du...« Plötzlich schwand seine Selbstzufriedenheit. Er winkte San heran. »Töte diese indische Schlampe, bevor sie Ärger macht.«

Kurz darauf kehrte San vor Wut außer Atem zurück. »Diese Vettel hat das Quartier der Rani und die Zugbrücke in Brand gesteckt. Unter uns brechen weitere Feuer aus!«

Tet sprang aus dem Pool. »Löscht die Feuer! Und findet das alte Weib, bevor sie alles in Brand steckt!«

San trat die geschlossenen Türen des *Zenana* auf. »Raus, raus, wenn eure Schwänze nicht versengen sollen!«

Lysistrata war in dem Durcheinander vergessen. Das *Zenana* leerte sich in Sekunden, wobei feiner Rauchgeruch bereits die Luft erfüllte. Kim, die Chinesin, dann Rasoherina, die Malegassin, wankten nackt und mit verhangenen Blicken aus ihren Räumen. »Lauft!« schrie Lysistrata drängend. »Kalisha hat alles in Brand gesteckt. Wenn ihr euch beeilt, kommt ihr noch hinaus. Nehmt Ma Too mit!«

Die Malegassin rannte los.

Kim untersuchte die Birmanin, die auf ihrem Bett lag, humpelte dann voller Schmerzen zu Lysistrata und sackte zu Boden. »Sie ist tot, und ich kann nicht laufen. Wir sind erledigt.«

Lysistrata verzog verärgert den Mund. Kim war so an das *Zenana* gewöhnt, daß sie nicht einmal imstande war, ihr Leben zu retten. »Dann krieche, du Närrin!« schnappte Lysistrata. »Sitz nicht einfach herum!«

»Ertrage *du* doch ein Dutzend Tiere wie diese schmierigen Banditen! Was meinst du, wie du dich fühlst?« schrie das Mädchen verteidigend. »Du würdest nicht mal einen Mann glücklich machen, egal, wie freundlich er wäre!«

Ich brauche mehr als Freundlichkeit von einem Mann, wollte Lysistrata sagen, aber das Mädchen hatte mit dem Dutzend natürlich recht. Sie seufzte, da sie wußte, daß Kim sich nicht von der Stelle rühren würde. »Dann steig in den Pool.« Sie rollte sich in das Wasser und kämpfte einen Augenblick gegen die Panik an, da sie fast zu schwach war, sich über Wasser zu halten. Schließlich fand sie am Rand Halt und tauchte bis zur Nase ins Wasser ein. Kim kauerte sich hustend und keuchend in eine raucherfüllte Ecke. Schließlich konnten sie einander kaum in den grauen Schwaden sehen.

Das Atmen war eine Qual. Flammen begannen an gemalten Wasserlilien und den vergoldeten Wänden zu lecken. Lysistrata überlegte, ob zuerst die Decke unter dem Pool oder die darüberliegende einstürzen würde. Wahrscheinlich werden wir ersticken, dachte sie.

Schritte waren zu hören, dann zerrte plötzlich eine Hand an ihrem Haar und riß sie heftig auf die Stufen hoch. Sie zerrte an der Hand und schrie vor Schmerz.

»Mach so weiter, und du kochst, du Miststück«, warnte San sie.

Sie wehrte sich nicht weiter, als er einen Fetzen aus dem

Sari riß, ihn in den Pool tauchte und sie dann auf die Schulter hob. »Warte«, keuchte sie, »was wird aus Kim?«

»Die ist auf dem Grund verreckt. Und Kalisha röstet an ihrem eigenen Spieß. Halt den Mund und leg das über dein Gesicht.« Er reichte ihr den triefenden Seidenfetzen. Er wikkelte sich seinen feuchten Turban um das Gesicht und rannte in schnellem Trab los. Während sie einem Alptraum von Flammen auswichen, hielt sie ihr schwingendes Haar fest, damit es nicht entflammte. Die Haupttreppe raubte ihr so sehr den Atem, daß zu ertrinken wie Kim ihr wie eine Gnade erschien.

Abrupt gelangte sie auf den freien Hof, obwohl nur wenig Luft zum Atmen geblieben war. Ganz Khandahoor stand in Flammen. Die goldenen Kuppeln ragten durch riesige Rauchblüten. Die Säulen der Arkadengänge waren durchgebrannt und brachen zusammen. Die verzierten Fliesen der Dächer lösten sich und fielen klirrend auf den Boden. Der Bibliotheksflügel im Pfauenpalast war ein Inferno, und Lysistrata sah todunglücklich, wie unschätzbare Kunstwerke und Literatur in den Flammen vergingen. Die Gärten schienen in der sengenden Hitze zu verdorren, und als sie sich den Festungsmauern näherten, wankte San durch noch mehr Trümmer. Die hölzernen Laufstege an den Brustwehren brachen zusammen, ihre Stützbalken fielen aus den Wänden. Die Zugbrücke sackte in den Burggraben. San ließ sie am Fallgitter herunter und schaute auf den zischenden Rest der Brücke, der auf das andere Ufer gestürzt war, zu dem eine Menge Krokodile vor den herabfallenden, brennenden Trümmern geflohen war. »Scheiße«, stellte er lakonisch fest.

Tet winkte aus dem Dschungel, wo der Rest der ungeduldigen Piratenbande wartete und die Ungeheuer furchtsam betrachtete. »Komm! Wir schießen dir einen Weg frei!«

»Richtig«, murmelte San. Er wandte sich an Lysistrata. »Ich werfe einen Stamm ins Wasser, damit wir rüberkommen. Aber zuerst brauchen wir einen Köder.« Er verschwand und kam mit vergifteten Essensresten aus dem Wachlokal wieder, die er in seinen Turban gefüllt hatte. Er trat einen verkohlten Balken in den Graben, hob sie hoch und sprang darauf.

Lysistrata sollte sich an die Überquerung des Grabens für den Rest ihres Lebens in Alpträumen erinnern. Der Rauch reflektierte den Feuerschein auf schwarzem Wasser, das die schwärzeren Gestalten der wartenden Menschenfresser barg. »Falls ich keine weitere Gelegenheit mehr habe«, murmelte sie zu dem Kachin, »danke. Du hast mich zum zweiten Mal leben lassen.«

Er trat weiter und trieb den Stamm voran. »Ich bin gierig, kein Wahnsinniger. Das war Tets Idee.« Er reckte den Hals, um im Rauch nach dem Ufer zu schauen. »*Schießt*, ihr Hundesöhne!« brüllte er. »Ich habe *jetzt* Grund unter den Füßen.«

Schüsse krachten. Die Masse voraus begann um sich zu schlagen und sich zu winden. Ohne darauf zu warten, daß der Tumult endete, sprang San in das seichte Wasser und warf Lysistrata wieder über seine Schulter. Es war ein Alptraum. Die riesigen Reptile brüllten und schlugen voller Wut und Schmerz um sich. San versuchte zu rennen, doch der zähe Schlamm um seine Knie hemmte ihn. Lysistrata hörte das Knirschen der mächtigen Kiefer. Sie *war* krank und hörte ihn fluchen, als er auf den schlüpfrigen Kadavern zerfetzter Krokodile rutschte. Dann erreichte er das Ufer und rannte wie der Teufel.

Plötzlich rutschte er aus, und sie stürzte auf ihn. Starr vor Entsetzen wartete sie auf das erste klaffende Maul. Dann blinzelte sie, als Tet auf sie herabschaute. »Steht lieber auf, sonst verwechseln wir euch noch mit den Krokos!«

»Pah!« keuchte San ärgerlich. »Du hast dir mit dem Schießen verdammt viel Zeit gelassen!«

»Ist unnötig, Munition zu vergeuden!« Tet schlug ihm freundlich auf die Schulter. »Aber keine Sorge. Die Frau wird für die Kugeln zigfach zahlen.«

Lysistrata hob schwach den Kopf. »Ich will ja nicht streiten, aber wie stellst du dir das vor?«

»Was macht dein Vater?« fragte er kurz.

»Er ist Arzt«, erwiderte sie leise, »in Rangun. Warum?«

Tet rieb seine Hände. »Gut, gut. Sehr einfach.« Er hielt einen Finger hoch. »Papa wird zahlen, und Ram Kachwaha wird zahlen, um dich wiederzubekommen.« Seine Augen zwinkerten schelmisch. »Natürlich kann mein Herr, Boh Myin, nicht beide erfreuen, aber das macht nichts«, er hob einen dritten Finger, »denn Kachwaha wird uns auch folgen. Seine Gefangennahme bedeutet ein drittes Lösegeld ...« Sein Gesicht erhellte sich, als ihm eine neue Idee kam. »Und sein Kopf.« Er hob einen vierten Finger.

KAPITEL 14

Buddhas Schädel

Weshalb stürmst du dem Tode entgegen?

MATTHEW ARNOLD

»Wir haben Nachricht von Ihrer Tochter, Doktor.« Sir Anthony Bartly drehte sich vor einer Landkarte um, als Dr. Herriott von Harry Armistead in sein Büro geführt wurde. Bartly nickte Harry zu, stellte dann die beiden anderen Offiziere im Raum vor. »Wir schlagen zu ihrer Befreiung sofortige Maßnahmen vor, dieses Mal mit militärischer Unterstützung.« Er deutete auf eine scharfe Biegung im Unterlauf des Sittang. Herriott trat rasch zu ihm. »Sie befindet sich hier, in Buddhas Schädel, der Festung von Boh Myin. Er und seine Piraten haben in den letzten Jahren die Küsten von Sittang und Tennasserim geplündert.« Er blickte Herriott mitleidig an. »Sie lebt, ist aber durch Malaria sehr krank. Wir müssen sofort aufbrechen.«

Herriott starrte den Punkt auf der Landkarte an. »Woher wissen Sie das alles?«

»Boh Myin hat uns eine Lösegeldforderung geschickt.« Bartlys Mund wurde schmal. »Unverschämt von ihm, aber ihm ist entweder nicht klar, oder es ist ihm egal, daß wir seinen Aufenthaltsort kennen.« Er tippte auf die Flußbiegung. »Unterhalb von Buddhas Schädel sind auf den letzten beiden Flußmeilen Baumstämme und spitze Pfosten versenkt worden, durch die nur Boh Myin und seine Kapitäne navigieren können. Bis auf die ersten hundert Kilometer ist der ganze Fluß fast unpassierbar, von kleinen Booten abgesehen. Artillerie müßte zerlegt und per Kanu flußaufwärts gebracht werden. Ein etwaiger Landangriff muß schnell erfolgen, da die letzten Kilometer durch tiefen Dschungel führen, was für die Männer die Hölle und für Artillerie noch schlimmer ist.«

»Schlagen Sie eine militärische Operation vor, weil ich nicht bezahlen kann?« fragte Herriott barsch.

Bartly lächelte leicht. »In der Tat, nein, Sir. Es ist an der Zeit, Birmas Flüsse von dem gefährlichen Abfall zu reinigen. Der Salween ist voller Piraten. In diesem Fall ist Lysistrata nicht der einzige Grund, warum wir mit dem Sittang beginnen. Khandahoor, die Festung Richard Harleys oder Ram Kachwahas, so Sie wollen, liegt weiter nördlich. Er wird nicht nur wegen seiner Verbrechen in Rangun gesucht, sondern auch wegen Mordes an zwei britischen Offizieren in den Shan und Angriffen auf friedliche Eingeborene. Wahrscheinlich ist er mit Boh Myin verbündet.« Er machte eine Pause. »Die zuständigen Beamten sind damit einverstanden, daß die beträchtliche Belohnung für die Ergreifung der beiden Männer an Sie als Wiedergutmachung gezahlt wird.«

Herriotts Kopf ruckte ärgerlich herum. »Ich will nur meine Tochter, Sir.«

»Dr. Herriott«, sagte Bartly ruhiger, »Sie werden eine Passage heim nach Amerika benötigen. Ihnen ist natürlich klar, daß Lysistrata nicht in diesem Klima bleiben kann.«

»Und Ihnen, Sir, ist natürlich klar, daß wenn Boh Myin sich weigerte, Lysistrata freizulassen, und Sie seine Festung mit Artillerie pulverisieren, sie kaum vor dieses Problem gestellt sein wird!«

Harry fiel rasch ein. »Wenn ich einen anderen Vorschlag machen darf, meine Herren. Vielleicht könnte das Kopfgeld an Boh Myin als Lösegeld gezahlt werden... in Goldmünzen.« Er lächelte. »Nachdem Boh Lysistrata übergeben hat, können wir uns das Gold zurückholen, wenn wir ihn erledigen.

Im schwachen Licht der Dämmerung musterte Friedlander den umgebenden Dschungel. Affen und Vögel schrien so laut, daß ihre Rufe von dem nahen Fluß widerhallten. Das palisanderumzäunte Fort auf dem leichten Hügel über dem Wasser schirmte bis auf das gelegentliche Gemurmel der Posten jedes Geräusch ab. Pagoden eines verlassenen Klosters ragten über die Mauern des Forts. Im Dschungel hinter dem Fort waren weitere Pagoden Schlangen und Insekten überlassen. Friedlander erschauerte leicht in der Kühle des Flusses. »Wo ist er?«

Der angesprochene Naga richtete einen Finger nach oben, ohne den Blick von der nebelumwallten Masse des Buddha-Schädels zu lassen, Boh Myins Zuflucht am Sittang.

Mit verhaltenem Fluch erkletterte er den Baum, auf dem Ram hockte, und erreichte eine Astgabel gegenüber dessen baumelndem Fuß. »Sag mal«, flüsterte er, »ich schaue schon Affenweibchen hinterher. Danach brauchen wir ein bißchen Zivilisation.«

»Wo immer du willst«, raunte Ram freundlich. »Was hast du rausgefunden?«

»Die Naga, die wir hingeschickt haben, sagen, sie ist in der großen Pagode.« Friedlander deutete auf einen eckigen, zerfallendene Steinturm, der aus dem Nebel ragte, der die meisten anderen Pagoden verdeckte, die von der zehn Meter hohen Palisade aus Stein und Teakholz umschlossen waren. »Das ist das Quartier seiner Hoheit und zugleich sein Magazin. Es ist voller Halsabschneider, die so wachsam wie Palmratten sind. Da ist ein besonders aufgeweckter, widerlicher Typ, der deine Dame bewacht. Scheint, als erwarteten sie nicht nur dich, sondern auch die Briten. Erinnerst du dich an den Karen, der vor einer Stunde ins Fort huschte? Er hatte Nachrichten, die nur für Boh Myins fettes Ohr bestimmt waren, und wie ich höre, ist das Schwein dabei etwas grau geworden.«

Ram betastete nachdenklich seinen neuen Schnurrbart. »Ich habe Kanaka flußabwärts geschickt, als der Karen Bohs Pagode betrat. Er müßte bald zurück sein. Wie geht es Lysistrata?«

Friedlander schüttelte den Kopf. »Nicht gut. Ist kaum bei Bewußtsein. Zittert. War ein langer Weg von Khandahoor. Das Mädchen ist aus Eisen, aber selbst Eisen rostet im Dschungel.« Er neigte den Kopf. »Laß doch die Engländer Ritter spielen und uns verschwinden! Du wolltest sie ihnen doch sowieso übergeben.«

»Aber wenn die von Boh Myin verlangen, daß er sich ergibt, schneidet er ihr glatt die Kehle durch.« Er runzelte die

Stirn. »Selbst wenn Dr. Herriott genug Geld hätte, um einen Papagei freizukaufen, würden die Briten sie lieber tot als lebendig sehen. Sie gäbe einen hübschen Märtyrer ab und einen überzeugenden Grund, weiteres Militär in dieses Gebiet zu entsenden.« Er sah Kanaka von unten winken und glitt wie ein Akrobat vom Baum herab.

Friedlander kam gerade rechtzeitig, um Kanakas Bericht zu hören. »...haben die Pylone verankert. Ein Sepoy-Regiment unter britischem Kommando kommt auf dem Landwege. Sie schleppen eine Haubitze mit. Mit etwas Glück sitzen sie morgen bei Dämmerung vorm Tor.«

Friedlander sah, daß das Tor aufschwang und daraus Schatten im Dschungel verschwanden. Er zog Ram am Ärmel. »Sieh mal, Boß. Für Kundschafter sind das zu viele Männer.«

Ram nickte. »Sie werden versuchen, die Artillerieeinheit anzugreifen. Friedlander, nimm fünf Naga und kümmere dich um sie... schnell. Sammle Andenken für Boh.« Friedlander berührte seine Stirn und war verschwunden.

Keine Dreiviertelstunde später war Friedlander zurück. »Die saßen wie auf dem Präsentierteller. Die Burschen konnten sogar ihre Pfeile wieder einsammeln.«

»Gute Arbeit. Dein nächster Auftrag: Lenke die Wachen ab, die hinter der Biegung bei Bohs Kriegskanus sind, und stecke die Kanus in Brand...«

»Aber die Wachen werden sehen...«

»Ich will, daß er weiß, daß er keine Fluchtmöglichkeit hat, keine Boote, nicht einmal die Chance, in einem Dschungel voller Naga unterzutauchen.«

Friedlander schaute anzüglich auf ihre zwölf Naga. »Voll, ja?«

»Er wird glauben, was ich ihm sage, wenn seine Patrouille nicht zurückkommt und er Teile von ihnen vor der Tür findet.«

»Du sagst es ihm? Du willst da reingehen?« Friedlander lief rot an. »Er wird dich ans Tor nageln, damit du die erste britische Granate mit deinen Zähnen auffängst!«

»Dann hör mir jetzt lieber zu«, riet Ram ruhig, »weil ich bei

Dämmerung möglicherweise den Mund voll Blei habe. Bleib bei den Naga für den Fall, daß Boh Myin eine andere Patrouille losschickt. Wenn die Briten die Haubitze in Stellung gebracht haben, verschwinde. Die Jacht gehört dir und Kanaka. Bezahle die Naga aus und verschwinde aus Birma. Ihr zwei wart zu lange bei mir, um unerkannt zu bleiben.«

Kanaka berührte seinen Arm. »Warte, Boß. Laß uns helfen. Wir könnten dich reinbringen und wieder raus.«

»Nicht mit Lysistrata. Vielleicht, wenn sie laufen könnte. Aber so...« Er schüttelte den Kopf.

»So, Boß«, sagte Friedlander wütend, »hast du keine Chance! Keine Frau ist das wert!«

»Boh Myin hat auch Khandahoor zerstört«, erwiderte Ram.

»Für dich war Khandahoor ein Scheißhaufen«, kam die empörte Antwort.

Boh Myin war ähnlich gereizt wie Friedlander. Als er so brütete – ein Muskelberg, von einem Schweinsgesicht gekrönt –, warteten die anderen, die in der Pagode hockten, voller Unbehagen darauf, daß er sein Schweigen brach. Boh Myins üblicherweise geschwätziges Wohlwollen war ein Blatt, das sich in einem Augenblick von sonnigem Egoismus zu mörderischer Entschlossenheit wenden konnte. Er herrschte durch überlegene Kampftaktiken, brutale Kraft und eine absolute Rücksichtslosigkeit, die ihn wie eine Aura vollkommener Bösartigkeit und Unbesiegbarkeit umgab. In Wirklichkeit war nichts vollkommen an ihm. Er war einfach gierig. Sein Appetit auf Essen und Frauen entsprach seinem unstillbaren Verlangen nach Sattheit. Wenngleich von Natur aus kein Sadist, war er ein geborener Despot. Wenn auch nicht intelligent, war er doch gerissen und unberechenbar, nicht was seine Ziele anbelangte, sondern was die Wege betraf, wie er sie erreichte. Tet war sein Schatten gewesen, scharfsinnig und neidisch, der ihn nachäffte. Als Belohnung für seinen Ehrgeiz und den Verlust der Schätze Khandahoors hatte Tet eine Hand verloren. Und durch den folgenden Wundbrand sein Leben.

San, der schlanke, hakennasige Kachin, war noch scharfsinniger als Tet, mit einer kalten Intelligenz, die Boh Myins Schläue in den Schatten stellte. Von den Banditen in der Pagode saß er allein ruhig da, als wisse er genau, was ihm die Zukunft bringen würde.

Lysistrata lag in einer Ecke auf einem Stohlager und registrierte die Stille in der zerfallenen Pagode nach so vielen Tagen bienenstockgleicher Aktivität, aber sie hatte sich viel von Rams Fatalismus angeeignet. Als die Tage vergingen und weder aus Rangun noch von Ram etwas über Lösegeldzahlung zu hören war, akzeptierte sie ihre Verlassenheit und deren unausweichliche Folgen. Zuerst hatte Boh Myin ein schelmisches Vergnügen daran gehabt, sie in seiner Nähe zu haben, aber da sie kaum in der Lage oder willens war, mit ihm zu scherzen, begannen ihr schlechtes Aussehen und die schrumpfende Aussicht auf Profit ihn zu deprimieren. Deshalb der Wechsel in die andere Ecke. Jetzt war sie nicht nur ein Verlustgeschäft, sondern auch ein Passivposten. Die Präsenz einer britischen Kanone verriet, daß die Opposition nicht bereit war, um die Unversehrtheit der Geisel zu feilschen. Mehr als einmal wanderte Boh Myins düsterer Schweineblick zu ihr. Schließlich murmelte sie zu San: »Ich glaube, die Langeweile, mich zu bewachen, wird bald beendet sein.«

Er lächelte. »Es gibt noch Hoffnung. Wenn die britische Kanone zerstört ist, bleibst du am Leben.«

»Als kreischendes altes Weib?« Sie lachte. »Moung San, du machst selbst den Tod erträglich.« Dann ergänzte sie: »Ich möchte kein Getue machen, wenn die Zeit kommt... es sei denn, natürlich, Boh Myin beschließt, mit mir Ekelhaftes anzustellen.« Sie zögerte. »Könntest du ihn dazu überreden, es dich schnell tun zu lassen?«

»Ja«, antwortete er einfach.

»Danke.« Sie schloß die Augen. »Auf deine Weise warst du mehr als ein Freund.« Tod, du bist mein letzter, reiner Geliebter.

Er lachte leise. »Ja, ich werde den Schatten dessen spielen, der nicht hier ist, denn wäre er gekommen, wäre er sicherlich tot. Mögen deine Arme auch warm sein, die Umarmung des Todes ist bitterkalt. Denke nicht schlecht von ihm, weil er sich anders entschieden hat.«

»Meine Arme waren nie warm, Moung San. Sie schlossen sich in Leidenschaft, verschlossen sich in Haß, aber sie waren nie zärtlich. Ich mache ihm keinen Vorwurf.«

»Aber du liebst ihn«, erwiderte er leidenschaftslos.

»War es Liebe, so zu handeln?« flüsterte sie. »Jetzt ist es zum Lieben zu spät, und du bist ein zweifach willkommener Schatten, um dem Gestalt zu geben, was verloren ist und was kommen wird.«

San schaute zu, wie das Feuer hoch aufflackerte und Licht auf die unruhigen Schatten der herumliegenden menschlichen Bastarde warf. Bis auf ihn selbst schienen alle Phantome zu sein. Selbst dieses Mädchen würde bald sterben. Nur in dem kurzen Moment, wenn sein Messer ihr Herz fand, würde sie wichtig für ihn sein. In diesem vollendeten Akt und ihrer absoluten Ergebung würde er sie zugleich besitzen und erlösen. Und der Mann, den sie liebte, würde so fern von ihnen sein, als habe er nie existiert. Dann würde er sie vergessen. An ihren Mut würde er sich erinnern.

Dann wußte er, daß er diesen Moment nicht erleben würde. Er lächelte kläglich den dunklen, bärtigen Pathan an, dessen schwarze Augen ihn mit der schläfrigen Intensität eines Panthers beobachteten. Der graugekleidete Pathan, der unbemerkt zwischen die Banditen getreten war, hockte sich direkt hinter Boh Myins linkem Ohr hin. San musterte Bohs brutales Gesicht und den massigen Körper, dann die raubtierhaften Züge des schlanken Pathan. Er lehnte sich an die Wand und wartete, da er einen Fluchtweg für den Fall sah, daß er verschwinden müßte. Feuerschein spielte auf verblichenen Shiva-Gemälden. Unter den Bildern waren Holzkisten mit Munition und Sprengstoff gestapelt. Und ironischerweise Enfield-Gewehre, die den Shan gestohlen worden waren.

Er merkte, daß das Mädchen sich bewegte und nach der Kalebasse mit Wasser griff. Ein Anflug von Perversion veranlaßte ihn, den Kürbs zu nehmen und ihn an ihre Lippen zu halten, wobei er ihren Kopf hob. Absichtlich dem Pathan den Blick über seine Schulter verdeckend, spürte er mehr, als daß er es sah, das Messer des Mannes aus der Scheide gleiten, erwartend, daß er zu seiner eigenen Waffe griff. Lysistrata blickte auf und sah etwas in Sans Gesicht: leichte Anspannung, Amüsiertheit. »Ich frage mich, ob dein Geliebter mich atmen lassen würde, küßte ich dich jetzt«, flüsterte er. Ihre Augen weiteten sich, dann blickte sie unwillkürlich an seiner Schulter vorbei. »Schrei nicht. Seine verbleibende Zeit auf der Erde ist ohnehin kurz genug. Was auch geschieht, sei still. Je weniger Boh Myin an dich denkt, desto besser.«

Gehorsam sank sie auf das Stroh zurück. Erst nachdem San sich wieder an die Wand gelehnt hatte, schaute sie sich verstohlen im Raum um. Nach einem kurzen Blick auf den Pathan schloß sie die Augen, und die dunklen Kohlen seines antwortenden Blickes brannten noch immer darin. Sie lag von Erleichterung und Entsetzen erfüllt da. Ram sorgte sich genug, um zu ihr zu kommen. Und dafür zu sterben. Seit Khandahoor hatte sie genug gehört, um zu wissen, daß Ram und der Boh Myin alte Feinde waren. Myin wollte Rams Kopf fast mehr als sein Gold.

Diese Gedanken wurden unterbrochen, als ein Posten durch die Tür stürmte. »Die Kanus, Boh Myin! Sie brennen!«

Für einen Mann seiner Größe war Boh Myin rasch auf den Beinen, als sich Bestürzung im Raum verbreitete. »Haltet das Maul! Ihr seid doch kein Hühnerschwarm! Die Briten können ohne ihre Kanone nicht viel tun, und unsere Leute haben sie jetzt vernichtet. Außerdem können wir immer im Dschungel untertauchen.«

»Die Briten können, deine Leute haben nicht und du kannst nicht«, murmelte eine leise Stimme an seinem Ohr. »Ich fürchte, der Abend wird für dich eine Enttäuschung, Boh Myin.« Auf diese entsetzlich vertraute Stimme hin wollte Myin herumwirbeln und nach seinem *Dah* greifen, doch ein nadelscharfer Druck in den Rippen warnte ihn, nichts zu überstürzen. »Deine Männer schauen mich fast unhöflich an, Boh. Ich schlage vor, du sagst ihnen, sie sollen sich setzen. Bei solchen Manieren fühle ich mich unwohl.« Auf Bohs Zeichen hin setzten sich die Männer widerwillig wie zahme Ottern hin. »Ah, ich fühle mich viel wohler«, kommentierte Ram liebenswürdig. »Du nicht?«

»Ja«, stimmte Boh Myin ebenso gleichmütig zu. »Nur, daß deine Versicherung mich ein bißchen besorgt macht, der Abend werde eine Enttäuschung.«

»Ja, Vorfreude ist nicht immer erfreulich, nicht wahr? Du hast übermäßig lange darauf gewartet, daß deine Männer mit Nachrichten über die Kanone zurückkehren. Du mußt nicht mehr warten. Die Antworten auf all deine Fragen befinden sich seit einer Stunde an deinem Tor.«

Boh Myin nickte kurz einem Mann zu. Der ging hinaus und kehrte kurz darauf aschfahl mit zwei tropfenden, scharlachrotglänzenden Säcken zurück. Aus einem zog er einen geschwollenen, abgetrennten Kopf und hielt ihn vor seinem Häuptling hoch. Würgend drehte Lysistrata ihr Gesicht zur Wand. Schweigen senkte sich über die Männer.

»Leere die Säcke«, befahl Boh Myin grob.

»Soll ich ihm die Mühe ersparen?« fiel Ram ein. »Es sind zwanzig Köpfe... und die Kanone rollt weiter hierher. Wer von euch wird jetzt versuchen wollen, sie aufzuhalten?«

Boh Myin blickte finster. »Hast du das getan?«

»Ich werde das mit jedem tun, der dieses Fort ohne meine Erlaubnis verläßt. Meine Naga sind außerordentlich zuverlässig, vor allem nachts.«

Boh Myin lachte. »Du bist in einer unhaltbaren Situation, Ram Kachwaha, und klug genug, das zu wissen. Ich kann dich zu dieser Erlaubnis zwingen. Tötest du mich, wird Moung San das Mädchen töten. Selbst wenn du die Folter für eine Weile überlebst, habe ich doch das Mädchen. Willst du sehen, wie ihr die Haut streifenweise vom Leib gezogen wird?«

»Nein«, gab Ram zu, »aber dann würdest du kein Geld für sie bekommen.«

Boh Myins Augen verengten sich. »Wieviel willst du zahlen?«

»Nicht soviel, wie ich haben könnte, wären deine Männer in Khandahoor weniger impulsiv gewesen. Wie du weißt, besitze ich in Rangun nichts mehr. Ich kann die Naga zurückrufen und dir entweder die *Rani* anbieten oder das Geld für ihren Verkauf. Sie ist hundertfach wertvoller als deine Kanus.«

Boh Myin lehnte sich zurück. »Das ist nicht genug. Du hast sie wahrscheinlich verbrannt.«

»Hast du einen anderen Vorschlag? Besser etwas als nichts. Während wir schwätzen, rollt die britische Haubitze näher zu dir.«

»Zu *uns*«, korrigierte Boh Myin lächelnd. »Sie sind noch mehr darauf aus, dich zu hängen als mich.« Er zeigte einen Goldzahn. »Du weißt, was ich gerne möchte.«

»Bedaure. Wenn du meinen Kopf auf den Säcken haben möchtest, mußt du ihn dir nehmen.« Ram lächelte zurück. »Angenommen, ich schlage mich auf deine Seite, wenn es zum Kampf mit den Briten kommt. Jetzt, da du das Mädchen hast, glauben sie wahrscheinlich ohnehin, ich mache gemeinsame Sache mit dir. Verlierst du, hast du zumindest die Befriedigung zu wissen, daß ich mit dir sterbe. Gewinnst du, bringe ich dich zur *Rani*. Aber das Mädchen muß den Briten übergeben werden, bevor ein Schuß fällt.«

»Du willst sie nicht?« fragte Boh Myin mißtrauisch.

»Ich will den Briten keinen Grund geben, mich wieder zu verfolgen«, erwiderte Ram gelassen. »Sie wird sie für eine Weile befriedigen.«

Lysistrata hörte seine Antwort, und ihr wurde kalt ums Herz. Er sorgte sich also nicht. Er war nur wie gewöhnlich vorsichtig. Starb sie in Buddhas Schädel, würden die Briten ihn ewig jagen. Er hatte gesagt, sie würde entsetzt vor ihm zurückweichen, wenn sie ihn einmal richtig sähe. Und doch ... sie konnte sich nicht von ihm abwenden, gleich welches Gesicht er zeigte. Er hielt ihre Seele gefangen.

Ein Posten stahl sich in die Pagode und hockte sich vor Boh Myin hin. »Die Briten haben einen Abgesandten geschickt, *Tuan*. Sie wollen verhandeln.«

Boh Myin richtete sich auf. »Ist die Kanone schon in Stellung? Wie kann das sein?«

»Nein, *Tuan*. Der Abgesandte ist bis auf zwei Soldaten zu Fuß und einen Führer allein.«

Boh Myin lehnte sich zurück. »Laß ihn herein.«

Ein paar Minuten später betrat Harry Armistead die Pagode. Er bemerkte Lysistrata und ihren Zustand sofort, dann wurde sein Blick hart, als er Ram in Pathankleidung zwischen den Piratenkapitänen sah. Er trat vor den Boh und verneigte sich. »Seid gegrüßt, ehrenwerter Boh Myin, im Namen Ihrer Königlichen Majestät, Viktoria, Königin von England. Ich bin Leutnant Harry Armistead von den Guards Ihrer Majestät. Ich wurde gesandt, um über Miß Lysistrata Herriott zu verhandeln.«

»Verhandeln, Leutnant?« schnurrte Boh Myin. »Ich entsinne mich nicht, Leutnant, eine Haubitze als Teil des Preises für Miß Herriott verlangt zu haben.«

Harry blickte verlegen drein. »Ich gebe zu, meine Vorgesetzten hatten nicht die Absicht, auf Ihre Forderung einzugehen; jedoch ... hat die Kanone im Dschungel Schaden erlitten. Deshalb müssen wir auf Ihren Preis eingehen.«

Mit leisem Lachen wandte sich Boh Myin an den teilnahmslosen Pathan neben sich. »Du siehst, mein Freund, du hast mein Hilfebedürfnis unterschätzt.« Er blickte Harry scharf an. »Das Gold, Leutnant? Wo ist es?«

Harry winkte seine beiden Männer vor. Sie trugen eine kleine Kiste, die sie zu Harrys Füßen absetzten und öffneten. Darin war ein großer Haufen Goldmünzen. Myin winkte sie näher heran. Er griff tief in die Kiste, zog eine Münze heraus und biß hinein. Sein Goldzahn glänzte, als er Viktorias geprägtes Porträt betrachtete und er dann wieder Harry ansah. »Ich bewundere deine dicke Königin. Üppige Frauen sind oft großzügig.« Er nickte zu Lysistratas Ecke. »Nimm sie, nimm sie«, dann belustigt, »aber macht mir keine Vorwürfe, wenn sie Rangun nicht erreicht. Sie war in sehr schlechtem Zustand, als ich sie von Ram Kachwaha erwarb.«

»Ich bin sicher, Sir, Sie haben alles mögliche für die Gesundheit der Dame getan«, sagte Harry eisig. »Ram Kachwaha ist auch für seine Freundlichkeit gegenüber Frauen bekannt. Ich hoffe, daß ich Ihnen beiden eines Tages Ihre Großzügigkeit heimzahlen kann.« Er nickte seinen Männern zu, die rasch Lysistrata holten.

Sie lächelte San sonderbar an. »Mögen all deine *Nats* klein sein.«

Er lachte. »Und deine. Keine Angst, ich werde immer in deinen Krokodilträumen erscheinen.«

Als die Männer sie an Boh vorbeitrugen, hob sie kurz die Hand. »Ich habe eine Bitte, Boh Myin. Kann Prinz Kachwaha mich zum Tor begleiten?«

Er zuckte die Schultern. »Warum nicht? Meine Bogenschützen werden für deine Vertrauenswürdigkeit sorgen.«

Harry blickte Lysistrata scharf an, dann Ram, der sich gelassen erhob. Als sie einige Meter von der Pagode entfernt waren, begann der Engländer wütend: »Was zum Teufel...?«

»Seien Sie ruhig, Harry«, murmelte Lysistrata. »Ich danke Ihnen aus ganzem Herzen für meine Rettung, aber schweigen Sie jetzt bitte.«

Er starrte sie an und preßte verletzt die Lippen zusammen.

»Ram«, sagte er weich, »was wird Boh Myin mit dir tun?«

»Mich gegen die *Rani* tauschen«, erwiderte er sachlich.

»Er wird dich töten, wenn er sie erst einmal hat.«

»Er wird's versuchen.«

Vor ihnen ragte das Tor auf. »Du hast deinen Kopf für nichts in seinen Rachen gesteckt.« In ihren Augen brannten Tränen. »Es tut mir leid.«

»Was? Daß du lebst?« Ein fast fröhliches Lächeln umspielte seine Lippen. »Mir nicht.« Er schaute zum Mond auf. »Heiraten Sie sie, Harry. Sie ist ein hübsches Mädchen.«

»Das beabsichtige ich«, schnappte Harry zu Lysistratas Überraschung, »aber ich möchte, verdammt noch mal, wissen, was hier vorgeht.«

»Ich bin mir selbst nicht ganz sicher, Harry«, fiel Lysistrata unsicher ein, »aber ich heirate, wen ich will. Im Augenblick geht's ja nicht um meine Zukunft.« Sie blickte Ram an. »Stirb nicht für mich. Ich kann alles ertragen, aber das nicht.«

»Boh Myin und ich haben noch einige Hühnchen zu rupfen«, erwiderte er sorglos. »Du bist nur eines davon.« Im Schatten des Tores streckte er seine Hand aus. »Lebewohl.«

Ihre Brust schien sich zusammenzuziehen, bis ihr Herz

blutleer war. Sie umfaßte seine Hand, als ob ihre Finger zerspringen würden. »Lebewohl.«

Ram wollte sich abwenden, schaute dann aber den Engländer an. »War das Gold Ihre Idee?«

»Ja.«

Ram lächelte rätselhaft. »Das dachte ich mir.« Als sich das Tor hinter ihnen schloß, sah Lysistrata ihn als schlanke, geisterhafte Gestalt zur Pagode zurückschlendern.

»Er lügt, Harry«, flüsterte sie. »Sie werden ihn töten, und das weiß er.«

»Wahrscheinlich zieht er Bohs *Dah* einem britischen Strick vor. Den wird er bekommen, wenn er bei Sonnenaufgang noch in diesem Hyänenlager ist«, erwiderte Harry gefühllos.

»Was meinen Sie damit?« fragte sie gespannt.

Er war nicht in der Stimmung, unangebrachtes Mitleid zu tolerieren, und sagte kurz: »Sie werden sehen.«

Während Ram zu Bohs Pagode zurückging, betrachtete er den Mond, als könne er dessen Lauf folgen. Bei Mondlicht konnte er sich vieler Frauen erinnern. Lysistrata wäre erstaunt, hätte sie gewußt, wie vieler, wenngleich er für die letzte, Anira, nur eine Illusion gewesen war. Seine stärksten Erinnerungen an Lysistrata rührten aus samtenem Schweigen, aus mondlosen Nächten.

Seine Tigerin war jetzt in Sicherheit. Würden die Jadeflammen dieser Augen die kommende Dunkelheit erhellen, die vielleicht tiefer als der Tod war? Wenn...

Er verbeugte sich kurz und ironisch vor dem Mond und betrat dann die Pagode, in der ein Kreis dunkler, verschlagener Gesichter jetzt entspannt wartete, da sie fühlten, daß die Gefahr vorüber war, und erpicht auf mörderische Unterhaltung waren.

»Setz dich, Ram Kachwaha«, sagte Boh Myin herzlich. »Trink etwas, um mein Glück zu feiern.«

»Ich habe Trinken nie sehr gemocht«, erwiderte Ram, »und vielleicht solltest du bis zum Abzug der Briten mit dem Feiern warten.«

»Ihre Kanone ist zerstört. Du hast gehört, was der Offizier sagte.« Boh Myin wischte sich Schnaps vom Mund.

»Ich hörte es.«

»Er hat in Gold bezahlt. Warum sollte er lügen?« fragte Boh Myin. »Ich habe alles, was ich will. Und dich.«

»Irrtum. Wenn die Kanone unversehrt ist, haben die Briten alles, was *sie* wollen. Einschließlich dem Gold, es sei denn, du willst damit auf sie schießen. Niemand von uns geht irgendwohin, bis sie es sagen ... oder ich.«

»Pah. Deine Naga können sich in die Füße schießen. Hältst du mich für dumm? Die Kanone liegt mit gebrochener Achse drei Kilometer von hier. Sie kreischen wie die Schweine im Schlamm. Meinst du, ich ließe sie nicht beobachten?« Er räkelte sich in seinem Sessel. »Ich bin nicht sicher, ob du als Verbündeter gut bist, Ram. Ich kann dir nicht vertrauen, ich mag dich nicht, und du schuldest mir mehr als ein Schiff als Bezahlung für dein Leben, meine acht Kanus und zwanzig Mann. Außerdem kann ich die *Rani* jederzeit allein finden. Ich habe dich seit einiger Zeit nicht mehr kämpfen sehen. Woher weiß ich, was du wert bist?«

»Probier's aus.«

»Ja, das werde ich.« Während Ram seine Weste ablegte, winkte Boh Myin einen stämmigen Chinesen heran, in dessen Gürtel zwei lange Messer steckten. »Dieser Bursche ist mit den Messern ganz gut. Ich denke, du bist ihm ebenbürtig.« Er bedeutete einem anderen Piraten, Ram zwei gleiche Waffen zu reichen. »Denk daran, ich bin sehr ärgerlich, wenn du ihn tötest, aber heiter betrübt, wenn er dich tötet.«

Ram prüfte die Balance der Messer, indem er sie auf die Fingerspitzen legte, ließ sie dann herumwirbeln, die Daumen um das Heft gehakt, so daß die Spitzen auf seinen Unterarmen ruhten, um ihre Länge zu prüfen. Der Chinese zog rasch seine Messer über Kreuz aus dem Gürtel und streckte sie wie zwei Skorpionsstachel aus. Rams Messer blieben keusch umgedreht. Grinsende Piraten stießen sich an: Dieser Bastard wußte nicht einmal mit Messern umzugehen! Er war nur ein Blender. Der Chinese wirkte weniger selbstzufrieden, und Sans Augen funkelten erheitert. Der Chinese hatte allen Grund, unsicher zu sein. Er mußte Kachwahas Gottesanbeterinnen-Technik erkannt haben, die selten außerhalb Chinas zu sehen war.

»Diese Messer sind mittelmäßig, Boh Myin«, stellte Ram fest. »Ich schlage vor, dein Mann und ich tauschen eins, damit ich ihn nicht zufällig zerschneide.«

Boh Myin brüllte vor Vergnügen, besonders über das finstere Gesicht des Chinesen. »Dann tauscht, was ihr wollt.«

Der Chinese schleuderte rasch ein Messer auf Rams Kopf. Ram schien sich aus der Hüfte zu drehen und fing das Messer hinter seinem Rücken aus der Luft auf, während seine eigene Waffe auf den Bauch des Chinesen zuwirbelte. Mit verblüfftem Zischen sprang der Mann beiseite und zog den Bauch ein. Das Messer landete im Schmutz. Der Chinese hob es hastig auf und parierte Rams Angriff, indem er den Bauch vorstieß. Im gleichen Moment schlug Rams Messerheft auf den Handgelenknerv des Chinesen, wodurch die Hand betäubt wurde. Im nächsten Moment glitt sein Arm am Körper des Mannes vorbei, und sein Messer durchschnitt die Arterie unter der Achselhöhle. Als er es zurückzog, zerschnitt er erst den Deltamuskel und schlitzte den Arm bis zum Handgelenk auf. Der Chinese starrte benommen auf seinen baumelnden, unbrauchbaren Arm und das Blut, das aus seinen Fingern lief.

Der Pirat, der Ram die Messer gegeben hatte, wickelte einen schmutzigen Lappen um den Arm des Verwundeten. Angewidert winkte Boh den Chinesen aus der winzigen Arena. Er sah Ram lächeln. »Damit du dich nicht langweilst, Eure Hoheit«, sagte er grimmig, »muß ich dich zerstören, Tok.«

Aus einer schattigen Ecke der Pagode erhob sich langsam eine Gestalt, die sich ducken mußte, damit sie nicht an die Decke stieß. Tok war Malaie mit starkem samoanischem Einschlag. Er ragte über zwei Meter auf, und sein Bauch war genauso dick wie seine mächtige Brust. Auf Bohs Nicken hob er eine Streitaxt auf und stapfte vor.

»Damit du dich wirklich amüsierst, Freund Ram«, schnurrte Boh, »liefere deine Waffe ab. Ich möchte sehen, wie dein Verstand mit Toks Hammer fertig wird... obwohl ich stark befürchte, daß dein Verstand bald an diesen Wänden klebt.«

Schweigend gab Ram seine Waffen ab und wandte sich dann dem Goliath zu, der ihn mit schläfriger Nachsicht musterte. Tok, der annahm, daß seine Beute vor Furcht gelähmt sei, ließ den Hammer auf Rams Kopf sausen. Ram trat beiseite und schlug mit beleidigendem Krachen gegen den fleischigen Kiefer des Giganten. Tok tobte vor Wut und Verlegenheit. Die Streitaxt wirbelte über seinem rotangelaufenen, erbosten Gesicht. Ram duckte sich, ließ sich auf eine Hand fallen, und seine Beine schlugen gegen Toks Knie. Durch den Tritt aus dem Gleichgewicht gebracht und durch die Axt herumgewirbelt, stürzte der verblüffte Malaie rücklings und rutschte dann auf dem Gesicht durch die Zuschauermenge. Boh heulte vor Lachen. »Gut gemacht, du Fuchswelpe! Das wird den Burschen aufmuntern!«

Mit blutender Nase schoß Tok wie von einem Katapult geschleudert zurück, direkt in Rams starre Fingerspitzen, die genau in die Stelle stachen, die ein chinesischer Arzt Lungenmeridian nennen würde. Tok versuchte wankend Atem zu holen und brach dann hilflos keuchend zusammen. Der Boh runzelte die Stirn. »Was hast du mit ihm gemacht?«

»Nichts Bleibendes.«

Tok wand sich, während die anderen Banditen fasziniert zuschauten. San stand auf und ging mit einem ironischen Blick zu Ram und zu dem hilflosen Mann hinüber. Seine Finger stachen in dieselbe Stelle, die Ram getroffen hatte. Tok keuchte und starrte zu San hoch, als sei der ein Wunderheiler, und entfernte sich dann soweit er konnte von diesem Teufel, der ihn mit einer einzigen Berührung kampfunfähig machen konnte.

Während San zu seinem Platz zurückkehrte, trommelten die Finger Bohs ärgerlich auf der Sessellehne. »Du hättest ihn besser getötet, Kachwaha. Jetzt habe ich ein großes, unnützes Küken, das ich füttern muß.« Das Trommeln endete abrupt. »Keine Spielchen mehr. Nehmen wir den *Lathi* aus deinem eigenen Land. Deine hochmächtigen Rathors meinen,

Lathi sei nur gut für Bauern? Schön, hier ist ein Bauer für dich.« Ein kleiner, mit einem Lendentuch bekleiderter Hindu trat auf seinen Wink vor. In einer Hand hielt er einen schlichten Stab. Der Inder blickte Ram ruhig an. »Du, Ram Kachwaha, nimmst das Pfeilseil«, befahl der Boh. Ram wurde ein Pfeil gereicht, an dem ein aufgerolltes Seil hing.

Das Paar stand sich stumm gegenüber. Langeweile machte sich breit. Sooft Ram seinen Pfeil warf, wehrte der Hindu ihn mit seinem *Lathi,* seinem groben Stock ab. Das Scheitern seiner Angriffe gegen Ram schien ihn überhaupt nicht zu entmutigen. Mit tödlicher Geduld begann er Ram mürbe zu machen. Die unruhigen Piraten holten Zigarren und Reiswein. Halbherzige Wetten wurden geschlossen. Nur Boh und San zeigten Interesse an dem Kampf. Plötzlich ließ Ram absichtlich seine Waffe fallen. Augenblicklich schoß der *Lathi* zu seinem Hals. Auf seinen Gegner zugehend packte Ram den Stock und schleuderte den kleinen Mann durch die Arena. Als der Hindu auf den Boden schlug, traf der *Lathi* heftig seine Schläfe. Der Körper des Hindu mochte auf der Erde bleiben, aber sein Geist würde künftig bei den Göttern sein. »Hinaus mit ihm!« spuckte der Boh.

Erbost ließ Boh Ram gegen zwei weitere Männer antreten. Ram konzentrierte sich, denn seine Reaktionen wurden durch Müdigkeit langsamer. Obwohl er seine Gegner kampfunfähig machte, kam er nicht ungeschoren davon: Sein Körper war von Schnitten und Schrammen übersät, seine Wange war aufgeplatzt und ein Arm hatte von der Schulter bis zum Ellenbogen eine klaffende Wunde. Seine Kleidung war von Blut, Schweiß und Schmutz besudelt. Es war eine Zeitfrage, bis seine Gegner Glück haben würden, weil Boh Myin entschlossen schien, ihn bis zum Umfallen kämpfen zu lassen.

Schließlich stand er keuchend über dem letzten Piraten, den er Myin vor die Füße geschleudert hatte, und der Boh seufzte mit aufrichtigem Bedauern: »Du bist wirklich so gut wie immer, Ram. Ein Pech nur, daß wir keine Freunde sein konnten. Unglücklicherweise muß ich deinen Kopf haben, aber keine dieser Narren wird ihn nehmen.« Er warf einen finsteren Blick auf die Menge. »Du siehst ja, wie es ist.«

»Ram berührte seine Stirn. »Zu deinen Diensten.«

Boh Myin befahl: »Moung San.«

Ram blickte in Sans tödliche Augen, die ihn über eine Armbrust teilnahmslos ansahen. Eine Armbrust konnte die Haut eines Elefanten fast aus dreihundert Meter Entfernung durchschlagen. »Mach's dir bequem«, rief Boh Myin liebenswürdig. »Er ist zumindest ein guter Schütze.«

Als der Bogen sich senkte, hob Ram den Kopf, sein Rückgrat erwartungsvoll gespannt. In diesem Moment schleuderte ihn eine Explosion zu Boden. Er lachte leise, während er seinen Kopf vor herabstürzenden Trümmern schützte und die Schreie hörte. Als der Staub sich legte, grinste er Boh Myin an, der neben seinem vergoldeten Sessel kauerte. »Deine Briten scheinen ihre Haubitze repariert zu haben.«

»*Unsere* Briten!« fauchte Myin. »Vielleicht kannst du deinen Kopf noch retten.« Er sprang auf und rief seinen Männern Befehle zu. San war bereits verschwunden.

»Was soll ich tun?« fragte Ram gelassen.

»Tu, was du willst«, schnappte Myin, der Patronen in seine Taschen steckte. »Aber ich erwarte zwanzig Britenköpfe für deinen.« Er rannte aus der Pagode.

Ram sah sich das Magazin an.

Fünf Minuten später flog das Magazin mit ohrenbetäubender Explosion in die Luft. Boh Myin stieß auf der Palisade einen Bogenschützen an. »Das war keine Granate! Holt diesen Bastard! Und wenn er in Stücke gerissen ist, ich will ihn haben!«

Eine Granate traf die Teakpalisade und begrub Piraten unter sich. Boh Myin schwang sich an einem Balken zu Boden und sah, daß eine Abteilung britischer Truppen aus dem Dschungel auf die Lücke zustürmte. »Haltet sie auf!« brüllte er den versteckten Bogenschützen zu. Als Antwort darauf schrie der nächste auf und stürzte mit einer Kugel im Rücken aus seinem Baum. Der Schußrichtung nach zu urteilen, war die Kugel ebensowenig britisch wie die Explosion des Magazins. Ein weiterer Bogenschütze stürzte aus seinem Ansitz. »Du Dreckskerl, Kachwaha! Ich bring dich persönlich um!« brüllte Boh Myin.

Der Bogenschütze, der Ram gefolgt war, tauchte kurz hinter einer winzigen Pagode auf und fiel einen Moment später um. Boh Myin eilte mit gezogenem *Dah* von Deckung zu Dekkung. Bis auf eine Blutspur war der Unterstand leer. Draußen, vor der Palisade, hörte er das britische Geschütz dröhnen.

Seine Zähne waren in freudlosem Grinsen entblößt. Vorsichtig folgte er der Blutspur und erreichte eine Pagodengruppe, die vom beißenden Rauch des explodierten Magazins umnebelt war. Er kroch durch das Elefantengras und verharrte, wo die Blutspur endete. Boh Myin vermutete, Ram würde seine verräterische Wunde verbinden, reckte den *Dah* auf Armeslänge vor und bewegte das Gras. Ein Schuß jaulte gegen die Messerspitze und betäubte fast seinen Arm. Er glitt zur Seite und bewegte sich in Schußrichtung vorwärts. Als er die Stelle erreicht hatte, bewegte er das Gras wieder. Ein weiterer Schuß jaulte auf, und er zuckte zusammen. Als der dritte die Stille durchbrach, wurde er wütend, weil er gezwungen war, blindlings auf dem Bauch zu kriechen, während Ram sich nach Belieben bewegte und schoß. Wo war dieser verdammte San, wenn man ihn brauchte? dachte er wütend.

Er kroch hinter die eingestürzte Wand einer Pagode, hob seinen Kopf und sah eine graugekleidete Gestalt, die sich wieder in den Kampf stürzen wollte. Ram verschwand in einer Pagode. Boh Myin winkte San, der auf ihn zutrottete, dorthin. Augenblicke später hatten sie die Tür erreicht. An die Wand gepreßt, brüllte er: »Komm, Ram, du zeigst nicht den richtigen Mut. Du kannst nur einmal sterben. Außerdem sind wir zwei schlaue Burschen. Stecken wir unsere Köpfe zusammen, können wir hier rauskommen. Wir brauchen uns. Du mich, um aus dem Fort zu kommen, ich dich, um durch deine Naga zu kommen.« Er wartete. »Na, was meinst du dazu?«

»Warum nicht?« kam die Antwort. »Komm herein und wir reden.«

Boh Myin zögerte nur einen Moment. »Natürlich, aber es sieht böse aus. Wir haben nicht viel Zeit.« Er trat mit seiner

Waffe in die Pagode. »Nur, um meinen guten Willen zu zeigen.« Er schwenkte seinen *Dah* vor der Tür, um zu sehen, ob Ram feuern würde. »Was dagegen, wenn ich ihn behalte?«

»Wie du willst.«

Boh Myin trat in den Eingang und sah Ram an der Wand lehnen, um sein verletztes Knie zu entlasten. Seine Pistole baumelte herab. Als San sich mit gespanntem Bogen hinter Rams Rücken in den gegenüberliegenden Eingang schob, steckte Boh Myin seinen *Dah* in seinen *Pasoh*. »Kannst du mit dem Bein laufen?«

»Nach dir.«

Schulterzuckend wandte Boh Myin sich zum Gehen. Er hörte eine leichte Bewegung, dann das erwartete summende *Tunk* eines abgeschossenen Pfeiles. Doch der drang unerwarteterweise in seinen Rücken. Er war tot, bevor er sich darüber wundern konnte.

Ram blickte vom Boden zu San mit erhobener Pistole auf. Er hatte sich fallen lassen, da er einen Mann im Rücken erwartete.

»Nun«, sagte San liebenswürdig, »ist damit meine Passage bezahlt?«

»Die Naga sind bei der ersten Granate verschwunden«, erwiderte Ram ironisch.

San berührte seine Stirn und trottete davon.

Als Ram die Pagode verließ, sah er, warum San keine weiteren Worte verloren hatte. Die Briten drangen durch das Tor und die Lücken in der Palisade. Es war ein Durcheinander aus hackenden Klingen und stoßenden Bajonetten, unterbrochen von Gewehrfeuer. Die Menge umgehend und auf die nächste Lücke zugehend, feuerte er rasch und genau auf angreifende Piraten, wobei er einmal auf einen britischen Corporal stieß, der eine Pistole auf ihn richtete. Einem zweiten Briten warf er die Waffe ins Gesicht und streckte ihn mit einem Handkantenschlag zu Boden.

Er drehte sich in dem Moment um, als der Knöchel eines Piraten seinen Kiefer streifte. Ein anderer Pirat stürzte sich auf ihn, aber Ram packte beide und schleuderte sie in die Trümmer des Magazins. Ein Kachin griff ihn an. Die Männer umkreisten sich vorsichtig. Als Ram über eine Leiche stolperte, trat der Pirat zu, und Ram fiel über den Leichnam.

Er kam wieder auf die Beine, während der Pirat ihn umkreiste und trat rasch zu. Nach einem weiteren heftigen Schlag, fiel der Mann zu Boden.

Piraten schwärmten wie Bienen mit stechenden *Dahs* herum, und er zog seine Waffe. Durch sein verletztes Bein behindert, war er den Stichen, die aus allen Richtungen kamen, nicht gewachsen. Schließlich schickte ihn ein Schlag gegen seinen Kopf zu Boden, wobei er gegen einen aufgeplatzten Reissack fiel. Er entriß einem stürzenden Piraten den Schild, um seinen Kopf zu schützen, hörte dann ein Knirschen, als eine Streitaxt herabsauste. Als sie zu einem weiteren Schlag ausholte, schleuderte er den Schild auf den Piraten, der mit zerschmetterten Kniescheiben schreiend zu Boden ging. Von Blut halb geblendet stöhnte Ram auf, als ein Speer sich tief in seine Brust grub. Unwillkürlich griff er zu dem Schaft, während ein Pirat mit triumphierendem Knurren daran zerrte, um nochmals zuzustoßen. Ungeduldig griff der Bandit nach seinem *Dah* und hob ihn, als ein britisches Schwert ihn zerteilte. Harry trat den Banditen beiseite. Britisches Feuer trieb den Rest der Bande zusammen.

Die überlebenden Kämpfer waren Briten. Harry stieß einen Untergebenen beiseite, der Ram den Todesstoß versetzen wollte. »Zurück!« brüllte er. »Dieser Mann ist mein Gefangener!«

Hinabblickend sah er, wie Ram mit weißen Lippen vergeblich versuchte, den Speer herauszuziehen. »Hör auf damit, verdammt! Willst du den Rest schnitzen? Laß mich...« Er half Ram auf die Seite und betrachtete die aus dem Rücken ragende Speerspitze. »Halt aus, das wird höllisch weh tun.« Ram wurde steif, als Harry den Speer bis zum Schaft durchstieß. Harry brach den Schaft ab, zog die Spitze heraus und half Ram wieder, sich aufzurichten.

Rams Gesicht war schweißgebadet, und seine Augen schwarz vor Schmerz, als er zu dem Engländer aufblickte. »Sie tun mir... keinen Gefallen, Harry. Ich würde lieber... so enden, als an einem Strick.«

»Das ist für Lysistrata«, sagte Harry kalt. »Ich möchte, daß sie Sie hier als der Abschaum liegen sieht, der Sie sind, nicht als irgendein geheimnisvoller, prächtiger Gott. Danach sind wir quitt. Ich schulde Ihnen nur eine Eskorte zum Galgen.« Er zog den Schaft heraus und versuchte Rams kurzen, erstickten Schrei zu überhören, bevor er erschlaffte. Harry fühlte sich seltsam beschämt und riß Rams blutiges Hemd in Streifen, um die blutende Speerwunde zu verbinden. Er blickte auf das reglose Gesicht. »Trotzdem bist du ein Schurke, verdammt!«

Er trug Ram zu der Bahrenreihe, die der Feldarzt und seine Helfer für die verwundeten Briten bereitlegten. »Nicht hier«, sagte der Arzt barsch. »Zu denen.« Er deutete auf den Bambuskäfig mit dem Gefangenen auf einem Karren.

»So erreicht er Rangun nicht«, protestierte Harry. »Trennen Sie ihn wenigstens so lange von ihnen, bis er eine Überlebenschance hat.«

Der Doktor musterte Rams blutbefleckten Verband. »So wie der Blut verliert, ist er bereits tot.«

»Hören Sie«, warf Harry ein, ohne zu wissen warum, »Sir Arthur Bartly will diesen Mann lebend haben, um ihn wegen in Rangun begangener Verbrechen vor Gericht zu stellen. Das ist Richard Harley, der Sklavenhändler und Mörder.« Er senkte seine Stimme. »Er hat Sir Anthony zum Narren gemacht und ihn um viel Geld gebracht.«

»Oh, wenn das so ist, werde ich mich um ihn kümmern, sobald ich mit den kritischen Fällen fertig bin. Aber legt ihm Fesseln an«, der Doktor hob einen Finger, »ich will die Verantwortung für ihn nicht tragen.«

Als die erste Granate der Haubitze in das Fort brüllte, hatte Lysistrata ihr Gesicht in der Pritsche vergraben. Harry, der sich geweigert hatte, sich ihre Verteidigung Rams anzuhören, hatte sie hinter den britischen Linien in ein hastig errichtetes Zelt bringen lassen. Er schien wütender auf sie als auf Ram zu sein, und jetzt verstand sie, warum er meinte, daß Ram von Glück reden könne, wenn Boh Myin ihn gleich tötete. Beim gräßlichen Sausen der zweiten Granate eilte sie zum Zelteingang, sah aber nur, wie Rauch sich über dem Dschungel hob. Das Magazin explodierte und kappte Baumwipfel. Als sie herabstürzten, fiel sie in der schrecklichen Erkenntnis zu Boden, daß Ram sein Schicksal in derselben schrecklichen Einsamkeit vollenden würde, zu der er sein Leben lang verdammt gewesen war. Eine Hand schien ungestüm ihre Brust zu umklammern, ihr Atem und alle Hoffnung zu nehmen. Nach dem Kampf fand ein Fähnrich sie zwanzig Meter vom Zelt. Sie hatte fast den Verstand verloren.

KAPITEL 15

Garotte

Sei mir nahe,
wenn mein Glaube verdorrt

ALFRED, LORD TENNYSON

Lysistrata erwachte in Harrys Kabine an Bord der *North Star*, dem Dampfer, der die britische Expedition zum Unterlauf des Sittang gebracht hatte. Zum Glück war sie beim Transport auf einem der Kanus bewußtlos gewesen, als diese flußabwärts durch die gefährlichen Stromschnellen und Katarakte des Sittang zur *North Star* gefahren waren. Harry saß lesend in einem Sessel und hatte die Füße gegen die vibrierende Kabinenwand gestützt. »Verdammt«, flüsterte sie. »Verdammt, ihr alle.«

Er blickte stirnrunzelnd auf. »Wäre es Ihnen lieber gewesen, Boh Myin hätte Ihre Kehle durchgeschnitten?«

»Ja«, erwiderte sie heftig. »Gott, ja.«

»Wir waren in vielen Dingen nicht einer Meinung«, schnappte er, »aber bis jetzt habe ich Sie nie für eine Närrin gehalten.«

»Ihr Briten seid Narren, Harry. Sie haben einen unschuldigen Mann gejagt.« Sie lachte bitter. »Sind Sie nicht wegen Sir Anthonys Geldbeutel hier und aus Eifersucht? Mich heiraten, Gott, wie *nobel* von Ihnen.« Sie begann zu zittern. »Lieber würde ich eine *Viper* heiraten!« Ihre Stimme brach. »Er hat Ihnen Ihr Leben geschenkt, und Sie haben ihn ermordet!«

Harry schlug das Buch auf den Tisch. »Er ist der Mörder, Lysistrata. In Rangun war ich mir nicht sicher, aber doch, als ich Sie sah. Sind Sie so vernarrt in ihn, daß Sie ihm sogar verzeihen können, daß er Sie an Myin *verkauft* hat?«

»Er hatte mit den Morden in Rangun nichts zu tun«, entgegnete sie. »Er hat mich nicht entführt und auch nicht an Myin verkauft. Wäre Ram nicht gewesen, wäre ich Eigentum von Sir Anthonys Liebling, von Gopal Prasad.«

Harrys Augen verengten sich. »Prasad hat Sie entführt?«

»Nein, aber er hatte keine Skrupel, mich zu kaufen.« Sie erzählte ihm kurz von der Entführung und der Auktion in Bangkok. »Ram brachte mich nur nach Khandahoor, weil er glaubte, ich hätte Sir Anthony auf ihn angesetzt.«

»Und warum hätten Sie das tun sollen?«

»Weil ich die Törin bin, für die Sie mich halten. Ich war wütend und drohte ihm, als er nichts mit mir zu tun haben wollte.«

»Und ich nehme an, daß er in all den Monaten in Khandahoor auch nichts mit Ihnen zu tun haben wollte?«

»Er hat mich nicht angerührt.«

»Sie lügen.«

»Was Sie glauben, ist jetzt unwichtig«, erwiderte sie müde.

»Für Ram ist es wichtig, falls er den Prozeß noch erlebt.«

Augenblicklich brach ihre abwehrende Haltung. »Er lebt?« Sie versuchte ihren Kopf vom Kissen zu heben.

»Er ist mit den Verwundeten auf der Barke hinter uns.« Als er Erleichterung in ihren Augen sah, fügte er hinzu: »Er bekam einen Speer in die Brust. Er wird's wahrscheinlich nicht bis Rangun schaffen.«

»Können Sie... wollen Sie ihm überhaupt helfen?« Ihre Augen bettelten jetzt.

»Ich sorge dafür, daß er nicht mißhandelt wird, bis er das Gefängnis erreicht.«

»Harry, er ist nicht, wofür Sie ihn halten. Sie müssen mir glauben.«

»Können Sie etwas beweisen, Lysistrata? Sie wissen nur, was er Ihnen erzählt hat... und er ist ein perfekter Lügner.«

»Harry, er hatte mehr Grund mich zu töten, als jeder andere, aber er tat es nicht. Und warum sollte er ein kleines Vermögen für mich bezahlen, wenn er mich zuvor entführt hätte? Prasad kann die Sklavenauktion bezeugen, wenn Sie ihn dazu bringen zuzugeben, daß er dort war. Ram wollte mich zur Mission in Lashio bringen, als Myins Männer Khandahoor niederbrannten und mich raubten.«

»Und was ist mit den britischen Offizieren, die er im Shan tötete?«

»Das ist sein Land, Harry, nicht das Ihre, und Sie stehlen es. Wollen Sie ihn hängen, weil er seine Heimat verteidigt?«

»Ich vielleicht nicht, aber Sir Anthony ist weniger sentimental. Warum war Ram bei Boh Myin?«

»Er bot ihm die *Rani* an, wenn er mich laufen ließe.« Sie starrte auf das Schott. »Warum, weiß ich nicht. Ich weiß, daß Boh Myin seinen Tod wollte. Er beging Selbstmord, als er sich Myin auslieferte. Niemand rechnete damit, daß ihr Briten mit dem Lösegeld kommen würdet. Boh Myin wollte mich töten. Was immer Rams Motive waren – er versuchte mein Leben zu retten, indem er das seine riskierte.«

Als Harry nichts sagte, bedeckte sie müde ihre Augen. »Warum rede ich überhaupt? Ihr Briten werdet Ram benutzen, wie ihr es immer getan habt, nur diesmal als Sündenbock. Ich wette, niemand hat gefragt, wer *sonst* von seinem Ruin profitieren könnte, ebensowenig wie jemand nachgeforscht hat, wer mich verschwinden lassen wollte.« Sie blickte ihn scharf an. »Nun? Wie weit kam Papa mit seinen Ermittlungen, bis Ram so überzeugend der Öffentlichkeit als Bösewicht dargestellt wurde?«

Harry schilderte freimütig, wie Sein und die anderen Frauen gefunden worden waren.

Lysistrata lachte kurz. »Von all diesen Leuten sollten Sie Ram doch besser kennen. Sein half, sein Leben vor der Cholera zu retten. Wie Sie wissen, dankt er Leuten, die ihm Gefallen erweisen, und ein so gefühlloser Mörder ist er nicht. Ich habe ihn töten sehen.«

Ungewollt lauschte Harry ihrer Stimme, da ihm die Gegenargumente ausgingen. Ihre erste Frage hallte nagend in seinem Hirn. »Warum wollen *Sie* seinen Tod? Ist es Eifersucht?« Er konnte sich nicht vorstellen, daß irgendein Mann das ablehnen würde, was Lysistrata Ram geboten hatte, wie sie zugab. Gleichgültigkeit hatte Ram nicht dazu gebracht, sie so lange auf Khandahoor zu behalten, da mit jedem Tag seine Schuld in den Augen der britischen Behörden größer wurde.

Harry stellte sich vor, wie Lysistrata sich diesem Körper hingab. Er kannte Ram zwar besser als die meisten, wußte aber auch um Lysistratas Leidenschaftlichkeit, ihr Ungestüm und ihre Verachtung für Konvention. Wie würde all dies im Bett sein? Er hatte Lysistrata nie als Sexualobjekt betrachtet, weder als er ihr in Rangun den Hof gemacht hatte, noch als er sie als das Mädchen zu idealisieren begonnen hatte, das gerettet und deren Ehre verteidigt werden mußte. Jetzt zwang Lysistrata ihn, sie als Frau zu betrachten: als mutige, sinnliche Frau, die eine Rechtfertigung für ihr Verlangen als lächerlich empfand.

Nachdem Lysistrata in erschöpften, unruhigen Schlaf gefallen war, begab sich Harry auf die Barke, die mit der *North Star* vertäut war. Ram lag unter dem Sonnensegel. Sein Haar war schweißnaß, seine aufgeplatzten Lippen lechzten in der drückenden Hitze des nackten Decks nach Luft. Seine Eisen an Handgelenken und Beinen waren an den Planken befestigt. Harry tauchte ein Taschentuch in den Fluß, legte es heftig auf Rams Stirn und fauchte einen Ordonnanzoffizier an, der rauchend im Bug stand. »Wasser hierher. Beeilen Sie sich.«

Ironisches Amüsement überdeckte den Schmerz in Rams Augen. »Sie sind wie Lysistrata, Harry«, krächzte er. »Sie wissen nicht, wann Sie aufhören müssen.«

»Meinen Sie, ich wollte das nicht?« konterte Harry. Er wandte sich an die Ordonnanz, die mit einem Eimer Wasser kam. »Sollte dieser Gefangene wieder vernachlässigt werden, werde ich Sie zur Verantwortung ziehen. Holen Sie den Arzt. Die Verbände sind durchgeblutet.« Die Ordonnanz enteilte.

Harry beugte sich, um Ram Wasser zu geben.

»Nein, danke.«

»Seien Sie nicht blöde. Ich will Antworten von Ihnen, und ich werde sie bekommen, um Lysistratas willen.«

»Ich kann nichts sagen, was ihr helfen würde.«

»Verdammt, haben Sie eine Ahnung, durch welche Hölle sie gehen wird, wenn sie nach Rangun kommt? Haben Sie ihr nicht genug angetan? Oder ist es Ihnen egal?«

Als ob der Schmerz zunähme, schloß Ram die Augen. »Kümmern *Sie* sich um sie, Harry. Das ist jetzt Ihre Sache.«

Harrys Augen wurden schmal. »Warum sollte ich Ihr Gepäck übernehmen? Sie haben mit ihr geschlafen. Kümmern Sie sich um sie. Sie hat sich wohl nicht gewehrt.« Er lachte sardonisch, als Ram ihn eisig anstarrte. »Ich schuldete Ihnen mein Leben. Das ist bezahlt. Wenn wir nach Rangun kommen, liefere ich Sie Sir Anthony aus und werde befördert. Ihre Nutte kann mit Ihnen am Galgen baumeln.« Er zuckte die Schultern, als Ram mit mörderischem Blick heftig an seinen Ketten zerrte. »Gar nicht unmöglich, wenn jemand behauptet, daß es ein geheimes Einverständnis zwischen Ihnen gegeben hat.«

Er begab sich zum Heck, bis der herbeigeeilte Arzt mürrisch Rams Wunde untersucht und die Verbände gewechselt hatte. Ram blieb danach eine Zeit still liegen. Dann versuchte er, den Wassereimer zu erreichen. In Sekunden war Harry an seiner Seite und führte Wasser an seine Lippen. Ram wollte die Kelle beiseitestoßen, entspannte sich aber dann mit einem kurzen Seufzer. »Ich wußte nicht, daß Sie ein solcher Fuchs sind, Harry.«

Am Ende der Woche erreichte die *North Star* Rangun. Lysistrata wurde nach Hause zu ihrem Vater gebracht. Ram ins Gefängnis geschickt. Harry wußte kaum mehr über die Morde in Rangun als zuvor, obwohl Ram auf seine zurückhaltende Weise kooperativ gewesen war. Er gab wenig über seine Geschäfte preis, die, wie Harry vermutete, zumeist mit kriminellen Elementen in Verbindung standen. Ram hatte private Ermittlungen wegen der Morde anstellen lassen. Die wenigen Hinweise überprüfte er jetzt sorgfältig, bevor er sie an Harry weitergab. Er vertraute Harry vielleicht sein Leben an, aber nicht das anderer. Der Engländer sah bald ein, daß Rams asiatischer Einschlag tiefer ging, als seine einheimische Kleidung. Für Ram war Leben Leben, aber Geschäft Geschäft.

Rams und Lysistratas Zustand verbesserten sich dank der Pflege auf der Reise nach Rangun, aber Ram hatte nur die Kraft, kurze Zeit zu sprechen. Obwohl er viele Feinde hatte, vermutete er, daß ein Konkurrent im Drogengeschäft den größten Profit durch die Morde gemacht hatte. Selbst Boh

Myin war ein Drogenhändler, der durch Rams Ausscheiden profitiert hätte. Aber Myin hatte nicht damit geprahlt und traf gewöhnlich direktere Maßnahmen, um sein Einkommen zu erhöhen. Deshalb vermutete Ram, daß ein anderer dies alles geplant hatte. »Folgen Sie den Gewinnen, Harry«, sagte er auf der Barke, »aber seien Sie vorsichtig. Zwei Männer ermittelten für mich. Einer nannte mir den Namen Garotte, bevor er erdolcht wurde. Nach meiner Beseitigung gewann dieser Garotte Kontrolle über das Opiumgeschäft der ganzen Stadt. Der Preis ist so gestiegen, daß medizinische Verwendung unmöglich ist.«

»Kennen Sie jemand in der Stadt, der von Nutzen sein kann?« fragte Harry.

»Nur Naswral, meinen früheren Leibdiener. Unglücklicherweise ist Wa Sing wegen seiner Verbindung mit mir in der Yünnan-Affäre nach Kowloon gegangen. Er hatte mit den Händlern mehr Kontakte als ich.«

Harry bezweifelte das, bezweifelte aber die Fähigkeiten des schmutzig wirkenden Arztes noch mehr, der für die Krankenabteilung des Gefängnisses außerhalb Ranguns verantwortlich war, in das er Ram und die Piraten gebracht hatte. Wie die anderen Gefangenen wurde Ram bis auf ein Lendentuch entkleidet. Da er aber noch nicht verurteilt war, wurde er nicht kahlgeschoren. Zwei zuverlässige Gefangene wurden abkommandiert, ihn zu stützen, bis er in die Schmiede kam, in der Eisen um seine Knöchel geschmiedet wurden und eine Nummer an seinem eisernen Halsband befestigt wurde. Nach dem Abketten wurden die Piraten in einen großen, wellblechgedeckten Käfig gebracht, der von Nordindern bewacht wurde. Rams Ziel war fast ebenso schlimm.

Das Hospital war ein offener Schuppen, an einer Gefängnismauer errichtet. Außer dem Doktor kümmerte sich nur ein Assistent um die wenigen Patienten, und Medikamente gab es nicht. Sanitäranlagen waren nicht vorhanden, Krankheiten verbreiteter als Verletzungen. Zu essen gab es eine mit halb verschimmeltem Gemüse durchsetzte Reisbrühe. Der einzige Brunnen auf dem Gefängnishof war verseucht.

»Tut mir leid«, entschuldigte Harry sich bei Ram, der an seine Pritsche gekettet war. »Ich werde bei Bartly für Sie tun, was ich kann, obwohl er mir sicher nicht zuhören wird. Aber ich sorge dafür, daß Sie besseres Essen bekommen.«

»Machen Sie sich deshalb keine Gedanken, Harry«, erwiderte Ram. »Lassen Sie sich nur befördern und achten Sie darauf, daß Sie niemanden im Rücken haben.«

»Diesen Rat sollten Sie lieber selbst befolgen.« Harry starrte die finster blickenden Gefangenen der Krankenabteilung an. Einige waren Simulanten, andere Wracks.

Ram blickte amüsiert drein. »Ein Cousin, der weniger freundlich war als Sie, schenkte mir einen Skorpion zum Spielen, als ich kaum laufen konnte. Da mir sein Anblick mißfiel, zerschmetterte ich ihn mit einer Holzkugel. Meine Reaktion war nur instinktiv, aber die Erfahrung hat sich eingeprägt.« Die Amüsiertheit schwand. »Sie müssen lernen, mit Skorpionen zu spielen. Bartly ist der harmloseste.«

»Und dieser sogenannte Garotte?«

»Würde ich ihn kennen, Harry, wäre ich nicht hier.«

»Nun, Wiedersehen...«, sagte Harry widerwillig. »Viel Glück.«

»Ja. Ihnen auch.«

Der Engländer zögerte. »Soll ich mich weiter um Lysistrata kümmern?«

Ram lächelte ihn seltsam an. »Nein, aber das werden Sie doch ohnehin, oder?«

Nachdem Harry gegangen war, starrte Ram an die rostige Wellblechdecke. Es schien, als hätte er doch Zeit, Harry hassen zu lernen. Vergeudung. Harry war ein guter Mann. Ein guter Mann, der mit Lysistrata zusammen leben, sie berühren, sie lieben, sie nehmen könnte. Er spürte, wie er erstarrte. Wie eine Leiche. Schon... aber nicht schnell genug. Er konnte mit Willenskraft sein Leben beenden: seine chinesischen Meister hatten ihn das gelehrt. All seine Gedanken von einer Frau abzuwenden sollte ganz einfach sein, aber es war nicht mehr so einfach. Er war verrückt wegen Harry geworden und noch mehr wegen Lysistrata. Solches Sehnen nach einem irdischen Geschöpf würde ihn nie ins Nirwana bringen. Die niemals endende Hölle, wenn sie denn existiert, erwartet dich, du Narr, in der flammenden Gestalt einer Frau.

Harry fand rasch heraus, daß Ram hinsichtlich Bartly recht hatte. In der Hoffnung, Ram in ein britisches Militärhospital verlegen zu können, berichtete er Sir Anthony im Gouverneurs Palast. Er stellte fest, daß der über den Ausgang der Sittang Expedition in Hochstimmung war. Harry *war* zur Beförderung vorgeschlagen worden, Neuigkeiten, die er gelassen hinnahm. Bartly bemerkte es nicht. Er war so erregt wie ein Junge, der Schlachten mit seinen Bleisoldaten austrug und schien vergessen zu haben, daß er nur Nadeln in eine Landkarte gesteckt und Material überwacht hatte. Er schritt unter dem Porträt von Lord Dalhousie auf und ab, dem Oberverwalter Indiens. »Heute in einer Woche wird der Prozeß stattfinden, und damit wird diese Sache geregelt. Ich nehme doch an, daß Lysistrata Herriott und ihr Vater Birma sofort verlassen werden?«

»Ich denke, sie werden den Ausgang des Prozesses abwarten«, sagte Harry langsam.

Sir Anthony schüttelte den Kopf. »Wenn das Mädchen nur eine Spur von Vernunft hat, wird sie schnellstmöglich aus diesem Chaos verschwinden.«

»Wahrscheinlich haben Sie recht, Sir, aber die Dinge könnten noch chaotischer werden, wenn Harley nach seinem Aufenthalt im Gefängnishospital von Rangun vor Gericht tritt.« Er beschrieb die Zustände im Krankenhaus.

Bartly winkte ab. »Der Mann hat seine Seite gewählt. Wenn er es vorzieht, bei den Einheimischen zu sein, lassen Sie ihn.«

»Ist Ihnen je in den Sinn gekommen, daß Harley, äh, ›reingelegt‹ worden sein könnte?«

»Warum sagen Sie das, Leutnant?« fragte Sir Anthony scharf.

»Daß das Mädchen auf seinem Bett gefangen wurde, Sir, schien mir ein wenig zu offensichtlich zu sein. Das war die Tat eines Wahnsinnigen. Harley wirkt sehr normal.«

»Sie vergessen, daß Harley ein Mischling ist, Leutnant«, sagte Sir Anthony kalt. »Diese Sorte ist für Emotionalität und Grausamkeit bekannt. Ich finde es überhaupt nicht seltsam, daß er sich einer unwichtigen Hure entledigt. Er glaubte, sie würde erst gefunden werden, nachdem er sicher untergetaucht war.«

Bartlys Meinung von Sein war fragwürdig, aber Harry hielt die Frage für wichtiger, wer Sein für unwichtig halten mochte: Ram oder Bartly.

Innerhalb von zwei Tagen spürte Harry den narbengesichtigen Naswral auf, der sich, wie Ram vermutet hatte, auf einer verlassenen Plantage wenige Kilometer nördlich von Rangun versteckt hielt. Masjid wurde wieder in den Haushalt der Herriotts geholt, als Leibwächter und um die Bürde von Lysistratas Genesung zu erleichtern. Durch Dr. Lighter bekam Harry einen Verteidiger für Ram. Daraufhin wurde er fast selbst entlassen.

Er änderte sein Äußeres durch Bartstoppeln, eine Augenklappe und abgetragene Seemannskleidung und trieb sich in den Hafenkneipen herum. Wegen seines Akzentes zunächst unsicher, hielt er den Mund, hörte aber genau zu, während er den Trunkenbold spielte. Aber erst als er in ein schäbiges kleines Bordell an der Blackwater Street gelangte, hörte er den Namen Garotte von einer siamesischen Prostituierten, die opiumsüchtig war. Sie war von seinem Äußeren eingenommen, das – so schäbig es wirkte – im Vergleich zu ihren üblichen Kunden brillant war. Zu brillant. Denn als er wiederkam, schenkte ihm die javanische Madame ein falsches Lächeln und behauptete, das Mädchen sei krank. Wahrscheinlich lag sie irgendwo tot im Hafen, dachte Harry. Die winzigen Räume der Prostituierten waren durch Paravents abgetrennt. Er hatte leise zu sprechen versucht, aber das Mädchen war sorglos gewesen. Garotte, hatte sie ihm benommen erzählt, war tatsächlich der neue Opiumkönig. »Gieriges Schwein«, murmelte sie schwerfällig. »Er hat den Preis auf vierzig *Kyat* erhöht. Das verdiene ich nicht in einer Woche!«

»Aber du scheinst genug zu haben«, stellte Harry fest, der neben ihr auf der Matte lag. »Du mußt heimliche Liebhaber haben, die Sklaven deiner Schönheit sind«, lockte er.

Sie feixte ihn an. »Eifersüchtig, Engländer? Bring mir nächstes Mal fünfzig *Kyat*, und ich nehme dich vor allen anderen.«

»Erzähl mir, wie man von Garotte Opium kauft, und ich gebe dir jeden Tag hundert *Kyat*, bis mein Schiff geht, kleine Orchidee. Ich hungere mehr nach Mohn als nach Opium.«

Lachend umfaßte sie sein Stoppelkinn. »Und was ist mit Frauen, Seemann? Dein Gang wirkt nicht schlaff.« Drogenglänzende Augen spähten in sein klares Auge. »Und du siehst nicht so aus, als ob du Mohn nötig hättest.«

»Ich war auf See. Als mein Vorrat erschöpft war, habe ich die Hölle durchgemacht.« Er spielte mit ihren Fingern. »Du willst doch nicht, daß ich wieder leide, oder?«

»Glaubst du, ich sei weichherzig, weil ich eine Hure bin?« sträubte sie sich. »Meinst du, mein Kopf sei weich? Garotte würde mich mit meinem eigenen Haar erwürgen, wenn ich dich zu seinen Händlern schicke.«

»Vielleicht kannst du's für mich kaufen.« Harrys Stimme klang verzweifelt. Er konnte ihr folgen, falls sie einwilligte.

»Gut, Seemann. Vielleicht ist es besser, jung zu sterben. Wir werden nicht sehr hübsch sein, du und ich. Die See ist für dich wie zu viele Liebhaber für mich. Das macht einen alt und müde.« Sie wandte sich ab. »Vergiß morgen die hundert *Kyat* nicht.«

Er vergaß sie nicht, fragte sich aber, als er Madame den Rücken zudrehte, ob Orchidee sich erinnert hatte, wußte, warum sie mit ihrem eigenen Haar erdrosselt worden war.

Er suchte intensiver nach Garotte und trank noch mehr mit Halunken. Als er eines Nachts eine düstere portugiesische Bar am Hafen verließ, war er weniger wachsam als sonst. Wäre er nicht über eine leere Schnapsflasche gestolpert, hätte er Orchidee nur um ein paar Tage überlebt. Er stolperte, hörte einen zischenden Stich und einen dumpfen Schlag über sich. Sich aufrichtend, sah er eine Axt im trüben Licht der Bar funkeln. Mit ersticktem Fluch warf er sich in den Abfall hinter der Gassenecke. Seine Pistole ziehend, spähte er vorsichtig in die Gasse. Ein Schatten wich darin zurück. »He du«, rief Harry leise, »ich will nur Opium. Warum der ganze Wirbel?« Er erhielt keine Antwort. Minuten später wußte er, daß er keine bekommen würde. Die Gassenschatten waren nur noch Schatten.

Abgesehen von dem Zwischenfall mit Orchidee vermutete er, daß sein Akzent ihn verraten haben könnte. »Für einen Engländer oder Kolonialmann klingt's furchtbar«, erklärte Dr. Lighter, nachdem er eine Probe von Harrys Seemannsdialekt gehört hatte, »aber für einen Asiaten einwandfrei.« Er musterte die schmierige Verkleidung des jungen Engländers. »Ihre eigene Mutter würde Sie so nicht erkennen. Außer Orchidees Leuten gibt es mehrere Möglichkeiten. Falls Ihnen nicht ein bezahlter Halsabschneider zugehört hat oder sie nicht zufällig von einem Raubmörder angegriffen wurden, könnte ich mir vorstellen, daß Ihr unberührbarer Bursche mit dem Narbengesicht auf der anderen Seite des Zaunes arbeitet.«

Seufzend schob Harry die Augenklappe hoch. »Nun, daß mich jemand zu töten versucht, sagt mir, daß Ram nicht so schuldig ist, wie Sir Anthony denkt, vor allem, wenn Naswral mehr über Seins Ermordung weiß, als er erzählt.« Er kratzte sich seinen Bart. »Aber eine Woche genügt dennoch nicht, um eine Verteidigung vorzubereiten. Und eine Prozeßverschiebung bei Sir Anthony zu erwirken, ist noch schwieriger.«

»Ja, wahrscheinlich will er einen schnellen Prozeß, damit keine Fragen aufgeworfen werden. Mehr als einer seiner Freunde hat vielleicht seine Finger im Spiel. Ich glaube, daß Bartly ehrlich ist, aber in seiner Position muß er praktisch denken. Einige Reiche in dieser Gegend haben viel Einfluß in Whitehall. Sie können ihn um seinen Posten bringen und ihn mit dem nächsten Dampfer zurück nach England schicken, wenn er sie in Verlegenheit bringt.«

Lighter schaute Harry lange nachdenklich an. »Ich habe bisher nichts gesagt, weil sie wahrscheinlich nichts erfahren werden, aber Anne O'Shaunessy, eines der Mädchen, die

Harley angeblich als Sklavin entführen wollte, ist hier in Queen Anne's. In den letzten Monaten hat sie sich erholt. Ihre frühere Herrin, Evelyn Chilton, hat nach ihrem einzigen Besuch bei Annes Einlieferung weder angeboten wiederzukommen, noch Geld für ihre Pflege hinterlassen. Ich lasse sie als Dienstmädchen hier arbeiten. Natürlich ist sie stumm und hört nur, was sie hören will. Das Thema, bei dem sie *nicht* zuhört, ist, was auf Harleys Schiff geschehen ist.« Lighter steckte sich eine Zigarre an und richtete sie auf den Engländer. »So gern ich helfen würde, aber nach meiner Ansicht hängt Harley schon. Anne O'Shaunessys Verstand muß nicht mit ihm getötet werden. Versuchen Sie, sie in den Zeugenstand zu bekommen, werde ich attestieren, daß sie verrückt ist und ihre Aussage wird nicht zugelassen. Wenn Sie mit ihr privat sprechen wollen, in Ordnung.«

Anne O'Shaunessy, deren hübsches irisches Gesicht so kalt wie Stein war, als sie in Lighters Büro beordert wurde, reagierte auf Harrys Fragen mit einem Interesse, als würde sie das Alphabet aufsagen. Als er sie weiter drängte, ergriff sie Lappen und Putzeimer und ließ ihn ins Leere reden.

Entmutigt besuchte Harry den Verteidiger, den Dr. Lighters Anwalt besorgt hatte, Barnett Leacock. Der stattliche, gütige kleine Mann informierte ihn, daß der Prozeß eine Woche verschoben worden sei. Der zuständige Richter hatte akzeptiert, daß der Verteidigung eine Woche nicht reiche, um sich vorzubereiten. In allen anderen Punkten hatten sie jedoch verloren. Der Richter weigerte sich, Ram einen besonderen Prozeß zu machen, obwohl Leacock betonte, daß bei Ram der Fall anders als bei den Banditen sei. Dazu weigerte sich Gopal Prasad, über seine Rolle in dem Fall zu sprechen. Der Anwalt spreizte seine Hände. »Wenn Lysistrata Herriott nicht bereit ist, sich einem größeren Skandal auszusetzen, habe ich keine Beweise, die eine Vorladung Prasads rechtfertigen.«

Harry lächelte schief. »Sie brauchen nicht zu befürchten, daß Miß Herriott sich in dieser Angelegenheit in irgendeinem Punkt schonen wird.«

Leacocks Augen glänzten. »Liebt sie Ram Harley?«

»Nicht weniger als er sie, obwohl er sie das ebensowenig wissen lassen wird, wie der Mond mittags scheint.«

»Hmm. Klug von ihm. Das erklärt auch, warum er sich weigert, als Zeuge auszusagen...« Der Anwalt beugte sich vor. »Wenn Sie etwas Einfluß auf sie haben, müssen Sie sie davon überzeugen, daß sie keinesfalls ihre Zuneigung zu ihm zeigen darf, wenn ihre Aussage glaubwürdig sein soll. Im Zeugenstand muß sie die absolute Wahrheit sagen. Ein Fehler, und man wird ihr alles andere nicht glauben. Und sie muß stets daran denken, daß die Jury eher ertragen wird, daß ein Mischling sie getötet hätte, als daß er mit ihr verkehrt hat.«

»Wenn Sie meine Neugier verzeihen, Sir, darf ich fragen, warum Sie diesen Fall übernommen haben, den kein anderer englischer Anwalt freiwillig annehmen wollte?«

»Ich war ein Freund von Rams Vater.«

»Ich verstehe.«

Leacock lächelte traurig. »Nein, Leutnant, sie verstehen überhaupt nicht und werden es auch nicht, bis sie verboten gelebt und geliebt haben.«

Wie Harry vorausgesagt hatte, war Lysistrata bereit, alle Einzelheiten vor Gericht auszusagen. »Wenn die Briten sonst nichts für ihre Kolonien tun«, stellte sie fest, »können sie zumindest den Sklavenhandel beenden.«

Sie blickte ernst von ihrer Chaiselongue zu Dr. Herriott auf. »Ich muß noch etwas Unerfreuliches tun, Papa. Mich mit Prasad treffen.«

Er runzelte die Stirn. »Er ist doch ein gefährlicher Mann?«

»Das fürchte ich, aber er ist noch gefährlicher, wenn wir ihn jetzt nicht zwingen, aus seinem Versteck zu kommen. Lassen wir ihn bis zum Prozeß dort, könnte er für die Anklage aussagen.«

»Soll ich versuchen, ihn herzubringen?« fragte Harry.

Sie lächelte seltsam. »Nicht hierher, Harry, und nicht Sie.« Sie nahm Ma Saws Hand. »Ma Saw, überbringst du Prasad eine Nachricht?«

Als sie die Nachricht diktierte, brüllten Dr. Herriott und Harry gleichzeitig auf. »Definitiv nein«, schrie Herriott. »Das will ich nicht!«

»Papa, Prasad muß sich sicher fühlen.«

»Sicher?« protestierte Harry. »Der Goldene Drache ist für ihn vielleicht sicher, aber für Sie? Außerdem klingt die Nachricht wie eine Einladung zu einer Ermordung.«

»Tatsächlich?« murmelte sie unschuldig.

Herriott kannte diesen Tonfall nur zu gut. »Lysistrata, du bist noch nicht gesund genug, um...«

Sie sah ihn an, und er schwieg. In der letzten Woche hatte er ihre gequälte Zerstreutheit beobachtet. Er hätte sich vielleicht einen anderen Mann als Ram Kachwaha als ihren Geliebten gewünscht, aber er hatte das nicht zu entscheiden, und sie hatte ihre Wahl getroffen.

Lysistrata war nicht überrascht, daß sich Prasad bereit erklärte, in der folgenden Nacht zum Goldenen Drachen zu kommen. Lysistratas Kutsche hielt eine Stunde vor der Zeit in einer Gasse hinter dem Drachen. Harry ging in Seemannskleidung hinein, während Lysistrata und Ma Saw – verschleiert und in dunklen Saris – mit Pistolen in der Kutsche warteten. Zur vereinbarten Stunde stieg Lysistrata mit Ma Saws Hilfe aus der Kutsche und betrat den Goldenen Drachen. Die überfüllte Opiumhöhle war von trübgelbem Rauch verhangen. Schmutzige Wände, von groben Strohlagern gesäumt, zogen sich um ein paar Tische, auf denen Opiumpfeifen standen. Lysistrata wählte eines für *Chandoo* nahe der Pritsche, auf der ein zusammengerollter Harry überzeugend zusammenhanglos murmelte. Sie zahlte für das Opium, das sie und Saw zu Kugeln rollten und entzündeten. Sie stopften die Kugeln in ihre Pfeifen und taten, als rauchten sie.

Prasad kam so spät, daß es eine Beleidigung war. Er trat mit überheblichem Lächeln ein. Er schaute sich im Raum um, zuerst gelassen, dann mit wachsender Verärgerung, weil die Amerikanerin nicht gekommen zu sein schien, von der er erwartete, daß sie vor ihm kriechen würde, damit er schwieg. Dann bemerkte er eine ungewöhnlich große Inderin unter einem niedrigbrennenden Gaslicht. Ihr schwarzer Sari war üppig mit Silber verziert. Ihre dunkeläugige, verschleierte Gefährtin trug ein ähnliches, aber weniger kunstvolles Kostüm. Er trat auf den Tisch zu, unsicher, ob ein bewaffneter Leibwächter verhindern würde, daß sich ihnen ein Fremder näherte. Falls die große Frau Lysistrata Herriott war, wollte er sich vergewissern, daß sie ohne noch unfreundlichere Begleitung gekommen war. Als er sich dem Tisch näherte, hörte er ein amüsiertes Murmeln auf Hindi. »Sie erinnern mich an eine Krabbe, Gopal Prasad, die sich einem Happen nähert, der nicht schlecht genug riecht, um sicher zu sein.« Die große Frau wandte den Kopf, und durch einen Schleier beobachteten ihn graugrüne Augen teilnahmslos. »Wenn Sie mißtrauisch sind, können wir uns in einen anderen Raum zurückziehen. Oder meine Freundin und ich gehen einfach.«

Seine Schultern wichtigtuerisch reckend, schlenderte er zu ihr. »Da *Sie* um das Treffen gebeten haben, Miß Herriott, nahm ich an, Sie würden es nur ungern zu Ihrem Nachteil beenden.«

»Ich habe ein Treffen zu unser beiderseitigem Vorteil vorgeschlagen. Wollen Sie jedoch auf einen möglichen Profit verzichten, wird diese Entscheidung Sie mehr kosten als mich.«

Er hob ungläubig spöttisch eine Braue. »Das sehe ich nicht so.«

Lysistrata lachte. »Ich gestehe, ich bin über Ihren Mangel an Weitsichtigkeit überrascht. Sie wirkten intelligenter und darf ich sagen«, sie senkte sittsam ihre Lider, »mächtiger bei unserer Begegnung in Bangkok.« Sie versuchte den starken Rauch nicht einzuatmen, nahm aber einen tiefen Zug aus dem *Chandoo*, während er sie wachsam beobachtete. »Bitte, Mr. Prasad, wenn Sie sich nicht setzen wollen, sollten Sie gehen, bevor jemand bemerkt, daß Sie mit mir sprechen.«

Er runzelte die Stirn. »Entschuldigung, aber Sie wären die Kompromittierte.«

»Mein lieber Mr. Prasad, vermuten Sie, Ram Harley ist der einzige Inder in Rangun, der wegen einer indiskreten Beziehung mit einer Europäerin ruiniert werden könnte?«

Da er jetzt wußte, worauf sie hinauswollte, setzte er sich mit wütend gebleckten Zähnen hin. »Sie werden nichts erzählen, weder von heute nacht noch von Bangkok, wenn Sie nicht wollen, daß Ihr Familienname in den Schmutz gezogen wird.«

»Mein Vater und ich haben mehr Schmutz abgeschüttelt, als sie verteilen können, Mr. Prasad. Ich denke, Sie sind an Demütigung weniger gewöhnt.«

»Glauben Sie, ich schwiege aus Angst vor Ihnen?« höhnte er. »Ich bin geachtet. Sie und ihr abtrünniger Liebhaber sind in der ganzen Stadt geschmäht. Wer wird Ihnen schon glauben?«

»Kommen Sie, Prasad, Sie sollten wissen, daß das Wort einer Hure mehr wiegt als das eines Prinzen, wenn das Gericht britisch ist und die Hure weiß... und der Prinz«, sie zuckte die Schultern, »nicht.« Sie röstete mehr Opium und bot ihm das *Chandoo* an. »Außerdem bitte ich Sie nicht um Schweigen. Ich schlage nur vor, daß Sie die Wahrheit erzählen. Dafür werde ich darauf verzichten, Einzelheiten über Ihre Rolle bei der Auktion zu berichten.« Er musterte das *Chandoo*, als sei Gift darin. »Ich könnte Sie sogar als Beschützer einer hilflosen Frau schildern, die Sie erst erkannten, als Ram Harleys Anwalt Sie aufforderte, für die Verteidigung auszusagen.« Sie lächelte. »Wollen Sie kein Held sein?«

Er betastete das *Chandoo*, wobei seine dicken Lippen sich anspielend wölbten. »Was bekäme ich von Ihnen dafür?«

»Nichts. Ich kann ebensowenig wie in Bangkok vorgeben, daß ich Wert darauf lege, Ihr Bett zu teilen. Aber Ram Harley kann Sie gut bezahlen.«

Prasad lachte abfällig. »Er ist ruiniert, Khandahoor verbrannt. Das weiß jeder. Halten Sie mich für einen Narren?«

»Halten Sie Harley dafür? Warum sollte ein Mann wie er all seine Eier in einem Korb aufbewahren?« Sie lächelte. »Wenn Sie diesen westlichen Ausdruck entschuldigen.«

Er nahm versuchsweise einen Zug aus dem *Chandoo*, wobei seine Augen vor Gier und Mißtrauen glänzten. »Warum nehmen Sie diesen Ärger für Harley auf sich, wenn Sie nicht seine willige Buhle sind?«

»Buhle.« Ihre Augen zwinkerten amüsiert. »Welch liebenswertes, altertümliches Wort, Prasad. Sie *sind* doch galant, Prasad. So viele andere haben weniger schöne Worte benutzt, um meine Beziehung zu Harley zu beschreiben.« Sie spielte mit ihrem Schleier. »Ich will Sie nicht mit einer Beschreibung dieser Beziehung langweilen, da Sie sie bald genug vor Gericht hören werden. Es genügt zu sagen, daß ich ihm etwas schulde, was ich hoffe zurückzahlen zu können. Und indem ich seine sogenannte Schuld in dieser Angelegenheit verringere, reduziere ich meine persönliche Verlegenheit.«

»Und wenn ich mich entschließe, nicht zu kooperieren?«

Sie zuckte die Schultern. »Sie werden Ihren Tag flüchtiger, aber unprofitabler Rache vor Gericht haben... und ich den meinen, wonach Sie Rangun verlassen müssen. Dazu wird es Berichte an Ihren Gebieter in Kaschmir geben, daß Sie Ihre Geschäfte verpatzt haben.«

Stirnrunzelnd paffte er nachdenklich am *Chandoo*, seine Augen auf Saw gerichtet. »Ist sie verschwiegen?«

»Völlig.«

»Ich möchte im voraus bezahlt werden.«

Lysistrata schüttelte den Kopf. »Nur ein Prozent, um guten Willen zu zeigen.«

»Wieviel insgesamt?«

»Sagen wir tausend Pfund«, schlug sie vor, ruhig in dem Wissen, daß er nur ein paar Pfennige sehen würde.

Er legte die *Chandoo*-Pfeife ab. »Fünftausend.«

»Nein. Ihre Aussage ist eine Gefälligkeit, nicht eine Notwendigkeit.«

Er blickte auf. »Also gut. Haben Sie das Geld dabei?«

»Das wäre in diesem Bezirk wohl töricht von mir. Mr. Leacock, Harleys Verteidiger, wird Sie bezahlen, wenn er persönlich Ihre Aussage gehört hat.«

Prasads Seufzen war so tief, daß es ohne die wieselhafte Wachsamkeit in seinen Augen kummervoll gewirkt hätte. »Ich sehe, ich werde wieder enttäuscht, Miß Herriott.« Er erhob sich. »Das ist Schicksal. Ich werde auf Mr. Leacock warten.«

Ermutigt von seiner aufgeräumten Stimmung riskierte Lysistrata einen Versuch. »Mr. Prasad, Ram Harley wird ebenfalls gut zahlen, um zu erfahren, wer ihn als Mörder hinstellte.«

In seinen Augen flackerte kurz Furcht auf. »Davon weiß ich nichts«, murmelte er im Hinauseilen.

Mit dem Blick eines Skorpions sah Ma Saw zu, wie die Tür sich schloß und gab ihren einzigen Kommentar zu diesem Abend ab. »Er weiß alles.«

»Und wenn er solche Angst hat, wird er nie öffentlich für Ram aussagen«, sagte Lysistrata müde. »Er hofft nur darauf, die Vorauszahlung zu bekommen.«

»Vielleicht«, kam die Antwort. »Und vielleicht kam er nur, um Ihre Pläne zu erfahren und Sie zu überrumpeln.«

»Ja, daran habe ich gedacht. Das ist auch ein unerfreulicher Gedanke.« Lysistrata trommelte auf dem Tisch. »Bist du eine gute Schützin, Ma Saw?«

Ma Saw warf einen angewiderten Blick auf die Tür. »Dafür ja.«

Lysistrata erhob sich. »Nicht für ihn. ›Dafür‹ ist Prasad zu schlau.« Sie richtete ihren Sari. »Hoffen wir, daß Harry kein Trödler ist.«

Die Gasse blieb verlassen, aber kaum waren die Frauen in die Kutsche gestiegen, als die andere Tür aufgerissen wurde. Naswral tauchte im düsteren Licht der Kutsche auf. »Ich muß mit Ihnen sprechen, Miß Herriott«, sagte er drängend in besserem Englisch, als sie erwartet hatte.

»Natürlich, worum geht es?«

»Nicht hier.« Er beobachtete die Gasse. »Zu gefährlich. Ich treffe Sie am üblichen Liegeplatz der *Rani*.«

»Gut.«

Im nächsten Augenblick war er verschwunden. Ma Saw nahm die Zügel. »Ich mag den Mann nicht. Durch die Narbe hat er ein Gesicht zuviel.«

Ram lag still auf seiner Pritsche. Die Nadellöcher des silbernen Lichtes im Wellblechdach wirkten heute nacht größer. In seinem Blickfeld befanden sich 183 davon. Drehte er den Kopf, vereinten sich die Löcher. Sie alle zu zählen, machte ihn verrückt. Aber wenn er sich auf die Löcher konzentrierte, lenkte er sich von anderen Gedanken ab. So von den Vorstellungen, daß Lysistrata mit Harry zusammen war. Daß sie nicht zusammenkamen, solange er lebte, war ein schwacher Trost. Die Unausweichlichkeit war da. Sie brannte sich in sein Hirn, bis er fast sehen konnte, wie sie sich liebten.

Nimm Harrys Platz ein und liebe sie. Selbst jetzt spürte er ihr Haar an seinem Mund. Er mußte einfach den Kopf heben. Nur um von einer würgenden Schlinge zurückgezogen zu werden. Es war kein Traum, denn sie schloß sich, als er daran zerrte. Er öffnete die Augen. Statt Lysistratas Gesicht war ein grinsender Schädel da. Eine stählerne Garotte biß in seine Kehle und eine Explosion in seinem Hirn betäubte ihn mit einem stummen Schrei: »Sie ist mein!«

Nebel schwebte über dem Wasser, das gegen den verlassenen Liegeplatz der *Rani* schlug. Lysistrata lehnte sich an einen Poller. Sie fühlte sich schwach durch ihre anhaltende Krankheit, war voll dumpfer Erwartung des Schreckens, der auf Ram zukam, der Niederlage. Sie hatte versucht, nicht an ihn zu denken, doch ihr Verstand und ihr Herz waren an ihn gekettet, da sie die Ketten derselben Ungerechtigkeit, derselben Verzweiflung teilten. Könnte ich das besser ertragen, wenn er mich liebt? Oder wäre die Qual nur heftiger? Soll ich mehr trauern, wenn er mich nicht liebt, weil ich ihn zweimal verloren habe? Der Hafennebel schien den glitzernden Schleier des Sari gegen ihre Lippen zu drücken, ließ jedes Gefühl für menschliche Gestalt verschwimmen, bis sie sich so unwirklich wie ein wandelnder Geist fühlte. Aber sie war nicht allein. In den Nebel zu schauen war, als sähe sie einem Zug von Geistern zu – und dazwischen die Segel der schönen *Rani*. Sie sah wieder Rams dunkles Profil, als er lautlos durch den Seenebel von Khandahoor schwamm. Aniras wahnsinniges Gesicht, verzerrt und mörderisch. Im Wasser spiegelte sich jetzt ein anderes Gesicht mit einer Narbe, die es vom Kiefer bis zur Stirn teilte. Sie drehte sich um und sah Naswral.

Er war unruhig. »Wo ist Ihr Mädchen?«

»War sie nicht in der Kutsche?« Niemand, der sich der Gegend näherte, konnte sie übersehen. Wenn Naswral es gut meinte – und Harry glaubte, daß es nicht so war –, hätte er keinen Grund gehabt, die Kutsche zu überprüfen.

Er verstand die Andeutung nicht. »Ich habe sie nicht gesehen.« Dann: »Für eine Frau allein ist das kein sicherer Ort.«

»Warum haben Sie ihn dann vorgeschlagen?« erwiderte sie auf Hindi.

Überrascht sah er sie an. »Er ist abgeschieden. Sie sind in größerer Gefahr, als Sie ahnen, Miß Herriott. Einige wollen Ihr Schweigen.«

»Das wurde mir wiederholt gesagt, bevor ich das letzte Mal verschwand. Meint jemand, ich würde wieder verschwinden?«

Er musterte die Werft. »Machen Sie sich keine Sorgen um Ihr Mädchen, Miß Herriott?«

»Sie erledigt etwas Privates«, murmelte Lysistrata. »Muß ich das genauer darlegen?«

Er errötete überraschenderweise. »Tut mir leid. Ich überlegte nur...«

»Wo sie sein könne. Ich frage mich, was Sie sagen wollen.«

Er zögerte, begann dann: »Sie müssen sich von Gopal Prasad fernhalten und dürfen nicht vor dem britischen Gericht aussagen. Daraus kommt nichts Gutes. Prinz Ram Kachwaha wird hängen. Die Briten haben das beschlossen und die... die weniger erkennbare Macht in Rangun haben.«

»Wer sind diese weniger Bekannten?«

»Das will ich nicht wissen. Ich habe nur gehört, was an den bösen Orten der Stadt erzählt wird.«

»Welche Unschuld, mein Freund«, schnurrte sie, »für jemand, der so wissend wirkt. Wovor haben Sie Angst? Daß die, die Sie bezahlen, entdecken, daß Sie unzuverlässig sind?«

»Ich... verstehe nicht.«

Sie warf den Sarischleier zurück. »Wie lange haben Sie über Ram schon Informationen weitergegeben... an diese Unbekannten? Wie lange werden Sie hier noch schwätzen, bevor Sie nicht mehr länger auf Ma Saw zu warten vorzugeben und versuchen, den Auftrag auszuführen, den Gopal Prasad gab?«

Er erstarrte, dann verzerrte ein gnadenloses Lächeln seine Narbe. »Sie sind klug, Miß Herriott, aber ebenso voreilig wie damals, als Sie während der Cholera in Ram Kachwahas Haus gingen. Dieses Mal wird man Sie nicht finden, wenn Sie verschwinden. Aber keine Sorge, ich *werde* Ihr Mädchen finden.«

»Andere wissen, daß ich mich heute nacht mit Prasad getroffen habe. Man wird ihn sofort verdächtigen.«

»Auf diese fette Kröte würde ich mich nicht verlassen«, höhnte Naswral. »Er ist entbehrlich geworden. Es ist gut so, daß er sich in einem seiner gierigen Pläne selbst gefangen hat.«

Auf seinen gekränkten Stolz bauend, lachte Lysistrata leise.

»Sie wollen also Prasad meinen Tod zuschieben. Sie sind der Kluge... aber Sie haben das doch nicht geplant, oder?«

Bestürzt runzelte er die Stirn. »Das ist unwichtig. Ich führe es aus.«

»Und wenn Prasad nicht schweigt, wenn die Behörden ihn verhören?«

Das Narbengesicht grinste. »Mit einer Garotte um den Hals wird er kaum sprechen können.«

»Wie es Sein schwerfiel, mit einem Mund voller Tamarinden zu sprechen.« Sie musterte ihn. »Auch Ihr Werk?«

Er lachte. »Hinter diesen lächelnden Hurenlippen hatte die Schlampe nichts als eine geschwätzige Zunge. Ja, ich habe sie mit Freude getötet.«

»Aber warum haben Sie Ram betrogen, der Sie aufnahm?«

Er spuckte verächtlich aus. »Er hat keinen Stolz, dieser *Ferenghi*-Bastard. Er ist weniger als ich, glaubt aber, ich sei sein Diener. Kali verfluche ihn. Die Briten werden ihm bald den Hundetod geben, den er verdient.«

Ihr war übel. »Diejenigen, die Ram ruiniert haben, hassen die ihn auch so wie Sie?«

Er lachte höhnisch. »Das sollten Sie doch wissen.«

Als sie verblüfft erstarrte, zog er sein Messer, einen dünnen *Kris*. Sein spöttisches Lächeln verschwand.

»Warten Sie«, sagte sie, »wenn Sie der unendlichen Neugier einer Frau verzeihen wollen. Waren die Frauen auf der *Star of Calcutta* auch Ihr Werk?«

Vielleicht zeigte sie nicht genug Furcht; vielleicht spürte Naswral, daß er bereits zuviel gesagt hatte. »Genug! Bereite dich darauf vor, zu deinem Bastard zu gehen, du Hure.« Das Messer funkelte in einer schnellen Bewegung, erstarrte dann. Naswral sah eine Pistolenmündung unter dem Schwarz des Sari glitzern.

»Nicht einmal eine Hure kann auf diese Entfernung danebenschießen«, warnte Lysistrata. »Du warst dumm heute nacht. Hast du solche Angst vor einem Fehlschlag, daß du nicht mehr klar denken kannst?« Die Pistole hob sich leicht. »Sag mir, wer dich geschickt hat, und du kannst gehen. Wenn du die Stadt heute nacht verläßt, wirst du nichts zu befürchten haben.«

»Du lügst!«

»Versuch's. Du hast nichts zu verlieren und viel zu gewinnen.«

Kopfschüttelnd wich er von der Werft zurück. »Du wirst mich nicht töten. Du brauchst mich lebend.«

»Warum? Für ein öffentliches Geständnis, das du nicht abzulegen wagst?« Sie hob ihre Stimme. »Es ist bereits öffentlich. Ich habe nämlich Zeugen, siehst du.«

Die Lederklappe des Gepäckbehälters an der Rückseite der Kutsche flog hoch und Harry schwang sich mit gezogener Pistole heraus. »Außerdem«, fügte sie hinzu, während Harry näher kam, »muß ich nur eine Kugel in dein Knie schießen, damit du hierbleibst.«

Das Gesicht des Mörders verzerrte sich vor Verzweiflung. Er wirbelte herum und stürzte sich auf Harry, schlug ihn nieder, als sich ein Schuß aus Harrys Pistole löste, der in den Schmutz ging. Lysistrata hatte Angst, Harry zu treffen, als die beiden auf den Planken herumrollten. Dann schlug Naswral Harry mit dem Messer auf den Kopf. Betäubt faßte Harry die Kehle des Unberührbaren. Das Messer drang nach unten. Ein Schrei wurde laut. Mit einem Schmerzensschrei faßte Naswral seinen Arm, entzog sich Harry und sprang in den Hafen. Während Lysistrata zu Harry eilte, rannte Ma Saw zum Hafenrand, die Pistole auf den fliehenden Mörder gerichtet. Lysistrata half Harry, sich aufzurichten. »Verdammt«, murmelte er, »mein Schädel fühlt sich an wie eine zerschlagene Kokosnuß.«

Ma Saw kam zu ihnen, als sie sah, daß Naswral außer Reichweite war. Sie schaute Lysistrata an. »Tut mir leid. Ich konnte ihn nicht aufhalten, ohne ihn zu töten.«

»Nein«, stimmte Lysistrata dumpf zu, »du konntest es nicht und ich auch nicht. Darauf hat er gesetzt.« Naswral war lebendig nützlicher als tot, aber es war gefährlich, ihm Gelegenheit zu geben, wieder zu morden. Auch Ram würde vielleicht dafür zahlen müssen.

Die Bezahlung begann am nächsten Tag. Als Harrys Oberst erfuhr, daß er einem Angeklagten zu helfen versucht hatte, der am Tode seiner Offizierskameraden schuldig war, wurde er verhört und bekam dann Aufträge, mit denen die Zeit bis zum Prozeß ausgefüllt war. Auf eine Beförderung in der Armee konnte er nicht mehr hoffen. Und alles wegen eines Mannes, den er kaum kannte und dem er nicht traute. Doch er empfand nur Erleichterung. Wie lange hätte er weitergemacht, überlegte er, auf einer Laufbahn, die bereits durch die Gier seines Landes unehrenhaft war? Ewig vielleicht.

Er ärgerte sich über seine Unfähigkeit, Ram nicht helfen zu können. Ihm war klarer als Lysistrata, daß Ram seit dem Scheitern der Chinaexpedition verurteilt war. Als dessen Zuverlässigkeit erst einmal in Frage gestellt war, war es nur ein kurzer Schritt, bis er den britischen Interessen gefährlich werden konnte. Jetzt würden sie ihn so kaltblütig wie einen hartnäckigen Moskito beseitigen. Selbst wenn Naswral wegen der Morde verurteilt werden würde, würde Ram wegen des Todes der britischen Agitatoren in den Shan hängen. Dessen war er schuldig, und dafür würde er sterben.

Im Gespräch mit Leacock erfuhr er dann, daß selbst die Formalitäten des Prozesses zweifelhaft waren. Wegen der

Zustände im Gefängnis hatte Rams Zustand sich verschlechtert. Begänne der Prozeß mehr als zwei Tage später, wäre er nicht imstande, als Zeuge auszusagen.

Trotz seiner Befehle begab Harry sich sofort ins Gefängnis. Als die schweren Tore aufschwangen, gingen zwei Birmanen in Ketten mit Grabwerkzeugen zwei Kachin voraus, die in ihren Eisen wankten und unter einer Bambusstange schwitzten, die unter der Last eines eingehüllten Körpers durchhing. Sikh-Wächter trieben sie mit Gewehren in den Dschungel. »Welcher Gefangene?« fragte Harry rasch.

»Nummer zwölf.« Der Mann errötete leicht. »Ich kenne nicht alle Nummern, Sir. In den letzten Tagen hat es viele Tote gegeben.«

»Epidemie?«

»Aufruhr, *Sahib*, Sir.«

Harry begab sich ins Quartier des Direktors. Der Direktor überprüfte die Vorräte, während ein chinesischer Sträfling mit einem Abakus rechnete. »Tut mir leid, Sie zu stören, Direktor«, sagte Harry, als er in das Büro gebeten wurde. »Ich stieß am Tor auf ein Begräbniskommando. Sicher doch nicht Ram Harley?«

Der Direktor, ein grauhaariger Mann mit Koteletten und gerötetem Gesicht, suchte zwischen Papieren, bis er eine Liste fand. Sein Daumen glitt darüber. »Nein. Heute morgen nicht.« Er blickte auf. »Aber es hätte sein können. Wir hatten Dienstagnacht etwas Ärger.«

»Ein Aufruhr, wie mir ein Wärter erzählte.«

»Nun, das würde ich nicht sagen. Eher eine kleine Rauferei. Einer der Piraten, die Sie uns gebracht haben, ging mit brandigem Bein in das Hospital. Zeugen im Hospital sagen, daß Harley ihn zu töten versuchte. Harley behauptet, es sei anders gewesen. Der Pirat habe sich herangeschlichen und versucht, ihn zu erdrosseln. Wie es auch gewesen sein mag, Harley tobte. Das Brustbein des Piraten, Schlüsselbein und Kiefer sind gebrochen. Harley hat nur einen zerschnittenen Hals, und sämtliche Stiche Ihres Chirurgen sind aufgerissen.«

»Ich bezweifle, daß Harley damit angefangen hat. Boh Myins Leute hassen ihn. Ich wette, Ihre Zeugen waren Piraten, ja?«

»Etwa die Hälfte.«

»Und die anderen hassen Inder, weil sie meinen, die Wachen würden sie bevorzugen, oder?«

»Möglich.« Der Direktor setzte sich auf einen Stuhl, als sei er gelangweilt. »Wer angefangen hat, ist egal. Unruhe wird hier nicht geduldet. Harley und der Pirat sind in eine Kiste gebracht worden, um weiteren Zwischenfällen vorzubeugen.«

»Die Kiste? Sie meinen doch nicht...« Harrys Kopf ruckte zu dem Fenster, das auf den staubigen Hof gerichtet war, und auf die winzigen Blechkisten, in die ein Mann nur kriechen konnte und in der er bis zum Wahnsinn geröstet wurde. »Sie haben verwundete Männer *da* reingesteckt?«

»Nur für zwölf Stunden. Weniger wäre von den Piraten als Schwäche ausgelegt worden.«

Harry explodierte fast. »Darf ich Sie daran erinnern, Sir, daß diese Männer keine überführten Verbrecher sind?«

»Wären Sie das, Leutnant«, erwiderte der Direktor ruhig, »wären sie wahrscheinlich tot. Vierundzwanzig Stunden bis achtundvierzig Stunden ist die normale Bestrafung für Streit.«

Harry atmete verärgert aus. »Kann ich Harley sehen?«

»Natürlich.« Der Direktor erhob sich und deutete auf die Tür. »Aber er wird nicht sehr gesprächig sein.«

»Das denke ich mir«, schnappte Harry.

Das zerfetzte Segeltuch machte das Hospital noch düsterer. Harry blinzelte in das Halbdunkel, als er an den Reihen der Pritschen vorbeiging, auf denen schwitzende, fast reglose Männer lagen, deren Ketten nur schwach klirrten. Ram lag ganz am Ende. Der erste Mann in der Reihe, vermutete Harry, war der Pirat, der ihn zu töten versucht hatte. Als Harry die letzte Pritsche erreichte, dachte er zuerst, der Mann habe einen Fehler gemacht, da sich kein Mann so in vierzehn Tagen verändern konnte. Dieses bärtige, verbundene Skelett war nicht Ram. Doch als das Skelett seine schwarzen, abschätzenden Augen öffnete, sah er, daß es Ram war. »Guter Gott, Mann«, murmelte er, »Leacock hat mir ja nicht mal die Hälfte erzählt.«

Geplatzte, blasenbesetzte Lippen verzogen sich ironisch. »Er ist ein guter Anwalt. Das hat Lighter gut gemacht.«

»Ich lasse Lighter gegen Mittag herkommen, damit er nach Ihnen sieht«, sagte Harry. »Wenn er nicht frei hat, kommt Herriott.«

»Sie klingen wütend, Leutnant«, krächzte Ram. »Haben Sie nicht gelernt, daß das Leben im Orient nichts wert ist? Durch britischen Erfindungsgeist ist der Tod effizient geworden. Diese Kiste da draußen kann in wenigen, vergleichsweise freundlichen Stunden vollbringen, wozu Hunger und Krankheit Jahre brauchen.«

»Verdammt«, sagte Harry heftig. »Sie und Ihr verdammtes *Que séra, séra*. Sind *Sie* nicht wütend?«

Ram dachte an den schweinischen, unfähigen Kerl, der das Hospital leitete, der Platitüden drosch und heimlich Medikamente in Rangun verhökerte. An Männer ohne Freunde, Gott und Hoffnung, die an Ketten zerrten und an Vertrauensleute, die ihre Rationen stahlen. An einen Gefangenen, der im Schlaf erstickt war und den man im Morgengrauen fand, seine Tätowierungen ihrer dekorativen Goldeinlagen beraubt. An einen würgenden Henkerstrick und das Erkennen, daß der Alptraum Wirklichkeit war, das hassende Gesicht des Todes, das ihn anstarrte, während er an dem stählernen Ring zerrte, der in seine Kehle schnitt. An das Gefühl, wie seine Brust zerriß und wie er dem Heulen seines Blutes lauschte, als er den Stahl beiseite drückte und dem Alptraum einen heftigen Schlag versetzte. Daran, wie er in einen Ofen gezwängt wurde, der unter sengendem Himmel weiß glühte. Daran, wie er nach Wasser gierte, bis sein Schädel zu schrumpfen schien und der Schmerz in seiner Brust ihn erbrechen ließ. Daran, wie er von einer grünäugigen flammenden Frau vergewaltigt wurde, wie er sich unter ihrer sengenden Berührung krümmte, als sie ihn in Ekstase versetzte und dann mit Pein erfüllte. Er hatte Blut gespuckt, aber nicht geschrien, hatte nicht das Geheimnis seiner Verdammnis verraten, seiner verführerischen Hölle. Er dachte an all die Schrekken, die er nicht erleben würde. Den Haß, den er nicht dämpfen würde. Armer Harry. Er erkannte nicht einmal ein Monster, wenn er es sah, sondern nahm es an seine Brust.

»Ärger wäre in meiner Position ein tödlicher Luxus, Harry.«

Der junge Engländer seufzte und zog dann einen Stuhl heran. »Sie haben wohl recht. Tut mir leid. Ich versuche nur, meinen Kopf zu behalten.«

»Haben Sie einen Beweis gefunden?«

»Nichts, was vor Gericht helfen würde«, Harry lächelte verzerrt, »aber genug, um mich zu überzeugen, daß Sie kein Monster sind.«

Ram lächelte schief. »Dann halten Sie mir Lighter und Herriott vom Leib.«

»Was?«

»Das Henkerseil ist ein bißchen roh. Ich bevorzuge es, mein Leben auf... natürliche Weise zu beenden.«

Harrys Blick fiel auf das blutunterlaufene Würgemal an Rams Kehle. »Ich verstehe Sie... aber ich kann Sie nicht einfach so sterben lassen. Das würde ich nicht mal mit einem Hund machen.«

»Nein, das würden Sie nicht, Leutnant«, sagte Ram leise. »Sie haben ein weiches Herz.«

»Halten Sie mich für einen Schwächling?« fragte Harry steif.

»Das würde ich, wenn die Welt von Pol zu Pol Brei wäre.« Ram hob eine Hand. »Gehen Sie, bevor Sie vor Gericht gestellt werden.«

Harry ergriff fest seine Hand. »Sie können mich nur erschießen. Mein Geschmack an Hinrichtungen ist nicht so ungewöhnlich wie Ihrer. Wir sehen uns beim Prozeß.«

Lysistrata saß reglos da und schaute zu, wie eine Bachstelze ein Nest am Schlafzimmerfenster baute. Wie sicher der Vogel schien, daß sein Nest morgen fertig sein würde und er es brauchte, und daß dieses zerbrechliche Gebilde allen menschlichen und natürlichen Elementen widerstehen würde. Sie fühlte sich so naiv und vergänglich wie das Nest, fühlte, daß sie blindlings eine nutzlose Funktion angesichts sicherer Zerstörung erfüllte. Doch da sie vom gleichen Instinkt getrieben wurde, der den Vogel beherrschte, würde sie weiter Gerechtigkeit suchen, solange Ram noch lebte.

Solange... Wochen? Tage. Die Briten hatten es eilig mit dem Hängen. Es hatte nicht Leacocks Eingreifens bedurft, um zu wissen, daß sie nicht zu Ram gehen durfte, doch ihre Seele sehnte sich nach ihm. Konnte sie nichts anderes tun, um ihm zu helfen? Dann fiel ihr eine unerfreuliche Möglichkeit ein.

»Ram Harley helfen? Miß Herriott, Ihre geschmacklosen Unverschämtheiten erstaunen mich immer wieder. Ich beklage noch meinen Gatten.« Evelyn Chiltons malvengraue Witwenkleidung schmückte sie bewundernswert, und ihre indignierte Pose hätte ein Theaterpublikum beeindruckt.

Lysistrata musterte sie kühl. »Das wußte ich nicht. Sie müssen sehr erleichtert sein.« Sie setzte sich auf das Sofa, als wolle sie Wurzeln schlagen. »Ich nehme an, sein Tod erfolgte kurz nach Rams Verschwinden.«

»Ich war vernarrter in Nigel, als Sie denken mögen, und Ram Harley ist schuld an seinem Tod«, sagte Evelyn kalt. »Bei den Ermittlungen gegen Harley erlitt mein Gatte einen Hirnschlag.«

»Was hatte General Chilton mit einer Zivilsache zu tun?«

Evelyns Augen verengten sich. »Ram Harley hat nicht nur Zivilverbrechen begangen.«

»Zu der Zeit, als Ihr Gatte starb, ging es nur darum, ob Ram sie wirklich alle begangen hat. Es sei denn, man beabsichtigt, ihm das Scheitern der Yünnan-Expedition anzuhängen.«

Evelyn musterte sie abschätzend. »Hat Ram Ihnen von seiner Rolle dabei erzählt?«

Lysistrata wich der gefährlichen Antwort aus, die Fragen von Lord Anthony zur Folge haben würde, da Evelyn sie ihm sicher weiterleitete. »Kaum. Ram wäre nie so indiskret, aber einige der Gentlemen, die mich im letzten Frühjahr besuchten, waren weniger zurückhaltend. Unter den prominenten

Kaufleuten Ranguns war die Expedition nie ein Geheimnis. Daß sie fehlschlug, kann wohl kaum Ram zum Vorwurf gemacht werden. Es war ein übereiltes, gefährliches Wagnis. Und es war ein Fehler, einen Mann mit den Fähigkeiten und der Urteilskraft Ihres Gatten damit zu beauftragen. Hatte Lord Anthony ihn beauftragt, die Schwachstelle des Unternehmens festzustellen?«

»Nein, es war Nigels Idee. Er wollte nicht da hineingezogen werden.«

»Wie kam er darauf?« Lysistrata musterte den aufwendig möblierten Raum. Sie war vor der Choleraepidemie zu einem Abendessen und einem Konzert hier gewesen. Mehrere Antiquitäten und ein französischer Gobelin waren neu. Der General schien nicht viel verloren zu haben.

»Zum einen, weil Ram in das Unternehmen nichts investiert hatte.«

»Hatte er behauptet, er wolle das?«

Evelyn ging langsam durch das Zimmer. »Eine Nachricht, die er an den Kriegsherrn in Yin Chang in Yünnan schicken sollte, wurde nie überbracht.«

Lysistrata lachte. »Mit einer solchen Nachricht kann zwischen Rangun und China alles mögliche passieren. Wie kann Sir Anthony außerdem sicher sein, daß sie ihr Ziel nicht erreichte – vielleicht wurde sie einfach ignoriert oder feindselig aufgenommen? Das alles ist sehr dünn. Sicherlich hat man doch mehr?«

Evelyn lächelte leicht. »Sehr wenig. Ram ist zu raffiniert.«

»Sie müssen zugeben, daß er zu klug ist, um eine ermordete Frau in seinem eigenen Bett zurückzulassen.«

»Sie glauben also, ein anderer will ihn vernichten«, sinnierte Evelyn. »Ich verstehe Sie langsam.«

Lysistratas Stimme wurde freudlos. »In einem so feindseligen Klima wird Ram sicher gehängt, wenn Lord Anthony nicht dazu gebracht werden kann, das Beweismaterial zu prüfen. Auf mich hört er jetzt nicht, aber vielleicht auf Sie.« Ihre Stimme festigte sich. »Ram *ist* unschuldig.«

»Möglicherweise, aber Sir Anthony läßt sich ungern von Frauen beraten.«

»Er akzeptiert den Rat seiner Frau. Sicherlich schuldet Ihnen Lady Mary eine Gefälligkeit.«

Evelyn lächelte. »Möglicherweise.« Sie setzte sich neben Lysistrata auf das Sofa und schlug unbekümmert die Beine übereinander. »Das beginnt mich zu fesseln. Aber sagen Sie mir, was ich davon habe, dem unbeliebtesten Mann in Rangun zu helfen, außer daß ich diesen dubiosen Fall verlängere und Unannehmlichkeiten verursache?«

»Sie gewinnen Ram«, sagte Lysistrata kurz, »so lange Sie die beiderseitige Beziehung haben wollen. Nach dem Prozeß werde ich nach Amerika zurückkehren.«

»Ich fürchte, mein romantisches Interesse an Ram Harley ist verflogen, Miß Herriott«, erwiderte Evelyn mit ruhigem Lächeln. »Ich bin ihm jedoch noch etwas schuldig.« Ihre Finger bildeten eine Pyramide. »Gut, ich werde tun, was ich kann, aber ich verspreche nichts, verstehen Sie? Sie sollten auch wissen, daß Sir Oliver Triton, der Ankläger, mich gebeten hat, für die Krone auszusagen. Vielleicht sollte ich inzwischen mein Dienstmädchen besuchen, Anne O'Shaunessy, und sie dazu bringen, sich an etwas zu erinnern. Hat sich denn das arme Mädchen bisher schon an etwas erinnern können?«

Lysistrata schüttelte den Kopf. »Dr. Lighter sagt, sie wolle sich nicht an die Vergangenheit erinnern. Sie könnten auch mit Claus Bettenheim sprechen... ganz taktvoll.«

Evelyns Kopf drehte sich langsam zu ihr. »Claus? Weshalb?«

»Er ist ins Drogengeschäft verwickelt. Vielleicht kennt er die Identität von Garotte, der jetzt den Opiumhandel in Rangun beherrscht, wie es heißt. Vielleicht ist er selbst Garotte.«

Evelyn lächelte fein. »Der sture Claus?« Sie zuckte die Achseln. »Also gut. Ich werde mit ihm reden.«

Lysistrata zögerte. Evelyn war bemerkenswert kooperativ. Lag das daran, weil sie noch immer Erpressung wegen ihrer Affäre mit Ram fürchtete? Sie beschloß, das zu Gunsten der Frau auszulegen. »Danke. Ich gebe zu, ich hatte nicht erwartet, daß Sie so großzügig sein würden. Ich fürchte, ich habe Sie sehr unterschätzt.«

»Ja, das haben Sie«, erwiderte Evelyn kühl, »aber ich werde Ihnen gern verzeihen, wenn Sie auf dem Schiff nach Amerika sind.«

An diesem Abend erhielt Lysistrata eine Nachricht. »Anne erinnert sich an nichts. Claus weiß nichts. Sir Anthony sieht sich die Beweise nochmals an.«

KAPITEL 16

Affen und Papageien

Und mögen auch viele Lichter erlöschen,
und mögen viele weinen
um die, die zermalmt im Getöse
schriller Anwürfe,
Gottes gerechter Zorn wird doch
den größten Lügner treffen

ALFRED, LORD TENNYSON

Lysistrata war über Evelyn Chiltons Nachrichten von Anne nicht überrascht und in Hochstimmung wegen Bartly, aber mißtrauisch wegen Bettenheims Vergeßlichkeit. Wenn er so mächtig war, wie Ram meinte, mußte er von Garotte gehört haben. Aber wie war er dazu zu bringen, das zuzugeben? Ohne Druckmittel konnte sie ihn nicht wie Prasad lenken – nicht, daß Prasads Erpressung etwas genutzt hätte, denn der war schon auf dem Weg nach Indien. Doch... vielleicht hatte sie ein Druckmittel. Der Gedanke, es zu benutzen, war ekelhaft und brachte Bettenheim vielleicht Vorteile, aber da Ram im Schatten des Galgens stand...

Sie entschied sich. Niemand durfte ihre Absicht erahnen, am wenigsten Harry und ihr Vater. Nicht einmal Ma Saw, die während des letzten Jahres für John Herriott mehr als eine Haushälterin geworden war. Trotz ihrer Diskretion hatte Lysistrata kleine Hinweise wahrgenommen: ihre ähnliche Denkweise und das versteckte Lächeln, jeden Tag die frische Blume am Revers des Doktors und Ma Saws Verzicht auf helle Ohrringe, die sie gegen bescheidene Perlen getauscht hatte. Früher wäre Lysistrata entsetzt gewesen, nicht wegen einer Liaison zwischen Menschen mittleren Alters, die so verschiedener Herkunft waren, sondern weil es so unerwartet war. Die junge, köstliche Sein war ein naheliegendes Ziel für die Leidenschaften eines älteren Mannes – das wäre verständlich gewesen. Ma Saws Charme war weniger offensichtlich. Jetzt wirkte Herriotts Zuneigung zu Ma Saws Treue, Herzlichkeit und praktischer Intelligenz völlig natürlich. Die starke physische Ausstrahlung von Ma Saws Munterkeit und Witz würden Seins oberflächliche Schönheit überdauern, hatten sie traurigerweise schon überdauert.

Und wenn Claus Bettenheim Garotte war, würde ihr Leben so kurz wie Seins sein.

Da Lysistrata sicher war, daß Masjid eher loyal Ram als Dr. Herriott diente, bat sie ihn, Bettenheim eine Botschaft zu überbringen. Als er sie gehört hatte, sagte er nichts, sondern führte den Auftrag aus. Jetzt weiß ich, warum Ram ihn beschäftigt, dachte sie. Schweigen ist Gold.

Masjid kehrte am späten Nachmittag zurück. »Ich habe die Botschaft Mr. Bettenheim auf seiner Plantage überbracht, Missy. Nur ein Diener hat mich gesehen.«

Verstehend nickte sie. »Wie war seine Antwort?«

»Er ist einverstanden.«

»Gut«, log sie. »Jetzt muß ich mir nur ein Kleid erbetteln, leihen oder stehlen.«

»Dazu haben wir fast eine Woche Zeit, Missy.«

»Wir, Masjid? Und warum eine Woche? Ich habe Mr. Bettenheim diesen Abend vorgeschlagen.«

»Es ist nicht erforderlich, daß Sie mehr als nötig allein unternehmen. Ich werde ein geeignetes Kleid beschaffen. Was den Rest anbelangt«, er schwieg kurz, »Mr. Bettenheim bedauert, daß dieser Abend ihm nicht paßt. Am nächsten Donnerstag hat er Zeit.«

»Zeit!« schnaubte sie. »Dann läuft der Prozeß schon drei Tage! Er will mich noch weiter in die Ecke drängen.«

»Geschäfte mit Mr. Bettenheim sind nie erfreulich.«

Sie biß sich auf die Lippe. »Ich traue ihm nicht. Wenn er am Donnerstag einen seiner Box-*Wallah*-Freunde bei sich hat und dann für die Anklage aussagt, könnte er mich der Zeugenbeeinflussung beschuldigen.« Sie ging auf und ab. »Er könnte es beweisen und Rams Position schwächen.«

»Vielleicht wird seine Lust keine Gesellschaft dulden«, meinte der Inder milde.

»Früher vielleicht; jetzt nicht mehr. Er haßt Ram mehr, als

er mich verehrt. Was wenn... Masjid, sag ihm, daß ich mit Donnerstag einverstanden bin. Um neun. Er wird überzeugt sein, daß ich kommen werde.«

Masjid neigte mit feinem Lächeln den Kopf »Sie haben nicht die Absicht, dieses Stelldichein zu halten, richtig?«

»Du hast recht. Ich werde früher kommen, mehrere Abende zu früh. Du kannst mir helfen zu entscheiden, an welchem, indem du jemand vom Küchenpersonal überredest, dir zu sagen, an welchem Abend unser Troll allein zu Abend ißt.«

»Im Überreden bin ich ausgezeichnet, Missy.« Der große Muslim lächelte wohlwollend.

Zwischen Harry und ihren Vater geklemmt, starrte Lysistrata auf die Rücken der schwarzen Roben von Leacock und John Markham, dem Anwalt, der die Banditen verteidigte. Darüber war das klägliche Quietschen von *Punkahs* zu hören, die von Birmanenjungen in weißen Jacken gezupft wurden. Lethargisch zupften sie Saiten, die an ihren großen Zehen befestigt waren, während sie neugierig auf die unruhige Menge im Gerichtssaal von Rangun herabschauten. Kleine Fächer jeder Form, Farbe und Größe wurden gewedelt oder geschlagen, je nach Langeweile und Geschlecht des Besitzers. Holländische Messingkronleuchter hingen über dem teppichlosen Boden, auf dem Teakbänke standen. Die halbhoch teakgetäfelten Wände waren durch gelbe Feuchtigkeitsflecken hellgrau. An den Fenstern der Ostseite waren die Jalousien wegen der Morgensonne verschlossen, so daß die Luft in dem großen Raum stand, was dem Portrait Königin Victorias über der Richterbank angemessen war. Wie um Ihrer britannischen Majestät zu trotzen, kreischten Papageien auf den Rasenflächen des Gerichtsgebäudes die Menschen an, die über die Hitze fluchten.

Lysistrata lief der Schweiß über den Rücken, als sie zu den eisigen, aristokratischen Bartlys aufblickte. Evelyn, in taubenblaue Seide gekleidet, saß neben ihnen auf einer Ballustrade. Direkt unter den Bartlys saßen die Vertreter der Anklage, Sir Oliver Triton und sein Assistent, Andrew Guess.

Lysistrata blickte auf ihre albernen, fingerlosen Netzhandschuhe. In dem schlammfarbenen Serge, das Leacock ihr empfohlen hatte, wirkte sie, als trenne sie nur ein Schritt vom Tode. Sie hatte eine Rolle zu spielen. Es kam darauf an, sich nicht wie einer dieser zynischen Papageien zu verhalten, die diese mörderische Farce verspotteten.

Wo war Ram? Warum waren die Gefangenen noch nicht hereingebracht worden? Sie zupfte mit einem Daumennagel am Netzhandschuh, weil jede Sekunde unerträglicher wurde.

Eine Seitentür öffnete sich. Sie erstarrte, als sie nackte Füße auf den Bodenbrettern schlurfen hörte. Darauf achtend, daß sie nur flüchtig interessiert wirkte, betrachtete sie die Gefangenen rasch, die von gewehrtragenden Punjabis in Zweierreihen in den Gefangenenbereich gebracht wurden. Manchen mußte hineingeholfen werden. Einheitlich schmutzig gekleidet, erwiderten sie die Blicke der Zuschauer mit der finsteren Feindseligkeit gefangener Tiere. Erschreckt, weil sie Ram nicht entdeckte, musterte Lysistrata jeden Mann sorgfältiger. Als sie ihn erkannte, hielten Harry und Dr. Herriott ihre Hände fest, weil sie zusammenzuckte. Hätte sie ihn nicht während der Cholera so krank gesehen, hätte sie die weißgesichtige, dürre, bärtige Kreatur nie erkannt, deren schwarze Augen tief in den Höhlen lagen. Er schaute niemand an. Er hielt seinen einst gepflegten schwarzen Kopf mit einer Starre hoch, die ebenso unnatürlich für ihn war, wie das Ungeziefer und der Schmutz, die Haar und Körper jetzt bedeckten.

Ich habe ihn dazu gebracht, dachte sie hinter ihrer starren Maske. Sie müssen seinen Stolz in den Schmutz ziehen, bevor sie ihn töten, um sich selbst zu versichern, daß er noch weniger als ein Mensch aus der Gosse ist. Wie sollte er sie nicht hassen? *Mich* hassen, weil ich zu ihnen gehöre?

Ram wußte wo sie war. Er spürte ihre Not, den fast wilden Schmerz in ihr. Sei still, murmelte er ihr im Geiste zu, du bist an dem nicht so sehr schuld, wie du glaubst. Du mußt jetzt klar denken. Fürchte dich nicht vor ihnen. Fürchte mich nicht.

Lysistrata spürte, daß Stille sie erfüllte, eine Ruhe, die von außen herangetragen schien. Ram hatte sie einmal zu dieser Art von Ruhe geführt, sie dann gelehrt, sie selbst zu finden. Sie mußte sie jetzt finden, auf welchem Weg auch immer.

Der Weg begann schnell Gestalt anzunehmen. Nachdem die Jury gewählt worden war, warf sie ihr einen fatalistischen Blick zu. Box-*Wallahs*. Bei Mord mochten sie vorurteilslos sein, nicht aber bei Piraterie, die ihre Geldbeutel betraf.

»Ruhe!« Nach dem Befehl des Gerichtsdieners durchbrach nur das Rascheln von Papier auf der Bank der perückentragenden Anwälte die Stille.

Dann erhoben sich alle, als der Ehrenwerte Lordrichter Winston Parke-Allis scharlachrot gekleidet mit den fliegenden Locken seiner Queen-Anne-Perücke forsch aus seinem Raum in den Gerichtssaal schritt. Er setzte sich auf den hochlehnigen Sessel hinter einem massigen Schreibtisch, der sogenannten Bank, der auf einem Podium stand. »Guten Morgen, meine Herren.« Er nickte dem Gericht freundlich zu, dann den Anwälten. »Treten Sie bitte an die Bank.«

Sie sprachen kurz über die voraussichtliche Länge des Prozesses, und die Anwälte nahmen wieder Platz. Nachdem die Geschworenen vereidigt worden waren, legte der Ankläger den Fall der Krone dar. Die Anklagen lauteten auf Piraterie, Entführung und Mord. Richard Harley, auch bekannt als Ram Kachwaha, wurde mitangeklagt. Da die Anklage wegen Volksverhetzung und Ermordung der beiden britischen Offiziere nicht erhoben wurde, hoffte Lysistrata, daß der Fall der Anklage schwächer war, als Leacock glaubte. Aber in Rams Augen zeigte sich keine Ermutigung, und der Funken verglühte so schnell, wie er gekommen war. Verbrechen gegen das Militär fielen nicht unter die Zivilgerichtsbarkeit. Die Armee wartete, bis sie am Zuge war. Selbst wenn es Leacock gelang, Ram den Klauen Sir Anthonys zu entreißen, würde die Armee nie von ihm lassen.

Die ersten von der Anklage aufgerufenen Zeugen waren englische Staatsangehörige und Sittang-Dorfbewohner, die eidesstattliche Erklärungen vorlegten, die die Anklagen gegen die Piraten untermauerten. Während sie einzeln aufgerufen wurden, erhob sich Leacock nach Markhams Kreuzverhör, um zu fragen, ob der jeweilige Zeuge seinen Klienten eindeutig als Pirat identifizieren könne. Versuchte der Zeuge das, da Ram von Bohs Männern nicht zu unterscheiden war, zerpflückte Leacock energisch seine Aussage, bis der Zeuge zugeben mußte, daß er sich absolut nicht erinnern konnte.

Am späten Nachmittag schließlich war Lysistrata an der Reihe. Da es um die jüngsten Piratenakte und Entführung wegen Lösegeld ging, ging der Ankläger nicht auf Harleys Rolle ein, als er sie befragte. Er wußte, daß sie später zu Harleys Verteidigung aussagen würde. Obwohl sie erregt war, ließ sie sich von ihrer Unruhe nichts anmerken. Sie beantwortete die Fragen zur Entführung ruhig und stellte sich dann Leacock.

Leacock ergriff eine Falte seiner Robe, als er Lysistrata musterte, damit die Geschworenen erkannten, wie wichtig sie als Zeugin war. »Miß Herriott«, begann er schließlich, »erkennen Sie den Beklagten, Richard Harley, unter den Gefangenen wieder?« Sie deutete auf Ram, der sie teilnahmslos anstarrte. »War Richard Harley auf irgendeine Weise für Ihre Entführung verantwortlich oder hatte er an der Entführung durch Boh Myin teilgenommen?«

»Nein. Er und Boh Myin waren seit Jahren Todfeinde.« Sie schilderte die Zerstörung Khandahoors. Als sie berichtete, wie alle bis auf sie und die Malegassin getötet wurden, hörten die Geschworenen gespannt zu.

Leacock spürte Tritons Stirnrunzeln hinter seinem Rücken und fuhr fort: »Wann traf Harley in Boh Myins Lager ein?«

»Kurz bevor Leutnant Harold Armistead kam, um das britische Angebot für meine Freigabe vorzulegen.«

»War er allein?«

»Ja. Bis auf eine Reihe von Naga, die er um das Fort postiert hatte, um die Piraten an der Flucht zu hindern.«

»Sprach er mit Boh Myin offen?«

»Ja.«

»Worum ging es in dem Gespräch?«

Sie erzählte es ihnen, einschließlich Rams Angebot, die *Raṇi* für ihre Freilassung herzugeben.

Leacock überließ es den Geschworenen, das zu überdenken und nickte zufrieden. »Keine weiteren Fragen im Augenblick.«

Triton nahm seinen Platz ein. »Miß Herriott, haben Sie Ihre Entführer in Rangun je gesehen?«

»Nein.«

»Sie können sich also nicht sicher sein, ob es Harleys Männer waren. Haben Sie an Buddhas Schädel tatsächlich Naga gesehen?«

»Nein, aber...«

Er ging darüber hinweg. »Hat Richard Harley vor der Zerstörung Khandahoors je von Feindschaft zwischen Boh Myin und sich gesprochen?«

»Mr. Harley hat mich nicht in sein Vertrauen gezogen.«

»Aber Sie sagten, Boh Myin glaubte, Ihre Entführung würde Harley veranlassen, Sie zu retten. Daraus ist mehr als übliche Vertrautheit zwischen Ihnen und Harley zu schließen.« Er fand, daß es an der Zeit sei, sie zu warnen, ihre Zunge zu hüten.

»Ich glaube, Mr. Harley würde sein Leben für jede Frau riskieren, die unter seinem Schutz steht.« Sie schaute ihn gelassen an. »Er ist Gentleman und kein Pedant.«

»Sie wähnten sich also unter seinem Schutz«, schoß Triton etwas gereizt zurück. »Darf ich fragen, warum und in welchem Maße?«

»Er rettete mich vor der Sklaverei, und ich überlebte fast ein Jahr, in dem ich mehrere Male hätte getötet werden können.«

Triton beschloß, seine Fragestellung zu ändern, damit Harley nicht als Ritter dastand. »Ist es nicht möglich, Miß Herriott, daß Harleys Feindschaft zu Boh Myin erst mit dem Angriff auf Khandahoor begann, weil sein Kumpan sich gegen ihn gestellt hatte?«

Leacock schoß hoch. »Einspruch, Euer Ehren. Mein Kollege fordert die Zeugin auf, einen Schluß zu ziehen.«

Richter Parke-Allis nickte. »Mr. Leacock hat recht. Die Geschworenen werden die letzte Frage nicht berücksichtigen.«

Das würden sie natürlich, weshalb Triton zufrieden war. »Zur Zeit keine weiteren Fragen, Euer Ehren.«

Leacock erhob sich, als sei ihm plötzlich etwas eingefallen. »Ich bitte das Gericht um Nachsicht, aber ich möchte Miß Herriott noch einige Fragen stellen. Miß Herriott, haben Sie einen Beweis dafür gesehen, daß Mr. Harleys Naga anwesend und gegenüber Boh Myin feindselig waren?«

»Ja. Als Boh Myin bezweifelte, daß Mr. Harley Naga hätte, um seine Flucht zu verhindern, forderte Mr. Harley ihn auf, einen Mann zum Tor des Forts zu schicken. Er kam mit zwei Säcken zurück, in denen sich zwanzig Köpfe befanden.« Sie fuhr trotz hörbaren Keuchens unter den Zuschauern fort. »Sie gehörten den Männern, die der Boh losgeschickt hatte, um einen Hinterhalt für das Geschütz zu legen, das die Briten zum Fort brachten. Boh Myin beschuldigte Mr. Harley auch, seine Kriegskanus verbrannt zu haben.«

Triton betrachtete sie finster. Er hatte sich in der Sache sicher gewähnt, da er nicht erwartet hatte, daß eine kranke Gefangene Ereignisse vor dem Fort verfolgen könnte. Leacock hatte die Gelegenheit genutzt, um wichtige Punkte für Harley zu holen.

»Hinsichtlich Ihrer Kenntnis um die lange Feindschaft zwischen Boh Myin und Richard Harley – hat der Boh je den Grund genannt, warum er Mr. Harley haßte?«

»Ja.«

»Und das war...?«

Rams Lippen verzogen sich um Haaresbreite, als sie Triton kühl anblickte: »Mr. Harleys Freundschaft mit den Briten.«

Am nächsten Morgen wurde der britische Kommandeur befragt, der den Angriff auf Buddhas Schädel geleitet hatte. Nach Beweisen für die Naga gefragt, hatte er nichts gesehen, da die gräßlichen Säcke mit dem Magazin in die Luft geflogen waren. Er hatte den Rauch der brennenden Kanus gesehen, später auch ihre Überreste, wußte aber nicht, wie sie in Brand geraten waren.

»Könnte die Explosion des Magazins auch durch eine britische Granate verursacht worden sein?« wollte Triton wissen.

»Möglicherweise.«

»Haben Sie Harleys Verhalten während des Kampfes beobachten können?«

»Nur zum Schluß. Er versuchte aus dem Fort zu fliehen.«

»Versuchte er, Ihren Männern zu helfen?«

»Im Gegenteil, er schlug einen Mann, Sergeant Mules, mit dem Gewehrkolben nieder.«

»Danke, Oberst Crew.« Triton warf Leacock einen triumphierenden Blick zu. »Ihr Zeuge, Sir.«

Leacock trat vor. »Oberst Crew, Sie sagten, Sie hätten gesehen, wie Richard Harley einen Sergeant im Kampf zu Boden schlug. Hatte der Sergeant ihn zuerst angegriffen?«

»Sergeant Mules versuchte zuerst zu schlagen, ja.« Der Oberst beugte sich vor. »Aber Harley war wie Boh Myins Leute gekleidet und versuchte, aus dem Fort zu entkommen.«

»Würden Sie sagen, daß Richard Harley den anderen Beklagten so sehr ähnlich sieht, daß er in diesem Moment wie ein Eingeborener aussieht?«

Crew musterte kalt Rams Gesicht. »Das würde ich.«

»Unter den von Ihnen geschilderten Umständen würden Sie in einem Kampf wohl kaum seine feindseligen Absichten in Frage stellen, nicht wahr?«

»Nicht nachdem ich sah, wie er einen meiner Männer schlug.«

»Und wenn Sie das nicht gesehen hätten?« drängte Leacock. »Wie hätten Sie reagiert?«

Crew wurde etwas ungeduldig. »Für Haarspaltereien war keine Zeit. Ich dachte, das sei geklärt.«

»Ja«, sinnierte Leacock, »so schien es. Richard Harley könnte sich einfach gegen Soldaten verteidigt haben, gegen *jeden* Soldaten, der ihn angreifen wollte, ohne sich Gedanken über seine Unschuld zu machen. Ist der Sergeant tot?«

»Nein.«

»Schwer verwundet?«

»Er hatte eine Gehirnerschütterung.«

»Wann war er wieder im Dienst?«

»Drei Tage nach dem Angriff.«

»Die Gehirnerschütterung war also leicht?«

Triton sprang auf. »Einspruch, Mr Leacock führt den Zeugen. Oberst Crew ist kein Arzt.«

»Euer Ehren«, entgegnete Leacock, »Oberst Crew ist ein erfahrener Soldat, der dazu verpflichtet ist, die Dienstfähigkeit seiner Männer mit oder ohne ärztliche Hilfe beurteilen zu können. In diesem Fall könnte er qualifiziert urteilen.«

»Mr. Leacock, dieses Gericht soll nicht über Oberst Crews medizinische Laienkenntnisse befinden«, stellte Parke-Allis fest. »Einspruch stattgegeben.«

»Dann, Euer Ehren, möchte ich mit Eurer Erlaubnis die Frage anders formulieren. Oberst Crew, hatte der begleitende Arzt Sergeant Mule wieder für diensttauglich erklärt?«

»Ja.«

»Also war Sergeant Mules Verletzung nach ärztlicher Meinung geringfügig?«

Crew verschränkte die Arme vor seiner Brust. »Ja.«

»Hatte Richard Harley Zeit und Gelegenheit, Sergeant Mule zu töten?«

»Er hatte die Zeit.« Crew lächelte ironisch. »Vielleicht hatte er die Patronen nicht.«

»Aber Sie haben zu keiner Zeit gesehen, daß er auf britische Soldaten schoß?«

»Nein.«

»Hat er Bohs Männer unterstützt?«

»Das habe ich persönlich nicht gesehen.«

»Keine weiteren Fragen an diesen Zeugen, Euer Ehren.«

Als Guess, Tritons Assistent, mehrere britische Soldaten mit ähnlichen Aussagen aufrief, brachte Leacock sie zu dem Eingeständnis, daß Harley nicht auf sie geschossen und Piraten, die ihm den Weg in die Freiheit verwehrten, ebenso niedergeschlagen hatte. »Ich sage dem Gericht«, Leacock richtete einen Zeigefinger auf Ram, »daß Richard Harley in Gefahr war, sein Leben durch britische Truppen zu verlieren, die unfähig... oder unwillig waren, ›Haarspalterei‹, wie Oberst Crew es ausdrückte, hinsichtlich seiner Unschuld zu betreiben.« Er deutete auf die grimmige Bande, die Ram umgab. »Und noch sicherer wurde er von Boh Myins Piraten bedroht, zu deren Einschließung und Niederlage er beigetragen hatte. Richard Harley hatte guten Grund, beiden Parteien zu entfliehen, da er zwischen den Linien stand.« Er nahm Platz.

»Ich möchte Leutnant Harold Armistead in den Zeugenstand rufen.« Nachdem Harry vereidigt war, begann Triton. »Haben Sie den Sack mit Piratenköpfen gesehen, den Miß Herriott so farbig geschildert hat?«

»Ja.«

»Wußten Sie, daß dies das Werk dieser Naga war, von denen keiner im Fort gesehen wurde und die keiner in diesem Gericht je gesehen hat?«

»Nein. Ich hatte damals angenommen, daß der Boh befohlen hatte, mehrere seiner Männer aus irgendeinem Grund hinzurichten.«

»Damals... Ist inzwischen etwas geschehen, daß Sie veranlaßt, jetzt etwas anderes anzunehmen?«

»Harley und Miß Herriott erzählten mir, daß die Nagas die Piraten getötet hatte. Ich glaube ihnen.«

»Warum glauben Sie ihnen?«

»Myin muß den Fluß beobachtet haben lassen und mußte wissen, daß wir eine Haubitze mitbrachten, um das Fort zu zerstören. Er hatte Zeit zu fliehen, tat es aber nicht. Es scheint möglich, daß er daran von den Naga gehindert wurde, die, wie ich hinzufügen möchte, von niemandem gesehen werden können, wenn sie nicht gesehen werden wollen.«

»Aber Sie geben zu, Sir, daß all dies abgesehen von Harleys und Miß Herriotts Aussage reine Mutmaßung ist?«

»Ja.«

»Wir müssen uns also, wie *immer*, allein auf das verlassen, was nach Harleys und Miß Herriotts Aussage im Fort geschehen ist.« Er blickte das Paar skeptisch an. »In diesem Prozeß geht es um Harleys Leben, und Miß Herriott hat fast ein Jahr mit ihm unter Umständen verbracht, die noch einiger Erklärung bedürfen.« Er wandte sich wieder an Harry. »Haben Sie persönliche Gründe, Leutnant, die Sie veranlassen, Miß Herriott und dem Beklagten zu glauben?«

Harry sah Triton offen an. »Ja, Sir. Richard Harley hat einmal mein Leben unter Einsatz seines eigenen gerettet. Und ich kenne Miß Herriott gut genug, um zu wissen, daß sie alles andere außer Wahrheit und Gerechtigkeit verabscheut.« Er lächelte. »Mr. Leacock kann das Gericht mit Zeugen füllen, die das beeidigen.«

Triton warf ihm einen geduldigen Blick zu. »Ist es nicht möglich, daß Harley mit der Rettung Ihres Lebens eine Möglichkeit sah, in Zukunft einmal von Ihrer Dankbarkeit zu profitieren?«

»Ich denke schon.«

»Sie sagen, Sie kennen Miß Herriott seit einiger Zeit. Sie haben Sie doch im letzten Jahr zu mehreren Bällen begleitet?«

»Ja.«

»Waren Sie damals oder sind Sie noch in sie verliebt?« fragte Triton scharf.

»Einspruch!« Leacock sprang auf. »Das ist unwichtig und schikanierend.«

»Euer Ehren, ich möchte nur darlegen, daß die Aussage des Zeugen äußerst voreingenommen ist.«

Mit seltsam weichem Blick schien Ram in seinen Ketten zu hängen, während die Anwälte stritten. Schließlich beendete Parke-Allis die Angelegenheit. »Einspruch abgelehnt!«

Harry sah Lysistrata ernst an, die seinen Blick mit Traurigkeit gemischt mit Bestürzung erwiderte. »Ich bin es und war es damals, denke ich, obwohl es mir nicht klar war.«

»Keine weiteren Fragen.« Triton lächelte die Geschworenen und die Zuschauer verschwörerisch an. »Wir alle wissen, wie zuverlässig das Urteil eines verliebten Mannes ist.«

Leacock ließ das Gelächter völlig verebben, bevor er den Zeugen ansprach. »Leutnant, können Sie der Einschätzung meines werten Kollegen hinsichtlich Ihrer Aussage Fakten entgegensetzen?«

»Ja, Sir. Liebe macht einen Mann nicht unbedingt blind. Darf ich Sir Oliver und das Gericht darauf hinweisen, daß ich einen Piratenspeer aus Richard Harleys Brust zog.«

Als das Gericht für diesen Tag schloß, wußte Triton trotz seiner amüsierten und siegesgewissen Miene, daß der Fall schlecht lief, was Harley anbelangte. Leacocks ungerührter, wohlwollender Ausdruck bestätigte seine Befürchtungen.

Wenn er Richter Parke-Allis nicht um eine Unterredung bat und auf einen gesonderten Prozeß gegen Harley wegen der Entführung und der Morde in Rangun drängte, würde Harley automatisch davon und von allem anderen freigesprochen, falls er für ›nicht schuldig‹ befunden wurde. Und die Jury hatte ihn freizusprechen, da Triton Lysistratas Aussage nicht zerpflücken konnte, ohne die restliche Anklage zu gefährden. Er konnte Leacocks Plädoyer schon hören. Aufgrund ihrer Aussage konnte Harley einfach nicht schuldig gesprochen werden. Wenn Sir Anthony Harley wollte, mußte er einen neuen Prozeß anstrengen.

An diesem Abend konferierte Triton mit Sir Anthony, der widerwillig einräumte, daß die Morde von Rangun zu sehr publik waren, um einfach fallengelassen zu werden. Die Probleme mußten einfach ans Tageslicht.

Am nächsten Morgen kämpfte Leacock in den Räumen des Lordrichters um die Fortsetzung des Prozesses, da er hoffte, Sir Anthony würde einen Rückzieher machen. Schließlich traf Richter Parke-Allis seine Entscheidung. Der Prozeß wurde fortgesetzt. Triton hatte Zeit, die Beschuldigungen, die er ignoriert hatte, zu untersuchen, aber er warnte ihn davor, die Geduld des Gerichtes überzustrapazieren.

So sah sich Triton mit dem heiklen Problem Lysistrata konfrontiert. Der einzige Weg, Harley zu fassen, war, ihre Aussage in Frage zu stellen. Nachdem schließlich genügend Zeugenaussagen gemacht worden waren, um Myins Piraten an den Galgen zu bringen, beschloß er, alles zu riskieren.

Lysistrata, die Tag für Tag Rams skelettenes Gesicht gesehen hatte, war noch entschlossener als Triton. Als sie an diesem Prozeßtag nach Hause kam, lag ein grelles, fuchsienrotes, mit Kristall besetztes Seidenkleid auf ihrem Bett. Darauf lagen taubenblaue Seidenslipper, Opale und ein filigraner Fächer. Unter dem Kissen lag eine Nachricht: »Heute abend.« Herriott und Ma Saw, die durch den Prozeß und die lästigen Journalisten gereizt waren, hatten Verständnis, als sie über Kopfschmerzen klagte und sich früh zurückzog. Sie bekam fast wirklich Kopfschmerzen, als sie das Kleid anzuziehen versuchte: Seine schlanke frühere Besitzerin war fast so groß wie sie, hatte aber die Figur eines Bleistifts. Lysistratas Busen wirkte, als wolle er herausspringen. Ihre Hüften ließen die Nähte platzen. Nur die Taille saß. Da Bettenheim sie sicher nicht zum Abendessen einladen würde, würde diese am Ende des Abends wahrscheinlich ihr einziger nicht gedrückter Körperteil sein.

Sie überlegte, ob sie ein Einheimischenkleid anziehen sollte, entschied sich aber dagegen. Ram hatte einmal erwähnt, daß Claus mit *Bibee*-Geliebten reichlich versehen war. In dieser Hinsicht hatte Masjid einen Fehler gemacht. Er hatte die Unterwäsche einer *Bibee* beschafft. Mit anderen Worten keine. Da die Bostoner Unterwäsche nicht für ein solches Kleid geschnitten war, würde die enganliegende Seide der Vorstellungskraft eines zweijährigen Jungen, geschweige denn Bettenheims, nichts überlassen. Seufzend setzte sie sich, um die Slipper anzuziehen. Sie hielt den Atem an, bis sie rot anlief, aber die kleinen Schuhe paßten ihr nicht. Sie zog ihre eigenen, abgetragenen Schuhe an.

Der Schmuck war prächtig. Die Ohrringe bestanden aus großen Opalen, um die Diamanten gesetzt waren. Das Halsband war so groß und verführerisch wie die Perlen der Chilton. Ein Armband aus Opalen und Diamanten fügte sich um ihr Handgelenk. Schließlich steckte sie eine juwelenbesetzte Straußenfeder in ihr hochgekämmtes Haar. Ma Saw hätte eine andere Frisur empfohlen, aber Bettenheim würde sie gar nicht bemerken. Sollte seine Konversation nicht auf ihr Dekolleté gerichtet sein, wäre sie überrascht. Sie schaute durch den Fächer. Vergiß das Kleid und versuche auszusehen, wie... sie suchte nach einem Wort. Wie eine Wasserlilie. Nein, sie würde nicht einmal schauspielern müssen. Sie nahm eine Damentasche, um Beweismaterial hineinzustekken, falls sie an Bettenheims Schreibtisch gelangte. In dieses Kleid konnte sie keine Papiere stopfen!

Während sie noch überlegte, ob sie die Schuhe ausziehen sollte, hörte sie gedämpftes Pfeifen vorm Fenster. Masjid stand unter der Veranda. Er deutete auf einen Dachbalken, von dem ein Seil mit etwas Kinderschaukelähnlichem herabhing. Als er gestikulierte, begriff sie, daß Herriott las und Ma

Saw in der Küche arbeitete. Ungesehen konnte sie nicht an ihnen vorbeikommen. Augenblicke später stürzte sie nach unten.

Masjid half ihr verlegen von der Schaukel und murmelte taktvoll eine Entschuldigung, weil er vergessen hatte, daß amerikanische Damen schwerer als Inderinnen waren. Als sie sich vom Haus fortschlichen, war er noch aufgeregter, weil sie es ablehnte, sich zu Bettenheim begleiten zu lassen.

»Masjid, da Mr. Bettenheim heute keine europäischen Freunde zu Besuch hat, können seine Diener mich vor Gericht beschreiben, wenn das hier schiefgeht. Das bedeutet Zeugenbeeinflussung. Können sie dich auch identifizieren, wird die Sache noch schlimmer. Ich habe amerikanische Staatsbürgerschaft, meine Weiblichkeit und Mr. Bettenheims Ruf von Geilheit als Schutz. Du aber bist ein treuer Muslim. Wirst du in den Zeugenstand gerufen, kannst du nicht lügen. Du müßtest wider deine Religion handeln.«

»Missy, *Ferenghi* zu belügen, zählt nicht, und Bettenheim ist ein zu allem entschlossener Mann.«

»Falls du fürchtest, ich könnte vergewaltigt werden, ich *bin* vergewaltigt worden, und schlimmer kann es kaum kommen.« Als er schockiert schaute, klopfte sie ihm auf die Schulter. »Wenn Bettenheim mich tötet, hat er sicher mit Garotte zu tun, und das kannst du der Sikh-Polizei erzählen, wenn du ihr sagst, wo meine Überreste zu finden sind.«

Widerwillig stimmte er zu. »Die Kutsche steht hinten. Können Sie sie fahren?«

»Natürlich«, behauptete sie.

Mit zweifelndem Knurren führte er sie zur Kutsche, half ihr hinauf und schloß die Vorhänge. Er reichte ihr eine handgezeichnete Karte. »Bettenheims Plantage liegt nördlich der Stadt. Fahren Sie über die Prome Road stadtauswärts.« Er schob ihr einen Derringer in die Hand. »Falls Sie die Waffe brauchen, benutzten Sie sie schnell. Die Tasche wird helfen, das Geräusch zu dämpfen.« Er reichte ihr Reservepatronen. »Die Reichweite ist sehr kurz – nur ein paar Meter –, und er hat einen Stecher, also seien Sie vorsichtig.«

Sie steckte die Pistole und Patronen in ihre Handtasche. »Danke, Masjid. Du warst ein guter Freund.«

»Das werden Sie nach dieser Nacht nicht sagen.« Er reichte ihr den Zügel. *»Inshallah.«*

Als die Kutsche sich mit einem Ruck in Bewegung setzte, seufzte er, sagte aber nichts.

Die Fahrt zu Bettenheims Plantage war lang, und schon bald spürte Lysistrata ihre Handgelenke und Arme.

Sie überlegte, ob Bettenheim je einer von Evelyn Chiltons lustvollen Geliebten gewesen sein mochte. Sie bezweifelte, daß Ram der erste ehebrecherische Bettgefährte der Brünetten gewesen war. Evelyn war dazu imstande, sich ihres Witwenkleides zu entledigen und sich in die Arme eines Liebhabers zu begeben, bevor die letzte Schaufel Erde auf das Grab des armen, dummen Nigel gefallen war. Während die Kutsche über die staubige Straße holperte, überlegte sie, ob Nigel bei der Ermittlung der Morde auf etwas gestoßen war. Selbst wenn es so gewesen wäre, hätte er nichts bemerkt. Aber was, wenn Evelyn etwas bemerkt hätte? Was, wenn Bettenheim ihr Geliebter *war* und sie es ihm erzählt hatte? Was, wenn Anne O'Shaunessy, das Dienstmädchen, etwas gehört hatte? Das würde den Mordversuch an Anne erklären. Es erklärte nicht, warum Evelyn Sir Anthony überzeugen sollte, die Beweise noch einmal zu überprüfen, die sich nachteilig für sie und Bettenheim auswirken könnten. Es sei denn... *Es sei denn*, Evelyn wollte, daß Bettenheim Schwierigkeiten bekam. Aber warum behauptete Bettenheim andererseits, er wisse nichts von Garotte? Puzzlestücke gingen ihr durch den Kopf, aber wie sie sie auch zusammensetzte, sie paßten nicht. Eine Auseinandersetzung zwischen Bettenheim und Evelyn war reine Spekulation, Wunschdenken. Aber wie sollte sie Bettenheim nach Ram ertragen, sich für den Tod nach dem Leben entscheiden? Eigenartig, daß sie Ram einmal beschuldigt hatte, nur für den Tod zu existieren. Wie sehr sie sich geirrt hatte! Er hatte ertragen und sie gelehrt, wie man erduldete, so unmöglich es auch schien. Heute abend würden diese Lektionen auf die Probe gestellt werden.

Die Lichter von Bettenheims Plantage glitzerten vor ihr. Die Straße führte unter einem blassen Mond durch Reisfelder zur Vorderseite des Bungalow. Nur das Knirschen von Kieseln unter den Kutschenrädern trug über das Wasser, in dem Frösche quakten, aber Lysistrata hielt die Kutsche außer Hörweite der Gebäude an. Außer dem Licht auf der Veranda brannten nur Lichter an der Rückseite der Küche und in einigen Räumen des Personals. Diener waren nicht zu sehen. Der leise Klang einer Flöte drang aus dem Bungalow. Die Handtasche in einer Hand, die ausgetretenen Slipper in der anderen, stieg Lysistrata auf die Veranda. Die Bodenbretter knarrten unter ihr, dann wurde die Eingangstür aufgestoßen, und ihre Hand bewegte sich zu dem Derringer. »Na schön, du dreckiger, schleichender...« Bettenheim richtete die schwarze Mündung einer Martini-Henry in ihr Gesicht. Das Gewehr senkte sich etwas. »Wer, zum Teufel...?« Er lachte bellend, als er sie im trüben Licht erkannte. »Sie sind reichlich früh, Miß Herriott. Ich bin nicht passend gekleidet.« Er trug eine offene Jacke, weite, knielange Breeches und Sandalen und wirkte amüsiert, weil sie sein dichtes Haar auf Brust und Bauch musterte.

Mit verführerisch gespitzten Lippen hängte Lysistrata einen Slipper auf den Gewehrlauf. »Heute abend brauchen wir keine Formalitäten, Claus. Ich habe noch nie Champagner aus meinem Slipper getrunken. Das habe ich mir aber oft in Khandahoor vorgestellt, vor allem, wenn ich an Sie dachte.«

Er blickte sie grimmig an. »Der farbige Prinz hat Ihnen also keine Freuden bereitet?«

»Champagner mochte er zumindest nicht«, kam die trokkene Antwort. »Ich habe selten einen Mann erlebt, der mönchischer war.« Sie schob ihre Unterlippe vor. »Wenn Sie ebenso langweilig sind, können Sie mir den Slipper wiedergeben.«

Er musterte spöttisch das enge Kleid, hob dann den Slipper mit dem kleinen Finger vom Gewehrlauf. »Verzeihen Sie, Miß Herriott. Kommen Sie herein.« Er öffnete die Tür.

Mit einem Hüftschwung, der die Teilnehmer der Auktion in Bangkok fasziniert hatte, betrat sie den Bungalow. Die

Flöte, die kurz verstummt war, als Bettenheim zur Tür gegangen war, blies wieder, als ob der Musikant an jähe Unterbrechungen gewöhnt sei. Ohne um Erlaubnis zu fragen, folgte sie dem Klang in den leeren Salon an der Rückseite des Hauses. Bettenheim folgte ihr amüsiert, die Henry in der Armbeuge.

Der Bungalow war mit wenigen schweren chinesischen und deutschen Polstermöbeln ausgestattet. Außer der Fotografie einer steif posierenden preußischen Artilleriekompanie mit Bettenheim im Uniformrock, hingen keine persönlichen Bilder an der Wand. Überall waren Gewehre aufgehängt, dazu die verstaubten Köpfe von Hirsch und Bär, zwei Tigern und einem riesigen Rhinozeros, der so wirkte, als würde die Wand gleich darunter zusammenbrechen. Sie fühlte sich, als sei sie in einem Mausoleum, und murmelte bewundernd: »Sie scheinen ein toller Schütze zu sein, Claus. Sie können einfach alles.« Sie senkte ihre Stimme. Es war egal, ob er ihr glaubte, er mußte nur glauben, er habe die Oberhand. »Ich hätte letzten Frühling auf Ihren Rat hören sollen.«

»Oh. Und sind Sie jetzt klüger?«

»Vielleicht nicht«, sagte sie weich, »aber trauriger... ich habe lernen müssen, daß Sie in allem recht hatten.« Sie wandte ihm plötzlich auf dem engen Korridor ihr Gesicht zu – so plötzlich, daß er fast gegen sie gestoßen wäre. Leicht legte sie eine Hand auf seine bloße Brust und zog sie dann rasch zurück, als sei sie über ihre eigene Kühnheit erschreckt. »Ich... ich bin gekommen, weil ich Ihnen sagen wollte... wie tief ich es bedaure, Ihren Vorschlag abgelehnt zu haben.«

»Ich verstehe«, sagte er gedehnt, »und Sie hoffen, ich erwäge, den Vorschlag zu erneuern.«

Sie wandte ihm den Rücken zu und öffnete die Tür. In dem Schlafzimmer standen ein verschlissener Diwan mit grellen Kissen und ein niedriger Tisch. »Nein«, erwiderte sie, wobei sie die beiden dunkelhäutigen Mädchen musterte, die ihren Blick neugierig erwiderten. Beide waren nackt, unter vierzehn und standen unter Drogen. Die Oberlippe der einen hatte einen Schnitt, der sich bis zum Ohr als Prellung hinzog.

Die andere hatte Striemen von den Schultern bis zu den Knien. Der Flötenspieler, ein alter Mann mit Turban und *Pasoh* blickte auf und fuhr mit seinem monotonen Spiel fort. »Nein, Claus«, sagte Lysistrata heiser, »das meine ich nicht.« Sie warf ihm einen abschätzenden Blick zu. »Aber ich habe einen Vorschlag, der Sie vielleicht interessiert.«

»Und das wäre?« Er warf den Schuh auf den Tisch.

Sie legte den anderen daneben. »Schicken Sie sie fort.«

Er zuckte mit den Schultern und klatschte in die Hände, nachdem er die Henry wieder aufgehängt hatte. Die beiden Mädchen verließen von dem alten Mann gefolgt den Raum. Bettenheim schloß die Tür und lehnte sich dagegen.

Lysistrata versuchte etwas unsicher zu wirken, hielt aber Abstand zu Bettenheim und lachte nervös. »Mir war wirklich nicht klar, wie naiv ich war. Haben Sie die Mädchen geschlagen?«

»Farbige brauchen eine starke Hand«, seine dicken Lippen wölbten sich, »wie Pferde und widerspenstige Frauen.«

»Ich verstehe«, antwortete sie, wobei sie sich innerlich widerspenstiger fühlte, als er sich vorstellen konnte. »Vielleicht ist es ganz gut, daß wir nicht geheiratet haben. Ich wäre keine sehr zahme Frau gewesen.«

Er musterte das rasche Heben und Senken ihres Busens. »Oh, wir hätten uns schon geeinigt.« Er neigte den Kopf. »Sie sagten, Sie hätten einen Vorschlag?«

»Ich...« Sie zögerte.

»Sie haben Ihre Meinung geändert?«

Sie schaute zu dem Bett, dann in seine spöttischen Augen. »Nein«, schluckte sie. »Nein... das habe ich nicht.« Sie begann den Raum wie einen Käfig zu durchschreiten, hielt sich aber von den Fenstern fern, als wolle sie nicht entfliehen. »Ich nehme an, Sie denken... jeder hält mich jetzt für eine besudelte Taube.«

»An Vögel denke ich nur bei der Jagd. Und was alle anderen anbelangt...«

Es war an der Zeit, herausfordernder zu werden. »Ich bin es nicht«, sagte sie heftig. »Ich bin so tugendhaft wie damals, bevor ich Rangun verließ.«

Er lachte.

»Es ist wahr«, schnappte sie. »Harley kaufte mich auf einer Auktion, bevor... nun, Sie wissen das. Und *er* war der perfekte Gentleman! Ich glaube, er hat zuviel Scheu vor Europäerinnen, um Hand an sie zu legen!«

»Sie wirken enttäuscht«, warf er ein. »Ich würde Ihnen fast glauben, wüßte ich nicht, daß Harley vor Frauen keiner Hautfarbe Achtung hat.«

»Was immer seine Gewohnheiten sind, er hat mich nicht angerührt.«

Er betrachtete sie nachdenklich. »Und die Männer des Boh?«

»Ich hatte Malaria.«

»Schön«, er lächelte, »Sie sind also tugendhaft.«

»Schauen Sie mich nicht so an, Sie...«

»Ah, das ist die hitzige Lysistrata Herriott, die ich kenne. Haben Sie keine Angst mehr vor mir?«

Sie holte tief Luft, als wolle sie sich beruhigen. »Ich kam nicht her, um zu streiten, Claus. Ich möchte, daß wir... Freunde sind.«

»Freunde?«

»Also gut. Mehr als das.« Sie bewegte sich verführerisch auf ihn zu. »Was zählt es, daß ich noch Jungfrau bin, wenn es niemand glaubt? Ich habe die Schande, aber nichts von dem Vergnügen.« Sie blickte trotzig zu ihm auf. »Ich will das Vergnügen und mehr, um meinen Verlust wettzumachen.« Ihr Finger glitt über sein Stoppelkinn. »Ich kann Sie mehr erregen, als diese Kinder«, murmelte sie. »Oder als eine Frau wie Evelyn Chilton.« Er blickte verwirrt drein, zweifelnd, dann eitel. »Sie müssen mich nur lehren, was sie wollen, Claus. So wie ich Sie gewollt habe. Nicht diese heuchlerischen Gecken in Rangun.« Ihr Finger glitt über seine brutalen Lippen. »Sie können sich nicht vorstellen, was ich mit Ihnen tun wollte.«

Seine Hände schlossen sich um ihre Schultern, sein Mund war feucht, als seine Zunge in ihren Mund drang. Obwohl sie fast würgen mußte, preßte sie sich an ihn. Ihr Hüften umfassend, preßte er sich obszön gegen sie, bis sie zurückwich. »Claus, bitte. Ich werde ja ohnmächtig.«

»Soviel zu Ihrer jungfräulichen Vorstellungskraft«, keuchte er jetzt lustvoll. Er griff wieder nach ihr, aber sie wich zurück.

Seine Augen verengten sich. »Wollen Sie Geld?«

»Nur für Vater eine Passage nach Australien.« Sie lächelte lockend. »Ich möchte bei Ihnen bleiben.«

»Woher weiß ich, daß Sie es wert sind?« Seine dicken Finger winkten. »Kommen Sie her.«

Statt sich zu bewegen, löste sie ihr Haar und ließ es über ihre Schultern fallen. Die Straußenfeder behielt sie in der Hand, streifte damit über ihre schlanken Schenkel. »Ich bin mehr wert. Wenn Harley hängt, wird mein Ruf mit ihm hängen. In Rangun zu bleiben wäre unmöglich, nicht einmal als Ihre Geliebte. Ich habe nicht die Absicht, in einem schmutzigen Bordell zu enden.«

Er starrte sie an. »Was soll ich dagegen tun?«

»Sagen Sie Sir Anthony einfach, daß ein anderer als Harley die Morde auf der *Star of Calcutta* begangen haben könnte. Zum Beispiel dieser mysteriöse Garotta.«

Die Lust wich aus seinen Augen. Er schaute mißtrauisch. »Davon weiß ich nichts.«

»Sie wissen, daß Harley diese Frauen nicht getötet hat«, sagte sie direkt, hoffte einen Funken Ärger, Schuld oder sogar Mord in den blassen Augen zu sehen. »So dumm ist er nicht.« Da war Ärger. Sie änderte die Taktik, um mehr Wirkung zu erzielen. »Es muß jemand gewesen sein, der clever ist, wie dieser Garotte. Jemand, der Macht hat... der sich in Ranguns Unterwelt wie ein Phantom bewegt.«

Der Ärger blieb, sonst nichts. »Vielleicht sollten Sie versuchen, Garotte zu verführen, wenn Sie glauben, daß er eine Antwort auf diese Morde weiß.«

Ihre Augen blitzten. »Ich würde mich dem Teufel hingeben, um die Anklage niederzuschlagen! Sie haben Verbindungen zur Unterwelt. Harley hat das gesagt. Ich kaufe, was Sie wissen.«

»Nur um den Skandal zu vertuschen?« Er schüttelte den Kopf. »Wenn Sie nur das wollten, hätten Sie Birma längst verlassen. Dieser Lighter hätte Ihnen und Ihrem Vater eine Schiffspassage besorgt, nur um Ihren Gestank loszuwerden.

Sie sind zu lange geblieben.« Er packte ihre Handgelenke. »Sie sind geblieben. Sie haben sich auch mit einem dreckigen Mischling eingelassen. Glauben Sie, ich werde um eine Hure feilschen, nur um einen Abschaum wie Kachwaha zu retten?« Seine fleischige Hand zerriß ihr Kleid. Sie stach mit der Straußennadel in sein Gesicht, und er heulte auf, als Blut über seinen Kiefer lief. Jetzt stand Mordlust in seinen Augen. Dies rettete ihr das Leben.

Als seine Hände sich um ihre Kehle schlossen und sie nach unten drückten, fiel hinter ihrem Rücken ein Schuß, der seinen Hals streifte. Sein Kopf ruckte hoch, dann ließ er sich mit ihr zu Boden fallen. Unsicher, was geschehen sein mochte, lag sie wie betäubt unter ihm. Er ließ sie ungedeckt liegen und rollte unter das Bett, als ein zweiter Schuß aus dem gegenüberliegenden Fenster die Öllampe zerschmetterte und das Licht löschte. Lysistrata hörte, daß Bettenheim zu der Martini-Henry eilte, rappelte sich auf, ergriff ihre Tasche und rannte wie ein Kaninchen durch das Haus.

Gewehrfeuer krachte hinter dem Haus, dann wieder, als sie über den Rasen zur Kutsche eilte. Vor ihren nackten Füßen wirbelte ein Schuß Staub aus der Umsäumung des Rasens auf. O Gott, meine Schuhe, dachte sie fast hysterisch. Ich habe meine Schuhe wie Aschenputtel zurückgelassen! Jetzt hat Bettenheim den Beweis, daß ich hier war! Sie sprang auf die Kutsche, packte die Zügel und versetzte den durch die Schüsse erschreckten Pferden einen Peitschenhieb. Die Pferde schossen über die unebene Straße. Als sie die Plantagengrenze erreichte, wurde sie verfolgt. Rasende Hufschläge trommelten hinter ihr. Lysistrata betete, daß die Pferde nicht strauchelten, wünschte sich aber andererseits, daß sie sich ihren nutzlosen Hals brach. Das geschah auch fast, als die Kutsche von der Straße in einen Palmenhain schoß.

Plötzlich sprang ein riesiger Schatten aus dem Mondlicht auf die Kutsche. Als sie einen Turban auf einem dunklen Kopf sah, schrie sie laut auf und schlug auf Kopf und Schulter des Mannes ein, der ihr die Zügel aus der Hand riß. Fluchend brachte er die Pferde zum Stehen. »Missy, hören Sie auf! Bei Allah, ich bin's, Masjid!«

Mit einem Schluchzen sackte sie gegen ihn. »Masjid. Gott sei Dank. Ich dachte, du seist...«

»Naswral?« Er verzog das Gesicht. »Der wird von dem erbosten Mr. Bettenheim in den Reisfeldern verfolgt. Hören Sie die Hunde?« In der Ferne hallte das erregte Heulen der Meute.

»Du meinst...?« Sie schüttelte benommen den Kopf. »Ich verstehe nicht. Was ist da geschehen? Wer hat auf wen geschossen?« In plötzlichem Verstehen sah sie ihn an. »Was tust du hier?«

»Sie werden alles erfahren, Missy, haben Sie Geduld. Hier dürfen wir nicht bleiben.« Er stieg ab und spannte rasch die Pferde aus. Aus dem Kutschkasten holte er Zaumzeug und einen weiten schwarzen Sari. Er warf ihr den Sari zu, dann sein Messer. »Schnell, zerschneiden Sie Ihr Kleid, damit Sie reiten können und streifen Sie den Sari über.« In knapp einer Minute hatte er ein Pferd gesattelt, und sie saß auf. Er sprang auf sein Pferd. »Los!« Er führte sie tief in den Palmenhain, ritt in kurzem Galopp über ein schimmerndes Reisfeld und dann in schwarzen Dschungel. »Ich denke, wir sind jetzt sicher, da sie hinter diesem dreckigen Naswral her sind«, sagte er, während er zum Trab überging. »Es macht nichts, wenn sie die Kutsche finden.«

Sie streifte ungeduldig den Sarischleier beiseite. »Kannst du mir jetzt erzählen, was hier vorgeht?«

»In der Tat. Meine Rolle ist einfach. Ich entschuldige mich mit allem Respekt, aber die Befehle meines Herren Ram heben die Ihren auf. Ich folgte Ihnen und schaute durch Bettenheims Fenster zu, falls Sie Hilfe brauchten. Als er sie packte, wollte ich ins Zimmer springen.« Er klopfte auf den Gewehrkolben auf seiner Hüfte. »In dem Moment wurde durch das andere Fenster mit einer Pistole geschossen. Bevor wieder gefeuert werden konnte, schoß ich die Lampe aus und rannte um die Ecke. Der Mörder floh bereits zu dem Ananasfeld hinter dem Haus. Er drehte sich um, um zu schießen, und ich sah Naswrals Narbe im Mondlicht. Sein Schuß ging daneben. Meiner wohl auch. Als ich Bettenheim auf Sie schießen hörte, brach ich die Verfolgung ab. Hätte Bettenheim beschlossen,

Naswral zu verfolgen, wäre ich in ihr Kreuzfeuer gekommen.«

»Und du sagst, das war einfach«, seufzte sie. »Was meinst du, woher Naswral wußte, daß ich heute hier sein würde?«

»Eine bezahlte Zunge erzählt viel, Missy, aber bei Sonnenaufgang wird sie schweigen.«

»Bettenheim denkt wahrscheinlich, wir wollten ihn umbringen«, stellte sie verdrossen fest.

»Wahrscheinlich.«

»Das ist nicht das Schlimmste, Masjid. Er hat den Beweis, daß ich dort war. Meine Schuhe. Ich habe ihm ein Geschenk gemacht.«

»Ja, Missy.« Er lächelte wohlwollend. »Ein Geschenk.«

KAPITEL 17

Das Urteil

Doch oft erwacht im Lärm des Haders
ein unaussprechliches Sehnen nach dem Wissen
um unser vergrabenes Leben,
ein Durst, unser Feuer, unsere ganze Kraft zu geben,
unsere wahre, ursprüngliche Bestimmung zu finden

MATTHEW ARNOLD

»Sastri Potaswamy.« Die Geschworenen, die hofften, daß der Tag mit den abschließenden Plädoyers beginnen würde, zuckten zusammen, als der Buchhalter in den Zeugenstand trat. Als er stockend die gräßliche Entdeckung der toten und verstümmelten Frauen auf der *Star of Calcutta* beschrieb, saßen sie entsetzt da. Die folgenden Aussagen der Hafenbeamten und des Polizeikommissars kostete Triton bis zur Neige aus.

Leacock stellte dem Kommissar nur wenige Fragen, um sich zu vergewissern, daß der Mörder eher methodisch denn verrückt sei. Er war besonders an Seins Zustand interessiert. »Ihre tödlichen Verletzungen waren im Prinzip denen der Frau von der *Star of Calcutta* ähnlich. Der Stich in die Kehle drang von links nach rechts ein. Bedeutet das, daß der Mörder Rechtshänder war?«

»Es ist wahrscheinlich.«

»Und das Maß der körperlichen Mißhandlung?«

»Miß Sein hatte mehr Quetschungen als die anderen Opfer. Mehrere Zähne wurden durch einen Hieb ausgeschlagen, mit dem ihr die Tamarinden in den Mund gestopft wurden. Nur unter ihren Fingernägeln wurden Blut und Haare gefunden.«

»Haarfarbe?«

»Schwarz.«

Worauf wollte Leacock hinaus? überlegte Lysistrata, während sie sah, wie die Geschworenen Ram musterten. Warum legte er Wert darauf, daß Rams körperliche Merkmale genau auf Naswral paßten? Ihre Finger begannen auf ihrer Tasche zu trommeln.

Kurz darauf trommelten sie noch schneller. Lysistrata, wenngleich nicht überrascht, Claus Bettenheim als nächsten Zeugen der Anklage zu sehen, war erbost über seine Aussage. Zum Glück war das Gericht – das nach Lysistratas und Harrys Aussagen noch etwas Mitleid mit Ram hatte – kaum weniger verärgert. Obwohl Claus schlagfertig war, wurde er unter Leacocks bohrenden Fragen so feindselig und unverschämt, daß selbst Leute erbost über ihn waren, die Einheimische mit Verachtung behandelten. Seine Hetze, die Triton zu unterbinden versuchte, war mit so vielen Gerüchten und Behauptungen über Rams angebliche kriminelle Verbindungen durchsetzt, daß Leacock jede dritte Minute aufsprang und Einspruch erhob. Der Richter warnte Claus und Triton, daß Claus aus dem Gerichtssaal entfernt werden würde, falls er so weitermachte. Ram wirkte bei alldem wie taub. Dennoch gelang es Claus, die Verteidigung zu erschüttern. Mochte Richter Parke-Allis die Jury auch auffordern, die Gerüchte zu vergessen, sie würde sie nicht vergessen. Obwohl Claus wie Prasad es nicht wagte, direkt etwas über den Sklavenhandel auszusagen, berichtete er von Rams Verbindung mit Wa Sing, der als Sklavenhändler bekannt war. Er behauptete, selbst gesehen zu haben, wie die *Rani* in Tennasserim Sklavenfracht ausgeladen und in Madagaskar Sklaven geladen habe. Er erwähnte Harleys Zusammenarbeit mit mehreren Bordellbesitzern in Rangun, Singapur, Djakarta und anderen Häfen im Indischen Ozean, dem Andamanischen und Südchinesischen Meer.

Darauf folgten eine Reihe Hafenarbeiter, Seeleute und ›Augenzeugen‹. Bei Leacocks Kreuzverhör ergab sich, daß sie entweder Angestellte von Claus Bettenheim waren oder sich ihren Lebensunterhalt sehr fragwürdig verdienten. Claus' Glaubwürdigkeit geriet vor allem ins Wanken, als Leacock feststellte, daß viele Kaufleute und weniger respektable

Zeitgenossen von Rams Ruin profitierten. Er wies auf den Anstieg der Drogenpreise hin, seit Ram ausgeschaltet war. Als Leacock an seinen Platz zurückkehrte, flüsterte Lysistrata: »Obwohl Claus geholfen haben mag, Ram zu ruinieren, glaube ich, daß er Garotte einen schlechten Dienst erwiesen hat.«

»Ich bin Ihrer Meinung«, murmelte der Anwalt.

Schließlich brach die Anklage wegen Sklavenhandel zusammen, da kein ›geachteter‹ Bürger es sich leisten konnte, zuviel Wissen über Harleys kriminelle Aktivitäten zu haben, ohne sich selbst strafbar zu machen.

Bettenheim, vor Wut ganz rot, winkte Triton zu sich. Als sie miteinander flüsterten, seufzte Lysistrata: »Jetzt kommt Aschenputtels Geschichte.«

Sie hatte recht. Bettenheim hatte seine stärkste Munition aufgehoben.

»Mr. Bettenheim«, begann Triton, »sind Sie mit Miß Lysistrata Herriott bekannt?«

»Intim«, grinste Bettenheim höhnisch.

»Wie... intim?«

»Im letzten Frühjahr war ich ihr ständiger Begleiter. Man könnte sagen, ich war ihr Liebhaber.«

Lysistratas Augen verengten sich zu eisigen Schlitzen, als sie sah, wie Ram sich etwas aufrichtete.

»Haben Sie sie kürzlich gesehen?«

»Gestern nacht. Sie kam auf meine Plantage, nachdem sie einen Diener bestochen hatte, um sich zu vergewissern, daß ich allein war. Sie war wie eine Hure gekleidet und machte mir ein Hurenangebot, damit ich den Kommissar wegen ihres farbigen Bettgefährten, Kachwaha, belüge.«

»Einspruch!« schnappte Leacock, während Rams Hände die Ketten umklammerten.

»Stattgegeben!«

»Als ich ablehnte«, fuhr Bettenheim stur fort und führte seinen Finger ans Gesicht, »versetzte sie mir das. Dann versuchte ein anderer Farbiger, mich zu erschießen.« Er schilderte den Mordversuch. »Sie verschwand im Dunkel, und ich und meine *Shikkars* jagten den Burschen bis Sonnenaufgang vergeblich. Als wir zum Bungalow zurückkehrten, fanden wir den alten Ko Phan mit durchgeschnittener Kehle. Wahrscheinlich war er...«

»Einspruch«, fiel Leacock müde ein. »Reine Vermutung.«

»Stattgegeben.«

»Nun, ich habe etwas zu sagen, was keine Vermutung ist!« schnappte Bettenheim. »Miß Herriott vergaß gestern ihre Visitenkarte. Sir Oliver...«

Der Ankläger nickte seinem Assistenten zu, der düster ein Paar Slipper hervorholte. »Mr. Bettenheim, sind dies die Slipper, die Miß Herriott gehören?« Als Bettenheim nickte, wandte Triton sich an die Richterbank. »Ich bitte Euer Ehren um Erlaubnis, diese Schuhe als Beweis zu werten, daß die Verteidigung versuchte, einen Zeugen zu beeinflussen.«

Parke-Allis musterte den Verteidiger. »Mr. Leacock?«

»Ich versichere dem Gericht, daß weder ich noch Mr. Markham versucht haben, Mr. Bettenheims Aussage zu beeinflussen«, erwiderte Leacock, während er aufstand. »Im Augenblick habe ich keine Fragen an Mr. Bettenheim. Aber mit Ihrer Erlaubnis möchte ich Miß Herriott in den Zeugenstand rufen.«

Sir Oliver verbeugte sich spöttisch. »Aber gerne.«

Lysistrata trat in den Zeugenstand, wobei ihr Gesicht so unschuldig wie das Leacocks war. Sie wagte nicht, Ram anzuschauen. »Miß Herriott, haben Sie Mr. Bettenheim gestern abend mit der Absicht besucht, ihn zu überreden, zugunsten von Mr. Harley auszusagen?«

»Nein. Mir war nicht nur unbekannt, daß Mr. Bettenheim für die Anklage aussagen würde, ich wußte auch, daß er nie für einen Farbigen aussagen würde, selbst wenn er der Unschuld dieser Person sicher wäre.« Lysistrata klang überzeugend. Sie *hatte* nie erwartet, daß Bettenheim Harley helfen würde, sondern nur, daß er ihr einen Hinweis auf seine Schuld oder die eines anderen gäbe.

»Haben Sie versucht, Mr. Bettenheim etwas anzutun?«

»Sicher nicht.«

»Was ist mit dem Kratzer, den Sie Mr. Bettenheim zugefügt haben sollen?«

»Möglicherweise war Mr. Bettenheim einer Dame gegenüber zudringlich.«

»Einspruch!«

»Miß Herriott, war Mr. Bettenheim je Ihr Liebhaber, wie er behauptet?«

»Niemals«, erwiderte sie kühl. »Wie viele geachtete Herren der Stadt bestätigen können, waren wir nie allein zusammen, bis auf eine Gelegenheit.«

»Und das war?«

»Das waren die zwanzig Minuten in meinem Salon, in dem ich seinen Heiratsantrag ablehnte.«

Bettenheim, rot vor Ärger darüber, daß sein Antrag bekannt wurde, funkelte wie einer seiner ausgestopften Eber.

Leacock überließ sie Triton. Der Ankläger war direkt. »Miß Herriott, haben Sie Mr. Bettenheim gestern abend ohne Anstandsdame besucht oder nicht?«

»Nein.« Masjid war eine geeignete Anstandsdame gewesen.

»Besitzen sie ein fuchsienrotes Seidenkleid, das mit Kristall besetzt ist?«

»Ich besitze kein solches Kleid.«

Er drehte sich plötzlich zu ihr. »Haben Sie ein solches Kleid nicht getragen, als Sie Mr. Bettenheim verführen wollten?«

»Der Gedanke, mit Mr. Bettenheim Geschlechtsverkehr zu haben, ist für mich so ekelhaft wie seine Person.«

»Kennen Sie einen Ko Phan aus Bettenheims Haushalt?«

»Meines Wissens habe ich den Mann nie gesehen.«

»Er spielt Flöte, du verlogenes Flittchen«, fauchte Bettenheim, der begriff, warum der Flötenspieler bei ihrem Auftauchen so gelassen gewesen war.

Parke-Allis knallte den Hammer auf das Pult. »Zehn Pfund, Mr. Bettenheim! Schweigen Sie!«

Triton nahm vom Tisch des Anklägers einen Slipper. Er streckte ihn mit genüßlichem Lächeln aus, ging zurück und hielt ihn Lysistrata hin. »Könnte dies ihr Slipper sein, Miß Herriott?«

»Sicher nicht.«

»Wollen Sie ihn einmal anziehen?«

Sie starrte in seine Augen. »Wenn Sie wollen. Helfen *Sie* mir dabei?«

Er grinste blöd. »Hocherfreut.«

Sie verließ den Zeugenstand, hob ihren Rock etwas an und streckte den entsprechenden Fuß aus. Triton zog ihr den schwarzen Schnürschuh aus und schob dann den Slipper auf den Fuß. Sie zuckte zusammen. *Er* zuckte zusammen. Sein vorgebliches Beweisstück war zwei Nummern zu klein. »Sie passen nicht«, stellte Parke-Allis schroff fest.

»Oh nein, Euer Ehren«, erwiderte der kniende Triton mit verlegenem Lächeln, »sie scheinen nicht zu...«

»Das ist unmöglich«, brüllte Bettenheim, der aufsprang. »Sie hat sie in meinem Zimmer zurückgelassen... sie...« Verwirrtes Verstehen dämmerte ihm, als Parke-Allis winkte und zwei stämmige Sikhs ihn aus dem Gerichtssaal führten. Als Bettenheim an der Anklagebank vorbeikam, lächelte Ram ihn an.

Lysistrata war der Auffassung, daß Bettenheim dank Masjid doch nicht ganz verstanden hatte. Er glaubte, sie habe absichtlich Slipper falscher Größe zurückgelassen. Wahrscheinlich war er nicht darauf gekommen, daß der Slipper, den sie auf sein Gewehr gehängt hatte, nicht zu dem Paar gehörte, das in seinem Zimmer gefunden worden war. Masjid hatte genau gewußt, daß die Seidenslipper, die er Lysistrata gegeben hatte, nicht paßten. Er hatte sie zu Bettenheim gebracht. Da er sie in Bettenheims Zimmer barfuß gesehen hatte, dachte er, sie hätte ihre eigenen Ziegenlederschuhe bei der Flucht vergessen. Während Bettenheim Naswral jagte, war er in das verlassene Schlafzimmer zurückgekehrt, hatte ihre Schuhe geholt und die seidenen zurückgelassen.

Lysistrata blickte heiter auf den taubenblauen Slipper, der halb über ihren Fuß gestreift war. »Könnten Sie ihn herunterziehen, Sir Oliver? Er drückt schrecklich.«

Nach diesem Prozeßtag marschierten Triton wütend in sein Büro. Er ließ sich schwer in seinen Sessel fallen. Auf dem Schreibtisch ruhte unter dem Tintenlöscher eine gekritzelte

Nachricht. »Bringen Sie die farbigen Huren in den Zeugenstand! Sie haben die Schlampe *gesehen*! Bettenheim.«

Und das Gericht würde sie sehen, dachte Triton angewidert: Zwei kaum pubertäre, betäubte Kreaturen, ihr sogenannter Vater, der dritte Zeuge, ermordet – wie man es auch sah –, weil er seinen Herrn betrogen hatte. Selbst wenn sich alles so ereignet hatte, wie Bettenheim behauptete, hatte der alte Mann offensichtlich gehofft, daß Bettenheim getötet werden würde. Die Mädchen würden sich in die Reihen der anderen ›zuverlässigen‹ Zeugen Bettenheims fügen, die Leacock vor dem Gericht zerpflückt hatte. Triton knüllte den Zettel zusammen und warf ihn in den Papierkorb.

Evelyn Chilton war die erste Zeugin des nächsten Morgens, und die Anklage gewann an Boden, obwohl sie Triton nur auf seine Fragen antwortete. Sie betonte, daß ihr Verhältnis zu Ram freundlich gewesen sei. Als Triton, der zu spüren schien, daß sie möglicherweise nicht alles sagte, bohrend fortfuhr, wiederholte sie: »Wie ich sagte, Sir, weiß ich von Mr. Harleys Geschäften nichts. In meiner Gegenwart war er immer ein perfekter Gentleman und sehr charmant.«

»Fand Ihr Mädchen, Miß Anne O'Shaunessy, ihn auch charmant... und möglicherweise nicht als Gentleman?«

»Einspruch!«

»Stattgegeben.«

»Lassen Sie mich die Frage direkter stellen. Mrs. Chilton, haben Sie Mr. Harley je mit Miß O'Shaunessy flirten sehen?«

Evelyn zögerte. »Indirekt vielleicht.«

»Aber bemerkten Sie nicht gegenüber Ihrem Mann und den Bartleys nach dem Verschwinden Anne O'Shaunessys, daß sie einen Flirt mit Harley gehabt hätte?«

»Ich stellte nur fest, daß er an Miß O'Shaunessy interessiert wirkte.«

»Interessiert«, wiederholte Triton kurz. »Ist Ihnen nicht aufgefallen, daß Harley drei der fünf entführten Frauen kannte?«

Evelyn machte eine nervöse Geste. »Ich... dachte damals nur laut. Man neigt zu Spekulationen, wie töricht sie auch sein mögen, bei Skandalen oder Verbrechen.«

»In diesem Fall erwies sich Ihre Spekulation als richtig. Sein, das Birmanenmädchen, war eine seiner vielen Geliebten. Ihr Mädchen war mit ihm zumindest bekannt. Und«, er blickte Lysistrata betont an, »wir dürfen Miß Herriott nicht vergessen.«

Er lächelte entwaffnend. »Wirkt Mr. Harley nach Ihrer Meinung auf Frauen anziehend?«

»Einspruch«, warf Leacock ein. »Ich verstehe nicht, was Mr. Harleys Aussehen mit dem Fall zu tun haben soll.«

»Euer Ehren«, entgegnete Triton, »ich möchte nur beweisen, daß Harley Frauen dazu bringen kann, sich unüberlegt zu verhalten und sich ihm auszuliefern.«

»Sie sprechen, als sei er ein Monster«, protestierte Evelyn.

»Genau.«

Richter Parke-Allis funkelte Evelyn an. »Die Zeugin möchte auf solche Bemerkungen verzichten. Und Ihre Fragen, Sir Oliver, führen nur zu Mutmaßungen. Einspruch stattgegeben. Die Jury wird diese Bemerkungen ignorieren«, sagte er trokken.

Lysistrata biß sich in die Hand. Evelyn, die Ram helfen wollte, hatte seine Position geschwächt.

Leacock tätschelte beruhigend ihre Hand. »Wir hatten Glück«, murmelte er. »Mr. Harleys ehemaliger Boy war für heute morgen von der Anklage in den Zeugenstand bestellt worden. Er ist verschwunden – entweder aus eigenem Antrieb oder mit Hilfe unseres Freundes Naswral. Er kann nun nicht schildern, wie Sie Harley während der Cholera gepflegt haben, was unserer Sache geschadet hätte.«

Nein, dachte sie, er kann mich nicht beschreiben. Und Evelyn auch nicht. Ob sie ihn bestochen hatte, die Stadt zu verlassen? Lysistrata blickte zu Evelyn, die ihre Miene las. Ihre Lippen verzogen sich zu einem leichten Lächeln, aber Lysistrata wußte nicht, ob es Entschuldigung oder Spott war.

In den folgenden Tagen wurde Ram immer blasser und teilnahmsloser. Seine Augen waren schwarze Höhlen. Nur selten zeigte er höhnisches Amüsement. Als sei er bereits tot, dachte Lysistrata ängstlich. Wie lange soll das noch gehen?

Schließlich rief die Verteidigung ihre Zeugen auf. Die Ärzte Lighter und Herriott sagten aus, wie unschätzbar wertvoll die Medikamentenlieferungen Rams gewesen seien, die er manchmal umsonst brachte. Lighter erwähnte auch, um welchen Preis er Harrys Leben gerettet habe. Er legte Bestandslisten des Krankenhauses vor, die bewiesen, daß Rams Schiffe, die mit Sklavenfracht ›gesehen‹ worden waren, sich tatsächlich anderswo befunden hatten – und mit Medikamenten zurückgekommen waren, die es in den besagten Häfen nicht gab. Triton war zu klug, den reizbaren Lighter herauszufordern, verhörte aber Dr. Herriott scharf hinsichtlich der Bekanntschaft dessen Tochter mit Harley. »War Mr. Harley ständiger Gast in Ihrem Haus?«

»Er kam nur viermal in unser Haus, dreimal in Krankenhausangelegenheiten und einmal, um mich und meine Tochter zu einem *Pwe* zu begleiten.«

»Hat er sich mit Ihrer Tochter allein getroffen?«

»Niemals.«

»Sind Sie sicher?«

»Meine Tochter hätte das erwähnt. Sie wußte, daß ich seine Besuche schätzte.«

»Und sie... schätzte seine Besuche?«

»Nein. Sie ging potentiellen Freiern damals aus dem Wege.«

»Für kurze Zeit war sie aber in der Gesellschaft sehr beliebt und hatte viele Verehrer.«

»Mr. Harley war nicht darunter.«

»Waren sie je allein zusammen?«

Dr. Herriott sah ihn kalt an. »Meines Wissens nur einmal und mit meiner Erlaubnis.«

»Würden Sie die Umstände schildern, Doktor?«

Herriott beschrieb den Ausflug zur Insel kurz.

Triton lächelte skeptisch. »Sie sind sehr vertrauensvoll, Sir. Vertrauten Sie Harley auch noch nach dem Verschwinden Ihrer Tochter?«

»Nein«, erwiderte Herriott langsam. Er blickte zu Ram, doch dessen Gesicht war nur mitleiderweckend.

»Warum nicht?«

»Ich war bereit, nach jeder Spur ihres Aufenthaltsortes zu greifen. Alles wies auf Harley hin, aber...«

»Warum halten Sie ihn jetzt für unschuldig?«

»Meine Tochter erklärte...«

»Sie erklärte... und das Gericht weiß, daß Sie ein wahrheitsliebender Vater sind.«

Leacock tat, was er konnte, aber Lysistrata wußte, daß Triton sich jetzt auf sie stürzen würde. Sie hatte recht. Triton rief sie in den Zeugenstand. Er begann: »Miß Herriott, als Sie in Harleys Gewahrsam waren, hat er sie da eingesperrt?«

Lysistrata wirkte beleidigt. »Ich hätte Khandahoor jederzeit verlassen können.«

»Durch Kilometer fast undurchdringlichen Dschungels?«

»Mr. Harley bot mir an, mich zu begleiten.«

»Er und einige seiner Söldner.«

»Das nehme ich an.«

»Wie viele Männer hatte er?«

»Bedenkt man die Größe Khandahoors, sehr wenige«, erwiderte sie ausweichend, da sie ahnte, worauf er hinaus wollte.

»Wie viele genau?«

»Ich habe sie nie gezählt.«

»Würden Sie sagen, mehr als zehn?«

»Das nehme ich an«, sagte sie langsam.

»Zwanzig?«

»Vielleicht.«

Verärgert machte er weiter. »War Khandahoor befestigt?«

»Es gab Posten. Die Shan-Stämme waren eine ständige Gefahr.«

»Und die Briten? Waren sie keine Gefahr für Mr. Harley?«

Sie lächelte milde. »In den Shan gibt es keine Briten, Sir Oliver. Jeder weiß das.«

Ärgerlich sagte er scharf: »Wenn Sie nach Hause gehen

konnten, warum sind Sie so viele Monate in Khandahoor geblieben, ohne Ihren Vater zu informieren?«

»Es war gefährlich, nach Rangun zurückzukehren. Diejenigen, die mir Böses wollten, hätten eine Nachricht an meinen Vater abgefangen.«

»Die Ihnen Böses wollten?« Er lächelte tolerant, als sei sie ein törichtes Kind. »Und wer sollte das sein?«

»Wenn Sie's hören wollen, Sir Oliver«, sagte sie kühl, »die Liste umfaßt mehrere Ihrer prominentesten Klienten.«

Verwirrt machte er einen Rückzieher. »Ohne Beweis ist das unwichtig. Ich nehme an, Sie haben keinen?«

»Im Augenblick nicht«, räumte sie ein.

Er musterte sie lange, bevor er fragte: »Wie würden Sie das Leben auf Khandahoor beschreiben, Miß Herriott?«

»Als eher langweilig, wenn man nicht meditierte.«

»Und aus Langeweile hatten Sie eine Affäre mit Harley?«

»Einspruch!«

»Ich muß der Glaubwürdigkeit dieser Zeugin sicher sein, Euer Ehren. Wenn sie aus lüsterner Zuneigung zu Harley lügt, ist ihre ganze Aussage anzuzweifeln.«

»Beantworten Sie die Frage, Miß Herriott.«

»Meine Jungfräulichkeit ist so unversehrt, wie sie es war, als Mr. Harley und ich uns auf dem Ball im letzten Februar kennenlernten. Wie viele der Damen und Herren, die den Ball besuchten, zustimmen werden, trat ich nicht als *Femme fatale* auf.«

»Es geht nicht um Ihr Auftreten. Waren Sie noch Jungfrau, als Sie Mr. Harley kennenlernten?«

»Einspruch!«

»Abgelehnt«, sagte Richter Parke-Allis widerwillig. »Sir Oliver, kommen Sie zur Sache.« Mit weicher Stimme sagte er: »Miß Herriott, Sie müssen die Frage beantworten.«

Ram saß weiß wie ein Stein da.

Lysistrata hatte lügen wollen. Eine Lüge wäre so leicht. Für ein Prinzip wollte sie Ram nicht opfern. Doch wenn sie log, wurden sie und Ram Teil der größeren Lüge von Bigotterie. »Ich war keine Jungfrau«, antwortete sie.

Leacock seufzte innerlich.

»Hatten Sie eine Affäre mit Harley?«

»Er hat mich nicht verführt. Er wollte nichts. Er mied mich.«

»Er mied Sie?«

»Ja.« Sie hörte das Krächzen wie aus großer Ferne. Was bevorstand, war Rams Ende. Sie haßten ihn, weil er von einer ihrer Frauen begehrt worden war, einer, die sie einst verehrt hatten.

»Und Sie folgten ihm?«

»Nein.«

»Sie ›mieden‹ sich also gegenseitig. Aber Sie gingen trotzdem mit ihm ins Bett?«

»Ja«, flüsterte sie. Getuschel erfüllte den Raum.

»Sie sind den Ermittlungen des Gerichtes ausgewichen, Miß Herriott. Vielleicht haben Sie andere Gründe außer Lust. Was haben Sie noch mit Harley geteilt? Vielleicht seinen fragwürdig erworbenen Reichtum? War es Ihnen gleich, daß seine Hände die eines Mörders sein könnten, als er sie streichelte? Sie wußten doch von den ihm vorgeworfenen Verbrechen, oder? Vielleicht waren Sie seine Komplizin?«

»Einspruch! Der Ankläger setzt die Zeugin unter Druck. Sie steht nicht vor Gericht!« Im Gericht herrschte Aufruhr, als der Richter nach Ruhe verlangte. Dann senkte sich Schweigen, als das Heulen einer wildblickenden Gestalt in schmutzigen Lumpen laut wurde, die vor Schwäche und Wut zitterte.

»Seid alle verflucht und fahrt zur Hölle! Laßt sie in Ruhe! Mich wollt ihr doch hängen! Es ist leichter, sich auf Frauen zu stürzen. Bringt mich in den Zeugenstand, ihr dreckigen Hyänen. Ich gebe euch das Geständnis, das ihr wollt!«

Triton wäre vor Freude fast an die Decke gesprungen, weil Ram völlig außer sich war, die Inkarnation eines Wahnsinnigen, der nicht nur zum Töten der Opfer, sondern jedermanns in Reichweite fähig war. Leacock, der ihn zu beruhigen hoffte, bat um Unterbrechung, die Richter Parke-Allis sofort gewährte. Das Gericht wurde geräumt.

Leacock kam mit starrem Gesicht aus einer Unterredung mit Ram. Nach kurzem Gespräch mit Dr. Lighter ging er zu seiner Bank. Der Doktor verließ den Saal. Lysistrata flüsterte Dr. Herriott zu: »Was tut Ram denn? Er muß jetzt schweigen!«

Leacock schüttelte den Kopf.

Ram wankte in den Zeugenstand. Er wehrte die Hilfe eines Wärters kurz ab, als er die Gefangenenbank verließ, konnte die wenigen Stufen zum Zeugenstand aber nur mit Hilfe des chinesischen Gerichtsdieners ersteigen. Er starrte wie abwesend auf die Menge, als erinnere er sich nicht, wo er sei.

Nachdem Harley vereidigt war, trat Leacock auf das Podium.

»Euer Ehren, bevor wir beginnen, möchte ich gegen Mr. Harleys Vernehmung protestieren, da er schwerkrank ist und nicht aussagen kann. Ich bitte um Prozeßunterbrechung, bis er vernehmungsfähig ist.«

»Euer Ehren«, unterbrach Triton schnell, »der Beklagte hat den anstrengenden Prozeß ebenso viele Tage ertragen wie die Geschworenen, die ein Recht darauf haben, ohne Verzögerung zu Heim und Familie zurückzukehren. Sollte Mr. Harley trotz seines Ausbruchs bei Verstand sein, ist es gegenüber ihm und der Jury gerechter, den Prozeß ohne Verzögerung fortzusetzen. Mit einigen Fragen an den Beklagten ist das festzustellen.«

»Das Gericht stimmt der Anklage zu, Mr. Leacock.«

Leacock gab Ram jede Chance, sich zu verteidigen, aber Ram machte keinen Gebrauch davon. Er gab keine edlen Motive für seine Geschäfte vor, keine Ritterlichkeit gegenüber Lysistrata: nur Opportunismus, Lust und Feindseligkeit gegenüber den Briten. Selbst als er die Morde leugnete, klang das wie ein Geständnis. Er sprach kurz, mit eigenartigen Pausen zwischen den Wörtern, aber niemand bezweifelte, daß er bei klarem Verstand war. Erst am Ende von Leacocks Befragung wurden die Pausen zwischen Rams Sätzen länger, und seine Augen funkelten immer intensiver.

Als die Anklage an der Reihe war, sprang Triton fast von der Bank. In allen Einzelheiten fragte er nach dem Debakel in Buddhas Schädel und erschöpfte Ram absichtlich physisch und geistig. Dann kam Triton auf Lysistrata zu sprechen. »Haben Sie Miß Herriott aus Rangun entführt?«

»Nein, ich entführte sie aus Bangkok.«

Triton blinzelte. Diese Antwort hatte er nicht erwartet. »Mit Gewalt?«

Ram zuckte die Schultern. »Ich glaubte, sie hätte mich beim britischen Kommissar komprimittiert.«

»Warum hätte sie das tun sollen?«

»Sie fürchtete sich, weil ich sie belästigt hatte.«

Lysistrata rief: »Das ist nicht wahr! Er hat nie...«

»Ruhe im Gericht!« Der Hammer krachte.

»Haben Sie Miß Herriott in Khandahoor weiter belästigt?«

»Ich habe sie vergewaltigt.«

Tritons Augenbrauen hoben sich leicht, senkten sich dann zweifelnd. »Warum hat sie dann versucht, Sie vor Gericht zu schützen?«

»Sie ist eine skrupellose Frau«, sagte Ram lässig, »die an das Bezahlen von Schulden glaubt. Sie glaubt, ich hätte ihr im Dschungel ein- oder zweimal das Leben gerettet.«

»Und haben Sie sie gerettet?«

Ram zuckte matt die Schultern. »Sie ist bezaubernd, und wie sie feststellte, ist Khandahoor verdammt langweilig.«

Eine Welle entsetzten Mißfallens erfüllte den Raum. »Aber warum haben Sie dann Boh Myin Ihren letzten Besitz, ein recht wertvolles Schiff, für ihre Freilassung angeboten?«

»Sie war so krank, daß sie mich nicht mehr interessierte. Also beschloß ich, sie heimzuschicken...« Rams Konzentration ließ nach. »Als Myin meinen Plan vereitelte, mußte ich sie zurück...« Er schwankte leicht. »Mußte...« Seine Stimme wurde undeutlich, dann richtete er sich abrupt wieder auf.

»Warum, Mr. Harley? Warum mußten Sie sie zurückbringen?«

»Warum?« Ram schüttelte schwach den Kopf. »Briten«, murmelte er. »Mußte mir die Briten vom Hals halten.«

Richter Parke-Allis ließ einen Stuhl für ihn bringen. Er wandte sich an Triton. »Beenden Sie das bitte schnell, Sir.«

Triton fuhr sarkastisch fort: »Wenn Sie Miß Herriotts überdrüssig waren, Mr. Harley, warum haben Sie dann so heftig gegen ihr Verhalten protestiert?«

Rams leichtes Lächeln war etwas unverschämt geworden. »Ich habe nie gesagt, ich sei ihrer überdrüssig geworden.«

»Beantworten Sie die Frage, Mr. Harley.«

»Was war das?«

Triton wiederholte sie seufzend.

»Sie ist besser als Sie«, murmelte Ram. »Besser als alle.«

»Was meinen Sie damit, Sir«, schnappte Triton.

»Sie müßten in den Bäumen sein«, informierte Ram den Kronleuchter unpersönlich.

Triton lief rot an. »Sir, wenn das eine Beleidigung...«

»Sie scheißen... auf alles, was Sie berühren.« Dann schnalzte Rams Zunge. »Heil, Britannia... ta, ta, tah.«

Leacock protestierte in dem Tumult: »Euer Ehren, mein Klient ist nicht bei Verstand. Delirium... die Anstrengung...«

Der Hammer gebot Schweigen. »Das Verhalten des Beklagten ist wirklich unverantwortlich rücksichtslos, Mr. Leacock«, sagte Richter Parke-Allis streng. »Entweder schweigt er, oder er hat die Konsequenzen zu tragen.« Auf das folgende Schweigen hin und Leacocks ironischen Blick fühlte der Richter sich albern. Welche Konsequenzen konnte es für einen Mann geben, der am Galgen baumeln würde?

Ram wurde aus dem Zeugenstand entlassen. Diesmal protestierte er nicht, als die Sikhs ihm zurück zu seinem Platz halfen.

»Ich denke, Mr. Harley war Ihr letzter Zeuge, Mr. Leacock?« sagte Richter Parke-Allis grimmig.

Leacock erhob sich. »Das ist er nicht, Euer Ehren.«

Parke-Allis seufzte.

»Ich möchte Miß Anne O'Shaunessy aufrufen, Euer Ehren.«

Köpfe drehten sich, und der von Evelyn Chilton am schnellsten, als ihre ehemalige Dienerin an Dr. Lighters Arm eintrat. Unsicher preßte sich Anne O'Shaunessy eng an den Doktor, als sie durch den Gang gingen, die Blicke wachsam auf die fremden Gesichter gerichtet. Lighter setzte sie zu den

Herriotts und trat dann in den Zeugenstand, um ihre Aussagefähigkeit zu beeiden. »Miß O'Shaunessy hat sich nach ihrer schweren Prüfung für eine Weile verständlicherweise zurückgezogen, ist aber jetzt gesund. Ich attestiere ihr völlige Zurechnungsfähigkeit.« Auf Parke-Allis' Nicken führte er Anne in den Zeugenstand, wo sie sich stumm bittend vergeblich an seine Hand klammerte, als er sie mit versicherndem Lächeln verließ. Er fühlte sich wie ein Verräter.

Leacock nahm seinen Platz ein und sprach sanft. »Miß O'Shaunessy, Sie kennen mich als Freund von Dr. Lighter, und er hat Ihnen erklärt, warum Sie hier sind. Das Leben eines Mannes hängt von Ihrer Bereitschaft zur Aussage über seine Unschuld oder Schuld ab. Es betrifft das Verbrechen gegen Sie und die vier Frauen, deren Ermordung er beschuldigt wird.« Er fuhr entschlossen fort: »Bis jetzt waren Sie zu verwirrt, um diese schwere Prüfung beschreiben zu können, aber nun ist es an der Zeit, den für sein Verbrechen zur Rechenschaft zu ziehen, der sie so schrecklich verstümmelt hat.« Er machte eine Pause. »Erkennen Sie die Person wieder, die Sie so mißhandelt hat?«

Ihr Mund arbeitete nervös, und sie sah sich verstohlen um.

»Sind Sie mit Mr. Richard Harley bekannt?«

Sie runzelte die Stirn, wirkte dann wieder wachsam.

»Miß O'Shaunessy, wollen Sie, daß der Täter freikommt und wahrscheinlich wieder mordet?«

Die Augen des Mädchens funkelten vor Ekel.

»Möchten Sie Richard Harley hängen sehen?«

Sie wirkte kurz überrascht, dann desinteressiert.

»Ah, Sie lieben ihn also nicht?«

Ein kurzes verneinendes Geräusch war zu hören.

»Erkennen Sie ihn unter den Gefangenen wieder?«

Sie schaute hinüber, schüttelte dann den Kopf.

»Würde der Gefangene bitte aufstehen?«

Als Ram sich nicht bewegte, griff ein Wärter unter seine Schultern und zog ihn hoch.

Anne starrte ihn verblüfft an. »Erkennen Sie ihn jetzt?«

Sie nickte langsam.

»Ist er der Mann, der Sie verstümmelt hat?«

Sie schüttelte den Kopf, zog dann wie eine Schlafwandlerin eine gezackte Linie über ihr Gesicht.

»Ein narbiger Mann. Trägt er eine Narbe wie Richard Harleys Hindu-Diener Naswral?«

Sie schüttelte heftig den Kopf, wobei ihr Gesicht in dem Bemühen, etwas zu sagen, arbeitete.

Leacock runzelte die Stirn. »Dann war es nicht Naswral?«

Sie nickte heftig, winkte dann aber abwehrend auf Ram.

Leacock wirkte verwirrt. »Wollen Sie damit sagen, daß es Naswral *war*, er aber nicht für Mr. Harley handelte?«

Erleichtert, daß er verstanden hatte, nickte sie heftig.

»Für wen handelte er dann, Miß O'Shaunessy?«

Anne musterte die Gesichter im Gerichtssaal Reihe um Reihe, verharrte dann. Ihre Augen starrten erkennend, wurden dann voller Haß. Köpfe folgten ihrem Blick, der auf einer chic in Weiß gekleideten Frau ruhte, deren Gesicht vor Wut rot anlief. »Sie lügt«, schnappte Evelyn Chilton kalt. »Diese undankbare Kreatur lügt... oder ist wahnsinnig! Wie kann das Gericht zulassen, daß eine verrückte Person in den Zeugenstand tritt.«

»Ruhe im Gericht«, bellte Parke-Allis. »Noch ein solcher Ausbruch, und ich werde Sie wegen Mißachtung des Gerichts belangen. Fahren Sie fort, Mr. Leacock.«

»Miß O'Shaunessy, wollen Sie damit sagen, daß Naswral nicht nur im Dienste Mr. Harleys stand, sondern«, er deutete auf die Frau in Weiß, »auch in dem Ihrer Herrin, Miß Evelyn Chilton?«

Anne machte Gesten für Drogengebrauch, Prostitution und Erpressung, dann eine Bewegung, die die ganze Stadt umfaßte. Sie hielt eine Hand an ihr Ohr, um zu erklären, daß sie zuviel gehört und gesehen hatte.

Evelyn keuchte wütend und Richter Parke-Allis hob abwehrend die Hand. Nachdem er eine Weile Anne zugeschaut hatte, sagte er: »Mr. Leacock, das Gericht muß die Zeugin bitten, ihre Aussage in allen Einzelheiten niederzuschreiben. Alles andere könnte zu leicht mißverstanden oder falsch gedeutet werden.«

Evelyn saß mit weißen Lippen da, als sie beobachtete, wie

ihr ehemaliges Mädchen in wütender Eile kritzelte. Schließlich reichte Leacock Richter Parke-Allis die Aussage, der sie las und dann in größer werdendem Schweigen nochmals las. Als er sie dem Gerichtsdiener reichte, setzte Triton zu einem schwachen Protest an. »Euer Ehren, es ist höchst ungesetzlich...«

Parke-Allis ignorierte ihn. »Dieses Dokument wird als Beweis anerkannt. Der Gerichtsdiener wird es laut verlesen.«

»Miß Evie hat ihre Finger in vielen Dingen, sag' ich Ihnen«, las der Diener tonlos vor. »Sie verkleidet sich als Mann namens Garotte. Niemand, der mit ihr Geschäfte macht, sieht ihr Gesicht, nicht einmal das Monster, dieses Narbengesicht Naswral, der in ihrem Auftrag Leute ermordet. Ich bin ihr immer zu ihrem geheimen Treffpunkt gefolgt und habe aufgepaßt, daß Naswral mich nicht ermordert. Aber ich habe sie nie sagen hören, ›ermorde die arme Anne‹. Arme Anne. Miß Evie hat viele andere Dinge gesagt. So, daß sie mehr Geld aus dem Goldenen Drachen bekommen muß. Der Pfeifenmeister betrog sie. Er mußte mehr zahlen oder würde nicht mehr Meister sein, wenn der Opiumpreis stieg...«

Die Erklärung zeichnete das Bild eines kalten, berechnenden Kopfes, der ein Netzwerk von Drogen, Prostitution und Mord geschaffen hatte, nicht nur in Rangun, sondern auch in Moulmein. Harley war ideale Ablenkung gewesen und hatte als Sündenbock gedient.

Die Menge im Saal starrte Evelyn entsetzt und scheu an. Evelyn bemerkte ihre Ungläubigkeit darüber, daß eine Frau, die in ihrer Mitte gewesen war, eine solche Verbrecherin sein könnte, und erwiderte ihren Blick mit einem kalten Lächeln voller Trotz und Verachtung. »Die neidische Schlampe lügt«, stellte sie gleichmütig fest und schritt aus dem Gerichtssaal. Als ein Wärter sie aufhalten wollte, winkte Parke-Allis ab.

Herriott faßte die Hand seiner Tochter. »Es ist vorbei«, murmelte er. »Gott sei Dank! Dieser Medusa wird noch diesen Monat der Prozeß gemacht.«

Ihre Hand lag schlaff in der seinen. »Weißt du«, murmelte sie, »so sehr ich Evelyn auch hasse, ich fühle mich, als sei ich ihre Schwester.«

Nachdem die Jury gehört hatte, wie Leacock Tritons Plädoyer auseinanderpflückte, zog sie sich zurück. Ram wurde überraschend schnell für unschuldig erklärt. Er wurde eilig losgekettet und durch die erregte, drängende Menge herausgebracht, bevor Lysistrata zu ihm gelangen konnte. Noch immer ungläubig, klammerte sie sich besorgt an Herriotts Kragen. »Papa, wir müssen ihn finden! Er kann sich kaum auf den Beinen halten.«

»Keine Sorge«, sagte Harry, der mit Lighter direkt hinter ihnen war. »Ich werde ihn einholen. Er kann schließlich nicht allzu schnell laufen.«

Aber er war nirgendwo zu finden. Bis Harry zwei Untergebene gefunden hatte, die ihm bei der Suche halfen, war Ram aus dem Gerichtsgebäude in dem Labyrinth der umliegenden Straßen verschwunden.

»Gehen Sie heim, Lysistrata«, befahl Harry in dem Gewühl. »Sie sind erschöpft. Wenn ich ihn finde, bringe ich Ram dorthin... mit Ihrer Erlaubnis, Dr. Herriott.«

Herriott nickte kurz, und Harry machte sich, gefolgt von den beiden Männern, auf die Suche.

Lighter, der neben Herriott stand, erboste sich über die drängenden Journalisten. Er holte abrupt mit seinem Stock aus. »Genug, ihr tobenden Hunde!« Ihre Köpfe und Kameras schützend, wichen die Männer zurück.

In der Kutsche blickte Lysistrata Herriott an. »Papa, es tut mir leid. Ich hätte alles dafür gegeben, dir keine Schande zu bereiten.«

Er lächelte schwach. »Ich habe dich gelehrt, dem leichten Weg zu mißtrauen, aber ich fürchte, du hast gelernt, ihm auszuweichen. Schämst du dich, Mädchen?«

»Nicht für Ram. Und nicht seinetwegen.«

»Und wegen Frank Wyatt?« Seine Augen waren ernst.

Sie zuckte zusammen. »Du wußtest von Frank?«

»Ich vermutete es. Ist schon lange her. Ich wollte einfach nicht mit noch mehr Gemeinheit zu tun haben, die ich nicht ungeschehen machen konnte.« Er sah sie direkt an. »Ich bin nur in den Osten gekommen, um vor Erinnerungen und Fehlern zu fliehen und vor Schwäche. Ich wollte dich nicht durch

Wyatt gebrochen sehen, aber gebrochen war ich, nicht du.« Er lächelte mit scheuem Stolz. »Ich denke, du bist stark genug, alles zu ertragen, auch Ram Harley zu verlieren.«

»Ich hätte es nicht ertragen, ihn hängen zu sehen, Papa«, flüsterte sie. Sie blickte auf die gaffende, schwätzende Menge, die sich um die Kutsche drängte. »Haßt du uns sehr?«

Er schaute verwirrt drein. »Dich? Niemals!« Dann schob er seine Hände tiefer in die Taschen. »Aber ihn? Ja... vielleicht. Ich beneide ihn um seinen Mut. Ich beneide ihn um eine Frau von deinem Mut und seine Jugend, weil er eine Zukunft mit ihr hat. Ich hasse ihn, weil er alldem den Rücken kehrt. Weil er um den Tod buhlt, als sei der seine einzige Liebe und nicht eine verkommene Hure, die er in jeder Gosse finden kann. Im Krieg habe ich genug von seiner Sorte gesehen.«

Lysistrata erblaßte wegen seiner Heftigkeit. »Papa, bitte...«

Er seufzte. »Aber dennoch hat Harley für dich seinen Hals in die Schlinge gesteckt, und obwohl das für jemand wie ihn nichts bedeutet, ließ er Leute, die er verachtet, seinen Stolz beschmutzen. Stolz: der fließt statt Blut in seinen Adern. Deshalb halte ich zu ihm, wie die Würfel auch fallen.«

Sie hakte sich bei ihm ein. »Wenn Harry ihn findet.«

Während der letzten Prozeßstunden hatte Ram nur leises, ärgerliches Stimmgesumm gehört. Er hatte noch weniger gesehen. Roter Nebel wallte vor seinen Augen. In seiner Mitte brannte eine Sonne, deren Licht sich in sein Hirn grub, zusammenhängendes Denken unmöglich machte und nur dumpfen, pochenden Schmerz hinterließ. Verärgerung über seine Hilflosigkeit, kalte Wut auf die, die ihn gefangen hatten und das nagende Bedauern um Lysistrata hatte er verdrängt, indem er seinen Körper durch Meditation verließ, aber sein angeschlagener Körper ließ ihn im Stich. Er erinnerte sich nicht mehr, was er zuletzt zu Triton gesagt hatte, etwas über Affen. Mit Fängen bewehrte Affen, die herumwühlten und gierig griffen, während er versuchte, sie von Lysistrata fortzutreiben. Doch er konnte seine Arme nicht heben, und auch sein Kopf war zu schwer.

Dann öffneten sich plötzlich die Eisen und Ketten. Er wurde auf die Beine gezerrt und bekam einen Schlag zwischen die Schulterblätter, der ihn fast zu Boden schickte. Er wurde durch eine Menge Neugieriger geschoben. Dann verschwanden sie hinter der Tür des Gerichtssaales. Er wurde durch eine düstere Halle geführt, aus dem Hintereingang ins grelle Sonnenlicht gestoßen.

Unwillkürlich hob er die Arme, um seine Augen zu schützen, und blickte auf die zitternde Kontur seiner Hand. Sein Kopf und seine Zunge fühlten sich geschwollen an. Er wollte Wasser. Schweiß rann von seinem Körper, tropfte zu Boden. Durch die weißen Fassaden der Gebäude war die Sonne noch greller und das Schweigen nach all dem Lärm betäubend, als er ziellos über die staubige Straße wankte. Nirgendwo war Hilfe. Lysistrata war nirgendwo. Das lockende, schöne Bild war verschwunden. Eine Straße stieß auf die nächste, dann wieder eine andere, jede schmaler, schlechter und verlassener, bis seine Knie plötzlich nachgaben und auf scharfe Steine schlugen. Schlamm quoll durch seine gespreizten Finger. Er saß schlaff an eine bröckelnde Wand gelehnt. Er spürte die Hitze jetzt mehr als den Schmerz und musterte den feuchten Schlamm in seinen Händen, dann das naßkalte Wasser darum. Wasser. Der schmutzige Spiegel zeigte ein irgendwie bekanntes Gesicht. Nicht Lysistratas. Er hob schwach eine Hand, um das Gesicht beiseite zu wischen, verlor den Halt an der Wand und sank in den Schlamm. In warme, feuchte Schwärze.

Naswral warf einen raschen Blick auf den schmalen, sonnengleißenden Eingang zu der Gasse und zog dann sein Messer. »Schade auch, daß ich dich nicht ertränken kann, aber eine Zunge, die ich nicht richtig zum Schweigen bringen konnte, hat heute geredet. Diesen Fehler werde ich nicht wieder machen.« Er hob Rams schmutzigen Kopf hoch.

»Rühr keinen Muskel, Mann«, herrschte eine scharfe Stimme. »Laß das Messer fallen.«

Das Messer fiel in den Schmutz, aber Naswral drehte sich auf den Knien, wobei seine Hand nach dem Revolver griff.

Aus dem gelben Funkeln feuerte Harry.

Die Untergebenen folgten ihm langsam, um den toten Mann zu betrachten, der ausgestreckt im Schlamm lag. »Sie hätten erwähnen sollen, Sir«, stellte einer fest, »daß ein Adams-Revolver auf seinen Schädel gerichtet war.«

Als Harry sich kniete, um Ram auf den Rücken zu drehen, zwinkerte der Untergebene. »Scheint, als hätte der auch das Ende der Straße erreicht.«

Der junge Offizier, der ihm gegenüber hockte, öffnete Rams Hemd und rümpfte die Nase über den stechenden Gestank der Wunde. »Kein Wunder. Was machen wir mit ihm, Leutnant?«

»Sie tragen ihn.«

Der junge Offizier blickte auf seine makellose Uniform, dann auf den mit Schlamm und Unrat beschmierten Ram. »Sir?«

Harry lächelte grimmig. »Zumindest bis ich einen *Gharry* finde.«

»Könnten wir nicht warten, bis Sie...« setzte der Untergebene an.

»Sie haben gerade einen ausgezeichneten Geruchssinn bewiesen, Sir«, schnappte Harry. »Schließen Sie etwa, wir hätten Zeit?«

KAPITEL 18

Eine Frage der Stärke

Schau in mein Gesicht.
Mein Name ist Könnte-gewesen-sein

DANTE GABRIEL ROSETTI

»Ihr wußtet es also!?« griff Lysistrata Dr. Heriott und Leacock an, während sie vor Herriotts Schlafzimmertür auf und ab ging. »Ihr habt Ram vor zwei Tagen in diesem dreckigen Gefängnis besucht! Sein kritischer Zustand muß offensichtlich gewesen sein. Dieses Gemurmel im Gerichtssaal... *warum* habt ihr mir das nicht gesagt? Ich hatte ein Recht, das zu wissen!«

»Ihre Aussage hätte nicht zu Rams Vorteil benutzt werden können, wenn Sie es gewußt hätten, Lysistrata«, erwiderte Leacock nur. »Er hielt es für das Beste, und Ihr Vater und ich wollten Ihnen diese zusätzliche Belastung ersparen.«

Lysistrata erkannte die kalte Logik hinter der Argumentation des Anwalts, war aber noch wütender über ihre maskuline Anmaßung und Zusammenarbeit. Sie war fast hysterisch, weil ihr verboten war, Rams Krankenzimmer zu betreten, in dem sich Herriott und Lighter mit ihm den ganzen Nachmittag beschäftigt hatten. Mit tränenglänzenden Augen wandte sie sich an Herriott. »Das meintest du also heute morgen, als du sagtest, ich könne Ram verlieren. Nicht an ein Militärgericht, nicht an einen gottverlassenen Ort, zu dem er ins Exil geht. Du meintest, er würde durch Infektion und Vernachlässigung und die Dummheit eines Gefängnisquacksalbers *sterben*! Du hättest ihn ärztlich betreuen können! Das werde ich dir nie verzeihen... niemals!«

Leacock sah Herriott erblassen und fiel ein: »Ihr Vater hatte in dieser Angelegenheit wenig zu sagen, Lysistrata. Ram wußte, daß er schwerkrank war. Er lehnte ärztliche Hilfe von Dr. Herriott und Dr. Lighter während des Prozesses ab, obwohl sie ihn dazu drängten. Er war entschlossen, Sie aus dieser Geschichte herauszuhalten, wollte aber nicht noch ein

Militärgericht über sich ergehen lassen.« Er paffte an seiner Pfeife. »Ein Tribunal kann er nicht überleben. Sie haben Beweise dafür, daß er die Offiziere getötet hat.«

Sie hielt sich die Ohren zu. »Hören Sie auf! Sie reden nicht mit einem Kind. Ich bin genug tyrannisiert worden!« Sie wandte sich an Herriott. »Ich will bei Ram sein. Und wenn auch nur ganz wenig Zeit bleibt, ich will bei ihm sein!«

Die Tür öffnete sich abrupt. Ein Arm schoß heraus, packte sie am Ellenbogen und zog sie hinein. »*Schluß* mit diesem Gezeter! Irgendwas an Ihnen muß irisch sein!« Die Tür schlug zu.

Lysistratas Worte erstarben ihr auf den Lippen, als sie Rams ausgemergelten Körper im Delirium auf den schweißnassen Laken sah. Ein dicker Verband war um seine Brust gewickelt. Seine Augen glänzten, und über seine Lippen kam unstet Hindi. Er zerrte an den Laken, an seinem Verband, und Lighter zog rasch seine Hände fort. Als Lighter ihn festhielt, kämpfte Ram dagegen an. »Wasser«, krächzte er. Lysistrata hielt ihm schnell einen Becher an die Lippen.

»Nein«, sagte Lighter scharf. »Er wird ersticken und eine Gehirnblutung bekommen. Ich mußte seine Wunde neu nähen. Befeuchten Sie nur seine Lippen und das Gesicht.«

Ram saugte gierig an dem feuchten Tuch. Er nahm Lysistrata nicht wahr, wollte nur Wasser. Als das Tuch weggenommen wurde, bettelte er wieder, und seine Augen waren glasig. Trotz des scharfen Geruchs von Karbol und Chloroform hing der pestilente Gestank von Brand in der Luft.

Bei diesem vertrauten, tödlichen Geruch erfaßte Lysistrata Entsetzen. »Sie sehen, wie es ist«, sagte Lighter. »Wäre der Prozeß nur einen Tag kürzer gewesen, hätte er eine Chance gehabt.«

Sie blickte in Rams leere Augen. Sie erinnerte sich an ihre Krankheit in Khandahoor. *Nada*. Dieser ferne, zärtliche Traum von Tod. Sie fürchtete diese schreckliche Loslösung so sehr wie die Infektion. Mit den Gefahren und Freuden von *Nada* lang vertraut, hatte er sie rücksichtslos daraus gerissen, als ihre Schlangenbißwunde brandig geworden war. Aber welche Drogen hatte er benutzt? Opium. Breiumschläge und

Kräutertränke. »Sind Sie zu Experimenten bereit, Dr. Lighter?« fragte sie drängend.

Er bemerkte die Verzweiflung in ihrer Stimme. »Kommt darauf an. Woran denken Sie?«

Sie erzählte es ihm.

Er blickte zweifelnd, zuckte dann die Schultern. »Ein bißchen Hexendoktorzauber kann auch nicht mehr schaden.«

Lighter sollte seine Zustimmung bald bedauern. Nachdem Ma Saw mit den Zutaten für eine Arznei von einem *Sayah* zurückgekehrt war, der der beste in Rangun war, wie sie sagte, bekam Ram etwas davon. Der Mann bekam Krämpfe. »Etwas stimmt nicht.« Lysistrata fuhr sich verzweifelt durchs Haar. »An eine solche Reaktion erinnere ich mich nicht.«

»Entweder haben wir etwas falsch gemacht oder etwas vergessen.« Lighter verzog das Gesicht. »Wir müssen den *Sayah* selbst konsultieren.«

Der *Sayah* kam, um sein Urteil abzugeben und noch wunderlichere Tränke zu brauen. Ram wurde Stunde um Stunde vom Fieber geschüttelt, bis sein Toben nachließ und er nur noch trocken krächzte. Sie zerschlugen einen vierzig Pfund schweren Eisblock aus Harrys Club und packten die Stücke um Rams brennenden Körper. Der *Sayah* schüttelte angesichts solch barbarischer Behandlung eines Kranken den Kopf, artikulierte seine Meinung mit typisch birmanischer Toleranz, aber nicht laut. Ma Saw und San-hla eilten zum Shwe Dagon, um Gebetszettel zu verbrennen, kehrten dann mit Dienern aus der Nachbarschaft zurück, die auf Küchentöpfe schlugen, um die bösen *Nats* zu vertreiben. War eine Truppe erschöpft und fast taub, löste die nächste sie ab. Die Chinesen darunter brachten Joss-Glücksbriefe mit, die an allen Türen und Fenstern hingen, bis das Haus wie für ein Fest geschmückt war.

Lysistrata beäugte die Joss-Briefchen mit stummem Entsetzen. Sie raschelten wie ersterbendes, sehnsuchtsvolles Geflüster bei Nacht. Am Tage gaben sie Echos unabänderlichen Bedauerns von sich. Sie klapperten wie Skelette. Ram, der ihr so oft fern gewesen war, war nun unerreichbar, obwohl er unter ihren Händen lag. Drei Tage lang drang der Lärm, der die *Nats* vertreiben solle, in ihren Verstand, bis sie wie ein in die Enge getriebenes Tier aussah. Schließlich saß sie reglos neben Rams Bett und wartete darauf, daß der Lärm aufhörte. Dr. Herriott stand im Türeingang und beobachtete sie bis Mitternacht. Dann mischte er ein Pulver in eine Tasse warmes Bier. »Trink das.« Als sie nicht reagierte, führte er es an ihre Lippen. Sie trank wie eine Puppe. Jedes Geräusch schwand.

Dr. Herriott erfuhr nie, welche der Mixturen wirkte, aber am Morgen war Rams Fieber gebrochen. Der Doktor weckte Lysistrata am Mittag. Sie drehte sich benommen zu ihm, als er es ihr erzählte. »Gott sei Dank«, flüsterte sie. Ram war zu schwach geworden, um noch mehr zu ertragen. Daß sie ihn nicht umgebracht hatten, war ein Wunder.

Sie schlief wieder tief und traumlos, bis Leacock an diesem Abend kam. Nachdem sie mit Ma Saw nach Ram geschaut hatte, ging sie zum Abendessen hinunter. Als sie den Korridor erreichte, hörte sie, daß Lighter aus dem Haus gehen wollte. »Sagen Sie's ihr«, bellte er. »Ich hab' keine Zeit. Muß mich um ein Krankenhaus kümmern!«

Sie erreichte Leacock und Herriott an der Eingangstür gerade noch rechtzeitig, um zu sehen, wie Lighter sein *Gharry* bestieg. »Was sollt ihr mir sagen?« fragte sie.

»Mr. Leacock hat schlechte Nachrichten«, sagte Herriott ernst. »Anne O'Shaunessy ist tot, zweifellos ermordet. Evelyn Chilton ist verschwunden.«

»O nein! Die arme Anne! Was ist passiert?«

»Eigenartigerweise«, sagte Leacock, »wurde sie in einem Putzeimer ertränkt im Hospital gefunden. Sie hatte einen Korridor geputzt, der nicht oft benutzt wurde. Jemand muß ihr aufgelauert haben.«

»Aber Evelyn ist doch dazu nicht stark genug!«

»Wer weiß? Wir wissen nur, daß Evelyn verschwunden und die einzige Person, die gegen sie aussagen könnte, tot ist.« Er blinzelte in die Sonne. »Wenn Mrs. Chilton Garotte ist, war ihr nicht klar, daß Anne soviel wußte, sonst hätte sie sie schon längst getötet. Wie vielleicht auch ihren Gatten, nachdem er mehr erfahren hatte, als er wissen sollte. Mehrere Papiere aus seinen Berichten über die Morde auf der *Star of Calcutta* fehlen. Die Beseitigung Annes und der anderen Frauen, war eine Vorsichtsmaßnahme. Klug aus Mrs. Chiltons Warte, da Anne sie wohl erpressen wollte.« Er stopfte seine Pfeife.

»Ich glaube, daß Bettenheim genauso auf Mrs. Chilton hereingefallen ist wie die anderen, die nur gierig waren und nicht begriffen, was sie wollte. Sie und Bettenheim hatten vielleicht ein Verhältnis, aber ich beweifle sehr, daß sie ihm vertraute.«

»Sie scheinen nicht sonderlich erregt darüber zu sein, daß sie der Gerechtigkeit entgeht«, sagte er spöttisch.

»Ich glaube nicht, daß sie ihr entgangen ist. Für Evelyn bedeutete es alles, umschwärmt zu werden. Jetzt bleibt ihr nur Vergessenheit. Sie mag ein paar dreckige Buden wie den Goldenen Drachen haben, aber sie kann nie wieder juwelengeschmückt einen Ballsaal betreten. Sie darf sich in der Öffentlichkeit nicht sehen lassen.« Lysistrata lächelte aus eigener Erfahrung grimmig. »Ist man in der englischen Gesellschaft ruiniert, ist man völlig ruiniert.«

»Das klingt, als hättest du Mitleid mit ihr«, bemerkte Herriott trocken.

»Wir beide sind Pariahs, nur daß Evelyn das Gesellschaftssystem eine Zeitlang überwand, weil sie es benutzte. Ich war von Anfang an besiegt, weil ich dagegen anrannte. Evelyn ist entsetzlich, aber ich respektiere ihren Mut und ihre Intelligenz, vielleicht, weil ich das Gesetz des Dschungels zu respektieren gelernt habe. Insofern bin ich jetzt wie Ram.« Sie setzte sich in einen hochlehnigen Stuhl. »Die Überlebenden im Dschungel tarnen sich, um auf ihre Gelegenheit zu warten. Sie vertrauen niemals dem Glück.« Sie wechselte abrupt das Thema. »Ich hoffe, Sie essen mit uns zu Abend, Mr. Leacock.«

»Danke, nein«, entgegnete er. »Ich habe wie Dr. Lighter Pflichten. Aber ich habe auch gute Nachrichten für Sie. Harry Armistead läßt grüßen und bedauert, daß er Sie nicht besuchen kann, bis seine Angelegenheiten geregelt sind. Er hat auch eine Information übermittelt.« Der Anwalt lächelte geheimnisvoll. »Wie Sie vor Gericht aussagten, Miß Herriott, gibt es keine Briten in den Shan.«

»Ich verstehe nicht, worauf Sie hinaus wollen«, erwiderte sie verwirrt.

»Harry wurde heute morgen in das Büro seines Kommandanten beordert und erhielt Befehl, mit niemandem über Ram Harleys antibritische Aktionen in den Shan-Bergen zu sprechen. Offiziell respektieren die Briten König Mindons Souveränität. Klagt das Militär Ram an, muß Sir Anthony öffentlich zugeben, daß seine Regierung die Rebellion gegen diese Souveränität unterstützt, dem König also in den Rükken fällt.«

Lysistrata lehnte sich zurück. »Heißt das etwa...?«

»Ram ist frei«, sagte Leacock selbstgefällig. »Sie hassen ihn, aber sie können nichts gegen ihn unternehmen.«

»Offiziell«, fügte Dr. Herriott lakonisch hinzu.

Leacock meinte ernüchtert: »Ja. Je schneller er außer Reichweite ist, desto besser.«

Aber Rams Genesung konnte nicht beschleunigt werden. In Dr. Herriotts Schlafzimmer schlief er immer unruhiger, und seine Benommenheit schwand. Als er erwachte, hatten er und Lysistrata sich wenig zu sagen. Eine Barriere schien zwischen ihnen zu stehen. Sie bereitete sich auf den Abschied vor und berührte nur einmal sein Gesicht, als er schlief. Und Ram? War er erleichtert, sie bald los zu sein und all das Pech, das sie ihm gebracht hatte? Obwohl sie ihm keinen Vorwurf machen konnte, quälte sie seine höfliche Gleichgültigkeit. Aus vielen Gründen war es am besten, wenn er bald ging.

Einer davon entging ihrem Vater nicht.

Eines späten Vormittags wurde ihr beim Hacken im Gemüsegarten übel. Herriott fing sie auf. Als er ihr zur Veranda half, murmelte sie: »Wo warst du? Ich habe dich nicht gesehen...«

Er führte sie zu einem Stuhl. »Ist es nicht dumm, unter dieser heißen Sonne Wurzeln zu hacken? Oder versuchst du mehr, als nur Unkraut loszuwerden?«

Sie war von seinem Ärger überrascht und fand keine Worte, wischte sich dann das feuchte Haar aus der Stirn. »Ich hab' mein Zeitgefühl verloren.«

»Ich nicht. Du bist jetzt im vierten Monat.«

Sie holte tief Luft. »Ich dachte nicht, daß man es sehen würde.«

»Man sieht's auch nicht. Ich höre nur jeden Morgen durch die Wand, wenn du dich übergibst.« Sein Mund wurde schmal. »Weiß Harley das?«

»Nein.« Sie sah ihn an. »Wirst du es ihm sagen?«

»Nicht, wenn du's nicht willst.«

Sie starrte in die wabernde Hitze des Gartens. »Ich will es nicht.«

Er wollte etwas sagen, ging dann aber wortlos ins Haus.

Eine Woche später spürte Dr. Herriott eine gewisse Anspannung bei Ram, als er dessen Verband wechselte. Der jüngere Mann, dessen Zustand sich gebessert hatte, lehnte an den Kissen. »Tue ich Ihnen weh?« fragte Herriott kurz, als er die Verbände durchschnitt.

»Im Gegenteil«, erwiderte Ram, »Sie gehen sehr behutsam mit einem Mann um, den Sie am liebsten gehängt sehen würden.«

»Falsch, Mr. Harley«, sagte Herriott lakonisch. »Zum Hängen sind Sie zu schade.« Er löste den Verband.

Ram lachte leise. »Danke, Sir.« Er schaute Herriott seltsam an. »Haben Sie vielleicht eine Pistole zur Hand?«

»Warum?« fragte der Doktor, während er die Wunde mit Alkohol reinigte.

Ram atmete wegen des stechenden Desinfektionsmittels scharf ein. »Weil ich einen Vorschlag zu machen habe, den Sie vielleicht mit einer gewissen Endgültigkeit beantworten.«

Nachdem Herriott gehört hatte, was Ram sagen wollte, während er den frischen Verband anlegte, ging er zu seinem Schreibtisch und öffnete eine Schublade. Ram erstarrte, entspannte sich dann, als Herriott mit einer Schnapsflasche zurückkam. »Sie haben Mumm.« Er nahm einen Schluck aus der Flasche und reichte sie ihm dann. »Mumm beruhigt mich.«

Ram nahm etwas unsicher die Flasche. Als der Whisky durch seine Kehle rann, hörte er Herriott sagen: »Sie fallen nicht um, Sie geben nicht nach. Ihr Kragen sitzt so eng, daß er nur in einen Sarg paßt.« Er nahm die Flasche wieder. »Sie sind ein verdammt korrekter englischer Gentleman.«

Ram schaute ihm zu, als er trank. »Sie lehnen meinen Vorschlag ab.«

Die Flasche tauchte wieder vor seinem Gesicht auf. »Erst wenn wir das bei einer Flasche besprochen haben.« Herriott rief nach Ma Saw.

»Wenn ich trinke, bin ich noch weniger amüsant, Sir«, warnte Ram ihn kühl.

»Wollte ich mich amüsieren, hätte ich Triton eingeladen«, schoß Herriott zurück.

»Wie konntest du nur, Papa?« Lysistrata stieß die Schlafzimmerfenster auf, um den Alkoholgeruch hinauszulassen. Sie starrte auf Ram, der über Kissen zusammengesunken war. »Du hättest ihn umbringen können.«

Herriott sah sie mit glasigen Augen an. »Du scheinst wischensaftliche Exmer... Experimente nicht gutzuheißen, Mädchen. Sieh mal«, er zeigte auf Ram, »in der Mitte *biegt* er sich.«

Lysistrata erfuhr von Herriott über die Episode nicht mehr und fragte auch Ram nicht danach. Da er an einen Stuhl gefesselt war, konnte er ihr nicht ausweichen. Aber sie wich ihm aus, weil sie in Panik war, daß er ihre Furcht vor seiner Abreise bemerken könne. Eines Morgens, als sie unter dem Banyan las, hatte sie sich dem Problem zu stellen, da es mit Hilfe eines polierten Malacca-Stocks zu ihr kam...

»Wenn der Berg nicht zum Propheten kommt...« Ram berührte zum Gruß seine Stirn mit seinem Stock... Er war glattrasiert, der Schnurrbart verschwunden und das Haar sorgfältig frisiert, wenngleich etwas länger, als er es sonst in Rangun getragen hatte.

Sie erkannte den cremefarbigen Seidenanzug wieder, dessen Jacke er über der Schulter trug. »Die *Rani* ist in den Hafen eingelaufen. Bist du gekommen, um Lebewohl zu sagen?« Sie betete, sie würde nicht so hölzern klingen, wie sich ihre Zunge anfühlte.

Er musterte ihre blassen Wangen. Das pastellblau und violett geblümte Musselinkleid stand ihr gut, war aber fad im Vergleich zu den bunten Saris, die sie in Khandahoor getragen hatte. Sie wirkte sehr amerikanisch. »Ich bin gekommen, um einen Vorschlag zu machen.«

Ihr Mund wurde trocken. »Warum?« krächzte sie abwehrend. »Papa hat doch nicht...«

Er lächelte schief. »Dein Vater billigt mich nicht. Du brauchst nicht zu fürchten, daß es seine Idee war.« Er schien sich zusammenzunehmen und sprach weiter, als sei ihm sein Text wieder eingefallen. »Ich habe deinem Ruf und deiner Zukunft irreparabel geschadet. Wenngleich der Name eines Mischlings kaum ein Vorteil ist, so bietet er doch ein gewisses Ansehen und Schutz. Ich verfüge nicht mehr über mein früheres Einkommen, aber ich kann es dir recht komfortabel machen.« Sie spürte, daß ihr Gesicht sich anspannte, und Ram, der sich zu wünschen schien, nicht begonnen zu haben, fuhr fort, wobei er den Stock heftig gegen seinen Stiefel schlug: »Wenn du einen getrennten Wohnsitz bevorzugst, werde ich ihn einrichten lassen, wo immer du es willst.«

Sie fühlte sich, als hätte sie eine offene Tür berührt, die ihr beim Zuschlagen die Hand abtrennte. »Du meinst, wir müssen uns nach der Zeremonie überhaupt nicht mehr sehen?« sagte sie distanziert.

»Wenn du willst«, erwiderte er kurz, und sein Verhalten wurde aufgrund ihres eisigen Tonfalls härter.

»Ich lehne Ihren Vorschlag ab, Sir, so rücksichtsvoll er sein mag.«

Er erbleichte und verbeugte sich abrupt. »Dann leben Sie wohl, Miß Herriott. Ich wünsche Ihnen alles erdenkliche Glück.« Im nächsten Moment sah sie seinen Rücken.

Kurz darauf tippte Dr. Herriott auf Lysistratas Schulter. Sie blickte langsam von dem Buch auf. »Harley ist gegangen. Er schien in großer Eile zu sein.« Als sie nichts sagte, fragte er scharf: »Habt ihr gestritten?«

»Ram erlaubt sich selten den Luxus, zu streiten«, erwiderte sie tonlos. »Er hat mir einen Heiratsantrag gemacht.«

Herriott hob leicht den Kopf. »Und?«

»Er war sehr anständig.«

Herriott atmete aus und schlug sich vor die Stirn. »Ich hätte wissen müssen, daß er's verpfuscht. Du hast also abgelehnt?«

»Natürlich.« Sie legte vorsichtig das Buch ab. »Du solltest dich freuen. Schließlich magst du ihn nicht.«

»Ich habe nie gesagt, daß ich ihn nicht mag«, knurrte Herriott. »Er könnte jedes Nilkrokodil bezaubern.«

Da sie nicht wußte, wie sie sein Verhalten bewerten sollte, beugte sie sich zu ihm vor. »Papa, wir haben über die Zukunft nicht gesprochen, aber ich werde bald eine unangenehme Bürde für dich sein. Es ist vielleicht besser, wenn ich fortgehe... vielleicht in eine niederländische Kolonie.«

Herriott wurde puterrot. »Es genügt dir nicht, den Vater deines Kindes zu kränken. Du kränkst seinen Großvater ebenfalls!« Er sprang auf. »Wofür hältst du Harley? Wofür hältst du *mich*?«

»Ihr seid Männer, die zu dem stehen, was sie für ihre Pflicht halten. Ich bin anders. Ich weiß, daß Ram dich um Zustimmung zu seinem Antrag gebeten haben muß. Du hättest ihn nicht ermutigen sollen.« Ihre Stimme wurde unsicher. »Was zwischen Ram und mir geschehen ist, war keine Vergewaltigung, Papa, obwohl er klarmachte, daß er mich nicht liebte und mich nie lieben könne. Dieser Tag am Strand, an dem Triton so interessiert war – schon da hätte Ram mich haben können, wenn er dir hätte Schande bereiten wollen. Ram steht zu seiner Verantwortung, wie unerfreulich sie auch sein mag. Das ist der einzige Grund, warum er mir den Antrag machte. Er liebt mich nicht.« Ihre Augen füllten sich mit Tränen. »Ich will dich nicht fesseln und ihn nicht.«

Er spottete ungeduldig: »Wenn du von Verantwortung redest, solltest du lieber an dein Baby denken. *Sein* Baby. *Mein* Baby. Du hast auch an uns zu denken. Ram hat ein Recht zu erfahren, daß er ein Baby hat und ein Mitspracherecht, was aus ihm wird. Wenn du vorher ein wenig an mich gedacht hättest, so tust du das jetzt nicht. Ich will nicht betrogen werden! Nicht wieder. Meine Frau und meine Söhne wurden mir genommen, mein Lebenswerk, mein Land. Jetzt sprichst du von Verschwinden, als seist du eine melodramatische Tragödin und nimmst mir meine letzte Hoffnung und Erfüllung!« Er schüttelte eine Faust. »Ich will das nicht!«

Lysistrata war bestürzt. So heftig hatte sie ihn noch nie erlebt, ganz davon zu schweigen ihr gegenüber. »Papa«, begann sie zaghaft, »Ram und ich können nie miteinander glücklich werden. Nicht einmal ein Kind...«

»Quatsch! Wo ist dein Mumm?« Er beugte sich und ergriff ihre Hände. »Du liebst den Mann. Wäre er gestorben, dann hätte dich das um den Verstand gebracht. Willst du jetzt nicht mehr um ihn kämpfen, nur weil er wieder auf den Beinen ist?« Sie versuchte, sich ihm zu entziehen, doch sein Griff wurde fester. »Du sagtest gerade, du hättest sein Bett genossen. Und er ist kein Muttersöhnchen. Wie du weißt, hat er dich entführt. Gute Ehen haben schon schlechter begonnen. Die Sabinerinnen sind Mütter einer Nation geworden.«

»Papa.« Sie dehnte die Worte, als versuche sie, etwas einem Kind zu erklären: »Ich sagte dir, daß er mich nicht *will.*«

»Ist dir je der Gedanke gekommen, daß er sich selbst gegenüber nicht *zugibt*, daß er dich will?«

Sie starrte ihn an, als ob ein *Sayah* behauptete, ein *Nat* könnte vor ihren Augen die Gestalt wechseln. Hinter Herriott überquerte Harry Armistead im Seemannsgang den Rasen, einen Seesack auf der Schulter.

KAPITEL 19

Besitzerwechsel

Jetzt breitet sich die Erde wie Danae unter den Sternen, und euer ganzes Herz liegt offen vor mir

ALFRED, LORD TENNYSON

»Passage nach Shanghai? Warum nicht? Ich nehme Sie nach Papeete mit, wenn Sie wollen.« Ram lehnte an der Heckreling der *Rani*. Sein weißes indisches Baumwollgewand blähte sich im ablandigen Wind. Obwohl hager durch seine Krankheit, war seine Gefängnisblässe unter einem leichten Sonnenbrand, den er sich am Nachmittag auf dem Deck der *Rani* geholt hatte, nicht bemerkbar. Trotz der einfachen Kleidung war er so elegant wie früher. Die alte Unbekümmertheit war ebenfalls da, aber mit einer gewissen Härte darin.

Mit kläglichem Grinsen setzte Harry seinen Seesack aufs Deck. »Papeete kann ich mir nicht mehr leisten, da ich mein Offizierspatent zurückgegeben habe. Außerdem habe ich vom Osten noch nicht genug. Ich will noch etwa ein Jahr hier verbringen. Vielleicht versuch' ich's in Australien, wenn ich ein paar Pfund verdient habe.« Er sah mit seinem offenen Hemd und der abgetragenen Seemannsmütze bereits wie ein sorgloser Wanderer aus.

»Hat man Sie daheim enteignet?« fragte Ram ruhig.

»Mehr oder weniger. Der alte Herr hat's schwer genommen, aber er hat was für bockige Pferde übrig. Ich denke, er nimmt mich irgendwann mal wieder auf.«

»Ein Elefant unter Suffolks Schafen?« lächelte Ram. »In ein paar Jahren passen Sie da nicht mehr rein.«

»Nein, vielleicht nicht. Ich denke, es ist ohnehin schon zu spät. Ich habe das Blöken verlernt.«

»Ich hoffe, ich habe nicht zu Ihrer Unzufriedenheit beigetragen.«

Harry schüttelte den Kopf. »War nicht zu meinem Schaden. Ich hielt das Soldatsein für das Großartigste überhaupt.« Sein Gesicht wirkte plötzlich weniger jung. »Was wir Briten in Birma und hundert anderen Ländern tun, ist nicht großartig.« Er verzog etwas spitzbübisch die Lippen. »Wenn ich mich amüsieren will, muß ich wohl Glücksjäger werden.« Er lachte plötzlich. »Keine Sorge. Im Augenblick kann ich meine Passage bis Shanghai noch zahlen. Nächstes Jahr um diese Zeit steh' ich vielleicht abgebrannt in Brisbane.«

Ram grinste. »Die Reise kostet nichts. Wären Sie nicht gewesen, lebte ich nicht mehr.«

»Danke, nein. Wenn ich mir einen Diener leisten kann«, Harry nickte zu einem Kuli, der auf dem Achterdeck hockte. »Ich kann zahlen. Außerdem hatte ich zunächst gar nicht die Absicht, Ihnen zu helfen. Ich nehme an, Lysistrata begleitet Sie auf der Reise nicht.«

Ein Schatten fiel auf Rams Gesicht. »Ihre Entscheidung, nicht meine.«

»Oh?« Harrys Augen funkelten. »Haben Sie diesmal ihr die Wahl gelassen? Das ist ein Schritt vorwärts.«

»Ich habe ihr einen Heiratsantrag gemacht«, erwiderte Ram mit gefährlicher Ruhe. »Sie auch, Harry?«

»Gott, ich bewundere sie. Aber ohne Einkommen kann ich schwerlich an eine Frau denken, selbst wenn sie so lieblich wie Lysistrata ist. Außerdem müssen Sie gestehen, daß sie ein wenig gebraucht ist.« Er sah, daß Rams Lippen schmal wurden. »Als Geliebte würde ich sie sofort nehmen, aber wahrscheinlich findet sie mich nach Ihnen langweilig und steif.« Er lächelte kalt. »Ich kann mir nicht vorstellen, daß Sie je langweilig sind. Ihr Antrag muß voller Leidenschaft und Romantik gewesen sein.« Er schwenkte dramatisch die Hand. »Komm, meine Liebste, laß mich dich fortbringen von all den Qualen. Fort aus unserer Einsamkeit und Bettelei. Von diesen schleimigen Hunden, die herumschnüffeln...«

»Halten Sie den Mund, Harry!«

Harry blinzelte. »Tut mir leid, Alter. Hab' ich was Falsches gesagt?« Er musterte Rams Gesicht sachlich. »Ich meine, wer konnte wissen, daß Ihnen an ihr lag? Sie haben das ja gut verborgen. Sie haben wohl doch von Liebe gesprochen, als Sie ihr den Antrag machten, was?« Auf Rams Blick seufzte er erbost. »Gott, sind Sie empfindlich. Eine Pflaume würde mehr Emotion zeigen.«

»Wenn Sie an Bord bleiben wollen, Harry«, kam die scharfe Antwort, »bleiben Sie mir aus den Augen.«

»Das werde ich«, rief der junge Engländer ihm fröhlich nach. »Ich hab' schließlich jemand, der sich um mich kümmert.«

Unter dem Kulihut starrten rauchgrüne Augen Harry böse an.

Vier Tage nach dem Auslaufen aus Rangun, wurde das Wetter schlecht und Rams Stimmung noch schlechter. Die Mannschaft, die nicht daran gewöhnt war, erfüllte ihre Pflichten, als ginge sie auf Eierschalen. Doch niemand konnte es ihm recht machen. Harry versuchte es gar nicht. Selbst der Kuli, der stets hinter Harry herlief, handelte sich einen scharfen Blick ein, als er unbeholfen auf dem schlüpfrigen Deck ausrutschte und gegen den Engländer stieß, der ihn rasch auffing. Am fünften Tag wurde der Regen zu einem grauen Niesel, und der Ozean rollte in widerspenstigen Wogen. Als Ram den Kuli entdeckte, der sich schlaff an der Reling festhielt, nachdem er sich erbrochen hatte, stürzte er sich auf ihn. Er packte ihn am Kragen, zerrte ihn in die Kapitänskajüte und schlug ihm ärgerlich den Hut vom Kopf. Kupfergoldenes Haar ergoß sich im trüben Licht.

Lysistrata zuckte vor seinem wütenden Gesicht zusammen. »Wie hast du das rausgefunden?«

»Harry behandelt dich nicht wie einen Kuli, und die Schenkel in dieser Hose sind nicht gerade dürr«, schnappte er. »Wie lange wolltet ihr zwei die Scharade fortsetzen?«

»Bis wir soweit von Rangun entfernt sind, daß du nicht mehr umkehren kannst«, murmelte sie. »Gott, ich glaub', mir wird wieder schlecht.«

Er musterte sie mitleidslos. »Du bist ein schlechter Seemann. Daran hättest du denken sollen, bevor du dich mit Harry einließest.«

»Ich hab' mich nicht mit Harry eingelassen«, sie atmete heftig ein, »und mir wird nur in deiner Nähe schlecht.«

»Ich habe nichts damit zu tun.«

»Allerdings hast du damit zu tun! Du ...« Ihre Augen weiteten sich, und sie winkte verzweifelt. »Bullauge.«

Abrupt stieß er sie zum Waschbecken und drückte ihren Kopf darüber. Nach trockenem Würgen, hob sie den Kopf und keuchte. »Verdammt, ich bin schwanger, du Alleswisser.«

Seine Augen wurden schmal. »Das also ist es. Harry?«

»Harry!« Sie kreischte und stürzte sich auf ihn.

Er packte ihre Hände. »Warum bist du sonst hier? *Mich* hast du ja definitiv abgewiesen.«

»Ich hätte nie kommen sollen«, stöhnte sie. »Ich wußte, daß du so sein würdest.«

»Wie was?« wollte er wissen. »Wie bin ich, Lysistrata?«

»Du ... behandelst mich wie einen ... einen gesprungenen Topf, der geklebt werden muß!« Um ihr Elend zu verbergen, versuchte sie, sich ihm zu entziehen. »Laß mich los! Ich brülle hier alles zusammen!«

»Damit dein abenteuerlustiger Leutnant kommt? Warum *hast* du Harry mitgebracht, Lysistrata? Als Reserveunterhaltung für den Fall, daß ich unempfänglich bin?«

»Harry war auch Papas Idee. Er soll verhindern, daß du mich wieder im Bett tyrannisierst«, fauchte sie. »Mein Vater hat viele Ideen. Ich möchte dich nicht mal zum Lunch haben.«

»Das ist wenigstens eine ehrliche Antwort!« schnappte Ram und warf sie auf sein Bett. »Bleib hier oder erbrich dich wieder!« Er riß die Tür auf. »Und wenn Harry dagegen was zu sagen hat, stopfe ich ihn in die Matratze.«

»Lysistrata ist in meiner Kabine eingesperrt. Die teilen wir bis Shanghai«, informierte Ram gleichmütig Harry.

Harry lächelte. »Warum erzählen Sie mir das? Oder wollten Sie mir Ihre amourösen Memoiren diktieren?«

»Lysistrata sagte, Sie hatten eine Vereinbarung mit Dr. Herriott getroffen.« Rams Augen bohrten sich in Harrys.

»O ja«, sagte Harry vergnügt. »Wenn Sie sie nicht heiraten, soll ich Sie ein kleine Stücke schneiden.«

»Meinen Sie, Sie könnten das?«

»Das bezweifle ich sehr, aber andererseits«, Harry lächelte wieder süß, »wäre ich nicht gekommen, wenn ich geglaubt hätte, einen Finger rühren zu müssen. Ich bin nur zum Sonnen hier.«

»Passen Sie auf, daß Sie keinen Hitzschlag bekommen«, knurrte Ram. »Ich geh' nach unten.«

Harrys Finger wackelten unverschämt. »Zu ihr, Sie Hund.«

Als Ram die Kajüte erreichte, döste Lysistrata unruhig. Sie war noch immer blaß, aber als die See sich bei Sonnenuntergang beruhigt hatte, war ihr nicht mehr so übel. Der Kulirock hatte sich unter ihr verdreht und betonte ihre Figur. Er blickte beiseite, hin und her gerissen zwischen dem Wunsch, sie zu erwürgen und sie zu lieben. Durch Wesensart und Erziehung sehr verschlossen, erschreckte es ihn, daß fast Fremde sich in sein Intimleben einmischten, vor allem in seine Gefühle für Lysistrata. Herriott und Harry waren wie zwei Mäuse, die an ihm nagten. Selbst Lysistrata wirkte, als fühle sie sich in die Enge getrieben, nur daß er der schwarze Mann zu sein schien. Hatte Herriott ihr *befohlen* zu kommen? Das würde ihren Widerwillen erklären, sich ihm zu nähern. Sie würde sich von niemandem beherrschen lassen … außer von ihrem Vater. Der Gedanke war unerträglich, aber wenn er und Lysistrata künftig Frieden haben wollten, mußte er die Wahrheit wissen.

Er trat ans Bett und blickte auf sie. Die Spuren des Prozesses, seiner Krankheit und ihrer schlaflosen Nächte zeigten sich noch auf ihrem Gesicht. Alles seinetwegen. Sein Blick wanderte zu ihrem sanft gerundeten Bauch. Auch dies: für ihn und durch ihn. Bei seinen Geliebten und *Bibees* hatte er Vorsichtsmaßnahmen getroffen, aber mit Lysistrata nicht einmal darüber gesprochen. Hatte etwas tief in ihm ein Kind mit ihr gewollt, so daß es zwischen ihnen etwas gab, was nie ausgelöscht werden konnte?

Was *war* zwischen ihnen? Nachdenklich streichelte er ihre Kinnlinie. Sie öffnete verwirrt die Augen und wurde wachsam, als sie seinen abschätzenden Blick sah. »Bin ich denn ein solches Ungeheuer, daß du mir von unserem Kind nichts erzählen konntest, bevor ich Rangun verließ?« murmelte er.

Die Freudlosigkeit seiner Stimme stillte Lysistratas Ärger. »Ich dachte, du wolltest es nicht.«

»Hast du auch gedacht, ich würde dir die Fahrt nach Shanghai verweigern... wenn du wirklich nach Shanghai willst?«

»Ich wußte nicht, wie du reagieren würdest«, antwortete sie ruhig. »In gewisser Hinsicht kenne ich dich überhaupt nicht. Ebensowenig wie du mich.« Sie lächelte matt. »In einem hast du recht: Shanghai ist mir völlig egal.«

Er setzte sich aufs Bett. »Warum bist du dann gekommen?«

Ihr Lächeln wurde kläglich. »Eine von Papas verrückten Ideen. Er dachte, du liebst mich vielleicht.«

Ram lachte leise. »Eine von Papas verrückten Ideen.« Er streichelte ihr Haar, beugte sich dann über sie und küßte sie innig.

»Du mußt wissen«, flüsterte sie atemlos, »daß ich dich nicht heiraten werde, um irgendwo abgestellt und ignoriert zu werden!«

»Ignoriere ich dich jetzt?« Während seine Lippen ihren Hals streiften, hoben seine Finger die Jacke von ihren Brüsten.

»Nein!« Sie wehrte sich, keuchte, als sein Mund sich warm um eine ersteifende Spitze schloß. »Ich gehe nicht mit dir!«

»Dann muß ich dich wieder entführen.« Er fand die andere Brust.

»Du kannst nicht... einfach...« Dann verzweifelt: »Harry wird dich in kleine Stücke schneiden!«

Er liebkoste ihre Brust, während er ihre anderen Kleidungsstücke entfernte. »Harry ist nur hier, um die Sonne zu genießen. Erwähnte er das nicht?«

Sie versuchte sich zu befreien, als er sich entkleidete, spürte dann trotz seines lockenden Tones seine ungeduldige Hitze. Sein Leib schob sich fast auf sie, und dann erstickten seine Lippen ihre Proteste. Sie brannten so, daß sie nach ihm gierte, und seine Hände bewegten sich so, als ob er nach ihrem Fleisch hungere, wie sie nach seinem.

»Tu's nicht«, bettelte sie vergeblich. »Es ist grausam, wenn du...«

»War ich je zärtlich?« flüsterte er rauh.

Seine Hände verschlossen sich mit den ihren, und sie spürte, wie er langsam in sie drang, als beherrsche er sich. Er verharrte reglos, keuchend. »Sag mir, liebst du mich, oder fickst du nur wie ich?«

Als sie zusammenzuckte, ihre Gesicht abwandte, fluchte er verhalten. Er wußte, was er von ihr nehmen konnte, und er nahm es. Sein Leib bewegte sich auf ihr, in ihr, mit der Gewandtheit, nach der sie sich sehnte und die sie fürchtete. Ihre Hände umkrampften die seinen, und ihr Körper erzitterte in fast erschreckendem Verlangen.

»Du brennst mich aus!« murmelte er, während er schneller wurde. »Ich kann dir nicht mehr geben. Liebe mich, verdammt!« Ihre wilde Hitze unter ihm wurde unerträglich. Sein Mund preßte sich heiß auf ihren Hals, und er fand, was er suchte.

Unerwartet ärgerlich ließ er ihre Hände los und fuhr in ihr Haar. »Warum machst du mich immer verrückt?« sagte er heiser. »Ziehst Dinge aus mir, die ich begraben will. Läßt mich das Unmögliche ersehnen. Ich hasse dich. Ich liebe dich. Wenn du mich jetzt verläßt, bringe ich dich um.« Seine Hände griffen fester zu. »Gefällt dir, was du in meiner tiefsten Seele findest, meine Liebste?«

Während der schrecklichen Tage nach dem Prozeß hatte Lysistrata Ram leiden sehen, aber nicht so. Nicht mit dieser zersplitternden Wut und dem Schmerz, der ihre Seele durchdrang. Er blickte sie mit diamantharten Augen an.

»Einmal warst du bereit, mir aus Eden zu folgen... Gott, wie schnell hätte ich dich Eden entrissen... und wie du mich und meine Schattenwelt gehaßt hättest. Jetzt bin ich in dir. Mein Leben, meine Zukunft ist in dir, und mir ist es gleich, wenn du mich dafür verfluchst.« Sein Mund schwebte über ihr, als ob sein Kuß jede Verweigerung zum Verstummen bringen würde.

Ihre Augen glänzten tränennaß. »Oh, Ram«, flüsterte sie voller Pein. »Es tut mir leid, wenn...«

Abrupt richtete er sich auf und rieb seine Stirn, als hätte er Schmerzen. »Keine Angst, ich werde dich diesmal nicht zwingen. Harry hatte recht. Ich hätte versuchen sollen, dich zu überzeugen, dich nicht vergewaltigen dürfen. Doch vergiß nicht, ich hatte dich gewarnt. Wenn dein Meerprinz aus seinem Element gerissen wird, ist er wie ein Kobold.« Er blickte sie an, und seine schwarzen Augen funkelten vor Sehnen, in der Unsicherheit eines Knaben, dessen Traum zerplatzt ist. »Als ich dich das erste Mal sah, war mir, als sei ich ein Gnom, der vom Grunde eines Sees hochschaut und eine Vision sieht, die das Sonnenlicht gewebt hat. Dann hast du dein Haar fallenlassen und begannst zu tanzen, eine unschuldige, verhängnisvolle Delilah.« Tief Atem holend, warf er seinen Kopf zurück. »Obwohl ich micht wehrte, war ich verführt und verloren. Dennoch kann ich den Verlust nicht bedauern.« Als warte er darauf, daß sie wie seine anderen verlorenen, alten Träume verschwände, schenkte er ihr ein seltsam sehnsüchtiges Lächeln. »Was wird nun aus dem reuelosen Kobold, Delilah?«

Mit einem Lächeln so weich wie das Sonnenlicht, auf das er nicht zu hoffen gewagt hatte, zog sie ihn an sich. »Er ist dazu verdammt, für immer in den Armen seiner Liebe zu liegen.« Sie zauste sein Haar. »Mein unredlicher Kobold, der weiß, daß er unwiderstehlich sein muß.« Ihr Lächeln wurde noch weicher. »Sicher weiß er ebensogut, daß er bis zum Wahnsinn von seiner Dame geliebt wird.«

Rams Augen verdunkelten sich. »Ich fürchte, das weiß er nicht. Das muß diesem armen, dummen Geschöpf wie einem Kind gezeigt werden.«

»Ich habe grenzenlose Geduld«, flüsterte sie.

»Das Leben mit mir kann die Hölle sein.«

Sie lachte. »Wäre es der Himmel, würde ich vielleicht denken, wir seien tot.« Ihre Finger streichelten ihn, als sie ihn erstmals zärtlich zur Liebe aufforderte.

Harry schob seine Mütze in die Stirn, als er auf das schimmernde, im Mondlicht glänzende Kielwasser der *Rani* blickte. Beim ersten erstickten Schrei aus der Kapitänskajüte war seine Hand zur Pistole gefahren. Er hatte halb auf einen anderen Schmerzensschrei gehofft, aber der kam nicht – wie er es gewußt hatte. Ein scharfer Schmerz des Verlustes durchstach ihn, und er richtete den Blick auf die chinesische Küste, die hinter dem sternenübersäten Horizont lag. Landgeruch drang in seine Nase: die Dschungel von Siam. Er lächelte nachdenklich. Der Osten war nicht so verlockend wie Lysistrata, aber keine schlechte Alternative. Gott wußte, er würde wahrscheinlich nie alt genug werden, um sie vergessen zu können. Für einen Moment tauchte in seiner Erinnerung wieder ein rußiges, schwarzes Schiff im Kielwasser eines anderen Schiffes auf, gerade so, als locke es ihn oder wolle ihm Lebewohl sagen, bis es vollgesaugt unterging. Unbedauert.